AtV

MANFRED BÖCKL, geboren 1948 in Landau, ist erfolgreicher Autor zahlreicher Romane. Er lebt in Salzweg bei Passau.

Im Aufbau Taschenbuch Verlag erschienen bisher seine Romane *Agnes Bernauer. Hexe, Hure, Herzogin* (AtV 1290), *Jennerwein* (AtV 1291) und *Mühlhiasl. Die Weissagungen des Sehers vom Rabenstein* (AtV 1292).

Britannien in der ersten Hälfte des 4. Jahrhunderts: Branwyn, eine junge Priesterin und wunderschöne Frau, ist Hüterin der heiligen Quelle auf der »gläsernen Insel« Ynys Enlli. Sie ist seherisch begabt und weiß, daß die kleinen christlichen Gemeinden, die bereits im Westen existieren, an Einfluß gewinnen werden. Da sowohl die keltischen Christen als auch die druidisch orientierten Heiden sehr tolerant miteinander umgehen, sieht Branwyn es als ihre Aufgabe, eine Brücke zwischen den beiden Weltanschauungen zu schlagen. Zudem hat sie sich in einen Christen verliebt. Bei einem Piratenüberfall jedoch kommt ihr Geliebter ums Leben, und auf ihrer Flucht gelangt Branwyn schließlich bis zu den Druidinnen des Heiligtums von Avalon. In einer Vision erfährt sie, daß sie nach Rom reisen soll, um für eine Symbiose zwischen Christentum und den heidnischen Religionen, eine »weibliche« Weltsicht, einzutreten. Dort wird sie nach großen Erfolgen sogar zur Bischöfin gewählt, gerät jedoch immer mehr in Konflikt mit der von den Männern des katholischen Patriarchats verfochtenen Staatsreligion. Und schließlich ist ihr Leben in Gefahr …

Manfred Böckl

Die Bischöfin von Rom

Roman

Aufbau Taschenbuch Verlag

ISBN 3-7466-1293-4

1. Auflage 2002

Umschlaggestaltung Preuße & Hülpüsch Graphik Design
unter Verwendung einer Buchmalerei aus dem »Book of Kells«
Druck Clausen & Bosse, Leck
Printed in Germany

www.aufbau-taschenbuch.de

Für meine Eltern

PROLOG

Das Kleinkind

Irgendwann im Jahr 335

Rabenschwarz ragte eine gewaltige Bergflanke, die direkt aus dem Meer aufwuchs, zum Himmel empor. Blutrot glühende Zungen zuckten über das Firmament und über die vor Urzeiten behauenen Steinquader, die sich an einer Stelle des Felsmassivs zu zyklopischen Mauerzügen türmten. Die Stadt der Riesen schien zu neuem, dämonischem Leben zu erwachen; es war, als könnten ihre einstigen Bewohner jeden Moment aus den Tiefen der Vergangenheit hervorbrechen.

Das dreijährige Mädchen fürchtete sich; zitternd starrte es auf die Zyklopenmauer, über deren Schroffen die bedrohlichen Lichterscheinungen züngelten. Schließlich wandte das Kind sich verstört ab und suchte inneren Halt am Anblick der Steinhütten des Dorfes. Der Rauch, der aus den Dachöffnungen der keltischen Rundhäuser aufstieg, war dem Mädchen vertraut; das Kleinkind beruhigte sich ein wenig, während es die dünnen grauen Fäden über den schweigend daliegenden Bergketten zerfasern sah.

Dann zerrissen gellende Schreie die Stille. Die Silhouette der Landschaft zersplitterte, an ihre Stelle trat das Antlitz einer heranhetzenden Frau mit panisch geweiteten Augen: der Mutter des Mädchens. Gleichzeitig waren rauhes Männergebrüll und das scharfe, schrille Klirren von Eisen gegen Eisen zu vernehmen. Unmittelbar darauf roch das Kind beißenden, stinkenden Qualm.

Anderswo und nun offenbar in großer Entfernung von dem Ort, wo das Schreckliche geschehen war, formten sich weitere Bilder aus. Zusammen mit ihrer Mutter hastete die Dreijährige durch dichten Wald. Einmal brach ein Tier durch das Unterholz; sie erschrak, stolperte über eine moosüberwucherte Wurzel und stürzte. Die Hand der Erwachsenen riß sie sofort wieder hoch; erneut rannten sie, bis sie sich zuletzt unter einem niedergebrochenen Baumstamm verkrochen. Und dort, in dieser engen Höhle aus vermodertem Laub und fauligem Holz, begann die Mutter tief in der Nacht so seltsam zu röcheln.

Das herzzerreißende Geräusch riß nicht mehr ab; verzweifelt bemühte sich das Mädchen, der Kranken zu helfen. Das Kleinkind wischte der Fiebernden den Schweiß von der Stirn und versuchte immer wieder, ihr ein paar Tropfen Wasser einzuflößen: Tau von den Farnwedeln draußen vor dem Versteck. Das Mädchen flehte die Röchelnde an, nicht zu sterben – doch irgendwann kam der schreckliche Morgen, an dem die Mutter nicht mehr atmete. Mit weit aufgerissenen Augen lag die Tote da und reagierte nicht länger auf das Weinen und die verängstigten Rufe ihres Kindes; zuletzt, weil der alptraumhafte Anblick unerträglich wurde, floh die zutiefst verängstigte Dreijährige blindlings.

ERSTES BUCH

Eryri Gwyn
Das Land des Weißen Adlers

Hochsommer 354 bis Frühsommer 355

Die Gläserne Insel

Die Insel erinnerte in ihrer Gestalt an den Leib eines gigantischen Wals. Wo sich das mächtige Haupt aus der See erhob, brachen sich die Wogen ungestüm und schleuderten weiße Gischtfahnen am dunklen Gestein empor. Am gegenüberliegenden Ende des Eilands – dem Schwanz des Wals, der sachte ins Meer tauchte – liefen auch die Wellen weich auf. Das Wasser kabbelte sich dort nur spielerisch mit einigen vorgelagerten Kliffs und ließ es zu, daß die Möwen dicht über den flachen Wogenkämmen tanzten.

Dies war freilich nur die eine, diesseitige Erscheinungsform der *Ynys Vytrin*, der Gläsernen Insel. Denn zu gewissen Zeiten, wenn der Anhauch des Göttlichen sie berührte, zeigte sie ihr jenseitiges Antlitz. Ihre eben noch felsige Substanz verwich dann und wurde auf traumhafte Weise zu beinahe durchsichtigem Schweben. Und in dieser losgelösten Schwerelosigkeit manifestierte sich jenes Licht, das für die keltischen Eingeweihten zur Brücke nach *Annwn*, der Anderswelt, werden konnte.

* * *

Die junge Frau, die sich auf dem äußersten Kap des Festlandes gegenüber der Insel einen geschützten Platz gesucht hatte, war von Kindheit an mit diesem Wunder vertraut. Schon häufig war Branwyn Zeugin der Verwandlung geworden, und auch jetzt wieder hatte sie das Gefühl, als bereite sich eine derartige Metamorphose vor. Sie glaubte zu spüren, wie der Atem des Meeres schwerer und gleichzeitig ruhiger wurde; wie zartes und dennoch machtvolles Weben aus der Erde drang und sich mit dem Rauschen der See verband. Nach einer Weile empfand Branwyn tiefe Hingabe an diesen Gleichklang von Land und Meer: eine Art behutsamer Betäubung, die ihr Blut sowohl langsamer als auch kräftiger durch die Adern strömen ließ.

Es war fast so, als würden Dafydds Hände sie in einer lauen Nacht berühren …

Der Gedanke malte ein zärtliches Lächeln auf das Gesicht der schlanken, mittelgroßen Frau, die nicht viel älter als zwanzig Jahre war. Sie schmiegte sich enger an den von der Sommersonne erwärmten Felsen, an dessen Fuß sie saß, schloß die Lider und versuchte die Vorstellung festzuhalten. Der leise, ein wenig herb duftende Luftzug, der über das Heidekraut heranstrich, fächelte ihr langes, über der Stirn hochgebundenes und dann frei und lockig über die Schultern fallendes Haar. Es war von ungewöhnlicher Farbe und schien das changierende Geheimnis der *Ynys Vytrin* in sich zu bergen; jetzt, im Sonnenschein, schimmerte es rotblond, doch an den Abenden, im Schein des Herdfeuers, nahm es den Glanz reifer Kastanien an und bildete dann einen erregenden Kontrast zu ihren graublauen Augen. Allein das hätte Branwyn sehr anziehend gemacht, aber auch in ihren Gesichtszügen lag ein besonderer Zauber; ihr ovales Antlitz war nicht nur reizvoll geformt, sondern strahlte zudem warmherzige Intelligenz aus.

Ein Rascheln im Heidekraut, ganz nahe bei dem Kräutersack in ihrer Armbeuge, ließ Branwyn zusammenzucken. Im nächsten Moment sah sie den Feuersalamander, der offenbar zu einem Regenwassertümpel ein Stück seitlich der Felsschrunde unterwegs war, nun aber, weil sie sich bewegt hatte, reglos verharrte. Die meisten Menschen wären angesichts des gut eine Handspanne langen Schwanzlurches erschrocken zurückgewichen, denn seine schwarze, mit grellgelben Flecken gesprenkelte Haut konnte ein giftiges, ätzendes Sekret absondern. Doch die junge Frau in dem einfachen Leinenkleid, das in der Taille von einem geflochtenen Rohledergürtel zusammengehalten wurde, empfand keine Angst. Vielmehr sandte sie dem Salamander den friedlichen Gedanken, daß sie ebenso wie er ein Geschöpf Ceridwens, der Dreifachen Göttin, sei. Tatsächlich schien der Lurch zu reagieren; sein Körper entspannte sich, gleich darauf setzte er seinen Weg fort – bis aus seinem graziösen, nicht sonderlich eiligen Davonhuschen jäh panische Flucht wurde.

Mit demselben Lidschlag ging dort, wo eben noch die klaren Konturen der Insel zu sehen gewesen waren, eine phantastische Veränderung vor sich. Die *Ynys Vytrin* verwandelte ihre Gestalt; ihr dunkles Gestein schien unter dem unvermittelt heftigeren Ansturm der Wogen wegzuschmelzen, während die Brecher selbst zu feinem, durchscheinendem Nebel wurden. Wiederum einige Herzschläge später verwich die Silhouette des Eilands; einzig die höchste Erhebung der Insel entzog sich ihrer Auflösung und hing nun entrückt über den Wellen. Andersweltliches Leuchten flutete von dort auf die See hernieder; auf das Meer, das sich jetzt tief unter dem schwebenden Gipfel des Eilands wiegte und den Blick bis zum Horizont freigab.

Mit angehaltenem Atem hatte Branwyn die Metamorphose verfolgt – nun spürte sie, daß die Macht von *Annwn* sie rief. Die übernatürliche Erscheinung weckte tief in ihrem Inneren die Gabe, die ihr angeboren war: die Kraft, Schauungen zu erleben, die sie manchmal sogar weit über die Grenzen ihres gegenwärtigen Daseins hinausführten. Ihr Puls begann zu rasen; zunehmend hatte sie das Empfinden, daß ihr Körper sich ähnlich wie die *Ynys Vytrin* auflöste. Dann war sie plötzlich weit draußen auf der See, dort, wo das andersweltliche Licht über der Flut irisierte – und im gleichen Moment, da das unbeschreibliche Leuchten sie ganz einhüllte und sich mit ihrem eigenen Wesen verband, öffnete sich das Auge ihres von der Zeit losgelösten Geistes. Bilder wirbelten heran: das Dorf auf der Insel, die ihr so vertrauten Menschen dort, die Heilige Quelle mit den Haseln und Birken ringsum, dann ein zerklüftetes Gestade weit jenseits des Meeres, Segel über der Kimmung – mit einemmal das Antlitz, von dem sie kurz zuvor noch geträumt hatte: das Gesicht Dafydds, das sich danach sehnte, von ihren Händen liebkost zu werden …

Sie näherte sich ihm, schon spürte sie seine Wärme – aber ehe sie ihn berühren konnte, wurde die beglückende Aura, in der er und sie sich aufeinander zu bewegten, schlagartig zu bedrohlicher Finsternis. Am Rand der Schwärze schienen sich vage Schemen zu zeigen; sie wuchsen, gewannen deutlichere Konturen, wurden trotzdem nicht wirklich greifbar. Dennoch glaubte Branwyn etwas wie heranjagende Schattenwesen auszumachen: heulende, gehörnte Unholde; schauerliche tiermenschliche Bestien, die es auf das Eiland abgesehen hatten. Beklemmende Kälte preßte das Herz der Seherin; je mehr sie sich bemühte, Einzelheiten zu erkennen, desto eisiger wurde der gräßliche Druck. Verzweifelt dagegen ankämpfend, bemühte sie sich, Dafydd herbeizurufen; bevor es ihr freilich gelang, seinen Namen über die Lippen zu bringen, vernahm sie wie aus weiter Ferne den ihren: »Branwyn, wo steckst du denn?«

Verwirrt kam sie zu sich. Auf dem schmalen Pfad, der einen Steinwurf tiefer entlang des Strandes verlief, erkannte sie Dafydd; gleichzeitig wurde sie gewahr, daß die *Ynys Vytrin* wieder ihre diesseitige Gestalt angenommen hatte. Scharf umrissen und unter völlig klarem Firmament lag das Eiland draußen im Meer, das wild gegen den Walkopf schäumte und spielerisch um die vorgelagerten Kliffs am Schwanzende kabbelte. Nichts deutete mehr auf das andersweltliche und zuletzt so furchteinflößende Erlebnis hin, das die junge Frau gehabt hatte; erstaunt fragte sie sich, ob sie womöglich alles nur geträumt hatte.

Branwyn fand keine Zeit, intensiver darüber nachzudenken, denn abermals rief Dafydd nach ihr. Sie hängte sich den Tragesack mit den Kräutern über die Schulter, sprang auf, löste sich aus dem Sichtschutz des Felsens und winkte dem großgewachsenen, dunkelhaarigen Mann unten auf dem Klippenpfad zu. Wenig später, nachdem sie den steilen Hang des Kaps halb laufend, halb rutschend überwunden hatte, war sie bei ihm.

Dafydd fing sie in seinen Armen auf; blökend wich der junge Schafbock mit dem schwarzbraunen Fell, den er an einem Strick mit sich führte, ein paar Trippelschritte zurück.

Sie küßten sich zärtlich, dann wies Dafydd auf den Widder. »Ein prächtiges Tier, nicht wahr? Außerdem habe ich den Bock zu einem wirklich günstigen Preis bekommen.«

»Ich wußte, du würdest einen guten Handel in Aberdaron abschließen.« Sie strahlte ihn an; die Beklemmung, die sie kurz zuvor noch verspürt hatte, war wie weggeblasen. Jetzt zählte allein Dafydds Gegenwart: die Wärme und Zuneigung, die ihr aus den tiefblauen Augen im markanten, von Sonne und Seeluft gebräunten Antlitz des knapp dreißigjährigen Inselbauern und Fischers entgegenleuchtete.

»Bloß schade, daß du mich nicht ins Dorf begleitet und statt dessen hier auf der Landspitze Heilkräuter gesammelt hast«, neckte er sie nun. »Womöglich hätte der Züchter in Aberdaron uns den Widder umsonst überlassen, wenn du ihm mit deinem bezaubernden Lächeln ein bißchen den Kopf verdreht hättest.«

»Das sagst du doch nur, weil du von mir hören möchtest, daß du der einzige Mann bist, an dem mir liegt«, ging Branwyn auf das Spiel ein. »Aber du solltest dir da nicht zu sicher sein – schließlich gibt's außer dir durchaus noch gewisse andere interessante männliche Lebewesen hier in der Gegend ...«

»Nämlich?!« entfuhr es Dafydd.

»Na, zum Beispiel den Schafbock, von dem du eben so geschwärmt hast«, versetzte sie schelmisch – und genoß den erleichterten Ausdruck auf seinem Gesicht. Im nächsten Moment versöhnte sie ihn mit einem weiteren Kuß; gleich darauf knieten beide bei dem jungen Widder, der seine anfängliche Scheu vor Branwyn nun schnell überwand und nach einer Weile ihre Hand zu lecken begann.

»Er mag dich«, freute sich Dafydd. »Und auch mir machte er auf dem Herweg keinerlei Schwierigkeiten. Aber wenn das im *Curragh* so bleiben soll, werden wir ihn wohl fesseln müssen ...«

»Nein, das werden wir nicht tun!« widersprach Branwyn. »Er ist ein ebenso wertvolles Geschöpf wie du und ich, deshalb wäre es nicht im Sinn der Göttin, ihm ohne Not Gewalt anzutun ...«

»Auch Jesus hatte gerade für die Schafe ein Herz – doch du vergißt, daß der Bock, falls er verrückt spielt, das Boot zum Sinken bringen könnte«, beharrte Dafydd.

»Wir werden sehen ...« kam es leise von der jungen Frau, dann griff sie nach dem Strick und führte den Widder, der ihr willig folgte, hinüber zu der kleinen Bucht, wo sie am Morgen den *Curragh* auf den Strand gezogen hatten.

Das keltische Boot bestand aus einem mandelförmigen Holzrahmen, der außen mit Ziegenleder bespannt war. Wo die Häute sich überlappten, waren sie mit Sehnen vernäht und zusätzlich mit Harz verklebt. Der *Curragh* wirkte aufgrund seiner gedrungenen Gestalt beinahe plump und wenig seetauglich, aber dieser Eindruck täuschte. Denn seit vielen Jahrhunderten hatten solche Boote, die in verschiedenen Größen gebaut wurden, sich sowohl auf den Flüssen als auch an den Küsten Westeuropas bewährt – und schon vor beinahe tausend Jahren, als die ersten Kelten vom Kontinent nach Britannien übergesetzt waren, hatten sie *Curraghs* benutzt.

Jetzt schob Dafydd das leichte Boot, das zur Not von einem einzigen Mann auf den Schultern getragen werden konnte, ins Wasser. Als er sich danach wieder zu Branwyn umwandte, sah er, wie sie beide Hände an die Kinnbacken des Widders legte. Anfangs sträubte sich das Tier noch ein wenig, doch als es die gedämpfte Stimme der jungen Frau vernahm, wurde es ruhiger und stand zuletzt völlig bewegungslos da. Auch Dafydd glaubte zu spüren, wie die seltsamen Beschwörungen, die Branwyn halb gesungen, halb gesprochen hatte, sein Inneres mit tiefem Frieden erfüllten – dann wurde er Zeuge, wie die Frau, die er liebte, den Bock mit dem schwarzbraunen Fell hochhob und ihn die letzten paar Schritte zum *Curragh* trug. Geschmeidig, den Widder gleich einem Kind auf den Armen, glitt sie ins Boot, kauerte sich nieder und nahm das Tier auf ihren Schoß.

Entspannt, beinahe so, als würde er schlafen, blieb der junge Bock liegen. Nur seine Ohren zuckten ein wenig, während Dafydd nun ebenfalls in den *Curragh* stieg und das Paddel ergriff. Noch war er skeptisch, aber als das Boot gleich darauf auf den Wellen zu schlingern begann und der Widder auch jetzt keinerlei Schwierigkeiten machte, mußte sich Dafydd endgültig eingestehen, daß es richtig gewesen war, Branwyn zu vertrauen.

»Ich weiß nicht genau, wie du es geschafft hast, doch es ist dir ohne Zweifel wieder einmal bestens gelungen, die natürliche Ordnung der Dinge auf den Kopf zu stellen«, sagte er, nachdem er das Boot gut in die ablandige Strömung gebracht hatte. »Was waren das bloß für Zauberformeln, die du vorhin benutztest?«

»Kein Zauber, sondern nur ein einfacher Bardengesang«, antwortete die junge Frau lächelnd. »Eigentlich ist er zur Beruhigung von Kindern gedacht, aber wie du gesehen hast, wirkt er zuweilen auch bei Tieren.«

»Und natürlich hat die alte Arawn ihn dich gelehrt, nicht wahr?« kam es von Dafydd.

»Nein, es war Kigva«, entgegnete Branwyn. »Schließlich ist sie unter uns drei Hüterinnen der Heiligen Quelle für alles zuständig, was eine gute Mutter wissen sollte. Arawn hingegen bewahrt die tiefste Weisheit der Göttin; sie ist es, welche die Alten liebevoll über die Schwelle des Todes geleitet ...«

Branwyn brach ab. Jäh war die Erinnerung an das beklemmende Erlebnis – die nicht wirklich greifbare finstere Vision oder vielleicht auch nur den Alptraum – zurückgekehrt, das sie unmittelbar vor Dafydds Rückkehr gehabt hatte. Einen Augenblick lang war sie versucht, ihm davon zu erzählen, doch eben als sie zum Sprechen ansetzen wollte, begann der *Curragh* zu trudeln.

Das Boot passierte ein Vorgebirge, wo Kreuzseen das Wasser

aufwühlten; hier mußte Dafydd all seine Geschicklichkeit aufbieten, damit sie über die tückischen Strudel hinwegkamen. Also schwieg die junge Frau und kümmerte sich statt dessen um den Widder auf ihrem Schoß, um ihn auch weiterhin ruhig zu halten. Jenseits der gefährlichen Stelle dann öffnete sich der Blick weit über Land und Meer, und das Panorama war so beeindruckend, daß Branwyn alles andere vergaß.

Zur Linken erstreckte sich die Steilküste der Lleyn-Halbinsel, auf welcher das Dorf Aberdaron lag, wo Dafydd den Schafbock besorgt hatte. Da die Sonne mittlerweile schon tief stand, glühte das Heidekraut auf der Hochfläche in beinahe magischem, von dunkelroten Bahnen durchzogenem Violett; dazwischen gab es goldgelbe Flecken von blühendem Ginster. Tiefer unten schleuderte die See helle Gischt gegen die schieferschwarzen Klippen; draußen, zur Rechten, erhob sich die *Ynys Vytrin* aus dem Wasser, deren Konturen jetzt, im ganz besonderen Licht des Spätnachmittags, erneut beinahe durchsichtig wirkten. Noch eindrucksvoller aber war zu dieser Stunde der Blick über die weite Tremadog-Bucht hinweg zum Festland, denn dort leuchtete in stiller, entrückter Schönheit *Eryri Gwyn*: der Weiße Adler, wie die Kelten hier im äußersten Westen Britanniens das mächtige Bergmassiv nannten.

»Der Göttersitz unseres Landes *Gwynedd*«, sagte Branwyn ergriffen. »Seit den ältesten Zeiten ist er uns heilig.«

»Ja, es ist ein besonderer Berg«, stimmte Dafydd zu. »Manchmal stelle ich mir Jesus dort oben vor. Ich male mir dann aus, daß er den Gipfel besteigt, seine Jüngerinnen und Jünger um sich versammelt und ihnen seine barmherzige Weisheit predigt.«

»Wäre er jemals hierhergekommen, so hätte er das Antlitz des *Eryri Gwyn* bestimmt geliebt«, nickte Branwyn. »Doch sicher kannte er auch in seiner Heimat einen vom göttlichen Geist beseelten Berg, wo er Zwiesprache mit seinem himmlischen Vater hielt. Schließlich schlagen solche Orte überall auf dem Erdball die Brücke zwischen uns Menschen und den Andersweltlichen ...«

Sie stutzte, deutete in die Richtung des Eilandes, das ihr Ziel war, und rief aus: »Aber sieh nur! Die Sonne! Lug selbst zeigt uns den Pfad, dem wir folgen müssen!«

In der Tat hatte sich eine glitzernde Lichtbahn, die genau auf die *Ynys Vytrin* wies, über das Meer gelegt. Wenig später trieb das Boot in dieses Glänzen hinein und folgte ihm nun längere Zeit mit einer starken Strömung, bis der Fels der Gläsernen Insel hoch über dem *Curragh* aufragte. Der Sog trug das Boot nahe an den Walkopf des Eilands heran; weil dort neuerlich Kreuzseen aufsprangen, mußte Dafydd einmal mehr hart mit dem Paddel arbeiten. Endlich erreichten sie ruhigeres Fahrwasser im Lee der Insel; Dafydd steuerte die schroffe Flanke der *Ynys Vytrin* entlang und brachte den *Curragh* zuletzt dort an Land, wo sich am Ansatz des Walschwanzes eine schmale Bucht öffnete.

Im selben Augenblick, da der Bootsboden über die Strandkiesel schurrte, stieß Branwyn einen seltsamen Pfiff aus. Der Widder, der eben noch wie schlafend dagelegen hatte, wurde schlagartig lebendig; er schüttelte sich und strampelte. Lachend half die junge Frau ihm an Land; gleich darauf strebte der Bock ihr und ihrem Begleiter voran: den Pfad hinauf, der zum Inseldorf führte.

* * *

Die Ansiedlung lag auf halber Höhe des Eilands in einer windgeschützten Talmulde und war sowohl von heidnischen als auch christlichen Kelten bewohnt. Friedlich teilten die Anhänger der alten Gottheiten sich den Platz mit jenen, die sich bemühten, der Lehre Jesu zu folgen. Schon seit mehreren Menschenaltern war das so, und nie hatte es Rivalitäten zwischen Getauften und Ungetauften gegeben.

Der einfache und vielleicht gerade deswegen so anheimelnde Charakter des Dorfes spiegelte diesen Geist des Miteinander wider. Etwa ein Dutzend Rundhäuser gruppierten sich im lockeren Oval um einen flachen Felsteich, der als gemeinsames Süßwasserreservoir diente. Die Wände der Häuser bestanden aus dick mit Lehm verstrichenem Rutenflechtwerk; freilich war davon nicht viel mehr als ein ungefähr hüfthoher Streifen direkt über dem Boden zu sehen, denn die etwa zwei Ellen starken Reetdächer waren, um die Feuchtigkeit von den Außenwänden abzuhalten, entsprechend weit herabgezogen. Gleich riesigen, spitz zulaufenden Hauben saßen diese aus armdicken Binsenbündeln geformten Dächer auf den Gebäuden; an der Südseite eines jeden Rundhauses bildeten sie in einer weichen Ausstülpung eine Art niedrigen Torbogen, so daß den Bewohnern der Zugang zur einzigen Tür möglich war.

Jetzt, da Branwyn und Dafydd die Ansiedlung erreichten, stiegen überall aus den kegelförmigen Spitzen der Reetdächer dünne Rauchfäden zum abendlichen Firmament. Drinnen bereiteten die Frauen über den offenen Feuerstellen das Nachtmahl zu, und der Anger in der Dorfmitte lag deshalb wie ausgestorben da. Doch als der junge Schafbock mehrmals laut blökte und daraufhin etliche Hunde aus den Häusern schossen, wurden deren Bewohner ebenfalls aufmerksam und kamen ins Freie. Wenig später war das Paar, das den Tag auf dem Festland verbracht hatte, von einer Menschentraube umringt. Jeder wollte den Widder sehen und erfahren, wie der Handel abgelaufen war. Am Ende waren die meisten Dörfler der Meinung, daß sich der kräftige zweijährige Bock sehr gut zur Blutauffrischung der Herde eignete, die man zum allgemeinen Nutzen auf dem Eiland hielt.

An diesem Abend allerdings konnte der Widder nicht mehr zu den übrigen Tieren gebracht werden, da das Rudel derzeit auf der Hochebene der Insel weidete und der weite Weg dorthin in der Dunkelheit, die nun bald hereinbrechen würde, zu gefährlich gewesen wäre. Deshalb nahm Dafydd den Schafbock für diese Nacht mit zu der kleinen Hürde bei dem Rundhaus, das er mit seinen betagten Eltern bewohnte. Branwyn begleitete ihn noch, um sich unter vier Augen von ihm zu verabschieden, und lief dann zurück ans andere Ende der Ansiedlung.

Unter der Tür des etwas abseits stehenden Hauses, das von

den weit ausladenden Ästen einer großen Eibe überschattet wurde, wartete bereits Kigva auf sie. Die ungefähr vierzigjährige Frau mit dem runden, gutmütigen Gesicht und dem dunkelblonden Haar, das am Hinterkopf zu einem Knoten geschlungen war, umarmte Branwyn, warf anschließend einen Blick auf den prall gefüllten Tragesack der Jüngeren und stellte fest: »Wie ich sehe, hattest du Glück bei der Kräutersuche.«

»Ja, ich habe all die Pflanzen gefunden, die wir brauchen«, erwiderte Branwyn. »Auch die Taubnesseln, die dem Säugling unserer Nachbarin das Zahnen erleichtern werden. – Doch nun habe ich schrecklichen Hunger ...«

»Dem kann abgeholfen werden«, lachte Kigva. »Es gibt Fisch, der schon in der Pfanne schmurgelt, und zum Nachtisch einen wirklich prachtvollen Beerenkuchen, den Arawn gebacken hat.«

Als Branwyn eintrat, sah sie die bereits ergraute, aber noch rüstige Frau bei der aus Steinen geschichteten Feuerstelle in der Mitte des Raumes kauern. Arawn nickte ihr lächelnd zu; aus ihren Augen, die von einem Geflecht feiner Fältchen umgeben waren, strahlte gütige Weisheit. Branwyn legte den Tragesack auf ein Bord, kniete sich neben die Greisin auf den mit Binsen bedeckten Boden und war ihr behilflich, die Makrelen ein letztes Mal zu wenden. Kigva deckte unterdessen den niedrigen Holztisch, der ein paar Schritte vom Feuerplatz entfernt stand. Wenig später waren die köstlich duftenden Fische gar, die drei Frauen nahmen auf Schemeln Platz und begannen zu essen.

Während sie das krosse Makrelenfleisch und dazu Haferbrot, Feldsalat und Kräutertee genossen, erzählte Branwyn von ihrem Tag auf dem Festland. Vor allem berichtete sie, an welch verborgenen Plätzen sie die verschiedenartigen Heilpflanzen gefunden hatte, die es auf der Insel nicht gab. Später, als sie sich Arawns Beerenkuchen schmecken ließen, kam die Rede auch auf Dafydd. Arawn und Kigva schmunzelten, als sie erfuhren, wie Branwyn ihren Begleiter durch die scheinbar so wundersame Zähmung des Widders verblüfft hatte.

»Da ihr nun schon beinahe eineinhalb Jahre ein Paar seid, hätte Dafydd ja eigentlich wissen müssen, daß du derartige Fähigkeiten besitzt«, sagte Kigva zuletzt. »Doch so ist das eben mit den Männern. Sie sind in solchen Dingen meistens viel schwerer von Begriff als wir Frauen.«

»Aber in anderen Bereichen können wiederum wir von ihnen lernen«, verteidigte Branwyn ihren Freund. »Dafydd hat zum Beispiel ein einzigartiges Gespür für das Meer. Ich bin sicher, er könnte seinen *Curragh* bis hinüber nach Irland steuern, und was die Fischschwärme in den Tiefen der See angeht, so scheint er sie über große Entfernungen hinweg förmlich zu wittern.«

»Du hast recht«, stimmte Arawn ihr zu. »Frauen und Männer ergänzen sich ähnlich wie das Götterpaar Beltane und Samhain. Die lichte Göttin Beltane steht für Frühling und Sommer und all die Kräfte, welche mit diesen Jahreszeiten verknüpft sind. Ihr Gefährte Samhain hingegen ist der Gott von Herbst und Winter, sein Wesen entspricht diesen dunkleren und härteren Jahreszeiten. Doch erst in ihrem Miteinander bilden Beltane und Samhain den Kreis des ganzen Jahres und damit des Lebens ...«

Geburt, Heranwachsen und Reife – aber auch Altern, Verwelken und Tod, dachte Branwyn unwillkürlich. Ihr Blick ging zur Feuerstelle, von wo die dunkelrote Glut Hitzewellen herübersandte. Doch im Verlauf der Nacht würden die Torfsoden erkalten, und am Morgen würde sich im Rund zwischen den Steinen nur noch klamme Asche finden. Verkohlte Überreste, die nichts weiter als traurige Erinnerung an verlorene Wärme sind, durchfuhr es die junge Frau – und plötzlich hatte sie, wie schon zweimal zuvor an diesem Tag, das Gefühl, sich in tiefer Finsternis zu verlieren: in schwarzer Beklemmung, gegen die sie sich nicht zu wehren vermochte, weil die schattenhaften, bedrohlichen Konturen nicht wirklich greifbar wurden.

Im nächsten Moment vernahm sie erneut Arawns Stimme, und es war, als hätte die Greisin ihre Gedanken erraten: »Die einzelnen Lebenskreisläufe, deren Ende uns manchmal so sinnlos erscheinen will, wenn wir einen Baum vermodern oder einen geliebten Menschen sterben sehen, sind jedoch abermals Teile eines größeren Ganzen. Jedes Dasein nämlich birgt im selben Moment, da es zu seinem Ende kommt, bereits den Samen eines neuen Lebens in sich. Deshalb haben wir keinen Grund, den Tod zu fürchten. Wir müssen uns nur bewußt machen, daß wir alle im Schoß Ceridwens, der Dreifachen Göttin, geborgen sind.«

»Denn sie ist sowohl die junge Frau, die am Beginn eines Daseins aufblüht, als auch die Mutter, welche ihrerseits neues Leben schenkt und es behütet, sowie die weise Greisin, die um den wahren Sinn des Sterbens weiß und jeglichen Tod auf dem verschleierten Pfad durch die Tiefen von *Annwn* hin zur Wiedergeburt führt.« Kigva sprach die Sätze leise aus, fast so, als würde sie ein Gebet an die Große Göttin richten.

Danach, als die letzten Worte verklungen waren, schwiegen die drei Frauen lange. Nur das Knistern des Torffeuers war in dem runden, heimeligen Raum mit den lehmverstrichenen Wänden und den umlaufenden niedrigen Bänken zu vernehmen; jenes zarte, feine Geräusch, das Branwyn jetzt wieder als beruhigend empfand. Zuletzt stand sie auf, umarmte wortlos Arawn und die andere Frau, die seit beinahe zwanzig Jahren ihre Pflegemutter war, und machte sich daran, den Tisch abzuräumen. Kigva war ihr beim Reinigen des Tongeschirrs und beim Scheuern der Bratpfanne mit Sand behilflich, aber auch Arawn blieb nicht untätig sitzen, sondern leerte nun den Tragesack mit den Heilpflanzen. Sorgsam breitete sie die verschiedenartigen Kräuterbüschel auf einem Teil der Wandbänke aus; bald war das ganze Rundhaus von dem Duft der Blüten, Dolden und Blätter erfüllt.

»Ceridwen hat dich reich beschenkt«, wandte sich die Alte, nachdem die Arbeit getan war, an Branwyn. »Wir und die Menschen im Dorf, denen die Heilpflanzen nützen werden, haben allen Grund, ihr zu danken. Laßt es uns jetzt in unseren Herzen tun – und es auch morgen früh nicht vergessen, wenn wir die Heilige Quelle aufsuchen, um dort im Angesicht der Göttin die magische Begegnung zwischen Arianrhod und Lug zu erleben.«

Kigva und Branwyn nickten; sie sandten Ceridwen liebevolle Gedanken, ehe sie das Geschirr auf ein Wandbord stellten und die Pfanne an einen Holzzapfen daneben hängten. Währenddessen dämpfte Arawn das Feuer und begab sich danach in den rückwärtigen Bereich des Raumes zu ihrem Schlafplatz. Auch die beiden jüngeren Frauen bereiteten sich jetzt auf die Nacht vor und suchten sodann ihre Ruhestätten auf. Als Branwyn auf ihrem Teil der umlaufenden Wandbank unter die Schafwolldecke schlüpfte, erhaschte sie noch einen Blick von Kigva gegenüber und empfand einmal mehr tiefe Zuneigung zu ihr: zu der Frau mit dem runden, gutmütigen Gesicht, die vor beinahe zwanzig Jahren an die Stelle ihrer leiblichen Mutter getreten war …

Im Halbdunkel des keltischen Rundhauses, unter dessen Reetdach die Reste des Torffeuers allmählich verglimmten, verwich die Gegenwart; Branwyn erinnerte sich an ihre Kindheit und Jugend.

* * *

Vage – wie stets, wenn sie diese ersten Bilder zu erkennen versuchte – glaubte sie unter einem Firmament, über das blutrot glühende Zungen zuckten, eine gewaltige rabenschwarze Bergflanke zu sehen, die sich direkt aus dem Meer erhob. Aber es konnte sich nicht um eine Insel wie die Ynys Vytrin handeln, denn die Konturen eines zerklüfteten Landes erstreckten sich, den Strand ausgenommen, rings um den Gipfel und das dahinterliegende Felsmassiv bis zum Horizont. Und irgendwo dort, vielleicht auch auf dem himmelstürmenden Bergsporn selbst, gab es die von beängstigenden Lichterscheinungen übergossenen Steinquader, die sich zu zyklopischen Mauerzügen türmten. Dazwischen meinte Branwyn – verstört wegen der unwirklichen, fast dämonischen Bedrohung, die von der urzeitlichen Stadt der Riesen auszugehen schien – kleinere Gebäude zu erblicken: keltische

Steinhütten, die ihr vertraut waren und aus deren Dachöffnungen Rauch aufstieg.

Die dünnen grauen Fäden zerfaserten über den schweigend daliegenden Bergketten – dann wurde die Stille jäh von gellenden Schreien zerrissen. Die Silhouette der Landschaft zersplitterte, an ihre Stelle trat das Antlitz einer heranhetzenden Frau mit panisch geweiteten Augen: Branwyns Mutter. Gleichzeitig war rauhes Männergebrüll und das scharfe, schrille Klirren von Eisen gegen Eisen zu vernehmen. Im nächsten Moment roch Branwyn beißenden, stinkenden Qualm – unmittelbar darauf riß ihre Erinnerung, wie schon bei früheren Gelegenheiten, ab.

Anderswo und offenbar in großer Entfernung von dem Ort, an dem das Schreckliche geschehen war, formten sich weitere Bilder aus, die sie aus ihrer frühen Kindheit bewahrt hatte. Zusammen mit ihrer Mutter hastete sie durch dichten Wald. Einmal brach ein Tier durch das Unterholz; sie erschrak, stolperte über eine moosbewachsene Wurzel und stürzte. Eine Hand riß sie hoch; erneut rannten sie, bis sie sich unter einem niedergebrochenen Baumstamm verkrochen. Und dort, in dieser engen Höhle aus vermodertem Laub und fauligem Holz, hatte Branwyns Mutter tief in der Nacht so seltsam zu röcheln begonnen.

Branwyn wußte nicht, wie lange dieses herzzerreißende Geräusch sie verfolgt hatte; sie wußte nur, daß sie, ein hilfloses Kind, sich verzweifelt bemüht hatte, der Kranken zu helfen. Sie hatte der Fiebernden den Schweiß von der Stirn gewischt und ihr immer wieder ein paar Tropfen Flüssigkeit einzuflößen versucht: Tau von den Farnwedeln draußen vor dem Versteck. Sie hatte die Röchelnde angefleht, nicht zu sterben – doch irgendwann war der schreckliche Morgen gekommen, an dem ihre Mutter mit weit aufgerissenen Augen dagelegen und nicht länger auf das Weinen und die verängstigten Rufe ihres Kindes reagiert hatte; zuletzt, weil der alptraumhafte Anblick unerträglich wurde, floh das kleine, verstörte Mädchen blindlings.

Auch hier wieder versagte Branwyns Erinnerungsvermögen; sie konnte nur vermuten, daß sie geraume Zeit umhergeirrt sein mußte. Tagelang wahrscheinlich, bis plötzlich die junge Frau mit dem dunkelblonden Haar und dem runden, gutmütigen Gesicht bei ihr gewesen war: Kigva, die in den Urwäldern im Inneren der Lleyn-Halbinsel nach seltenen Heilpflanzen gesucht hatte und dabei auf das halbverhungerte dreijährige Kind gestoßen war.

Was weiter geschehen war, wußte Branwyn aus den Erzählungen ihrer Retterin. Zunächst dachte Kigva, das weinende Mädchen, das sie inmitten des unwegsamen Forstes am Ufer eines Baches aufgefunden hatte, müsse seiner Mutter entlaufen sein. Als es ihr jedoch trotz intensiver Suche nicht möglich war, irgendeinen anderen Menschen in der fraglichen Gegend zu entdecken, blieb ihr nichts anderes übrig, als das Kleinkind mit sich zu nehmen. Fast zwei Tage wanderten die Kräutersammlerin und ihr Schützling in völliger Einsamkeit durch die wilden Wälder nach Südwesten, bis sie endlich das Dorf Aberdaron nahe des äußersten Kaps der Halbinsel erreichten. Dort übernachteten sie unter dem Dach eines Verwandten von Kigva, eines Fischers, und am folgenden Morgen brachte dieser Mann die junge Frau und das Mädchen in seinem Curragh hinüber zur Ynys Vytrin, wo Kigva seit einigen Jahren der Großen Göttin diente.

Kigva war zu jener Zeit die jüngste der drei Frauen, welche im Rundhaus unter der Eibe lebten und das uralte Quellheiligtum auf dem Eiland hüteten. Arawn, die damals erst in der Mitte ihres fünften Lebensjahrzehnts stand, sowie eine bereits ergraute Eingeweihte, die Penarddun gerufen wurde, bemühten sich, ihr alles beizubringen, was sie selbst wußten. Als Kigva an jenem Tag mit dem Findelkind zu ihnen zurückkehrte, beschlossen sie nach kurzer Beratung, die Kleine bei sich aufzunehmen und großzuziehen. Sie handelten damit im Einklang mit der barmherzigen Lehre Ceridwens, nach der jedes Leben, auch das scheinbar armseligste, Teil des Göttlichen war. Vor allem Kigva schenkte dem Mädchen, das sie aus der Wildnis gerettet hatte, ihre ganze Liebe, und bald kam der Tag, an dem Branwyn, wie sie jetzt genannt wurde, sie erstmals Mutter nannte.

Etwa zur gleichen Zeit – ungefähr ein halbes Jahr nachdem

Kigva ihren Schützling im Curragh auf das Eiland gebracht hatte – gelangte die Nachricht in die abgeschiedene Ansiedlung auf der Ynys Vytrin, daß an der Nordküste der Lleyn-Halbinsel ein Überfall stattgefunden haben müsse. Keltische Händler aus Gallien, die auf ihrem Segelschiff Eisenbarren, Steinsalz und Wein nach Gwynedd gebracht hatten und dafür Seehundfelle, Bernstein und Schafwolle eintauschen wollten, berichteten von niedergebrannten Dörfern im Norden und erzählten ferner, daß sie dort keinen einzigen Überlebenden mehr angetroffen hätten. Verwüstet und völlig menschenleer läge der Landstrich da; wahrscheinlich hätten Raubhorden, die von weither über die See gekommen seien, zugeschlagen.

Als die drei Frauen im Haus unter der Eibe davon hörten, konnten sie sich zusammenreimen, was mit den Angehörigen Branwyns geschehen war. Da die Kleine außerdem gelegentlich den himmelstürmenden Bergsporn und die gewaltigen Steinmauern auf einem der Gipfel ihrer ehemaligen Heimat erwähnte, vermutete Penarddun gegenüber Arawn und Kigva, Branwyn könnte nahe von Tre'r Ceiri aufgewachsen sein: der sagenhaften Stadt der Riesen. In späteren Jahren, nachdem Branwyn verständig genug geworden war, sprach Penarddun auch mit ihr über den geheimnisvollen Ort und erklärte ihr, daß die gewaltige Bergschroffe, an die sie sich erinnerte, wohl der Yr Eifl gewesen sein müsse, auf dessen Ostgipfel die zyklopischen Quader von Tre'r Ceiri lägen. Und dann konnte die Alte, die in der Geschichte des Landes außerordentlich gut bewandert war, von jener Jahrtausende zurückliegenden Epoche erzählen, in der Menhire, Cromlechs und Dolmen – und ebenso die gigantischen Felswälle um die Stadt der Riesen errichtet wurden. In Wahrheit freilich habe es sich bei den Erbauern von Tre'r Ceiri keineswegs um Hünen gehandelt, sondern vielmehr um Menschen, die sehr großes Wissen besessen hätten, also geistige Riesen gewesen seien.

Die heranwachsende Branwyn lauschte solchen Geschichten hingerissen, und manchmal sehnte sie sich nach der Nordküste der Lleyn-Halbinsel, von der sie, wenn Penarddunds Schlüsse zutrafen, stammte. Aber nie während ihrer Kindheit und Jugend ergab sich die Gelegenheit, eine Reise zum Yr Eifl zu unternehmen. Die Bewohner der Gläsernen Insel und des Dorfes Aberdaron scheuten den Weg dorthin, seit die Kunde von den zerstörten Ansiedlungen zu ihnen gelangt war, und auch Kigva, die früher weit in die Urwälder des Nordens gewandert war, schreckte nun vor dem Gedanken zurück, sich noch einmal in jene Gegenden zu wagen. Anfangs litt Branwyn gelegentlich unter dem Gedanken, das Land, wo ihre Eltern und sonstigen Angehörigen gestorben sein mußten, nicht und vielleicht nie wieder betreten zu können. Doch weil sie die innige Zuwendung ihrer Pflegemutter besaß und auch die beiden älteren Frauen stets für sie da waren, wurden solche Anwandlungen allmählich seltener.

Zudem wurde Branwyn ab ihrem neunten Lebensjahr behutsam in die Weisheit der Göttin Ceridwen eingeführt und fand dadurch zusätzliche seelische Geborgenheit. Penarddun, Arawn und Kigva hatten schon sehr früh erkannt, daß ihr Schützling über eine Reihe jener Gaben verfügte, die eine Hüterin der Heiligen Quelle besitzen sollte, und hatten diese Talente zunächst unaufdringlich und spielerisch gefördert. Jetzt, da Branwyn das Alter erreicht hatte, in dem besonders geeignete Kinder auch anderswo in die Druidenschulen aufgenommen wurden, unterrichteten die drei Frauen das Mädchen täglich mehrere Stunden.

Branwyn wurde in der Kräuterkunde ausgebildet und mit den besonderen Ritualen vertraut gemacht, die zusätzlich zu den gewöhnlichen keltischen Jahreskreisfesten an der Heiligen Quelle stattfanden. Die Heranwachsende lernte auch viel über die scheinbar so unterschiedlichen, aber in ihrem tiefsten Wesen dennoch innig miteinander verflochtenen Gottheiten, deren Wirken überall in der Natur und außerdem im friedvollen menschlichen Zusammenleben zu erkennen war. Ferner verbrachte Branwyn, zumeist in Gesellschaft Arawns, so manche Nacht im Freien, um den Lauf der Gestirne zu beobachten und sich die Namen der Planeten und Sternbilder einzuprägen.

An anderen Tagen wieder wanderte Kigva, die die Kunst des

Rutengehens beherrschte, mit ihr zu bestimmten uralten Steinsetzungen auf der Ynys Vytrin oder auf dem Festland. Wenn der Gabelzweig in der Nähe eines dieser Menhire ausschlug und Branwyn zur gleichen Zeit Kigvas Hand berührte, spürte sie plötzlich ein feines Prickeln auf ihrer Haut oder auch seltsame Veränderungen in ihrer Wahrnehmungsfähigkeit. Auf diese Weise begegnete sie den Erdkräften, die sich wie unsichtbares Geäder durch Fels und Humus zogen: die hier einen Baum in ungewöhnlicher Pracht gedeihen ließen, während an einem anderen dieser geheimnisvollen Plätze nur zwergenhaft verkrüppeltes Gesträuch sein Dasein fristete. So begriff Branwyn, daß manche Orte sehr gut, andere wiederum nicht für das pflanzliche und damit auch das tierische und menschliche Leben geeignet waren – was zum Beispiel dann wichtig sein konnte, wenn jemand eine Schafhürde oder ein neues Haus an einer bislang nicht genutzten Stelle errichten wollte.

Ab ihrem dreizehnten Lebensjahr vermochte Branwyn selbst zu muten, und noch eine weitere Fähigkeit bildete sich in der Zeit, als sie ihre ersten Monatsblutungen erfuhr, bei ihr aus. Unter der Obhut der drei weisen Frauen entwickelte sich ihr seherisches Talent, das offenbar von Geburt an in ihr angelegt war, und nachdem Branwyn ihre ersten Schauungen erlebt hatte, pflegte die alte Penarddun oftmals zu sagen: »Ich glaube, diese sehr seltene Gabe wurde dir vererbt. Wahrscheinlich hat es in der Sippe, von der du abstammst, früher schon Ovaten gegeben. In den ehrwürdigen Überlieferungen, die sich auf den Norden der Lleyn-Halbinsel beziehen, heißt es ja auch, es hätten seit vielen Jahrhunderten stets Seherinnen und Seher im Schatten des Yr Eifl gewirkt …«

Freilich waren die Visionen Branwyns in jenem Abschnitt ihres Lebens, da sie allmählich zur jungen Frau heranreifte, nicht spektakulär. Im Gegensatz zu anderen Ovaten, von denen in den Bardengesängen die Rede war und deren Kraft ausgereicht hatte, weit in die Zukunft zu blicken, um dort große Ereignisse zu erschauen, konnte Branwyn die Schleier zumeist nur einen Spalt lüften. Aber auch das brachte Nutzen für die Dorfgemeinschaft; so etwa, wenn sie Tage zuvor das Auftauchen von Fischschwärmen vorhersagte oder vor Stürmen warnte, die unversehens über das Eiland hinwegtoben würden. Und einmal, Branwyn stand damals in ihrem siebzehnten Lebensjahr, sah sie während ihrer Meditationen an der Heiligen Quelle dreimal hintereinander ein Schiff mit roten Segeln und dunkelhäutigen Seeleuten weit draußen auf dem Meer – tatsächlich waren knapp eine Woche später iberische Händler auf einem derartigen Segelschiff nach Aberdaron gekommen: Männer in fremdartigen Kleidern und mit tiefbraunen Augen, wie man sie schon seit mehreren Menschenaltern nicht mehr in Gwynedd hatte begrüßen können.

Manchmal auch – vor allem dann, wenn Penarddun sich einmal mehr in den uralten Sagen des Landes verlor – glaubte Branwyn, unversehens und wie in Trance zurück durch die Zeit zu gleiten: weit hinaus über ihre eigene frühe Kindheit und Geburt, die ihr freilich nie greifbarer als im Wachzustand wurden. Und bei solchen Gelegenheiten geschah es zuweilen, daß die von der Alten beschworenen Bilder lebendig zu werden schienen. Gerade während der letzten Jahre war dies häufiger geschehen, und die junge Frau hatte in solchen Augenblicken das Gefühl, sich mitten unter den Menschen aus grauer Vorzeit zu befinden. Es war fast so, als könnte sie deren Körper tatsächlich berühren; sie hörte ihre Stimmen und nahm zuweilen sogar die Gerüche wahr, die von ihnen ausgingen. Aber stets hielt das Empfinden, in eine andere Welt eingetaucht zu sein, nur ein paar Atemzüge lang an, dann wichen die verwirrenden Visionen wieder. Nachher fühlte Branwyn sich jedesmal erschöpft; das flüchtige Abtauchen in vergangene Jahrhunderte kostete sie sehr viel Kraft, während ihre Visionen von künftigen Dingen, die bereits nahe bevorstanden, sie kaum ermüdeten.

Natürlich hatte sie mit den drei älteren Frauen darüber gesprochen, und die damals schon gebrechliche Penarddun hatte ihr erklärt, daß Raum und Zeit nach druidischer Lehre durchaus in verschiedenen Richtungen durchwandert werden könnten. Denn die jenseitigen Pfade von Annwn, auf denen der Geist der Ovaten sich bewege, seien mit den diesseitigen nicht zu vergleichen;

vielmehr würden Vergangenheit, Gegenwart und Zukunft in der Anderswelt einen Knoten bilden, der in sich alle drei Ebenen der Zeit in enger Verschlingung berge.

Sehr große Weisheit hatte in den Worten der Greisin gelegen: entrückte Erkenntnis, welche die Grenzen des irdischen Begreifens beinahe schon sprengte. Und in der Tat war Penarddun wenige Monate nach diesem Gespräch verstorben. Friedlich war sie in einer Neumondnacht entschlafen; still hatte ihr Geist den verbrauchten Körper verlassen, um auf dem Weg über Annwn in einem jungen Leib wiedergeboren zu werden. Branwyn, Kigva und Arawn hatten die sterbliche Hülle Penarddduns zu ihrem Grab getragen; hoch oben auf der Ynys Vytrin hatte die Druidin ihre letzte Ruhestätte gefunden.

Vierzehn Tage später dann, als wieder der Vollmond am Himmel stand, war Branwyn im Verlauf eines Rituals an der Heiligen Quelle zur Priesterin der Großen Göttin geweiht worden. Seit dieser Nacht verkörperte sie in den Augen der Dorfbewohner die jugendliche Erscheinungsform der Dreifachen Gottheit; Kigva versinnbildlichte deren mütterliche Natur, und die bereits betagte Arawn hütete nun anstelle Penarddduns das Wissen um das wahre Wesen des Todes und seine immerwährende Umwandlung zu neuem Leben im ewig gebärenden Schoß Ceridwens.

Seit beinahe vier Jahren erfüllte Branwyn jetzt bereits ihre Aufgaben im Dienst der Göttin, und jeder einzelne Tag hatte ihr tiefe Befriedigung gebracht. Darüber hinaus konnte sie so ihrer Pflegemutter Kigva die Liebe vergelten, welche die Frau mit dem runden, gutmütigen Gesicht ihr fast zwei Jahrzehnte lang geschenkt hatte; ähnliches galt für Arawn, die im Lauf der Zeit wie eine Großmutter für sie geworden war. Zudem besaß sie in beiden gute, zutiefst vertraute Freundinnen; sie hatten es tausendfach bewiesen – zum Beispiel im vorletzten Frühling, als sich Branwyn in Dafydd verliebt hatte.

Wie jede junge Frau, die ihrer ersten großen Liebe begegnet, fühlte sich damals auch Branwyn zwischen kaum noch bezähmbarer Sehnsucht und verwirrter Scheu hin und her gerissen. Zu allem

Überfluß wirkte Dafydd manchmal richtiggehend verstört, wenn sie nur in seine Nähe kam, und womöglich hätte sie den entscheidenden Schritt, der somit notwendigerweise von ihr ausgehen mußte, nie gewagt, wenn Kigva und Arawn ihr nicht Mut gemacht hätten. So aber schaffte sie es schließlich, das einzig Richtige zu tun und dem großen, dunkelhaarigen Burschen mit den tiefblauen Augen beim Beltanefest unmißverständlich klarzumachen, was sie für ihn empfand. So hatte es begonnen, und seitdem durfte Branwyn das Glück des Zusammenseins mit Dafydd, das ihr als Hüterin der Heiligen Quelle keineswegs verboten war, genießen …

* * *

In der Erinnerung an die Zärtlichkeiten, die sie auch heute wieder ausgetauscht hatten, lächelte Branwyn verträumt. Sie kuschelte sich tiefer unter die Schafwolldecke auf der Liegebank im Rundhaus, wo jetzt nur noch ein letzter Glutkern des Torffeuers glimmte. Dann dachte sie daran, daß sie Dafydd morgen wiedersehen würde, doch zuvor würde sie das Erscheinen der Gottheiten Arianrhod und Lug über der Heiligen Quelle erleben: über dem Nabel der *Ynys Vytrin*, die zuweilen zur Brücke hinüber nach *Annwn* werden konnte …

Als ihr das durch den Kopf ging, fiel ihr wiederum die beklemmende Schauung ein, die sie an diesem Nachmittag auf dem Kap gehabt hatte: die Finsternis, die jäh aus dem andersweltlichen Leuchten um das schwebende Eiland hervorgebrochen war; dazu die bedrohlichen Schemen. Und jetzt auf einmal glaubte sie, sich die Erscheinung erklären zu können. Das furchteinflößende Bild mußte aus ihrem Unterbewußtsein gekommen sein; aus jenem dunklen Bereich, wo die verschollene Erinnerung an ihre früheste Kindheit begraben lag. Vielleicht ist es geschehen, weil Dafydd nach Aberdaron ging, wohin Kigva mich brachte, nachdem sie mich in der Wildnis aufgefunden hatte, überlegte sie. Wahrscheinlich suchten mich meine damaligen Ängste deshalb noch einmal heim. Nun aber habe ich es mir bewußt gemacht und werde Frieden haben …

Mit diesem Gedanken schlief sie ein – und tatsächlich blieb ihr Schlummer friedlich und wurde von keinem Alptraum gestört.

Die Heilige Quelle

Geraume Zeit vor Morgengrauen spürte Branwyn eine leichte Berührung an der Schulter. Als sie die Augen öffnete, erkannte sie Arawn, die einen brennenden Kienspan in der Hand hielt und nun leise flüsterte: »Du mußt aufstehen …«

Die magische Zusammenkunft von Arianrhod und Lug über dem Born der Göttin! Der Gedanke bewirkte, daß die junge Frau im Nu auf den Beinen war. Sie schüttelte ihr langes Haar, das im Feuerschein kastanienfarben glänzte, über die Schultern und lief nach draußen. Mit beiden Händen schöpfte sie Wasser aus dem hohen, bauchigen Tongefäß, das gleich neben der Tür unter der Dachtraufe stand. Sie spülte ihren Mund und wusch sich; unmittelbar darauf kam auch Kigva und erfrischte sich auf dieselbe Weise wie ihre Pflegetochter. Danach gingen beide zurück ins Rundhaus und schlüpften in ihre Kleider. Da der Meerwind zu dieser frühen Stunde heftig in den Ästen der Eibe wühlte und empfindlich kühl war, warfen sie sich zusätzlich ihre Plaids über. Auch Arawn trug mittlerweile einen aus gefärbter Schafwolle gewebten und mit Karomustern verzierten Umhang und drängte ihre Gefährtinnen jetzt zu raschem Aufbruch.

Die Heilige Quelle lag ein beträchtliches Stück außerhalb des Dorfes. Die drei Frauen, von denen nun jede eine Fackel in der Hand trug, durchquerten die Ansiedlung, wo noch tiefe Stille herrschte. Jenseits des letzten Hauses begann der Weg, der sich zunächst ein Stück in Richtung des Walbuckels der Insel schlängelte und sich nach einer Weile gabelte. Arawn, Kigva und Branwyn bogen links ab; bald wurde der Pfad so schmal wie ein Wildwechsel und mündete schließlich in eine Kluft, die tief ins

Gestein der *Ynys Vytrin* gekerbt war. Zwischen den Trümmern auf dem Grund der Klamm rieselte ein Rinnsal; die Frauen folgten ihm bergan, bis sie einen Felskessel erreichten. Direkt vor dem Zugang ragten, auf einer Erdschwelle in gleichen Abständen nebeneinander angeordnet, drei mannshohe Menhire auf. Sie waren aus Blaustein gemeißelt, der auf der Insel nicht vorkam, sondern vor Urzeiten vom Festland herübergebracht worden war, und dienten als Wächter am Born der Göttin.

Zusätzlich zum Feuerbrand hatte Branwyn ihren Tragesack bei sich. Jetzt nahm sie ihn von der Schulter und holte die Tontöpfe mit den Erd- und Pflanzenfarben sowie die Holzspateln heraus. Einen Behälter behielt sie selbst, die beiden anderen reichte sie Kigva und Arawn, dann begannen die Frauen jeweils eine der Steinsetzungen zu bemalen. Branwyn färbte den oberen Teil des ganz links stehenden Menhirs weiß ein, auf den mittleren strich Kigva rote Paste, Arawn wiederum benutzte für ihren schwarze Farbe. Und jede richtete dabei in ihrem Herzen ein Gebet an die Dreifache Göttin: Branwyn an die hell strahlende jugendliche Erscheinungsform Ceridwens, Kigva an ihre von warmem, rotem Leben erfüllte Mütterlichkeit und Arawn an die geheimnisvollste Verkörperung der Gottheit im dunklen Bereich von Tod und Wiedergeburt.

Im gleichen Moment, da sie fertig waren, kündigte sich der erste, kaum greifbare Schein der Dämmerung an. Die drei Frauen lösten ihre Gedanken von den Hohen Steinen, gingen still weiter und betraten den Felskessel, in dessen Oval sich die von Haselsträuchern und Birken umgebene Heilige Quelle befand. Sie sprudelte aus einer Spalte im Schiefer und sammelte sich in einem Steinbecken darunter; aus dem Überlauf entsprang das Rinnsal, dem die Hüterinnen des Borns durch die Kluft gefolgt waren. Das rieselnde Wasser spiegelte den Schein der Fackeln wider, ehe diese eine nach der anderen gelöscht wurden. In fast noch undurchdringlicher Dunkelheit knieten Branwyn, Kigva und Arawn nun vor dem Quellbecken; geduldig erwarteten sie den vollen Anbruch des Morgengrauens.

Allmählich verstärkte sich der Dämmerschein am Firmament; dann – im selben Augenblick, da Arawn raunte: »Arianrhod enthüllt ihr Antlitz!« – zeigte sich, direkt über der Heiligen Quelle, eine silbrige Lichterscheinung am Himmel. Der vorgewölbte Teil der Mondsichel hatte sich in die Kerbe eines Felsgrats hoch über den Köpfen der Frauen geschoben; wiederum eine Weile später war die gekrümmte Silhouette des Nachtgestirns ganz über die Schroffe gewachsen. Gleich einem filigranen Diadem stand sie über dem grauschwarzen Gestein am immer noch beinahe nächtlichen Firmament – bis dieses unvermittelt aufglühte und von der gegenüberliegenden, östlichen Abbruchkante der Schluchtwand ein goldenes Leuchten heranschoß. »Der lichte Pfeil Lugs!« flüsterte Arawn; ebenso wie die beiden anderen Frauen beobachtete sie gebannt, wie das silberne Flimmern des Mondes sich mit dem ersten Sonnenstrahl des neuen Tages paarte.

Das seltene Naturschauspiel zwischen den schieferfarbenen Graten der Kluft dauerte freilich nur kurz an. Kaum stieg die Sonne ein wenig höher, verblaßte die Mondsichel am nunmehr rauchblauen Firmament, um sich endlich ganz aufzulösen. Im Born der Göttin jedoch, über dem nach wie vor die Schleier der Dämmerung webten, blieb das filigrane Diadem noch geraume Zeit sichtbar. Und dies war für die Hüterinnen der Quelle das Sinnbild dafür, daß Arianrhod nicht wirklich verschwunden, sondern lediglich in die Anderswelt eingetaucht war.

»In *Annwn* erneuert das Silberne Rad seine Kraft«, sagte Arawn leise. »Es rollt jetzt dort hinüber auf jener Brücke, die Ceridwen schlägt: auf dem Heiligen Steg, der den Abgrund zwischen Vergehen und Werden überspannt. Wir aber wollen der Dreifachen Göttin, der wir dienen, nun unseren Dank für alles aussprechen, was sie für das Leben hier auf Erden und draußen in der Unendlichkeit des Alls von Ewigkeit zu Ewigkeit vollbringt.«

Während sie die letzten Worte sprach, trat sie so nahe wie möglich an das Quellbecken heran und wartete ab, bis auch

Kigva und Branwyn ihre Plätze an den schräg gegenüberliegenden Rändern des Borns eingenommen hatten. Die drei Frauen bildeten damit einen Kreis um die Heilige Quelle und schlossen ihn, indem sie die Arme ausstreckten und die Hände ihrer Gefährtinnen zur Linken und Rechten ergriffen. Gleich darauf stimmten sie zusammen den uralten Sprechgesang zu Ehren Ceridwens an: das melodische Gebet, wie es seit vielen Jahrhunderten überliefert war.

Nachdem sie die liebevolle Anrufung der Göttin beendet hatten, öffnete Branwyn noch einmal ihren Tragesack und nahm einen kleinen Strauß von verschiedenartigen Kräutern heraus. Arawn hatte ihn am Abend zuvor, als sie die Heilpflanzen im Rundhaus ausbreitete, gebunden; er enthielt je eine der seltenen Blumen, Dolden und Rispen, die Branwyn auf dem Festland gesammelt hatte. Jetzt legte sie das Gebinde auf einem Moospolster seitlich des Borns als Opfergabe an Ceridwen nieder und brachte dabei ihre Gedanken mit ihrem Tun in Einklang; auf diese Weise konnte der Geist der Pflanzen, die sie gestern der Natur entnommen hatte, wieder in den Schoß der Erde heimkehren.

Zum Schluß dankten die Frauen der Dreifachen Göttin abermals durch einen Sprechgesang; heiter und gelöst machten sie sich sodann auf den Rückweg. Sie scherzten miteinander, neckten sich und wußten dabei, daß – nach dem stillen Ernst des Rituals – auch solch ausgelassene Fröhlichkeit im Sinne Ceridwens war. Lachend kamen sie aus der Kluft, folgten dem schmalen Pfad talwärts und erreichten schließlich die Stelle, wo er in den breiteren Weg einmündete, der zum Dorf führte.

Dort blieb Kigva stehen, deutete in Richtung der Ansiedlung und wandte sich schmunzelnd an Branwyn: »So ein Zufall! Dafydd kommt genau zum richtigen Zeitpunkt hier herauf. Fast möchte man glauben, ihr hättet euch verabredet ...«

Die Antwort der jungen Frau mit den rotblonden Haaren bestand in einem Lächeln; Arawn zwinkerte ihr zu und bemerkte: »Wenn ich es mir recht überlege, brauchen wir dich heute eigentlich gar nicht mehr im Rundhaus ...«

»Und ehe du jetzt noch weiter mit uns bergab läufst, nur um dann doch wieder umzukehren, wartest du am besten gleich hier auf Dafydd«, riet Kigva. Sie wies auf einen sonnenbeschienenen flachen Felsblock am Wegrand. »Auf dem könntest du es dir solange bequem machen.«

Branwyn umarmte ihre Gefährtinnen, übergab Kigva den Tragesack mit den leeren Farbtöpfen und ließ sich auf dem Steinquader nieder. Von dort aus beobachtete sie, wie die beiden älteren Frauen weitergingen, ein gutes Stück weiter unten Dafydd begegneten, kurz mit ihm sprachen und ihr dann noch einmal zuwinkten. Wiederum eine Weile später war der großgewachsene Mann mit dem dunklen Haar und den tiefblauen Augen bei ihr; an einem Strick führte er den Widder, den sie im *Curragh* zur Insel gebracht hatten.

Als der Schafbock Branwyn wiedererkannte, blökte er freudig, drängte sich an sie und wollte gestreichelt werden. Sie liebkoste ihn ausgiebig und erreichte dadurch, daß Dafydd ungeduldig wurde. Um so zärtlicher fiel gleich darauf die Begrüßung zwischen ihm und Branwyn aus. Während sie in seinen Armen lag und sie sich lange küßten, spürte sie, wie ihre Knie weich wurden und wie sehr sie sich nach ihm gesehnt hatte.

»Heute haben wir den ganzen Tag für uns«, flüsterte sie ihm glücklich zu, nachdem ihre Lippen sich wieder voneinander gelöst hatten. Im nächsten Moment packte sie der Übermut. »Denn diesmal kannst du dich nicht nach Aberdaron davonmachen, so wie gestern …«

»Aber du warst es doch, die unbedingt Heilkräuter sammeln wollte, statt mit mir zu gehen!« entfuhr es ihm. Als er das verräterische Zucken um ihre Mundwinkel sah, begriff er, daß sie ihn einmal mehr auf den Arm genommen hatte. »Du bist und bleibst ein Biest«, setzte er in gespielter Empörung hinzu. »Und ich frage mich wirklich, ob ich dir jemals gewachsen sein werde …«

»Wenn du dich das fragst, ist immerhin noch nicht alle Hoffnung verloren«, entgegnete Branwyn augenzwinkernd. »Doch jetzt komm! Wir haben einen langen Weg bis zur Hochweide vor uns, und die Sonne steht schon mehr als zwei Ellen über dem Horizont.«

Hand in Hand, der Widder nun an der Seite der jungen Frau, machten sie sich an den Aufstieg zum Walbuckel des Eilands. Zunächst war der Pfad noch bequem zu begehen; während sie ihm folgten, fand Branwyn Gelegenheit, Dafydd von der Begegnung Arianrhods und Lugs über dem Heiligtum der Göttin zu erzählen. Bald jedoch wurde der Steig steiler und führte zudem teilweise über von Sturm und Regen glattgeschliffenes, feuchtes und damit schlüpfriges Gestein. An solchen Stellen mußten sie jeden Schritt mit Bedacht setzen, der Schafbock hingegen meisterte die schwierigen Passagen mit Leichtigkeit und schien noch Spaß daran zu finden. In der Mitte des Vormittags endlich war das nur noch mäßig geneigte Inselplateau erreicht. Hier oben hatten Wind und Wetter den Fels verwittern lassen und – ähnlich wie im Tal, wo das Dorf stand – eine Erdschicht gebildet, auf der Pflanzenwuchs gedeihen konnte. Weil diese kräftigen Gräser und Kräuter außerdem besonders nahrhaft waren, wurden jedes Jahr zu Beginn des Sommers die Schafe der Ansiedlung auf die Hochebene getrieben.

Jetzt sollte auch der Widder aus Aberdaron hier weiden und das Blut der Herde auffrischen – und er schien sich vom ersten Augenblick an in seiner neuen Umgebung heimisch zu fühlen. Denn kaum erspähte er das Rudel, das sich weit draußen verstreut hatte, blökte er auch schon sehnsüchtig dort hinüber und zerrte am Strick. Mit einiger Mühe befreite Branwyn ihn, dann blickten sie und Dafydd ihm lachend nach, wie er über das Heideland davonpreschte.

»Er wird es gut haben hier oben«, sagte die junge Frau, als der Schafbock verschwunden war. »Und wir haben uns nun eine Ruhepause verdient ...« Sie nahm ihr Plaid ab, breitete es zwischen einigen Wacholderbüschen aus und machte es sich auf dem karierten Wollstoff bequem.

Dafydd kniete neben ihr nieder; zärtlich streichelte er über ihr Haar, auf dem Sonnenreflexe spielten. Sie genoß die Berührung und schmiegte ihre Wange in seine Hand – doch plötzlich knurrte ihr Magen und erinnerte sie daran, daß sie wegen des Rituals heute noch keinen Bissen zu sich genommen hatte.

»Ach, du Ärmste! Du mußt ja schrecklich hungrig und durstig sein!« Dafydd löste sich von ihr, nahm seine prall gefüllte lederne Umhängetasche von der Schulter und öffnete sie. »Aber da ich das Gebot deiner Göttin, nüchtern an ihrem Born zu erscheinen, kenne, habe ich vorgesorgt ...« Damit brachte er einen goldbraunen Brotlaib, mehrere große, in Huflattichblätter eingeschlagene Stücke Räucherlachs sowie einen Bund frischer Pastinaken zum Vorschein. Zudem hatte er einen Tonkrug bei sich, und als er den Pfropfen aus dem schmalen Gefäßhals zog und ihr den Krug reichte, roch Branwyn den Duft von Apfelmost.

»Du bist ein Schatz, Dafydd!« seufzte sie und griff zu. Herrlich erfrischend prickelte das vergorene Getränk in ihrer Kehle.

»Natürlich bin ich das!« schmunzelte der Mann an ihrer Seite, während er das Brot zerschnitt und eine Scheibe für sie mit dem würzigen Lachsfleisch belegte. »Auch wenn du es nicht lassen kannst, mich zum Dank dafür ständig aufzuziehen ...«

»Ich werde es bestimmt nie wieder tun! Das schwöre ich dir!« beteuerte Branwyn.

»Und das soll ich dir glauben?« verwahrte sich Dafydd. »Ich sehe es dir doch an, daß du schon wieder etwas im Schilde führst!«

Die junge Frau setzte zu einer Entgegnung an, doch mit einem raschen »Nein, keine Widerrede!« kam ihr Dafydd zuvor – und schob ihr unversehens das Lachsbrot zwischen die Zähne.

Um sich nicht zu verschlucken, mußte Branwyn wohl oder übel schweigen; gleich darauf freilich revanchierte sie sich, indem sie ihrem triumphierend grinsenden Geliebten eine Pastinakenwurzel in den Mund stopfte. Daraus entwickelte sich eine übermütige Balgerei, bei der sie sich gegenseitig mit den schmackhaftesten Happen fütterten, bis sie schließlich vor Lachen innehalten mußten. Danach aßen sie gesitteter weiter und tauschten zwischendurch kleine Zärtlichkeiten aus. Nachdem sie ihr Mahl beendet hatten, teilten sie sich den Apfelmost, der noch im Tonkrug übriggeblieben war.

Branwyn saß nun zwischen Dafydds Beinen und hatte ihren Hinterkopf an seine Schulter gelehnt. Verträumt blickte sie über die Hochebene, die sich, in warmes Sonnenlicht gebadet, vor ihnen ausbreitete. Die weiter draußen weidenden Schafe waren helle, flaumige Flecken im Rot und Violett des Heidekrauts, dem Gelb des Ginsters und dem Dunkelgrün des Farns, der da und dort in einer feuchten Senke stand. Tief unten glitzerte die See und malte einen weißen Saum entlang der Felsschroffen an der Küste der Lleyn-Halbinsel; am östlichen Horizont zeigte sich das Bergmassiv des *Eryri Gwyn* auch heute wieder in seiner ganzen majestätischen Pracht.

»Es ist so unendlich friedlich hier oben«, flüsterte Branwyn nach einer Weile. Als sie spürte, wie Dafydd nickte, fügte sie hinzu: »Und es ist wunderschön, zusammen mit dir in diesem Frieden geborgen zu sein.«

Seine Lippen berührten ihren Nacken, dann hörte sie ihn leise sagen: »Wir werden noch oft hier heraufkommen, unser ganzes Leben lang. Und jedesmal werden wir uns daran erinnern, wie glücklich wir an diesem Platz waren. Auch dann noch, wenn wir zusammen alt geworden sind ...«

Sie schmiegte sich enger an ihn und spürte, wie seine Hand sich um ihre Brust legte. Sie schloß die Augen und genoß das Gefühl tiefer Geborgenheit, das er ihr durch die innige Berührung schenkte. Sie erinnerte sich daran, wie ihre Knie weich geworden waren, als er sie am Morgen bei der Weggabelung am Fuß des Berges in die Arme genommen hatte, und jetzt war diese süße Schwäche erneut da und breitete sich mit jedem Atemzug weiter in ihrem Körper aus. Sie griff nach seiner Hand und führte sie unter ihr Kleid; als sie sein zartes Streicheln direkt auf der Haut fühlte, stöhnte sie lustvoll auf.

Dafydd war nicht weniger erregt als sie, dennoch ließ er ihr und sich viel Zeit. Seine Liebkosungen drängten sie nicht, sondern klangen zusammen mit ihrem eigenen Begehren, und so blieb es selbst dann noch, als sie nackt auf dem Plaid lagen. Ihre immer stärker anwachsende Lust wurde zu seiner und seine zu ihrer; dies geschah auch deswegen, weil er fähig war, gleichermaßen zu geben und zu nehmen. Zuletzt dann, als er ganz zu ihr kam und seine Kraft ihr Innerstes erfüllte, war Branwyn bereits jenseits allen Denkens. Verzückt ließ sie sich tragen, höher und höher empor, bis sie, unmittelbar nach ihm, den Gipfel erreichte und vor Glück beinahe verging.

Langsam, ganz allmählich, brachten Dafydds Zärtlichkeiten, die nun wie ein Dank an sie waren, Branwyn in die Wirklichkeit zurück – und bewahrten gleichzeitig den Schwebezustand, in dem sie sich nach wie vor befand. Schwer und warm spürte sie ihr Blut kreisen; nach einer Weile wurde ihr bewußt, daß es an diesem Tag möglich gewesen wäre, ein Kind von Dafydd zu empfangen, wenn sie nicht mit Hilfe bestimmter Kräuter vorgesorgt hätte. Dieser Gedanke wiederum führte zu der Vorstellung, wie sie, vielleicht schon bald, eine Tochter oder einen Sohn von ihm unter ihrem Herzen tragen würde: ein winziges Leben, das aus ihrer Liebe zueinander entstanden war …

»Ich liebe dich!« vernahm sie im selben Moment seine leise Stimme. Sein Mund war dabei ganz nahe an ihrem, sein Atem strich über ihre Wange. »Ich liebe dich so sehr, daß ich es mit Worten niemals werde ausdrücken können …«

»Aber du hast es doch soeben getan«, flüsterte sie lächelnd und suchte seine Lippen. Ihre Zunge spielte an ihnen entlang, tastete sich tiefer, traf sich mit seiner. Abermals verloren sie sich aneinander – bis die junge Frau plötzlich erschrocken innehielt.

Jäh hatte ein kalter Windstoß, vermischt mit schräg herniederklatschenden Regentropfen, sie getroffen. Als Branwyn und Dafydd auffuhren, sahen sie die dunklen Wolken, die den eben noch tiefblauen Himmel verschatteten. Mit schwefelgelb glühenden Rändern jagten sie von Westen heran; unwillkürlich erinnerte sich Branwyn an ihr Erlebnis auf dem Kap, als das andersweltliche Leuchten der *Ynys Vytrin* sich schlagartig in bedrohliche Finsternis verwandelt hatte. Kaum jedoch war ihr dieser Gedanke durch den Kopf geschossen, rief Dafydd: »Dort hinüber! Schnell!«

Sie rafften ihre Sachen zusammen und hasteten nackt auf ein Ginstergestrüpp zu, dessen Zweige jetzt schon der Sturm peitschte. Mehrere der Büsche wucherten rings um eine Gruppe von Felstrümmern; das Paar schaffte es mit knapper Not, sich in ihren Schutz zu flüchten und in die Kleider zu schlüpfen, ehe das scharfe Sommergewitter direkt über die Hochebene hinwegzog. Es goß in Strömen, Donner grollte, und Blitze zuckten; einmal, auf dem Höhepunkt des Unwetters, fegten sogar Hagelschloßen vom Firmament. Doch ebenso schnell, wie das Gewitter gekommen war, verzog es sich nach Osten, wo es nun die Wogen der Tremadog-Bucht aufwühlte, während sich über der Insel schon wieder die ersten schüchternen Sonnenstrahlen zeigten.

»Das war knapp«, murmelte Dafydd. »Es gibt nichts Unberechenbareres als diese Sommerstürme, die von Irland herüberkommen ...« Er unterbrach sich, weil Branwyn zusammengezuckt war, und erkundigte sich besorgt: »Was ist mit dir? Hast du Schmerzen? Haben die Hagelkörner dich verletzt?«

Die junge Frau schüttelte den Kopf. »Nein, mir fehlt nichts. Ich friere nur ein bißchen ...« Als er ihr fürsorglich das Plaid umlegte und sie in seine Arme zog, dachte sie: Und doch ist da irgend etwas ... Etwas, das vielleicht mit diesen so unversehens über das Meer rasenden Stürmen zu tun hat ... Aber ich kann es nicht herausfinden ... Ebensowenig wie gestern ...

Sie wollte der seltsamen Stimmung nicht länger nachgeben, und tatsächlich gelang es ihr, sich in seiner Umarmung zu entspannen. »Es tut so gut, wie du mich wärmst«, flüsterte sie. Gleich darauf verscheuchte das Gefühl des Geborgenseins an seiner Brust die Beklemmung, die sie abermals verspürt hatte – und dann fielen ihr die Schafe ein. »Wir sollten besser nach den Tieren sehen«, sagte sie. »Vielleicht ist eins von ihnen auf der Flucht vor dem Unwetter verunglückt und braucht unsere Hilfe.«

»Du hast recht«, nickte er. »Doch wir gehen nur, wenn mit dir wirklich alles in Ordnung ist.«

Sie bestätigte es ihm, indem sie nach seiner Hand griff und ihn durch die Ginsterbüsche zog. Als sie aus dem Windschutz der Felsen kamen, spürten sie, wie sehr die Luft sich abgekühlt hatte. Von den Rispen des Heidekrauts perlte die Feuchtigkeit; da und dort hatten die Sturmböen Furchen in den Pflanzenteppich gepflügt, und in den Senken, wo der Farn gedieh, lagen die Wedel teilweise flach auf der Erde. Was die Schafherde anging, so war weit und breit nichts von ihr zu sehen; Branwyn und Dafydd mußten fast bis zum äußersten Ende des Inselplateaus laufen, ehe sie die Tiere entdeckten.

Das Rudel hatte sich in eine Bodenmulde zurückgezogen und nach dem Gewittersturm an Ort und Stelle wieder zu grasen begonnen. Als der Widder, den sie vom Dorf heraufgebracht hatten, Branwyn witterte, blökte er freudig, kam heran und drängte sich an sie. Erleichtert streichelte die junge Frau ihn, anschließend zählten sie und Dafydd die Herde durch. Obwohl sie sich danach ziemlich sicher waren, daß kein Schaf fehlte, suchten sie auch noch die Umgebung der Mulde ab: vor allem einen Klippenabbruch, der ungefähr hundert Schritte weiter schroff abfiel und wo ein versprengtes Tier sich leicht hätte zu Tode stürzen können. Doch zwischen den Felsen tief unten war kein Kadaver auszumachen; zudem kreisten die Möwen friedlich in der Luft, statt sich irgendwo um Beute zu balgen.

»Wie es aussieht, ist für die Schafe gottlob alles glimpflich abgegangen«, erklärte Dafydd schließlich. »Und das ist immerhin ein Trost, nachdem andererseits wir dermaßen vom Regen in die Traufe kamen ...«

»Es war trotzdem unsagbar schön«, tröstete die junge Frau

ihn und sich. »Außerdem wäre uns sowieso nicht mehr sehr viel Zeit geblieben, denn die Sonne steht schon schräg.«

»Ja, wir müssen aufbrechen«, pflichtete ihr Dafydd bei. »Aber wir wollen bald wieder hier heraufkommen, nicht wahr?«

Branwyn antwortete ihm mit einem Kuß. Dann kletterten sie vom Klippensaum und gingen auf dem Pfad, den sie auf dem Herweg durch das feuchte Heidekraut getreten hatten, zurück. Die Spur irisierte zunächst noch im goldenen Licht des Spätnachmittags; wenig später, weil erneut Wolken von Westen herantrieben und über den äußersten Inselrand zogen, glitten dunkle Schatten über sie hin.

Branwyn und Dafydd bemerkten nichts davon; sie befanden sich jetzt bereits an der Stelle, wo sie sich unter freiem Himmel geliebt hatten. Die junge Frau empfand ein leichtes Gefühl von Wehmut, als ihr Gefährte sie dort noch einmal in die Arme nahm; die melancholische Stimmung hielt an, bis der schlüpfrige Steig, der von der Hochebene talwärts führte, ihre ganze Aufmerksamkeit forderte und sie dadurch ablenkte.

An den schwierigsten Wegstellen war Dafydd ihr behilflich; endlich wurde der Pfad breiter, so daß sie Hand in Hand nebeneinander gehen konnten. Im Südwesten der *Ynys Vytrin* hing der Sonnenball nun schon tief über dem Meer, und als sie schließlich in der Ferne das Dorf sahen, berührte die rotglühende Scheibe soeben die Kimmung.

Sie blieben stehen, ihre Gesichter waren ins letzte Licht des Tages gebadet. Nach einer Weile fragte Dafydd leise: »Kommst du noch mit zu mir?«

»Gerne«, erwiderte sie lächelnd und dachte daran, wie wohl sie sich bei vielen anderen Gelegenheiten unter dem Dach des christlichen Hauses gefühlt hatte.

Wie immer wenn Branwyn zu Gast bei Dafydd und seinen Eltern war, nahm der Anblick des ungewöhnlichen Bildnisses sie gefangen. Fast mystisch leuchtete die Gestalt des großen Fisches aus dem Halbdunkel über dem schlichten, aus Feldsteinen geschichteten Hausaltar im hinteren Bereich des runden Raumes. Branwyn wußte, daß der *Ichthys* das Symbol des Glaubens war, dem Dafydds Familie anhing; gleichzeitig stellte der Fisch aber auch ein eindrucksvolles Kunstwerk dar.

Der alte Dylann, Dafydds Vater, hatte Tausende kleiner Muschelschalen zu dem Mosaik zusammengefügt. Klar und in harmonischen Linien waren die dunkel abgesetzten Konturen von Kopf, Leib und Schwanz des *Ichthys* herausgearbeitet; sein Schuppenkleid hingegen bestand aus vielfach verschlungenen keltischen Mustern, deren Farbgebung an das Spektrum eines Regenbogens erinnerte. Das Bildwerk, das auf eine Schicht gebrannten Lehms aufgebracht war, nahm genau die Breite des Altartisches ein, und die dort leise flackernden Bienenwachskerzen lockten im Verein mit dem Herdfeuer die magisch irisierenden Reflexe aus den Facetten des Muschelmosaiks.

Auch jetzt wieder blieb Branwyn still neben der Tür stehen, um den Zauber auf sich wirken zu lassen. Zudem wollten sie und Dafydd die beiden Männer und die Frau nicht stören, die in der Andachtsecke knieten. Es handelte sich um Dylann, den Schöpfer des Bildnisses, sowie seine Gemahlin Mirjam und Jacwb, den sich die kleine christliche Gemeinde auf der *Ynys Vytrin* vor vielen Jahren zu ihrem Priester erwählt hatte.

Weder Jacwb noch Dafydds Eltern bemerkten, daß sie nicht mehr allein waren. Denn soeben sprachen sie gemeinsam das Gebet, das Jesus selbst seine Jüngerinnen und Jünger gelehrt hatte: die Seligpreisung der Armen, Schwachen und Unterdrückten, die nach dem Willen Gottes dereinst die Erde erben sollten. Zuletzt wiederholte der betagte Priester noch einmal einen Satz aus der Bergpredigt, der ihm besonders am Herzen lag: »Selig die Barmherzigen, denn sie werden Barmherzigkeit finden!« Danach erhoben sich alle drei, umarmten einander – und erblickten die jungen Leute am Eingang des Rundhauses.

»Branwyn! Wie schön, dich heute abend bei uns zu haben!« Mit diesen Worten eilte Mirjam auf die junge Frau zu und drückte sie an ihre Brust. Auch Dylann und der Priester begrüßten sie herzlich, dann forderte Dafydds Vater sie auf, an dem bereits gedeckten Tisch neben der Feuerstelle Platz zu nehmen.

Es gab am Spieß geröstetes Geflügel und dazu frisches Gemüse, das aus dem liebevoll von Mirjam gehegten Pflanzgarten hinter dem Haus stammte. Während sie sich das Mahl schmecken ließen, erzählte Dafydd – freilich ohne allzusehr ins Detail zu gehen – vom Gang auf die Hochweide und dem Gewittersturm, den er und seine künftige Frau dort erlebt hatten. Aufmerksam lauschten ihm seine Eltern und der Gottesmann, zwischendurch stellten sie die eine oder andere Frage. Branwyn wiederum genoß es, einfach dabeizusitzen und die anderen zu betrachten.

Gerade erkundigte sich Dylann besorgt, ob tatsächlich keines der Schafe Schaden durch das Unwetter genommen hätte, und nicht zum erstenmal hatte Branwyn das Gefühl, in dem knapp sechzigjährigen Inselbauern und Fischer Dafydd zu erkennen, so wie er ein Menschenalter später aussehen würde. Die beiden großgewachsenen Männer waren einander wie aus dem Gesicht geschnitten: dasselbe markante Antlitz, die tiefblauen Augen und das dichte Haar, das allerdings bei Dylann schon stark ergraut war. Mirjam hingegen, die kürzlich ihren fünfzigsten Geburtstag gefeiert hatte, zeigte noch keinerlei Anzeichen des Alters. Sie war eine jener etwas rundlichen, vollblütigen Frauen, die vor Lebenslust und Tatkraft manchmal schier überschäumten; zudem besaß Dafydds Mutter Humor, und zuzeiten konnte gutmütiger Schalk aus ihren verschmitzten grünen Augen blitzen.

Eben als Branwyn dies dachte und ihr einmal mehr bewußt

wurde, welches Glück sie hatte, schon bald eine Schwiegermutter wie Mirjam zu bekommen, äußerte Jacwb: »Wenn kein einziges Tier in den Klippen zu Tode kam, so hat Gott sichtbar seine Hand über die Herde gehalten!« Er besann sich, drehte sich zu der jungen Frau an Dafydds Seite herum und setzte hinzu: »Aber damit will ich gewiß nicht leugnen, daß vielleicht auch Ceridwen, deren Quelle du zusammen mit Kigva und Arawn hütest, das Ihrige dazu getan haben könnte.«

Dieses Bestreben, niemanden zurücksetzen zu wollen, war bezeichnend für den christlichen Priester mit dem eher schmächtigen Körperbau und dem weißen Haarkranz über der hohen Stirn. Während Branwyn ihm zum Dank für seine Toleranz ein Lächeln schenkte, überlegte sie: Die Menschen seiner Gemeinde bezeichnen ihn gerne als Vater Jacwb, und das paßt wirklich zu ihm. Denn wie ein gutes Familienoberhaupt ist er stets um Gerechtigkeit gegenüber den Seinen bemüht und ist zudem bei Tag und Nacht für jeden da, der seine Hilfe braucht. Und das leistet er, obwohl er gewiß nicht die breitesten Schultern unter den Dorfbewohnern besitzt …

Plötzlich konnte sie nicht anders, als die Hand auszustrecken, um die des Priesters zu berühren. »Ohne dich wäre das Leben auf unserer Insel sehr viel ärmer«, sagte sie in warmem Tonfall. »Und es tat mir vorhin gut, die Worte Jesu zu hören, die ihr zusammen vor dem Altar gesprochen habt.«

Jacwbs dunkle Augen leuchteten auf. »Ich glaube, das Gebet war durchaus auch im Sinne deiner Göttin«, erwiderte er. »Überhaupt birgt ja die Lehre Christi sehr viel Weibliches in sich, und dies liegt sicher daran, daß der Galiläer die Frauen nicht geringer achtete als die Männer.«

»Zum Beispiel Mirjam von Magdala, die nicht nur meine Namenspatronin ist, sondern vor allem sein geliebtes Weib war«, warf Dafydds Mutter ein. »Sie ehelichte er auf der Hochzeit von Kanaan, und von da an war sie seine vertrauteste Gefährtin, bis er durch die Schuld der Römer ans Kreuz geschlagen wurde.«

Der Priester nickte, dann erklärte er: »Eine Gemahlin, die mit ihrem Gatten durch dick und dünn geht, ist ein Geschenk des Himmels. Ich weiß es nur zu gut, denn ohne meine eigene Frau, mit der zusammen ich vier Kinder großgezogen habe, hätte ich nie zu dem werden können, der ich bin. – Und auch Paulus, der die Botschaft Christi nach Griechenland und Rom trug, lehrte den hohen Wert der Ehe für alle Gläubigen. Den ersten *Presbytern* der von ihm gegründeten Gemeinden, in deren Nachfolge ich stehe, gab er auf, zu heiraten, nach Kräften für ihre Familien zu sorgen, aber auch anderen Menschen Gutes zu tun.«

»So steht es in den Paulusbriefen, deren lateinische Übersetzungen du in deinem Haus aufbewahrst«, bestätigte Branwyn. »Ich erinnere mich noch gut daran, wie du sie mir zu lesen gabst.«

»Und ich werde niemals vergessen, wie wißbegierig du warst«, schmunzelte Jacwb. »Eines Tages, du kannst damals höchstens zehn Jahre alt gewesen sein, kamst du zu mir und wolltest um jeden Preis die Sprache der Evangelien erlernen, von denen Penarddun dir erzählt hatte. Zuerst dachte ich, es handle sich nur um die Laune eines kleinen Mädchens, und versuchte es dir auszureden. Doch dein Wille war stärker als meiner; schließlich gab ich nach, wofür ich Gott noch heute danke. Denn eine begabtere Schülerin als dich hätte ich nicht finden können. In dem Kloster weit im Landesinneren, wo ich in meiner Jugend studierte, quälten sich die meisten von uns schrecklich mit den fremdartigen Vokabeln und noch mehr der Grammatik ab. Dir jedoch schien alles richtiggehend zuzufliegen. Schneller als jeder andere, den ich kannte, warst du in der Lage, die lateinische Sprache flüssig zu lesen und zu sprechen. Später dann verbrachten wir so manche Stunde zusammen, um uns über die Lehren der Heiligen Schrift auszutauschen.«

»Daran denke ich oft zurück«, sagte Branwyn versonnen. »Und eigentlich könnten wir uns demnächst wieder einmal in die Schriften vertiefen. Bald begehen wir *Lugnasad*, das eurem

Erntedankfest entspricht, und nachdem wir vereinbart haben, daß ihr Christen und wir Anhänger der alten Götter heuer gemeinsam feiern wollen, könnte es nicht schaden, nach Übereinstimmungen zwischen eurer und unserer Lehre zu forschen.«

»Abgemacht!« entgegnete Jacwb erfreut. »Wir werden gewiß einen anregenden Disput haben – ganz so, wie es lange vor unserer Zeit geschah, als die ersten Anhänger Jesu nach *Gwynedd* kamen und in friedlichem Wettstreit mit den hier bereits seit Jahrhunderten wirkenden Druiden nach Weisheit suchten.«

»Könntest du uns mehr davon erzählen?« regte Dylann an.

Als Jacwb zustimmte, bat Mirjam: »Aber warte bitte noch, bis ich das Geschirr abgeräumt habe.«

Branwyn war ihr dabei behilflich; nachdem sie sich wieder gesetzt hatten, begann der Priester: »Schon kurz nach der Kreuzigung Christi landete eine Gruppe getaufter Frauen und Männer in Britannien. Über die näheren Umstände weiß ich nichts, doch auf der Insel Avalon, die inmitten eines Binnensees weit von hier im Südosten liegt, werden die Erinnerungen gehütet. Denn dort gewährten Druidinnen den Fremden Zuflucht, so daß die erste christliche Gemeinde dieses Landes entstehen konnte, und deswegen ist das Gedenken an Avalon uns heilig ...«

Der Name des Eilands, den Jacwb nun schon zum zweiten Mal aussprach, berührte Branwyn auf seltsame Weise. Es war fast so, als würden die drei melodischen Silben eine verborgene Saite tief in ihrem Innersten zum Schwingen bringen. Auch früher hatte sie das bereits erlebt, wenn die greise Penarddun gelegentlich dunkel von der *Ynys Avallach*, dem Eiland der Apfelgärten, geraunt hatte. Ein Zauber schien mit dem Namen verbunden; etwas Magisches, das ihr Herz wärmte, obwohl die junge Frau kaum mehr als der Priester über die geheimnisvolle Insel wußte.

»Avalon war der Anfang, und aus dieser Pflanzstätte sprossen weitere Ableger des christlichen Glaubens«, fuhr Jacwb fort. »Bald blühten an zahlreichen Orten des britannischen

Südens die Siedlungen derer, welche Jesus nachfolgen wollten. Unter dem Zeichen des friedfertigen Fisches, das zu jener Zeit eben am Nachthimmel aufgezogen war und das Sternbild des Widders abgelöst hatte, wurde die Lehre des Galiläers von den Eltern an ihre Kinder weitergegeben. Aber die Christen Britanniens lehnten auch das hohe Wissen der Druiden um göttliche und irdische Dinge nicht ab. Gerne lauschten die Getauften der Weisheit, wie sie in den Heiligen Hainen verkündet wurde; andererseits waren die Anhänger der alten Götter oft zu Gast unter den Dächern jener, welche in den Evangelien lasen.«

»Ganz so, wie wir es auch hier in unserem Dorf halten«, warf Dafydd, den Arm um Branwyns Schultern legend, ein.

»Und im kommenden Frühjahr werdet ihr beide dieses Miteinander in gegenseitiger Achtung durch eure Heirat besiegeln«, äußerte Dylann zufrieden.

Mirjam zwinkerte dem verliebten Paar zu, gleich darauf sprach der Priester weiter: »Es entstand und entsteht bis heute viel Gutes aus solcher Toleranz, die sowohl im Geiste Jesu als auch Ceridwens ist. Leider ist jedoch auch das Böse oft sehr mächtig in der Welt und trachtet danach, das, was Menschen guten Willens geschaffen haben, zu zerstören ...«

»Du meinst die Römer, nicht wahr?« unterbrach Mirjam, die jetzt plötzlich sehr ernst wirkte.

»Sie brachten Haß und Zwietracht nach Britannien!« bestätigte Jacwb. »Etwa dreihundert Jahre sind vergangen, seit unsere Insel zur römischen Provinz wurde. Zunächst errichtete das Imperium nur einzelne Militärlager an der südöstlichen Küste, aber bald drangen die Legionäre weiter ins Landesinnere vor. Wenige Generationen später hatten sie zahlreiche keltische Stämme unterjocht, und denen, die ihre Freiheit bewahren wollten, blieb nichts anderes übrig, als nach Westen zu fliehen: Anhänger der alten Götter und Christen ohne Unterschied. Das geschah vor ungefähr zweihundert Jahren, und eine Gruppe von Getauften kam damals auch nach *Gwynedd*. Schließlich fanden diese Leute Zuflucht auf der *Ynys Vytrin*, wo es bereits eine von heidnischen Familien bewohnte Ansiedlung sowie ein von drei Druidinnen gehütetes Heiligtum gab. Von da an lebten unsere Vorfahren, egal ob sie zur Quelle Ceridwens pilgerten oder die Evangelien zur Richtschnur ihres Handelns machten, einträchtig zusammen, und so ist es bis heute geblieben.«

Nachdem der Priester geendet hatte, herrschte für eine Weile Stille in dem heimeligen Raum. Noch immer brannten auf dem Hausaltar die Kerzen und beleuchteten im Verein mit dem Herdfeuer das Mosaik an der Wand darüber: den fast mystisch schimmernden *Ichthys* mit seinen zahllosen, in den verschiedensten Tönen changierenden Farben, die zusammen das zutiefst eindrucksvolle Ganze bildeten.

Stärker denn je empfand Branwyn die Faszination, die von dem Bildnis ausging. Sie fühlte sich beinahe entrückt; dann plötzlich glaubte sie einen Ausspruch zu vernehmen, den sie einst, kurz vor deren Tod, aus dem Mund Penardduns gehört hatte: »Dank der Vielfalt unserer keltischen Götter können wir das Antlitz des Göttlichen insgesamt erkennen. Jede Gottheit ist in ihrer Eigenart Teil des allumfassenden, ewigen und unsterblichen Geistes, der Erde und Weltall beseelt. Für uns Menschen gibt es deshalb nicht nur einen Weg hin zum Göttlichen, sondern es öffnet sich uns mit jeder einzelnen Gottheit, deren Wesen wir verstehen und annehmen, einer der möglichen Pfade dorthin.«

Im gleichen Moment, da ihr die Worte der greisen Druidin wieder gegenwärtig wurden, begriff Branwyn auch, daß Dylann durch sein Kunstwerk letztlich genau dasselbe ausgedrückt hatte: Tausende unterschiedlicher Mosaikteilchen waren nötig, damit der *Ichthys* in seiner vollendeten Schönheit strahlen konnte. Und jedes dieser Partikel war gleich wertvoll; hätte nur eines gefehlt, so wäre die Vollkommenheit des Fisches zerstört gewesen …

Mirjams Stimme holte sie in die Realität zurück. »So ist es bis heute geblieben«, wiederholte ihre künftige Schwiegermutter den letzten Satz Jacwbs. »Wir alle leben friedlich auf unserem Eiland zusammen – und Gott gebe, daß sich daran auch in Zukunft nichts ändert!«

»Branwyn, die zusammen mit Kigva und Arawn ihrer Göttin Ceridwen dient, und unser Sohn Dafydd, der im Namen Jesu getauft wurde, sind ein Unterpfand dafür«, erklärte Dylann. Er lächelte seinen Sohn und dessen Braut an und fügte hinzu: »Schon in einem Dreivierteljahr wird eure Hochzeit stattfinden. Gemeinsam werden Arawn und Vater Jacwb euch an der Heiligen Quelle zusammengeben, und ich kann gar nicht mit Worten ausdrücken, wie sehr ich mich darauf freue!«

»Vor allem wohl deswegen, weil du es nicht mehr erwarten kannst, dein erstes Enkelkind auf dem Schoß zu schaukeln, oder?« neckte ihn Mirjam.

»Eine durchaus angenehme Vorstellung«, gab Dylann schmunzelnd zu. »Besonders wenn es ein Mädchen wird, das so hübsch wie unsere Schwiegertochter ist.«

»Jetzt hört aber auf! Ihr macht Branwyn ja ganz verlegen«, kam es von Dafydd.

»Laß nur«, sagte die junge Frau. »Es ist ganz natürlich, daß deine Eltern sich Enkel wünschen, und wir freuen uns doch auch auf die Kinder, die wir später einmal großziehen werden.«

Dem konnte Dafydd nicht widersprechen; vielmehr begann er nun von einem Sohn zu schwärmen, der ihn zum Fischen begleiten und die Feldarbeit von ihm erlernen würde. Für den Rest des Abends drehte sich die Unterhaltung dann um die Zukunft des Paares, bis Branwyn müde wurde und sich von Dylann, Mirjam und Jacwb verabschiedete.

Dafydd begleitete sie zum anderen Ende der Ansiedlung und nahm sie dort unter der Eibe mit den weit ausladenden Ästen noch einmal in die Arme, ehe er wieder in der Nacht verschwand. Leise schlüpfte die junge Frau durch die Tür des Rundhauses, Arawn und Kigva schlummerten bereits. Wenig später lag auch Branwyn unter ihrer Schafwolldecke und schlief ein. Kurz darauf grollte in der Ferne erneut ein Gewitter und jagten regenschwangere, von Westen kommende Wolken über die *Ynys Vytrin* hinweg, doch davon bemerkte die Schlafende nichts mehr.

* * *

Auch während der folgenden Wochen, in denen der Sommer sich allmählich seinem Ende zuneigte, gab es häufige Niederschläge und jäh über das Eiland hereinbrechende Unwetter. Dennoch reiften Hafer und Emmer auf den geschützt liegenden Äckern gut aus, so daß zuletzt eine reiche Ernte eingebracht werden konnte. Tagelang arbeiteten alle Dorfbewohner, die dazu körperlich imstande waren, gemeinsam auf den Feldern: etwa fünfzig Erwachsene und Jugendliche. Sie sichelten das Korn, banden es zu Garben und stellten diese zu kegelförmigen Schobern zusammen. Auch Branwyn und Kigva leisteten ihren Beitrag; Arawn und einige andere alte Frauen kümmerten sich um die Kinder, die noch zu klein waren, um mit anzupacken.

Endlich standen überall auf den Feldbreiten nur noch die Stoppeln und in regelmäßigen Abständen die Feimen. Der Wind trocknete die Ähren in den Schobern; zuletzt konnten Hunderte Traglasten knisternder Garben zu den Häusern gebracht werden. Auf jedem Acker blieb aber ein besonders schönes Kornbüschel als Dank an die Erde und Gabe für die Vögel zurück, so wie es seit Urzeiten in allen von Kelten besiedelten Gegenden üblich war.

Im Verlauf der nächsten Tage droschen die Insulaner das Getreide. Ununterbrochen ertönte auf dem Dorfplatz, in dessen Mitte der flache Süßwasserteich lag, das Pochen der Holzschlegel. In der Luft wirbelten die Spelzen, und die Menschen schaufelten Handvoll um Handvoll der aus den Fruchtständen gelösten Getreidekörner in hüfthohe, mit phantasievollen Mustern bemalte Tonkrüge. Jede Familie legte sich auf diese Weise einen Vorrat an, der ein ganzes Jahr ausreichen mußte, und nachdem auch das geschafft war, freuten sich jung und alt auf *Lugnasad* oder das Erntedankfest.

Arawn und Jacwb hatten sich darauf geeinigt, es heuer entgegen der rein heidnischen Tradition nicht zu Beginn des achten Sonnenmonats zu feiern, denn das Korn war in diesem Jahr spät zur Reife gekommen, sondern erst dann, wenn die Erntearbeiten tatsächlich beendet sein würden, so wie es christlichem Brauch entsprach. Und nun, da die bis zum Rand gefüllten Krüge in den Rundhäusern verwahrt waren, konnten die letzten Vorbereitungen getroffen werden.

Lachend und miteinander scherzend, schmückten die Frauen die Gebäude um den Dorfanger mit Strohgirlanden und Feldblumen; andere waren mit geheimnisvollen Mienen an den im Freien stehenden Gemeinschaftsbacköfen zugange. Die Kinder flochten kleine Kränze, die im Haar getragen werden konnten, und verschenkten sie aneinander. Die Männer wiederum waren jetzt oftmals dort zu finden, wo die bauchigen Behälter mit dem *Metheglyn* aufbewahrt wurden. Sie überprüften vorab schon einmal die Qualität des Honigweins und behaupteten gegenüber ihren Gattinnen, dies sei unabdingbar nötig, damit es später keine Klagen gäbe.

Kaum war der Anger am folgenden Morgen ins erste Sonnenlicht gebadet, füllte er sich erneut mit Menschen. Alle trugen ihre besten Kleider; manche hatten Musikinstrumente bei sich, und diese Weidenflöten, Bodhran-Trommeln und Fiedeln lockten die Dorfbewohner nun zum Reigentanz. Verschiedene Gruppen von Männern, Frauen und Kindern faßten sich an den Händen und wirbelten jauchzend im Kreis herum. Die Lieder, die dabei gesungen wurden, priesen die Sonne, die Jahr für Jahr ihren Kreislauf durchmaß und in der Fülle ihrer Kraft auch diesmal wieder für eine reiche Ernte gesorgt hatte.

Nachdem das Fest auf diese ausgelassene Art eröffnet worden war, wurden die Musik getragener und die Stimmung feierlicher. Denn jetzt traten die Hüterinnen der Heiligen Quelle sowie Vater Jacwb, gefolgt von einem Mädchen und einem Knaben, auf den Plan. Die drei Frauen trugen knöchellange Gewänder in den Farben Ceridwens; weiß war Branwyns Kleid, rot das von Kigva und schwarz die Robe Arawns. Die ungefärbten leinenen Überwürfe des christlichen Priesters und seiner Ministranten hingegen waren auf der Brust und am Rücken mit blauen Fischsymbolen bestickt. Mit gemessenen Schritten näherten die Quellhüterinnen sich dem Teich von ihrem Rundhaus her, der Priester und seine kleinen Begleiter kamen aus der entgegengesetzten Richtung heran.

Am Ufer des Gewässers begegneten sich die beiden Gruppen. Nacheinander umarmten die drei Frauen Jacwb, der ihnen mit dem Friedenskuß dankte. Danach schlossen sie auch die Kinder in die Arme, wobei sie Rücksicht darauf nahmen, daß das Mädchen einen Laib Brot und der Junge einen Krug Met bei sich hatte. Der Honigwein und der große Brotlaib würden später noch eine wichtige Rolle spielen; zunächst jedoch sollte das Danksagungsritual zu Ehren der verschiedenen Gottheiten, denen die Menschen auf der *Ynys Vytrin* anhingen, vollzogen werden.

Die Dorfbewohner standen murmelnd im Kreis um die Hüterinnen von Ceridwens Born und den Priester mit seinen Ministranten. Nun geboten drei Schläge auf das Fell einer Bodhran-Trommel Schweigen; augenblicklich trat Stille ein, dann stimmten Arawn, Kigva und Branwyn einen Sprechgesang zum Lob der Dreifachen Göttin an. Sie priesen den Schoß der Erde dafür, daß er im Frühling empfängnisbereit gewesen war; ebenso dankten sie dem sommerlichen Erdmutterleib, in dem die Früchte herangereift waren; zuletzt baten sie die Große Mutter in ihrer dritten Gestalt, den heiligen Keim allen Daseins im Verwelken des Herbstes und im Dunkel des Winters zu behüten, damit im kommenden Frühjahr die Wiedergeburt des jungen Lebens erfolgen konnte.

Nachdem die Frauen in den weißen, roten und schwarzen Gewändern geendet hatten, trat Vater Jacwb vor. Mit einem warmen Ausdruck in den Augen blickte Branwyn auf ihn und dachte daran, wie sie und der Priester kurz nach dem gemeinsamen Abend im Haus von Dafydds Eltern tatsächlich in den

Evangelien nach Übereinstimmung zwischen christlicher und heidnischer Lehre gesucht hatten. Und im nächsten Moment, als Jacwb zu reden begann, wußte sie, daß auch er des damaligen Gesprächs eingedenk gewesen sein mußte, als er seine Predigt für den heutigen Tag vorbereitete.

»Das Wirken Ceridwens erwächst aus immerwährend bewahrender Liebe zum Dasein – und auch das Leben Jesu war eine einzige, unendlich liebevolle Tat gegenüber seinen Mitmenschen«, lautete der einleitende Satz. Danach sprach Vater Jacwb von der Kraft der *Agape*, der Nächstenliebe, die imstande sei, Haß in Versöhnung, Finsternis in Licht und Tod in Wiederauferstehung zu verwandeln. Der fürsorgliche und barmherzige Geist, der sowohl dem alten Glauben der Kelten als auch dem Vermächtnis Christi innewohne, sei es, der das friedliche Zusammenleben von Getauften und Ungetauften auf dem Eiland möglich mache. Seit zwei Jahrhunderten schon habe sich dieses Miteinander auf der *Ynys Vytrin* für alle Familien, gleichgültig ob Heiden oder Christen, segensreich ausgewirkt. Die Türen der einen stünden jederzeit auch den anderen offen, freundschaftlich arbeite man zusammen und gemeinsam feiere man an diesem Tag das Erntedankfest, dessen anderer, älterer Name *Lugnasad* laute. Und weil dies so sei, könnten die Inselbewohner auch hoffnungsvoll in die Zukunft blicken; wenn nur die von Jesus gelehrte *Agape*, die sich mit Ceridwens bewahrender Liebe berühre, täglich neu gelebt werde, sei der Pfad dorthin licht.

Mit diesen Worten schloß der Priester, und Branwyn konnte nicht anders, als den gütigen alten Mann abermals zu umarmen. Jacwb dankte es ihr und den anderen dadurch, daß er nun die Ungetauften einlud, die Kommunion mit den Getauften zu teilen. Nachdem sein Angebot breite Zustimmung gefunden hatte, knieten die beiden Ministranten vor ihm nieder, damit er den Brotlaib und den Krug mit dem Honigwein segnen konnte. Andächtig warteten die Dorfbewohner ab, bis das einfache Ritual beendet war. Dann wurde das Brot gebrochen, und alle

Anwesenden bekamen ein Stück; ebenso ging anschließend das Trinkgefäß von Mund zu Mund.

Wenig später wurde aber auch ein sehr viel älterer heidnischer Brauch vollzogen, dessen Leitung wiederum in den Händen der Quellhüterinnen lag. Denn die Frauen, die am Vortag mit geheimnisvollen Mienen an den Gemeinschaftsbacköfen zugange gewesen waren, brachten eine große, von einem Tuch bedeckte Korbschwinge sowie eine Hafergarbe zu Arawn, Kigva und Branwyn. Als die Backfrauen den Weidenkorb auf einem flachen Felsblock absetzten und das Ährenbündel danebenlegten, trat ringsum gespannte Stille ein. Mit ernsten Mienen blickten die Umstehenden auf Arawn, die jetzt langsam vortrat, sich bückte, das Leintuch wegzog und in den Korb griff.

Als die Druidin sich wieder aufrichtete und die Arme hob, hielt sie einen sehr ungewöhnlichen Brotlaib in den Händen. Er erinnerte in seiner Form und mit den großen, leeren Augenhöhlen an einen Totenschädel ohne Unterkiefer; die fast schwarz gebrannte Kruste verstärkte den unheimlichen Eindruck noch.

Tiefes Schweigen herrschte, während Arawn eine getragene Anrufung an Ceridwen in ihrer dritten Gestalt richtete. Branwyn, die direkt neben der alten Frau stand, fühlte Beklommenheit in sich aufsteigen; leise Furcht vor etwas, das nicht wirklich greifbar war. Auch die Dorfbewohner, Heiden wie Christen, schienen den Atem anzuhalten – gleich darauf jedoch löste sich die bedrückte Spannung, die sich über den Anger gelegt hatte. Denn nun barg die Druidin den Brotlaib mit der Linken an ihrer Brust, zupfte mit der Rechten drei Halme aus der Hafergarbe und steckte sie in den Scheitel des Totenschädels.

Daraufhin brach lauter, erlöster Jubel los. Die Insulaner hatten die Symbolik von Arawns Handlungsweise begriffen: Die goldenen Ähren drückten unmißverständlich aus, daß sich dank der Güte der Dreifachen Göttin jeder Tod in neues Leben umwandelte – und diese Erkenntnis galt sowohl für die abgeernteten Feldfrüchte, deren Samen für die nächste Aussaat bewahrt wurden, als auch für das menschliche Dasein in der Geborgenheit seiner Wiedergeburten.

In einer gemeinsam gesungenen Hymne priesen die drei Frauen in den weißen, roten und schwarzen Kleidern die unerschöpfliche Gebärkraft Ceridwens. Anschließend versah Arawn auch die übrigen Brote mit den Getreidehalmen und verteilte sie. Jede Familie erhielt einen der Laibe mit der schwarzbraunen Kruste und den daraus spießenden Ähren, um ihn den Herbst und Winter über in ihrem Rundhaus aufzubewahren. Die drei letzten Brotlaibe hingegen, welche die Druidin aus dem Korb nahm und schmückte, waren für einen anderen Zweck gedacht; sie sollten in einer Prozession zur Heiligen Quelle gebracht werden.

Die Sonne stand bereits hoch, als die Dorfbewohner, an deren Spitze Arawn, Kigva und Branwyn schritten, den von Haselsträuchern und Birken umstandenen Born in der Felskluft erreichten. Die drei Frauen hatten die Sakralbrote getragen und legten sie jetzt im Rahmen eines weiteren Rituals zu Ehren der Göttin auf dem Opferstein neben dem aus dem Erdinneren sprudelnden Gewässer nieder. Vater Jacwb ließ es sich nicht nehmen, ebenfalls einige besinnliche Sätze zu sprechen; danach lagerten sich alle an der Quelle. Aus den Tragesäcken, welche die Männer mitgebracht hatten, kamen die verschiedensten Leckerbissen zum Vorschein; bald wurde die Stimmung ausgelassen, und man vergnügte sich schmausend und trinkend weit über die Mittagsstunde hinaus.

Erst am späten Nachmittag kehrten die Insulaner zur Ansiedlung zurück, um das Erntedankfest mit Tänzen, Wettspielen und anderer Kurzweil zu beschließen. Der Anger hallte von Gelächter, Späßen und fröhlichen Gesängen wider. Branwyn, die nun keine besonderen Pflichten mehr hatte, genoß das Treiben an der Seite Dafydds; bis in die Nacht hinein waren die beiden Verliebten unzertrennlich. Mit strahlenden Augen lag die junge Frau beim Tanz in den Armen des großgewachsenen Mannes, mit dem sie ihr Leben teilen wollte. Dann wieder genossen sie zusammen eine Schale Met und scherzten dabei mit gleichaltrigen Freunden, oder sie feuerten die Burschen an, die ihre Kräfte beim Feldsteinschleudern und Baumstammtragen maßen oder ihre Geschicklichkeit mit den *Quoits* zeigten: schweren Eisenringen, die aus beträchtlicher Entfernung über kleine, in der Erde steckende Pflöcke geworfen werden mußten. Schließlich, als schon der Mond am Himmel stand, ließen sie den Tag in Gesellschaft von Dafydds Eltern ausklingen; auch Vater Jacwb und seine Ehefrau gesellten sich für eine Weile zu ihnen, bis die Flöten, Bodhran-Trommeln und Fiedeln allmählich verstummten und das Fest endete.

Unter der Eibe am Dorfrand verabschiedete Branwyn sich von ihrem künftigen Gatten und zog sich ins Rundhaus zurück, das sie mit Arawn und Kigva teilte. Die beiden älteren Frauen waren schon kurz vor ihr heimgekehrt; jetzt, während sie ihre Schlafstätten vorbereiteten, plauderten sie noch und stimmten überein, daß es eine sehr gute Idee gewesen war, *Lugnasad* diesmal mit dem christlichen Erntedank zu verbinden.

»Alle, die ich fragte, sprachen sich dafür aus, das auch im nächsten Jahr wieder so zu halten«, sagte Kigva zuletzt – gleich darauf gähnte sie mehrmals hintereinander und steckte damit augenblicklich ihre Gefährtinnen an. Wenig später löschte Arawn die Kienfackeln, dann erfüllte tiefe Stille den heimeligen Raum unter dem Reetdach.

* * *

Im Traum sah Branwyn die *Ynys Vytrin*; das andersweltliche Erlebnis, das sie in der Mitte des Sommers auf dem Kap der Lleyn-Halbinsel gehabt hatte, wiederholte sich in allen Einzelheiten.

Eben noch waren die Konturen der Insel klar zu erkennen gewesen, jetzt ging eine phantastische Veränderung mit ihr vor. Die *Ynys Vytrin* verwandelte ihre Gestalt; ihr dunkles Gestein schien unter dem Ansturm der Wogen hinwegzuschmelzen, während die Brecher selbst zu feinem, durchscheinendem Nebel wurden. Wiederum einige Herzschläge später verwich die

Silhouette des Eilands fast ganz; einzig die höchste Erhebung entzog sich ihrer Auflösung und hing nun entrückt über den Wellen.

Wie gebannt starrte Branwyn auf die Erscheinung; dann, ganz unvermittelt, war sie weit draußen auf See – und im gleichen Moment öffnete sich das Auge ihres losgelösten Geistes. Bilder wirbelten heran: das Dorf auf der Insel, die ihr so vertrauten Menschen, das Antlitz Dafydds, die Heilige Quelle mit den Haseln und Birken ringsum. Sie wollte sich diesem Frieden hingeben, doch schlagartig zersplitterte die Idylle und wurde eingesaugt von bedrohlicher Finsternis. Am Rand der Schwärze zeigten sich vage Schemen, irrlichterten und gewannen schärfere Umrisse: ein zerklüftetes Gestade weit jenseits des Meeres, geblähte Segel über der Kimmung, die Vordersteven großer Schiffe, welche stampfend durch die Wellen schnitten – direkt auf die *Ynys Vytrin* zu.

Schweißgebadet erwachte Branwyn, fuhr auf der Schlafbank hoch; begriff, daß sie sich im Rundhaus befand – und verspürte trotzdem keine Erleichterung. Denn hinter der tiefen Dunkelheit des Raumes schien nach wie vor diese andere, ungleich bedrohlichere Finsternis ihres Angsttraumes zu lauern und sie anspringen zu wollen. In Panik öffnete die junge Frau den Mund, um Arawn und Kigva zu wecken – bevor jedoch ein Laut über ihre Lippen dringen konnte, vernahm sie von weither einen unhörbaren und dennoch unwiderstehlichen Ruf: den der Göttin.

Vom Grund des Heiligen Borns drang der drängende Ton herauf; für einen Augenblick glaubte sie, das vom Mond beschienene Gewässer aufwallen zu sehen; gleichzeitig erfüllte der Wille Ceridwens ihr ganzes Sein. Wie in Trance glitt sie von ihrem Lager, ertastete ein Kleid, schlüpfte hinein, zog sich die Schuhe an, fand ihr Plaid, warf es sich über die Schultern und verließ lautlos das Rundhaus.

Totenstill lag das Dorf da, über dem Walbuckel des Eilands hing die Sichel des Nachtgestirns. Sein unwirklicher, dünner

Schein ließ den Pfad erahnen, der zur Schlucht führte, an deren Ende die Quelle der Dreifachen Göttin lag. Branwyn hastete den Berghang hinauf, passierte die Weggabelung, drang in die Kluft ein, kam im ersten Morgengrauen zu den Menhiren, welche den Zugang zum Felskessel bewachten, und fiel am Rand des Borns auf die Knie.

In dieser Stellung blickte sie direkt in das steinerne Becken; im schwarzen Wasser spiegelte sich zittrig die verblassende Mondsichel – einen Lidschlag später nahmen die Bilder, die sie in ihrem Alptraum gesehen hatte, im Strudeln der Quelle neuerlich Gestalt an. Wieder entstanden aus der Finsternis die vagen Schemen, irrlichterten und gewannen schärfere Umrisse: formten sich aus zu den Schattenrissen geblähter Segel und hoch aufragender Vordersteven großer Schiffe, die sich der *Ynys Vytrin* mit großer Geschwindigkeit näherten – und jetzt in die schmale Bucht unterhalb des Dorfes einliefen.

Dann, als sich ihr das ganze Grauen der Vision enthüllte, malte sich äußerstes Entsetzen in Branwyns Augen.

Die Barbaren

Ganz nahe vor sich sah Dafydd das lachende Antlitz Branwyns mit den strahlenden graublauen Augen. Die junge Frau, die er bald heiraten würde, lag beim Tanz in seinen Armen; dann und wann, wenn ein Luftzug es hochwehte, strich ihr langes seidiges Haar über seine Wange. Immer schneller drehten sie sich im Kreis, ließen sich von der Melodie der Fiedeln, Flöten und eines schnell geschlagenen Bodhrans treiben. Auf einmal aber war nur noch das Pochen der Trommel allein zu vernehmen, hart und unheildrohend – im nächsten Moment erwachte Dafydd und begriff, daß jemand gegen die Tür des Rundhauses hämmerte.

Rasch war er auf den Beinen, tastete sich durch den dunklen

Raum, prallte gegen einen Schemel und zog den Türriegel zurück. Im unwirklichen Grau der Morgendämmerung erkannte Dafydd das Gesicht von Dai, eines verwitweten Fischers, der allein im Nachbarhaus wohnte und jetzt außer Atem hervorstieß: »Ich wollte in aller Frühe hinaus aufs Meer ... Die Langustenkörbe nachsehen ... Aber als ich zur Bucht kam, erblickte ich ...«

Dai brach ab, schien plötzlich vor Erschöpfung zu taumeln. Dafydd packte ihn an der Schulter, rüttelte ihn und drängte: »Was sahst du?!«

»Um Gottes willen! Ist etwas passiert?!« hörte er unmittelbar darauf die verängstigte Stimme Mirjams in seinem Rücken.

Im selben Augenblick brach Dai zusammen – ungläubig starrte Dafydd auf den Pfeilschaft, der aus seinem Nacken ragte.

* * *

Wie gelähmt kniete Branwyn neben dem Born. Sie vermochte kein Glied zu bewegen, hilflos war sie der Flut der grauenhaften Bilder ausgeliefert.

In ihrer visionären Trance hatte sie die Schiffe, denen der Mond den Weg wies, in die schmale Bucht unterhalb des Dorfes einlaufen und dort ankern sehen. Sie war Zeugin geworden, wie die Horden der schwerbewaffneten Männer an Land gesprungen und – mit Ausnahme einer Nachhut, die am Strand blieb – sofort losgelaufen waren. Wenig später hatten sie die Ansiedlung, deren Bewohner ahnungslos schliefen, umzingelt – und jetzt, nach dem hinterhältigen Pfeilschuß auf Dai, war der Angriff in vollem Gange.

Der alte Fischer lag in seinem Blut; ein Krieger in lederner Brünne, der einen Helm mit Wisenthörnern trug und eine Streitaxt schwang, setzte über die Leiche hinweg und attackierte Dafydd. Mit bloßen Händen versuchte dieser, sich zu wehren und gleichzeitig Mirjam zurück ins Haus zu stoßen; das Kampfbeil streifte seine Schulter und fetzte einen armlangen Splitter aus dem Türpfosten. Mit wütendem Brüllen holte der Angreifer erneut aus; von der Seite hetzten jetzt zwei weitere Barbaren mit gezückten Schwertern heran.

Im Schock schrie Branwyn auf, prallte vom Quellbecken zurück und verlor das Bewußtsein. Als sie aus ihrer Ohnmacht erwachte, drang fahles Tageslicht in den Felskessel; silbergrau schimmerten die Stämme der Birken. Die junge Frau zwang sich dazu, abermals ins Wasser des Borns zu blicken, aber dort war nichts mehr als das leise Strudeln zu erkennen. Taumelnd, am ganzen Körper zitternd, kam Branwyn auf die Beine. Anfangs mußte sie noch gegen Wellen von Übelkeit ankämpfen, die durch ihren Körper fluteten; nach einer Weile fühlte sie sich kräftig genug, die Kluft zu verlassen.

Sie rannte an den Menhiren vorbei, erreichte den Ausgang der Schlucht und schließlich die Weggabel, von wo sich der Blick ins Dorf öffnete. In ihrer Angst um Dafydd, seine Eltern, Kigva, Arawn, Jacwb und all die anderen war sie versucht, einfach weiterzulaufen. Doch etwas, das stärker war als ihre Panik, brachte sie dazu, sich in einer Ginsterhecke zu verstecken. Aus dem Schutz der Sträucher heraus spähte sie ins Tal – und begriff endgültig, daß die Schreckensbilder ihrer Vision die grausame Wirklichkeit widergespiegelt hatten.

In der Bucht, die ein Stück westlich der Ansiedlung ins Land einschnitt, machte sie die Masten und hochgeschwungenen Steven dreier Segelschiffe aus. Im Dorf selbst brannten die Reetdächer mehrerer Gebäude; zwischen den Rundhäusern sah Branwyn zahlreiche verkrümmte Körper liegen. Auf dem Anger wurde soeben eine Schar wehrloser Menschen zusammengetrieben; die überlebenden Insulaner hatten keine Chance, sich zu wehren oder zu fliehen. Es mußten wenigstens hundert Raubkrieger auf der *Ynys Vytrin* gelandet sein: eine Piratenhorde, die von weither über die See gekommen war – ähnlich wie knapp zwei Jahrzehnte zuvor jene Barbaren, welche die Siedlung nahe *Tre'r Ceiri* auf dem Ostgipfel des *Yr Eifl* zerstört und die Bewohner erschlagen oder verschleppt hatten.

Als Branwyn daran dachte, wurde der panische Drang,

ungeachtet der Gefahr für ihr eigenes Leben den Berg hinunterzurennen und den Bedrohten beizuspringen, beinahe übermächtig. Die junge Frau mußte ihre ganze Willenskraft aufbieten, um dem irrationalen Verlangen nicht nachzugeben; zuletzt schaffte sie es, weiter zu beobachten.

Soeben, während sich nun die ersten Strahlen der Morgensonne über den Walrücken des Eilands stahlen und die Talsenke in rötliches Licht tauchten, umringten die Raubkrieger ihre Gefangenen, die sie auf dem Platz beim Teich zusammengetrieben hatten. Zuerst war der Kreis, den die Piraten bildeten, noch locker, dann zog er sich plötzlich enger zusammen – unmittelbar darauf blitzte an vielen Stellen Metall auf. Branwyn glaubte Schreie zu hören; gurgelnde Todesschreie, die aus den Kehlen der Niedergestochenen drangen. Es mußte sich um die Alten und Schwachen des Dorfes handeln; um diejenigen, welche in den Augen der Barbaren wertlos waren und deshalb ausgesondert und skrupellos hingeschlachtet wurden.

Branwyn hatte die Faust in den Mund gepreßt und biß sich vor Entsetzen auf die Knöchel. Dennoch konnte sie den Blick nicht abwenden; erst nachdem alles vorbei war und man die Leichen ein Stück beiseite geschleppt hatte, grub sie das Gesicht in die Erde, um so ihr Schluchzen zu unterdrücken.

Als sie den Kopf wieder hob, erkannte sie, daß die Überlebenden – noch ungefähr dreißig Männer, Frauen und Kinder – gefesselt und zu einem der unversehrten Häuser gebracht wurden. Einige der Raubkrieger bezogen Posten vor dem Eingang, die anderen drangen in die benachbarten, nicht abgebrannten Gebäude ein, kamen mit Beute beladen zurück und versammelten sich neuerlich auf dem Anger. Bald war das Grölen der Piraten, die ihren schmutzigen Sieg jetzt mit einem Gelage feierten, bis zur Weggabelung herauf zu vernehmen.

Es dauerte lange, ehe Branwyn nach all dem Grauenhaften, das auf sie eingestürmt war, einen klaren Gedanken zu fassen vermochte. Dann, als sie dazu in der Lage war, empfand sie nur den einen Wunsch: denen, die gebunden im Rundhaus lagen, auf irgendeine Weise zu helfen. Zu diesem Zweck mußte sie näher an die Ansiedlung herankommen, aber auf dem Fußpfad, der vom Dorf aus eingesehen werden konnte, war das unmöglich. Nur wenn es ihr gelang, den Hang unbemerkt zu überqueren, zum Strand hinunterzuklettern und sich entlang der Klippen anzuschleichen, konnte sie es schaffen. Irgendwo in der Nähe der Häuser mußte sie ein Versteck finden und bis Einbruch der Dunkelheit ausharren. Im Schutz der Nacht würde sie sodann versuchen, zu den Gefangenen zu schleichen und sie zu befreien.

Sie hoffte inständig, daß Dafydd, der jung und deshalb für die Raubkrieger wertvoll war, sich unter den Eingesperrten befand. Obwohl sie im anderweltlichen Spiegel des Borns den Angriff der drei Barbaren auf ihn erschaut hatte, redete sie sich verzweifelt ein, er hätte überlebt. Und auch Kigva war alles andere als gebrechlich; zumindest sie – wenn schon nicht Arawn, Mirjam, Dylann und Jacwb – konnte daher gleichfalls verschont geblieben sein.

Nachdem Branwyn ihren Plan gefaßt hatte, kroch sie in der Deckung der Ginsterhecke so weit wie möglich von der Weggabelung weg. Sie erreichte einen Felsblock, umrundete ihn und richtete sich auf. Dabei geriet die Lleyn-Halbinsel in ihr Blickfeld – im selben Moment zuckte sie erneut geschockt zusammen. Denn an der Stelle, wo Aberdaron lag, stiegen ebenfalls Rauchwolken in den Himmel; auch dort hatten offenbar Piraten gewütet und waren Gebäude in Brand gesteckt worden.

Mit Tränen in den Augen wandte die junge Frau sich ab und hastete den Pfad entlang, der zur Schlucht mit der Heiligen Quelle führte. Kurz bevor er in die Klamm mündete, kreuzte er eine Verwerfung im Schiefergestein, die sich die Inselflanke hinabzog. Branwyn folgte der Senke, bis diese sich zu einem Kar erweiterte; von dort aus war es nicht mehr weit zu den Klippen. Tief unten brach sich die Brandung; der Wind pfiff hier scharf und jagte die Gischt in langen Fahnen in die schroffen Einschnitte zwischen den Felsbastionen. Branwyn brauchte ihren ganzen Mut, um den Abstieg zu wagen; letztlich überwand sie sich nur, weil sie sich einhämmerte, daß sie es um der Gefangenen willen tun mußte.

Sie entschied sich für eine schmale Runse am Rand eines etwas zurückgesetzten Riffs, in der sich da und dort herabgerollte Steintrümmer festgeklemmt hatten, und rutschte von einem dieser Brocken zum nächsten. Je tiefer sie kam, desto schlüpfriger wurde der Untergrund; mehrmals geriet sie in Gefahr, den Halt zu verlieren und abzustürzen. Das letzte Stück war besonders steil; zudem wucherten hier glitschige Tangbärte, und der salzige Wasserstaub vernebelte die Sicht. Der jungen Frau blieb nichts anderes übrig, als mit beiden Händen in den nassen Pflanzenvorhang zu greifen und sich so gut wie möglich festzukrallen. Halb fallend, halb gleitend, kam sie unten auf dem Geröllstrand an; der Aufprall war so hart, daß sie sich Knie und Ellenbogen zerschrammte.

Branwyn achtete nicht auf den stechenden Schmerz, sondern raffte sich sofort wieder auf und wich in den Schutz der Runse zurück. Denn der Platz, wo sie sich nun befand, lag nicht weit von der schmalen Bucht entfernt, in welcher die Piratenschiffe ankerten. Sie begann zu zittern, als sie sich vorstellte, wie dort vorne ein mit Raubkriegern besetztes Boot auftauchte, doch sie durfte ihrer Furcht nicht nachgeben. Der Weg, den sie gewählt hatte, war der einzige, auf dem sie ungesehen zum Dorf gelangen konnte, und sie würde sich zwingen, ihn zu gehen. Zunächst freilich sammelte sie in ihrem Versteck Kraft; dann, gerade als sie aufbrechen wollte, fiel ihr die Fischerhütte ein, in die Dafydd und sie sich einmal vor einem plötzlich einsetzenden Regensturm geflüchtet hatten. Vielleicht finde ich dort etwas, das mir später nützlich sein kann, durchfuhr es sie; der Gedanke bewirkte, daß sie sich nicht mehr ganz so elend fühlte.

Am Fuß der Klippen entlang kämpfte sie sich weiter. Teils stapfte sie über grobe Strandkiesel, teils mußte sie Tümpel durchwaten oder mit Tang und Pfahlmuscheln bewachsene

Felsbarrieren überklettern. Nur ein kleines Stück zu ihrer Rechten rumorten die Brandungswogen über dem Unterwassersockel des Eilands; jedesmal, wenn der siebte Wellenkamm sich dort überschlug, fegte ein Gischtregen heran.

Endlich erreichte Branwyn den Einschnitt zwischen zwei Riffs, der ihr erstes Ziel war. Der Boden der Kluft stieg zunächst etwa drei Dutzend Schritte steil an, dahinter krümmte sich die Felsspalte und führte auf einen Sockel in der Steilküste. Gegen die See hin lag ein Wall aus Steintrümmern; die rückwärtige Begrenzung des kleinen Plateaus bog sich zu einer Halbhöhle ein, und diesen geschützten Platz hatte einer der Inselfischer mit Hilfe von Schieferplatten und Treibholz zu einem Unterstand ausgebaut.

Branwyn zog die Türlade beiseite, betrat den dämmerigen Raum – und traute ihren Augen nicht. Denn als sie zusammen mit Dafydd hier Zuflucht gesucht hatte, war die Fischerhütte bis auf einige an den Wänden hängende Netze leer gewesen, doch jetzt beherbergte sie einen *Curragh*. Das Boot ruhte auf einem niedrigen Balkengerüst; als Branwyns Blick auf einen harzverklebten Topf fiel, in dem ein Spatel steckte, begriff sie, daß irgend jemand eine Reparatur an dem *Curragh* vorgenommen haben mußte. Tatsächlich entdeckte sie am Heck des Bootes eine frische Lederbahn; im nächsten Moment wurde ihr bewußt, was das für sie bedeutete: Sie war auf das einzige seetüchtige Fahrzeug der *Ynys Vytrin* gestoßen, das nicht in der von den Piraten bewachten Hafenbucht unterhalb der Ansiedlung lag.

Beinahe zärtlich berührte Branwyn den *Curragh*, dann drückte sie sich an dem Bootskörper vorbei, um die Hütte rasch, aber gründlich zu durchsuchen. Und erneut hatte sie Glück; bei einem Bündel von Angelschnüren, die auf einem Bord an der Rückseite des Raumes lagen, fand sie ein scharfes Messer mit Horngriff. Sie steckte beides zu sich, huschte zurück ins Freie und schob die Lade wieder vor die Türöffnung. Draußen kauerte sie sich hinter einen Steinblock und spähte zum Strand hinunter. Nachdem sie sicher war, allein zu sein, überlegte sie, wie sie weiter vorgehen sollte.

Die Bucht am Ansatz des Walschwanzes der *Ynys Vytrin*, wo die Schiffe der Raubkrieger ankerten, war höchstens dreihundert Schritte entfernt; es bestand also größte Gefahr, wenn sie sich noch näher heranwagte. Andererseits konnte sie nur entlang der schluchtartigen Hafenbucht hinauf zum Dorf gelangen, denn an allen anderen Seiten war die Ansiedlung von offenen Heideflächen oder bereits abgeernteten Feldern umgeben, die ihr keinerlei Deckung bieten würden. Damit – Branwyn mochte es drehen und wenden, wie sie wollte – blieb tatsächlich nur der Weg, der sie bis auf einen Steinwurf an die Piratenschiffe heranbringen mußte: der halsbrecherische Pfad, der sich unmittelbar über dem kleinen Hafenfjord durch die Klippen schlängelte.

Nachdem sie ihren Entschluß gefaßt hatte, verlor die junge Frau keine Zeit mehr. Sie stieg wieder zum Sockel der Felsen hinab und kämpfte sich wie zuvor über den schmalen Strandstreifen voran. Wo immer sich die Gelegenheit dazu bot, nutzte sie den Schutz der Riffs; ununterbrochen beobachtete sie das niedrige Vorgebirge, hinter dem die Masten der Segelschiffe emporragten. Einmal, als dort drüben ein Schwarm Möwen aufschwirrte, floh sie in eine Gesteinsspalte und preßte sich gegen den nassen Fels, bis sie gewiß sein konnte, daß lediglich ein harmloser Anlaß die Vögel gestört hatte. Geduckt schlich sie weiter; schließlich erreichte sie die Stelle, wo sich der Zugang zum Kletterpfad befand.

Die Schiffsmasten schienen jetzt zum Greifen nah. An einem erkannte Branwyn ein barbarisches Emblem: den skelettierten und rot bemalten Schädel eines Wisents. Ihr Herz begann zu jagen; erneut glaubte sie den Krieger mit den Büffelhörnern am Helm vor sich zu sehen, der die Streitaxt gegen Dafydd geschwungen hatte. Mühsam verdrängte sie das beklemmende Bild, holte tief Luft und machte sich an den Aufstieg.

Zunächst ging es seitlich eines kantigen Grates steil nach

oben, etwa zehn Fuß über dem Strand begann der eigentliche Steig. Kaum sichtbar, zumeist nicht mehr als eine Elle breit und immer wieder jäh die Richtung wechselnd, zog er sich am äußeren Rand des Schieferkammes über der Bucht entlang und wand sich so bis zur Höhe der Ansiedlung hinauf. Manchmal fand Branwyn Halt an der Felswand zu ihrer Rechten; anderswo brachen die Schroffen zu beiden Seiten fast senkrecht ab, so daß sie nur noch kriechend vorwärts kam. Ständig mußte sie darauf achten, nicht von den Wächtern bei den Schiffen bemerkt zu werden, die sie nun gelegentlich ausmachen konnte. Es handelte sich um ein halbes Dutzend Piraten, und wenn diese Männer sie entdeckten, würde sie sich augenblicklich einem Pfeilhagel ausgesetzt sehen.

Endlich durfte sich die junge Frau sagen, daß sie außer Schußweite war, doch die Gefahr, abzurutschen und in die Tiefe zu stürzen, blieb bestehen. Erst als der Pfad bei einem Trümmerfeld am Ausläufer der Talmulde, in welcher das Dorf lag, endete, wich die körperliche Anspannung von Branwyn – nicht so jedoch ihr innerer Aufruhr, denn jetzt blickte sie aus der Deckung der wirr durcheinandergeworfenen Steinbrocken zum Anger hinüber, wo das Gros der Raubkrieger lagerte.

Die Entfernung dorthin betrug nur rund hundert Schritte; Branwyn vermochte die Gesichter der Barbaren zu unterscheiden und glaubte sogar einzelne laut herausgegrölte Sätze zu verstehen. Vorsichtig arbeitete sie sich noch ein Stück näher heran und zwängte sich zuletzt unter einen halb gekippten Felsblock, wo dicht wucherndes Heidekraut sie zusätzlich schützte. Wieder rief einer der Männer am Teich etwas; die Worte klangen ähnlich wie das Kimmerische, das in *Gwynedd* gesprochen wurde, besaßen aber eine rauhere Lautfärbung, die der jungen Frau nun verriet, woher die Piraten kamen. Es mußte sich um Gälen aus Irland handeln: um Angehörige eines der wilden Stämme dort, die von der druidischen Lehre abgefallen und überall im Westen Britanniens gefürchtet waren.

Die vielen Toten, die man zu einem etwas abseits stehenden

niedergebrannten Gebäude geschleppt hatte, zeugten von der unsäglichen Menschenverachtung der Barbaren – und jetzt, da dieser Gedanke durch Branwyns Kopf schoß, wurde ihr auch klar, daß sie dem, was sie bisher angstvoll vermieden hatte, nicht länger ausweichen konnte: die Ermordeten genauer zu mustern, um womöglich ihre Gesichter zu erkennen.

Der Blickwinkel war allerdings ungünstig; zwischen dem Versteck unter dem Felsen und den Erschlagenen lärmte ein Teil der Raubkrieger, und auch die rußgeschwärzte Wand des zerstörten Hauses behinderte die Sicht. So konnte Branwyn lediglich fünf der hingeschlachteten Dorfbewohner identifizieren: vier ältere Frauen – jedoch nicht Arawn oder Mirjam – sowie Dai, den Fischer, den sie schon während ihrer Trance in seinem Blut hatte liegen sehen. Die Köpfe aller anderen waren verdeckt, nur ihre Zahl ließ sich ungefähr feststellen: an die dreißig Menschen, die der Mordlust der Gälen zum Opfer gefallen waren.

Branwyn wandte sich ab. Tränen brannten in ihren Augen, unterdrücktes Schluchzen würgte sie; ärger denn je peinigte sie die Ungewißheit über das Schicksal derjenigen, die ihr am meisten bedeuteten. Wieder, wie schon am Morgen dieses schrecklichen Tages, mußte sie mit aller Kraft gegen das Verlangen ankämpfen, einfach aufzuspringen und zum Dorf zu rennen. Verzweifelt hämmerte sie sich ein, daß sie vor Einbruch der Nacht nichts unternehmen durfte; erst dann, wenn überhaupt, hätte sie eine Chance, zumindest Dafydd und Kigva in dem Gebäude zu finden, in das man die Gefangenen getrieben hatte …

Sie erschrak, als das Gebrüll auf dem Anger unvermittelt lauter wurde. Zwei angetrunkene Piraten waren in Streit geraten, hemmungslos beschimpften sie sich, und im nächsten Moment gingen sie mit Fäusten aufeinander los. Ein brutaler Hieb ließ den Kleineren zurücktaumeln, rasend vor Zorn riß er sein Schwert aus der Scheide. Einen Lidschlag später hatte auch der andere seine Klinge gezückt, Eisen klirrte gegen Eisen. Mit gellenden Zurufen stachelten die übrigen Barbaren die Wut der

Kämpfer immer mehr an; schon sah es so aus, als würde die Auseinandersetzung zu einem Duell auf Leben und Tod ausufern. Doch ehe es tatsächlich so weit kommen konnte, trennte der Anführer der Horde die beiden außer Rand und Band geratenen Krieger – als sie sich gerade geduckt belauerten, schleuderte er seinen Speer zwischen sie und rief den Zurückfahrenden einen scharfen Befehl zu.

Der Größere stieß einen Fluch aus, senkte aber dann die Waffe und ließ sich von einem der Umstehenden ein Trinkhorn aufdrängen. Der Kleinere hingegen, der den Schwertkampf begonnen hatte, war weniger leicht zu beruhigen. Immer noch schäumend vor Grimm, wollte er sich jetzt offenbar mit dem Häuptling anlegen; erst als dieser drohend seine Streitaxt hob, wich er zurück und machte seinem Groll auf andere Weise Luft. Unversehens zerrte er den Bogen, den er quer auf dem Rücken trug, über die Schulter, holte einen Pfeil aus dem Köcher und schnellte ihn unter bösartigem Lachen ab. Das Geschoß fiederte dorthin, wo die Leichen der Dorfbewohner lagen, und bohrte sich in einen der verkrümmten Körper. Gleich darauf, nachdem sie ihre erste Verblüffung überwunden hatten, johlten die übrigen Raubkrieger begeistert auf, griffen ebenfalls nach ihren Bögen und spickten die Toten mit Pfeilen.

Wie gelähmt vor Abscheu, wurde Branwyn Zeugin des Leichenfrevels. Sie konnte in den Gälen nicht länger Menschen, sondern nur noch zutiefst abstoßende Kreaturen sehen; Ausgeburten des Widergöttlichen, die alles zerstört hatten, was auf der *Ynys Vytrin* im Geist der Liebe und des Miteinander aufgebaut worden war. Und jetzt brüllten sie dem, der als erster geschossen hatte, ihre Anerkennung zu; zwei der Barbaren hoben ihn auf die Schultern und trugen ihn ein Stück über den Anger. Lachend genoß der Pirat seinen Triumph, gestikulierte großspurig, bis er plötzlich etwas rief – und sein ausgestreckter Arm genau in die Richtung deutete, wo sich die junge Frau verborgen hielt.

Branwyns Herzschlag drohte auszusetzen. Es konnte keinen

Zweifel daran geben, daß der Raubkrieger sie entdeckt und die anderen auf sie aufmerksam gemacht hatte. Nun starrten bereits alle herüber; der Mann, der sie ausgespäht hatte, sprang zur Erde, um einige rasche Sätze mit dem Anführer der Horde zu wechseln. Dann nickte der Häuptling; mit wildem Geheul, das Branwyn das Blut in den Adern stocken ließ, rannte ein Teil der Gälen los.

In Panik wollte die junge Frau aufspringen und fliehen. Aber ihre Glieder gehorchten ihr nicht; sie konnte nichts anderes tun, als sich zitternd ins Heidekraut unter dem Felsen zu pressen. Aus schreckgeweiteten Augen sah sie die Barbaren näher kommen und erkannte Einzelheiten: grausame Gesichter, flatternde Haarmähnen, blutbefleckte Brünnen, dazu die mörderischen Waffen. Die Schwerter und Äxte, mit denen so viele wehrlose Menschen niedergemetzelt worden waren, und jetzt – nur ein paar Herzschläge noch – würden die Klingen auch sie zerfleischen. Schon roch Branwyn den Schweißdunst, der von den Gälen ausströmte; gleich würde man sie packen, sie aus ihrem Versteck zerren und sie abschlachten.

* * *

Hart neben dem Kopf der jungen Frau klirrte Eisen gegen den Stein. Branwyns Hände krampften sich in die Erde, vor Todesangst bebend, erwartete sie das Ende.

Doch es geschah nichts weiter. Es blieb bei dem scharfen Geräusch der Schwertklinge, die gegen den Fels geschrammt war – und dann begriff die junge Frau, daß die Piraten an ihr vorbeigelaufen waren. Nicht auf sie hatten es die Raubkrieger abgesehen; vielmehr drängten sie sich nun an einer Stelle in ungefähr zwanzig Schritt Entfernung zusammen, wo die Klippen turmhoch und fast lotrecht zum Strand hinunter abstürzten.

»Na, was habe ich euch gesagt? Ist der Platz nicht haargenau richtig?« rief soeben derjenige, welcher den vermeintlichen Angriff auf Branwyns Versteck ausgelöst hatte.

»Einen besseren könnten wir gar nicht finden«, bestätigte ein anderer.

»Wir werden einen Riesenspaß haben«, fiel ein dritter ein. Rauh lachte er auf und setzte hinzu: »Los, beeilt euch, damit wir die Vögel fliegen lassen können!«

Johlend trat das Rudel der Gälen den Rückweg zum Anger an. Erneut kamen die Männer ganz nah an den Steinblock heran, unter dem die junge Frau sich verbarg. Abermals begann sie zu zittern, doch auch diesmal schützten sie die dicht wuchernden Pflanzen; ahnungslos liefen die Piraten vorbei. Branwyn empfand trotzdem kaum Erleichterung, denn nach wie vor saß sie hier in der Falle; außerdem fragte sie sich zutiefst beklommen, was die Piraten vorhatten.

Sie begann es zu ahnen, als die Barbaren sich bei den geschändeten Leichen versammelten und die Pfeile aus den verkrümmten Körpern zogen. Gleich darauf, als die ersten schlaffen Leiber in Branwyns Richtung geschleift wurden, begriff sie alles. Von unsäglichem Schmerz gepeinigt, beobachtete sie, wie die Raubkrieger die Toten zu den Klippen schleppten – und sie dort unter bösartigem Freudengeheul in die Tiefe schleuderten.

Der Anblick würde Branwyn bis an ihr Lebensende verfolgen; es würde vor allem deswegen so sein, weil sie jetzt unverbrüchliche und damit um so grausamere Gewißheit über das Schicksal derer bekam, die ihr am nächsten gestanden hatten. Sie sah, wie der Leichnam Arawns hochgeschwungen und in den Abgrund geworfen wurde; sie sah Mirjams und Dylanns entstellte Gesichter und ebenso das von Vater Jacwb. Gleich darauf sah sie Kigvas verzerrtes Antlitz; das Antlitz der herzensguten Frau, die beinahe zwanzig Jahre lang ihre Pflegemutter gewesen war. Zuletzt dann, als sie Dafydds blutbesudelten Leib erkannte und die klaffende Schädelwunde, glaubte sie, selbst sterben zu müssen. Immer noch, selbst in ihrer äußersten Verzweiflung, war Hoffnung in ihr gewesen; jetzt hatte sie das Gefühl, ihr eigenes Leben würde dort unten zusammen mit dem Körper des Mannes, den sie so sehr geliebt hatte, zerschmettert werden.

Der Schockzustand dauerte geraume Zeit; als sie wieder einigermaßen klar zu denken vermochte, wurde ihr bewußt, daß es auf dem Kliff still geworden war. Die Gälen hatten sich zum Dorfplatz zurückgezogen, um dort ihre himmelschreiende Schandtat zu feiern und ihr Gelage fortzusetzen. Nach einer Weile schien es unter den Barbaren eine neue Auseinandersetzung zu geben. Aufgrund einzelner Satzfetzen, die sie aufschnappen konnte, bekam Branwyn mit, worum es diesmal ging: um die überlebenden Dorfbewohner, die man am Morgen in das Rundhaus getrieben hatte.

Schließlich setzte der Anführer sich durch und ordnete brüllend an: »Es geschieht so, wie ich will! Die Männer, Weiber und Kinder werden jetzt gleich auf das Schiff meines Bruders gebracht, und er soll unverzüglich nach Gallien segeln. Auf den römischen Sklavenmärkten dort bringen die Gefangenen hohen Gewinn, mit dem Gold können sodann zusätzliche Krieger angeworben werden. Die aber werden uns von sehr großem Nutzen sein, wenn wir diese Insel erst zu einem Stützpunkt ausgebaut haben, um von hier aus weitere Beutefahrten zu unternehmen.«

Kaum hatte Branwyn die Sätze vernommen, wurde ihr klar, daß sie nichts mehr für die Menschen im Rundhaus tun konnte. Einzig im Dunkel der Nacht hätte sie einen Befreiungsversuch wagen können, aber nun, nach dem Befehl des Häuptlings, war auch diese Hoffnung verloren. Statt dessen mußte sie jetzt mit ansehen, wie eine starke Schar der Raubkrieger in das Gebäude eindrang und die Gefesselten mit gezückten Waffen ins Freie trieb. Selbst die Kleinsten waren gebunden; Branwyn zerbiß sich die Lippen, um nicht laut herauszuschreien, als sie sich vorstellte, welch schreckliches Los diese Kinder erwartete. Und dann beobachtete sie, wie die Gefangenen unter strenger Bewachung den Pfad hinunterstolperten, der zur Hafenbucht führte; den Weg, der in äußerster Erniedrigung enden würde.

Die Sonne hatte mittlerweile ihren Zenit überschritten; heiß brannte sie in die Spalte unter dem Felsen, wo die junge Frau sich verkrochen hatte. Doch Branwyn spürte die Hitze nicht;

das seelische Leid, das sie ertragen mußte, machte sie unempfindlich gegenüber allem anderen. Auch ihr Zeitgefühl schien betroffen. Eben noch hatte sie gesehen, wie die künftigen Sklaven verschwunden waren; jetzt plötzlich hing der Sonnenball mindestens eine Elle tiefer am Firmament; draußen auf dem Meer segelte das Schiff, das die Gefangenen an Bord genommen hatte, nach Süden. Wieder versank Branwyn in dumpfe Betäubung; als sie abermals aufschreckte, legten sich bereits die Schatten der Abenddämmerung über die *Ynys Vytrin* – und angesichts dessen gewann die junge Frau ihre Spannkraft zurück.

Sie spähte zum Teich, wo die Piraten noch immer lärmten. Etwa sechzig waren auf dem Eiland geblieben; die meisten von ihnen wirkten inzwischen schwer betrunken, ungefähr ein Dutzend schlief betäubt auf der nackten Erde. Einmal mehr verspürte Branwyn tiefe Abscheu; gleichzeitig durfte sie sich aber sagen, daß sich ihre Fluchtchancen aufgrund des Zustandes der Männer verbessert hatten.

Die junge Frau wartete einen günstigen Moment ab, dann robbte sie aus ihrem Versteck. Zunächst prickelten ihre Glieder bei jeder Bewegung schmerzhaft, sie waren durch das lange Liegen unter dem Felsblock taub geworden. Doch schnell löste sich die Verkrampfung; Branwyn huschte geduckt durch das Trümmerfeld am Ausläufer der Talmulde und erreichte den Steig, den sie am Vormittag vom Strand heraufgeklettert war. Jetzt lag der Schieferkamm, der sich entlang der Hafenbucht in die Tiefe zog, im Zwielicht vor ihr – der Abstieg würde ungleich schwieriger werden als der Herweg im Tageslicht.

Entschlossen verdrängte die junge Frau diesen Gedanken und konzentrierte sich ganz auf den gefährlichen Pfad. Anfangs konnte sie die Stellen, wohin sie die Füße setzen mußte, noch einigermaßen erkennen; später, als die Dunkelheit sich verstärkte, mußte sie sich zunehmend auf ihren Tastsinn verlassen. Besonders schlimm waren die Abschnitte, wo die Schroffen links und rechts von ihr fast senkrecht abfielen; Zoll um Zoll kämpfte sie sich dort voran und unterdrückte mühsam die

Panik, die in ihr aufsteigen wollte. Auf dem letzten Stück schließlich wurde es ein wenig leichter; die Nacht war mittlerweile ganz hereingebrochen, vom wolkenlosen Himmel strahlten die Sterne, und schräg über der Lleyn-Halbinsel stand nun der Mond.

Auf dem schmalen Strandstreifen zu Füßen der Kliffs ging Branwyn erschöpft in die Knie, doch augenblicklich war sie wieder auf den Beinen. Denn nur einen Steinwurf entfernt spiegelte sich blutroter Flammenschein auf dem Wasser wider; er stammte von einem Lagerfeuer, das die Wächter bei den beiden in der Hafenbucht verbliebenen Schiffen unterhielten. Schon die ganze Zeit über hatte die junge Frau es hinter dem niedrigen Vorgebirge bemerkt und gehofft, daß die Piraten, die im Gegensatz zu den anderen im Dorf vermutlich nüchtern geblieben waren, auch diesmal nicht auf sie aufmerksam werden würden. Zwar war bisher alles gutgegangen, aber sie durfte nicht leichtsinnig werden und setzte deshalb ihren Weg so rasch wie möglich fort.

Die Gefahr, die ihr von den Raubkriegern drohte, war freilich nicht der einzige Grund für diese Eile. Etwas anderes trieb Branwyn noch unwiderstehlicher voran: etwas, wovor sie sich unsäglich fürchtete – und dem sie trotzdem nicht ausweichen durfte. Ungefähr dreihundert Schritte würde sie ihrer Schätzung nach zurücklegen müssen; sie zählte sie, während sie lief, und wenig später wußte sie, daß sie sich nicht geirrt hatte.

Der erste Leichnam, auf den sie stieß, lag in einem Flachwassertümpel, den die ablaufende Flut zurückgelassen hatte, und war fürchterlich zugerichtet. Dasselbe galt für die übrigen, die sie nach und nach im näheren Umkreis entdeckte: an die dreißig zerschmetterte Körper. Erneut glaubte Branwyn das Bild vor sich zu sehen, wie die Leiber der hingeschlachteten Dorfbewohner von den Barbaren über den Rand der Steilküste hinausgeschleudert worden waren. Sie mußte ihre ganze innere Kraft aufbieten, damit der Schmerz sie nicht übermannte und sie ihre Aufgabe zu erfüllen vermochte.

Zuerst suchte die junge Frau nach Dafydd. Sie fand ihn fast direkt unterhalb des Einschnitts zwischen den beiden Riffs, wo die Felsspalte zu der verborgenen Fischerhütte führte. Weinend kniete Branwyn bei der Leiche des Mannes, der ihr alles bedeutet hatte; sie brauchte sehr lange, bis sie imstande war, ihm den letzten Liebesdienst zu erweisen. Dann aber zog sie ihn so vorsichtig wie möglich zu der kleinen Kluft und hinauf zur Hütte, dort bettete sie ihn schluchzend auf den steinigen Boden und drückte ihm die Augen zu. Anschließend barg sie die Körper von Arawn und Kigva, ebenso die von Dafydds Eltern Mirjam und Dylann sowie den Leichnam Jacwbs, des christlichen Priesters.

Eng beieinander lagen die Toten nun in der Halbhöhle; der Raum bot gerade ausreichend Platz für die sechs Menschen, die Branwyn am nächsten gestanden hatten. All die anderen mußte sie unten am Strand lassen; die nächste Flut würde sie hinaus aufs Meer tragen, und in der Tiefe der See würden auch sie zur Ruhe kommen. Mit diesem Gedanken trat die junge Frau auf das schmale Plateau vor der Grotte, richtete den Blick zu den Sternen und flehte die Götter an, den Seelen der Ermordeten Geborgenheit zu schenken und sie liebevoll auf den Pfad ihrer Wiedergeburt zu führen.

Danach besann Branwyn sich auf das, was sie jetzt für sich selbst zu tun hatte. Sie kehrte zum Eingang der Fischerhütte zurück, packte den Bug des *Curraghs*, der drinnen aufgebockt war, und hievte das leichte Boot über den Schragen nach draußen. Nachdem sie sich vergewissert hatte, daß das Paddel unter den Sitzbrettern festgezurrt war, schob sie den *Curragh* ein wenig abseits. Auf diese Weise schuf sie sich die nötige Bewegungsfreiheit, um den Zugang zu der niedrigen Halbhöhle zu verschließen. Sie brachte zunächst die hölzerne Türlade wieder an Ort und Stelle; anschließend trug sie schwere Steine von dem Wall heran, der das Plateau gegen die See hin begrenzte, und verbaute damit die Eingangsöffnung. Als sie fertig war, wies nichts mehr auf die Gruft hin, die sich in der Felswand verbarg; weder Mensch noch Tier würden die Totenruhe stören.

Die Nacht war mittlerweile weit fortgeschritten. Der Mond hatte beinahe den Zenit seiner Bahn erreicht, und in seinem Schein schleppte die junge Frau das Boot zum Strand. Als sie den *Curragh* an der Wasserlinie absetzte, wankte sie vor Erschöpfung; dumpf wurde ihr bewußt, daß sie seit dem Vortag nichts mehr gegessen und kaum etwas getrunken hatte. Nur am Morgen, während sie zur Ansiedlung unterwegs gewesen war, und dann wieder auf dem Rückweg in der Abenddämmerung hatte sie ein paar Schlucke Regenwasser aus der einen oder anderen Gesteinsmulde geschöpft. Ihre körperlichen Bedürfnisse waren ihr angesichts des Schocks, unter dem sie stand, gleichgültig gewesen, doch nun quälte sie brennender Durst. Sie lief noch einmal zu den Kliffs und tastete sich an ihnen entlang, bis sie Feuchtigkeit spürte, die von oben herabrieselte. Gierig schlürfte sie das Süßwasser; nachdem ihr Magen gefüllt war, atmete sie tief durch und fühlte, wie die Schwäche von ihr wich.

Wieder beim Boot, holte Branwyn das Ruder unter den Sitzbrettern hervor, legte es sich griffbereit und schob den *Curragh* in die anbrandenden Wellen. Im selben Moment, da das leichte Gefährt auf den Wogen zu tanzen begann, kletterte die junge Frau hinein, ergriff das Paddel und steuerte das Boot entschlossen von der *Ynys Vytrin* weg. Der Mond wies ihr die Richtung zu der Strömung, die nahe am Walkopf des Eilands vorüberführte und die sie zur Lleyn-Halbinsel tragen würde. Wenig später trieb sie an den himmelstürmenden schwarzen Gesteinsmassen vorbei, und bald war die Silhouette der Insel nur noch als Schemen in der Nacht zu erkennen.

Der Bergwald

Als das Morgenrot seinen rötlichen Schimmer über das Meer breitete, hatte Branwyn nicht bloß das Festland erreicht, sondern war, immer entlang der Küste der Lleyn-Halbinsel, so weit nach Nordosten vorangekommen, daß sie die *Ynys Vytrin* nicht mehr auszumachen vermochte. Statt dessen ragten jetzt zur Linken mächtige Felsbastionen auf, dazwischen gab es Buchten mit breiten Sandstränden. Möwen kreisten über dem *Curragh*, ab und zu segelten Kormorane heran und erweckten durch ihren gemächlichen Flug den Eindruck tiefen Friedens. Diese Stimmung freilich, die junge Frau wußte es nur zu genau, täuschte. Sie hatte gestern die Rauchwolken über dem Dorf Aberdaron gesehen, und auch wenn diese Ansiedlung nun schon weit hinter ihr lag, konnte sich von dort jederzeit ein schnelles Piratenschiff nähern. Aus diesem Grund wollte sie es nicht riskieren, ihre Fahrt tagsüber fortzusetzen; besser war es, an Land zu gehen und sich einen Schlupfwinkel zu suchen.

Die Sonne stand erst eine Handbreit über dem Horizont, als Branwyn einen geeigneten Platz fand. Halbmondförmig zog sich ein dicht mit Wildhafer bewachsener Dünenstreifen den Strand entlang; nur ein paar Dutzend Schritte dahinter öffnete sich ein schmaler, steiler Einschnitt zwischen den Klippen, aus dem ein Rinnsal sprudelte. Die junge Frau steuerte das Boot ans Ufer, brachte es in den Sichtschutz des Sandwalls und kletterte zu dem kleinen Bach hinauf, um sich satt zu trinken. Danach suchte sie die Küstenfelsen jenseits der Düne ab, bis sie eine Stelle entdeckte, wo mehrere flache Riffs in die See tauchten. Unter den Tangbärten gab es ganze Kolonien von Pfahlmuscheln; Branwyn löste mehrere Dutzend, öffnete die Schalen mit Hilfe des Messers, das sie in der Fischerhütte gefunden hatte, und schlürfte den Inhalt heißhungrig gleich an Ort und Stelle.

Zurück an ihrem Lagerplatz, kippte die junge Frau den *Curragh* um und schob an einer Seite einige Steine unter die Bordwand. Dann schlüpfte sie aus ihren feuchten Kleidern, breitete sie zum Trocknen über den Bootskörper und kroch schließlich unter den *Curragh*, der nun wie ein bergendes Dach über ihr lag. Fast augenblicklich schlief sie ein; langsam stieg der Sonnenball am Firmament höher, erreichte seinen Zenit und wanderte allmählich nach Westen. Branwyns Erschöpfung aber war so tief, daß sie erst in der Abenddämmerung wieder erwachte.

Mit einem unterdrückten Schrei fuhr sie auf; in panischer Furcht versuchte sie, den Raubkrieger mit der bösartigen Fratze abzuwehren. Im nächsten Moment begriff sie, wo sie sich befand: nicht auf der *Ynys Vytrin*, sondern in ihrem Versteck unter dem lederbespannten Boot; es war nur ein Alptraum gewesen, der sie heimgesucht hatte. Entschlossen schüttelte sie die Beklemmung ab, verließ ihren Unterschlupf, lief um die Dünenflanke herum und spähte über das Meer. Leer lag die See vor ihr; rotgoldenes Licht spiegelte sich auf den Wogen der Tremadog-Bucht, und die funkelnde Bahn flutete hinüber zum Massiv des *Eryri Gwyn* im Nordosten: dem Göttersitz von *Gwynedd*.

Im Verlauf der vergangenen Nacht hatte Branwyn sich entschieden, dorthin zu flüchten. In den hohen Bergen, so hoffte sie, würde sie vor den Piraten sicher sein. Vielleicht stieß sie irgendwo in einem Tal des *Eryri Gwyn* auf Menschen ihres Volkes; wenn nicht, mußte sie eben auf sich allein gestellt überleben. Doch vorerst war ohnehin nur wichtig, daß sie das Bergmassiv im Landesinneren erreichte ...

Die junge Frau zog ihr Leinenkleid über; es war ebenso wie das Plaid völlig trocken und noch warm von der Sonne. Dann trank Branwyn abermals ausgiebig aus dem Wildbach und entdeckte gleich darauf ein Stück weiter oben in der Kluft einen Schlehdornbusch. Dankbar füllte sie ihre Kleidertasche mit den blauschwarzen Früchten, kehrte zum *Curragh* zurück und trug ihn zum Strand. Wenig später folgte sie der Küstenlinie der Lleyn-Halbinsel weiter nach Nordosten; zuerst noch im Zwielicht des scheidenden Tages, dann neuerlich unter dem Schein des Mondes und der Sterne. Ab und zu, wenn sie Müdigkeit verspürte, zerkaute sie ein paar Schlehen; das saure Ziehen in ihrem Gaumen half ihr, wach zu bleiben und auch diesmal wieder bis zum Morgen durchzuhalten.

Als die Sonnenscheibe aus dem Meer auftauchte, traute Branwyn ihren Augen nicht. Die Gipfel des *Eryri Gwyn*, die am Abend noch so weit entfernt gewesen waren, schienen jetzt zum Greifen nahe gerückt zu sein. Das Licht sprühte über ihre Grate und ließ sie in beinahe andersweltlicher Schönheit schimmern; tiefer an den Bergflanken und in den Tälern schwebten feine Dunstschleier über dem Dunkelgrün der Wälder. Lange vermochte die junge Frau den Blick nicht loszureißen; erst als das Boot in eine Kreuzsee geriet und zu trudeln begann, besann sie sich und spähte nun zum Strand hinüber, um eine Stelle ausfindig zu machen, wo sie an Land gehen konnte.

Diesmal schlug sie ihr Lager inmitten eines Fleckens Heidekraut oberhalb der Flutlinie auf. Während sie es tat und anschließend erneut nach Wasser und Nahrung suchte, sagte sie sich, daß ihr mittlerweile wohl kaum noch Gefahr von den Raubkriegern drohte. Infolgedessen würde sie keine weitere Nacht auf See verbringen müssen; vielmehr konnte sie die Stelle, wo die Lleyn-Halbinsel auf das Festland traf, möglicherweise sogar bis zum Abend erreichen, sofern sie heute nicht so lange wie gestern schlief. Wenig später lag sie unter dem *Curragh*; tatsächlich erwachte sie noch vor der Tagesmitte und setzte ihre Fahrt im hellen Sonnenschein fort.

Branwyn paddelte zügig und ohne Pause; nachdem sie eine Weile auf dem Meer war, kam Westwind auf und unterstützte das Vorwärtskommen das Bootes entlang der Küste, die nun direkt nach Osten verlief. Dann, im letzten Drittel des Nachmittags, öffnete sich vor dem *Curragh* eine fjordartige Bucht, die tief ins Landesinnere einschnitt. Unmittelbar dahinter zogen sich die Ausläufer des Bergmassivs von *Eryri Gwyn* bis zum Strand hinunter, und am äußersten Ende der Förde mündete ein Fluß.

Die junge Frau steuerte das Boot dorthin; als sie nur noch ein paar Steinwürfe entfernt war, bemerkte sie eine Reiherkolonie in den Kronen der Uferbäume. Die Anwesenheit der großen Vögel bewies, daß das aus den Bergen herabströmende

Gewässer sehr fischreich sein mußte – und kaum hatte Branwyn den *Curragh* ein Stück flußaufwärts an Land gezogen, gewahrte sie oben auf dem Uferhang eine Brombeerhecke. Sie kletterte hinauf, sättigte sich an den süßen Beeren und durfte gewiß sein, auch während der nächsten Tage nicht hungern zu müssen.

Kurz vor Sonnenuntergang war Branwyn angelangt; bis Einbruch der Nacht blieb ihr gerade noch genügend Zeit, um neben dem gekippten Boot eine Feuerstelle aus Steinen zu bauen, mehrere Armvoll Brennholz zu sammeln sowie einen vertrockneten Baumschwamm zu suchen. Im letzten Tageslicht schnitzte sie eine Handvoll Späne von einem der Äste, schichtete sie locker über den zerdrückten Schwamm und schlug dann mit Hilfe der Messerklinge Funken aus einem Flintstein, den sie an ihrem letzten Lagerplatz entdeckt und zu sich gesteckt hatte. Es dauerte eine Weile, doch schließlich fraß sich die Glut in den Zunder und brachte ihn zum Glimmen; gleich darauf standen die Holzspäne und wenig später die starken Aststücke in Flammen.

Tagelang hatte die junge Frau den Anblick eines Feuers vermißt, jetzt war sie um so dankbarer dafür. Ihr Körper entspannte sich in der Wärme, die in weichen Wellen über sie flutete und ihre Kleider trocknete. Allmählich wurde sie schläfrig; eben dachte sie daran, daß sie am besten noch einmal Holz nachlegen und dann unter das Boot kriechen sollte – als aus dem Dunkel des Waldes plötzlich ein unheimlicher Schrei ertönte.

Zutiefst erschrocken fuhr sie zusammen; sie bebte am ganzen Leib, und dieses Zittern legte sich auch dann nicht, als der klagende Laut sich wiederholte: der Jagdruf eines Käuzchens. Denn der Schrei hatte jäh wieder das Grauen der Geschehnisse auf der *Ynys Vytrin* in ihr wachgerufen; die schrecklichen Erinnerungen, die sie während ihrer Flucht unter Aufbietung all ihrer Willenskraft soweit wie möglich unterdrückt hatte, weil sie den Strapazen sonst nicht gewachsen gewesen wäre. Aber jetzt, da sie in Sicherheit war, zerbrach dieser Schutzschild; schlagartig wurden die seelischen Schmerzen beinahe unerträglich.

Aus den züngelnden Flammen, vom schwarz strudelnden Fluß her und ebenso aus der Finsternis des Forstes sprangen die Bilder sie an. Branwyn konnte sich nicht gegen sie wehren, in allen entsetzlichen Einzelheiten durchlitt sie noch einmal den vorgestrigen Tag, durchlitt ihn von dem Augenblick an, da panische Angst sie kurz vor Anbruch der Morgendämmerung zur Heiligen Quelle getrieben hatte, bis zur folgenden Nacht, als sie auf die zerschmetterten Leichen Dafydds und der anderen am Fuß der Klippen gestoßen war und die sechs Toten zur Fischerhütte geschleppt hatte.

Wieder sah sie die Ermordeten auf dem Boden der Halbhöhle liegen; sah sich selbst die Steinquader heranschleppen, um die Grotte zu verschließen – und dies war der Moment, da ihre Qual unerträglich wurde. »Warum?!« keuchte sie. »Warum hast du all das zugelassen?! Warum, Ceridwen?!«

Ihre Gedanken jagten sich: Jahr um Jahr hatten Arawn, Kigva und sie der Göttin gedient ... So oft waren sie zum Born gegangen, um die Rituale zu vollziehen ... Erst am Tag vor dem Piratenüberfall wieder ... Als sie zusammen mit den Dorfbewohnern die Brote zum Quellheiligtum getragen hatten ... Die Totenkopfbrote, aus denen zum Zeichen des neuen Lebens die Ähren sprossen ...

»Du schenktest uns Hoffnung für die Zukunft, Ceridwen!« brach es aus ihr heraus. »Aber dann raubtest du uns alles! Nur gewaltsamer Tod und Sklaverei blieben für die, welche sich dir anvertraut hatten! Einzig ich entkam den Barbaren; niemand sonst, nur ich allein ...«

So geschah es, weil ich dich rief!

Ganz deutlich vernahm Branwyn die lautlose Stimme: aus dem Wasser, dem Feuer und dem Wald heraus. Und im selben Augenblick begriff sie, daß ihre Rettung tatsächlich ein Wunder gewesen war. Im Traum hatte sie den Ruf gehört, der sie unwiderstehlich dazu gedrängt hatte, zur Heiligen Quelle zu laufen. Und wäre dies nicht so gewesen, dann hätte sie zweifellos das grauenhafte Schicksal der anderen geteilt; wäre ebenfalls niedergemetzelt oder verschleppt worden …

Die Göttin, jetzt wußte sie es unverbrüchlich, hatte sie nicht verlassen! Trotzdem blieb die Frage, die Branwyn abermals laut herausstöhnte: »Warum allein ich?! Und nicht Dafydd?! Nicht Arawn und Kigva?! Nicht Mirjam, Dylann und Jacwb, nicht die vielen anderen?! Warum hast du nicht auch sie gewarnt?!«

Diesmal bekam sie keine Antwort – doch unvermittelt glaubte sie wieder ein Kind zu sein: ein dreijähriges Mädchen, das an der Hand seiner Mutter durch den Urwald irrte, bis sie sich beide unter einem niedergebrochenen Baumstamm verkrochen und das Röcheln der Sterbenden die enge Höhle aus vermodertem Laub und fauligem Holz erfüllte. Und auch sie, Branwyn, hätte damals nach menschlichem Ermessen in der Wildnis umkommen müssen, wenn Kigva auf der Suche nach seltenen Heilpflanzen nicht tief ins unwirtliche Innere der Lleyn-Halbinsel vorgedrungen und dort auf sie gestoßen wäre. Und später, nachdem die Frauen im Rundhaus auf der *Ynys Vytrin* sie aufgenommen hatten, waren die gallischen Händler nach *Gwynedd* gekommen und hatten davon berichtet, daß es im Norden der Halbinsel, wo die Ansiedlungen niedergebrannt worden waren, keine Überlebenden mehr gab …

»Du hast deine Hand über mich gehalten, als das Dorf am *Yr Eifl* verwüstet wurde – und nun hast du mich wiederum beschützt!« flüsterte die junge Frau. »Du, Ceridwen, die du in deiner dritten Gestalt die verschleierte Göttin bist. Die Dunkle, welche die Fäden zwischen Tod und Wiedergeburt knüpft; die Rätselhafte, die sowohl in der sichtbaren Welt als auch jenseits der Schwelle, in *Annwn*, wirkt. Die Nebel aber, die am Zugang zur Anderswelt weben, vermag der Blick von uns Sterblichen nicht zu durchdringen. Höchstens Schemen können wir erkennen, nur Ahnungen empfinden, die umfassende Gestalt deines Flechtwerks bleibt uns verborgen. Doch obwohl dies so ist, wissen wir um deine Güte und Liebe, selbst dann, wenn du uns scheinbar verlassen hast. Denn jedes Leben, das an sein Ende gelangt, entsteht dank deiner Kraft über die Brücke des Todes hinweg neu; nichts ist verloren, alles scheinbar erloschene Dasein wird bewahrt in dir, bis du ihm seine Wiedergeburt schenkst …«

Leise und ehrfürchtig hatte Branwyn zuletzt gesprochen; aus ihrem eben noch verzweifelten Aufbäumen gegen das Unverständliche war ein vertrauensvolles Gebet geworden. Und diese Hingabe, sie spürte es, würde sie von nun an befähigen, sich dem Unabänderlichen bewußt zu stellen. Zwar würden die grauenhaften Erinnerungen und der Schmerz für immer in ihr sein, aber sie konnte lernen, damit zu leben. Das war es, was die Göttin von ihr erwartete; Ceridwen, die sie durch ihr Eingreifen am *Yr Eifl* und dann abermals auf der *Ynys Vytrin* behütet hatte. Nach wie vor verstand die junge Frau nicht, warum allein sie verschont worden war, doch sie war sich jetzt sicher, daß es einen verborgenen Sinn geben mußte, und vielleicht würde irgendwann der Tag kommen, da er sich ihr entschlüsselte …

So wird es sein! Du wirst die Antwort bekommen!

Noch einmal vernahm Branwyn die lautlose Stimme: aus einem silbern im Mondlicht aufrauschenden Wasserwirbel, dem glutroten Schein des Feuers und der unergründlichen Schwärze des Waldes heraus. Gleichzeitig schien Wärme, die nicht von den Flammen allein kam, die junge Frau einzuhüllen. Betäubende Müdigkeit erfüllte sie; dann, im tiefen, ungestörten Schlaf, wurde ihr Vergessen geschenkt.

* * *

Am nächsten Morgen versuchte Branwyn ihr Glück mit einer der Angelschnüre, die sie in der Fischerhütte auf der *Ynys Vytrin* zu sich gesteckt hatte. Beinahe im Handumdrehen biß eine fette Forelle an; die junge Frau briet sie und hatte damit zum erstenmal seit Tagen wieder eine warme Mahlzeit. Danach entschloß sie sich, einen Streifzug weiter ins Landesinnere zu unternehmen; möglicherweise würde sie irgendwo auf eine menschliche Ansiedlung stoßen.

Den ganzen Vormittag folgte sie dem Flußtal nach Norden. Teilweise kam sie entlang der Uferauen gut voran, an anderen Stellen mußte sie über Felsen klettern oder sich ihren Weg über steil abfallende Hänge suchen. Sie kreuzte zahlreiche Wildfährten, einmal sogar die Spur eines Bären, und sah ein andermal ein Adlerpaar über einer Gebirgsschroffe in der Ferne kreisen. Aber nirgendwo stieß sie auf Zeichen, daß in dieser Gegend Menschen lebten; der Bergwald schien, zumindest entlang des vom Massiv des *Eryri Gwyn* herabströmenden Gewässers, völlig unberührt. Als die Sonne ihren Höchststand erreicht hatte, rastete Branwyn nahe einer Reihe von Klippen im Flußbett, über die das Wasser in wilden Kaskaden herabschäumte. Auch hier gab es Brombeeren; nachdem die junge Frau sich gesättigt hatte, trat sie den Rückweg an und erreichte ihren Lagerplatz rechtzeitig vor Sonnenuntergang wieder.

Erneut sammelte Branwyn Feuerholz; ebenso wie in der vorangegangenen Nacht schlief sie ruhig und traumlos. Am folgenden Tag ging sie abermals los, hielt sich diesmal jedoch in nordwestlicher Richtung. Sie stieg über einen bewaldeten Höhenrücken; dahinter lag eine feuchte Niederung, in der ganze Wiesen von Riesenfarn gediehen. Jenseits schwangen sich die Hänge steil empor; bald machte der Bergwald, der hier schütterer wirkte, Niederholz und dann Heidekraut und vereinzelten Fuchsiensträuchern Platz. Schließlich gelangte die junge Frau zu einem weiten Kar, das sich gleich einem Gürtel quer über einen Bergkegel zog; noch ein Stück weiter oben lag in einer Senke ein Teich. Nach einer anstrengenden Kletterpartie über das Geröllfeld langte Branwyn bei ihm an; durstig genoß sie das kühle Wasser und spähte sodann in die Runde. Doch auch von hier aus konnte sie nichts entdecken, was auf eine Siedlung hingedeutet hätte: kein Rauchkräuseln irgendwo in der Landschaft; kein Schafrudel an einem der Hänge ringsum, die als Weideland geeignet gewesen wären; keine Rodungsinsel tiefer unten in den horizontweit sich ausbreitenden Wäldern.

Das Gefühl unendlicher Einsamkeit befiel sie – und ähnlich empfand sie auch während der nächsten Tage, in denen sie das Land nach verschiedenen Richtungen hin durchstreifte. Zuletzt mußte sie einsehen, daß sie völlig auf sich gestellt war; zumindest hier in der Gegend nahe der Küste, die sie auf ihren Tagesmärschen erforscht hatte. Anders konnte es sich freilich weiter im Landesinneren verhalten; deshalb beschloß Branwyn, eine mehrtägige Wanderung nach Norden zu unternehmen. Sie entschied sich auch deswegen so, weil sich jetzt bereits der Herbst ankündigte und sie zunehmend der Gedanke ängstigte, die kalte Jahreszeit allein überstehen zu müssen.

An den Abenden am Feuer hatte sie einige Ausrüstungsgegenstände angefertigt. Sie besaß jetzt eine Basttasche, in der sie Nahrungsmittel unterbringen konnte, und ihr Messer steckte in einer Scheide aus dem Balg eines von einem Habicht geschlagenen Kaninchens; sie hatte das Fell abgeschabt, zugeschnitten und es mit Hilfe einer Knochennadel und Pflanzenfasern vernäht. Aus dem Paddel des *Curraghs* und einem scharfen, zugespitzten Abschlag von ihrer Flintsteinknolle hatte sie eine kurze Lanze gebastelt, die ihr notfalls als Waffe, aber auch als Wanderstab dienen konnte. Von dem leichten Boot selbst lag jetzt nur noch das hölzerne Gerippe da; die junge Frau hatte den salzverkrusteten ledernen Überzug abgelöst, ihn gereinigt, gewalkt und damit geschmeidig gemacht, so daß er sich zu einem handlichen Bündel zusammenschnüren und an einem Lagerplatz wahlweise als Liegematte oder Zelt verwenden ließ.

Der Morgen, an dem Branwyn aufbrach, war kühl; der Meerwind trieb graue Wolkenbänke auf das Bergmassiv des *Eryri Gwyn* zu. Doch in der Mitte des Vormittags brach die Sonne durch, und die hohen Felsgipfel weit im Landesinneren waren nun in weiches, warm leuchtendes Licht getaucht. Der Göttersitz des Landes *Gwynedd* zeigte sich in seiner ganzen entrückten Schönheit; allem Niedrigen entzogen, schien er zwischen Himmel und Erde zu schweben – und die junge Frau lautlos zu rufen.

Ebenso wie am Tag nach ihrer Ankunft wanderte Branwyn auch diesmal den Fluß hinauf, der ihrer Schätzung nach irgendwo nahe des *Eryri Gwyn* entsprang. Bis zum Mittag erreichte sie die Stelle, wo das Wasser in wilden Kaskaden über die Klippen schäumte, rastete abermals dort und drang dann weiter nach Norden vor. Entlang des Flußtales erklomm sie eine Hochebene, auf welcher der Riesenfarn teilweise so hoch stand, daß die Wedel ihr über den Kopf reichten; anderswo wieder mäandrierte das Gewässer durch üppigen Laubwald mit dichtem Unterholz. Als die Schatten zwischen den Bäumen am Spätnachmittag tiefer wurden, stieß die junge Frau auf eine vom Blitz gefällte Eiche, unter deren gewaltigem Stamm sie während der Nacht Schutz finden konnte. Sie errichtete eine kleine Feuerstelle und bereitete das Lager vor; ihr Abendessen bestand aus einem guten Dutzend Flußkrebsen, die sie unterwegs erbeutet hatte und jetzt in der Glut garte.

Auch in der Folge mußte Branwyn keinen Hunger leiden; sie fing Krebse und Fische, pflückte Beeren oder sammelte Pilze. Am Ende des zweiten Tages stieß sie auf den Zugang zu einem Paß mit schroffen Steinwänden und übernachtete unmittelbar unterhalb. Kaum stand die Sonne wieder am Himmel, machte sie sich an den Aufstieg und kletterte entlang des nun felsigen Flußufers durch die Klamm. Mühsam passierte sie eine Reihe von Wasserfällen, balancierte über schlüpfrige, mit Tang bewachsene Steinbuckel und lief teilweise auch direkt durchs flache Wasser. In der Abenddämmerung war sie völlig erschöpft, aber sie hatte den Paß hinter sich gebracht, und die Gipfelgruppe des *Eryri Gwyn* war wiederum ein gutes Stück nähergerückt.

Dennoch dauerte es fast zwei weitere Tage, ehe die junge Frau das Quellgebiet des Flusses und damit den Fuß des gewaltigen Bergmassivs erreicht hatte. Ein Quertal, an dessen Rand ein schmaler See glitzerte, zog sich an den von Heidekraut, Ginster und Moosteppichen bedeckten Flanken des Göttersitzes entlang. Dahinter stiegen die Hänge steil an, gingen in majestätische Felswände über, und hoch oben ragten die Grate und Sättel der Gipfelkette empor. Die tiefstehende Sonne tauchte das Gestein in ihren goldenen Glanz; still, von tiefer Ehrfurcht ergriffen, nahm Branwyn den einzigartigen Anblick in sich auf, zuletzt flüsterte sie den Namen der Göttin.

Im selben Moment, da sie ihn aussprach, gewahrte sie aus dem Augenwinkel eine Bewegung. Sie wandte den Kopf und sah am Ende des Bergsees einen Purpurreiher niederstreichen. Mit dem nächsten Lidschlag erstarrte sie, doch nicht der Vogel mit dem rötlichen Gefieder, dessen Schnabel jetzt ins Wasser stieß und einen Fisch aufspießte, war schuld an Branwyns Überraschung – sondern das winzige säulenartige Gebilde, das sich weit jenseits der Stelle, wo der Reiher aufgetaucht war, schwarz gegen eine helle Felswand abhob. Und dann, nachdem die junge Frau eine Weile angestrengt gegen die sinkende Sonne gespäht hatte, begriff sie, daß dort drüben ein Menhir stehen mußte: ein Steinmal, das von Menschen gesetzt worden war.

Alles drängte sie dazu, sofort loszulaufen; vielleicht lag in der Nähe des Hohen Steines eine Ansiedlung. Aber Branwyn durfte der Regung nicht nachgeben. Die Entfernung bis zu dem Menhir war zu groß; selbst wenn sie es bis Einbruch der Dunkelheit noch schaffte, würde ihr keine Zeit mehr bleiben, die nötigen Vorbereitungen für die Nacht zu treffen. Also mußte sie notgedrungen den nächsten Morgen abwarten, um Gewißheit zu bekommen.

Am Saum des Bergwaldes, dessen Ausläufer sich da und dort noch in das Hochtal vorstreckten, errichtete sie ihr Lager. Bald funkelten die Sterne zwischen den Ästen der Föhren, unter denen die junge Frau, in ihr Plaid gehüllt, am Feuer lag. Im Norden stand die Silhouette des *Eryri Gwyn* als grandioser Schattenriß vor dem Firmament. Ehe Branwyn einschlief, bat sie die Götter, sie von ihrer Einsamkeit zu erlösen und ihr endlich wieder menschliche Gesellschaft zu schenken.

Mit dem ersten Tageslicht brach sie zu der weiter westlich gelegenen Felswand auf, vor der sie das künstliche Steinmal ausgemacht hatte. Zunächst am Seeufer entlang, dann über eine ausgedehnte Heidefläche folgte sie dem langgestreckten Tal. Je weiter sie kam, desto deutlicher erkannte sie die Umrisse des Menhirs, aber sie benötigte viel mehr Zeit, als sie gedacht hatte, ehe sie vor ihm stand. Doppelt mannshoch ragte der grauschwarze Schieferblock mit den regelmäßig behauenen Kanten und dem kunstvoll ausgeführten Flechtornament an der Vorderseite empor; neben seinem Sockel war eine kleine Pyramide aus faustgroßen Steinen aufgehäuft.

So eindrucksvoll der Menhir wirkte, so tief war die Enttäuschung, welche die junge Frau empfand. Denn die Steinpyramide bewies ihr, daß sie lediglich eine weithin sichtbare Wegmarkierung gefunden hatte. Wanderer hatten die Brocken im Verlauf der Jahrhunderte niedergelegt: als Dankzeichen an die Götter, welche sie auf dem gefährlichen Abstieg durch den hier von Nordwesten in das Hochtal einmündenden Paß behütet hatten. Und weil die schmale, steil ansteigende Kluft vom See aus nicht zu erkennen und selbst aus der Nähe leicht zu verfehlen war, hatte man wohl schon vor Urzeiten an ihrem Zugang für diejenigen, die sich von Osten her näherten, den Menhir errichtet.

Branwyn kauerte sich nieder und untersuchte die Pyramide. Ein paar Steine ganz oben schienen sich noch nicht allzu lange dort zu befinden, und das immerhin vermittelte ihr neue Hoffnung. Zwar durfte sie nicht mehr damit rechnen, irgendwo in der Nähe auf ein Dorf zu stoßen, aber der Gebirgsweg wurde offenbar nach wie vor begangen. Sie schätzte, daß zwei oder drei der Brocken höchstens einen Monat hier lagen; infolgedessen würden wahrscheinlich auch in Zukunft – und vielleicht schon sehr bald – wieder Menschen vorbeikommen.

Nachdenklich stand sie auf, lehnte sich gegen den Menhir und überlegte, was sie tun sollte: hierbleiben und warten oder ihre Suche auf eigene Faust fortsetzen? Doch ehe sie zu einem

Ergebnis gelangt war, wurde ihr die Entscheidung abgenommen – und zwar dank des Purpurreihers, durch den sie am Abend zuvor auf den Hohen Stein aufmerksam geworden war. Unvermittelt segelte der große Vogel heran, umkreiste den Menhir, stieß ein aufforderndes Krächzen aus und flog in den Paß hinein. Während er in der Klamm verschwand, hatte Branwyn plötzlich das untrügliche Gefühl, daß sie dort eine wichtige Entdeckung machen würde; sie folgte ihrer inneren Stimme und lief zur Kluft hinüber. Kaum war sie ein paar Dutzend Schritte eingedrungen, bestätigte sich ihre Intuition – denn ihr Blick fiel auf den Eingang einer Höhle.

Der bogenförmige Grottenmund öffnete sich über einem Felsband und war halb von einer Zwergbirkengruppe verdeckt; ein Pfad, der offensichtlich von Menschenhand angelegt war, führte hinauf. So schnell wie möglich erklomm die junge Frau ihn, schob sich an den Bäumchen vorbei und betrat die Höhle. Um hineinzukommen, mußte sie sich etwas bücken; drinnen wölbte die Kavernendecke sich ein gutes Stück nach oben. Nachdem Branwyns Augen sich an das Halbdunkel gewöhnt hatten, stellte sie fest, daß der geräumige Höhlenraum die Form einer umgedrehten Schüssel besaß. Die Luft war trocken, der Boden bestand aus feinem Sand; insgesamt machte die Grotte einen anheimelnden Eindruck. Aber das war noch nicht alles, denn gleich neben dem Zugang gab es eine Feuerstelle: einen Ring aus schweren Steinen, in dem verkohlte Holzreste lagen.

Ein Rastplatz für alle, die ein Nachtlager am Paßweg benötigen, dachte die junge Frau. Gleich darauf erinnerte sie sich wieder an den Purpurreiher, der ihr den Weg gewiesen hatte, und jetzt konnte es keinen Zweifel mehr geben: Die Göttin hatte den großen Vogel mit dem rötlichen Gefieder zu ihr gesandt, gestern und jetzt eben wieder, damit sie die Höhle finden sollte. »Ich danke dir, Ceridwen!« flüsterte Branwyn. »Du hast mich von der *Ynys Vytrin* bis hierher zum *Eryri Gwyn* beschützt und mich nun zu diesem Ort geführt, der mir Zuflucht inmitten der Wildnis bietet. Und weil ich deinen Willen erkenne, werde ich hierbleiben, um im Vertrauen auf dich mein Schicksal abzuwarten …«

* * *

In der Folge richtete Branwyn sich in der Kaverne ein. Aus dem Bergwald holte sie mehrere Traglasten Fichtenbärte, schichtete sie an einer geeigneten Stelle der Höhlenwand innerhalb einer Umfassung aus Quadersteinen zu einem Lager auf und bedeckte sie mit einer Schicht Heidekraut. Nachdem sie die aus dem Lederüberzug des *Curraghs* gefertigte Plane darübergebreitet hatte, besaß sie ein bequemes Bett; nach der ersten Nacht, die sie darin schlief, erwachte sie wie neugeboren. Der Wald, der sich unterhalb des Hochtales ausbreitete, schenkte ihr aber auch Feuerholz; bald lagerten beachtliche Mengen in der Grotte. Zudem hatte die junge Frau aus biegsamen Weidenruten einen Windfang geflochten, mit dem sie bei Bedarf den Zugang zu ihrer Behausung verschließen konnte.

Sobald diese Arbeiten erledigt waren, ging Branwyn daran, Nahrungsmittelvorräte für die bevorstehende kalte Jahreszeit anzulegen. Sie sammelte Beeren, Pilze und Kräuter und trocknete sie. Um sie aufbewahren zu können, töpferte sie eine Reihe dickbauchiger Tonbehälter, die sie in der Glut der Feuerstelle brannte. Außerdem stellte sie Wasserkrüge und Kochtöpfe her; den feinen Lehm, den sie für die Gefäße benötigte, fand sie im Quellgebiet des Flusses. In den klaren Fluten des Sees wiederum gab es Schwärme von Fischen; die junge Frau fing so viele wie möglich, räucherte sie und ließ sie zusätzlich an der Luft dörren, bis sie brettsteif und damit monatelang haltbar waren.

Der Herbst ging zum größten Teil darüber hin; allmählich stellte Branwyn sich darauf ein, in ihrer Höhle zu überwintern. Sie rechnete jetzt nicht mehr damit, daß in diesem Jahr noch andere Menschen hier in der Einsamkeit des Gebirges auftauchen würden. Oft, besonders während der nun immer länger werdenden Nächte, fühlte sie sich deswegen bedrückt, aber sie ergab sich diesen quälenden Anwandlungen nicht, sondern kämpfte dagegen an. Sie hielt Zwiesprache mit der Göttin und fand im Vertrauen auf den Schutz Ceridwens Trost; darüber hinaus bemühte sie sich weiterhin, das Ihrige zu tun, um zu überleben.

Sie schaffte noch mehr Feuerholz in die Kaverne und schichtete die Bündel an der Rückwand auf. Den Windfang vor dem Eingang verstrich sie mit Lehm und dichtete ihn so gegen den geringsten Luftzug ab. Schließlich flocht sie aus den langen, flachgepreßten Halmen von Graslilien, die auf der Heide an den Bergflanken gediehen, mehrere Matten und vernähte sie zu einer dicken Zudecke für ihr Bett, die sie über das Plaid breiten konnte, unter dem sie bisher geschlafen hatte.

Eines Morgens dann, als Branwyn ins Freie trat und zum Gipfelmassiv des *Eryri Gwyn* hinaufblickte, traute sie ihren Augen nicht. Denn der Weiße Adler hatte Gestalt angenommen. Mit weit ausgebreiteten Schwingen, schimmernd im Sonnenlicht, schien er über den Bergwäldern zu schweben – der erste Schnee, der in dieser Nacht gefallen war, hatte das schier andersweltliche Bild über die Steilhänge, Schroffen und Zinnen des Göttersitzes gemalt.

Der Barde

Dem ersten Schneefall folgten weitere; bald türmten sich die Wehen am Rand des Hochtales, im Eingang des Passes und tiefer unten am Saum des Bergwaldes. Branwyn verbrachte die meiste Zeit in der Höhle, nur zum Brennholzsammeln verließ sie die Kaverne für längere Zeit. Je weiter der Winter fortschritt, desto tiefer mußte sie in den Forst eindringen, um abgestorbene Äste und zersplitterte Strünke umgestürzter Bäume, die sie mühsam zerteilte, zu finden. Das Feuer, dessen Glut nun Tag und Nacht nicht mehr erlosch, ermöglichte ihr das Überleben – doch es weckte auch die grauenhaften Erinnerungen.

Besonders wenn draußen vor dem Grottenmund undurchdringliche Dunkelheit lastete oder der Sturmwind heulte, glaubte die junge Frau im Züngeln der Flammen und in den tanzenden Schatten an den Felswänden erneut jene schrecklichen Szenen vor sich zu sehen, die sich auf der *Ynys Vytrin* abgespielt hatten. Manchmal erschienen ihr, wie zum Greifen nahe, die Gesichter der Ermordeten, und der Schmerz über den Verlust Dafydds und all der anderen wurde abermals fast unerträglich. Branwyn vermeinte in solchen Nächten das Böse, das über das Eiland hereingebrochen war, auch im Fauchen des Sturmes und in der bedrohlichen Finsternis, die nur wenige Schritte jenseits der Feuerstelle lauerte, zu erkennen. Verzweifelt rang sie dann um eine Antwort auf die uralte Menschheitsfrage: Warum die Götter es zuließen, daß dieses Abgründige in der Welt war?!

Aber nie fand sie eine Erklärung. Sie konnte sich höchstens vergegenwärtigen, was Jacwb, der christliche Priester, gelehrt hatte: Obwohl Jesus stets nur Gutes getan hatte, war er von den Römern ans Kreuz geschlagen worden, hatte furchtbare Qualen erlitten und zuletzt seine Seele ausgehaucht – trotzdem war er am dritten Tag wieder von den Toten auferstanden und hatte auf diese Weise jene überwunden, die ihn hingeschlachtet hatten. Und einmal, in einer dieser Nächte, die nicht enden wollten, schien Arawns Stimme zu flüstern: »Das Leben ist unzerstörbar ... Immerwährend gebärt die Große Göttin es neu ... Nichts geht verloren im ewigen Kreislauf des Daseins ...« Und nur darin vermochte sie einen gewissen Trost zu finden; Hoffnung, die aus dem Wissen entstand, daß hinter der Diesseitswelt die Anderswelt lag: *Annwn*, von wo die Opfer des Bösen wiederkehren würden, Myriaden Geschändete und Erniedrigte, um dereinst das Abgründige für immer zu besiegen.

Wenn Branwyn solch innere Kämpfe durchgefochten hatte, fühlte sie sich oft tagelang erschöpft, doch nie gab sie sich selbst auf. Ihr Mut und damit ihre Lebenskraft blieben ungebrochen, und an den hellen Tagen, an denen das Bergmassiv im Sonnenschein leuchtete, vermittelte ihr der Anblick des *Eryri Gwyn* seelische Stärke. Sobald die Schneefelder sich wie damals, zu Beginn des Winters, in den Weißen Adler verwandelten, spürte die junge Frau, daß sie trotz allem nicht verlassen war. Stets entstand aus der Finsternis wieder das Licht; auch Frost und Eis würden irgendwann dem Frühling weichen: der milden Jahreszeit der Göttin Beltane, nach deren Wärme sich Branwyn nun mit jedem Morgen inständiger sehnte.

Endlich wurden die Nächte spürbar kürzer und die Luft weicher. Der Schnee schmolz, einzig auf den Zinnen des Göttersitzes behaupteten sich die gleißenden Firnfelder noch. Aber als wenig später die heimkehrenden Zugvögel in den Bergwald einfielen und hoch oben am Himmel Keile von Graugänsen nach Norden zogen, begannen auch die Eisfelder in den Gipfelklüften des *Eryri Gwyn* dahinzuschwinden. Das Tauwasser, das in hundert Rinnsalen von den Bergflanken rieselte, brachte den See am Fuß des Massivs zum Überlaufen. Rauschend trat das Gewässer am östlichen Ende des Tals über seine Ufer, und von da an zog es auch die junge Frau mit unwiderstehlicher Macht hinaus ins Freie. Alles in ihr hungerte am Ende des langen Winters nach Licht, Luft und Bewegung; sie konnte nicht genug davon bekommen, und die bereits wieder kräftigen Sonnenstrahlen auf ihrer Haut schenkten ihr das Gefühl, neu geboren zu sein.

* * *

An diesem Nachmittag hatte Branwyn sich vorgenommen, möglichst weit in den Paß vorzudringen. Im vergangenen Herbst war ihr keine Zeit mehr geblieben, ihn zu erkunden; das Sammeln der Vorräte und all die anderen überlebensnotwendigen Arbeiten waren wichtiger gewesen. Doch jetzt genoß sie es, die Klamm aufwärts zu steigen; es war wie ein Ausbruch aus der Enge, der sie an die vier Monate nicht hatte entfliehen können.

Die schmale Schlucht zog sich zunächst ein gutes Stück steil ins Gebirge hinein; dann, nach einer Kehre, wurde sie flacher und breiter. An einer Stelle trug der Talboden kräftigen Pflanzenbewuchs, und zu ihrem Erstaunen bemerkte Branwyn dort eine Gruppe von Weißdornsträuchern, wie es sie draußen auf der Hochebene nicht gab. Sofort lief sie hin, um die stachelbesetzten Zweige näher zu untersuchen. Sie wollte wissen, ob es sich um jene Art handelte, aus deren Wurzeln sich zu dieser Jahreszeit ein stärkender Sud gewinnen ließ. Weil dies der Fall war, entschloß sie sich, einen kleinen Strauch auszugraben; sie würde der Natur dadurch keinen ernsthaften Verlust zufügen, denn ringsum wuchsen noch ungefähr ein Dutzend weitere. Sie zog ihr Messer und lockerte vorsichtig die Erde; nach einer Weile hatte sie den Strunk tief genug freigelegt, um ihn ohne Beschädigung aus dem Boden ziehen zu können. Sie schnitt das Wurzelwerk ab, reinigte es sorgfältig und wollte es eben in ihrer Tragetasche verwahren – als sie plötzlich das Empfinden hatte, nicht länger allein zu sein.

Hastig sprang sie auf, spähte in die Runde, aber die Schlucht lag völlig verlassen da. Schon glaubte sie, sie hätte sich getäuscht. Doch im nächsten Moment trug der Wind Töne heran, von denen sie nicht im Traum gedacht hätte, sie hier in der Einsamkeit zu hören: die Melodie eines Liedes.

Branwyn stopfte die Wurzeln in ihre Basttasche und rannte los. Je näher sie den hohen Felsen am nördlichen Ende des Talbodens kam, um so deutlicher vernahm sie die Worte einer heiteren Ballade, die das Wiedererwachen des Lebens nach dem harten Winterfrost pries – dann bog der Sänger um eine der Klippen, gewahrte die junge Frau, verstummte verblüfft, faßte sich jedoch rasch wieder und rief ihr entgegen: »Bei Taranis, Lug und Cernunnos! Narren mich denn die Berggeister, oder bist du tatsächlich ein Wesen aus Fleisch und Blut?«

Gleich darauf war Branwyn bei ihm und sprudelte heraus: »Ich kann dir gar nicht sagen, wie froh ich bin, dich zu sehen! Seit so langer Zeit habe ich mit keinem Menschen mehr gesprochen, und jetzt auf einmal …«

Sie brach ab und wich einen Schritt zurück. Unvermittelt war ihr bewußt geworden, daß sie einem völlig Unbekannten gegenüberstand; deshalb musterte sie ihn jetzt genauer. Er zählte ungefähr dreißig Jahre und war mehr als einen Kopf größer als sie. Sein gutgeschnittenes Gesicht mit den blaßblauen Augen und dem buschigen Schnurrbart wirkte intelligent. Das dichte, brandrote Haar war am Hinterkopf zu einem Zopf gebunden und entsprach in der Farbe dem Plaid, das den Mann vor Kälte und Nässe schützte; auch in den Karomustern herrschte das Rot vor. Über der linken Schulter des Fremden hing ein schweres, mit einer Kordel zusammengeschnürtes Bündel, aus dem das obere Ende eines Saiteninstruments sowie der Griff eines Schwerts lugten.

Branwyns Blick blieb an den beiden Gegenständen hängen; der Unbekannte wiederum bewies Gespür für das, was in ihr vorging. Denn er zwinkerte ihr zu und versicherte: »Nur ruhig, ich bin kein Schlagetot! Aber wenn man allein durch die Wildnis wandert, kann es nicht schaden, eine Klinge bei sich zu haben. Auch einer wie ich muß schließlich im Notfall sein Leben verteidigen können.«

»Einer wie du, der nicht nur eine Kampfwaffe, sondern auch eine Handharfe bei sich trägt«, kam es von der jungen Frau. »Könnte es sein, daß du ein Barde bist und das Lied, welches du sangst, selbst gedichtet hast?«

»Es kam mir in den Sinn, während ich den Paßweg heraufwanderte«, bestätigte der Fremde lächelnd. »Und damit du weißt, wer die Vögel und womöglich auch dich damit erschreckte, will ich dir meinen Namen verraten. Man nennt mich Eolo Goch.«

»Eolo der Rote – das paßt zu dir«, versetzte Branwyn. Ihre Unsicherheit war verflogen; sie sagte ihm, wie sie hieß, und fügte hinzu: »Dein Gesang hat mir übrigens sehr gut gefallen. Und das nicht bloß, weil ich mich so darüber freute, nach all den Monaten wieder eine menschliche Stimme zu hören ...«

»Bedeutet das, du hast ganz allein hier oben in der Bergwildnis überwintert?« fragte Eolo ungläubig.

Als die junge Frau nickte, forderte er sie auf: »Bitte erzähle mir alles!«

Nach kurzem Überlegen setzte sich Branwyn auf einen moosbewachsenen Stein; der Barde legte seinen Packen ab und lagerte sich neben ihr im vorjährigen Gras, dann lauschte er mit wachsender Betroffenheit ihrer Geschichte. Es schmerzte die junge Frau, über ihre furchtbaren Erlebnisse zu sprechen, andererseits tat es ihr gut; zuletzt kniete Eolo sich neben sie, nahm sie behutsam in die Arme und wartete ab, bis sie tief durchatmete.

»Du bist sehr stark, sonst hättest du all das nicht durchstehen können«, sagte der Barde, während er sich wieder von ihr löste. »Die meisten Menschen hätten es nicht geschafft.«

»Ceridwen beschützte mich«, erwiderte Branwyn. Sinnend blickte sie nach Südwesten, wo die Sonne nur noch eine Handbreit über dem Grat des Passes stand, dann fügte sie hinzu: »Doch jetzt komm mit zur Höhle. Es wird schon kühl, und du bist bestimmt hungrig.«

»Und ob ich das bin!« bestätigte Eolo und schulterte sein Bündel. Auf dem Weg zur Grotte teilte er seiner Begleiterin mit, daß er in den Süden Britanniens unterwegs sei. Aufgebrochen sei er vor dreizehn Tagen von der großen Insel *Môn Mam Cymru*, die jenseits einer Meerenge vor der Küste von *Gwynedd* liege.

Als Branwyn den Namen des Eilands vernahm, erinnerte sie sich an gewisse geheimnisvolle Überlieferungen, die sie als Mädchen aus dem Mund der alten Penarddun gehört hatte. Um so gespannter war sie darauf, mehr über diese Insel zu erfahren, aber vorerst sprach der Barde über das, was ihm auf seiner Wanderung zum *Eryri Gwyn* zugestoßen war. Einmal, freilich ein gutes Stück weiter im Norden, waren ihm Wölfe auf der Spur gewesen und hatten sein Lager die halbe Nacht umschlichen, ehe es ihm gelang, sie durch Würfe mit Feuerbränden zu vertreiben. Und ein andermal war er beim Überqueren eines Firnfeldes an einem Berghang ausgeglitten und mindestens hundert Schritte in die Tiefe gerutscht, bis ein Gestrüpp ihn auffing.

Zuletzt erkundigte sich Branwyn, ob er irgendwo zu einer Ansiedlung gekommen sei. Eolo Goch verneinte und erklärte: »Das Land hier im Nordwesten von *Gwynedd* ist völlig unbewohnt, erst ungefähr ein Dutzend Tagesmärsche südlich des *Eryri Gwyn* gibt es Dörfer.« Er musterte den Eingang der Kaverne, die sie mittlerweile fast erreicht hatten, und fuhr fort. »Deine Höhle ist die einzige menschliche Behausung weit und breit, desto mehr freue ich mich über deine Einladung ...«

Wenig später saßen sie beim Feuer in der Grotte und stillten ihren Hunger mit Stockfisch und getrockneten Beeren sowie haltbaren, doppelt gebackenen Brotfladen, die Eolo beisteuerte; ebenso hatte der Barde Rauchfleisch bei sich. Die junge Frau genoß den Geschmack der so lange entbehrten Nahrungsmittel über die Maßen; außerdem erfuhr sie nun mehr über das Eiland, von dem Eolo Goch stammte.

»Ich bin in der Hügelfestung von Aberffraw aufgewachsen und erzogen worden«, berichtete er. »Dies ist der Stammsitz des edlen Geschlechts der Tudurs, das auf *Môn Mam Cymru* herrscht ...«

»*Môn*, die Mutter von *Cymru*«, unterbrach Branwyn. »Warum trägt die Insel diese ungewöhnliche Bezeichnung?«

»Weil sie einst alles geistige Leben in den Ländern unserer kimmerischen Stämme nährte«, erwiderte Eolo. »Ehe die Römer vor beinahe dreihundert Jahren einen Vorstoß in den Westen Britanniens unternahmen und auf das Eiland übersetzten, um die dort lebenden Druiden zu ermorden und die Heiligen Haine niederzubrennen, blühte auf *Môn Mam Cymru* höchste Gelehrsamkeit. Die Druidenschulen der Insel waren weithin berühmt; die Lernbegierigen kamen nicht nur aus den kimmerischen Fürstentümern, sondern aus ganz Britannien und selbst aus Irland und Gallien, um Weisheit zu erlangen und sie in ihren Heimatländern wiederum an andere weiterzugeben.«

»Aber dann wurde all das durch Feuer und Schwert vernichtet«, flüsterte die junge Frau.

»Der Geist von *Môn Mam Cymru* ist unzerstörbar!« widersprach der Barde. »Du selbst hast ihn zusammen mit Kigva und Arawn auf der *Ynys Vytrin* gehütet. Ihr habt damit, ähnlich wie Eingeweihte anderswo, das Erbe der alten Zeit bewahrt.«

Branwyn wollte einwenden, daß nun auch die Heilige Quelle auf der *Ynys Vytrin* verwaist war, doch sie besann sich auf ihre Rettung und bestätigte statt dessen: »Penarddun, welche die Lehrerin von uns dreien war, wußte noch einiges von *Môn Mam Cymru* und kannte verschiedene Überlieferungen. So soll es dort außerordentlich bedeutende Heiligtümer geben?«

»Steinkreise, Menhire und Grabkammern, die lange vor der Ankunft der ersten Kelten in Britannien errichtet wurden«, nickte Eolo. »Sie überdauerten die Barbarei der Legionäre, und sie werden auch dann noch stehen, wenn die Herrschaft Roms in unserem Land gebrochen ist.«

»Du glaubst daran?« fragte Branwyn verblüfft. »Ich dachte, die Macht der Römer sei ungeheuer groß! Jedenfalls behaupteten das die Händler, die gelegentlich auf die *Ynys Vytrin* kamen.«

»Auf meiner Heimatinsel herrschen die Tudurs längst wieder unangefochten«, entgegnete der Barde. »Die Legionäre zogen schon vor einem Menschenalter ab, nachdem sie zuvor ein Vierteljahrtausend die Kupferminen ausgebeutet hatten, für die *Môn Mam Cymru* ebenfalls bekannt ist. Und was das Imperium insgesamt angeht, so zerbricht es mehr und mehr unter inneren Machtkämpfen. Seine Tage sind gezählt; irgendwann wird die letzte Legion Britannien verlassen müssen.«

»Woher weißt du das alles?« kam es erstaunt von Branwyn.

Eolo lächelte. »In Aberffraw, der Ringburg der Tudurs, laufen gewisse Fäden zusammen. Fäden, die weit reichen – bis in die Hügelfestungen anderer keltischer Edler, die sich nach Freiheit sehnen, und gleichermaßen in die Städte der Römer im Osten und Süden Britanniens.«

»Bist du deswegen dorthin unterwegs?« erkundigte sich Branwyn. »Ich meine, ihr Barden seid ja nicht allein Dichter und Sänger, sondern zudem häufig Berater und Boten von Fürsten …«

»Darauf würde ich gewiß nicht jedem antworten«, versetzte Eolo Goch. »Aber«, er schenkte ihr einen warmen Blick, »dir darf ich vertrauen, das spüre ich. – Ja, es ist so, wie du vermutest. Ich erfülle einen wichtigen Auftrag der Tudurs, und mein Ziel ist der Fürstensitz von Tintagel auf der Halbinsel von *Kernow* ganz im Südwesten Britanniens, wo die Stämme der Durotrigen und Dumnonier leben, welche das Römische Imperium ebensowenig lieben wie wir …«

Eine Zeitlang herrschte Schweigen, dann wechselte der Barde das Thema: »Doch jetzt genug von diesen Dingen. Viel wichtiger ist im Augenblick die Frage, was aus dir werden soll? Du willst doch gewiß nicht hier in der Einsamkeit bleiben, oder?«

Die junge Frau schüttelte den Kopf. »Zwar ist das Land hier am *Eryri Gwyn* einzigartig schön, aber ich habe mich die ganze Zeit nach menschlicher Gesellschaft gesehnt. Und nun, da ich von dir erfahren habe, daß es sowohl auf der großen Insel *Môn Mam Cymru* im Norden als auch weiter im Süden Ansiedlungen gibt, muß ich mich entscheiden …«

»In Aberffraw könntest du in der Hügelfestung der Tudurs unterkommen, und selbstverständlich würde ich dir eine Empfehlung an sie mitgeben«, murmelte Eolo. »Nur müßtest du dann noch einmal einen halben Monat allein auf dich gestellt durch die Wildnis wandern …«

»Das wäre zu schaffen«, überlegte Branwyn. »Und wenn ich mir vorstelle, dort zu leben, wo es einst die berühmten Druidenschulen gab und bis heute die uralten Heiligtümer stehen … Sag, lehren auch in unseren Tagen noch Eingeweihte auf *Môn Mam Cymru*?«

»Einige haben sich nach dem Abzug der Römer wieder in einem Hain zusammengefunden«, gab ihr der Barde Auskunft. »Doch von einer wirklichen Schule kann man wohl nicht sprechen.«

»Und wie verhält es sich damit in den Orten südlich von hier?« wollte die junge Frau wissen.

»Es handelt sich um bäuerliche Siedlungen«, antwortete Eolo. »Ihre Bewohner bewahren die alten Bräuche, so gut sie können, aber Druiden habe ich nie angetroffen, wenn ich dorthin kam …« Er schien über etwas nachzusinnen; geduldig wartete Branwyn, bis er fortfuhr: »Ganz *Gwynedd* wurde fürchterlich getroffen, als *Môn Mam Cymru* von den Römern verwüstet wurde; das Land hat sich nie wieder davon erholt. Anders freilich sieht es dort aus, wohin ich unterwegs bin. In *Kernow* existieren nach wie vor größere Druidenhaine, und noch bedeutender ist die *Ynys Avallach*, die nicht allzuweit von Tintagel entfernt liegt …«

»Avalon! Du kennst dieses Eiland?!« stieß Branwyn hervor.

»Ich besuchte es vor ein paar Jahren«, bestätigte der Barde. »Damals sah ich den Apfelgarten und die übrigen heiligen Stätten der Insel, die von neun Druidinnen gehütet werden. Außerdem gibt es eine christliche Gemeinde auf der *Ynys Avallach*, von der es heißt, sie sei die älteste Britanniens.«

»So erzählte es auch Vater Jacwb«, erinnerte sich Branwyn. »Er sagte, die Druidinnen hätten schon kurz nach der Kreuzigung Jesu einer Gruppe von Getauften Zuflucht gewährt.«

»Davon hörte ich ebenfalls«, bekräftigte Eolo. »Und die Christen von Avalon behaupten sogar, Jesus selbst habe als junger Mann auf der Insel geweilt. Ein Dornbaum, der zu jener Zeit gepflanzt wurde, legt, wenn man ihren Worten glauben will, bis heute Zeugnis davon ab.«

»Wie gerne würde ich die *Ynys Avallach* aufsuchen«, flüsterte die junge Frau.

»Und warum tust du es nicht?« fragte der Barde.

Branwyn stutzte, dann verstand sie. »Du meinst … ich könnte dich auf deiner Wanderung begleiten und so nach Avalon kommen?«

»Falls du dich dazu entschließen würdest, könntest du die Heiligtümer der *Ynys Avallach* in zweieinhalb, höchstens drei Monaten mit eigenen Augen sehen«, erwiderte Eolo Goch. »Es würde mir große Freude machen, sie dir zu zeigen, und später könnte ich dir behilflich sein, am Fürstenhof von Tintagel unterzukommen.«

»Das alles klingt durchaus verlockend«, gab die junge Frau zu. Sie griff nach ein paar Holzstücken, schob sie ins halb niedergebrannte Feuer und beobachtete, wie die Flammen von neuem aufloderten. Eine Funkengarbe stob hoch und wurde vom Luftzug zum Höhleneingang getragen. Draußen herrschte mittlerweile Dunkelheit; die Fünkchen wirbelten kurz durch die tintige Schwärze, erinnerten an Glühwürmchen und erloschen eins nach dem anderen. Branwyn blickte in die Nacht hinaus, sann nach und war dem Barden dankbar, weil er sie nicht drängte. Nach einer Weile beschied sie ihn: »Ich werde mir deinen Vorschlag überlegen. Aber bitte laß mir ein bißchen Zeit. Es kommt alles so überraschend für mich.«

Eolo nickte. »Ich verstehe dich – und ein oder zwei Ruhetage würden mir gewiß nicht schaden ...«

»Wie ich mich auch entscheide, du kannst hierbleiben, solange du willst«, antwortete die junge Frau erleichtert. Dann forderte sie ihn auf, ihr mehr über Avalon und die anderen herausragenden Stätten im Süden Britanniens zu erzählen.

Am nächsten Morgen waren Branwyns freundschaftliche Gefühle gegenüber dem Barden noch gewachsen. Denn obwohl sie sich notgedrungen das einzige in der Grotte vorhandene Nachtlager geteilt hatten, war Eolo Goch nicht zudringlich geworden.

Während des Frühstücks unterhielt er sie mit der einen oder anderen heiteren Geschichte, und wenn er ihr damit ein Lachen entlocken konnte, freute er sich sichtlich. Danach erklärte er ihr, daß er an diesem Vormittag gerne sein Glück beim Fischen versuchen würde; vielleicht gelänge es ihm ja, ein schmackhaftes Mahl zusammenzubringen. Die junge Frau stimmte zu und wußte dabei: Er wollte ihr Gelegenheit geben, in Ruhe über ihre Zukunft nachzudenken.

Nachdem er sich Angelzeug von ihr ausgeliehen hatte und gegangen war, räumte Branwyn die Höhle auf. Jeder Handgriff erschien ihr wie ein Stück Abschied von den Dingen, die ihr die Herbst- und Wintermonate hindurch vertraut geworden waren. Doch nach wie vor war sie sich nicht klar, welchen Weg zurück in die Welt der Menschen sie wählen sollte. Schließlich verließ sie die Grotte ebenfalls, schlenderte zu dem Menhir, der am Eingang des Passes stand, und schaute von dort aus empor zu den im Sonnenlicht leuchtenden Gipfelgraten des *Eryri Gwyn*. Nach einer Weile ging sie quer über das Hochtal weiter, erreichte den Bergwald, dessen Wipfel im pludernden Frühlingswind rauschten, und folgte seinem Saum.

Weit drüben am Ufer des Sees erkannte sie die winzige Gestalt des Barden; für einen Moment glaubte sie seine brandrote Haarmähne, den dichten Schnurrbart und die blaßblauen Augen vor sich zu sehen. Sie versuchte sich auszumalen, wie es wäre, ihn über Monate hinweg zum Gefährten zu haben, und die Vorstellung hatte etwas Verlockendes. Noch verführerischer war der Gedanke an die *Ynys Avallach* – aber andererseits wäre es bestimmt nicht ungefährlich, eine derart lange Wanderung auf sich zu nehmen. Sie würden Gebirgszüge und Urwälder überwinden sowie breite Ströme überqueren müssen; ferner würde ihre Reise sie bestimmt durch römisch beherrschte Gebiete führen, wo sie als landfremde Kelten rechtlos und der Willkür der Besatzungsmacht ausgeliefert wären. Auch das Schwert, das Eolo bei sich trug, konnte sie dann nicht schützen; dasselbe galt für den Fall, daß sie auf herumstreifende Barbarenhorden wie jene stießen, welche die *Ynys Vytrin* heimgesucht hatten.

Wahrscheinlich wäre es wirklich vernünftiger, mich für *Môn Mam Cymru* zu entscheiden, überlegte die junge Frau. Bis zu dieser Insel könnte ich es gut auch allein schaffen; die Schwierigkeiten wären nicht größer als diejenigen, die ich bereits auf dem Weg hierher zum *Eryri Gwyn* gemeistert habe. Kaum freilich war ihr das durch den Kopf gegangen, kam ihr abermals die *Ynys Avallach* in den Sinn – und der Entschluß, den sie eben hatte fassen wollen, geriet wieder ins Wanken.

Uneins mit sich selbst, streifte sie weiter am Waldrand entlang. In der Mitte des Vormittags erreichte sie den östlichen Ausgang des Hochtales, setzte sich auf einen Felsen und grübelte lange. Erst als die Sonne ihren Zenit längst überschritten hatte, trat sie den Rückweg an und gelangte kurz vor Einsetzen der Abenddämmerung zu der Stelle, wo der Menhir aufragte. An seinem Sockel hatte sich der Barde ausgestreckt; jetzt, da er sie erblickte, richtete er sich auf und winkte ihr zu.

Branwyn fühlte sich durch die freundliche Geste beinahe beschämt, denn noch immer hatte sie sich nicht entschieden – plötzlich wurde sie abgelenkt, weil sie ganz in der Nähe rauschenden Flügelschlag vernahm. Sie fuhr herum und sah den Purpurreiher herankommen, durch den sie einst auf den Hohen Stein und die Höhle aufmerksam geworden war. Gleich darauf begann der große Vogel mit dem rötlichen Gefieder über ihr zu kreisen, dreimal umflog er die junge Frau – dann schoß er mit einem auffordernden Ruf davon: nach Süden.

Im selben Moment spürte Branwyn, wie die Last der Ungewißheit von ihr abfiel. Die Göttin hatte ihr auch diesmal wieder ein Zeichen gegeben; beglückt fühlte die junge Frau, wie – jenseits aller Furcht vor dem Unbekannten – Einklang zwischen dem Willen Ceridwens und ihrer eigenen, eben noch zurückgedrängten tiefen Sehnsucht entstand. Sie dankte der Göttin und schaute dem Purpurreiher nach, bis sie ihn nicht mehr ausmachen konnte.

Während sie so verharrte, näherte sich ihr Eolo. Still wartete er ab; als sie sich ihm zuletzt zuwandte und ihm sagte, daß sie mit ihm gehen würde, leuchteten seine Augen vor Freude.

Die Wanderung

Am Morgen des übernächsten Tages verließen Branwyn und der Barde das abgeschiedene Tal, wo die junge Frau den harten Winter überlebt hatte. Ebenso wie Eolo Goch trug nun auch

Branwyn ein Wanderbündel auf dem Rücken: ihre zusammengeschnürte, aus der Bespannung des *Curraghs* gefertigte Plane, in die sie den Rest ihrer Nahrungsmittelvorräte, ihren besten Kochtopf, ihr Nähzeug und die Angeln sowie verschiedene andere nützliche Kleinigkeiten eingeschlagen hatte. An ihrem Gürtel hing das Messer, und an schwierigen Wegstellen würde ihr – wie schon beim Aufstieg zum *Eryri Gwyn* im vergangenen Frühherbst – die kurze Lanze mit der Flintsteinspitze nützlich sein.

Zunächst freilich brauchten Branwyn und ihr Gefährte nicht zu klettern. Der kaum sichtbare Pfad, dem sie vom östlichen Ausgang des Hochtales aus folgten, führte beinahe eben an der schütter mit Heidekraut bewachsenen Flanke des Bergmassivs entlang. Erst am Spätnachmittag wurde das Gelände zerklüftet und senkte sich über eine Reihe gigantischer Felsstufen in eine tief eingeschnittene Schlucht ab. Nebelschwaden trieben dort unten, von einer Schieferzinne am Rand des Abgrunds flatterte unvermittelt ein Geier auf und verschwand mit mißtönendem Krächzen in der scheinbar bodenlosen Kluft.

Beklommen blieb die junge Frau stehen, doch schon war Eolo bei ihr, legte den Arm beschützend um ihre Schultern und sagte: »Ich weiß, dieser Ort wirkt ein wenig unheimlich, und der Abstieg erscheint von hier aus gefährlich. Aber du brauchst keine Angst zu haben. Ich kenne den Weg, den wir nehmen müssen, so daß wir keinerlei Schwierigkeiten haben werden hinunterzukommen. Heute allerdings schaffen wir es nicht mehr, denn die Sonne steht schon zu tief. Wir sollten also hier oben unser Nachtlager aufschlagen. Dort drüben bei den Zwergbirken ist ein guter Platz, der dir bestimmt gefallen wird …«

Dank der Fürsorge des Barden legte sich Branwyns Unbehagen. Wenig später, während sie ihre Feuerstelle errichteten, dachte sie: Seit meiner Flucht von der *Ynys Vytrin* war ich stets auf mich allein gestellt, und ich habe Schlimmeres gemeistert, als in eine Schlucht wie diese hier zu klettern. Auch jetzt wieder würde ich es aus eigener Kraft fertigbringen, wenn es nötig wäre – doch es tut gut, einen Menschen wie Eolo an meiner Seite zu haben: diesen warmherzigen Mann, der mir vom ersten Moment an Verständnis und Freundschaft schenkte.

Sie lächelte ihm zu, er antwortete ihr mit einem Augenzwinkern; gemeinsam sammelten sie sodann mehrere Armvoll vertrockneter Heidekrautstrünke für ihr Lagerfeuer und bereiteten das Abendessen zu. Nachdem sie satt waren, griff der Barde nach seiner Handharfe und sang mit verhaltener Stimme ein Lied, das er über seine Heimatinsel *Môn Mam Cymru* gedichtet hatte. Branwyn fand es so schön, daß sie Eolo bat, es zu wiederholen. Erfreut tat er ihr den Gefallen; anschließend trug er eine Reihe weiterer Gesänge vor und erzählte zwischendurch, wie ein älterer Barde ihn in der Hügelfestung von Aberffraw in dieser Kunst unterwiesen hatte. Auf diese Weise verstrich der Abend, brach die Nacht herein und zogen die Sterne am Himmel auf; als die junge Frau schließlich müde wurde und sich zur Ruhe legte, empfand sie ein Gefühl tiefen, behüteten Friedens.

Ganz wie Eolo versprochen hatte, gelangten sie in der Mitte des nächsten Vormittags wohlbehalten auf den Grund der Kluft. Durch die nach wie vor treibenden Nebelschwaden, die über einem Bachlauf waberten, drangen sie weiter nach Osten vor. Gegen Mittag traten die Schluchtwände zurück, die Felsschroffen machten flacheren Hängen Platz, und als der Tag zur Neige ging, mündete der Wildbach, dem sie die ganze Zeit über gefolgt waren, in einen schilfumstandenen Bergsee mit smaragdgrünem Wasser. Sie lagerten an seinem Gestade; fast im Handumdrehen gelang es dem Barden, mehrere Forellen an Land zu ziehen, die Branwyn auf Weidenruten spießte und briet. Während sie sich das saftige Fleisch schmecken ließen, blickten sie nach Westen, wo die Strahlen der Abendsonne den nun schon weit entfernten Gipfelkamm des *Eryri Gwyn* vergoldeten; es war ein Bild, das die junge Frau und ihren Begleiter in eine träumerische, fast entrückte Stimmung versetzte.

Im Verlauf der folgenden Tage wurde die Silhouette des *Eryri*

Gwyn immer unwirklicher, bis sie sich zuletzt ganz auflöste. Branwyn und Eolo Goch wanderten, seit sie den See wieder verlassen hatten, unentwegt durch vielfach gegliedertes und völlig menschenleeres Bergland nach Süden. Manchmal, wenn der Pfad über die Waldgrenze emporstieg und sich um eine nackte Hügelflanke zog, sahen sie in der Ferne das Meer: die große Tremadog-Bucht, welche die junge Frau seit ihrer Flucht von der *Ynys Vytrin* nun beinahe ganz umrundet hatte. Irgendwo dort draußen, weit hinter dem Horizont, lagen die Lleyn-Halbinsel und das Eiland, auf dem sie so glücklich gewesen war und wo jetzt Dafydd und die anderen in ihrem Grab ruhten. Zuzeiten wirkte Branwyn aufgrund der schrecklichen Erinnerungen, die der Anblick der See in ihr wachrief, sehr bedrückt. Eolo war empfindsam genug, um zu ahnen, was in ihr vorging, aber er drang nicht in sie, sondern wartete ab, bis sie von sich aus darüber sprechen würde. Einen knappen halben Monat nach ihrem Aufbruch dann, sie saßen in dieser Nacht etwa einen Tagesmarsch nördlich des Mawddach-Fjords am Feuer, war es soweit.

Branwyn starrte auf den Widerschein der Flammen, die sich in einem zu ihren Füßen vorbeifließenden Bach spiegelten. Der Barde rieb die Saiten seiner Handharfe mit einem Stück erstarrten Baumharzes ein, das er unterwegs gefunden hatte. Plötzlich vernahm er ein unterdrücktes Stöhnen Branwyns und richtete den Blick erschrocken auf sie; im gleichen Moment griff sie nach seiner Hand, umklammerte sie und stieß die Frage hervor, die sie seit dem Überfall der Piraten auf die *Ynys Vytrin* quälte: »Warum lassen die Götter das Böse in der Welt zu?!«

Eolo antwortete nicht sofort, sondern streichelte sanft ihre Finger. Erst als er spürte, wie sie sich ein wenig entspannte, erwiderte er: »Ich weiß es ebensowenig wie du. Ich weiß nur eines: Wir müssen uns mit dem Abgründigen auseinandersetzen – und vielleicht zwingen die höheren Mächte uns dazu, weil sie uns prüfen wollen …«

»Durch den grausamen Tod Unschuldiger?!« brach es aus

der jungen Frau heraus. Abrupt entzog sie ihm ihre Hand; erneut glaubte sie die geschändeten Leiber der Ermordeten vor sich zu sehen: Dafydd und seine Eltern, Kigva, Arawn, Vater Jacwb und Dutzende weitere. »Das soll in der Absicht der Götter gelegen haben, um mich, die einzige, die verschont wurde, zu prüfen?!« Sie rang mit den Tränen, dann setzte sie tonlos hinzu: »Nein, ich kann keinen Sinn darin erkennen ...«

Der Barde schwieg. Abermals ließ er ihr Zeit, sich zu fassen; endlich hörte er sie flüstern: »Und dennoch muß es einen Sinn geben ...« Wieder berührte sie ihn und bat: »Erkläre mir, was du vorhin meintest!«

Noch immer hatte Eolo die Handharfe in seiner Armbeuge liegen. Jetzt hob er sie hoch und hielt sie so nahe ans Feuer, daß Branwyn die Intarsien auf dem Klangkörper, die ihr früher schon aufgefallen waren, erkennen konnte. Die Einlegearbeit zeigte zwei miteinander kämpfende Drachen. Der geschuppte Körper des einen leuchtete in dunklem Rot, der zweite schimmerte elfenbeinfarben, und der rote Drache war soeben im Begriff, den weißen zu überwinden. Die Finger des Barden fuhren die Konturen des meisterlich ausgeführten Bildnisses nach; Branwyns Augen folgten der Bewegung, schließlich vernahm sie die Worte: »Der Künstler, der diese Harfe lange vor meiner Geburt auf *Môn Mam Cymru* schuf, stand in dem Ruf, sehr große Weisheit zu besitzen. Er erwarb sein hohes Wissen, weil auch er ein Ringender war, der sich ebenso wie du die Frage nach dem Sinn des scheinbar Unbegreiflichen stellte. Und er drückte seine Erkenntnis durch das Sinnbild des Drachenkampfes aus ...«

»Welche Bedeutung haben die beiden andersweltlichen Wesen?« kam es von der jungen Frau.

»Der Rote Drache steht für die warme Kraft des Lebens, die durch unsere Adern kreist, unsere Herzen schlagen läßt und uns dazu bringt, das Schöne und Edle zu ersehnen«, erwiderte Eolo. »Sie ist es, die alles Dasein im liebevollen Geist Ceridwens beseelt – aber im Widerstreit mit ihr liegt die Macht des

Weißen Drachen. Ihm mangeln Wärme und Sehnsucht nach dem Höheren, er kriecht in den Sümpfen, und sein Leib wird vom fahlen Gift des Hasses und der Zerstörungswut durchströmt.«

»Die Barbaren, die über die *Ynys Vytrin* herfielen …« murmelte Branwyn.

»Sie waren vom Ungeist des Weißen Drachen befallen«, bestätigte der Barde. »Und dieses Widergöttliche greift den Roten Drachen an, wo immer es dazu Gelegenheit findet. An unendlich vielen Orten des Erdballes geschieht dies unablässig, und längst wäre die Menschheit in tiefstes Elend abgestürzt oder hätte sich sogar selbst vernichtet, wenn sich der Rote Drache nicht gegen das Böse aufbäumen würde. Er ist es, der sich dem Verhängnis entgegenstemmt, und wenn es ihm gelänge, den Weißen Drachen zu besiegen, dann würde sich über die ganze Welt der ungetrübte Abglanz des Göttlichen breiten.«

»Der Künstler, der das Bildnis auf deiner Harfe schuf, träumte davon«, sagte die junge Frau leise und deutete auf die Intarsien. »Wenigstens hier erringt der Rote Drache die Oberhand und erlöst damit die Erde. – Doch in Wahrheit triumphiert wohl eher der Weiße Drache …«

Eolo schüttelte den Kopf. »In Wahrheit steht der Kampf unentschieden! Und es liegt an uns Sterblichen, ob die Waage sich letztlich zur einen oder anderen Seite neigt. Wir müssen wählen, auf welche Seite wir uns stellen wollen. Das ist es, was die Götter von uns verlangen. Nichts anderes meinte ich vorhin, als ich davon sprach, daß sie uns prüfen …« Er zögerte, ehe er schloß: »Was aber dich angeht, so fordern die höheren Mächte dich ganz offensichtlich weit mehr als gewöhnliche Menschen!«

Ein Schauer rieselte Branwyns Rückgrat entlang; wie gebannt blickte sie auf die Fabeltiere, deren schuppige Körper sich im Flammenschein zu winden schienen: der Rote Drache in wildem Ringen über dem Weißen Drachen. Dann plötzlich erfüllte heiße, nie gekannte Sehnsucht ihr Innerstes; mit ihrem ganzen Sein wollte sie die Niederlage des Bösen – und einmal mehr fühlte der Barde, was in ihr vorging.

»Wärst du schwach, dann hättest du dich längst der Verzweiflung hingegeben«, hörte sie seine Stimme. »Du hättest dich von den Göttern und damit vom Leben abgewandt und wärst zerbrochen. Doch du bist stark, bist um vieles stärker als andere! Und das bedeutet: Du kannst entscheidend in den Kampf der Drachen eingreifen! Nachdem du die schreckliche Fratze des Molochs erschaut hast, weißt du, welche Abgründe sich auftun, wenn ihm nicht Einhalt geboten wird! Dies solltest du lernen, deswegen mußtest du all das Leid ertragen – um die Aufgabe zu erkennen, welche die höheren Mächte dir zugedacht haben!«

Die Worte Eolos klangen in ihr nach, und es war, als würden sie Widerhall in der Natur finden. Unvermittelt rauschte der Wald auf, im Wasser des Baches bildete sich ein sausender Wirbel, aus dem Feuer heraus fegte ein Funkenregen. Andersweltliches verflocht sich einen Herzschlag lang mit dem Diesseitigen, für einen Augenblick öffnete sich die Pforte nach *Annwn*; gleichzeitig glaubte Branwyn den aus lautlosen Tönen sich formenden Satz zu vernehmen: *Du wirst die Antwort bekommen!*

Im vergangenen Spätsommer, in der dritten Nacht nach dem Überfall der Piraten auf die *Ynys Vytrin*, hatte die Dreifache Göttin ihr dieses Versprechen gegeben, nun begann sich der Sinn der damals noch so dunklen Ankündigung zu entschlüsseln. Der Barde, der zum Mund Ceridwens geworden war, hatte ihr den Weg gewiesen; hatte ihr zumindest den Anfang des Pfades gezeigt, den sie nach dem Willen der Göttin beschreiten sollte.

»Ich danke dir, Eolo!« flüsterte die junge Frau; tiefer, entrückter Ernst malte sich dabei auf ihrem Antlitz. Ehe der Barde etwas erwidern konnte, hatte sie sich erhoben und war aus dem Lichtschein des Feuers geglitten; sie mußte jetzt allein mit sich und den Gedanken sein, die auf sie einstürmten.

Lange schaute Eolo Goch auf die Stelle zwischen den Bäumen, wo sie verschwunden war. Alles drängte ihn dazu, ihr nachzugehen, sie zu suchen und sie – auf andere Art als bei früheren Gelegenheiten – in seine Arme zu ziehen. Aber er wußte, er durfte es nicht tun; er durfte Branwyn nicht auf diese Weise zeigen, was er für sie empfand. Ihre seelischen Wunden waren noch längst nicht vernarbt – weshalb sie unmöglich imstande gewesen wäre, seine Liebe zu erwidern.

Deswegen bezwang er sich und wartete still ab, bis sie gegen Mitternacht zurückkehrte. Dann schenkte er ihr abermals, was ihm erlaubt war zu geben: Verständnis für das, was sie zutiefst bewegte. Beinahe bis zum Morgengrauen sprachen sie über die Frage, wie Menschen wie sie und er, die keine Machtmittel besaßen, den Kampf gegen den Weißen Drachen führen konnten – und die Antwort lautete: durch Menschenliebe.

* * *

Bereits am Spätnachmittag des folgenden Tages fanden sie Gelegenheit dazu. Am schmalen Ende des Mawddach-Fjords stießen sie auf eine zum Teil niedergebrannte Ansiedlung, deren Bewohner dem Stamm der Cornovier angehörten. Die keltischen Bauern und Fischer berichteten, daß die Feuersbrunst, der vier Gebäude zum Opfer gefallen waren, durch den Leichtsinn zündelnder Kinder in einem Strohschober ausgebrochen sei; ein jäh aufkommender starker Wind habe die Glut sodann auf die Reetdächer der Rundhäuser getragen.

Unaufgefordert beteiligte der Barde sich an den Aufräumungsarbeiten, während sich Branwyn zusammen mit einer heilkundigen Frau um diejenigen kümmerte, die Brandwunden davongetragen hatten. Nachdem die Nacht hereingebrochen war, bemühte sich Eolo, die Cornovier durch sein Spiel auf der Handharfe aufzumuntern, und vom nächsten Morgen an machten er und Branwyn sich beim Fällen, Entrinden und Zuschneiden der Eschenstämme nützlich, die man für den Wiederaufbau der zerstörten Dachstühle benötigte. Letztlich verstrichen drei volle Tage, ehe die junge Frau und ihr Gefährte weiterzogen. Der Häuptling der Ansiedlung, der einen großen *Curragh* besaß, setzte sie über den Meeresarm; vom Ufer aus winkten die übrigen Dorfbewohner ihnen nach, bis sie außer Sichtweite waren.

Da die dankbaren Cornovier ihnen eine Menge frischer Lebensmittel mitgegeben hatten, brauchten die beiden Wanderer, deren eigene Vorräte mittlerweile erschöpft waren, sich zunächst nicht mehr mit der sonst unvermeidlichen Nahrungssuche aufzuhalten. Eineinhalb Tagesmärsche brachten sie zum Massiv des *Cadair Idris*; ihr Weg führte über die östlichen Abhänge dieses mächtigen Bergrückens, und als Branwyn bei der Mittagsrast zur höchsten Gipfelschroffe hinaufspähte, meinte sie, mehrere Steinsetzungen zu erkennen.

Erstaunt fragte sie ihren Begleiter, ob es denn dort oben tatsächlich Menhire, Dolmen oder gar einen Cromlech gebe, worauf Eolo Goch antwortete: »Was du siehst, sind die Fundamente eines eingestürzten Turmes, der in grauer Vorzeit von einem Druiden namens Idris erbaut wurde und dem weisen Mann zur Himmelsbeobachtung diente. So berichten es die Überlieferungen, aber der Sitz des Idris ist nicht nur ein Ort, an dem einst Sternenkunde betrieben wurde, sondern er bedeutet auch uns Barden sehr viel. Denn es heißt von dieser Stätte, daß sie die Dichtkunst befördert, sofern man die Kraft, die von ihr ausstrahlt, richtig zu nutzen weiß. Man muß dazu eine Nacht auf dem *Cadair Idris* verbringen, und wenn ein Mensch auserwählt ist, erwacht er am folgenden Morgen als begnadeter Barde. Allerdings ist es nicht ungefährlich, die anderweltlichen Mächte zu versuchen, denn ebensogut können sie jemanden, der lediglich von Eitelkeit oder Ruhmsucht getrieben wird, ablehnen, so daß er in Wahnsinn verfällt und manchmal sogar tot aufgefunden wird.«

»Rhiannon, die Göttin der Dichtung und des Gesangs, prüft die Bewerber«, sagte Branwyn nachdenklich. »Und sie nimmt nur diejenigen an, die sich als wahrhaft würdig erweisen: solche, die vom Geist des Roten Drachen beseelt sind …«

»So ist es!« bestätigte Eolo. »Und was dich angeht, so müßtest du ganz bestimmt nichts befürchten, falls du eine Nacht auf dem Gipfel ausharren wolltest. – Wie ist es, wollen wir hinaufklettern und uns ein wenig umsehen?«

»Ja, das sollten wir unbedingt tun!« stimmte die junge Frau ohne Zögern zu.

Am zeitigen Nachmittag erreichten sie ihr Ziel und hatten von dort aus einen weiten Blick zurück zum Mawddach-Fjord im Norden, auf die breite Mündung des Dyfi im Süden sowie auf das Meer im Westen. Eine ganze Weile standen sie stumm da und genossen die herrliche Aussicht; schließlich gingen sie weiter zum Zentrum des Plateaus, wo sich die Ruine des archaischen Turmes erhob. Mit aufgeregtem Krächzen flatterten Raben von den Steinquadern hoch und schwirrten über den Köpfen der Besucher, während Branwyn und ihr Gefährte den Platz langsam umkreisten. Als sie einige der behauenen Blöcke genauer untersuchten, entdeckten sie auf deren Oberfläche verschiedenartige heilige Zeichen: Flechtmuster, Knotenreihen, Spiralen, Doppelschlangen und auf dem am besten erhaltenen Quader, der aus rötlichem Fels gemeißelt war, ein Pentagramm.

Mit dem Finger fuhr die kniende junge Frau die gezackte Kontur des Fünfsterns nach, dessen Ende wieder in den Anfang einmündete, und murmelte: »Das druidische Symbol für die höchste Erkenntnis, welche die dreigestaltige Form der sichtbaren Welt sowie das Wesen von *Annwn* und schließlich die fünfte Ebene der Unendlichkeit des Weltalls umfaßt. Und all dies ist durch das ewige Wirken der Götter unauflöslich und liebevoll miteinander verknüpft ...«

Verblüfft musterte Eolo sie; einmal mehr hatte er das Gefühl, Branwyns Innerstes nie ergründen zu können. Mit wenigen Worten war es ihr gelungen, etwas auszudrücken, was menschliches Begreifen beinahe überstieg; in jeder Druidenschule und an jedem Fürstensitz hätten diese Sätze ihr Ehre eingetragen.

Schweigend beobachtete der Barde, wie sie sich nun langsam

wieder aufrichtete, die Hände ausstreckte und mit bebenden Fingerspitzen etwas Unsichtbares zu ertasten schien. Gleich darauf trat sie mit zögernden Schritten zwischen dem Block, der das Pentagramm trug, und einem anderen Steinquader hindurch und bewegte sich entlang einer seltsam gewundenen Linie auf das Zentrum des Ruinenfeldes zu. Abrupt blieb sie dort stehen und erweckte jetzt den Eindruck, als würde sie lauschen; im nächsten Moment vernahm Eolo Goch ihren leisen Ruf.

Als er neben ihr stand, raunte sie: »Du mußt den Atem so flach wie möglich halten und dich mit deinem ganzen Sein öffnen!«

Der Barde tat, was sie von ihm verlangte; es dauerte nicht lange, bis auch er das unermeßlich feine Sirren vernahm, das an dieser Stelle aus der mit Geröll bedeckten Erde drang. Es war wie das Wispern winziger Wesen und dann plötzlich auch wie die Berührung durch etwas Körperloses, das ganz zart über seine Haut streifte. Im ersten Augenblick empfand er Verwirrung, beinahe Furcht; ein paar Herzschläge später fühlte er tiefe Beglückung und ließ sich rückhaltlos von der andersweltlichen Kraft des *Cadair Idris* durchströmen – zuletzt brachte eine behutsame Berührung der jungen Frau ihn in die Wirklichkeit zurück.

»Ich glaube, es ist genug!« flüsterte sie und führte ihn aus dem Bannkreis der geheimnisvollen Macht. Etwas abseits setzten sie sich auf eine Felsrunse; dort erläuterte Branwyn ihrem Gefährten, was sie über die rätselhafte Erscheinung dachte: »Der Druide Idris wählte den Platz, an dem er sich der Himmelsbeobachtung widmete, sehr klug aus. Denn hier wirken außergewöhnlich starke Erdkräfte, die aus den Tiefen des Gebirges zum Firmament emporsteigen. Mit diesem Pulsen, das zwischen dem Diesseitigen und *Annwn* schwingt, verband er sein eigenes Wesen, damit sein Geist sich in die Weite des Alls hinaus öffnen konnte. Ähnliches gilt wohl für die Barden, welche die Ausstrahlung dieses Ortes in späteren Jahrhunderten zu nutzen wußten; auch sie wurden erhoben, sofern ihr Trachten mit dem Willen Rhiannons in Einklang stand.«

Eolos Erstaunen war ebensogroß wie vorhin, als sie über das Pentagramm gesprochen hatte. »Die weisen Frauen, die dich erzogen haben, müssen herausragende Lehrerinnen gewesen sein!« stellte er fest.

»Das waren sie«, erwiderte Branwyn leise.

»Und du bist offenbar eine hochbegabte Schülerin gewesen«, fuhr der Barde fort. »Nur so konntest du dir lange vor der gewöhnlichen Zeit derartige Kenntnisse erwerben!«

Bescheiden verwahrte sie sich: »Es hätte noch so vieles zu lernen gegeben ...«

»Trotzdem weißt du bereits jetzt sehr viel mehr als die allermeisten Menschen!« beharrte Eolo Goch. »Soeben fandest du die Stelle, wo Rhiannons Anhauch sich am kräftigsten manifestiert, mit traumwandlerischer Sicherheit.«

»Du hättest es ebenfalls gekonnt«, versetzte die junge Frau. »Ich bin überzeugt davon!«

»Da ich in diesen Dingen geschult bin, wäre es mir wahrscheinlich gelungen«, gab der Barde zu. »Aber zweifellos hätte ich bedeutend größere Mühe aufwenden müssen als du ...« Er stockte; als er weitersprach, klang seine Stimme sehr weich. »Du warst es, die mich führte ... und weil wir zusammen dort standen, erlebte ich die Berührung um so inniger ...«

Branwyn erkannte den sehnsüchtigen Ausdruck in seinen Augen; nicht zum erstenmal spürte sie, daß seine Gefühle ihr gegenüber weit über bloße Freundschaft hinausgingen. Für einen Moment fühlte sie sich tief bewegt von dem, was unausgesprochen zwischen ihnen hing; mit dem nächsten Lidschlag jedoch glaubte sie das Antlitz Dafydds vor sich zu sehen, und jäh preßten sich ihre Lippen aufeinander.

Eolo wiederum, der ihre winzige Verstimmung sofort bemerkte, wandte den Blick nach Nordwesten, von wo eine graue Wolkenbank herantrieb, und entspannte die Situation durch die unverfängliche Äußerung: »Es war sehr schön hier oben, doch jetzt sollten wir wohl besser wieder zu Tal steigen, denn es wird allmählich arg windig.«

»Du hast recht«, antwortete die junge Frau erleichtert; beinahe war sie versucht, ihn dankbar zu umarmen.

Dann, nachdem sie das Ruinenfeld zum Abschied noch einmal umrundet hatten, kletterten sie über die Gipfelflanke des *Cadair Idris* zurück zu dem kaum sichtbaren Pfad, der sich entlang der Schulter des Bergmassivs weiter nach Süden zog.

* * *

Drei Tage später gelangten sie an der Mündung des Flusses Dyfi in den gleichnamigen Fjord abermals zu einem Dorf und ließen sich übersetzen. Am jenseitigen Ufer erklärte der Fährmann ihnen, daß sie nun die Grenze zwischen den beiden großen kimmerischen Landesteilen *Gwynedd* und *Dyfed* überschritten hatten – und was das konkret bedeutete, stellten Branwyn und ihr Begleiter bereits am übernächsten Vormittag fest.

Während ihrer wochenlangen Wanderung vom *Eryri Gwyn* bis hierher waren sie ausschließlich Kelten begegnet, aber jetzt, im langgestreckten Tal von Llyfnant, stießen sie erstmals auf Römer. Es handelte sich um einen starken Trupp von etwa hundert berittenen Legionären; die Sonne blitzte auf ihren Helmen und Kettenpanzern, jeder der Soldaten trug Schwert und Lanze. An der Spitze trabten ein leichter bewaffneter Standartenträger, der einen Wolfsbalg mit aufgesperrtem Rachen über Kopf und Schultern gezogen hatte, sowie auf einem großen Fliegenschimmel ein Offizier in versilbertem Brustharnisch.

Da die junge Frau und der Barde die Reiter rechtzeitig erspähten und sich selbst gerade bei einer Quelle zwischen einigen Felsen abseits des Weges aufhielten, wo sie sich rasch verstecken konnten, wurden sie nicht entdeckt. Aus dem Schutz der Schroffen heraus beobachteten sie, wie die Legionäre sich bis auf die Distanz eines Pfeilschusses näherten und vorüberzogen. Als der Hufschlag verklang, löste Eolo Goch die Faust vom Schwertgriff, den er die ganze Zeit umklammert hatte, und erklärte mit gepreßter Stimme: »Sie kommen von einer der

Garnisonen weiter im Landesinneren. Wahrscheinlich sind die Dörfer, die entlang des Dyfi-Fjords liegen, ihr Ziel. Deren Bewohner haben vermutlich versäumt, die Steuern zu entrichten, die ihnen von den Römern aufgezwungen werden, und nun wird man sie bitter dafür büßen lassen!«

Branwyn, die ohnehin schon verstört wirkte, wurde kreidebleich. »Du meinst, die Soldaten sind ausgesandt worden, um die Siedlungen anzugreifen?!«

»Sie werden die Kornspeicher plündern und das Vieh von den Weiden treiben«, erwiderte der Barde grimmig. »Danach brennen sie die Häuser nieder, und jeder, der Widerstand zu leisten versucht, wird hingemordet!«

»Dann sind diese Legionäre ebensolche Barbaren wie die Piraten, welche die *Ynys Vytrin* überfielen!« stieß die junge Frau außer sich hervor.

»Kreaturen des Weißen Drachen!« knirschte Eolo. »Aber der Tag ist nicht mehr fern, da der Zorn der Götter und der Mut keltischer Krieger sie aus Britannien vertreiben! – Doch jetzt komm weiter! Wir haben heute noch eine beträchtliche Strecke zu gehen, ehe wir die Seen von Llyfnant erreichen.«

Die drei stillen Gewässer säumten den Ausgang des langgestreckten Tales; wie verwunschen lagen sie inmitten eines von Rippen aus Schiefergestein durchzogenen Hochmoores, dessen Vegetation zu dieser Jahreszeit in voller Blüte stand. Branwyn und der Barde übernachteten am südlichsten See; am nächsten Morgen machten sie sich an den Aufstieg zu den Hängen des Plynlimon und gelangten jenseits des Bergmassivs an den Fluß Gwy, der hier, nahe seiner Quellen, noch schmal war.

Unentwegt folgten die beiden Wanderer nun dem allmählich breiter werdenden Strom nach Südosten. Gelegentlich fanden sie Unterkunft in einer Siedlung der Ordoviker, welche diese Gegend bewohnten. Sie waren nicht weniger gastfreundlich als die Cornovier weiter im Norden, litten jedoch sichtlich unter der Herrschaft der Römer, denen sie Abgaben verschiedenster

Art zu leisten hatten. Noch mehrmals begegneten die junge Frau und ihr Gefährte Scharen schwerbewaffneter Legionäre, denen sie nicht immer auszuweichen vermochten. Einmal versuchte ein betrunkener Soldat, Eolo herauszufordern, aber der Barde reagierte, wenn auch zähneknirschend, besonnen und verhinderte so Schlimmeres.

Eolo Goch vermied damit möglicherweise, daß er und Branwyn in Eisen geschlagen und in ein Kastell verschleppt wurden, welches einen halben Tagesmarsch weiter in einer Schleife des Gwy lag. Auf einem Schleichweg umgingen sie das Truppenlager und hatten dabei von den Hügeln aus einen guten Blick auf die massiven rechteckigen Steinmauern, die wuchtigen Tortürme sowie die regelmäßig angeordneten Gebäude im Inneren der Umwallung. Etwas abseits des Kastells, das nach Einschätzung des Barden eine Kohorte, also rund ein halbes Tausend Legionäre, beherbergte, gab es zudem eine zivile Ansiedlung.

»Der *Vicus*, der zu jedem römischen Militärlager gehört«, erläuterte Eolo. »Dort wohnen die Maurer, welche die Festung instand halten, die Waffen- und Roßschmiede, aber auch die Schlachter, Bäcker, Gerber und sonstigen Handwerker, die für die Versorgung der Garnison nötig sind. Hinzu kommen im Hinterland – dort drüben zum Beispiel – große Höfe, wo Getreide angebaut und Vieh gezüchtet wird. Diese Arbeiten werden freilich nicht von den Besatzern unseres Landes geleistet, sondern von versklavten Ordovikern unter der Knute römischer Aufseher.«

»Wer andere Menschen unterdrückt, beleidigt die Göttin!« stieß Branwyn hervor. »So lehrten es mich Penarddun, Arawn und Kigva.«

»Der christliche Gott hingegen, dem sehr viele Römer anhängen, erlaubt die Sklaverei offenbar«, äußerte der Barde mit bitterem Unterton.

»Vater Jacwb und die Getauften auf der *Ynys Vytrin* hätten derartige Menschenverachtung verurteilt!« stieß Branwyn empört hervor. »Sie steht im Widerspruch zu allem, was Jesus predigte!«

»Auf eurem Eiland lebten keltische Christen«, lenkte Eolo ein. »Sie waren nicht Untertanen der römischen Staatskirche ...«

Nachdenklich nickte Branwyn; gleich darauf beschleunigte sie ihre Schritte, um so schnell wie möglich von dem Legionslager, dessen Anblick sie jetzt noch ärger als zuvor bedrückte, wegzukommen.

Jenseits des Kastells wurde die Landschaft wieder rauher, was den Vorteil hatte, daß sie bis zum Fuß einer Gebirgskette, die Eolo Goch als die Schwarzen Berge bezeichnete, von Römern unbehelligt blieben. Hier verließen sie das Tal des Gwy; auch anschließend, während der tagelangen Überquerung des Gebirges, trafen sie nicht auf Legionäre. Nachdem sie die Bergketten hinter sich gebracht hatten, hielten sie sich direkt nach Osten und wanderten durch flacheres Hügelland, das sich allmählich in eine Tiefebene absenkte, bis sie schließlich – der späte Frühling ging jetzt bereits in den Sommer über – von einem Dünenrücken aus einen sehr breiten Meeresarm gewahrten.

Der Barde deutete auf den Fluß, der am nördlichen Ende des Fjords mündete. »Das ist der Severn, von dem ich dir bereits erzählte. Zusammen mit dem Meerbusen, der denselben Namen trägt, bildet er die östliche Grenze von *Cymru*; sobald wir ihn überschritten haben, sind wir auf dem Gebiet der Catuvellauner. Südlich davon liegen die Wohnstätten der Belger; ihre Vorfahren waren die ersten Kelten, die vor beinahe tausend Jahren in ihren *Curraghs* nach Britannien übersetzten ...«

»Und in dem Land, das sie heute bewohnen, befinden sich der See und die Insel von Avalon!« unterbrach Branwyn. »Ich kann es kaum erwarten, die heiligen Stätten endlich mit eigenen Augen zu sehen! Wie lange werden wir noch unterwegs sein?«

»Acht bis zehn Tage«, schätzte Eolo. »Allerdings nur, wenn wir keine Schwierigkeiten mit den Römern bekommen – besonders in der Nähe der Städte, über die wir ja ebenfalls schon sprachen. Morgen werden wir, hoffentlich unbehelligt, Glevum passieren, später müssen wir an Aquae Sulis vorbei. Erst wenn wir das geschafft haben, dürfen wir aufatmen, denn dann führt der restliche Weg zur *Ynys Avallach* wieder durch einsame Gegenden.«

»Ceridwen wird uns beschützen!« sagte Branwyn tapfer, rückte ihr Bündel auf der Schulter zurecht und machte sich entschlossen an den Abstieg von der Düne.

Kurz vor Einbruch der Abenddämmerung erreichten sie den Severn ein Stück oberhalb der Stelle, wo er in den Fjord mündete. Im Nordosten, höchstens noch eine Wegstunde entfernt, konnten sie die vom blutroten Schein der sinkenden Sonne übergossenen Mauern und Türme Glevums erkennen. Sie lagerten und beratschlagten, wie sie den Stromübergang bewerkstelligen sollten. Schließlich entschieden sie, die Stadt und die ohne Zweifel von Legionären bewachte Brücke dort zu vermeiden und statt dessen ein Floß zu bauen.

Mit dem ersten Tageslicht gingen sie an die Arbeit. Der Barde benutzte sein Schwert, um in den Flußauen ein Dutzend junger Bäume zu fällen; die junge Frau sammelte währenddessen abgestorbenes Astwerk und zähe Schlingpflanzen. In der Mitte des Vormittags banden sie die armdicken Stämme aneinander und schnürten zusätzlich eine dicke Lage von Reisigbündeln darauf fest, auf denen sie während der Überfahrt würden kauern können. Nachdem sie ihr einfaches Wasserfahrzeug vom Ufer abgestoßen hatten, stellte sich heraus, daß die Konstruktion sich bestens bewährte; die Wellen erreichten sie nicht, zudem ließ sich das Floß mit Hilfe der beiden grob geschnitzten Paddel einigermaßen steuern.

Sie gewannen die Mitte des Severn; Eolo wies auf eine Landmarke am gegenüberliegenden Gestade und bedeutete seiner Gefährtin, schräg zur Strömung darauf zuzuhalten. Branwyn veränderte ihre Stellung, damit sie das Ruder kräftiger durchzuziehen vermochte – dabei fiel ihr Blick auf die Galeere, die im selben Moment ein Stück weiter oben um eine Flußbiegung kam.

Sie schrie auf; einen Lidschlag später gewahrte auch der Barde das römische Kriegsschiff. In voller Fahrt und mit Kollisionskurs schoß es auf sie zu; die Riemen, mehr als zwanzig an jeder Seite, peitschten das Wasser im Rhythmus dumpfer Trommelschläge, die der Wind herantrug. Eolo und die junge Frau begannen aus Leibeskräften zu paddeln; schon sah es so aus, als könnten sie einen Zusammenstoß gerade noch vermeiden – als die Galeere, die jetzt höchstens noch einen Steinwurf entfernt war, unvermittelt den Kurs änderte und sich zwischen das Floß und das Ufer setzte. Und dann weiteten sich Branwyns Augen vor unsäglichem Entsetzen – denn plötzlich standen Bogenschützen an der Reling des Kriegsschiffes und schnellten ihre Geschosse ab.

Ein Pfeil schlitzte das Kleid der jungen Frau am Oberschenkel auf, andere schlugen hart neben ihr ins Reisig; im selben Moment warf Eolo sich über sie und riß sie ins Wasser. Ein gurgelnder Strudel saugte beide in die Tiefe; schmerzhaft spürte Branwyn den Griff des Barden an ihrem Arm und geriet beinahe in Panik, als sie merkte, daß er sie mit aller Kraft weiter nach unten zerrte. Gleich darauf aber verstand sie Eolos Absicht und unterstützte seine heftigen Schwimmbewegungen – bis sie hart über dem Grund das Zentrum des mächtigen Wasserwirbels erreichten und ausgestoßen wurden. Weitab von der Galeere, die sich jetzt schon ein gutes Stück stromab befand, schossen sie an die Oberfläche; sie rangen nach Luft und begannen gegen die Strömung zu kämpfen, die sie zurück zur Flußmitte tragen wollte. Als sie, jetzt in einigem Abstand voneinander, endlich in Ufernähe gelangten, nach überhängenden Weidenzweigen griffen und sich an Land zogen, keuchten sie vor Erschöpfung.

Zitternd brach die junge Frau in die Knie; der Barde taumelte heran, sank neben ihr nieder und zog sie in seine Arme. Sie preßte sich an ihn, barg das Gesicht in seiner Halsgrube; mit dem nächsten Atemzug erlitt sie einen Weinkrampf.

Eolo hielt sie fest, streichelte ihr Haar, ihren Nacken, ihre Schultern und bemühte sich so, sie zu beruhigen. Während er es tat, drängte ihn alles dazu, ihren bebenden Leib unter seinem zu bergen: sie zu wärmen, zu behüten, die innigste Nähe zu suchen – und sie auch körperlich zu lieben.

Mit äußerster Willensanstrengung beherrschte er sich; schließlich, nachdem Branwyns Schluchzen sich gelegt hatte, stieß er rauh hervor: »Zwei wehrlose Kelten auf einem gebrechlichen Floß, das mußte die Bösartigkeit der Römer ja geradezu herausfordern! Doch wir sind noch einmal davongekommen, konnten unser Leben und außerdem unser Gepäck retten!«

Erst jetzt wurde Branwyn sich bewußt, daß sie, ebenso wie der Barde, noch immer ihren Lederpacken auf dem Rücken trug. Unmittelbar darauf erinnerte sie sich an den Pfeil, der ihr Kleid zerfetzt hatte. Sie löste sich aus der Umarmung Eolos und schlug das über dem Knie zerrissene Gewand hoch; auf der Haut ihres Oberschenkels gewahrte sie lediglich eine feine, kaum sichtbare Schramme.

»Es ist nichts«, murmelte sie, dann erkundigte sie sich besorgt: »Und du? Bist du unverletzt geblieben?«

Während sie die Frage stellte, las sie in seinen Augen, wie es um ihn stand. Sie erkannte seine kaum noch bezähmbare Sehnsucht; in einer jähen Aufwallung war sie versucht, ihm zu schenken, was er sich so sehr wünschte. Er hat sich über mich geworfen, als die Legionäre auf uns schossen, durchfuhr es sie. Mein Leben bedeutete ihm mehr als sein eigenes ...

Aber eben als sie dies dachte, schlug er die Lider nieder, wandte sich halb ab und sagte mit spröder Stimme: »Wir müssen weg von hier! Irgendwohin, wo wir unbeobachtet ein Feuer machen und unsere Sachen trocknen können.«

Branwyn nickte; damit war der Moment, in dem es hätte geschehen können, vorbei. Als erste drang sie ins Unterholz ein, und ohne ein weiteres Wort folgte ihr Eolo.

* * *

Für die Strecke vom Severn nach Aquae Sulis benötigten sie sieben Tage, obwohl der Barde ursprünglich höchstens fünf dafür veranschlagt hatte. Der Grund dafür lag in der extremen Vorsicht, die sie nunmehr beachteten. Sie wanderten die ganze Zeit über abseits der gepflasterten Römerstraße, die von Glevum nach Süden verlief, nahmen lieber eine Reihe von Umwegen in Kauf und vermieden es auf diese Weise, noch einmal mit Soldaten zusammenzutreffen.

Von der Randhöhe eines Talkessels aus blickten sie zuletzt auf Aquae Sulis hinunter. Die vielen hundert Steinhäuser standen entlang der mehrfach terrassierten Hänge im Rund um eine Reihe größerer Gebäude, unter denen eine ausgedehnte tempelartige Anlage besonders auffiel. »Dort befinden sich die Becken, die aus den heißen Quellen dieses Tales gespeist werden«, erläuterte Eolo. »Ihr Wasser vermag zahlreiche Gebrechen zu heilen, und schon lange vor der Eroberung Britanniens nutzten die Belger und die ihnen benachbarten Stämme seine Kraft. Heute freilich sind die Thermen einzig den Römern vorbehalten. Eifersüchtig wachen sie darüber, daß kein Kelte sie betritt, obwohl selbst ihre Bezeichnung der Stadt nach wie vor den Namen unserer Erd- und Quellgöttin Sul enthält.«

»Sul, die wiederum eine Erscheinungsform der Großen Göttin ist!« Ehrfurcht schwang in Branwyns Worten mit; sie hätte sich gewünscht, dem Platz, an dem das Wesen der Gottheit in Erscheinung trat, einen Besuch abstatten zu dürfen. Doch dann tröstete sie sich damit, daß sie in Bälde einen anderen und noch sehr viel heiligeren Ort erreichen würden: Avalon, das niemals vom römischen Ungeist besudelt worden war und jetzt nur noch wenige Tagesmärsche entfernt lag.

Durch sanft gewelltes Hügelland wanderten sie nunmehr in südwestlicher Richtung. Anfangs sahen sie gelegentlich noch einzeln stehende Gehöfte, deren Strohdächer über Bodenfalten oder Hecken lugten. Später wirkte die Gegend immer verlassener; der einzige Mensch, dem sie am dritten Tag begegneten, war ein betagter Schäfer, der seine Herde am Rand eines

Moores grasen ließ. Er lud sie ein, die Nacht bei seiner Hürde zu verbringen, wo er Milch und Käse mit ihnen teilte. Am folgenden Morgen beschrieb ihnen der graubärtige Mann den Weg, den sie nehmen mußten, und schaute ihnen, auf seinen Krummstab gestützt, lange nach.

Im Lauf des Vormittags dann senkten sich die Ausläufer des letzten flachen Bergrückens in eine Ebene ab, die bis zum Horizont von Hochnebel bedeckt war. Branwyn und der Barde folgten einem Bachlauf, der sie durch die treibenden Schwaden führte. Einmal, gegen Mittag, glaubte die junge Frau, in der Ferne eine kaum greifbare Erscheinung über dem silbergrauen Fluten auftauchen und wieder verschwinden zu sehen: eine Kontur, die sie unwillkürlich an die *Ynys Vytrin* erinnerte. Am späten Nachmittag schließlich riß der Nebel plötzlich auf; wie gebannt blieben Branwyn und Eolo stehen und blickten auf das schier andersweltliche Bild, das sich ihnen darbot.

In weiches Licht getaucht, lag der See von Avalon vor ihnen; purpurn und violett leuchtete das Heidekraut, welches die Ufer säumte. In der Mitte des stillen Gewässers erhob sich die *Ynys Avallach*. Drei Kuppen überhöhten das Eiland, und auf dem höchsten Hügel, der gleich einer weiblichen Brust geformt war, ragte, von einer zarten rotgoldenen Aureole umgeben, ein Menhir empor.

ZWEITES BUCH

Avallach

Die Insel der Druidinnen

Frühsommer bis Herbst 355

Der Apfelhain

Der *Twr* – die höchste Erhebung der *Ynys Avallach*, auf deren Kuppe der Menhir aufragte – zog Branwyn mit unwiderstehlicher Macht an. Gleich nach Sonnenaufgang war sie aufgebrochen: von der Herberge am Fuß des westlichsten der drei Hügel, wo sie und Eolo am vergangenen Abend nach der Überfahrt im *Curragh* eines Fischers Unterkunft gefunden hatten. Jetzt war sie dem *Twr* bereits nahe; der Pfad, dem sie durch ein kleines, von Buchen, Birken und vereinzelten Eichen bewachsenes Tal folgte, kletterte allmählich höher; schließlich gaben die Laubbäume die Aussicht auf die unbewaldete Hügelflanke frei.

Was die junge Frau schon aus der Ferne zu erkennen geglaubt hatte, wurde nun zur Gewißheit: Über mehrere schräg ansteigende Terrassen führte ein Prozessionsweg zum Gipfel des *Twr* empor; wie eine Schlange, die ihren Leib um die Abhänge geschlungen hatte, schien er sich höher und höher zu winden.

»Das Zeichen des Erddrachen!« flüsterte Branwyn. Regungslos stand sie da und nahm den Anblick in sich auf; nach einer Weile spürte sie, wie ihr Inneres mit dem Wesen des Schlangenpfades eins wurde. Unendlich kraftvolle Ausgewogenheit ging von ihm aus und ließ tiefe Ruhe in sie strömen. Sie hatte das Empfinden, als begännen seine Schwingungen ihren Geist zu durchfluten; wiederum wenig später wurde ihr bewußt, daß der Drachenweg zusätzlich in vollkommenem Einklang mit der Form des *Twr* insgesamt harmonierte. Kaum hatte sie dies begriffen, fühlte sie auch die Kraft, welche entlang der gleich einer weiblichen Brust geformten Hügelkontur pulste und sich mit jener anderen verband, die in ovalen Spiralen aus dem Schoß der Erde aufstieg. Beide durchdrangen einander, überhöhten sich gegenseitig, verstärkten sich im Zusammenklang immer mehr und wurden zu lautlosem Hallen – zur Stimme der Göttin:

Komm! Denn hierher habe ich dich gerufen!

Eben noch hatte Branwyn unter den Bäumen am Ausgang des kleinen Tales gestanden; jetzt, scheinbar innerhalb eines einzigen Lidschlags, befand sie sich auf dem Prozessionsweg. Der Aufstieg fiel ihr so leicht, als würde sie tanzen; weich federten die rötlichen Kiesel unter ihren Sohlen; je höher sie kam, desto schwereloser meinte sie zu schweben. Wieder und wieder umrundete sie den *Twr*; als sie den obersten Abschnitt des Spiralpfades erreichte, griff ihr brausender und dennoch lauer Wind unter die Arme und trug sie dem Hohen Stein entgegen, der vor Urzeiten hier aufgerichtet worden war.

Der Sturmwind erstarb, als die junge Frau nur noch wenige Schritte von dem Menhir entfernt war: dem größten, den sie je gesehen hatte. Dreifach mannshoch wuchs er aus dem hier felsigen Boden; hart neben seinem Sockel öffnete sich eine gezackte, an einer Stelle mehrere Ellen breite Spalte. Etwas warnte Branwyn vor diesem Riß; sie war nicht in sein Geheimnis eingeweiht, deshalb drohte dort Gefahr. Der Menhir jedoch nahm sie an; seine Ausstrahlung teilte sich ihr wie eine behütende Berührung mit und brachte sie dazu, ihn in einigem Abstand zu umschreiten.

Weil seine Wurzeln unendlich tief in die Vergangenheit reichten, tat sie es gegen den Sonnenlauf und näherte sich auf diese Weise seinem Ursprung. Dann, im selben Moment, da sie die dritte Umkreisung vollendete, gewahrte sie eine Bewegung auf dem Drachenpfad. Es war, als wüchse eine menschliche Gestalt aus dem Erdreich des *Twr*; gleich darauf – die Zeit schien einen winzigen Sprung gemacht zu haben – blickte sie in das Antlitz einer anderen Frau.

Das Alter der Unbekannten ließ sich schwer schätzen. Ihr

ebenmäßig geformtes Gesicht hätte das einer Dreißigjährigen sein können, aber aus den Augen, deren Farbe zwischen Grün und Blau changierte, leuchtete abgeklärte Weisheit, wie Arawn und Penarddun sie besessen hatten. Das lange braune Haar, das offen auf ihre Schultern fiel, war noch füllig, doch da und dort bereits von grauen Strähnen durchzogen. Die Fremde trug ein helles Leinenkleid, dessen Säume mit roten und schwarzen Borten abgesetzt waren; das und der goldene, gleich einer Schlange geformte *Torc*, der um ihren Hals lag, ließen Branwyn ihre hohe Stellung erkennen.

»Du bist Druidin und Priesterin dieses Heiligtums!« stellte sie leise und ehrfürchtig fest.

Die Ältere nickte, dann antwortete sie: »Und dir sehe ich an, daß auch du der Großen Göttin dienst.«

Ihre Stimme klang angenehm und warm, nun trat sie einen Schritt näher und fügte ernster hinzu: »Dein Herz ist erfüllt von Liebe zu Ceridwen – aber zugleich voller Leid. Ich vermag beides zu spüren, sowohl das Lichte als auch das Dunkle, und ich bin sicher, die Göttin sorgte für unser Zusammentreffen, damit du über das sprechen kannst, was dich quält.«

»Ceridwen rief mich zu diesem Ort«, flüsterte Branwyn. »Und heute begegne ich zum erstenmal, seit die Bösartigkeit des Weißen Drachen über die *Ynys Vytrin* hereinbrach, in dir einer Schwester ...«

Wortlos nahm die Druidin sie in ihre Arme; als sie sich wieder voneinander lösten, sagte die Ältere: »Ich bin Bendigeida – und wie heißt du?«

Nachdem auch Branwyn ihren Namen genannt hatte, führte Bendigeida sie zu einer Erdbank an der Südseite des Menhirs. Sie setzten sich; während die Sonne langsam höher kletterte, erfuhr die Druidin alles, was die junge Frau an ihrer Seite im Verlauf des vergangenen Dreivierteljahres erlebt hatte. Mitfühlend hörte Bendigeida zu, gelegentlich stellte sie eine anteilnehmende Frage; endlich schloß Branwyn: »So gelangten Eolo und ich hierher auf die Insel von Avalon, und als ich gestern das

Eiland inmitten des Sees aus den Nebeln auftauchen sah, hatte ich das Gefühl, nach sehr langer Wanderung etwas von dem wiedergefunden zu haben, was ich verloren glaubte.«

»Du spürtest den Frieden der Großen Göttin, welche die *Ynys Avallach* von jeher behütet«, erklärte die Druidin. »Ceridwen führte dich hierher, um dir Ausgleich für all das Schreckliche zu gewähren, das du erlebtest. Die Göttin will, daß du unter ihrem Schutz zur Ruhe kommst und Klarheit findest, was deinen weiteren Lebensweg angeht ...« Bendigeida zögerte kurz, ehe sie hinzusetzte: »Doch dem steht derzeit noch etwas entgegen ...«

Branwyn senkte den Kopf. »Du meinst ... den Barden?«

»Du wirst dich auf gute Weise von ihm trennen müssen«, bestätigte die Druidin.

»Aber ich verdanke ihm so viel!« wandte Branwyn beinahe empört ein.

»Dankbarkeit ist nicht Liebe!« widersprach Bendigeida.

Als sie merkte, wie die jüngere Frau sich in ihrer Ratlosigkeit verspannte, ergriff sie ihre Hand und tröstete sie: »Du mußt nichts überstürzen. Irgendwann wird die tiefe Freundschaft, die ihr füreinander empfindet, euch helfen. Und bis dahin sollt ihr beide die Gastfreiheit von Avalon genießen.«

Branwyns Augen, in denen eben noch Beklemmung gestanden hatte, leuchteten auf. »Das willst du für uns tun?«

»Du sagtest selbst, wir seien Schwestern«, antwortete die Druidin lächelnd. »Doch jetzt komm, damit ich dir zeigen kann, wo du von nun an leben wirst.«

Noch einmal berührte Branwyn den Hohen Stein, Bendigeida tat es ihr nach, dann verließen sie den *Twr*. Unten schlug die Druidin die Richtung zum dritten Hügel der *Ynys Avallach* ein. Sanft fiel seine östliche Flanke ins Tal ab; in einer Senke dort gab es eine Heilige Quelle, die ebenso wie die auf der *Ynys Vytrin* von Haselsträuchern und Birken umstanden war. Das rötliche Wasser sprudelte in eine steinerne Auffangschale, an deren Überlauf sich rostfarbene Schlieren zeigten. Bendigeida erklärte ihrer Begleiterin, daß der eisenhaltige Born Heilkraft besitze; unter anderem würden Frauen, die nach einer Geburt geschwächt seien, oder Verunglückte, die einen starken Blutverlust erlitten hätten, sich dank der besonderen Eigenschaften des Quellwassers rasch wieder erholen.

Branwyn kostete einige Schlucke; sie fand den Geschmack herb, aber nicht unangenehm. Während sie der Druidin nun auf einen Pfad folgte, der sich um die Hügelflanke herumzog, fühlte sie sich auf seltsame Weise erfrischt. Kurz darauf, als sie den fruchtigen Duft wahrnahm, den der leichte Wind ihnen entgegentrug, verstärkte sich diese Empfindung noch. Mit einer verwunderten Frage wandte sie sich an Bendigeida, doch die erwiderte nur: »Du wirst sehen …«

Wenig später bogen sie um eine Waldzunge; die Aussicht auf den Südhang des Berges wurde frei – und obwohl sie bereits etwas geahnt hatte, verhielt die junge Frau zutiefst überrascht ihren Schritt.

Vor ihr lag ein verzaubert wirkender Baumgarten; das weiche Licht der Frühsommersonne spielte über die dicht belaubten Kronen und Stämme vieler hundert prachtvoller Apfelbäume. Die meisten standen in harmonisch geschwungenen Reihen entlang des leicht terrassierten Abhangs; andere gruppierten sich an einer Stelle nahe des Talbodens zu Halbkreisen, die ein besonderes Areal einzugrenzen schienen, und aus dem Grün des Blattwerks dort lugten die Reetdächer von Rundhäusern.

Lange verharrte Branwyn schweigend. Die Druidin ließ ihr Zeit, das Bild in sich aufzunehmen; erst als sie den Blick wieder auf Bendigeida richtete, sagte diese: »Der Apfelgarten ist so alt wie der Spiralweg, der zum *Twr* hinaufführt. Vor mehr als achthundert Jahren wurde die Pflanzung angelegt; sie gab dem Eiland, auf dem wir uns befinden, seinen Namen: Insel der Äpfel. Die Früchte, die wir hier ernten, kommen allen Menschen zugute, die auf der *Ynys Avallach* leben; zudem aber ist der Apfelhain die Wohnstätte der Druidinnen von Avalon.«

»Ihr seid also sowohl Gärtnerinnen als auch Hüterinnen der Heiligtümer?« wollte Branwyn wissen.

»So ist es«, bestätigte Bendigeida. »Eines greift ins andere, und alles ist auf vielfältige Weise miteinander verknüpft.«

Langsam gingen sie weiter; wenig später befanden sie sich unter den ersten Bäumen, von denen jeder sorgfältig beschnitten war. Hummeln und Bienen summten zwischen den Zweigen; die Erde darunter war von einem Teppich erst kürzlich abgefallener weißer Blütenblätter bedeckt.

Es ist wie ein Traum, dachte Branwyn. Ein Traum von Frieden, Schönheit und Geborgenheit. Behutsam setzte sie ihre Schritte, manchmal berührte sie die warme Borke eines Stammes oder ließ ihre Finger durch das Laub eines Astes streifen. Einmal, als ihr Weg sie an einem dicht mit Wildblumen bewachsenen Flecken zwischen zwei Baumreihen vorbeiführte, sahen die beiden Frauen eine wirbelnde Wolke zartblauer Schmetterlinge auffliegen und wieder zur Ruhe kommen. Ein Stück weiter stießen sie auf einen kleinen Bach, der sich bergab schlängelte, und dieses glasklare Rinnsal führte sie zuletzt zu jenem Platz, wo die Apfelbäume in Halbkreisen gepflanzt waren.

In jeder dieser natürlichen Lauben stand ein niedriges Rundhaus, insgesamt gut ein Dutzend an der Zahl. Im Zentrum des Areals, wo der Bachlauf sich zu einem Teich verbreiterte, überschattete ein schirmförmiges Reetdach einen großen runden Tisch mit umlaufender Holzbank, und dorthin führte Bendigeida die junge Frau, die sie in ihre Obhut genommen hatte.

Kaum saßen die beiden, näherten sich die übrigen Bewohnerinnen des Apfelhaines. Einige hatte Branwyn schon zuvor bei verschiedenen Tätigkeiten in der Nähe der Häuser erblickt, andere kamen erst jetzt ins Freie. Es handelte sich um acht Druidinnen unterschiedlichen Alters; alle trugen an den Säumen ihrer hellen Gewänder die roten und schwarzen Borten und dazu den schlangenförmigen *Torc*.

Freundlich begrüßten sie die Besucherin und stellten sich ihr vor. Nachdem auch die letzte auf der Rundbank Platz genommen hatte, berichtete Bendigeida mit bewegenden Worten von Branwyns Schicksal und schloß: »In *Gwynedd*, wo die Insel *Môn Mam Cymru* liegt, auf der einst höchste Weisheit blühte, hütete unsere Freundin zusammen mit ihren Gefährtinnen ein Quellheiligtum. Ebenso wie wir ist sie eine Dienerin der Dreifachen Göttin und soll aus diesem Grund künftig bei uns wohnen. Dasselbe gilt für den Barden, der sie auf ihrer Wanderung begleitete und nun in der Herberge am Hafen auf sie wartet; auch er soll Unterkunft im Apfelgarten finden, solange er möchte.«

»Wir heißen dich von Herzen willkommen, Branwyn!« Alba, die älteste der Druidinnen, die ganz in ihrer Nähe saß, beugte sich vor und drückte ihre Hand, dann fügte sie hinzu: »Und ich spreche dabei für uns alle. Denn es gibt, wie du uns bestimmt ansehen kannst, keine unter uns, die nicht billigen würde, was Bendigeida in ihrer Eigenschaft als *Pendruid* im Einklang mit dem Willen Ceridwens entschieden hat.«

»Ich ... danke euch!« Branwyn überwand ihre Verblüffung, stand auf, ging von einer der Frauen zur nächsten und umarmte jede einzelne: die grauhaarige Alba, die sie an Arawn erinnerte; andere, welche mütterlich wie Kigva wirkten; dazu einige, die so jung waren wie sie selbst. Zuletzt, als sie sich wieder neben Bendigeida setzte, konnte sie es sich nicht verkneifen, mit leisem Schmunzeln zu bemerken: »Aber eigentlich hättest du mir gleich auf dem *Twr* sagen können, daß du die Oberste Druidin der *Ynys Avallach* bist ...«

»Wir hatten über Wichtigeres zu sprechen«, entgegnete Bendigeida augenzwinkernd. »Und jetzt, nachdem du in unsere Gemeinschaft aufgenommen bist, möchten wir dir das Haus zeigen, in dem du unterkommen kannst.« Sie deutete auf eine der Lauben. »Dort drüben steht es; wir hoffen, du wirst dich zusammen mit deinem Gefährten unter seinem Dach wohl fühlen.«

Alle neun Frauen begleiteten Branwyn zu dem Gästehaus;

als sie näher kamen, klang ihnen das Zwitschern eines Schwalbenpärchens entgegen, das unter dem Eingangsgiebel nistete. Drinnen gab es ebensolche Bänke mit Schlafstellen wie in den Gebäuden auf der *Ynys Vytrin*; die Feuerstelle dagegen befand sich nicht in der Mitte des großen Raumes, sondern war seitlich an die Wand versetzt und besaß einen aus Bruchsteinen gemauerten und mit Lehm verstrichenen Rauchabzug. Über dem Kochplatz hing an einem hölzernen Schwenkarm ein Eisenkessel; seine drei Kettenknäufe waren kunstvoll zu Ranken geschmiedet. Am meisten aber staunte Branwyn über die Möbel: einen mit vielfältigen Schnitzereien verzierten und mit Intarsien eingelegten Tisch; Stühle mit ledernen Sitzflächen und bogenförmigen Lehnen; dazu in einer Einbuchtung der Rundbank eine mit Tierfiguren bemalte Truhe sowie ein breites gedrechseltes Wandbord, das zur Aufbewahrung von glasierten Töpfen, Schalen, Tellern und Trinkgefäßen diente.

»Es ist wunderschön!« flüsterte Branwyn. »Wie soll ich euch das nur jemals vergelten können …?« Beinahe verlegen stand sie in ihrem während der langen Wanderung fadenscheinig gewordenen und vielfach geflickten Kleid da.

»Wenn du dich über das freust, was wir dir geben können, ist uns das Dank genug«, erwiderte die betagte Alba. »Einen Gefallen allerdings könntest du uns tun …«

»Jeden!« versprach Branwyn.

Die Alte lächelte verschmitzt. »Wie wäre es, wenn du so schnell wie möglich deinen Freund Eolo Goch hierher brächtest? Wir haben nämlich zu unserem Leidwesen seit Monaten keinen Barden mehr zu Gast gehabt.«

»Ich werde Eolo sofort holen.« Branwyn machte Anstalten, nach draußen zu gehen.

Bendigeida jedoch hielt sie zurück. »Ganz so eilig ist es nicht, auch wenn wir alle Albas Schwäche für Dichter und Sänger kennen. Aber die Gute wird sich noch ein wenig gedulden müssen, denn es ist längst Mittag und damit Zeit für unser gemeinsames Mahl, zu dem du selbstverständlich eingeladen bist.«

»Und ehe du dann die Hafenherberge aufsuchst, brauchst du unbedingt ein neues Gewand!« fiel die jüngste der Druidinnen ein, deren Name Dyara lautete. »Ich glaube, wir haben genau dieselbe Größe, deshalb werde ich dir eins von meinen ...«

»Nein, das ist doch nicht nötig!« unterbrach Branwyn die hübsche junge Frau mit den blauen Augen und dem lockigen brünetten Haar. »Ich kann mir sehr gut selbst ein Kleid nähen. Wirklich, ihr tut ohnehin schon so viel für mich, und ...«

»Unsinn!« fiel ihr nun wiederum Dyara ins Wort. »Ich helfe dir gerne – und wenn du Wert darauf legst, meine Freundin zu werden, darfst du mein Geschenk nicht zurückweisen!« Dabei lachte sie Branwyn so entwaffnend an, daß dieser nichts anderes übrigblieb, als sich zu fügen. Zufrieden hakte sich Dyara bei ihr unter, führte sie zur Tür und verkündete schalkhaft: »So, und jetzt dürft ihr uns alle zu Tisch folgen!«

Weil das Wetter sonnig war, wurde das Mahl im Freien eingenommen: dort, wo die Frauen zuvor schon unter dem schirmförmigen Reetdach gesessen hatten. Mehrere große Fruchtkuchen wurden angeschnitten, dazu gab es eingemachtes Apfelkompott und gegen den Durst kühlen, aromatischen Most.

Branwyn ließ es sich schmecken und beantwortete zwischendurch die Fragen, welche die Druidinnen an sie richteten. Sie erzählte von den besonderen Ritualen, die an der Heiligen Quelle auf der *Ynys Vytrin* stattgefunden hatten, und schilderte das eine oder andere Erlebnis ihrer Wanderung – bis zuletzt alle gesättigt waren und Dyara auf ihre unnachahmliche Art erklärte, sie und ihre neue Freundin hätten nun Bedeutsameres zu tun.

Sie liefen hinüber zu der Laube, in der Dyaras kleines Haus stand. Es war ähnlich wie das Gebäude eingerichtet, in dem Branwyn untergekommen war. Einige Möbelstücke spiegelten das heitere Wesen der Bewohnerin wider: so zum Beispiel zwei nahe beieinander stehende Stühle, deren Armlehnen in geschnitzte Gänseköpfe mit weit aufgesperrten Schnäbeln auslief en – und in denen sich herrlich mit Besucherinnen schnattern ließ, wie die junge Druidin beteuerte.

»Du mußt so bald wie möglich einmal für einen ganzen Abend zu mir kommen, dann wirst du schon sehen«, fuhr sie fort. »Doch jetzt zu deinem neuen Gewand …«

Sie tänzelte in den Hintergrund des Raumes zu einer Truhe, beugte sich nieder und öffnete den Deckel. Als sie sich wieder aufrichtete, hielt sie ein blaues Kleid in den Händen, dessen Halsausschnitt, Ärmel- und Rocksäume mit roten Stickereien verziert waren. »Na?« strahlte sie. »Was sagst du dazu? Das Waidblau müßte doch ausgezeichnet zu deinem rotblonden Haar passen. – Los, zieh es gleich an! Ich kann es gar nicht erwarten, dich darin zu bewundern.«

Mit leuchtenden Augen nahm Branwyn das Gewand entgegen und begab sich damit hinter einen Wandschirm nahe der Feuerstelle. Sie schlüpfte aus ihrem verschlissenen Kleid, streifte das indigofarbene über und vernahm dabei erneut Dyaras Stimme: »Ich habe noch ein Paar Schuhe für dich gefunden … Und den Sommer über könnten wir zusammen ein Plaid für dich weben, so daß du später während der kalten Jahreszeit nicht zu frieren brauchst …«

»Wenn wir beide uns an den Webstuhl setzen, wirst du es sein, die etwas Schönes bekommt!« rief Branwyn hinter der Stellwand. Gleich darauf trat sie hervor, drehte sich lachend im Kreis und jubelte: »Das ist das zauberhafteste Gewand, das ich je besessen habe! Es paßt wie angegossen, und der Stoff ist so angenehm und kühl! Ehrlich, ich fühle mich wie neu geboren!«

»Ganz ist die Wiedergeburt deines Liebreizes freilich noch nicht vollendet, auch wenn du schon fast so verführerisch wie eine Maienkönigin aussiehst«, schmunzelte Dyara. »Eine Kleinigkeit fehlt noch …« Sie reichte Branwyn die naturbraunen Wildlederschuhe, von denen sie vorhin gesprochen hatte. »Damit bist du nun aber wirklich unwiderstehlich und wirst künftig beileibe nicht mehr bloß irgendwelchen Barden die Köpfe verdrehen, sondern jeden Mann verrückt machen, der dir über den Weg …«

Sie unterbrach sich; instinktiv hatte sie Branwyns innerliches Zusammenzucken bemerkt. »O je, habe ich jetzt etwas Falsches gesagt?« fragte sie betroffen.

Branwyn schüttelte den Kopf. »Nein, das hast du nicht. Es ist nur, weil ...« Sie stockte. »Bitte, versteh mich, ich möchte im Moment nicht darüber sprechen ... Doch wenn ich das Gefühl habe, mich ausreden zu müssen, komme ich zu dir, ja?«

»Ich bin immer für dich da, wenn du mich brauchst«, erwiderte Dyara leise.

Branwyn dankte ihr mit einem innigen Blick; wenig später, während sie in ihren neuen Schuhen probeweise durch den Raum schritt, lächelte sie schon wieder – und dann erkundigte sie sich nach etwas, das sie bereits die ganze Zeit beschäftigt hatte: »Du und die übrigen acht Druidinnen von Avalon, ihr tragt alle die gleichen Gewänder in den Farben der Dreifachen Göttin: die roten und schwarzen Borten auf dem hellen Stoff. Wie kommt es, daß du trotzdem auch andere Kleider besitzt?«

»Weil ich morgen wieder eines davon anziehen werde«, antwortete Dyara. »Nur heute trugen wir die besonderen Gewänder, denn bei Sonnenaufgang führten wir ein Baumritual durch. Aber an gewöhnlichen Tagen besteht keine Notwendigkeit dazu. – Habt ihr es denn auf der *Ynys Vytrin* nicht so gehalten?«

»Doch«, entgegnete Branwyn. »Ich dachte nur, hier auf der *Ynys Avallach* würde das vielleicht weniger locker gehandhabt.«

Einmal mehr blitzte koboldhafter Schalk aus Dyaras hübschen Augen. »Natürlich gibt es äußerst ernsthafte Frauen hier, zum Beispiel mich. Doch andererseits dulden wir auch Druidinnen wie Bendigeida oder die greise Alba unter uns, die ständig über die Stränge schlagen.« Sie seufzte in gespielter Verzweiflung. »Aber man muß sie eben so annehmen, wie sie sind. Das gebietet die Barmherzigkeit der Lehre Ceridwens.«

»Und Humor, wie du ihn besitzt, ist eines der größten Geschenke der Göttin«, sagte Branwyn in warmem Tonfall.

»Lachen schenkt Kraft!« kam es von Dyara; plötzlich wirkte

sie sehr weise. Ein paar Atemzüge lang herrschte nachdenkliche Stille im Rundhaus; dann, ehe sie zurück zum Anger gingen, umarmten die beiden jungen Frauen sich wortlos.

* * *

Das Licht der Nachmittagssonne lag auf den Tischen und Bänken, die in einem windgeschützten Winkel vor der Hafenherberge standen. Eolo Goch hatte es sich hier draußen bei einem Becher Wein bequem gemacht; soeben beobachtete er, wie an einem der Landungsstege ein ungewöhnlich großer *Curragh* entladen wurde. Die vier Männer, die das mindestens fünfzehn Fuß messende Boot über den See gerudert hatten, brachten zunächst mehrere Traglasten Steinsalz, das in Netze geschnürt war, an Land. Danach folgten ein Dutzend Körbe mit Holzkohle und ein Bündel Eisenstangen, die offenbar für den Schmied der Ansiedlung bestimmt waren, sowie zuletzt eine beachtliche Menge Schilf, das auf der Insel nicht wuchs und das man wohl für das Dach eines neuen Hauses benötigte.

Beim Anblick des Reets wurde dem Barden einmal mehr bewußt, wie gerne er selbst eine Heimstätte für die Frau, in die er sich verliebt hatte, errichten würde: entweder unter dem Schutz der Fürsten von *Kernow* in Tintagel oder, falls Branwyn nach *Gwynedd* zurückkehren wollte, innerhalb der Ringburg der Tudurs in Aberffraw auf *Môn Mam Cymru*. Er begann von einem Leben mit ihr zu träumen und verdrängte dabei die Tatsache, daß während der dreimonatigen Wanderung zwar tiefe Freundschaft zwischen ihnen entstanden war – aber eben nicht mehr. Vielmehr malte Eolo sich aus, wie die junge Frau die schrecklichen Erlebnisse der Vergangenheit dank seiner unaufdringlichen Zuwendung allmählich überwinden würde. Er mußte ihr nur Zeit lassen, damit sie sich ihm und seiner Liebe nach und nach zu öffnen vermochte; am wichtigsten war es vorerst, sie dazu zu bringen, ihn auch weiterhin zu begleiten, statt hier in Avalon zu bleiben …

Als er nun freilich daran dachte, wie stark ihre Sehnsucht gewesen war, auf die *Ynys Avallach* zu gelangen, fühlte er ein schmerzliches Ziehen in der Brust; im selben Moment vernahm er Branwyns Stimme: »Bitte verzeih, daß ich dich so lange habe warten lassen. Doch ich konnte beim besten Willen nicht früher zurückkommen, denn es ist so viel geschehen …«

Sie griff nach seinem Weinbecher, kostete, schnalzte genießerisch mit der Zunge und fuhr fort: »Stell dir vor, ich habe bereits alle neun Druidinnen von Avalon kennengelernt! Es sind außerordentlich warmherzige Frauen, und Dyara, die jüngste von ihnen, schenkte mir dieses Kleid.« Sie drehte sich um ihre eigene Achse, damit er sie betrachten konnte, und schwärmte: »Na, was sagst du dazu? Ist es nicht ein Gedicht?«

»Du siehst hinreißend darin aus!« erwiderte er bewundernd und fügte hinzu: »Selbst in der Fürstenhalle von Tintagel würdest du damit Aufsehen erregen …«

»Tintagel ist weit weg«, kam es von Branwyn. »Und überhaupt wollte ich nur wissen, ob das Gewand dir gefällt …« Sie lächelte ihm zu, gleich darauf saß sie an seiner Seite und brachte ihn auf andere Gedanken, indem sie ihm eröffnete: »Doch jetzt zum Wichtigsten. Wir können noch heute ein wunderschönes Haus im Apfelhain beziehen!«

»Als Gäste der Druidinnen?« fragte Eolo überrascht.

»Ja! Bendigeida, die *Pendruid*, versprach, daß wir dort wohnen dürfen, solange wir wollen«, bekräftigte Branwyn.

»Dann mußt du tatsächlich großen Eindruck auf sie gemacht haben«, staunte der Barde.

»Die Frauen freuen sich nicht weniger auf dich. Besonders eine von ihnen namens Alba«, schmunzelte Branwyn. »Freilich warne ich dich besser. Diese Alba machte mir nämlich ganz den Eindruck, als könnte ein Mann ihr mit Haut und Haaren verfallen …«

»Du möchtest mich aber nicht etwa mit ihr verkuppeln, oder wie?!« versetzte Eolo.

»Wäre das so schlimm?« Etwas Unergründliches lag in Branwyns graublauen Augen. Drei, vier Herzschläge lang überließ sie ihn seiner Verwirrung, dann erspähte sie den Herbergswirt, der soeben ins Freie trat, winkte ihn heran und bat den Barden: »Sei so lieb und bestelle auch für mich Wein. Schließlich haben wir unsere Ankunft auf der *Ynys Avallach* noch gar nicht gefeiert.«

»Das ist ein Wort!« freute sich Eolo, leerte seinen Becher und wandte sich an den Wirt: »Du sagtest vorhin, du hättest noch eine edlere Sorte in deinem Keller, und die wollen wir jetzt probieren. Denn für die bezaubernde junge Frau, die du hier siehst, ist das Beste gerade gut genug!«

Während der Nachmittag langsam verstrich, ließen sie sich den aus Gallien eingeführten Rotwein schmecken. Rechtzeitig vor Sonnenuntergang suchten sie noch einmal die Kammer auf, in der sie die Nacht verbracht hatten, packten ihre Sachen und machten sich sodann auf den Weg zum Apfelgarten.

Als sie den Hain erreichten, tauchte die Abenddämmerung die Baumkronen bereits in ihren warmen rötlichen Schein. Branwyn blieb stehen, um den tiefen Frieden in sich aufzunehmen; auch der Barde schien sehr berührt. Allerdings konnten sie die Stille nicht lange genießen – weil nämlich unvermittelt weiter vorne auf dem Pfad eine weibliche Gestalt erschien, aufgeregt winkte und rief: »Ceridwen sei Dank, endlich seid ihr da! Ich fürchtete schon, ihr würdet heute überhaupt nicht mehr kommen!«

Es war Alba. So schnell ihr fortgeschrittenes Alter es erlaubte, hastete sie heran und belegte Eolo Goch augenblicklich mit Beschlag. »Du bist also der Barde von *Môn Mam Cymru*!« strahlte sie ihn an. »Von jener Insel weit im Norden stammst du, deren leuchtender Geist einst die gesamte keltische Welt befruchtete. Man sagt, es sei in jenen Tagen, ehe die römischen Barbaren das Eiland stürmten, dort keine Seltenheit gewesen, daß gewisse Dichter und Sänger für ein einziges gelungenes Werk mit purem Gold und ausgedehnten Ländereien belohnt wurden ...«

»Diese Zeiten sind leider schon lange vorbei«, versuchte Eolo ihre Begeisterung zu dämpfen. Im nächsten Moment ließ er sich hinreißen und erklärte: »Außerdem strebt Bardentum damals wie heute höhere Ziele als Reichtum und Ruhm an, auch wenn äußerliche Anerkennung durchaus nicht zu verachten ist. Denn wir Barden sind ebenso wie die Druiden Diener der Götter. Rhiannon ist es, die uns leitet, und wir versuchen, den Menschen höhere Erkenntnis zu vermitteln – gleichgültig, ob wir dafür gefeiert oder zurückgesetzt werden.«

»Wie schön und wahr du sprichst!« Alba schob sich zwischen ihn und Branwyn, ergriff seine Hand und beteuerte: »Ich werde jedes deiner Worte in meinem Herzen bewahren! Dasselbe gilt für die Lieder und Gedichte, mit denen du mich hoffentlich noch heute abend erfreust. Unter meinem Dach ist bereits alles dafür vorbereitet; unter anderem habe ich Wein und erlesene Leckerbissen bereitgestellt, damit auch für dein leibliches Wohl gesorgt ist, und ich bin sicher, du wirst dich sehr wohl bei mir fühlen …«

»Aber … sollten meine Gefährtin und ich denn nicht zunächst das Gästehaus beziehen?!« unterbrach Eolo sie betroffen.

»Das ist doch im Handumdrehen erledigt«, verkündete die betagte Druidin fröhlich und zog den Barden in Richtung des Haines. »Ihr stellt rasch euer Gepäck ab, dann machen wir es uns an meinem Herdfeuer so richtig gemütlich.«

»Albas kleine Bitte zu erfüllen ist das mindeste, was du zum Dank für die Gastfreundschaft tun kannst, die wir hier genießen«, äußerte nunmehr Branwyn. »Freilich wirst du verstehen, daß ich euch heute nicht mehr sehr lange Gesellschaft leisten werde, denn«, unvermittelt gähnte sie, »es war ein anstrengender Tag, und ich bin schon jetzt müde.«

Als Eolo ihr daraufhin einen verzweifelten Blick zuwarf, hatte sie Mühe, nicht laut loszulachen; Alba wiederum schien sich durch die Bemerkung der jungen Frau zusätzlich beflügelt zu fühlen, begann zu trällern und beschleunigte ihre Schritte noch.

Wenig später langte der Barde, links von seiner Verehrerin und rechts von Branwyn untergehakt, bei den Wohnstätten der Druidinnen an. Die meisten von ihnen, darunter auch Bendigeida und Dyara, saßen auf der Rundbank nahe des Teiches, fanden jedoch kaum Gelegenheit, Eolo Goch zu begrüßen, denn Alba drängte ihn fast sofort weiter in Richtung auf das Gästehaus. Dort ließ sie ihm gerade so viel Zeit, wie er brauchte, um die Handharfe aus dem Reisebündel zu nehmen; sodann machte er notgedrungen gute Miene zum bösen Spiel und folgte der angegrauten Liebhaberin seiner Künste zu deren Behausung.

Branwyn, die nun lachend mit Dyara tuschelte, sowie Bendigeida und einige andere Frauen schlossen sich an. Als sie Albas Haus betraten, trauten sie ihren Augen nicht. Der Tisch bog sich unter einer Fülle von Speisen, die für mindestens dreißig Personen ausgereicht hätte; inmitten der Köstlichkeiten stand eine zwei Ellen hohe Weinamphore griechischer Herkunft, welche mit Faunen und Nymphen geschmückt war. Das prachtvollste Stück aber war ein thronartiger, mit kunstvollem Schnitzwerk verzierter Lehnstuhl am Kopfende der Tafel; der Schein eines neunarmigen Kerzenständers beleuchtete ihn – und dorthin nötigte die bejahrte Druidin jetzt ihren Gast.

Auch die anderen nahmen Platz, und zwei der Frauen waren Alba behilflich, den betäubend duftenden Samoswein aus der schweren Amphore in die hohen Pokale zu füllen. Nachdem alle Anwesenden versorgt waren, gebot die Hausherrin Schweigen, ergriff ihren Pokal und brachte einen gereimten Trinkspruch aus, welcher folgendermaßen lautete:

»Bardengesänge, wie wir sie gleich vernehmen werden,
sind wahrhaft Göttergeschenke für uns hier auf Erden!«

Während höflicher Beifall ertönte, trank sie Eolo Goch zu, wartete ab, bis der Barde ihr Bescheid getan hatte, und legte ihm dar: »Wie du soeben bemerkt hast, versuche auch ich mich zuzeiten in der Dichtkunst, und wir werden später beim gemeinsamen Mahl, das deinem Vortrag folgen soll, sicherlich noch Gelegenheit finden, uns eingehend darüber auszutauschen. Doch selbstverständlich, ich gestehe es ohne Neid, vermag ich einem Meister wie dir nicht das Wasser zu reichen. Desto mehr aber freue ich mich darauf, nunmehr deinen Darbietungen zu lauschen, denn ganz gewiß wirst du mir und meinen Freundinnen im Verlauf dieser Nacht dank deines einzigartigen Könnens unvergeßliche Genüsse bereiten.«

Sie achtete nicht auf das Prusten, das von dorther ertönte, wo Dyara neben Branwyn saß, sondern fuhr fort: »Ehe wir uns jedoch den Freuden hingeben, die du uns verschaffen wirst, laß uns noch einmal die Pokale erheben. Schließlich lautet ein weises Sprichwort: Der Wein beflügelt des Dichters Herz!«

»Das ist ein außerordentlich zutreffender und menschenfreundlicher Ausspruch!« erwiderte Eolo, der mittlerweile seinen Humor wiedergefunden hatte. »Und ich gehorche dir um so lieber, als dein Rebensaft, den du so großmütig mit uns anderen teilst, wirklich unvergleichlich ist.«

»Dein Wort beweist mir, daß auch in dieser Hinsicht tiefe Seelenverwandtschaft zwischen uns herrscht«, frohlockte seine grauhaarige Anbeterin, ließ ihr Trinkgefäß gegen das des Barden klingen und stärkte sich nicht weniger ausgiebig als er. Danach lehnte sie sich behaglich in ihrem Sessel zurück und gab Eolo dadurch das Zeichen, mit seinem Vortrag zu beginnen.

Er legte die Handharfe in seine Armbeuge und schlug die Saiten an. Die perlenden Töne eines Vorspiels erfüllten den Raum und verwandelten sich in eine heitere Melodie, dann erklang auch die Stimme des Barden. Er sang das Frühlingslied, das Branwyn erstmals an jenem Tag gehört hatte, als er den Paßweg am *Eryri Gwyn* herabgekommen war. Sie dachte daran, wie sehr sie sich damals gefreut hatte, nach der langen Einsamkeit des Winters endlich wieder einem Menschen zu begegnen; einige Male, wenn ihre Blicke sich trafen, lächelte sie ihm zu.

Nachdem er geendet hatte, klatschten die Frauen; Alba freilich gab sich damit nicht zufrieden, sondern schwenkte ihren

Pokal und erklärte begeistert: »Ich muß abermals mit dir anstoßen, mein Freund Eolo! Denn dein Gesang hat mich innerhalb weniger Augenblicke um viele Jahre verjüngt, so daß ich mich beinahe wieder wie ein junges Mädchen fühle, das im Schein der Maiensonne mit seinem Liebhaber zum Reigen schreitet.«

Der Barde tat ihr Bescheid, trank einen Schluck und wartete ab, bis auch sie sich kräftig gelabt hatte, ehe er antwortete: »Da mein erstes Lied dich in die Blütezeit deines Daseins zurückzuversetzen vermochte, wirst du sicher auch Freude an meinem zweiten haben, welches dich nun an die volle Reife deiner Weiblichkeit erinnern soll, weil es nämlich die Schönheit der sommerlichen Jahreszeit beschwört.«

Damit begann er neuerlich zu präludieren und trug sodann den angekündigten Gesang vor. Eben noch war die Stimmung im Rundhaus von fröhlicher Ausgelassenheit gewesen, jetzt kamen die von einer warmen Melodie untermalten Worte getragener und erfüllten das Gemüt der Zuhörerinnen mit ebendiesen Empfindungen. Sie glaubten wogende Kornfelder, mit Früchten behangene Obstbäume und dösendes Vieh auf sonnigen Weiden vor sich zu sehen; zuletzt verlor sich das Lied in einer Reihe von Tönen, die wie langsames Verwehen von weichem Sommerwind waren.

Nachdem Eolo geendet hatte, blieb es eine Weile still; keine der Frauen wollte den noch immer anhaltenden Zauber zerstören. Endlich aber seufzte Alba tief auf, griff nach ihrem Trinkgefäß, stärkte sich und lobte den Barden: »Wahrlich, dein Gesang besaß beinahe magische Kraft! Nur einem besonderen Liebling Rhiannons können derartige Schöpfungen gelingen – und ich bin überzeugt, dein drittes Lied wird den beiden anderen nicht im geringsten nachstehen.«

»Wie du wahrscheinlich schon vermutet hast, handelt es vom Herbst«, entgegnete Eolo Goch und griff wiederum in die Saiten. Gleich darauf hatten die Druidinnen den Eindruck, als trieben Regenwolken über Wald und Flur und brausten Stürme über das Land. Leise Traurigkeit berührte die Seelen der Frauen, und sie vermeinten Vogelschwärme zu erblicken, die sich über kahl werdenden Baumwipfeln sammelten, um mit klagenden Rufen nach Süden davonzuziehen.

Auch diesmal herrschte nach dem Vortrag andächtiges Schweigen; selbst auf dem Antlitz der sonst so vorwitzigen Dyara malte sich nachdenklicher Ernst. Am meisten schien einmal mehr Alba beeindruckt; mit halbgeschlossenen Lidern und wie gebannt saß sie da.

Als schließlich wieder Leben in sie kam, griff sie nach der Hand des Barden und sagte: »Eigentlich sollte ich wehklagen, denn was du mir mit deinen beiden ersten Gesängen schenktest, raubtest du mir mit dem dritten. Nicht länger fühle ich mich wie ein lachendes Mädchen im Frühling oder wie ein blühendes Weib im Sommer, vielmehr führtest du mir jetzt vor Augen, wie das menschliche Dasein jenseits seiner Mitte allmählich verwelkt. Dennoch muß ich dich bewundern, weil nämlich deine Kunstfertigkeit auch angesichts dieser unumstößlichen Wahrheit nicht versagte; mit unvergleichlicher Meisterschaft hast du besungen, wie das Rad des Lebens sich vom Hellen ins Schattenhafte dreht.«

»Aber als Eingeweihte weißt du, daß wir die herbstlichen oder winterlichen Schatten nicht fürchten müssen«, versetzte Eolo. »Denn am Ende der kalten Jahreszeit wandelt die Dunkelheit sich in neues Licht um, und was scheinbar tot war, wird wiedergeboren. Infolgedessen ist der Winter nichts weiter als die Zeit erholsamen Schlafes, und dies wird der Inhalt meines vierten Liedes sein. Doch ehe ich es erklingen lasse, würde ich sehr gerne noch einmal mit dir trinken, damit mir die Verse nachher um so geschmeidiger über die Lippen kommen.«

»Ich denke, auch mir würde ein Schlückchen ausgesprochen guttun«, murmelte Alba und hob ihm ihren Pokal entgegen. Eolo ließ sein Trinkgefäß gegen den Rand des ihren stoßen und leerte es bis auf den Grund; die greise Druidin tat es ihm nach und sank anschließend blinzelnd zurück in ihren Sessel.

Abermals begann der Barde mit einem Vorspiel auf der Harfe. Ausführlicher als zuvor präludierte er; bestimmte verhaltene Tonfolgen hörten sich an, als webten sie in weiter Ferne über einer frosterstarrten Landschaft. Ganz allmählich dann nahm seine leise Stimme die Melodie auf, wurde eindringlicher und entführte die Frauen in schneebedeckte Wälder und über eisverkrustete Felder; führte sie weiter in die Geborgenheit eines Dorfes und an ein wärmendes Herdfeuer unter einem schützenden Dach, wo die Winterkälte keine Macht mehr besaß. Und jetzt glaubten sie das Knistern der Flammen und das Knacken der brennenden Scheite zu vernehmen und die behütende Nähe vertrauter Menschen zu spüren. Tiefes Wohlbehagen hüllte sie ein, und in ihren Herzen war das Wissen darum, daß die Götter sie selbst in den dunkelsten Tages des Jahres nicht verlassen hatten.

Sachte, gleich einem langsam vergehenden Hauch, schwebten die letzten Harfentöne durch den Raum. Als Eolo Goch behutsam die Hand von den Saiten nahm, war die Stille im Rundhaus tiefer denn je – bis plötzlich ein ausgesprochen unpassendes Geräusch ertönte.

Das Schnarchen drang aus Albas halbgeöffnetem Mund; mit geschlossenen Augen saß sie da, und das Kinn war ihr auf die Brust gesunken. Offenbar war der Zauber des vierten Gesanges allzu stark für die ergraute Druidin gewesen, so daß unwiderstehliches Schlafbedürfnis sie übermannt hatte.

Bendigeida veranlaßte zwei der anderen Frauen, sich um die Alte zu kümmern und sie vorsichtig zu ihrem Ruhelager zu bringen, dann trat sie zu Eolo und äußerte schmunzelnd: »Wie mir bekannt ist, muß ein Barde, der den Rang eines Meisters beansprucht, imstande sein, seine Zuhörer je nach Belieben in die verschiedenartigsten Stimmungen zu versetzen und auf diesem Wege außerdem Einfluß auf ihre körperliche Befindlichkeit zu nehmen. Du hast heute abend bewiesen, daß dir das ohne Schwierigkeiten möglich ist – freilich hege ich den Verdacht, es ging dir dabei vor allen Dingen um die betagte Alba, welche dich vielleicht ein klein wenig zu ungestüm dazu brachte, in ihrem Haus aufzutreten.«

»Ich war ihr wirklich gerne zu Diensten«, beteuerte Eolo augenzwinkernd. »Allerdings, das gebe ich zu, lag mir daran, meine Darbietung nicht allzusehr ausufern zu lassen, denn ehe Branwyn und ich hierherkamen, machte meine Gefährtin mich darauf aufmerksam, daß sie nach dem langen Tag bereits ziemlich müde sei und nicht mehr bis in die späte Nacht bei Alba bleiben wolle. Aber in dieser Hinsicht kam unsere Gastgeberin mir ja durchaus entgegen, indem sie darauf bestand, das künstlerische Erlebnis durch den Genuß ihres Samosweins zu vertiefen. Wäre dies nicht geschehen, so hätte ich, um der Guten erholsamen Schlaf zu schenken, womöglich noch ein, zwei weitere Lieder zum besten geben müssen ...«

»Ich hoffe, du wirst uns ein andermal mit ihnen erfreuen«, lachte Bendigeida. »Doch vorerst hast auch du dir Ruhe in unserem Gästehaus verdient, und ich wünsche dir und deiner Freundin eine gute Nacht. – Schade nur, daß wir jetzt nicht mehr in den Genuß der Leckerbissen kommen, die Alba für uns vorbereitet hatte, aber sie wären zu dieser späten Stunde vermutlich sowieso nicht mehr sehr bekömmlich gewesen.«

»Das glaube ich auch«, bekräftigte Branwyn, die soeben zusammen mit Dyara herangekommen war und Bendigeidas letzten Satz vernommen hatte. »Um so weniger verstehe ich, warum Alba, die doch gewiß reiche Lebenserfahrung besitzt und als Druidin zudem heilkundig ist, die Folgen schweren Essens nach Einbruch der Dunkelheit nicht bedachte?«

»Sie gilt sogar als unsere beste Ärztin, und es gibt eine ganze Reihe von Menschen auf der *Ynys Avallach*, die sich ausschließlich von ihr behandeln lassen wollen«, antwortete Bendigeida. »Aber in ihrer Jugend war sie einmal ebenso unsterblich wie unglücklich in einen Dichter verliebt ...«

»Und deshalb ist sie bis heute, sobald ein Barde bloß in ihre Nähe kommt, schwieriger als ein Sack Flöhe zu hüten«, fiel ihr Dyara respektlos ins Wort. »Die nächsten Tage allerdings besteht dahingehend keine Gefahr mehr, denn sie wird außerordentlich zerknirscht darüber sein, daß sie dir deine erhebenden Gesänge letztlich durch nichtswürdiges Schnarchen dankte, Eolo.«

»Ich werde wiedergutmachen, was ich ihr angetan habe, und ihr ein wenig Hilfestellung bei ihren eigenen Dichtungen geben«, versprach der Barde – und gähnte plötzlich selbst.

Gleich darauf verabschiedeten er und Branwyn sich und verließen nach einem letzten Blick auf Alba, welche mittlerweile friedlich unter ihren Decken schlief, das Rundhaus. Quer über den Anger und vorbei am Teich, in dessen Wasser sich dic Sterne spiegelten, gingen sie im Schein einer Fackel, die Eolo trug, zu ihrer eigenen Unterkunft. Unter der Dachtraufe blieb die junge Frau stehen, wandte sich um und ließ ihren Blick über den nächtlichen Apfelhain mit seinen Lauben schweifen. Auch Eolo genoß das friedliche Bild; nach einer Weile hörte er Branwyn flüstern: »Es ist ganz anders als auf der *Ynys Vytrin* – dennoch habe ich das Empfinden, als ob sich die beiden Orte in Wahrheit sehr ähnlich wären, und möglicherweise fühle ich mich auch deshalb so heimisch hier.«

Kaum waren ihr die Worte über die Lippen gekommen, bereute die junge Frau sie, denn die Hand des Barden, die auf ihrer Schulter lag, hatte sich jäh verspannt. Sie ahnte, was in ihm vorging; nach wie vor hoffte er ja, daß sie mit ihm nach Tintagel weiterwandern würde. Er wünschte es sich von ganzem Herzen, weil er sie liebte; sie hingegen würde ihn enttäuschen und ihm die Wahrheit sagen müssen …

Aber ich brauche nichts zu überstürzen, dachte sie mit dem nächsten Lidschlag. Und wenn ich es tue, darf es ihn nicht verletzen!

Sie atmete tief durch, dann forderte sie Eolo auf: »Laß uns jetzt hineingehen und es uns gemütlich machen. Und falls du nicht allzu müde bist, würde ich gerne von dir erfahren, ob du von allem Anfang an plantest, deiner armen Verehrerin einen solch nichtswürdigen Streich zu spielen, oder ob es dir erst im

Lauf des Abends in den Sinn kam, sie in ein schlummerndes Murmeltier zu verwandeln?«

Der Barde ließ sich ablenken und scherzte: »Also gut, ich werde dich in die Abgründe meiner Seele schauen lassen. Doch ich warne dich …«

»Ganz so schlimm, wie du tust, bist du nun wieder nicht, auch wenn du mich das gerne glauben machen möchtest«, spöttelte Branwyn und schlüpfte, ohne ihm Gelegenheit zu einer Erwiderung zu geben, an ihm vorbei ins Haus.

Geraume Zeit saßen sie bei Kerzenlicht an dem wunderschönen Intarsientisch zusammen und plauderten, bis Eolo schließlich immer anhaltender gähnte und sich zuletzt auf eine der Ruhebänke zurückzog.

Auch die junge Frau fühlte sich jetzt schläfrig; ehe sie jedoch ihr Lager aufsuchte, zog es sie noch einmal nach draußen. Tief sog sie die weiche, duftende Luft des Apfelgartens ein und erinnerte sich dabei voller Vorfreude an die Verabredung, die sie mit Dyara getroffen hatte: Gleich morgen früh würden sie zusammen aufbrechen, denn ihre neue Freundin wollte sie abermals zur Quelle mit dem rötlichen Wasser sowie auf den *Twr* führen und ihr außerdem jene heiligen oder anderweitig sehenswerten Orte der *Ynys Avallach* zeigen, die sie bislang noch nicht kannte.

Der Dornbaum

Im frischen Morgenwind standen die beiden jungen Frauen auf dem *Twr* neben dem Menhir. Soeben hatte Dyara, die heute ernster als am Vortag wirkte, ihrer Begleiterin dargelegt, was sie über das Geheimnis der Felsspalte wußte, die sich hart neben dem Sockel des Hohen Steins öffnete. Nun setzte sie hinzu: »Mehr darüber wirst du an *Samhain* erfahren, sofern Bendigeida dich einlädt, uns in das Reich von *Annwn* zu begleiten. Doch bis zu jener Herbstnacht werden noch beinahe fünf Monate verstreichen, erst dann öffnen sich die Pforten zur Anderswelt …«

Branwyn verspürte einen leichten Schauder; unwillkürlich trat sie einen Schritt von der Kluft zurück, die scheinbar in bodenlose Tiefe führte, und antwortete: »Vorerst gebe ich mich gerne damit zufrieden, die anderen Orte aufzusuchen, von denen du mir berichtet hast. Zum Beispiel den Platz, wo der Dornbaum wächst, welcher den Überlieferungen nach zu jener Zeit gepflanzt worden sein soll, als Jesus auf der Insel von Avalon weilte.«

»Wenn wir dorthin gehen, kommen wir nochmals nahe an der Heiligen Quelle vorbei, aus der wir vorhin nur einen stärkenden Trunk nahmen, um so schnell wie möglich auf den *Twr* zu gelangen«, erwiderte Dyara. »Da aber auch sie mit dem Galiläer zu tun hat, sollten wir uns jetzt vielleicht ein wenig länger dort aufhalten, damit ich dich auf das einstimmen kann, was du später in der christlichen Ansiedlung der *Ynys Avallach* sehen wirst.«

Branwyn war einverstanden; gleich darauf stiegen die beiden jungen Frauen wieder ins Tal hinunter und folgten sodann dem Pfad, den sie auf dem Herweg genommen hatten. Bald tauchte der von Haseln und Birken umstandene Born vor ihnen auf, und sie ließen sich unter einem der weißrindigen Bäume nieder.

»Ehe ich über Jesus spreche, der vor rund dreieinhalb Jahrhunderten als junger Mann zu diesem Heiligtum kam, sollst du einiges über die Geschichte der Quelle aus den Jahrtausenden zuvor hören«, begann Dyara. »Hier nämlich befinden wir uns an einem Ort, an dem die Kraft der Großen Göttin seit Urzeiten erkannt wird. Schon lange bevor die ersten Kelten an den Küsten Britanniens landeten, trafen sich die Menschen an diesem Born: am Anfang Angehörige jener Stämme, welche mit großer Meisterschaft den Stein zu bearbeiten wußten und die ersten Menhire, Steinkreise und Dolmen des Landes errichteten; später solche, die Schmuck und Waffen aus Bronze trugen sowie mächtige Grabhügel aufschütteten; nach ihnen jene, welche die Asche ihrer Toten in Urnen bestatteten. Sie alle wußten um die Liebe der Großen Mutter und die Fülle des Lebens, die unerschöpflich ihrem Schoß entspringt; allen war der Platz, an dem das rötliche Wasser aus der Erde strömt, heilig. Zudem fanden hier von Menschenalter zu Menschenalter sehr viele Hilfesuchende Linderung ihrer körperlichen oder seelischen Leiden, und seit nunmehr beinahe neun Jahrhunderten wird dieses Erbe von den Druidinnen der *Ynys Avallach* gehütet.«

Dyara wies auf die steinerne Auffangschale, in die das Quellwasser sprudelte. »Das Becken ist so alt wie unsere keltischen Rituale in diesem Land; es wurde von denselben weisen Frauen hierher gebracht, die den ersten Apfelhain von Avalon pflanzten und den Spiralweg hinauf zum *Twr* anlegten. Dann, nachdem dieser spirituelle Pfad bereits ein halbes Jahrtausend begangen worden war, kam eines Tages eine Gruppe von Juden nach Avalon. Sie wurde angeführt von einem Handelsherrn namens Jussuf von Arimathea, und bei ihnen war der etwa achtzehnjährige Jeschu oder Jesus, wie die Römer ihn nennen.«

»Du weißt offenbar sehr gut über ihn und seine Begleiter Bescheid«, warf Branwyn ein.

»Die Erinnerungen an jenen Besuch wurden sorgfältig bewahrt«, erwiderte Dyara. »Zum einen, weil jener Jussuf eine außergewöhnliche Persönlichkeit war und in seiner Heimat als Mitglied des Hohen Rates im Adelsrang stand; mehr aber noch wegen der Ausstrahlung seines Großneffen Jeschu, der zweifellos von den Göttern gesegnet war. Er besaß, so heißt es über ihn, trotz seines beinahe noch jugendlichen Alters geistige Stärke und Herzenswärme, wie die meisten Menschen sie niemals erlangen, und einen Beweis dafür legte er an diesem Born ab.

Kaum nämlich waren er und seine Landsleute auf der *Ynys Avallach* gelandet, fand er mit traumwandlerischer Sicherheit den Weg hierher und suchte in tiefer Versenkung den Einklang mit der andersweltlichen Kraft der Quelle. Wenig später näherten sich vom Apfelhain her drei Druidinnen, von denen eine erkrankt war. Die Frauen wollten ein Heilritual an der Schale des Lebens vornehmen, doch ehe sie damit beginnen konnten, trat der junge Jude zu ihnen, blickte der Leidenden, deren Antlitz von einem häßlichen Hautausschlag gezeichnet war, tief in die Augen und umarmte sie. Dann führte er sie zum Born, benetzte ihr Gesicht mit dem heiligen Wasser und sprach liebevoll auf sie ein.

Obwohl die Kranke seine aramäischen Worte nicht verstand, empfand sie deren Wohlklang wie ein Geschenk und spürte, wie tiefer Friede sich in ihre Seele senkte: dieselbe erlösende Ruhe, welche das druidische Ritual ihr hätte spenden sollen. Sie fühlte, wie ihr Innerstes sich von dem befreite, was sie gequält und ihr körperliches Leiden ausgelöst hatte; ihre Gefährtinnen wiederum erkannten aufgrund ihrer ärztlichen Erfahrung, was geschehen war. Deshalb verzichteten sie auf weitere Behandlung, dankten der Göttin sowie dem, der ihrer Schwester geholfen hatte, und kehrten zum Apfelgarten zurück, wo die Frau mit dem Aussatz innerhalb weniger Tage genas.

Jeschu aber stand von jenem Tag an mit Recht in dem Ruf, über Heilkräfte zu verfügen, wie nur wenige Auserwählte sie besitzen, und während der folgenden Monate seines Aufenthalts auf der Insel von Avalon war er ebenso wie sein Verwandter Jussuf von Arimathea oft bei den Druidinnen zu Gast. Unvoreingenommen tauschte man sich miteinander aus, wodurch der junge Jude gewisse keltische Erkenntnispfade zu beschreiten lernte; andererseits fanden es die Frauen anregend, Jeschu und seinem Großonkel, der an der Spitze seiner Karawanen bis Indien geritten war, zu lauschen und sich hebräische sowie asiatische Weisheit näherbringen zu lassen. Zusammen ging man so ein Stück des Weges, der allen suchenden Menschen gemeinsam ist, und zum Gedächtnis daran wurde, ehe die Besucher wieder abreisten, ein Baumritual durchgeführt …«

»Du sprichst von dem Dornbaum, der damals gepflanzt wurde, nicht wahr?« unterbrach Branwyn.

»So ist es, und wir werden ihn jetzt aufsuchen«, bestätigte Dyara. »Er steht inmitten der christlichen Siedlung, die sich seit knapp dreihundert Jahren auf der *Ynys Avallach* befindet, und du sollst ihn vor Augen haben, wenn du deren Geschichte erfährst.«

Nachdem sie ganz wie am Morgen aus der Heiligen Quelle getrunken hatten, verließen die Freundinnen den Platz. Dyara schlug eine nordwestliche Richtung ein; sie durchquerten ein Wäldchen und erreichten leicht gewelltes Weideland, auf dem Schafe grasten. Da und dort lugten die Dächer von Bauernhausern über ginsterbewachsene Raine; einmal begegneten die beiden Frauen einer Schar Kinder, die zusammen mit einem verspielten jungen Hirtenhund um einen Weiher tollten. Wenig später tauchten Branwyn und ihre Begleiterin in den Schatten eines weiteren Waldstücks ein, und dann gaben die letzten Bäume den Blick auf das etwas tiefer in einem geschützten Talgrund liegende Dorf der Christen von Avalon frei.

Etwa fünfzehn Rundhäuser gruppierten sich um einen Anger; in seiner Mitte erhob sich ein zusätzliches Gebäude, das sofort ins Auge fiel, weil es sich grundlegend von den übrigen unterschied. Es besaß entgegen der britannischen Bräuche einen rechteckigen Grundriß und war groß genug, um mehrere Dutzend Menschen zu beherbergen. Die lehmverputzten Flechtwerkwände schienen ein Stück in die Erde eingesunken und waren offenbar vielfach ausgebessert, das Dach hatte sich an einer Stelle geneigt und war mit Hilfe einiger Balken abgestützt worden.

Insgesamt machte das spitzgiebelige Haus auf Branwyn den Eindruck, als sei es sehr alt – und Dyara, die ihrer Freundin zunächst Zeit gelassen hatte, alles in Ruhe zu betrachten, bestätigte nun ihre Vermutung: »Bei dem ungewöhnlichen Bauwerk handelt es sich um die Kirche der christlichen Ansiedlung. Sie wurde zu jener Zeit errichtet, da die ersten Getauften auf die *Ynys Avallach* kamen, und wie ich dir am Born der Göttin schon sagte, sind seither beinahe dreihundert Jahre vergangen.«

»Zehn Menschenalter«, flüsterte Branwyn ehrfürchtig, dann wollte sie wissen: »Und wo steht der Dornbaum, der noch älter ist?«

»Auf der anderen Seite der Kirche«, erklärte Dyara, während sie sich anschickte weiterzugehen. »Du kannst die Stelle an den Wipfeln der Birken erkennen, die dort links aufragen.«

Rasch legten sie die kurze Strecke bis zum Dorf zurück; von einigen der Bewohner, die mit verschiedenen handwerklichen Tätigkeiten beschäftigt waren, wurden sie freundlich begrüßt. Bei einem Mann, der auf einer Werkbank vor seiner Haustür Dauben für ein Faß hobelte, erkundigte sich Dyara, ob Saray oder ihr Gemahl Danyell in der Nähe seien, und bekam die Auskunft, die beiden hielten sich im Gotteshaus auf.

Gleich darauf waren sie bei der Kirche und traten ein. Drinnen sahen sie die Genannten hinter dem schlichten Steintisch des Altars stehen; sie hatten eine Bütte bei sich und verspachtelten eine schadhafte Stelle der Giebelwand mit einem Gemisch aus Lehm, Strohhäcksel und Rinderdung.

Weil sie völlig in ihre Arbeit vertieft waren, gewahrten sie die Besucher nicht sofort. Unbemerkt näherten sich die beiden Frauen entlang einer Reihe einfacher Holzbänke; Branwyn fand Gelegenheit, die Ornamente zu betrachten, die als umlaufender Fries an die gekalkten Wände gemalt waren: Fischsymbole, verschiedene andere Tierdarstellungen sowie durch Ranken verbundene Weinreben. Erst als die junge Druidin hüstelte, wandte das Paar sich um und vernahm aus dem Mund Dyaras, der einmal mehr der Übermut aus den Augen blitzte, die launigen Worte: »Ich hoffe, ihr habt gut vergorenen und lieblich duftenden Kuhmist in ausreichender Menge untergemischt, denn darin liegt, wie freilich nur die wahren Eingeweihten wissen, das innerste Geheimnis eines besonders haltbaren Wandverputzes.«

Danyell, ein kaum dreißigjähriger kräftiger Kerl mit einem ungebärdigen dunklen Haarschopf über der Stirn, ging auf den Spaß ein: »Hast du das gehört, Saray? Unsere naseweise Freundin will uns tatsächlich weismachen, sie verstünde etwas von der Baukunst. Dabei können wir uns noch sehr gut daran erinnern, wie sie sich erst vor wenigen Monaten, als die Frühjahrsstürme über die Insel hinzogen und danach ihr eigenes Haus im Apfelhain wieder in Ordnung gebracht werden mußte, bitterlich über die damit verbundenen strengen Gerüche beklagte.«

»Wir weiblichen Wesen sind eben feinfühliger als ihr plumpen Männer«, gab Dyara schlagfertig zurück. »Darin stimmst du mir doch zu, Saray, oder?«

Die ungefähr fünfundzwanzigjährige Frau an Danyells Seite, deren anziehendes Gesicht von einer Fülle rabenschwarzer Locken umrahmt war, lachte. »Da ich es weder mit dir noch mit meinem teuren Angetrauten verderben möchte, äußere ich mich lieber nicht näher, obwohl ich deinen Ausführungen eine gewisse Lebensweisheit durchaus nicht absprechen kann ...«

Als sie merkte, daß Danyell protestieren wollte, verschloß sie ihm den Mund mit einem raschen Kuß. Dann kam sie um den Altar herum, tauchte die Hände in ein Wasserschaff, das neben dem Steintisch stand, umarmte Dyara und wandte sich an Branwyn: »Du bist wohl erst seit kurzem auf der Insel von Avalon, weil wir dich noch nie gesehen haben. Aber um so mehr freuen Danyell und ich uns, dich kennenlernen zu dürfen.«

»Mir geht es ebenso«, antwortete Branwyn lächelnd. Sie nannte ihren Namen, berichtete kurz von ihrer Wanderung mit Eolo Goch und erzählte, wie sie sich mit Dyara angefreundet hatte. Sodann kam sie auf den Dornbaum zu sprechen und schloß: »Ich kann es kaum erwarten, ihn zu sehen und die Überlieferungen zu hören, die mit ihm verknüpft sind.«

»Wenn das dein Wunsch ist, bist du bei Saray und mir genau richtig«, erklärte Danyell, der sich inzwischen zu den drei Frauen gesellt hatte. »Denn ...«

»Denn«, unterbrach Dyara ihn schmunzelnd, »dieses verliebte Turteltaubenpärchen versieht so ganz nebenbei den Kirchendienst in der christlichen Gemeinde der *Ynys Avallach*. Und von daher müssen die beiden natürlich Bescheid wissen.«

Als sie Branwyns verwunderte Miene sah, bekräftigte sie: »Du hast richtig gehört. Saray ist Priesterin, während ihr Ehegespons ihr in diesem Amt sozusagen als Gehilfe zur Hand geht.«

»Manchmal freilich halten wir es auch umgekehrt«, fiel Danyell augenzwinkernd ein. »Es hängt ganz davon ab, wer von uns beiden gerade die Hosen anhat ...«

»Heißt das tatsächlich, ihr seid beide geweiht und übt das Priesteramt gleichberechtigt aus?« fragte Branwyn erstaunt.

»Warum sollten wir es nicht tun, nachdem wir doch in Liebe miteinander verbunden sind?« entgegnete Saray.

»Zu zweit können wir unseren Mitmenschen besser dienen als jeder für sich allein«, setzte Danyell hinzu.

»Daran besteht kein Zweifel«, nickte Branwyn. »Nur wußte ich bisher nicht, daß eure Religion euch diese Möglichkeit gibt. Zwar sprach Vater Jacwb – der Seelsorger auf meiner Heimatinsel in *Gwynedd* – oft von der hohen Wertschätzung, welche Jesus den Frauen entgegenbrachte; ebenso erwähnte er gelegentlich *Presbyterinnen*, die sich Verdienste um das Christentum erworben hatten – aber von Priesterehepaaren redete er nie.«

»Vielleicht deswegen, weil der Weg, den wir eingeschlagen haben, tatsächlich etwas ungewöhnlich ist und der gute Jacwb ihn nicht kannte«, sagte Saray. »Doch im Widerspruch zur Lehre des Galiläers steht unsere Art der Glaubensverkündigung keineswegs, denn Jesus rief alle Menschen guten Willens ohne Unterschied ihres Geschlechts oder Familienstandes dazu auf, seine Botschaft weiterzugeben.«

»Dies war ausnehmend weise von ihm!« ließ sich Dyara in weihevollem Tonfall vernehmen – und fuhr mit verschmitztem Gesichtsausdruck fort: »Aber ebenso klug handelte sein Großonkel Jussuf von Arimathea, als er den Dornbaum auf der Insel von Avalon pflanzte. Hätte er es nämlich nicht getan, könnten wir unserer Freundin jetzt dieses einzigartige Gewächs nicht zeigen, und sie wäre dann fürchterlich enttäuscht ...«

»Laß Danyell und Saray doch erst ihre Arbeit beenden«, verwahrte sich Branwyn, welcher der Wink mit dem Zaunpfahl peinlich war. »Oder noch besser, wir helfen ihnen dabei.«

»Da ich Dyaras handwerkliches Geschick leider kenne, halte ich das für keine gute Idee«, wehrte Danyell grinsend ab. »Außerdem sind wir sowieso fast fertig. – Schaut ihr euch also ruhig schon mal den Heiligen Dorn an, wir kommen dann gleich nach.«

Die Freundinnen befolgten den Rat, gingen wieder nach draußen und sodann zur gegenüberliegenden Seite der Kirche, wo die Birkengruppe stand, deren Wipfel das Dach überragten. Wie Branwyn bereits vermutet hatte, bildeten die neun weißrindigen Bäume einen kleinen kreisförmigen Hain, und als sie ihn betraten, erblickte sie genau in der Mitte des rasenbewachsenen Rundes die fremdartige Pflanze.

Der Dornbaum war nicht besonders groß, höchstens zehn Ellen, dennoch wirkte er äußerst eindrucksvoll. Das hohe Alter schien seinen knorrigen Stamm und die rissige, da und dort gesprungene Rinde mit dunkler Patina gefärbt zu haben. Die spärlich belaubten Äste und Zweige, auf denen die nadelscharfen Auswüchse saßen, waren wie unter der Last der Jahrhunderte gebeugt und verkrümmt, teilweise hatten sie sich skurril verflochten. Dies war jedoch nur das äußerliche Erscheinungsbild; jenseits des Sichtbaren erspürte Branwyn das grenzenlose Weben der Zeit, welches sich mit dieser ehrwürdigen Pflanze verbunden hatte: das andersweltliche Pulsen und Schwingen, das die Brücke aus ferner Vergangenheit herauf in die Gegenwart schlug.

Still betrachtete die junge Frau den Heiligen Dorn. Auch Dyara blieb stumm; erst als sie fühlte, daß ihre Freundin nun die letzten paar Schritte zurücklegen wollte, flüsterte sie: »Ja, berühre ihn. Nimm seinen Geist in dich auf ...«

Gleich darauf tasteten Branwyns Fingerspitzen über die fast schwarze Stammrinde, glitten höher, folgten der Linie eines der beinahe ornamental verformten Äste und liebkosten zuletzt einen Zweig. Die Augen der jungen Frau waren dabei geschlossen; als sie ein lautloses Raunen vernahm, bewegte sie ihre Arme langsam wieder nach unten und umschlang den Baum. Mit ihrem ganzen Körper drückte sie sich an ihn, und jetzt strömte die von Ewigkeit zu Ewigkeit reichende Kraft der Göttin in sie. Tief aus der Erde stieg die Macht empor, erfüllte ihr Bewußtsein und verband in derselben, nicht meßbaren Zeitspanne ihr Innerstes mit dem Wesen jener Menschen, die vor mehr als drei Jahrhunderten hier an diesem Ort geweilt hatten, um zusammen mit den Druidinnen der *Ynys Avallach* das Ritual zu vollziehen.

Sie glaubte die olivfarbenen Gesichter und dunklen Augen der Juden vor sich zu sehen und den fremdartigen, aber trotzdem irgendwie vertrauten Klang ihrer Stimmen zu hören. Einer der Orientalen, der starke natürliche Autorität ausstrahlte, stand im besten Alter; soeben sagte er etwas zu dem Jüngling oder jungen Mann an seiner Seite – und dessen Gestalt faszinierte Branwyn noch mehr als die des Älteren. Sie bemühte sich, sein Antlitz deutlicher zu erkennen; für einen Moment meinte sie, es würde ihr gelingen, doch dann verwich die Vision.

Gedämpfte Laute, die von der Kirche her ertönten, brachten die junge Frau in die Realität des sonnigen Sommertages zurück. Als sie sich sanft vom Baumstamm löste und den Kopf wandte, wurde sie gewahr, daß Saray und Danyell sich näherten. Hand in Hand kam das Priesterehepaar heran; Saray musterte Branwyn aufmerksam und stellte fest: »Du hast offenbar schon Freundschaft mit dem Heiligen Dorn geschlossen.«

Kurz, weil auch Dyara sie fragend anblickte, war Branwyn versucht, von den Bildern zu erzählen, die sie in ihrer Trance erschaut hatte. Mit dem nächsten Lidschlag aber warnte etwas sie davor, das, was eben erst in ihr zu keimen begonnen hatte, durch ärmliche Worte einzuengen; deshalb erwiderte sie lediglich: »Er ist wahrhaft heilig!«

»Und warum das so ist, wirst du verstehen, wenn du seine Geschichte erfährst ...« Damit setzte Danyell sich ins Gras unter der Baumkrone; nachdem die anderen es ihm gleichgetan hatten, erkundigte er sich bei Dyara: »Wie weit hast du deine Freundin bereits eingeweiht?«

»Auf dem Weg hierher erzählte ich ihr vom Besuch des jüdischen Adligen Jussuf von Arimathea und seines Großneffen Jeschu auf der Insel von Avalon«, antwortete die junge Druidin. »Ferner sagte ich ihr, daß ein gemeinsames Baumritual stattfand, bevor die Hebräer, die sich mit den weisen Frauen des Apfelgartens angefreundet hatten, wieder abreisten.«

»Gemeinsamkeit, das ist der Schlüssel zum Verständnis dessen, was sich in jenen Tagen vor knapp dreieinhalb Jahrhunderten auf der *Ynys Avallach* abspielte«, nickte der christliche Priester. »Zusammen gingen Kelten und Juden ein Stück des Weges, der zur Erkenntnis des Göttlichen führt. Die Druidinnen taten es im Wissen um die ewige Existenz und grenzenlose Großherzigkeit Ceridwens; die Hebräer im Glauben an *Adonai*: das Ewige, wie sie den allumfassenden und gütigen Geist Gottes bezeichnen. Lächelnd begegneten sich die Dreifache Göttin und *Adonai*; auf diese Weise wurde ein Band der Menschlichkeit zwischen Britannien und Judäa geknüpft – und weil die Erinnerung daran im Gedächtnis der Bewohner dieser Insel greifbar fortbestehen sollte, pflanzten Hebräer und Kelten in der Mittsommernacht des elften Jahres der christlichen Zeitrechnung den Hain, in dem wir uns befinden ...«

»Ich dachte, ihr zählt die Zeit vom Geburtsjahr Jesu an«, unterbrach Branwyn. »Da Dyara mir aber mitteilte, er sei etwa achtzehn gewesen, als er auf der *Ynys Avallach* weilte, müßte sich das alles doch in diesem Jahr eurer Zeitrechnung zugetragen haben.«

»Die ursprüngliche Zählweise, die auf jüdische Überlieferungen zurückgeht, wurde von der römischen Kirche verfälscht«, erklärte Saray mit bitterem Unterton. »Es geschah vor zweiundvierzig Jahren, als die führende Priesterschaft Roms die Anerkennung des Christentums als Staatsreligion durchsetzte und sich zu diesem Zweck mit dem Kaisertum verbündete. Damals wurde das Geburtsjahr Jesu, weil die wahren Umstände am Sitz des römischen *Patriarchats* nicht mehr genau bekannt waren, so gut wie möglich geschätzt und der Kalender danach ausgerichtet. Wir Getauften von Avalon jedoch, die wir präzise Aufzeichnungen besitzen, wissen es besser: Jeschu, der Großneffe des Jussuf von Arimathea, wurde sieben Jahre vor Beginn der fehlerhaften römisch-christlichen Zeitrechnung geboren; er kam infolgedessen in ihrem elften Jahr auf die Insel von Avalon.«

»In der Mittsommernacht vor dreihundertvierundvierzig Jahren also versammelte man sich an dieser Stelle, die zu jener Zeit noch auf freiem Feld lag, um das Baumritual zu begehen«, nahm Danyell den Faden seiner Geschichte wieder auf. »Gemeinsam hatten die Druidinnen und ihre hebräischen Freunde den besonderen Platz hier ausgesucht, wo starke Erdkräfte sich vereinigen; nun wurden an den Knotenpunkten der unterirdischen Ströme die Gruben gegraben, welche das Wurzelwerk der jungen Bäume aufnehmen sollten. Zuerst, während die weisen Frauen die Dreifache Göttin anriefen, pflanzte man den Ring der neun Birken; anschließend beteten die jüdischen Männer zu ihrer Gottheit, und Jussuf von Arimathea setzte den ihnen heiligen Dornbaumschößling in die Mitte des Kreises.«

»So wurden weibliches und männliches, aber auch keltisches und hebräisches Wesen im Geiste Ceridwens und des *Adonai* verbunden«, kam es von Branwyn. »Das verstehe ich – doch warum besitzt gerade der Dornbaum so große Bedeutung für die Juden?«

»Weil aus einer solchen, von göttlichem Feuer umhüllten Pflanze heraus die Stimme *Adonais* zu Moses, dem Begründer ihrer Religion, sprach«, klärte abermals Saray sie auf. »In der Lohe des Dornbaums manifestierte sich für ihn sowie für alle Angehörigen seines Volkes nach ihm das Ewige – und dies ist auch der Grund, warum Jussuf von Arimathea einen derartigen Schößling mit auf sein Schiff nahm, um ihn zur *Ynys Avallach* zu bringen.«

»Er und sein junger Verwandter Jeschu erwiesen den keltischen Göttern und den Druidinnen von Avalon damit höchste Ehre«, fuhr Danyell fort. »Indem sie den heiligen Baum ihres Glaubens mit den Birken Ceridwens verbanden, drückten sie ihre Hochachtung vor der Weisheit Britanniens aus und begründeten die Freundschaft, die später zwischen den geistigen Nachfahren des Galiläers und den Anhängern der druidischen Lehre erwachsen sollte. Beinahe drei Jahrhunderte hindurch blüht dieses fruchtbare Miteinander jetzt schon, und die Tatsache, daß wir – zwei Frauen aus dem Apfelgarten sowie zwei Getaufte – uns einträchtig hier im Hain des Heiligen Dorns austauschen, ist einer der vielen Beweise dafür.«

Branwyn ließ die Worte des Priesters eine Weile auf sich wirken, dann sagte sie: »Ich weiß, daß die christliche Gemeinde, deren Hirten ihr seid, die älteste auf britannischem Boden ist, und ich würde nun sehr gerne mehr über sie erfahren.«

Saray wies auf die schlichte Kirche mit ihren lehmverstrichenen, vielfach ausgebesserten Flechtwerkwänden und dem Reetdach. »Hier siehst du das Gotteshaus, in dem das Christentum dieses Landes begründet wurde. Im einundsiebzigsten Jahr unserer Zeitrechnung wurde es erbaut und ist seitdem, von den nötigen Arbeiten zu seiner Instandhaltung abgesehen, unverändert geblieben. Diejenigen aber, welche die Kirche errichteten, waren Flüchtlinge aus Judäa, die in ihrer Heimat verfolgt wurden und deswegen in Britannien Zuflucht suchten.«

»Vor wem flohen sie?« erkundigte sich Branwyn.

»Vor den Römern«, antwortete Danyell. »Denn zu jener Zeit wüteten deren Legionen unter dem Befehl des Feldherrn und späteren Kaisers Titus grausam in dem Land, wo Jeschu geboren und gekreuzigt worden war. Weil die Juden, die bereits zuvor unter römische Oberhoheit geraten waren, sich dem Joch der Fremdherrschaft nicht länger beugen wollten und sich gegen die Sklaverei aufbäumten, stürmten die Legionäre im

Jahr siebzig ihre Hauptstadt Jerusalem und zerstörten den dortigen Tempel. Tausende von gefangenen Freiheitskämpfern wurden hingerichtet, doch der Haß der Römer traf nicht nur die Bewaffneten, sondern ebenso die friedlichen Anhänger Jeschus. Diese Frauen und Männer nämlich, welche jegliche Gewalt ablehnten, konnten angesichts des Unrechts, das ihr Volk erlitt, nicht schweigen. Vielmehr hielten sie den Mördern, Frauenschändern und Räubern ihre Untaten vor und beschworen sie, ihre Sünden zu bereuen und das Unrecht soweit wie möglich wiedergutzumachen ...«

»Dazu gehört wahrhaftig größerer Mut, als mit dem Schwert zu kämpfen!« rief Dyara mit blitzenden Augen.

»Ohne Zweifel – doch der Preis dafür war bitter!« versetzte Saray. »Denn die Römer betrachteten jene Frauen und Männer, die ihnen das Gotteslästerliche ihres Tuns vor Augen führten, nun sogar als ihre schlimmsten Feinde. Viele von ihnen wurden hingemetzelt, anderen gelang mit knapper Not die Flucht, und zu diesen gehörte auch die kleine Schar, welche nach Britannien kam. Es war ein Nachfahr des Jussuf von Arimathea unter ihnen, der ein Handelsschiff besaß; auf diesem Segler fuhren sie entlang der ägyptischen und phönizischen Küsten nach Westen, bis sie den Atlantischen Ozean erreichten. Sodann warfen sie das Steuerruder nach Norden herum, folgten den Gestaden der Iberischen Halbinsel und Galliens und sichteten nach monatelanger Reise die Klippen von *Kernow*. Eingedenk der Freundschaft, die Jussuf von Arimathea und sein Großneffe Jeschu zwei Menschenalter zuvor mit den Druidinnen der *Ynys Avallach* geschlossen hatten, landeten sie jedoch nicht im Südwesten der britannischen Insel, sondern fuhren weiter nach Osten. Unmittelbar vor Einsetzen der Herbststürme schließlich warfen sie Anker im selben Hafen, in dem einst auch das andere jüdische Schiff gelegen hatte, und von dort aus ritten Boten zur Hügelfestung des Arvirax, um ihm die Ankunft der Fremden zu melden.«

»Dieser Arvirax herrschte wohl damals über die hiesigen Stämme der Belger?« vermutete Branwyn.

»Ja, und er war ein guter und großherziger König«, erwiderte Danyell. »Denn er stellte die Flüchtlinge unter seinen Schutz und beherbergte sie den Winter über in seiner Ringburg. Im folgenden Frühling dann, nachdem er sie wegen ihrer friedlichen Wesensart achten gelernt hatte, begab er sich zusammen mit ihnen zur Insel von Avalon. Hier einigten die Druidinnen und Arvirax sich darauf, den Anhängern der Lehre Jeschus ein Stück Land zu schenken, damit sie sich eine neue Heimstätte schaffen könnten. Es bot sich an, dafür die Umgebung des Haines zu wählen, der zwei Generationen zuvor von den Frauen des Apfelgartens und ihren hebräischen Freunden gepflanzt worden war, und so entstand das Dorf, in dem du dich befindest. Bevor jedoch die ersten Häuser gebaut wurden, errichteten die getauften Juden zum Dank für ihre Rettung die Kirche, die damit im einundsiebzigsten Jahr unserer Zeitrechnung zum ersten christlichen Gotteshaus auf britannischem Boden wurde.«

Einige Atemzüge lang herrschte Schweigen unter dem Dornbaum. Leise bewegte sein Blattwerk sich im Wind, und Sonnenstrahlen spielten im Filigran der Zweige. Erneut spürte Branwyn, wie fließend die Grenze zwischen Diesseits- und Anderswelt an diesem Ort war; eben als sie dies dachte, vernahm sie die Stimme Dyaras: »Der Same, der in jenen Tagen hier gesät wurde, hat seither reiche Früchte getragen. Mittlerweile fast drei Jahrhunderte hindurch konnten christliche und druidische Weisheit sich begegnen, und es geschah stets in Zuneigung und gegenseitiger Achtung. Kein Mißklang trübte das Miteinander, denn Heiden und Getaufte waren sich bewußt, daß es ebenso viele Pfade zur Erkenntnis des Göttlichen gibt, wie Menschen ehrlichen Willens auf Erden leben. So lehrte es Jeschu, wenn er die Liebe zum Nächsten, welche unabdingbar die Achtung vor dessen geistiger Freiheit beinhaltet, über alles andere stellte – und was er predigte, trifft sich mit einer grundlegenden Lehre des Druidentums, das in seiner Toleranz ebenfalls niemanden bevormunden, einengen oder gar zwingen will. Weil aber sowohl Christen als auch Ungetaufte in diesem Sinne dachten und handelten, hatten beide Segen davon, und die *Ynys Avallach* wurde im kleinen zu dem, was die Welt im großen sein könnte, wenn alle Völker sich bemühen würden, den Weg zu gehen, der hier zum gemeinsamen Nutzen beschritten wurde.«

Nachdem Dyaras Worte verklungen waren, blieb es im Hain der weißrindigen Bäume, die wie behütend um den Heiligen Dorn standen, erneut für geraume Zeit still – bis Branwyn zuletzt durch eine Geste ausdrückte, was sie empfand. Sie umarmte Dyara, Saray und Danyell und hatte dabei das Gefühl, als sei sie nicht erst seit kurzem, sondern bereits über mehrere Wiedergeburten hinweg mit ihnen allen verbunden: mit der jungen Druidin, die wie sie der Dreifachen Göttin diente, und mit dem christlichen Priesterpaar, dessen jüdische Vorfahren von den Römern verfolgt worden waren, weil sie sich bemüht hatten, das Vermächtnis Jeschus weiterzutragen.

Dann, als Branwyn Anstalten machte, sich wieder ins Gras zu setzen, sorgte Dyara auf ihre unnachahmliche Art dafür, daß die Stimmung ins Heitere umschlug. »Der Mensch – um einen Ausspruch Jeschus etwas abzuwandeln – lebt nicht von philosophischen Wahrheiten und dem Austausch von Zärtlichkeiten allein«, verkündete sie bedeutungsvoll. »Vielmehr benötigt er darüber hinaus leibliche Nahrung zu seinem Wohlbefinden, und deswegen frage ich euch, meine Freunde Danyell und Saray, ob wir uns bei euch zum Mittagsmahl einladen dürfen?«

»Selbstverständlich seid ihr herzlich willkommen an unserem Tisch«, gab der Priester schmunzelnd zur Antwort. »Allerdings müssen wir eine Bedingung stellen …«

»Und die wäre?« erkundigte sich Dyara arglos.

»Du versprichst zuvor feierlich, dich nicht am Abwasch zu beteiligen«, forderte Danyell. »Denn als du beim letzten Mal auf diese Weise Nächstenliebe an uns üben wolltest, ging eine unserer größten Schüsseln zu Bruch.«

»Das geschah nur, weil du mir in deiner männlichen Unbeholfenheit in die Quere kamst, als ich besagtes Gefäß auf das

Wandbord stellen wollte«, verwahrte sich Dyara. »Aber wenn du meinst, daß ich heute bloß nach Kräften schmausen und danach keinen Finger mehr krumm machen soll, habe ich im Grunde nichts dagegen einzuwenden.«

»Dann laßt uns also gehen, ehe du uns hier draußen verhungerst«, lachte Saray.

Gleich darauf verließen sie unter weiteren Scherzen den Hain und begaben sich zu jenem Haus, das der Kirche am nächsten stand. Dort hängte Saray einen Kessel mit Hammelfleisch und Gemüse über die Feuerstelle und fachte die Glut an, um den bereits vorgekochten Eintopf aufzuwärmen. Das Gericht, das mit Nelken, Koriander und Kümmel gewürzt war, schmeckte köstlich; während sie das Essen genossen, erfuhr Branwyn noch so manches über die Geschichte der christlichen Ansiedlung.

Auch später, nachdem die Schüsseln – von denen heute keine zerbrochen wurde – abgeräumt waren, setzte sich das angeregte Gespräch fort. Wie im Flug verstrich darüber der Nachmittag; erst als es in dem gemütlichen Raum langsam dämmerig wurde, dachten die Besucherinnen an den Aufbruch. Saray und ihr Gemahl begleiteten sie nach draußen; Danyell verabschiedete Branwyn mit den Worten: »Du bist uns, ebenso wie Dyara und die übrigen Druidinnen, stets willkommen, und wir hoffen dich sehr bald wiederzusehen.«

»Das wird bestimmt der Fall sein«, versprach die junge Frau. »Und selbstverständlich seid auch ihr eingeladen, mich im Apfelhain zu besuchen, wann immer ihr wollt.«

Noch einmal umarmten sich alle vier; auf dem Weg durch das Dorf, dessen Bewohner ihnen ganz wie am Morgen freundlich zuwinkten, stellte Dyara fest: »Jetzt haben wir uns dermaßen verplaudert, daß wir gar nicht mehr zu den anderen bedeutenden Orten gekommen sind, die ich dir zeigen wollte – so zum Beispiel den besonderen Platz drüben auf dem Festland, von wo aus man bei bestimmten Gelegenheiten die *Ynys Avallach* über den Wassern schweben sehen kann, oder auch die Sternwarte auf dem Hügel über dem Hafen, die unsere Vorgängerinnen schon vor Jahrhunderten eingerichtet haben, sowie die Heilstätte und die Schule dort in der Nähe. Doch das werden wir bestimmt ein andermal nachholen; wenn du willst, gleich morgen oder übermorgen.«

Begeistert wollte Branwyn zustimmen; mit demselben Lidschlag aber glaubte sie das Antlitz des Barden vor sich zu sehen, deshalb erwiderte sie: »Ich glaube, es ist besser, ich kümmere mich die nächsten Tage um Eolo. Schließlich verdanke ich ihm sehr viel, deshalb möchte ich ihm nicht das Gefühl geben, vernachlässigt zu werden, obwohl ich eigentlich lieber mit dir zusammen wäre ...«

Nach kurzem Zögern fügte sie hinzu: »Außerdem muß ich ihm allmählich beibringen, daß ich ihn nicht nach Tintagel begleiten werde, denn eines weiß ich inzwischen genau: Hierher zu euch und nicht nach *Kernow* wollte mich die Göttin führen!«

Die Mondnacht

Branwyn lag wach und hörte den Wind im Laub der Apfelbäume rauschen. Von der anderen Seite des Raumes vernahm sie gelegentlich einen tiefen Atemzug des schlafenden Barden. Lange hatte sie an diesem Abend, nachdem Dyara und sie in den Hain der Druidinnen zurückgekehrt waren, mit Eolo geredet. Sie hatte ihm von der christlichen Kirche, dem Dornbaum und dem Priesterehepaar erzählt und dabei mehrmals versucht, das Gespräch auf ihr eigentliches Anliegen zu bringen: auf ihren Wunsch, in Avalon zu bleiben. Doch der Barde hatte es dann immer geschafft, die Unterhaltung wieder in eine andere Richtung zu lenken, so daß es letztlich nicht zu der klärenden Aussprache zwischen ihnen gekommen war.

Jetzt, da sie darüber nachdachte, war sie fast froh über diese Entwicklung. Denn falls Eolo ihr – unwissentlich oder vielleicht auch wissentlich – nicht ausgewichen wäre, hätte sie ihn vermutlich durch ihre rasche Entscheidung, sich von ihm zu trennen, verletzt. Schließlich befanden sie sich, auch wenn ihr selbst die Zeit sehr viel länger erschien, erst den dritten Tag auf der *Ynys Avallach*. Zumindest er war nach der langen gemeinsamen Wanderung noch nicht zur Ruhe gekommen; das aber war das mindeste, was sie ihm zugestehen mußte, damit er sie am Ende verstehen konnte – und ihre Freundschaft trotz des Unvermeidlichen keinen Schaden erlitt.

Ja, ich werde abwarten, bis er es in seinem Innersten selbst begriffen hat, überlegte sie. Das meinte bestimmt auch Bendigeida gestern auf dem *Twr*, als ich mich ihr anvertraute und sie mir riet, nichts zu überstürzen, sondern den Dingen ihren Lauf zu lassen und auf die Zuneigung zu bauen, die Eolo und mich verbindet. So werde ich es um seinet- und ebenso um meinetwillen halten; sobald dann der geeignete Zeitpunkt da ist, werde ich es spüren.

Erleichtert kuschelte sie sich tiefer unter die Wolldecken; gleich darauf wurden ihre Lider schwer, und wenig später war auch sie eingeschlafen.

* * *

Während der folgenden Tage lernte Eolo Goch, die Insel von Avalon mit den Augen Branwyns zu sehen. Gemeinsam durchstreiften sie das Eiland, besuchten die verschiedenen Ansiedlungen und die heiligen Stätten, die Branwyn bereits kannte; dann wieder unternahmen sie lange Spaziergänge entlang des Seeufers, wo es eine Vielzahl malerischer Plätze gab. Zwischendurch machte Dyara sich von ihren Pflichten frei, um sie zu begleiten und ihnen jene Orte zu zeigen, von denen sie damals auf dem Rückweg vom Haus Sarays und Danyells zum Apfelhain gesprochen hatte.

Zu dritt erstiegen sie den Hügel über dem Hafen, auf dessen Plateau sich die den kosmischen Göttern Cernunnos, Taranis, Lug und Arianrhod geweihte Sternwarte befand: eine auf den ersten Blick verwirrende Anordnung kleinerer und größerer ringförmiger oder in Reihen stehender Steinsetzungen, mit deren Hilfe der Lauf verschiedener Gestirne sehr genau beobachtet werden konnte, wie die junge Druidin erklärte. Zudem war es mit Hilfe bestimmter Menhire und der durch sie markierten Sichtlinien möglich, den Zeitpunkt von Sommer- und Wintersonnenwenden beziehungsweise der Frühjahrs- und Herbsttagundnachtgleichen vorauszuberechnen sowie Mond- oder Sonnenfinsternisse vorherzusagen. Seit Jahrhunderten, so Dyara, gebe man die Erkenntnisse, die in diesem Observatorium gewonnen würden, an die südbritannischen Stämme der Belger, Atrebaten, Durotrigen und Regenenser weiter. Dies geschehe einerseits, damit die Jahreskreisfeste einheitlich durchgeführt werden könnten; andererseits aber auch, um den Ängsten der einfachen Bevölkerung bei plötzlichen Verdunkelungen des Mondes oder der Sonne vorzubeugen.

Ähnlich staunenswert wie die Sternwarte, wenn auch auf andere Art, fanden Branwyn und Eolo die Heilstätte, welche die Bewohnerinnen des Apfelgartens auf der *Ynys Avallach* betrieben. Die Einrichtung – mehrere große, innen durch Flechtwände unterteilte Rundhäuser in einem geschützten Tal südöstlich des Hafens – stand allen Menschen der Insel sowie ihres Umlandes offen. Jeder Kranke, gleichgültig, ob wohlhabend oder arm, wurde dort unentgeltlich behandelt und verpflegt. Die Räume, in denen die Leidenden sich aufhielten, waren geschmackvoll eingerichtet und sehr sauber gehalten; in keinem lagen mehr als drei Kranke. Unter dem Dach eines kleineren Gebäudes etwas abseits wurden, falls nötig, Operationen durchgeführt. Dort stießen Dyara und ihre Begleiter auf Alba, und die betagte Druidin, die gerade damit beschäftigt war, einen Satz chirurgischer Instrumente auszukochen, sprach bereitwillig über ihre Arbeit.

»Erst gestern hatten wir hier einen offenen Beinbruch zu versorgen«, berichtete sie. »Wir betäubten den Verunglückten mit einem Sud aus gewissen Pflanzen, reinigten dann die Wunde und richteten den Knochen wieder ein. Der Eingriff war nicht einfach, aber ich würde ihn auch nicht als sonderlich schwer bezeichnen – so wie etwa jenen anderen, der vorletzten Monat nötig war. Damals brachte man das zweijährige Kind einer durotrigischen Familie zu uns, das eine römische Münze verschluckt hatte und infolgedessen an Darmverschluß litt, und wir mußten, um sein Leben zu retten, sofort zum Messer greifen. Wir öffneten die Bauchdecke, fanden das verschlossene Darmstück glücklicherweise unmittelbar darunter, trennten es auf, entfernten die *Sesterze* und setzten eine Naht. Damit freilich war die Gefahr noch nicht gebannt, denn nun konnte es sehr leicht zu einer Wundvergiftung kommen. Doch da wir den Einschnitt am Bauch des in Tiefschlaf versetzten Mädchens einige Tage offenhielten, die Wunde regelmäßig reinigten und dem Kind außerdem Brotschimmel eingaben, welcher die Widerstandskräfte des Körpers auf ungeahnte Weise stärkt, genas das Mädchen und konnte vergangene Woche entlassen werden.«

Branwyn griff nach der Hand Albas und drückte sie wortlos. Die grauhaarige Ärztin dankte ihr mit einem Lächeln; gleichzeitig kam es von Dyara: »Jetzt mußt du aber von der schwierigsten Kunst erzählen, die in diesem Haus ausgeübt wird.«

Alba nickte und forderte ihre Gäste auf, mit in einen Nebenraum zu kommen. Dort öffnete sie eine kleine Truhe aus dunklem Holz und entnahm ihr einen runden Gegenstand, der in ein Tuch eingehüllt war. Als sie es aufschlug, wurde ein vom Alter elfenbeinfarben getönter menschlicher Schädel sichtbar, den die Ärztin nun langsam ins Licht drehte, so daß ihre Besucher das auffällige Mal seitlich am Hinterkopf erkennen konnten. Es handelte sich um eine ringförmige Verknöcherung von ungefähr einer halben Daumenlänge Durchmesser, die von einer feinen, kaum sichtbaren Linie umzirkelt war.

Nachdem sie dem Barden und Branwyn Muße gelassen hatte, den Totenschädel eingehend zu betrachten, erklärte Alba: »Der Mann, auf dessen Schultern dieser Kopf einst saß, wurde vor mehr als einem halben Jahrtausend geboren und war

Häuptling einer atrebatischen Sippe. Eines Tages stürzte er vom Pferd und prallte dabei mit dem Schädel gegen einen Baumstamm. Zwar war die Knochenhülle unverletzt geblieben, doch es kam zu einer Blutung unter der Hirnschale, weshalb der Atrebat nach einigen Tagen die Besinnung verlor und sie nicht wiedergewann. Daraufhin beschlossen seine Gefolgsleute, auf der Insel von Avalon um Hilfe zu bitten. Die erfahrenste der hiesigen Druidinnen eilte zusammen mit ihnen nach Süden in ihr Stammesgebiet; dort stellte sie fest, daß einzig noch eine Kopföffnung das Leben des Häuptlings retten konnte. Sie führte den Eingriff an Ort und Stelle durch, indem sie das runde Stück, das ihr hier seht, aus dem Schädeldach schnitt. Sodann entfernte sie das taubeneigroße Blutgerinnsel, das sich darunter gebildet hatte, um das Beinplättchen zuletzt wieder einzusetzen. Kaum war dies geschehen, schlug der Kranke die Augen auf; nach einigen Monaten war er völlig genesen. Die Ränder der Knochenscheibe waren von neuem mit dem Schädeldach verwachsen; einzig das ringförmige Mal blieb zurück.«

»Wie lange lebte der Mann noch?« wollte Eolo Goch wissen.

»Beinahe zwanzig Jahre«, lautete die Antwort Albas. »Erst dann wurde sein Körper begraben, seinen Kopf hingegen brachte man auf Bitten der Druidinnen hin auf die *Ynys Avallach*, damit er hier für alle Zeiten der Ausbildung besonders begabter Ärztinnen dienen sollte ...«

Sie zog das Messerchen, das sie am Gürtel trug, aus der Scheide und setzte die Spitze vorsichtig an der feinen Linie an, die außen um die verknöcherte Stelle des Schädels lief. Ein leichter Druck bewirkte, daß das Beinplättchen sich löste und Alba es herauszunehmen vermochte. »Auf diese Weise können Druidinnen, die dafür geeignet sind, Anschauungsunterricht erhalten«, erläuterte sie. »Sie lernen die Stärke des menschlichen Schädelknochens kennen und bekommen ein Gespür dafür, wie sie die Instrumente bei einer Kopföffnung zu gebrauchen haben. Denn vor allem auf dieses Feingefühl kommt es an, wenn wir einen derartigen Eingriff wagen.«

»Heißt das, ihr führt heute noch Schädelöffnungen durch?« fragte Branwyn.

»Einige Male habe ich es getan«, nickte Alba. »Auch mehrere meiner Schülerinnen, die mittlerweile anderswo wirken, beherrschen diese Kunst. Ebenso ist die Ärztin Blodeuwedd, die mit uns zusammen im Apfelgarten lebt und hier bei der Versorgung der Leidenden meine rechte Hand ist, beinahe schon soweit. Wenn ich eines Tages nicht mehr bin, wird sie an meine Stelle treten; so ist es abgesprochen, denn nie war die Insel von Avalon ohne eine Druidin mit dieser Fähigkeit.«

Sehr bewegt verließen der Barde und Branwyn die Heilstätte; ein paar Tage später dann machte die Schule des Eilands, zu der Dyara sie führte, abermals tiefen Eindruck auf sie.

Die junge Druidin hatte sich mit ihnen im Hafendorf verabredet, wo es an diesem Morgen ihre Aufgabe gewesen war, eine Hochschwangere, die in Kürze erstmals gebären sollte, in einer besonderen Art des Atmens zu unterweisen, welche ihr später die Niederkunft erleichtern sollte. Nun durchquerten sie die Ansiedlung und erblickten ein Stück dahinter einen Hain aus Linden und Haselsträuchern, aus dem ihnen ausgelassener Lärm entgegenschlug. Als sie näher kamen, sahen sie eine Schar Kinder, die zwischen drei geräumigen Rundhäusern herumtollten, und Dyara legte ihren Begleitern dar: »In jedem dieser Gebäude wird eine bestimmte Altersgruppe unterrichtet, wobei die Kleinsten sechs und die Größten fünfzehn Jahre zählen. Einzelne Halbwüchsige mit herausragenden Leistungen werden anschließend weiter im Apfelgarten gefördert, wie ihr ja bei verschiedenen Gelegenheiten schon bemerkt habt. Danach steht es ihnen offen, sich entweder auf der *Ynys Avallach* oder in einem anderen Druidenhain das umfassende keltische Wissen zu erwerben.«

»Zum Beispiel auf der Halbinsel von *Kernow*, wo es im Moor von *Bodmynn* eine Ausbildungsstätte gibt, die der hiesigen kaum nachsteht«, warf Eolo mit einem Seitenblick auf Branwyn ein. »Sie bestand schon lange, ehe die Römer unserem

Land die Freiheit raubten, und vermochte zu überleben, weil sie – obwohl höchstens zwei Tagesreisen von Tintagel entfernt – ähnlich wie Avalon in einer einsamen und zugleich außerordentlich beeindruckenden Gegend liegt.«

Unwillkürlich verspannten sich Branwyns Lippen. Dyara, die ahnte, was in ihrer Freundin vorging, lenkte ab, indem sie den Barden auf ihre heitere Art tadelte: »Was redest du von *Kernow*, wenn du doch die einmalige Gelegenheit hast, die Schule der hochberühmten Rangen der *Ynys Avallach* zu besichtigen? Also los jetzt! Laßt uns zu ihnen gehen, denn bald wird die Pause zu Ende sein.«

Wenig später waren sie von den Kindern umringt; dann gesellte sich auch Bendigeida zu ihnen, die an diesem Vormittag die Ältesten unterrichtete und die Besucher jetzt einlud, mit in ihre Klasse zu kommen. Dort nahmen die beiden jungen Frauen und Eolo zwischen den im Kreis sitzenden Mädchen und Jungen Platz; gleich darauf lauschten sie den Ausführungen der *Pendruid* von Avalon nicht weniger interessiert als die Schüler.

Thema der Unterrichtsstunde war die Gestalt der Erde sowie der Aufbau des Sonnensystems. Um den Heranwachsenden eine Vorstellung davon zu geben, hatte Bendigeida einen Korb voller vorjähriger Äpfel mitgebracht und benutzte zunächst eine dieser Früchte, um den Kindern die runde Form des irdischen Planeten vor Augen zu führen. Weiter zeigte sie ihnen die Stellen, wo sich die beiden Pole befanden, und demonstrierte ihnen daraufhin mit Hilfe eines zweiten Apfels, wie die Erde sich um die Sonne drehte. Schwieriger wurde es, als sie die erste Frucht ein wenig neigte, sie abermals um die andere kreisen ließ und dabei erklärte, wie Tag und Nacht zustande kamen. Zuletzt jedoch hatten die Schüler auch diese Gesetzmäßigkeit begriffen und waren nun um so begieriger darauf, die Geheimnisse aller um die Sonne wandernden Himmelskörper kennenzulernen.

Zu diesem Zweck legte die *Pendruid* den Sonnenapfel auf

den Tisch in der Mitte des Raumes und fügte anschließend neun Früchte auf einer geraden Linie hinzu, wobei sie darauf achtete, daß der irdische Apfel als dritter in dieser Reihe zu liegen kam. Vom Zentralgestirn ausgehend, nannte sie sodann die Namen der einzelnen Planeten und wies die Halbwüchsigen zusätzlich auf bestimmte Eigenschaften dieser Sonnenumläufer hin: so auf die auffallende Helligkeit des zweiten, die rötliche Farbe des vierten oder den Ring des sechsten, der, sofern dieser Planet der Erde am nächsten stünde, von manchen Menschen mit bloßem Auge erkannt werden könne.

Abschließend kam Bendigeida noch auf den Dreiklang von Sonne, Erde und Mond zu sprechen; wieder benutzte sie, um deren Zusammenspiel zu erläutern, die Früchte. Sie ließ einen Mondapfel um den irdischen Planeten und beide zusammen um das Zentralgestirn kreisen und machte dadurch deutlich, warum der scheinbar riesige, in Wahrheit aber kleinste Himmelskörper sich in so unterschiedlichen Gestalten am Nachthimmel zeigte und manchmal – wenn die Erde zwischen ihn und die Sonne trat und er deshalb kein Licht mehr empfing – sogar völlig unsichtbar wurde.

Ehe sie den Unterricht beendete und die Schüler nach Hause entließ, sagte die *Pendruid* lächelnd: »So, und nun sollt ihr den Lohn für eure Aufmerksamkeit bekommen!« Dann verteilte sie die Äpfel, die eben noch als astronomisches Anschauungsmaterial gedient hatten, an die jubelnden Kinder und stellte damit sicher, daß diese sich bereits jetzt auf das Weiterlernen freuten.

Auch Branwyn versprach, bei Gelegenheit wieder vorbeizukommen, worauf Dyara sie einlud: »Übermorgen nachmittag versuche ich den Kleinen einige Grundkenntnisse im Schreiben und Lesen zu vermitteln, und ich würde mich freuen, wenn du mir dabei behilflich wärst.«

»Welches Alphabet verwendest du?« erkundigte sich Branwyn. »Das keltische oder das lateinische?«

»Selbstverständlich die Buchstaben des *Ogham*, die in Britannien seit Jahrhunderten in Gebrauch sind«, entgegnete die junge Druidin. »Doch im Apfelhain haben ältere Zöglinge, die besonders gefördert werden sollen, zusätzlich die Möglichkeit, die römische oder sogar die griechische Schreibweise zu erlernen.«

»Auch dabei würde ich gerne einmal anwesend sein«, äußerte Branwyn. »Aber vorerst laß uns zusammen mit deinen Schülern *Ogham* üben. Übermorgen paßt es mir gut; so können Eolo und ich morgen zuerst noch den Platz drüben auf dem Festland aufsuchen, den du mir beschrieben hast und von dem aus es manchmal möglich ist, die *Ynys Avallach* über dem Wasser des Sees schweben zu sehen.«

»Wollten wir denn nicht gemeinsam dorthin?« kam es überrascht von Dyara.

»Eigentlich schon ...« lautete die etwas zögerliche Antwort. »Doch ich bin sicher, Eolo und ich finden den Ort auch allein ...«

Eine stumme Bitte in den graublauen Augen ihrer Freundin bewog Dyara dazu, nicht weiter nachzubohren. Sie tauschte statt dessen einen Blick mit Bendigeida, worauf diese mit leisem Lächeln nickte, sich Branwyn und dem Barden zuwandte und sagte: »Morgen könntet ihr tatsächlich Glück haben, sofern ihr die Zeit des Sonnenuntergangs wählt.«

»Wir werden deinen guten Rat befolgen«, erwiderte Branwyn erleichtert.

Eolo wiederum, dem diese Entwicklung der Dinge sichtliche Genugtuung zu bereiten schien, lud die drei Frauen zum Mittagsmahl im nahen Dorf ein und erntete erfreute Zustimmung für seinen Vorschlag.

Nachdem sie den kurzen Weg zur Ansiedlung zurückgelegt hatten, ließen sie sich an einem der Tische im sonnigen Winkel vor der Hafenherberge nieder und genossen gebratenen Fisch, frisches Gartengemüse sowie einen Krug des ausgezeichneten gallischen Rotweins, den der Wirt im Keller hatte. Erst als die Sonne schon schräg stand, brachen sie alle zusammen zum Apfelhain auf.

Dort holte der Barde seine Handharfe aus dem Gästehaus und begann unter dem schirmförmigen Reetdach auf dem Anger zu spielen und zu singen. Branwyn saß an seiner Seite; ab und zu musterte sie ihn verstohlen – und hoffte dabei, daß die Göttin ihr morgen Beistand leisten würde.

* * *

In einem *Curragh*, den einer der Inselfischer ihnen geliehen hatte, waren sie zum Festland im Südwesten der *Ynys Avallach* übergesetzt. Dort hatten Branwyn und der Barde das Boot im Schutz einiger Erlen an der Einmündung eines Flüßchens in den See von Avalon zurückgelassen und waren dem kaum sichtbaren Pfad gefolgt, den Dyara ihrer Freundin beschrieben hatte und der zu einem Dolmen aus uralter Zeit führte.

Im warmen Schein der sinkenden Sonne strahlte das Steinkammergrab, das sich am Abhang eines flachen Hügels erhob, tiefen Frieden aus. Längst waren die Gebeine, die einst in seinem Inneren gelegen hatten, verschwunden; Heidekraut wuchs zwischen den drei aufrecht stehenden Quadern, auf denen der keilförmige Deckstein lag. Als die junge Frau und ihr Begleiter sich näherten, huschte mit graziösen Bewegungen eine Eidechse weg. Branwyn und Eolo warteten ab, bis das Tierchen sich in einer Felsspalte in Sicherheit gebracht hatte, dann ließen sie sich am Fuß des Dolmen nieder.

Die Aussicht, die sie von hier auf den See und das Eiland hatten, war von traumhafter Schönheit. An manchen Stellen glitzerte das Gewässer golden im Abendlicht, anderswo hingen hauchzarte Dunstschleier über den Fluten. Die Insel mit ihren drei Kuppen, auf deren höchster sich die klare Kontur des Menhirs abzeichnete, wirkte zu dieser Stunde wie entrückt; hinzu kam die schier andersweltliche Stille, die von keinem Laut gestört wurde.

Lange schauten die junge Frau und der Barde zur *Ynys Avallach*; erst als sich eine Wolkenbank vor die nun schon tief hängende Sonnenscheibe schob und leichter Wind aufkam, flüsterte Branwyn: »Ich glaube, Bendigeida hatte gestern recht. Dort drüben bereitet sich etwas vor. Ich spüre, wie es herannaht, doch eine Weile werden wir uns wohl noch gedulden müssen …«

»Wenn du willst, verkürze ich uns die Wartezeit etwas«, antwortete Eolo und deutete auf den Tragesack, in dem er seine Handharfe mitgebracht hatte.

Die junge Frau musterte ihn nachdenklich, dann stimmte sie zu. Der Barde nahm das Instrument heraus, legte es in seine Armbeuge und ließ die Fingerkuppen zart über eine der Saiten gleiten. Der feine Ton schien das Fächeln des Windes im Heidekraut aufzunehmen; allmählich entstand daraus eine leise Melodie, und auf diese verhaltene Weise, welche die über der Landschaft webende zauberische Atmosphäre nicht beeinträchtigte, sondern eher verstärkte, spielte Eolo nun in selbstvergessener Hingabe.

Die gedämpften Tonfolgen, die sich in vollkommener Harmonie aneinanderreihten, berührten Branwyns Innerstes; sie empfand beglückendes Losgelöstsein, gleichzeitig war aber auch etwas wie entsagungsvoller Schmerz in ihr. Schließlich, als langsam die Schatten der Dämmerung einfielen, traten ihr Tränen in die Augen. Sie legte die Hand auf den Arm des Barden; er verstand ihre unausgesprochene Bitte, ließ die letzte Kadenz verklingen und lehnte die Harfe gegen den Dolmen.

Im nächsten Moment – und weder sie noch er hätten sagen können, wie es geschehen war – lag die junge Frau in seinen Armen. Sehnsüchtige Schauer durchrieselten sie, während er ihre Schultern und gleich darauf ihr Rückgrat streichelte; süße Schauer, in die sich jedoch nach wie vor Wehmut mischte. Sie wollte sich diesem Mann, der so anders war als die meisten, hingeben, ebenso aber wollte sie vor ihm fliehen. Einige Atemzüge blieb alles unentschieden – dann plötzlich glaubte sie einen lautlosen Ruf von der *Ynys Avallach* her zu vernehmen.

Sanft entzog sie sich Eolos Umarmung und richtete den Blick hinaus auf den See; mit dem nächsten Lidschlag kam der überraschte Ausruf des Barden: »Das Eiland! Es verwandelt sich tatsächlich …«

Gebannt verfolgten sie das Wunder, das sich auf der Schwelle zwischen Tag und Nacht vollzog. Eben noch hatte die Insel in ihrer vertrauten Gestalt dort draußen gelegen; deutlich waren ihre Strandlinie, die gemächlich ansteigenden Flanken und darüber die drei Hügel zu erkennen gewesen. Nun aber umhüllte eine wallende Nebelbank, deren Oberfläche den letzten Lichtschein des Tages widerspiegelte, die *Ynys Avallach*; hüllte sie ein in dunkel leuchtende Schleier – und schien sie sachte emporzuheben, bis sie, von allem Irdischen losgelöst, schwerelos über den Wassern schwebte.

Erneut wurden Branwyns Augen feucht; sie sah die andersweltliche Erscheinung nur noch verschwommen. Dann, ganz unvermittelt, veränderte sich das Eiland abermals. Seine Silhouette streckte sich und nahm die Form eines Walbuckels an; darunter fluteten jetzt die graugrünen Wogen eines Meeres, das der jungen Frau von Kindheit an vertraut gewesen war: von weißer Gischt gekrönte Wellen, die sich nun tief unter der Insel wiegten und erst weit in der Ferne mit der Kimmung verschmolzen.

»Die *Ynys Vytrin*!« stieß sie hervor. »Die Gläserne Insel, die ich niemals wiederzusehen glaubte …«

Ihre Worte gingen in einem wilden Schluchzen unter; irgendwann, als sie wieder klar zu denken vermochte, vernahm sie die Stimme Eolos und wurde sich bewußt, daß sie sich neuerlich an seine Brust schmiegte. »Beruhige dich!« hörte sie ihn raunen. »Ich bin doch bei dir!«

Sie spürte seine Hand in ihrem Haar, hob den Kopf und wurde der samtigen Dunkelheit gewahr, die mittlerweile hereingebrochen war. Das Eiland war nur noch als tintiger Schatten vor dem Nachthimmel zu erkennen, und am Firmament funkelten bereits die ersten Sterne.

»Es ist gut, dich bei mir zu haben«, flüsterte sie. »Ich glaube, vorhin hätte ich es nicht ertragen können, allein zu sein …«

»Was geschah mit dir?« fragte er. »Hattest du eine Vision?«

Branwyn nickte. »An die Stelle der *Ynys Avallach* trat die

Insel, auf der ich aufwuchs und bis zum vergangenen Sommer so glücklich war.«

»Und warum erschütterte dich das so?« erkundigte er sich erstaunt.

»Ich weiß nicht genau, was mich die Fassung verlieren ließ«, antwortete die junge Frau. »Sicher, da waren plötzlich wieder die Erinnerungen an Dafydd und die anderen, die der Mordlust der Piraten zum Opfer fielen ... Doch andererseits fühlte ich trotz dieses Grauens, das mich für einen kurzen Moment bedrängte, auch grenzenlose Freude: ein Glücksgefühl, als sei ich zur *Ynys Vytrin* heimgekehrt ... Ich kann es nicht erklären, aber irgendwie hatte ich das Gefühl, das Eiland von Avalon wolle mir die verlorene Heimat wiederschenken ... Und die Schauung, die ich erlebte, erschien mir wie ein Zeichen der Göttin ...«

Mit einem schweren Atemzug löste der Barde sich von ihr, wandte sich ab und sagte gepreßt: »Wenn Ceridwen zu dir sprach, dann ...«

Er verstummte; Branwyn bemerkte, wie er mit sich rang. Jetzt erhob er sich, lief einige Schritte in die Dunkelheit hinaus, kam zurück und kniete bei ihr nieder. »Wenn die Göttin zu dir sprach«, wiederholte er tonlos, »dann bedeutet das, du wirst auf der *Ynys Avallach* bleiben, nicht wahr?«

»Ich kann nicht anders«, kam es kaum hörbar von der jungen Frau. Lauter und nunmehr eindringlich fügte sie hinzu: »Aber du darfst nicht glauben, meine Entscheidung sei gegen dich gerichtet! Nie begegnete ich einem Mann, der mir solch uneigennützige Freundschaft entgegenbrachte wie du. Deswegen will ich dich um gar keinen Preis verletzen ...«

»Das weiß ich«, entgegnete er rauh – dann brach es aus ihm heraus: »Und du weißt, daß ich dich liebe! Schon gleich nachdem wir uns im Bergland des *Eryri Gwyn* näher kennengelernt hatten, wünschte ich mir, wir könnten zusammenbleiben. Später, während unserer Wanderung, wurde meine Zuneigung zu dir von Tag zu Tag stärker, und schließlich, nachdem wir Avalon erreicht hatten ...«

»Ja, es blieb mir nicht verborgen ...« Branwyn griff nach seiner Hand und brachte ihn dazu, sich wieder neben ihr niederzulassen. »Ich spürte es schon seit langem, wie tief du für mich empfindest. Meinetwegen harrtest du auf der *Ynys Avallach* aus, obwohl du am Fürstensitz von Tintagel eine wichtige Aufgabe zu erfüllen hast ...«

»Ich blieb, weil ich mich an die Hoffnung klammerte, du würdest mir doch noch nach *Kernow* folgen«, murmelte er. »Und vorhin, als wir uns plötzlich in den Armen lagen, glaubte ich, du hättest dich endlich dazu entschlossen. Dann aber ...«

»Bewahrte Ceridwen uns davor, etwas Falsches zu tun«, fiel die junge Frau ein. »Denn wenn ich mich dir hingegeben hätte, so wäre dies Betrug an dir gewesen. Ich hätte dir danach sagen müssen, daß ich deine Liebe trotzdem nicht so erwidern kann, wie du es verdienen würdest, und du wärst um so enttäuschter gewesen.«

»Das heißt ...« Er räusperte sich und setzte neu an. »Das heißt, du dachtest nie daran, daß mehr als Freundschaft zwischen uns sein könnte?«

»Doch, ich dachte daran«, gab sie zu. »Und vielleicht hätte ich dich lieben können, wenn wir uns unter anderen Umständen begegnet wären. Aber du mußt bitte eines verstehen: Ich kann Dafydd nicht vergessen! In diesem Frühling wollten wir heiraten, und auch wenn er nun in seinem Grab auf der *Ynys Vytrin* liegt, lebt er in meinem Herzen weiter. Das ist der Grund, Eolo, warum es mir unmöglich ist, mit dir ...«

»Deine Treue zu Dafydd ehrt dich«, unterbrach er sie. »Ebenso deine Aufrichtigkeit und Anständigkeit mir gegenüber.« Im Schein des Mondes, der jetzt langsam über dem Horizont aufstieg, sah sie, wie er sich zu einem Lächeln zwang; mit den nächsten Worten bewies er ihr, daß er seinen Humor, den sie so sehr an ihm schätzte, wiedergefunden hatte: »Und eigentlich müßte ich dich deswegen noch mehr anbeten als bisher – doch das verkneife ich mir besser, nachdem ich mich ohnehin schon bis auf die Knochen blamiert habe.«

»Nein, das hast du bestimmt nicht!« widersprach Branwyn erleichtert. »Vielmehr hätte ich mir während der vergangenen Monate keinen besseren Gefährten als dich wünschen können. Und gerade erst zeigtest du mir einmal mehr, welch wunderbarer Mann du bist, denn die meisten deiner Geschlechtsgenossen hätten mir wahrscheinlich eine fürchterliche Szene gemacht.«

»Das kann durchaus noch passieren, wenn ich erst die ganze Tragweite deiner schnöden Abfuhr begriffen habe!« scherzte der Barde.

»Aber dann warnst du mich rechtzeitig, ja?« versetzte die junge Frau schelmisch. »Andererseits, sofern du imstande bist, dich zu beherrschen, wäre ich unter Umständen bereit, diese romantische Nacht ausgiebig mit dir zu genießen ...«

»Wie meinst du denn das jetzt wieder?« fragte er verdutzt.

»Nun, findest du nicht auch, daß der Mond die Landschaft förmlich verzaubert?« antwortete sie leise und lehnte sich wie von ungefähr gegen seine Schulter. »Sieh doch nur, wie seine goldene Scheibe sich im dunklen Wasser des Sees spiegelt ...«

»Du solltest nicht auf diese Weise mit mir spielen!« Er rückte ein Stück von ihr ab. »Nicht, nachdem wir soeben übereinkamen, vernünftig zu sein – und noch dazu an meinem letzten Abend hier ...«

»Dann ist es also unsere Abschiedsnacht – ich ahnte es«, flüsterte sie. »Und es ist gut, daß du diesen Entschluß gefaßt hast, denn so wird es dir und mir am leichtesten fallen.«

»Genau deshalb reise ich schon morgen ab«, nickte er. »In Tintagel werde ich auf andere Gedanken kommen, zumindest hoffe ich das.«

»Zweifellos wirst du es schaffen«, bekräftigte sie. »Denn der Vollmond wird auch dort am Himmel stehen, und irgendwann wirst du in *Kernow* eine Frau in den Armen halten, die deine Liebe verdient. Doch heute ...«

Damit schmiegte sie sich erneut an ihn und suchte mit ihren Lippen zärtlich die seinen.

»Warum?!« stöhnte er. »Warum tust du das?!«

»Weil ich dir zwar nicht meine Liebe, aber diese eine Nacht schenken kann«, hauchte sie ihm ins Ohr. »Sie soll mein Dank an dich sein und uns immer in Erinnerung bleiben ...«

Ehe Eolo etwas zu erwidern vermochte, küßte Branwyn ihn abermals, weich und lockend jetzt; gleich darauf löschte ihre innige Nähe sein klares Denken aus. Beglückt empfing er ihre Liebkosungen und vergalt sie ihr mit seinen eigenen; so entdeckten sie einander und trieben zusammen davon, bis sie beide in ein und demselben Augenblick spürten, daß sie völlig füreinander bereit waren.

Im Schutz des Dolmen vereinigten sie sich; sie wählten eine Stellung, die ihnen den gemeinsamen Blick auf den vom Licht der Gestirne übergossenen See und die Insel von Avalon erlaubte. Zunächst waren ihre Bewegungen noch verhalten, allmählich steigerten sich ihre Leidenschaft und der Einklang zwischen ihnen; zuletzt, in der äußersten Erfüllung, schien die Mondnacht in goldenem Sprühen zu bersten.

Danach lag die junge Frau geborgen in den Armen des Barden; leise und gelöst sprachen sie miteinander, und die Zärtlichkeiten, die sie nun tauschten, waren jenseits körperlichen Begehrens. Erst als der Mond seinen Weg über das Firmament vollendet hatte, verließen Branwyn und der Mann, mit dem sie Freud und Leid der Wanderung vom *Eryri Gwyn* bis zur *Ynys Avallach* geteilt hatte, den Hang, auf dem sich das uralte Steinkammergrab erhob, und ruderten in ihrem kleinen *Curragh* zurück zur Insel der Druidinnen.

Samhain

Neben dem Menhir auf dem *Twr* stehend, schaute Branwyn auf den See hinaus: dorthin, wo das winzige Boot seine silberne Spur über das Wasser zog. Obwohl sie sich an diesem Morgen lächelnd voneinander verabschiedet hatten, war die Trennung weder ihr noch dem Barden leichtgefallen. Auch jetzt empfand die junge Frau Wehmut; gleichzeitig war aber das Gefühl in ihr, stärker denn je mit der Insel von Avalon verbunden zu sein.

Sie berührte den Hohen Stein, dachte voller Zuneigung an Eolo und harrte still aus, bis der *Curragh* das Festland erreichte. Im selben Moment, da die Silberspur mit der Uferlinie verschmolz, vernahm sie die Stimme Bendigeidas: »Du hast den richtigen Ort gewählt, um deinem Freund ein Lebewohl nachzusenden. Die Kraft des *Twr* wird sich mit deinen guten Wünschen für ihn verbinden.«

»Darum habe ich die Göttin soeben gebeten«, antwortete Branwyn. »Sie möge die Wege des Barden ebnen, ihm beistehen, damit er seine Aufgabe erfüllen kann, und ihn zudem sein persönliches Glück finden lassen.«

»So wird es geschehen«, sagte die *Pendruid* lächelnd. Dann ließ sie sich auf der Erdbank an der Südseite des Menhirs nieder und lud Branwyn mit einer Handbewegung ein, sich neben sie zu setzen.

Eine Weile schwiegen die beiden Frauen, endlich nahm Bendigeida das Gespräch wieder auf: »Als wir uns am Tag nach deiner Ankunft auf der *Ynys Avallach* hier oben kennenlernten, redeten wir darüber, daß du im Apfelhain Klarheit über deinen künftigen Lebensweg gewinnen solltest. Hast du denn nun schon eine Vorstellung davon?«

»Ich möchte bei dir und den übrigen Druidinnen bleiben«, erwiderte Branwyn. »Erst gestern sandte Ceridwen mir eine Vision, in der ich die über den Nebeln schwebende Insel von Avalon mit der *Ynys Vytrin* verschmelzen sah, und ich glaube zu wissen, was das bedeutete: Anstelle des Eilandes in *Gwynedd*, von dem ich fliehen mußte, soll ich das hiesige als meine neue Heimat annehmen.«

»Du erblicktest tatsächlich beide Inseln?« fragte Bendigeida erstaunt. »Das hätte ich nicht erwartet, auch wenn ich mir ziemlich sicher war, du und der Barde würdet Zeugen einer Verwandlung der *Ynys Avallach* werden, denn die Wetterverhältnisse waren danach. Aber diese andere Erscheinung gibt mir zu denken. Könntest du mir im einzelnen beschreiben, was du erschaut und empfunden hast?«

Branwyn bemühte sich, ihr Erlebnis möglichst genau zu schildern. Gespannt hörte die *Pendruid* ihr zu; nachdem die junge Frau geendet hatte, äußerte Bendigeida nachdenklich: »Der See, der das Eiland von Avalon behütet, wurde also zum Meer, dessen Wogen weit in der Ferne mit der Kimmung verschmolzen. Das aber könnte heißen ...«

Sie brach ab, wirkte plötzlich geistesabwesend und verharrte so, bis Branwyn drängte: »Was könnte es bedeuten?!«

»Vielleicht eine Reise, die du irgendwann antreten wirst«, murmelte Bendigeida. »Doch die Schleier wurden offenbar nur einen Spalt gelüftet; einzig der Weg wurde deutlich, nicht das Ziel ...«

»Eine Reise über das Meer?« kam es unsicher von der jüngeren Frau.

»Möglicherweise«, entgegnete die *Pendruid*. »Aber nicht jetzt, sondern, falls überhaupt, später. Vorerst und gewiß noch für längere Zeit wird die *Ynys Avallach* deine Heimat sein. Ganz wie du es dir wünschst, wird sie dir das, was du verloren hast, ersetzen.«

Damit mußte Branwyn sich zufriedengeben; mit dem nächsten Satz wechselte Bendigeida das Thema: »Ohnehin wollte ich über näherliegende Dinge mit dir sprechen. Könntest du dir vorstellen, ähnlich wie Dyara die eine oder andere Unterrichtsstunde in unserer Schule zu übernehmen?«

Die Augen der jungen Frau leuchteten auf. »Für heute nachmittag hat Dyara mich sowieso in ihre Klasse eingeladen, wie du weißt, und es würde mich sehr reizen, bald für eine eigene Schulergruppe dasein zu dürfen.«

»Dann ist es abgemacht«, erwiderte die *Pendruid*. »Doch das bedeutet nicht, daß du dich auf den Schulunterricht beschränken mußt. Du kannst dich, wenn du möchtest, auch in der Heilstätte nützlich machen oder in Gesellschaft einer unserer sternkundigen Schwestern gelegentlich eine Nacht mit der Himmelsbeobachtung verbringen. Gib einfach deinen Neigungen nach, so wirst du deine Aufgabe in Avalon am besten erkennen.«

Gerne erklärte Branwyn sich bereit, den guten Rat Bendigeidas zu befolgen. Anschließend plauderten die beiden Frauen über verschiedene andere Dinge, bis die Ältere sich verabschiedete, weil ihre Pflichten sie zurück in den Apfelgarten riefen. Branwyn blieb noch auf der Erdbank sitzen und schaute neuerlich versonnen über den See zum Festland; abermals waren ihre Gedanken bei Eolo Goch, der nun irgendwo dort draußen nach Westen wanderte.

Die Sonne stand bereits hoch, ehe sie sich aus ihrer Versunkenheit löste, um ebenfalls ins Tal zu steigen. Sie umrundete den Menhir und wich dabei der Felsspalte aus, die sich hart neben seinem Sockel öffnete. Beinahe hatte sie den schmalen, gezackten Riß, der an einer Stelle mehrere Ellen breit aufklaffte, schon hinter sich, als ihr einfiel, was Dyara ihr bei ihrem ersten gemeinsamen Besuch auf dem *Twr* über das Geheimnis der Kluft erzählt hatte – und neuerlich meinte sie, die Worte der Freundin zu hören: »Mehr darüber wirst du an *Samhain* erfahren ... Dann öffnen sich die Pforten zur Anderswelt ...«

Samhain, dachte sie. Die Nacht, in der die Grenzen zwischen *Annwn* und dem Diesseits durchlässig werden und diejenigen, welche den gefährlichen Pfad zu beschreiten wissen, den Verstorbenen begegnen ...

Unmittelbar nachdem ihr dies durch den Kopf gegangen war, schien ihr aus der Tiefe des *Twr* etwas entgegenzuschlagen, das mit ihrer gestrigen Vision zu tun hatte. Etwas gleichermaßen Leuchtendes und Dunkles: wie Bahnen von Sonnenlicht und schräg einstreichendem Regen, die in raschem Wechsel über eine schweigend daliegende Landschaft glitten. Wärme und Frösteln berührten ihre Seele; ein paar hastige Herzschläge später verwich die seltsame Empfindung und machte einer Art Betäubung Platz. Erst als die junge Frau taumelnd den Rand der Hügelkuppe erreichte und ein heftiger Windstoß, der jäh über die Flanke des *Twr* fauchte, ihr langes, rotblondes Haar emporfliegen ließ, kam sie wieder zu sich.

Sowohl erschrocken als auch beglückt, wurde sie sich bewußt, daß ein Anhauch aus *Annwn* sie getroffen hatte. Die Bedeutung der anderweltlichen Botschaft allerdings vermochte sie nicht zu entschlüsseln, sie war sich lediglich sicher: Die Göttin hatte ihr etwas, das vorerst noch verborgen bleiben sollte, ankündigen wollen.

* * *

Im Verlauf der folgenden Wochen geschah nichts Ungewöhnliches; vielmehr fand Branwyn zunehmend inneren Frieden dank ihrer Arbeit in der Schule. Zunächst zusammen mit Dyara, dann in eigener Verantwortung unterrichtete sie eine Gruppe der jüngeren Kinder. Da sie das Lernen häufig durch lustige Spiele auflockerte, zählte sie bald zu den beliebtesten Lehrerinnen und wurde, sobald sie ihre Klasse betrat, jubelnd begrüßt. Aber auch in der Heilstätte half sie zuzeiten aus; sie pflegte Kranke, hörte sich deren Sorgen an und bemühte sich, ihnen Trost und Hoffnung zu schenken. Gelegentlich lud Alba sie in das Gebäude ein, wo die Operationen durchgeführt wurden, und während sie den unterschiedlichen Eingriffen beiwohnte, konnte Branwyn ihr Grundwissen über den menschlichen Körper und seine Gebrechen, das sie sich bereits auf der *Ynys Vytrin* erworben hatte, auf ungeahnte Weise vertiefen.

In mancher klaren Sommernacht schließlich begleitete sie die eine oder andere Druidin, die sich der Himmelskunde verschrieben hatte, zur Sternwarte. Die Beobachtungen, die sie dort unter Anleitung der erfahrenen Frauen anstellte, vermittelten ihr nicht nur astronomische Kenntnisse, sondern gaben ihr zusätzlich das Gefühl, dem Wesen des Göttlichen näherzukommen – und nicht selten tauschte Branwyn sich darüber mit Saray und Danyell aus, die sie oft besuchte. Immer brachten solche Gespräche ihnen gemeinsamen Gewinn, und stets, wenn sie sich wieder verabschiedete, freute die junge Frau sich auf die nächste Begegnung mit dem aufgeschlossenen und humorvollen Ehepaar. Eines Abends freilich, als sie das Rundhaus neben der Kirche betrat, merkte sie sofort, daß ihre Freunde bedrückt wirkten, und dasselbe galt für Bendigeida, die bei ihnen am Tisch saß.

Nachdem auch Branwyn Platz genommen hatte, fragte sie: »Ist etwas Schlimmes passiert, weil ihr so betroffen ausseht?«

»Ja, wir haben schlechte Nachrichten erhalten«, bestätigte Saray. »Ein Händler, der heute nachmittag auf der Insel ankam, brachte einen Brief aus Gallien mit, den uns ein dortiger Priester, den wir gut kennen, sandte. Und der Inhalt dieses Schreibens ist so unerfreulich, daß wir Bendigeida baten, es ebenfalls zu lesen …«

»Wir wollten auch dich verständigen, denn du lebtest bereits auf der *Ynys Vytrin* mit Getauften zusammen, weshalb dein Urteil uns nicht weniger wichtig ist«, fiel Danyell ein. »Aber leider konnten wir dich nirgendwo finden.«

»Ich war drüben auf dem Festland, um Heilkräuter zu sammeln«, erklärte Branwyn. »Doch was steht denn nun in jenem Brief?«

»Unser gallischer Bruder, der kürzlich von einer Romreise heimkehrte, berichtet uns von sehr bedrohlichen Entwicklungen im dortigen *Patriarchat*«, antwortete Saray leise. »Das Oberhaupt dieser Institution, Papst Liberius, der schon immer ein Feind der geistigen Freiheit war und seine theologische Unduldsamkeit über die barmherzige Lehre Jeschus zu stellen pflegt, ist dazu übergegangen, alle Christen, die anders denken als er, gewaltsam zu verfolgen. In Rom wurden von fanatischen Anhängern des Liberius Brandfackeln in Gotteshäuser jener Gemeinden geschleudert, welche sich den päpstlichen Dogmen widersetzen; außerdem kam es zu blutigen Straßenkämpfen zwischen Gruppen von Getauften der einen und der anderen Seite.«

»Damit noch immer nicht genug, schürt Liberius auch den Haß gegen Juden und Heiden und hat sich darin mit Kaiser

Konstantius verbündet«, nahm nunmehr Bendigeida das Wort. »Hier setzt sich eine verderbliche Entwicklung fort, die bereits vor mehr als vierzig Jahren begann. Damals erlangte die römische Kirche den Status einer Staatsreligion, und seither betreibt das *Patriarchat* zunehmend Machtpolitik mit dem Ziel, sich über alle nichtchristlichen Glaubensrichtungen aufzuwerfen. In vielen Städten des römischen Reiches wurden in letzter Zeit heidnische Tempel und jüdische Bethäuser geschlossen; man entrechtete diejenigen, die sie erbaut hatten, und behauptete, dieses Vorgehen erfolge nach dem Gebot des einzig wahren Gottes – nämlich des christlichen.«

»Aber solcher Wahn steht auf gar keinen Fall mit der Lehre Jeschus in Einklang!« erregte sich Branwyn. »Er predigte, daß alle Menschen verständnisvoll und in gegenseitiger Achtung miteinander umgehen sollen. Damit drückte er den tatsächlichen Willen der Götter aus: das Wollen des *Adonai* und ebenso den Willen der Dreifachen Göttin sowie all der übrigen Gottheiten, die von den unterschiedlichen Völkern dieser Erde erkannt werden.«

»Richtig!« bekräftigte Saray, während Danyell dazu nickte. »Christlicher Glaube, der im Geiste Jeschus gelebt wird, muß stets tolerant sein und darf sich niemals dazu versteigen, verächtlich auf andere herabzublicken, denn so besagt es das größte und heiligste Vermächtnis des Gekreuzigten: das der Nächstenliebe.«

»Doch diese Lehre, die sich mit der druidischen von der innigen und gleichwertigen Verflechtung aller Lebensformen berührt, wird von Papst Liberius mit Füßen getreten«, kam es neuerlich von Bendigeida. »Statt im Sinne dessen zu handeln, auf den er sich als Inhaber des höchsten römischen Kirchenamtes beruft, sät er, von bösartiger Herrschsucht getrieben, Zwietracht. Dies aber kann, weil zudem Kaiser Konstantius hinter dem *Patriarchat* steht, für das gesamte Imperium außerordentlich gefährliche Folgen haben. Getaufte und Ungetaufte gleichermaßen werden, wenn dem Wahnsinn nicht Einhalt geboten wird, fürchterlich unter der Intoleranz des Liberius und seiner Anhänger leiden, und es wird unendlich viel von dem zerstört werden, was Menschen guten Willens aufbauten.«

»Falls das geschieht, wird das wahre Christentum nicht nur in Rom und Italien, sondern überall dort, wohin die Macht von *Patriarchat* und Kaiser reicht, untergehen«, stimmte Danyell zu. »Finsternis würde sich vermutlich auch über Britannien senken, und das friedliche Zusammenleben zwischen Heiden und Getauften in unserem Land, das sich jahrhundertelang bewährte, wäre dann nicht länger möglich.«

»Das dürfen wir niemals zulassen!« brach es aus Branwyn heraus.

»Wir denken genauso wie du«, pflichtete der Priester ihr bei. »Aber hier, im äußersten Westen des römischen Reiches, sind uns letztlich die Hände gebunden. Die christlichen Gemeinden, die es bei uns gibt, besitzen keinerlei Einfluß in Rom; wir können nur beten und auf die Hilfe Gottes hoffen.«

»Andererseits könnte die Abgeschiedenheit, in der wir leben, uns schützen«, warf Saray ein. »Zumindest zu unseren Lebzeiten noch, doch was möglicherweise danach kommt ...«

»Unter gar keinen Umständen dürfen wir den Mut verlieren und den Kopf in den Sand stecken«, sagte Bendigeida entschlossen. »Vielmehr sollten wir versuchen, mehr über die Geschehnisse in Italien zu erfahren, damit wir uns im Notfall rechtzeitig wappnen können.«

»Wir werden unseren gallischen Glaubensbruder in einem Brief bitten, uns weiterhin auf dem laufenden zu halten«, versprach Danyell, »und sobald wir Antwort bekommen, werden wir euch Druidinnen selbstverständlich davon in Kenntnis setzen.«

Anschließend drehte sich das Gespräch um alltäglichere Dinge, dennoch blieb die Stimmung im Haus des Priesterehepaares den ganzen Abend über gedrückt. Nachdem man sich voneinander verabschiedet hatte, kehrten Branwyn und Bendigeida zum Apfelhain zurück und tauschten sich dabei noch einmal über die Entwicklung in Rom aus.

Zuletzt dann, als Branwyn in ihrem Rundhaus unter den Decken lag, erinnerte sie sich plötzlich an einen bestimmten Tag ihrer Wanderung mit Eolo Goch; sie waren damals auf das Römerkastell und den *Vicus* gestoßen, die in einer Schleife des Flusses Gwy lagen. Der Barde hatte ihr von den versklavten keltischen Ordovikern erzählt, die unter der Knute christlicher Aufseher fronen mußten; ähnlich empört wie heute die *Pendruid* hatte Eolo von der römischen Staatskirche gesprochen, die derartige Menschenverachtung duldete. Nun glaubte Branwyn erneut, dieses Militärlager vor sich zu sehen; eine dunkle Bedrohung ging von ihm aus – und verfolgte sie in dieser Nacht bis in ihre Träume.

* * *

Am nächsten Morgen freilich lag die *Ynys Avallach* wieder in strahlendem Sonnenschein da, und in der Schule warteten die Kinder auf sie, so daß Branwyn die Nachtmahre vergaß. Im Unterricht sprach sie über das Fest *Lugnasad*, das man schon in Bälde begehen würde, und kündigte den Kleinen an, zu diesem Anlaß Kronen aus goldfarbenem Stroh mit ihnen zu basteln, die sie während der Feierlichkeiten zu Ehren des Sonnengottes Lug tragen könnten.

Wenige Wochen später war es soweit. Ganz wie auf der *Ynys Vytrin* brachten die Bewohner der Insel von Avalon gemeinsam die Ernte ein, die in diesem Jahr rechtzeitig zu *Lugnasad* ausgereift war, ließen ein besonders schönes Kornbüschel als Dank an die Erde und Gabe für die Vögel auf den Feldern stehen und droschen das Getreide. Am ersten Tag des achten Sonnenmonats dann trafen Frauen, Männer und Kinder aus den verschiedenen Ansiedlungen sich im Apfelgarten und zogen unter Führung der Druidinnen auf einem besonderen Pfad um das Eiland. Am Ende erreichte die Prozession abermals den Hain; die Teilnehmer begaben sich zuerst zur Heiligen Quelle und bestiegen sodann den Hügel, der sich über der Obstbaumpflanzung erhob. An beiden Orten fanden eindrucksvolle Zeremonien statt, die von Bendigeida geleitet wurden; danach zerstreuten sich die Insulaner wieder, um in ihre Dörfer zurückzukehren, wo sie bis spät in die Nacht ausgelassen feierten.

Die Monate nach *Lugnasad* verstrichen in ruhigem Gleichmaß; langsam ging der Sommer in die kühlere Jahreszeit über, und das Laub der Bäume färbte sich bunt. Eines Nachts erwachte Branwyn, weil der erste Herbststurm über den See und die *Ynys Avallach* heulte. Neuerlich hatte sie für einen Augenblick das Gefühl, von etwas Bedrohlichem heimgesucht zu werden, aber wenig später, als sie sich der Wärme und Geborgenheit unter dem Reetdach ihres Hauses bewußt wurde, schlief sie wieder ein.

Am folgenden Tag war der Himmel grau verhangen; immer wieder fegten Regenschauer, die der Wind von Westen herantrieb, über das Eiland. Eingehüllt in ihr neues Plaid – Dyara und sie hatten während der vergangenen Wochen je einen solchen Wollumhang gewebt und sich gegenseitig damit beschenkt –, schlug Branwyn den Weg zur Heilstätte ein; sie wollte sich, weil sie heute keinen Unterricht hatte, dort nützlich machen.

Auf dem Anger des Apfelhaines stieß sie jedoch auf Bendigeida, die sie zu einer Unterredung in ihr Rundhaus bat. Nachdem die *Pendruid* dort zwei Becher mit Kräutertee gefüllt und sie das wohltuend heiße Getränk gekostet hatten, musterte Bendigeida ihre Besucherin eine Weile eindringlich, dann stellte sie die ungewöhnliche Frage: »Würdest du Furcht davor empfinden, jenen Pfad zu beschreiten, der in die Anderswelt führt?«

Im selben Moment, da die *Pendruid* den Satz aussprach, vermeinte Branwyn, die Felsspalte neben dem Menhir auf dem *Twr* vor sich zu sehen und gleichzeitig Dyaras Stimme zu hören: »Mehr darüber wirst du an *Samhain* erfahren, sofern Bendigeida dich einlädt, uns in das Reich von *Annwn* zu begleiten …«

Ein leises Frösteln rieselte das Rückgrat der jungen Frau entlang. Sie dachte an die Beklemmungen, die sie mehrmals in der Nähe der gezackten Kluft verspürt hatte; mit demselben Lidschlag erinnerte sie sich aber auch an das, was am Morgen von Eolos Abreise dort geschehen war. Damals war sie sich ganz sicher gewesen, daß die Göttin ihr etwas ankündigen wollte; gleich einem andersweltlichen Anhauch, der sie sowohl erschreckt als auch beglückt hatte, war es gewesen – und deshalb erwiderte sie nun: »Mein Vertrauen in Ceridwen ist groß genug, um den dunklen Weg nicht zu scheuen.«

Wieder ruhte Bendigeidas prüfender Blick lange auf dem Antlitz Branwyns, endlich erklärte sie: »Dieses Vertrauen und dazu der Wille der Göttin, welche dich ganz gewiß nicht ohne Grund nach Avalon führte, machen dich zu einer Auserwählten. Ich lade dich daher ein, uns neun Druidinnen an *Samhain* in die Tiefe des *Twr* zu folgen.«

Die junge Frau griff nach der Hand der *Pendruid* und drückte sie wortlos. Danach erläuterte Bendigeida ihr, was sie im Inneren des geheimnisvollen Hügels erwarten würde, und schloß: »Dreizehn Nächte werden von heute bis *Samhain* noch verstreichen. Finde dich bitte täglich nach Sonnenuntergang bei mir ein, damit ich dich gründlich auf das Mysterium der Begegnung mit Ceridwen in ihrer verschleierten Gestalt vorbereiten kann.«

»Ich werde kommen«, versprach Branwyn mit ernstem Gesichtsausdruck. Gleich darauf, als sie das Haus der *Pendruid* wieder verließ, stellte sie fest, daß der Wind mittlerweile fast Sturmstärke erreicht hatte. Eine heftige Bö packte sie und trieb sie ein paar Schritte in die Richtung des *Twr*; Branwyn vermochte sich nicht dagegen zu wehren und wollte es auch gar nicht, denn intuitiv erkannte sie darin ein Zeichen der Dreifachen Göttin.

In sich gekehrt, verbrachte sie den Tag bei den Kranken in der Heilstätte und suchte am Abend erneut Bendigeida auf. Lange saß sie mit der Obersten Druidin der *Ynys Avallach* zusammen, ähnlich war es während der folgenden zwölf Nächte – bis schließlich der dreizehnte Morgen anbrach, welcher der Nacht von *Samhain* voranging.

* * *

Diesen ganzen Herbsttag über – es handelte sich um den letzten des zehnten Sonnenmonats – herrschte ungewöhnliche Stille auf der Insel von Avalon. Ihre Bewohner, auch die christlichen, ließen die Arbeit ruhen und suchten am Nachmittag die Gräber ihrer Angehörigen auf. Dort legten die Heiden Totenbrote nieder und stellten kleine Krüge mit *Metheglyn* oder Wein daneben; die Getauften entzündeten Windlichter und verharrten zusammen mit den Anhängern der keltischen Götter bis knapp vor Einsetzen der Abenddämmerung im Gebet an den Grabstätten. Dann freilich beeilten sich alle, die Totenäcker zu verlassen, um in den Schutz ihrer Häuser zu gelangen, ehe die Dunkelheit sich über das Eiland senkte. Denn mit Anbruch der Nacht öffneten sich die Pforten zwischen der Diesseitswelt und *Annwn* – und niemand wollte die Geister der Verstorbenen herausfordern, die jetzt nach uraltem Glauben frei durch das Land schweiften.

Für die Druidinnen hingegen war nunmehr die Stunde gekommen, sich zur Prozession zu formieren und sich zum östlichsten Hügel der *Ynys Avallach* zu begeben. Bendigeida schritt dem Zug der schweigenden Frauen, von denen jede eine Fackel in der Hand trug, voran. Die anderen folgten in der Reihenfolge ihres Alters, ganz hinten gingen eng nebeneinander Dyara und Branwyn. Aber nur Dyara hatte einen Feuerbrand bei sich, so daß die heilige Neunzahl, welche die kosmische Erscheinungsform der Dreifachen Göttin symbolisierte, gewahrt blieb.

Am Fuß des *Twr* blieben die Druidinnen stehen und brachten ihr Fühlen und Denken in Einklang mit seinem andersweltlichen Wesen; erst nachdem dies geschehen war, traten sie den Aufstieg über den Drachenpfad an. Dreimal umrundeten sie die Hügelflanken, bis sie zuletzt das Plateau erreichten und im ungewissen Schein des in diesem Moment hinter den Wolken hervortretenden Sichelmondes den Hohen Stein vor sich sahen. Langsam näherten sie sich dem Menhir und umkreisten ihn entgegen des Sonnenlaufes ebensooft wie zuvor den *Twr*; jedesmal wenn sie dabei an dem gezackten Felsriß vorüberkam, glaubte Branwyn einen lautlosen Ruf aus der Tiefe zu vernehmen.

Das stimmlose Hallen verstärkte sich, als die Frauen sich um die Stelle versammelten, wo der Riß sich zu einer mehrere Ellen breiten Spalte erweiterte, und ihre Fackeln in Felsritzen zu beiden Seiten der Kluft steckten. Dann sank Branwyn ebenso wie die anderen auf die Knie und ergriff dabei die Hände ihrer Nachbarinnen; links von ihr befand sich Dyara, rechts Bendigeida. Während der gemeinsamen Anrufung Ceridwens, die jetzt folgte, spürte Branwyn, wie die Kraft des Miteinander sie durchströmte und mit jedem Atemzug stärker wurde; schließlich hatte sie unvermittelt das Gefühl, bereit für den Abstieg zu sein.

Im selben Augenblick, da sie die Regung empfand, erhob sich die *Pendruid*, legte, ohne einen Feuerbrand mitzunehmen, die wenigen Schritte bis zur Öffnung im Fels zurück und ließ sich in den Spalt gleiten. Mit angehaltenem Atem beobachtete Branwyn, wie der Körper Bendigeidas verschwand; gleich darauf stand sie zusammen mit Dyara selbst dort, wo eben noch die *Pendruid* gewesen war. Als sie sich niederkauerte, vernahm sie eine leise Ermunterung ihrer Freundin; im nächsten Moment tasteten ihre Füße nach den Tritten im Gestein, und wiederum einige Herzschläge später war undurchdringliche Dunkelheit um sie.

Einzig die Geräusche weiter unten und über ihrem Kopf zeigten Branwyn an, daß sie nicht allein war; sie wußte: Bendigeida kletterte voraus, und Dyara folgte in kurzem Abstand. Dennoch mußte sie all ihre geistige Kraft aufbieten, um in der Finsternis, die einen scheinbar bodenlosen Abgrund verbarg, nicht in Panik zu geraten. Sie bemühte sich, die in der Schwärze verborgene Wärme und Güte der Göttin zu erkennen; vor allem dies war es, was sie tiefer und tiefer trug. Nur weil sie sich dem Willen Ceridwens bedingungslos anvertraute, schaffte sie es, ihre kreatürliche Furcht zu überwinden; mit einemmal dann verwandelte ihre Anspannung sich in das Gefühl grenzenloser Geborgenheit – und mit demselben Lidschlag wich auch die Dunkelheit.

Der enge Schlund, durch den die junge Frau sich gekämpft hatte, öffnete sich in eine große Grotte. Im Schein einer Reihe auf einem Steinsims angeordneter Öllampen, die offenbar schon vorher entzündet worden waren und deren feiner Rauch durch eine portalartige Nische in der dahinterliegenden Wand abzog, erkannte Branwyn Stalagmiten und Stalagtiten von zeitloser Schönheit, deren Spitzen sich an manchen Stellen berührten. Entlang dieser Kalksteinsäulen rieselte Wasser, die winzigen Rinnsale speisten einen Teich in der Mitte des Höhlenbodens, dessen Oberfläche in bläulichen und rötlichen Farbtönen irisierte.

Am Ufer des unterirdischen Gewässers wartete Bendigeida; nun gab sie Branwyn ein Zeichen, zu ihr zu kommen. Kaum stand die junge Frau neben der *Pendruid*, erschien im Ausstieg der Kluft Dyara; ihr folgten in regelmäßigen Abständen die sieben übrigen Druidinnen. Nachdem alle versammelt waren, bildeten sie einen Kreis um den Teich und faßten sich bei den Händen; ganz wie oben auf dem *Twr* riefen sie neuerlich die Göttin an. Sie beschworen die verschleierte Gestalt Ceridwens, welche in dieser Erscheinungsform die Hüterin der Brücke zwischen Diesseits- und Anderswelt war. Machtvoll hallten die heiligen Worte in der Grotte wider, steigerten sich in ihrer dreifachen und sodann neunfachen Wiederholung – bis sich plötzlich der Spiegel des von den flackernden Öllichtern beleuchteten Gewässers zu kräuseln begann.

Gebannt blickte Branwyn auf die Erscheinung; Zeit, die nicht länger meßbar war, verstrich; unvermittelt wurde aus dem changierenden Farbenspiel ein gleißend schwarzer Sog, der in schmetternden Spiralen aus der Unendlichkeit *Annwns* heraus zu pulsen schien. Näher und näher kam der saugende Wirbel, der den Anhauch der Ewigkeit in sich barg, dann hüllte er die junge Frau ein, und aus dem andersweltlichen Tosen vernahm sie die lautlos hallende Stimme:

Ich habe dich gerufen, du bist gekommen, und ich werde zu dir sprechen! Doch zunächst sollst du jenem Mann begegnen, der einst auf der Ynys Avallach weilte und später in Judäa gekreuzigt wurde; ihm sollst du begegnen und dazu einem anderen, den du auf der Ynys Vytrin kanntest!

Im gleichen Moment, da das letzte Wort verklang, wurde Branwyn entrückt. Tief unten, während ihr Geist bereits durch den Fels des *Twr* davonglitt, sah sie sich selbst im Kreis der Druidinnen stehen; gleich darauf jagte ihr körperloses Ich zwischen den Schatten der Toten über das Eiland und gelangte zum Dornbaum, der sich im Birkenhain bei der christlichen Kirche erhob.

Die Vision

Orkanartiger Wind zerrte an den Ästen des Heiligen Dorns und peitschte die dünneren Zweige, auf denen die nadelscharfen Auswüchse saßen. Unter dem wilden Ansturm beugte sich der knorrige Stamm, einer der Risse in seiner schwärzlichen Rinde sprang mit hartem Knarzen tiefer auf. Im Wurzelwerk schien etwas zu zerbrechen, heftiges Zittern durchlief den Dornbaum – dann verwandelte sein Erbeben sich in jenen saugenden Wirbel, der aus *Annwn* kam. Lautlos toste der Anhauch des Ewigen durch das Rund des Birkenhains; urplötzlich wurde die Luft weich, aller irdische Aufruhr legte sich, und unter der Berührung des Andersweltlichen formte die Silhouette des Heiligen Dorns sich zu einer menschlichen Gestalt.

In einer kurzen Schauung hatte Branwyn den Jüngling oder jungen Mann schon einmal erblickt, damals freilich war es ihr nicht möglich gewesen, sein olivfarbenes Antlitz deutlicher zu erkennen. Nun jedoch vermochte sie es, sie sah seine Gesichtszüge in allen Einzelheiten; vor allem die dunklen Augen des Juden beeindruckten sie zutiefst. Es war, als fände sie in ihnen etwas von der Liebe all jener Menschen wieder, die ihr am meisten bedeuteten oder bedeutet hatten: die grenzenlose Zuneigung Dafydds ebenso wie die mütterliche Wärme Kigvas, die innige Freundschaft Eolos, die humorvolle Zuwendung Dyaras, die weise Anteilnahme Bendigeidas oder die selbstlose Güte Vater Jacwbs, des Priesters auf der *Ynys Vytrin*.

Für einen Moment verlor Branwyn sich in einem Gefühl unendlicher Geborgenheit; sie glaubte die beglückende Nähe der Göttin zu spüren und einen Wesenszug Ceridwens in jenem Antlitz auszumachen. Mit demselben Lidschlag aber, da sie dies empfand, gab ihr Jeschu ein Zeichen, ihm zu folgen: in ein Land, dessen Steinwüsten und Bergschroffen unter gleißendem, sonnendurchglühtem Himmel dalagen.

Sie wanderten über eine ausgedörrte Ebene, entdeckten einen Platz, wo starke Erdkraft zwischen Felsen sirrte, und dort versenkte der Galiläer, der jetzt bedeutend älter war als bei seinem Besuch auf der *Ynys Avallach*, sich in Meditation. Vierzig Tage und Nächte öffnete er dem *Adonai* rückhaltlos seinen Geist; im Ringen um das Einswerden mit dem Göttlichen befreite er sich bis an die Grenzen des Menschenmöglichen von allen hemmenden Fesseln. Er legte Furcht, Vorbehalte und Engstirnigkeit jeglicher Art ab und fand so zum Licht des umfassenden Wissens; er begriff sämtliches Dasein als Teil des *Adonai* und verflocht seine Erleuchtung auf diese Weise mit der druidischen Lehre, deren Erkenntnispfad er in seiner Jugend beschritten hatte.

In der Wüste, die er im Lauf seiner Wiedergeburten nicht zum erstenmal aufgesucht hatte, vollendete er seinen Jahrtausende durchmessenden Weg zur Reife; nachdem er den Einklang mit dem Göttlichen gefunden hatte, begann er in den Dörfern und Städten Judäas zu predigen. Branwyn wurde Zeugin, wie er von Nächstenliebe, Gerechtigkeit und Barmherzigkeit sprach; sie erlebte mit, wie seine Worte den jüdischen Frauen und Männern, die unter der Härte der römischen Besatzungsmacht litten, neue Hoffnung vermittelten. Seine Botschaft schuf Aussöhnung, wo Haß gewesen war, und Frieden, wo Krieg in den Seelen getobt hatte; Juden und Römer gleichermaßen segnete er und machte keinen Unterschied zwischen Beschnittenen und Unbeschnittenen. Wo immer er erschien, ließ er Wunden vernarben, legte die Hände ehemaliger Gegner ineinander und forderte, Schwerter zu Pflugscharen umzuschmieden; bald folgte ihm eine Schar von Jüngerinnen und Jüngern, und zusammen mit ihnen zog er eines Frühlingstages in Jerusalem ein.

Branwyn vernahm den Jubel der Bevölkerung in den Gassen der jüdischen Hauptstadt. Die Menschen schwenkten Palmwedel zur Begrüßung Jeschus, an dessen Seite nun eine junge Frau mit langem ebenholzschwarzem Haar ging; einige Male, während der Zug sich in Richtung des Tempelberges bewegte, umarmte er seine Gefährtin, deren Name Mirjam von Magdala lautete, und küßte sie. Hingabe und Zärtlichkeit strahlten aus ihren Augen; dann jedoch – die Zeit schnellte um ein weniges weiter – senkten sich finstere Schatten über die Stadt.

Aus einer Burg mit mächtigen Quadermauern strömten Legionäre; die Soldaten marschierten zu einem Ölbaumhain, und ihre Lanzenspitzen blitzten im flackernden Schein der Feuerbrände, die sie mit sich trugen. Es kam zu einem kurzen Handgemenge, weil einer der Jünger Jeschus diesen zu schützen versuchte; gleich darauf war der Galiläer gefesselt und wurde von den Römern zu deren Festung geschleppt. Erschüttert fand Branwyn sich im Inneren des Kastells wieder; sie erblickte den römischen *Procurator*, der das Mal des Weißen Drachen auf der Stirn zu tragen schien; rot hingegen floß das Blut aus den Wunden Jeschus, als die Folterknechte ihn geißelten.

Am nächsten Morgen erreichte das Grauen seinen Höhepunkt. Von einem Hügel namens *Golgota* außerhalb der Stadtmauern, zu dem die Legionäre den Galiläer jetzt trieben, erklangen schwere Hammerschläge; mehrere Kreuze wurden dort aufgerichtet, an einem davon sollte Jeschu sterben. Geschwächt durch die Tortur, taumelte er den steinigen Hang hinauf; alle seine Jünger bis auf einen waren mittlerweile aus Jerusalem geflohen, nur seine Mutter sowie Mirjam von Magdala und einige weitere Frauen begleiteten ihn zur Hinrichtungsstätte. Jetzt, während die Nägel durch seine Hand- und Fußgelenke getrieben wurden, war es, als würde weiblicher Wille ihn bannen und ihm auf seltsame Art Stärke für das nun Unausweichliche schenken: Kraft, den Tod anzunehmen und sich ihm nicht zu widersetzen, damit seine Qualen nicht länger als nötig währen sollten.

In ihrer Vision kam es Branwyn so vor, als hüteten die nunmehr schweigend ausharrenden Frauen sehr geheimes Wissen, und dieser Eindruck vertiefte sich im selben Augenblick, da Mirjam von Magdala, deren eben noch junges Antlitz plötzlich verblüffende Ähnlichkeit mit dem altersweisen Gesicht Albas besaß, ihrem Geliebten einen auf eine Gerte gespießten Schwamm an die Lippen führte. Jeschu – die Sonne hatte inzwischen ihren Höchststand erreicht – saugte die darin enthaltene sämige Flüssigkeit; im nächsten Moment lief ein Zittern über seinen Leib, und nach einer Weile erschlaffte sein Körper. Der Galiläer starb; Branwyn aber vermeinte eine tröstende Stimme zu hören, die ihr sagte, daß das Leben nicht völlig aus ihm gewichen war.

Anschließend stürmten die Bilder rascher als zuvor auf sie ein. In Begleitung eines römischen *Centurio* erschien Jussuf von Arimathea; er gab dem Offizier Gold, woraufhin dieser den Befehl erteilte, den Leichnam vom Kreuz abzunehmen. Sofort kümmerten Mirjam von Magdala und die übrigen Frauen sich um Jeschu; unmittelbar darauf wechselte der Schauplatz, die Frauen hatten den leblosen Körper in eine Grabhöhle gebracht. Intensiver Kräuterduft erfüllte den kleinen Raum; es handelte sich um Pflanzen mit starken Heilkräften, und der reglose Leib wurde damit behandelt. Im Verlauf der folgenden zweiundsiebzig Stunden wachten entweder seine Mutter oder Mirjam bei Jeschu; in regelmäßigen Abständen kamen und gingen sie durch den Eingang der Grabkammer, der sich durch einen Rollstein versperren ließ. Am Ende der dritten Nacht schließlich lief abermals ein Zittern durch die Glieder des Galiläers; als er die Lider öffnete, brach Mirjam, die an seiner Seite saß, in Tränen aus.

Branwyns Vision wurde undeutlich; jetzt hatte sie das Gefühl, die Zeit würde rasend schnell verstreichen. Stimmen wurden laut, die von Mal zu Mal eifernder verkündeten, ein Mann mit Namen Jeschu oder Jesus sei am Kreuz gestorben, sei danach wieder von den Toten auferstanden und so zum Halbgott oder gar Gott geworden. Gleichzeitig jedoch sah sie den, der gemeint war, deutlich gealtert entlang endloser Karawanenstraßen reisen: einem mächtigen Gebirge entgegen, das weit östlich von Jerusalem auf einem anderen Erdteil lag. In Judäa wiederum und bald auch in den benachbarten Ländern wurde nun immer häufiger von Jeschu als *Chrestos* oder Christus gesprochen; der Auferstandene, so hieß es, habe die Menschheit durch seinen Sieg über den Tod von allen Übeln erlöst.

Diejenigen, die es besser wußten und in der tatsächlichen Nachfolge des Galiläers dessen Lehre von Nächstenliebe, Gerechtigkeit und Barmherzigkeit als wahren Weg zu einem menschenwürdigeren Dasein predigten, wurden verspottet. Es dauerte nicht lange, bis man sie verfolgte, so daß sie sich in die Abgeschiedenheit zurückzogen oder in die Fremde flohen. Eine solche Gruppe von Juden gelangte nach Britannien und zur *Ynys Avallach*; diese Schülerinnen und Schüler Jeschus hatten zuvor die Zerstörung Jerusalems durch die Römer erlebt.

In Rom und anderswo indessen fanden sich immer größere Gemeinden derjenigen zusammen, die sich jetzt als Christen bezeichneten; es waren Anhänger des Galiläers unter ihnen, welche seine einfache und dennoch so tiefe Weisheit zu bewahren versuchten, und andere, die ihren Wunderglauben nun zunehmend mit Machthunger verbanden – um sich zuletzt, knapp drei Jahrhunderte nach der Kreuzigung, mit dem Kaisertum zu verbünden.

Innerhalb weniger Herzschläge waren diese Schauungen an Branwyn vorübergerast; jetzt verlangsamte sich das Jagen der Bilder wieder und kam beinahe zum Stillstand. Eine Hügellandschaft tauchte auf: sieben Erhebungen über den Ufern eines breiten, mäandrierenden Flusses; so weit das Auge reichte, waren die Kuppen und die dazwischenliegenden Täler bebaut. Branwyn erkannte prunkvolle Paläste, Triumphbögen und aus Marmorquadern errichtete Kirchen, die sich auf den Fundamenten heidnischer Tempel erhoben; daneben erblickte sie Armenviertel, in deren Gassen Not, Bitternis und Lebensangst herrschten. Die ganze riesige Stadt war von einer gigantischen Mauer mit einer Vielzahl von Türmen umgeben – und nun drang der Name der Metropole an ihr Ohr …

Rom und römische Bösartigkeit kreuzigen mich neuerlich; kreuzigen mich nunmehr in Gestalt eines Gottes, obwohl ich nicht das Adonai, sondern nur Funke des Adonai bin! Wo ich Nächstenliebe lehrte, säen falsche Priester Haß! Wo ich Gerechtigkeit forderte, gieren dieselben falschen Priester nach Macht! Wo ich Barmherzigkeit predigte, wenden jene falschen Priester ihre Augen von den Armen, Schwachen und Unterdrückten ab! Rom, von wo aus das Böse schon so oft in die Welt getragen wurde, ist wiederum zur Brutstätte des Bösen geworden!

Körperlos und damit um so eindringlicher vernahm Branwyn die Stimme dessen, dem sie in Britannien und Judäa begegnet war und den sie zuletzt über die Karawanenstraßen des östlichen Erdteils hatte ziehen sehen. Jetzt schien Jeschu aus den ärmlichen Vierteln Roms heraus zu ihr zu sprechen; ganz so, als wollte er sie dorthin rufen – und in jähem Erschrecken darüber durchfuhr es die junge Frau: Warum ich?!

Weil du ihm und seinem Wollen stets näher warst als die meisten anderen Menschen!

Während diese Worte erklangen, verschwand die Siebenhügelstadt. An ihrer Stelle erschien die bescheidene Flechtwerkkirche der Christengemeinde von Avalon, wurde durchscheinend und gab die Sicht auf den Heiligen Dorn inmitten des Birkenhaines frei. Und dort, wie mit dem jahrhundertealten Baum verwachsen, stand ein schmächtiger, betagter Mann mit einem weißen Haarkranz über der hohen Stirn: Jacwb, der ermordete Priester ihrer Heimatinsel, welcher nun fortfuhr:

Erinnere dich an die Zeit auf der Ynys Vytrin! Sowohl auf dem Pfad der Dreifachen Göttin als auch im Zeichen des Fisches suchtest du nach Weisheit. Du nahmst sie von Penarddun, Arawn und Kigva ebenso an wie von mir, der ich zusammen mit dir die Evangelien las. In gegenseitiger Achtung und Freundschaft geschah es; auf diese Weise verflochten wir die Lehre Jeschus mit dem Wesen Ceridwens und verwirklichten in diesem Miteinander den Willen des Göttlichen auf unserem Eiland. Dies war der Weg, den du von Jugend an beschritten hast; weil du ihm aber in Liebe zu allen deinen Mitmenschen folgtest und die Kraft besitzt, ihn noch sehr viel weiter zu gehen, ruft dich der Geist des Galiläers nach Rom!

Abermals schreckte Branwyn vor diesem Gedanken zurück, doch sie vermochte ihm nicht wirklich auszuweichen, denn jetzt wiederholte Jacwb etwas, was sie in einer der Nächte ihrer Wanderung aus dem Mund des Barden – und gleichermaßen der Göttin – gehört hatte:

Du bist stark, bist um vieles stärker als andere! Und das bedeutet: Du kannst entscheidend in den Kampf der Drachen eingreifen! Nachdem du die schreckliche Fratze des Molochs erschaut hast, weißt du, welche Abgründe sich auftun, wenn ihm nicht Einhalt geboten wird!

Branwyn taumelte; eine Flut gräßlicher Bildfetzen stürmte auf sie ein: all das Böse, das sie auf der *Ynys Vytrin* und anderswo erlebt hatte. Aber dann spürte sie, wie sie aufgefangen wurde: von Jacwb, dessen Körper nun mit dem Dornbaum zu verschmelzen schien, sowie den Seelen Abertausender weiterer unschuldiger Opfer des Weißen Drachen, deren Gesamtheit in der gemeinsamen Sehnsucht nach Überwindung des Widergöttlichen einen Teil der guten Wesenheit des Roten Drachen ausmachte. Und im selben Moment, da sie eins wurde mit dieser anderweltlichen Wärme, wußte sie, daß sie sich trotz ihrer Furcht nicht verweigern durfte. Schon damals, als sie mit Eolo Goch über den Kampf der Drachen gesprochen hatte, war ihr der Anfang des Pfades gezeigt worden, den Ceridwen ihr vorgezeichnet hatte – nun, nachdem die Schleier völlig gelüftet waren, stand ihr der gesamte Weg vor Augen.

Einen Lidschlag lang erblickte sie ihn, wie er sich über das rauhe Meer und durch fremde, teilweise vom Krieg verwüstete Länder wand; dann wurde er zum Schlangenpfad, der zum Gipfel des *Twr* emporführte. Brausender Sturmwind ergriff die junge Frau und trug sie entlang der Spiralen dem Menhir entgegen; dort oben verband ihr Innerstes sich mit dem Hohen Stein und ließ sich vom Erdmutterschoß einsaugen, bis Branwyn die Höhle und das Ufer des unterirdischen Teiches erreichte. Entrückt und mit geschlossenen Lidern sah sie sich im Kreis der Druidinnen stehen; hier vereinigten Geist und Leib sich wieder, und ihr Gesicht hob sich der lautlos hallenden Stimme der Göttin entgegen.

Du bist Jeschu begegnet, der einst auf der Ynys Avallach weilte und später in Judäa gekreuzigt wurde; ihm bist du begegnet und dazu Jacwb, der auf der Ynys Vytrin dein Freund war. Beide haben zu dir gesprochen; du hast ihre Worte vernommen und hast dich in deinem Herzen von ihnen bewegen lassen, ihre Bitte nicht zurückzuweisen. Den Weg erkanntest du, den ich dir von allem Anfang an wies; dir wurde er vorbestimmt, weil niemand sonst aus deiner britannischen Heimat und deiner Zeit fähig wäre, ihn mit solcher Hingabe wie du zu gehen. Denn obwohl du unsägliches Leid durchgestanden hast, hieltest du dennoch unverbrüchlich an deiner Menschenliebe fest; dies macht dich zu meiner Auserwählten; dies und darüber hinaus dein Wissen um die Bedeutung des Kampfes, den der Rote Drache gegen den Weißen Drachen führt. In jenen Kampf sollst du nunmehr eingreifen; mein Wunsch verbindet sich darin mit dem des Gekreuzigten, aber ehe du dich endgültig entscheidest, ist es dein Recht, die ganze Wahrheit über deine Zukunft zu erfahren …

Branwyns bleiches Antlitz erstarrte, Abwehr malte sich auf ihren Zügen; erst nachdem sie die unwillkürliche Regung überwunden hatte, hörte sie die Stimme sagen:

Fürchte dich nicht vor dem, was dich in Rom erwartet! Fürchte dich nicht, auch wenn dein Schicksal einem zweischneidigen Schwert gleicht. Im Licht schimmert die eine Seite der Klinge, Schatten verdunkeln die andere; sofern du nach der Waffe greifst, mußt du beides annehmen! Wenn du dich also zum Kampf entschließt, wirst du Helligkeit in die Welt tragen und aufgrund dessen sehr hoch steigen; gleichzeitig aber wird Finsternis dich bedrängen und dich auf dem Gipfelpunkt deines Pfades in großes Leid stürzen, so daß scheinbar alles niederbricht, was du aufbautest. Dies ist das Los, das deiner harrt – und jetzt antworte mir: Schreckst du davor zurück, oder willst du dich ihm stellen?

Die Frage erschütterte Branwyn zutiefst. Sie hatte das Empfinden, alldem nicht länger gewachsen zu sein; schon war sie versucht zurückzuweichen. Im selben Moment jedoch vermeinte sie abermals die Silhouette Roms zu erschauen; dazu fahlen, aus der Stadt quellenden Brodem, der ein blasphemisches Ungeheuer auszugebären schien. Instinktiv straffte sich der Körper der jungen Frau; mit blitzenden Augen nahm sie die Herausforderung an, ihre Willenskraft ließ die molochische Kreatur in ihren Ursprung zurückwirbeln – und während das Widergöttliche verwich, stieß Branwyn hervor: »Ja, ich werde den Kampf aufnehmen!«

Kaum war das letzte Wort verklungen, begann sie am ganzen Leib zu zittern und brach in die Knie. Aus ihrer Trance erwachend, hatte sie den Eindruck, als würde das Wasser des Teiches unter anderweltlichem Leuchten aufwallen. Gleich darauf strömte von dort und aus den Felswänden neue Kraft in sie und verband sich mit der behütenden Umarmung Bendigeidas, die ihr zuflüsterte: »Lange weiltest du jenseits der Schleier in *Annwn*. Länger als jede andere von uns, so daß wir bereits Sorge trugen, du könntest den Rückweg nicht mehr finden.«

»Es lag nicht daran«, versetzte Branwyn. »Vielmehr …«

»Ruhe dich jetzt aus!« unterbrach die *Pendruid* sie. »Später werden wir über alles sprechen.«

Dankbar nahm Branwyn die Fürsorge Bendigeidas und nun auch der übrigen Frauen an; nachdem sie sich erholt und zusammen mit den anderen noch ein einfaches Abschiedsritual vollzogen hatte, verließen sie gemeinsam die Grotte. Diesmal jedoch führte die *Pendruid* sie nicht zum Felsspalt, durch den sie herabgestiegen waren, sondern zu der portalartigen Nische hinter dem Sims, auf dem die Öllampen standen. Jede der Druidinnen ergriff im Vorbeigehen eine der Leuchten, dann folgten sie einem gewundenen, vor Urzeiten vom Wasser ausgeschliffenen Stollen, der in einer kleinen Kluft am Fuß des *Twr* ins Freie mündete.

Als sie dort ankamen, stellte Branwyn ungläubig fest, daß bereits die Morgendämmerung anbrach; mit dem nächsten Herzschlag begriff sie: Während der scheinbar kurzen Zeitspanne, die ihre Seele in der Anderswelt geweilt hatte, war beinahe die ganze Nacht verstrichen.

In sich gekehrt, wanderte die junge Frau zusammen mit den anderen zum Apfelhain zurück; nur gelegentlich wechselte sie ein Wort mit Dyara, die neben ihr ging. Unter den Obstbäumen schließlich spürte sie mit jedem Schritt mehr, wie Wellen von Müdigkeit sie durchfluteten. Sie schaffte es gerade noch bis zu ihrem Haus und zum Ruhelager; dort fiel sie fast augenblicklich in tiefen, traumlosen Schlaf.

* * *

Am folgenden Tag – Branwyn hatte den Druidinnen inzwischen von ihrer Vision berichtet und den Rat der neun Frauen eingeholt – suchte sie zusammen mit Bendigeida das Priesterehepaar auf. Wie immer war der Empfang freundlich; nachdem Saray und Danyell allerdings vernommen hatten, was an *Samhain* in der Höhle des *Twr* geschehen war, wurden ihre Mienen ernst.

»Auch die christlichen Überlieferungen erzählen von Schauungen, die besonders empfängliche Menschen erlebten und in denen der Geist Jeschus ihnen gegenwärtig wurde«, sagte die Priesterin. »Dies ist keineswegs so verwunderlich, wie es zunächst erscheinen mag, wenn man weiß, daß die Seelen unsterblich sind und sich aus den jenseitigen Bereichen heraus durchaus wieder im Diesseits manifestieren können – doch das brauche ich euch, die ihr eingeweiht seid, nicht zu erklären ...«

»Ihr wißt es wahrlich selbst«, fiel Danyell ein. »Und was nun dich angeht, Branwyn, so bist du zweifelsohne eine Frau, in deren Herzen sehr große Liebe wohnt und die zudem von Jugend an mit andersweltlichen Geheimnissen vertraut ist. Deshalb glauben wir dir ohne weiteres, daß du dich nicht von einem Trugbild täuschen ließest, sondern, weil du innerlich bereit für sie warst, in der Tat eine Botschaft des Gekreuzigten und zusätzlich eine des ermordeten Priesters der *Ynys Vytrin* empfangen hast, wobei Ceridwen, mit deren Wesen Jeschu sich einst hier auf der Insel von Avalon verband, dich leitete.«

»Da aber sowohl derjenige, der die christliche Lehre verkündete, als auch die Göttin zu Branwyn sprachen, sind wir zu euch gekommen«, nahm nunmehr Bendigeida das Wort. »Denn was letzte Nacht geschah, betrifft gleichermaßen Getaufte und Ungetaufte, und deshalb würden wir uns gerne mit euch austauschen.«

Einige Atemzüge lang war nur das Knistern des Herdfeuers zu vernehmen, dann wandte sich Saray an Branwyn: »Geht es um die Frage, ob du nach Rom reisen sollst oder nicht?«

»Das ist bereits entschieden«, lautete die Antwort. »Ich gab Ceridwen noch im *Twr* das Versprechen, ihren und Jeschus Willen zu erfüllen.«

»Du wirst uns also verlassen!« stellte Danyell mit belegter Stimme fest. »Aber es wäre immerhin verständlich, wenn du Furcht vor einer solchen Reise empfinden würdest. Dein Weg wird weit und gefährlich sein, und in der Hauptstadt des römischen Imperiums wirst du dir notgedrungen Feinde machen, sofern du für die unverfälschte Lehre des Gekreuzigten eintrittst ...«

»Noch dazu als Ungetaufte!« warf Saray ein. »Als Heidin, der vor allem das *Patriarchat* mit Mißtrauen oder sogar offenem Haß begegnen wird!«

»Die Göttin zeigte mir mein Schicksal mit seinen finsteren, jedoch auch lichten Seiten, und ich habe mich entschlossen, es ohne Furcht anzunehmen«, entgegnete Branwyn mit fester Stimme. Sie zögerte kurz, dann fügte sie hinzu: »Aber etwas anderes bedrückt mich. Ich kann mir nicht vorstellen, wie es mir gelingen soll, Einfluß auf die Geschehnisse in Rom zu nehmen. Ich meine, dort werde ich doch nur eine unbedeutende junge Frau aus der entlegensten Provinz des Reiches sein ...«

»Du darfst deine weibliche Stärke nicht geringschätzen«, unterbrach Bendigeida. »Sie kann auf ihre Art oft mehr bewirken als die Machtmittel, welche gewisse Männer einsetzen.«

»Das ist wahr«, bestätigte Saray, während ihr Gemahl nachdenklich dazu nickte. »Außerdem wirst du ganz bestimmt nicht allein stehen. Es gibt viele Menschen in der römischen Metropole, denen die Entwicklungen dort ein Dorn im Auge sind. Erinnere dich an den Brief unseres Glaubensbruders in Gallien, in welchem die Rede vom haßerfüllten Vorgehen des Papstes Liberius gegen andersdenkende Christen sowie Juden und Heiden war. Das heißt aber doch umgekehrt, daß sich starker Widerstand gegen das *Patriarchat* regt, und in den Reihen dieser Getauften und Ungetauften, die für friedliches Miteinander eintreten, wirst du sicherlich Verbündete finden.«

»Sie werden dich schützen und fördern«, unterstrich Danyell. »Mit solchem Rückhalt wiederum kannst du sodann eine wichtige Vorkämpferin für jene Werte werden, an denen uns liegt.«

»Wahrscheinlich ist das der Pfad, welcher dir vorgezeichnet wurde«, bekräftigte Bendigeida. Anschließend wollte sie von dem Priesterpaar wissen: »Habt ihr irgendwelche Verbindungen nach Rom, die nützlich sein könnten?«

»Leider nicht«, erwiderte Saray bedauernd.

»Und wie verhält es sich mit eurem gallischen Freund?« fragte die *Pendruid* nun. »Könnte er vielleicht weiterhelfen?«

»Das wäre eine Möglichkeit«, entgegnete Danyell. »Er pflegt Kontakte zu einer Gemeinde toleranter Christen in der Tiberstadt.«

»Nur ist es uns derzeit verwehrt, eine briefliche Auskunft von ihm einzuholen«, kam es von Saray. »Seit die Herbststürme eingesetzt haben, verkehren keine Schiffe mehr zwischen Britannien und dem Festland, und das wird bis zum Frühling so bleiben.«

»Aber ich könnte diesen Mann aufsuchen, nachdem ich in Gallien gelandet bin«, äußerte Branwyn. »Wo lebt er denn?«

»Die Stadt heißt Samarobriva und liegt etwa zehn Tagesreisen nördlich von Lutetia, das du auf deiner Reise nach Italien auf jeden Fall passieren mußt«, gab Danyell ihr Auskunft. »Der Umweg wäre also nicht allzu groß.«

»Dann werde ich zunächst nach Samarobriva gehen«, erklärte Branwyn.

»Ja, das solltest du tun«, pflichtete Saray ihr bei. »Unser Glaubensbruder kann dir nicht nur wichtige Hinweise geben, sondern dich wahrscheinlich auch anderweitig unterstützen, damit du jenseits des Meeres nicht völlig auf dich allein gestellt bist ...«

Während sie die letzten Worte sagte, wurden ihre Augen feucht; jetzt griff sie nach Branwyns Hand und fügte hinzu: »Doch ehe wir uns voneinander verabschieden müssen, wird gottlob noch geraume Zeit verstreichen, denn erst in ungefähr fünf Monaten, wenn die Frühjahrsstürme abgeflaut sind, nehmen die Seeleute die Schiffahrt wieder auf.«

»Auch ich bin sehr froh, daß ich euch und die Insel von Avalon nicht sofort verlassen muß«, gab Branwyn, in deren Augenwinkeln es nun ebenfalls feucht schimmerte, leise zu. »Vor wenigen Tagen glaubte ich schließlich noch, ich würde für immer im Apfelhain bleiben, und jetzt plötzlich ...«

Sie brach ab; unvermittelt hatte sie das Gefühl, auch Dyara, Alba und die anderen Druidinnen säßen mit am Tisch: die Frauen, die ihr ähnlich wie Saray und Danyell so viel Freundschaft und Zuwendung geschenkt hatten.

Für einen Moment hatte sie das Empfinden, als würde der Schmerz über die bevorstehende Trennung sie überwältigen, aber dann vernahm sie Bendigeidas Worte: »Wir alle werden im Geiste bei dir sein, wenn du die Aufgabe erfüllst, die dir übertragen wurde – und vielleicht kehrst du ja eines Tages auf die *Ynys Avallach* zurück.«

»Das werde ich, sofern Ceridwen und das *Adonai* es wollen«, flüsterte Branwyn; gleich darauf spürte sie, wie ihr aus dieser Hingabe neuer Mut erwuchs.

DRITTES BUCH

Gallien
Die Felder der Gewalt

Frühjahr bis Frühwinter 356

Der Tribun

Mit erregten Schreien kreisten Möwen über den Klippen; gelegentlich löste sich einer der Vögel aus dem Schwarm und stieß neugierig auf die Barke herunter, die soeben vom Ufer abgelegt hatte. Der Segler war klein, er besaß einen einzigen kurzen Mast und maß vom Bug bis zum Heck nicht mehr als zwanzig Schritt. Nur der hintere Teil des Schiffsrumpfs war abgedeckt; weiter vorn, wo die Verplankung fehlte, häuften sich fettig glänzende Ballen Rohwolle und Packen von Hirsch- und Damwildfellen. Dazwischen hatten die vier Matrosen, die unter dem Befehl des hünenhaften Kapitäns standen, Dutzende Fässer mit *Metheglyn* festgezurrt, und in einem Verschlag mittschiffs war ein junger Zuchtbulle angekettet.

In regelmäßigen Abständen drang sein Brüllen zum Achterdeck, wo Branwyn sich einen möglichst geschützten Platz gesucht hatte. Sie drückte sich in einen Winkel der Reling, klammerte sich an ein Tau und blickte über das stampfende Heck zum Strand. In der Hafenbucht am Fuß der Kliffs konnte die junge Frau noch immer die Gesichter Bendigeidas, Dyaras sowie der beiden Männer erkennen, welche die Druidinnen und sie auf der einwöchigen Wanderung von Avalon zur Küste begleitet hatten. Jetzt nahm Dyara ihr Halstuch ab und ließ es im frischen Aprilwind flattern; Branwyn winkte zurück, erst als die Gestalten am Ufer nicht mehr auszumachen waren, hielt sie inne. Aber nach wie vor harrte sie neben dem Achtersteven aus und schaute mit brennenden Augen zur langsam im Meer versinkenden Silhouette der britannischen Küste hinüber: so lange, bis das Land im Dunst über der Kimmung verschwand.

Eineinhalb Tage später lief der Einmaster – er war die ganze Zeit ohne größere Zwischenfälle in südöstliche Richtung gesegelt – in eine weite Strommündung ein. Diesmal stand die junge Frau am Bug; sie sah das flache Gestade mit seinen Dünenkämmen und vereinzelten Kusselwäldchen näher kommen und erspähte, als die Flußufer allmählich zusammentraten, da und dort schilfgedeckte Fischerhütten.

Schließlich tauchte hinter einer Biegung des noch immer breiten Gewässers ein Dorf auf, das von einem Palisadenzaun umgeben war; an der Stelle, wo sich ein Tor in der Umwallung befand, sprang ein Landesteg vor. Der Kapitän ließ die Barke ein Stück an der Siedlung vorbeilaufen, dann legte er das Steuerruder herum. Das Schiff scherte in die Gegenströmung, die Leinwand am Mast begann zu flappen, doch der Winddruck reichte aus, um die Barke nahe an den Strand oberhalb des Dorfes heranzubringen. Dort holten zwei Matrosen rasch das Segel ein, die beiden anderen griffen zu langen Staken; gleich darauf berührte der jetzt sachte stromab treibende Schiffsrumpf den Kai, wo bereits mehrere Männer warteten, um die Seile aufzufangen, die ihnen zugeworfen wurden.

Nachdem die Taue an den Eichenpollern festgemacht waren, zog Branwyn ihr Plaid enger um die Schultern, griff nach dem verschnürten Reisebündel und sprang von der schwankenden Bugplattform auf den Steg hinüber. Weil sie beim Aufkommen strauchelte, haschte einer der schnauzbärtigen Gallier nach ihrem Arm und stützte sie; als sie sich bei ihm bedankte und er ihr antwortete, stellte sie fest, daß seine Sprache sich kaum vom britannischen Keltisch unterschied. Diese Erkenntnis machte ihr die Ankunft in dem fremden Land leichter; plötzlich freute sie sich sogar darauf, es während der folgenden Monate näher kennenzulernen.

Die junge Frau wartete ab, bis der Zuchtbulle glücklich an Land gebracht und der für diesen Handelsplatz bestimmte Teil der Schiffsladung gelöscht war. Danach begab sie sich zusammen mit den Seeleuten, die am nächsten Tag stromauf bis Lutetia weiterfahren wollten, zur Herberge der Ansiedlung. Dort beschrieb der Kapitän ihr den Weg, den sie nehmen mußte, um nach Samarobriva zu gelangen.

»Am besten schließt du dich morgen früh zunächst den beiden Burschen aus dem hiesigen Dorf an, welche den Stier zu seinem neuen Besitzer bringen«, riet er Branwyn. »Der Gutshof, für den der Bulle bestimmt ist, liegt ungefähr einen Tagesmarsch von hier entfernt. Wenn ihr ihn erreicht habt, befindest du dich bereits am Rand des flachen Hügellandes, das du sodann in seiner ganzen Breite durchqueren mußt. Grundsätzlich hältst du, so gut eben möglich, immer die Richtung nach Ostnordost ein. Gelegentlich wirst du wahrscheinlich auf ein Gehöft oder einen Hirten stoßen, so daß du Hilfe und genauere Wegweisung finden kannst. Nach sechs bis sieben Wandertagen endlich solltest du abermals ein breites Flußtal vor dir sehen, und dort, wo dieser Strom am weitesten nach Süden biegt, erheben sich die Mauern und Türme der Römerstadt, welche dein Ziel ist.«

Die junge Frau bedankte sich für die wertvollen Ratschläge und winkte den Tavernenwirt herbei, damit er dem Kapitän noch einen Krug mit Apfelwein bringen sollte. Branwyn bezahlte die Zeche aus dem Beutel mit den Silbermünzen, den die Druidinnen der *Ynys Avallach* ihr mitgegeben hatten; zusätzlich bat sie den Inhaber der Herberge, einen Tragesack mit haltbarem Reiseproviant für sie vorzubereiten.

Am Abend suchte sie früh ihr Lager in einer Kammer über dem Schankraum auf; dort freilich lag sie noch eine ganze Weile wach und überlegte, ob es wirklich richtig war, die Wanderung nach Samarobriva von jenem Gutshof aus ohne Begleitung zu unternehmen. Letztlich mußte sie sich jedoch sagen, daß ihr gar keine andere Wahl blieb, denn sie hatte bereits am Nachmittag versucht, einen Führer zu dingen, und dabei erfahren, daß wegen der unmittelbar bevorstehenden Aussaat auf den Feldern niemand für längere Zeit abkömmlich war. Da die Dorfbewohner ihr aber andererseits versichert hatten, der Weg sei ungefährlich, überwand sie am Ende das leichte Unbehagen, das sie in dem dunklen, ein wenig stickigen Raum befallen hatte. Ich kann es ohne Schwierigkeiten schaffen, schließlich überstand ich nach meiner Flucht von der *Ynys Vytrin* einen ganzen Herbst und Winter ohne fremde Hilfe, redete sie sich ein; der Gedanke beruhigte sie und ließ sie nun auch Schlaf finden.

* * *

Kurz nach Sonnenaufgang verließ Branwyn an der Seite der beiden Burschen, die den Zuchtstier zwischen sich führten, die Ansiedlung. Da der Bulle, der offenbar froh war, wieder festen Boden unter den Hufen zu haben, willig mitlief, konnten alle drei den Weg durch die Marschlandschaft genießen. Der Tag war sonnig, und der leichte Wind, der von der See herüberstrich, roch belebend nach Salz und Tang. Die jungen Gallier unterhielten ihre Begleiterin mit Geschichten aus der Gegend oder scherzten mit ihr; während der mittäglichen Rast an einem Bachlauf zog einer von ihnen eine Flöte hervor und blies eine einfache Melodie, deren ungekünstelte Tonfolgen der Weite und Ruhe des Schwemmlandes entsprachen.

Als sie am Spätnachmittag ausgedehnte, von Hecken umsäumte Weiden passierten und dann der Gutshof vor ihnen auftauchte, bedauerte Branwyn beinahe, daß sie ihr Ziel schon erreicht hatten. Doch der freundliche Empfang auf dem großen landwirtschaftlichen Anwesen, das von einer seit vielen Generationen hier lebenden gallorömischen Familie und deren Hintersassen bewirtschaftet wurde, entschädigte sie. Wo sie die Römer in Britannien stets nur als Feinde und Unterdrücker kennengelernt hatte, traf sie hier auf friedliche und warmherzige Bürger des Imperiums, die sie ohne weitere Umstände zum Abendessen ins Herrenhaus einluden. Im Gespräch mit dem etwa vierzigjährigen Gutsbesitzer, dessen Gemahlin und den älteren Kindern gebrauchte Branwyn zur Freude ihrer Gastgeber teilweise die lateinische Sprache, in der sie einst auf der *Ynys Vytrin* von Vater Jacwb unterrichtet worden war, und erstaunlich schnell wurden ihr die Wörter und Redewendungen wieder geläufig.

Das Wissen darum gab ihr Mut für die Zukunft; sie würde sich bestimmt auch in den Städten weiter im Osten sowie am Ende ihrer Reise in Rom behaupten können. Vorerst allerdings mußte sie Samarobriva erreichen; beim Abschied am nächsten Morgen ließ sie sich den ersten Wegabschnitt durch das Hügelland noch einmal beschreiben und marschierte dann entschlossen los.

Nachdem sie die Ländereien des Gutshofes hinter sich gebracht hatte, begegnete sie den ganzen Tag über keinem Menschen mehr. Rechtzeitig vor Einbruch der Nacht suchte sie einen geschützten Lagerplatz am Ufer eines Teiches, entfachte ein Feuer und bereitete sich in dem kleinen Kochkessel, den sie bei sich hatte, einen kräftigen Eintopf aus geschroteter Gerste und kleingeschnittenem Rauchfleisch zu. Ähnlich hielt sie es am folgenden Abend; die dritte Nacht verbrachte sie unter dem Dach eines bescheidenen Bauernhauses, das von einem betagten keltischen Ehepaar bewohnt wurde. Die beiden alleinstehenden alten Leute empfahlen ihr einen Pfad, der sie zu den Schafhürden eines Verwandten führen würde; dankbar folgte Branwyn dem Steig und fand auf diese Weise neuerlich Gastfreundschaft an einer warmen Herdstelle.

Dann freilich war sie wieder auf sich allein gestellt, schlief zwei weitere Male unter freiem Himmel und durfte sich schließlich am Morgen ihres siebten Wandertages sagen, daß ihr Ziel jetzt wohl nicht mehr sehr weit entfernt sein könne. Tatsächlich wurden die Hügelketten im Lauf des Vormittags flacher und gaben zuletzt den Blick auf die Flußebene im Norden frei, welche der Kapitän ihr beschrieben hatte. Tief aufatmend blieb die junge Frau stehen und spähte in die weite Niederung hinab; nach einer Weile glaubte sie unter dem östlichen Horizont die Kontur einer Stadtmauer zu erkennen. Da sie jedoch nicht völlig sicher war, beschloß sie, entlang des sich sachte absenkenden Höhenzuges, auf dem sie sich befand, noch ein Stück gen Sonnenaufgang zu gehen, ehe sie in das Stromtal hinabstieg. Sie folgte dem Kamm, bis es keinen Zweifel mehr gab; vor ihr lag Samarobriva, und sie würde, falls keine unvorhergesehene Verzögerung mehr eintrat, bis zum Mittag dort ankommen.

Branwyn verließ den Höhenrücken, folgte einem ausgetrockneten Bachlauf und erreichte wenig später die Flußniederung. Durch lockeres Auengehölz und immer in einigem Abstand zum sumpfigen Stromufer kam sie gut nach Osten voran, nur einmal zwang ein Altwasser sie zu einem kleinen Umweg. Einige Steinwürfe jenseits des toten Flußarmes trat der Auwald zurück und machte gerodetem Land Platz, zwischen den Ackerfurchen tummelten sich Saatkrähen. Beim Näherkommen der jungen Frau flog der Schwarm auf; krächzend schwirrten die großen Vögel der Stadt entgegen, über deren Dachgiebeln nun schon Rauchgekräusel auszumachen war.

Nachdem Branwyn die Felder auf einem Trampelpfad umgangen hatte, nahm ein Mischwald sie auf, der eine langgezogene, von den Hügeln zum Strom verlaufende Bodenfalte bedeckte. An manchen Stellen sah die junge Frau Stapel von frisch geschlagenem Nutzholz; die Aussicht auf Samarobriva hingegen war ihr unter den Kronen der Linden, Ulmen, Birken und Kastanien verwehrt. Aber bereits nach wenigen hundert Schritten lichtete sich der Forst wieder; an einer mächtigen Rüster vorbei trat Branwyn ins Freie, und jetzt lag die Stadt fast zum Greifen nahe vor ihr. Lediglich eine ausgedehnte, in etwa ein Dutzend Karrees unterteilte Ackerfläche, durch die sich ein breiter, zu einer Landebrücke am Fluß führender Fahrweg schlängelte, trennte sie noch von der Quadermauer mit ihren regelmäßig angeordneten Türmen und dem von einer Bastion geschützten Westtor.

Gleich habe ich es geschafft, dachte die junge Frau; unmittelbar darauf stutzte sie, weil ihr bewußt wurde, daß dort drüben trotz der Qualmschleier über den Dächern und verschiedener gedämpft herandringender Geräusche alles wie ausgestorben wirkte. Im selben Augenblick, da ihr diese Erkenntnis durch den Kopf schoß, hatte sie das Gefühl, als würde eine eisige Hand ihr Rückgrat berühren – mit dem nächsten Herzschlag erblickte sie ein barbarisches Bild, das ihr das Blut in den Adern gefrieren ließ.

* * *

Jäh wirbelte schräg hinter der Torbastion, wo eben noch eine der scheinbar harmlosen Rauchwolken gehangen hatte, ein rotglühender Funkenregen empor. Während die Lohe sich rasch über die benachbarten Dächer ausbreitete, preschten Reiter um die dem Strom zugewandte Ecke der Stadtmauer: zuerst mehrere kleinere Trupps, dahinter ein Pulk von wenigstens dreihundert Mann. In voller Karriere jagten sie gegen den Waldrand heran, wo Branwyn sich zitternd an den Stamm der Rüster drückte. Die junge Frau wollte fliehen, doch die Glieder versagten ihr den Dienst; wie gelähmt starrte sie den berittenen Kriegern mit den flatternden Haarmähnen entgegen, auf deren Helmen und Blankwaffen sich das grelle Sonnenlicht widerspiegelte.

Dann hallten dumpf heulende Hornstöße über die Ebene und mischten sich mit metallischen Fanfarensignalen, die von Samarobriva herüberdrangen. Sie ertönten nahe der Stelle, wo hinter der Stadtmauer die Feuersbrunst wütete; nun wurden außerhalb der Umwallung und ebenso vor dem plötzlich offenen Westtor weitere starke Reiterverbände sichtbar. In schnellem Galopp vereinigten sich diese beiden Trupps, die an ihren Feldzeichen als Römer kenntlich waren, zu einer zangenartigen Angriffsformation; gleichzeitig vollführte das vor ihnen befindliche Heer einen Schwenk und bildete einen Keil, um sich den Verfolgern zu stellen. Erneut erklang das archaische Heulen der Hörner und das Schmettern der Fanfaren; wenig später prallten die Gegner aufeinander, und das Waffenklirren, das angstvolle Wiehern der Pferde und die gurgelnden Todesschreie erfüllten weithin das Flußtal.

Trotz des Grauenhaften, zu dessen Zeugin sie wurde, vermochte Branwyn die Augen nicht abzuwenden. Sie sah, wie die langmähnigen Krieger die römische Front durchbrachen, wie die Schlacht danach hin und her wogte und wie es den vom Sattel aus fechtenden Legionären zuletzt gelang, ihre Feinde mittels eines unverhofften Manövers zwischen sich und den unterdessen von Samarobriva bis auf Pfeilschußweite herangerückten Fußtruppen einzukesseln und sie zu Paaren zu treiben. Ein Offizier mit rotem Helmbusch und in silberner Rüstung, der einen Rapphengst ritt, hatte an der Spitze seiner Leibwache die entscheidende Attacke eingeleitet. Jetzt, da der Sieg so gut wie errungen war, setzte er zusammen mit seiner Bedeckung einer noch dreißig oder vierzig Lanzen zählenden Horde nach, die es als einzige geschafft hatte, sich der Umzingelung zu entziehen, und nun stromabwärts zu entkommen versuchte.

Auf der Walstatt selbst legte sich der Kampflärm allmählich; die Römer entwaffneten die gegnerischen Überlebenden und fesselten sie. Andere Legionäre machten sich daran, die verstörten, reiterlosen Rösser einzufangen, oder kümmerten sich um die Verwundeten, die in großer Zahl auf der Erde lagen. Aus ihrem Versteck heraus nahm Branwyn wahr, wie die Soldaten sich über die verkrümmten Leiber beugten – und dieser Anblick ließ sie den eigenen Schock überwinden. Jäh begriff sie, daß es dort drüben Menschen gab, die auf Hilfe angewiesen waren; ohne weiter nachzudenken, lief sie los, erreichte das Schlachtfeld und kniete bei dem ersten Verletzten, auf den sie stieß, nieder.

Es handelte sich um einen der besiegten Reiterkrieger; einen kaum achtzehnjährigen Burschen mit schulterlangem, dunkelblondem Haar, der besinnungslos in einer Blutlache lag und in dessen Oberschenkel eine tiefe Schwertwunde klaffte. Hastig untersuchte die junge Frau ihn und stellte fest, daß er zudem einen Hieb gegen den Schädel erhalten haben mußte; die Kopfhaut war aufgeplatzt, doch die Verletzung schien im Gegensatz zu der schweren Blessur am Bein nicht sehr gefährlich. In der Hoffnung, der Verwundete würde noch eine Weile ohne Bewußtsein bleiben, löste Branwyn den Leibgurt, der seine Wollhosen zusammenhielt, und legte ihn vorsichtig um den Schenkel oberhalb der doppelt spannenlangen Schnittwunde. Dann zog sie den Ledergürtel so eng wie möglich, um auf diese Weise die Schlagader abzubinden, und tatsächlich kam die starke Blutung fast augenblicklich zum Stillstand.

Am Sattel eines erstochenen Pferdes ganz in der Nähe fand die junge Frau eine Feldflasche mit Wein. Sie wusch die Schenkelwunde des Blonden aus, riß sodann einen Streifen von seinem Leinenhemd, tränkte den Stoff mit der alkoholischen Flüssigkeit und verband die Blessur so gut wie möglich. Mehr vermochte sie im Moment nicht zu tun; sie nahm sich jedoch vor, später nach einem Arzt zu suchen und ihn herzubringen. Vorerst war es wichtiger, sich um einen römischen Legionär zu kümmern, der ein paar Schritte weiter stöhnend in einer Ackerfurche kauerte. Ein Pfeil, der seinen ledernen Brustpanzer durchbohrt hatte, steckte nahe der rechten Schulter im Oberkörper; als Branwyn herankam, stieß der schon etwas ältere Soldat einige flehende lateinische Worte hervor.

Sie antwortete in seiner Sprache und bemühte sich, ihn zu beruhigen. Aus der Feldflasche, die sie mitgebracht hatte, gab sie ihm zu trinken; dankbar schluckte er und entspannte sich unter dem Einfluß des Rotweins ein wenig. Nachdem sein Atem regelmäßiger ging, erklärte die junge Frau ihm, was sie tun mußte, um ihm zu helfen, und wartete ab, bis er nickte. Dann hielt sie den Pfeilschaft hart über dem Harnisch mit drei Fingern fest und brach ihn mit der anderen Hand unmittelbar darüber ab. Der Leib des Legionärs bäumte sich auf und erschlaffte wieder, gleich darauf löste Branwyn die Verschnürungen des Brustpanzers. So behutsam wie möglich hob sie ihn ab, zog ihr Messer und schnitt das Untergewand des Römers auf. Sie erkannte, daß der Pfeil zwischen zwei Rippen eingedrungen war; als sie die Stelle betastete, fühlte sie das Ende der eisernen Geschoßspitze.

Abermals sprach sie mit dem Soldaten und brachte ihn dazu,

die immer noch halbvolle Feldflasche ganz zu leeren. Innerhalb kurzer Zeit wurden seine Augen glasig; kaum bemerkte sie diese Veränderung an ihm, handelte die junge Frau schnell und entschlossen. Sie preßte die Messerschneide quer gegen den abgebrochenen Pfeilschaft und zog die ungefähr daumenlange Geschoßspitze mit einem einzigen Ruck heraus. Aus der Kehle des Legionärs drang ein gurgelnder Schrei und erstarb in einem Röcheln, weil der Mann ohnmächtig geworden war. Branwyn überprüfte seinen Puls, stellte fest, daß er flach, aber regelmäßig schlug, und machte sich daran, die Wunde, die sich mittlerweile zusammengezogen hatte, zu versorgen. Da kein Wein mehr vorhanden war, öffnete sie ihr Reisebündel, in dem sie einige Heilkräuter mit sich führte. Sie zerrieb ein wenig getrocknetes Arnikakraut, streute es über die Wundränder und legte dem Legionär, nachdem sie Stoffstreifen von seinem Untergewand abgetrennt hatte, einen Verband an.

Gerade wollte sie aufstehen, um sich nach weiteren Verletzten umzusehen, die Hilfe benötigten, als plötzlich Hufschlag in ihrem Rücken erklang. Sie fuhr herum und sah einen Rapphengst, der nun hart vor ihr durchpariert wurde. Das Tier warf den Kopf, Schaum flockte von seinem Gebiß; im selben Moment, da der Reiter den Hengst zur Ruhe brachte, erkannte die junge Frau den Offizier im silbernen Harnisch und mit dem roten Helmbusch. Es war derselbe, der die römischen Truppen kommandiert und am Ende zusammen mit seiner Leibwache die Verfolgung der flußabwärts fliehenden Horde aufgenommen hatte.

Branwyns erste Regung war Abwehr; erneut glaubte sie diesen großgewachsenen Mann gnadenlos fechten und töten zu sehen. Doch dann gewahrte sie etwas in seinen Augen, das sie nicht erwartet hatte: Wärme und Anteilnahme. Und dieser Eindruck verstärkte sich, als er nun sagte: »Wo eben noch erbittert gekämpft wurde, handelst du barmherzig, und dafür möchte ich dir danken!«

Um ihn auf die Probe zu stellen, erwiderte sie: »Ich habe diesen Legionär versorgt – aber ebenso einen eurer Gegner, der sonst verblutet wäre.« Sie deutete auf den dunkelblonden Krieger, der unweit von ihnen auf der Erde lag und allmählich wieder zu sich zu kommen schien.

»Auch die Franken sind Menschen«, antwortete der Offizier. »Zwar fielen ihre Scharen widerrechtlich nach Gallien ein und setzen uns Römern seither schwer zu, dennoch dürfen wir uns bei der Verteidigung des Reiches nicht von blindem Haß hinreißen lassen. Denn falls wir es darauf anlegten, besiegte Feinde unnötig zu quälen, wären wir nichts anderes als tollwütige Bestien.«

Der römische Reiterführer schwang sich aus dem Sattel und fuhr fort: »Du kannst dich darauf verlassen, daß die fränkischen Verwundeten die gleiche Pflege erhalten wie die Legionäre. In meinem Heer gilt nämlich der strikte Befehl, nach der Schlacht Menschlichkeit ohne Unterschied der Person walten zu lassen. Daher sind die meisten Verletzten, egal welcher Seite, inzwischen verbunden, wie du siehst, und auch zu den beiden, die du verarztet hast, werden gleich Helfer kommen, um sich ihrer weiter anzunehmen. – Doch nun laß uns über dich sprechen. Bist du eine Heilkundige aus der Gegend hier?«

»Nein, ich stamme aus Britannien«, erwiderte die junge Frau. Als er mehr wissen wollte, erzählte sie ihm kurz von den medizinischen Erfahrungen, die sie in Avalon gewonnen hatte, und nannte ihm zuletzt auch ihren Namen – dann trieb die Neugier sie dazu, sich nach dem seinen zu erkundigen.

»Ich heiße Julian.« Mit diesen Worten setzte er den Helm ab, der sein Gesicht bislang halb verborgen hatte, fuhr sich durch die dichten schwarzen Locken und lächelte sie an. Das Antlitz des kaum fünfundzwanzigjährigen Offiziers mit den klugen braunen Augen, der kräftig ausgeprägten Nase und der erstaunlich sensiblen Mundpartie wirkte, ähnlich wie seine Art im Umgang mit ihr, anziehend auf Branwyn; fast hatte sie das Gefühl, nicht länger einem Heerführer, sondern eher einem Philosophen oder Dichter gegenüberzustehen.

»Nur Julian?« entfuhr es ihr.

»Na ja, bei offiziellen Anlässen, wenn ich meines Amtes als Militärtribun der gallischen Nordprovinzen walte, werde ich Flavius Claudius Julianus gerufen«, gab er ihr Auskunft. »Aber«, er zwinkerte ihr zu, »im Grunde finde ich das ein wenig umständlich, und der Kosename, den meine Mutter verwendete, war mir stets lieber.«

Seine Bescheidenheit nahm die junge Frau noch mehr für ihn ein, so daß sie sich ihm nun ganz anvertraute: »Ich bin nach Samarobriva gekommen, weil ich den christlichen Priester dieser Stadt treffen muß. Dort drüben sind jedoch zahlreiche Gebäude in Brand geraten, so daß es im Tumult wahrscheinlich schwer für mich werden wird, ihn zu finden. Dürfte ich dich daher um deine Hilfe bitten?«

»Selbstverständlich darfst du das«, antwortete Julian. »Am liebsten würde ich dich selbst begleiten, leider habe ich jedoch noch eine Weile hier draußen zu tun. Aber ich kann dir einen meiner Leibwächter mitgeben, der aus Samarobriva stammt und dir deshalb sicher mehr nützen wird als ich. Bevor ich ihn freilich rufe, hätte auch ich eine Bitte …«

»Welche?« fragte Branwyn leise.

»Ich würde dich gerne wiedersehen und mich ausführlicher mit dir austauschen, denn ich finde dich sehr sympathisch«, gestand er. »Viel Zeit bleibt allerdings nicht, da ich in höchstens zwei Tagen mit meinem Heer nach Norden ziehen muß, wo die Franken weitere Ansiedlungen bedrohen.«

»Auch ich könnte es mir schön vorstellen, an einem friedlicheren Ort als diesem hier ein Gespräch mit dir zu führen«, entgegnete die junge Frau.

»Dann komm zum *Praefectorium*, wann immer du willst«, lud der Tribun sie in herzlichem Tonfall ein. »Der Palast liegt im Stadtzentrum, das vom Feuer verschont blieb; du kannst ihn gar nicht verfehlen.«

Nachdem Branwyn versprochen hatte, sich so bald wie möglich dort einzufinden, rief Julian einen Mann aus seiner Bedeckung heran, der zusammen mit seinen Kameraden eine Schar gefangener Frankenkrieger bewachte, und befahl ihm, der jungen Frau bei der Suche nach dem Priester behilflich zu sein.

Der Legionär nahm Branwyn hinter sich aufs Pferd; während sich das Tier im Schritt der westlichen Torbastion näherte, über die der Wind nach wie vor die dunklen Qualmwolken trieb, berichtete der Soldat, was sich vor dem entscheidenden Gefecht in und jenseits von Samarobriva abgespielt hatte: »Die Franken kamen im Morgengrauen ein Stück oberhalb der Stadt über den Strom, schlichen sich heran und versuchten, die Ostmauer im Handstreich zu stürmen. Glücklicherweise schlugen unsere Wachen gerade noch rechtzeitig Alarm, so daß dieser erste Angriff mit knapper Not abgewehrt werden konnte. Vor allem verdankten wir dies Flavius Claudius Julianus, der mit äußerster Tapferkeit focht. Weil er aber in Samarobriva außer uns Leibwächtern nur eine einzige Hundertschaft zur Verfügung hatte, wurde die Lage immer prekärer. Den ganzen Morgen hindurch unternahmen die Barbaren weitere Sturmangriffe, jetzt vor allem an der Nordmauer, und besetzten schließlich einen der Türme. Dies vergrößerte die Gefahr für uns enorm, und deshalb entschloß sich der Tribun zu einem höchst waghalsigen Unternehmen ...«

Der Legionär unterbrach sich, weil das Roß angesichts eines mit Leichen beladenen Karrens scheute; nachdem er das Tier wieder zur Ruhe gebracht hatte, fuhr er fort: »Als die Franken sich bei dem eroberten Mauerturm versammelten, nutzte Julianus die Gelegenheit und galoppierte zusammen mit uns Leibwächtern durch das rasch geöffnete und wieder geschlossene Südtor aus der Stadt. Ehe die Feinde auf uns aufmerksam wurden, hatten wir bereits einen beträchtlichen Vorsprung gewonnen und konnten die wenigen Verfolger, die sich an unsere Fersen hefteten, bald abschütteln. Nach einem scharfen Ritt von ungefähr fünf Meilen erreichten wir das Feldlager, wo der Tribun vor unserem Abstecher nach Samarobriva den größten

Teil seines auf dem Marsch nach Norden befindlichen Heeres zurückgelassen hatte. So schnell wie möglich machten diese Hundertschaften sich kampfbereit, dann führte Julianus die geballte Streitmacht der Legionäre zurück zu der belagerten Stadt, wo wir nach einem weiteren Gewaltritt am späten Vormittag anlangten …«

Der Soldat zügelte das Pferd und deutete auf einen Höhenzug, der sich im Südosten zur Flußebene herabzog. »Aus der Deckung dieser Bergflanke heraus griffen wir an, und es war allerhöchste Zeit. Denn mittlerweile hatten die Franken begonnen, von dem eroberten Turm aus Brandpfeile nach Samarobriva hineinzuschießen. An vielen Stellen schwelten die Dächer, und die Verteidiger hatten alle Hände voll zu tun, eine Katastrophe zu verhindern, während die fränkischen Krieger jetzt zum entscheidenden Sturm ansetzten. Aber gleich darauf traf unsere Attacke sie in der Flanke; erbittert tobte die Schlacht unter der Nordmauer, bis der Feind sich im selben Moment, da in der Stadt nun doch eine Feuersbrunst ausbrach, scheinbar zur Flucht entschloß. Wir jagten ihn bis auf die Felder vor dem Westtor, plötzlich jedoch sammelten die Frankenhäuptlinge ihre Horden zum Gegenstoß. Das freilich rettete sie nicht mehr, denn nun vereinigte unser Tribun seine Hundertschaften mit den Legionären aus Samarobriva, wodurch wir, wenn auch erst nach weiterem harten Kampf, den Sieg errangen.«

Nachdem er seine Erzählung beendet hatte, ritt der Soldat wieder an, und wenig später erreichten sie den Zugang zur Stadt. Die Huftritte des Rosses hallten in dem hohen, aus Backsteinen gemauerten Torschlund wider; dahinter öffnete sich ein gepflasterter Platz, von dem aus eine breite Straße direkt zum Zentrum Samarobrivas zu führen schien. Kaum ein Mensch war zu sehen, doch von den Vierteln im Norden, über denen die Rauchwolken hingen, drang dumpfer Lärm herüber.

Unschlüssig zügelte der Legionär sein Pferd erneut, wandte sich zu Branwyn um und sagte: »Das Haus des Priesters, den du suchst, steht ganz in der Nähe des *Praefectoriums*. Ich glaube allerdings nicht, daß er sich gegenwärtig dort aufhält. Vielmehr wird er denen beigesprungen sein, die seine Hilfe benötigen. Wir begeben uns also wohl am besten dorthin, wo die Brände wüten.«

Als die junge Frau nickte, trieb er das Tier wieder an und lenkte es in eine Seitengasse, die nach etwa hundert Schritten von der Hauptstraße abzweigte. Bald wurde der Lärm lauter und der brenzlige Geruch, der schon vorher zu spüren gewesen war, intensiver. Am Ende der langen, leicht gekrümmten Gasse schließlich, wo es abermals einen kleinen Platz gab, herrschte wilder Tumult und schlug den Reitern eine Hitzewelle entgegen, die ihnen den Schweiß aus allen Poren trieb.

Ein großes hölzernes Warenmagazin an der gegenüberliegenden Seite des Häusergevierts war beinahe schon völlig niedergebrannt; soeben krachten in einem Funkenregen die letzten rotglühenden Balken herunter. Auch die beiden kleineren Gebäude daneben standen lichterloh in Flammen und waren offensichtlich nicht mehr zu retten. Weiter links und rechts hingegen kämpften die Stadtbewohner entschlossen gegen die Feuersbrunst. Die Menschen hatten von einer Zisterne in der Mitte des Platzes Eimerketten zu verschiedenen Wohnhäusern gebildet, die ebenfalls bedroht waren. Die vordersten Männer in jeder Reihe waren auf Leitern oder Karren geklettert und versuchten, die Glutherde durch Wassergüsse zu ersticken.

Weil das Pferd jetzt fast ununterbrochen scheute, saßen Branwyn und der Legionär ab, führten das Tier in die Gasse zurück und banden es an einen Toreingang. Danach beteiligten sie sich auf das Drängen Branwyns hin zunächst so lange an den Löscharbeiten, bis sie gewiß sein durften, daß ihre Hilfe nicht länger nötig war, weil die Flammen nun allmählich in sich zusammenfielen. Erst dann erkundigten sie sich nach dem Priester, den der Soldat trotz eifrigen Herumspähens bisher nirgendwo hatte ausmachen können. Nach mehreren vergeblichen Versuchen sagte ihnen eine Frau, sie habe den Vorsteher der christlichen Gemeinde zwar irgendwann noch gesehen, dann sei er jedoch in Richtung des im Verlauf der Belagerung von den Franken besetzten Turmes an der Nordmauer verschwunden.

»Möglicherweise holte man ihn zu diesem Bollwerk, weil Sterbende zu trösten waren«, murmelte der Legionär; gleich darauf liefen er und Branwyn los. Der Weg war nicht weit, nach höchstens hundert Schritten ragte der Mauerturm vor ihnen auf. Seine Flanken waren rußgeschwärzt; die Lohe, welcher die Häuser in seiner Nähe zum Opfer gefallen waren, mußte mit schrecklicher Gewalt gegen ihn zurückgeschlagen haben. Als sie die Verwüstung und zwischen den Trümmern mehrere verkohlte Leichen sah, fühlte die junge Frau noch schlimmere Beklemmung als bisher; das Mitleid mit den Toten trieb ihr Tränen in die Augen. Nur undeutlich nahm sie wahr, wie der Soldat sich ein Stück von ihr entfernte und einen Mann ansprach, der auf einem Trümmerhaufen hockte.

Gleich darauf war der Legionär wieder bei ihr und brachte sie zu einem offenen Schuppen direkt an der Stadtmauer; wie durch ein Wunder war das einfache Gebäude unversehrt geblieben. Jetzt deutete der Soldat hinein – und Branwyn erblickte mehrere leblose Körper, über deren Köpfe blutbefleckte Tücher gebreitet waren; einer der Leiber aber war völlig verhüllt, und jemand hatte mit Kohle ein Fischsymbol auf das Leintuch gezeichnet.

Mehrmals hintereinander setzte die junge Frau vergeblich zum Sprechen an, endlich brachte sie heraus: »Der Priester?!«

»Ja«, erwiderte der Legionär mit rauher Stimme. »Bei dem Versuch, eine Familie zu retten, die in einem brennenden Haus eingeschlossen war, wurde er von herabstürzenden Balken getroffen und war auf der Stelle tot.«

Wie betäubt taumelte Branwyn unter das Schuppendach und kniete bei der Leiche nieder. Nach einer Weile merkte sie, daß der Soldat neben ihr stand; wenig später ließ sie es zu, daß er sie behutsam wegführte.

* * *

Das Kohlebecken neben der gepolsterten Sitzbank verbreitete wohltuende Wärme, und der Schein der Öllampen, die nach Einbruch der Dunkelheit von einem Diener entzündet worden waren, tauchte den Raum mit den hohen Bogenfenstern in weiches Licht.

Soeben reichte Julian seiner Besucherin einen Becher Wein, wartete ab, bis Branwyn sich gestärkt hatte, und sagte: »Du tatest gut daran, dem Rat meines Leibwächters zu folgen und dich von ihm hierher ins *Praefectorium* bringen zu lassen. Schade nur, daß ich selbst erst jetzt zurückgekehrt bin und du mir nicht früher von dem Unglück, das den *Presbyter* und damit indirekt auch dich getroffen hat, berichten konntest. Nunmehr jedoch, da du es getan hast, sollst du von mir jede Unterstützung bekommen, die ich dir zu geben vermag.«

»Ich danke dir«, antwortete die junge Frau leise. »Aber deine Hilfsbereitschaft ändert leider nichts an der Tatsache, daß ich die Auskünfte, die ich von dem Priester gebraucht hätte, jetzt nicht mehr bekommen werde.«

»Was genaue Informationen über die verschiedenen christlichen Gemeinden in Rom angeht, hätte dir tatsächlich nur der Tote weiterhelfen können«, erwiderte der Tribun bedauernd. »Ich selbst weiß nur eines: Als ich die Tiberstadt vor ungefähr einem Jahr verließ, um hier in Gallien gegen die Franken zu kämpfen, gab es in Rom böses Blut wegen der Herrschsucht und Intoleranz des Papstes Liberius. Viele warfen ihm vor, er betreibe Machtpolitik, statt die christliche Lehre zu verkünden, und manche forderten deshalb sogar seine Absetzung. Diese Gegner des Liberius sind vermutlich die Leute, welche du suchst und zu denen auch der *Presbyter* Kontakt hatte, doch ich kann dir weder ihre Namen nennen noch dir sonst etwas über sie sagen.«

»Es wird mir trotzdem gelingen, sie ausfindig zu machen!« beteuerte Branwyn.

»Daran zweifle ich nicht, denn du bist ohne Zweifel eine willensstarke und tatkräftige Frau«, entgegnete Julian. »Und nachdem du so fest entschlossen bist, deine Reise fortzusetzen, werde ich dir meinen Beistand selbstverständlich nicht verweigern.«

»Aber du willst mit deinem Heer nach Norden marschieren, während mein Weg nach Südosten führt«, kam es von Branwyn.

»Irgendwie wird sich eine Lösung finden lassen«, versprach der Tribun. »Ein, zwei Tage haben wir ja noch Zeit bis zu meinem Abritt, bis dahin kannst du gerne als mein Gast hier im *Praefectorium* bleiben.«

Dankbar nahm die junge Frau das großherzige Angebot des hohen Offiziers an, dann wandte ihre Unterhaltung sich allmählich anderen Dingen zu. Auf Julians Bitte hin erzählte Branwyn von Britannien, zwischendurch erfuhr sie auch einiges aus seinem Leben. Er war in Konstantinopel geboren und erzogen worden und hatte in dieser Stadt, die vor einem Vierteljahrhundert von Kaiser Konstantin zur Residenz des Römischen Imperiums erhoben worden war, neben der Militärakademie zusätzlich eine Philosophenschule besucht. Später am Abend, als der Wein ihm die Zunge gelockert hatte, gestand Julian, daß er sich seither gelegentlich in der Dichtkunst versuche, und trug eines seiner Werke vor. Obwohl sich das Epigramm in Rhythmus und Reimform grundlegend von den keltischen Bardengesängen unterschied, fand die junge Frau es gelungen; sie lobte das Talent des Tribuns, und seine Augen leuchteten vor Freude auf.

Erst tief in der Nacht trennten sie sich; ein Diener begleitete Branwyn zum Gästetrakt des *Praefectoriums*, wo in einem luxuriös ausgestatteten Raum ein bequemes Bett auf sie wartete. Am nächsten Morgen machte die junge Frau sich im Lazarett bei der Versorgung der Verwundeten nützlich, teilte anschließend das Mittagsmahl mit Julian und einigen anderen Offizieren, bekam ansonsten jedoch wenig von ihm zu sehen.

Am darauffolgenden Vormittag dann, während seine Hundertschaften sich bereits zum Abmarsch formierten, ließ er Branwyn zu sich rufen und eröffnete ihr: »Du brauchst dir wegen deiner Weiterreise keine Sorgen mehr zu machen, sofern du bereit bist, noch bis Ende der Woche hier in Samarobriva zu warten …«

Danach erklärte er ihr die Einzelheiten; wenig später, als er an der Spitze seines Heeres davonritt und die junge Frau ihm vom Wehrgang der Stadtmauer aus nachblickte, ertappte sie sich bei dem Wunsch, ihn irgendwann wiederzusehen.

Der Planwagen

Obwohl das Firmament über der weiten Stromniederung von diesigen Wolkenschleiern verhangen war und die Nachmittagssonne nur da und dort durch den graublauen Dunst brach, schien ein seltsames, beinahe andersweltliches Leuchten über dem Land zu liegen.

Weich breitete es sich über die Flußmarschen und die südlich angrenzenden Hänge, wo zwischen Weingärten ein Tempel sowie einige andere große Bauwerke aufragten. Ebenso waren die Gebäude auf der größeren der beiden nahe beieinanderliegenden Inseln in der Strommitte in das warme, diffuse Licht getaucht: ein Palast, abermals ein Säulentempel und steinerne, regelmäßig angeordnete Wohnhäuser. Ein dritter Tempelbau erhob sich auf einem flachen, langgestreckten Hügelrücken nördlich des Flusses; unweit davon spannten sich scheinbar schwerelos die Bögen eines Aquädukts über die Ebene. Auf der kleineren Strominsel schließlich standen dicht an dicht Hunderte von Rundhäusern mit kegelförmigen Reetdächern; weitere derartige keltische Niederlassungen reihten sich entlang der Flußufer aneinander.

Fasziniert blickte Branwyn auf Lutetia, nie zuvor hatte sie eine so große Stadt gesehen. Während sie das eindrucksvolle Bild in sich aufnahm, drang die Stimme des grauhaarigen, aber noch rüstigen gallorömischen Fuhrmannes Marcus an ihr Ohr, der neben ihr auf dem Wagenbock saß und die beiden braunen Zugpferde lenkte: »Bereits lange ehe Gallien vor rund vierhundert Jahren von den Römern erobert wurde, gab es hier eine bedeutende keltische Ansiedlung, und im Kampf des legendären Vercingetorix gegen Cäsar war Lutuhezi, wie die Stadt damals noch hieß, ein wichtiges Bollwerk. Die Stämme der hier ansässigen Parisier vermochten achttausend Krieger gegen die Legionen aufzubieten, dennoch unterlagen sie zuletzt. Um einem Sturm Cäsars auf ihre Hauptstadt zuvorzukommen, legten sie selbst Feuer; danach flüchteten sie sich in die umliegenden Sümpfe. Später freilich wurde Lutetia wieder aufgebaut, und seither leben Gallier und Römer, wenn auch in verschiedenen Vierteln, friedlich zusammen.«

Weil die Rösser langsamer wurden, knallte Marcus mit der Peitsche, dann setzte er hinzu: »Wollen wir hoffen, daß es auch in Zukunft so bleibt und die fränkischen Kriegshorden nicht bis hierher vordringen!«

»Du meinst, sie könnten Julian im Norden besiegen?« fragte Branwyn erschrocken.

»Das glaube ich eigentlich nicht, denn der Tribun ist trotz seiner Jugend ein erprobter Feldherr, und seine Soldaten würden sich für ihn in Stücke hauen lassen«, erwiderte der Fuhrmann. Neuerlich ließ er die Peitschenschnur schnalzen, mit dem nächsten Lidschlag zwinkerte er ihr zu. »Du brauchst dir also keine Sorgen um deinen Gönner zu machen.«

»Du weißt, wieviel ich ihm verdanke!« verwahrte Branwyn sich gegen die Anspielung. »Hätte er mir nicht geholfen, so wäre ich gezwungen gewesen, den ganzen Weg von Samarobriva bis hierher zu Fuß zurückzulegen.«

»Und ich hätte einsam auf dem Bock gesessen, statt in den Genuß deiner Gesellschaft zu kommen«, schmunzelte Marcus. »Deshalb sollten wir beide froh über das an Paulinus Lupus gerichtete Empfehlungsschreiben sein, welches Julian dir gab.«

»Ja, es war ein großes Glück, daß der Tribun damals kurz vor seinem Abmarsch Kenntnis von der baldigen Ankunft eures

Handelszuges in Samarobriva erlangte und den Kaufherrn in seinem Brief ersuchte, mich bis Italien mitzunehmen«, pflichtete die junge Frau ihm bei. »Auf diese Weise reise ich bedeutend sicherer, als wenn ich allein unterwegs wäre, und da du so reiches Wissen über die Länder besitzt, die wir durchqueren, kann ich zudem eine Menge lernen.«

»In Lutetia, wo wir eine volle Woche bleiben, werde ich dir jedes einzelne Stadtviertel zeigen und dir seine Geschichte erzählen«, versprach der Fuhrmann geschmeichelt. »Doch vorerst müssen wir den Planwagen unbeschädigt zum Flußufer hinunterbringen. Halte dich besser gut fest, denn das letzte Straßenstück ist unbequem!«

Branwyn befolgte seinen guten Rat; gleich darauf beschrieb der nun abschüssig werdende Weg eine weite Kehre, und von hier aus konnte die junge Frau die gesamte Länge der Handelskarawane überschauen.

Ganz an der Spitze ritt ein Trupp von sechs Bewaffneten; sie flankierten den Kaufherrn Paulinus Lupus, der im Sattel eines kräftigen Rappen saß. Branwyn hatte den athletischen, etwa vierzigjährigen Fernhändler mit dem dunklen Kraushaar und den durchdringenden Augen als tatkräftigen Mann kennen- und schätzengelernt; ein besonderer Charakterzug an ihm behagte ihr allerdings weniger.

Denn Paulinus hing einer Art des Christentums an, das sich vom Glauben der Getauften in Britannien grundlegend unterschied. Wo jene sich bemüht hatten, ihren Mitmenschen Nächstenliebe entgegenzubringen, huldigte der Kaufmann einem seltsamen Reliquienkult, der sich nach Einschätzung der jungen Frau nicht mit der Lehre Jesu vereinbaren ließ. Aber Paulinus bestand darauf, daß die vermoderten Gebeine, die sich in einem schwarzen Holzkasten auf dem Rücken eines an seiner Seite dahintrottenden Maultieres befanden, Heilsbringer von herausragender Wunderkraft seien, da die Seelen der Märtyrer, denen sie nach seinen Worten einst gehört hätten, mittlerweile zur Rechten Gottes im Paradies weilten. Auf so manchem

Marktplatz zwischen Samarobriva und Lutetia hatte der Kaufherr dies verkündet und zumeist einträgliche Geschäfte mit den Knochen gemacht; vor allem dann, wenn er sie vor dem Verkauf mit einem großen silbernen Kruzifix in Berührung gebracht hatte, das er auf der Brust trug und in welches – ihm zufolge – ein Splitter vom Kreuz Christi eingelassen war.

In der Erinnerung an derartige Szenen preßte Branwyn angewidert die Lippen zusammen; im nächsten Moment fesselte eines der zwei Dutzend schwer beladenen Lasttiere, die sich zwischen der Leibwache des Paulinus Lupus und dem Planwagen befanden, ihre Aufmerksamkeit. Das Muli bockte plötzlich; seine Last, die aus zwei Fässern mit Seehundstran von der Küste bestand, drohte zu Bruch zu gehen. Der Treiber bemühte sich, das Tier wieder zur Vernunft zu bringen; während er es zu bändigen versuchte, wurden auch die übrigen Maulesel unruhig. Teils schleppten sie ebenfalls Tranfässer, deren Inhalt später als Lampenöl Verwendung finden sollte, teils Packen gegerbten Leders oder Ballen von Rohwolle, wie Branwyn sie bereits an Bord des Schiffes gesehen hatte, mit dem sie nach Gallien gekommen war.

Jetzt, weil das ungebärdige Muli die Straße noch immer blockierte und der Fuhrmann deshalb anhalten mußte, stauten sich die hinter dem Planwagen laufenden Saumtiere. »Was ist denn los, Marcus? Willst du etwa kurz vor Lutetia noch einmal eine Pause einlegen, um für deine hübsche Begleiterin etwas Schönes zu brutzeln?« rief einer der Männer, welcher links und rechts je einen Lastesel führte.

»Das fragst du doch nur, weil du von allen hier am verfressensten bist«, gab der Fuhrmann, der die Nahrungsmittelvorräte des Handelszuges transportierte und zudem als Koch fungierte, zurück. »Aber du wirst dich wohl oder übel bis zur Ankunft in der Stadt gedulden müssen.«

Kaum hatte Marcus den Eselstreiber zurechtgewiesen, kam die weiter vorne ins Stocken geratene Karawane wieder in Bewegung. Auch der Küchenwagen rumpelte weiter, und die Kette der ungefähr zwanzig Tragtiere, die ihm folgten, zog sich von neuem auseinander. Branwyn sah die schweren Lasten – abermals Fässer, Lederpacken, Wollballen und dazu Bündel von Rohmetallstäben, Säcke mit Bienenwachs oder dick umflochtene Metkrüge – auf den Rücken der Vierbeiner schwanken. Ganz am Ende erblickte sie einen zweiten Trupp bewaffneter Reiter: den Nachtrab, der zusammen mit der Gruppe um Paulinus Lupus für den Schutz des Kaufmannszuges verantwortlich war.

Bisher freilich, obwohl die Handelskarawane auf ihrem zehntägigen Weg von Samarobriva nach Süden mehrere von herumstreifenden Frankenkriegern zerstörte Gehöfte passiert hatte, war der Marsch friedlich verlaufen. Nun, als das Pferdegespann die langgestreckte Straßenkehre hinter sich brachte, hoffte die junge Frau, daß es auch während der folgenden Monate so bleiben würde. Doch zunächst durfte sie die einwöchige Rast in Lutetia genießen, wo ab morgen ein großer Frühlingsmarkt stattfinden sollte. Wie Marcus erzählt hatte, strömten die Menschen aus diesem Anlaß von weither in die Stadt, und am letzten Tag würde zudem ein großes Fest steigen. Als Branwyn daran dachte, lächelte sie voller Vorfreude; wenig später erreichte der Planwagen die Anlegestelle der Fähre zwischen einer Gruppe keltischer Rundhäuser am nördlichen Flußufer, und jetzt konnte die junge Frau es kaum noch erwarten, zu den beiden durch Brücken miteinander verbundenen Inseln überzusetzen.

* * *

Die Woche in der nordgallischen Metropole brachte eine Menge neuer Eindrücke. Zusammen mit dem Fuhrmann oder auf eigene Faust durchstreifte Branwyn die Stadtviertel mit ihren Tempeln, in denen marmorne Götter- und Kaiserfiguren aufgestellt waren. Zwischen den prunkvollen Bauwerken an den südlichen Stromhängen entdeckte sie ein Forum. Wie Marcus ihr erklärte, fanden dort Volksversammlungen und bei Bedarf auch Gerichtsverhandlungen statt. Unweit davon gab es ein Amphitheater sowie überdachte Thermen, und nach einem Bad in einem der beheizten Bassins fühlte die junge Frau sich wie neugeboren.

In ihrem Überschwang erstand sie bei einer gallischen Schneiderin einige neue Kleidungsstücke, darunter ein leichter, wunderschön gemusterter Kapuzenmantel, dessen Farben reizvoll mit ihrem rotblonden Haar und den graublauen Augen harmonierten. Sie trug ihn während des Festtages, der das einwöchige Markttreiben abschloß, und konnte sich im Verlauf dieser ausgelassenen Stunden vor Verehrern kaum retten. Sogar Paulinus Lupus, von dem sie bis dahin eher den Eindruck gehabt hatte, er lebe einzig für seine Geschäfte, forderte sie zum Tanz auf und versicherte ihr anschließend bei einem Becher Wein, daß er alles tun werde, um sie heil nach Italien zu bringen.

Am folgenden Morgen dann zogen der Kaufherr und sein Troß erneut zur Fähre am nördlichen Stromufer. Drüben formierte sich die Karawane in der bewährten Ordnung, und die Tragsättel der Saumtiere waren nun zumeist mit Luxusgütern bepackt, die Paulinus in Lutetia gegen die von der Küste herangeschafften Waren eingehandelt hatte. Wieder rollte der Küchenwagen, unter dessen Abdeckung sich auch Branwyns Schlafstätte befand, inmitten der ungefähr fünfzig Mulis und Lastesel dahin; an der Spitze und am Ende sicherten die Reitertrupps den Zug, und jeden Abend, ehe das Lager aufgeschlagen wurde, durchstreiften einige Bewaffnete die Umgebung, um sich zu vergewissern, daß keine Gefahr drohte.

Auf diese Weise legte die Handelskarawane die Strecke bis zu der neun Tagesmärsche nordöstlich von Lutetia liegenden Stadt Durocortorum zurück, wo sie Ende Mai eintraf. Auch dort verweilte man einige Zeit; Paulinus Lupus nutzte sie, um abermals vorteilhafte Geschäfte abzuschließen und zudem etliche seiner Reliquien loszuschlagen. Einmal mehr verspürte Branwyn Unbehagen, als sie mitbekam, wie der Großhändler vermoderte Gebeine gegen pures Gold eintauschte. Doch wie bei früheren

Gelegenheiten schon schwieg sie; schließlich war sie auf Paulinus' Wohlwollen angewiesen und konnte es sich nicht leisten, ihn herauszufordern.

Zwei Tagesreisen südlich von Durocortorum erreichten sie einen breiten Strom, dessen Name Marnus lautete. In einer geschützten Bucht dort lag ein Dorf, das von romanisierten Angehörigen des keltischen Stammes der Remer bewohnt war. Die Gallier besaßen Flachkähne, auf denen sie die Reiter, Treiber und Tragtiere des Handelszuges in kleinen Gruppen übersetzten; zuletzt wurde der Planwagen zwischen zwei Booten festgezurrt und gelangte so ebenfalls ans andere Ufer.

Unter zumeist sonnigem Junihimmel bewegte sich die Karawane anschließend in südöstlicher Richtung durch eine sanfte, beinahe bukolisch wirkende Hügellandschaft. Immer wieder tauchten malerische, von Weingärten umgebene Ansiedlungen auf; die Menschen, die in den Wingerten arbeiteten, waren ausgesprochen freundlich. Wo es größere Dörfer mit Marktplätzen gab, bot Paulinus Lupus seine Waren an, und gewöhnlich wurden an solchen Orten auch Rastpausen eingelegt, um vor allen Dingen den stark beanspruchten Tieren Erholung zu gönnen.

Eines Nachmittags gegen Ende des genannten Monats erläuterte Marcus seiner Reisegefährtin, daß es sich bei dem Fluß, der soeben in der Ferne sichtbar wurde, um denselben handle, an dem viel weiter abwärts Lutetia läge; man sei also, nachdem man einen weiten Bogen durch Nordgallien geschlagen habe, nunmehr am Oberlauf dieses Stromes angelangt. Noch vor Abend dann stießen sie auf ein ausgedehntes römisches Landgut, dessen Eigentümer, wie wiederum der Fuhrmann wußte, über einige Ecken mit Paulinus Lupus versippt war.

Während der Planwagen sich der Villa und den verschiedenen Wirtschaftsgebäuden näherte, erzählte Marcus außerdem von der Spezialität, die seit Menschengedenken auf dieser Latifundie im äußersten Südosten des großen Weinanbaugebietes hergestellt wurde: »Einer der Vorfahren des jetzigen Gutsherrn hat eine Methode gefunden, aus gebranntem Rotwein, Kräutern und gewissen anderen Ingredienzen ein sehr starkes und bekömmliches Getränk herzustellen. Es hilft bei zahlreichen Gebrechen und ist nicht nur in dieser Gegend sehr gefragt, sondern mehr noch im rauhen Hochgebirge, welches wir gegen Ende des Sommers erreichen werden. Deshalb nimmt Paulinus auf jeder seiner Reisen mehrere Maultierlasten dorthin mit und teilt sich den Profit später mit seinem Verwandten.«

Die Worte des Fuhrmannes machten Branwyn neugierig auf den geheimnisvollen Trank. Tatsächlich bekam sie anläßlich eines Gastmahles, zu dem sie am nächsten Tag geladen wurde, ein paar Schlucke zu kosten. Da der Branntwein freilich allzu scharf in ihrer Kehle brannte, fand sie wenig Gefallen an ihm; daß er in bestimmten Fällen jedoch heilsame Wirkung besitzen könnte, gab sie zu, nachdem sie spürte, wie ihr Blut sich erwärmte.

Die folgende Woche, in der die Saumtiere auf den Koppeln weiden durften, verstrich in ruhigem Gleichmaß. Unter dem Ziegeldach der Villa fand Branwyn Erholung, und um die Gastfreundschaft zu vergelten, kümmerte sie sich häufig um die drei kleinen Kinder des römischen Gutsbesitzersehepaares. Am achten Morgen dann wurden die Mulis und Tragesel von neuem beladen; sechs frische Maultiere, die von der Latifundie selbst stammten, schlossen sich dem Handelszug an. An ihren hölzernen Sattelgestellen hingen jeweils zwei Fässer, in denen zwischen Strohpolstern die Tonkrüge mit dem Branntwein steckten.

Diese Vorsichtsmaßnahme bewährte sich bestens; keiner der empfindlichen Behälter ging zu Bruch, als die Karawane einen Tagesmarsch östlich des Landgutes in schwer passierbares Gelände kam. Entlang eines steinigen, sich scheinbar regellos windenden Pfades erklommen Mensch und Tier die Flanke eines Mittelgebirgsmassivs. Manchmal, wenn die Kräfte des Gespanns, das den Planwagen zog, nicht mehr ausreichten, mußte Branwyn abspringen und zusammen mit einigen Treibern in die Speichen greifen. Erst gegen Mittag des zweiten Tages war der anstrengende Aufstieg geschafft, und der Blick öffnete sich auf eine spärlich bewachsene und von flachen Bodenwellen gegliederte Hochebene, die sich bis zum Horizont erstreckte.

Volle zwei Wochen ging es von hier aus ununterbrochen in südöstlicher Richtung weiter. Heideflächen und Buschinseln wechselten einander ab, gelegentlich fristete ein Wäldchen sein Dasein. Einige Male passierte der Kaufmannszug Steinsetzungen, die entweder einzeln für sich auf der Hochfläche aufragten oder zu Kreisen angeordnet waren. Vor langer Zeit mußte die Gegend besiedelt gewesen sein, doch jetzt war sie völlig menschenleer. Nirgendwo existierte eine Ansiedlung; kein Hirte trieb seine Herde vorbei, und kein Jäger zeigte sich, obwohl es, den Spuren nach zu schließen, reichen Wildbestand gab. Jeden Abend wurde das Lager an einem Bachlauf oder bei einer Quelle unter freiem Himmel aufgeschlagen; Paulinus Lupus kannte die geeigneten Plätze. Und er war es auch, der sich am späten Morgen des fünfzehnten Tages in den Steigbügeln seines Rappen aufstellte, auf einen Taleinschnitt wies, der jenseits einer Waldzunge sichtbar wurde, und den ihm Nachfolgenden zurief: »Wir sind fast am Ziel! Dies ist der Paß, der hinunter nach Divio führt.«

Bis zum frühen Abend hatten sie den Abstieg hinter sich gebracht. Im sinkenden Licht erkannte Branwyn die wuchtigen Mauerzüge eines kleinen Kastells, das am Ausgang des Tales lag; die Häuser eines *Vicus* schlossen sich an den südlichen Wall an. Als die Karawane herankam, erklang von einem der Ecktürme des Forts ein Trompetensignal; gleich darauf erschienen unter dem Westtor knapp ein Dutzend Reiter und näherten sich dem Kaufmannszug, der jetzt langsam zum Stehen kam, im Galopp.

Branwyn sah, wie die berittenen Legionäre den Handelsherrn umringten; gleichzeitig erläuterte Marcus ihr feixend: »Es ist jedes Jahr dasselbe. Der *Centurio* der Festung und seine

Unteroffiziere, die *Decuriones*, lassen es sich nicht nehmen, Paulinus auf diese überschwengliche Weise willkommen zu heißen. Und natürlich hängt das mit dem Branntwein zusammen, auf den sie sehnsüchtig gewartet haben.«

»Ich dachte eigentlich, dieses besondere Getränk wäre für die Bewohner des Hochgebirges viel weiter im Osten bestimmt, damit sie den rauhen Winter leichter überstehen können«, schmunzelte Branwyn.

»Nun ja, die meisten Krüge werden auch dorthin gelangen«, erwiderte der Fuhrmann. »Aber eine Maultierlast bleibt eben traditionell schon hier hängen.«

Kurz darauf setzte sich die Karawane wieder in Bewegung und erreichte wenig später das Kastell. Über eine der beiden sich rechtwinklig kreuzenden Lagerstraßen und an schmucklosen, barackenartigen Soldatenunterkünften vorbei rollte der Planwagen ins Zentrum des Militärlagers, wo sich das zweistöckige Quartier des *Centurio* befand. Nachdem der Befehlshaber der hundert Legionäre, die in Divio in Garnison lagen, auf die junge Frau aufmerksam geworden war und zudem erfahren hatte, daß sie ein Empfehlungsschreiben des Tribuns Flavius Claudius Julianus besaß, lud er sie ein, unter seinem Dach zu wohnen. Ebenso wie der Kaufherr bekam sie ein bequem eingerichtetes Zimmer, wo eine Dienerin ein Wannenbad für sie zubereitete; danach, beim gemeinsamen Abendessen, lernte sie die Gemahlin und die halbwüchsigen Kinder des Offiziers kennen und verstand sich auf Anhieb mit ihnen.

Ende Juli war der Handelszug im Fort angekommen; eigentlich hatte Paulinus Lupus die Weiterreise bereits nach einer Rast von wenigen Tagen antreten wollen. Weil aber die Pflugscharen, Beile, Sägen und Schaufelblätter, die er als Bezahlung für den Branntwein bekommen sollte, von dem einzigen Schmied im *Vicus* noch längst nicht fertiggestellt waren, wurde es fast Mitte August, ehe die Lasttiere neuerlich beladen werden konnten. Da ihm die Verzögerung peinlich war, kommandierte der *Centurio* eine zehn Mann zählende Einheit unter dem Befehl eines der Unteroffiziere ab, welche den Auftrag bekam, die Karawane durch die breite Flußebene östlich von Divio zu eskortieren und sie vor etwaigen Übergriffen fränkischer Raubbanden zu beschützen, die dort zuzeiten herumstreiften.

Letztlich allerdings erwies sich diese Vorsichtsmaßnahme als überflüssig, denn im Verlauf des einwöchigen Marsches zum Hügelland jenseits der ausgedehnten Tiefebene kam es zu keinem einzigen gefährlichen Zwischenfall. Es blieb selbst dann ruhig, als der Strom auf provisorisch gezimmerten Flößen überwunden werden mußte, und angesichts der damit verbundenen Schwierigkeiten ein Angriff auf die Saumtiere mit ihren wertvollen Lasten besonders leicht gewesen wäre. Trotzdem waren die Mitglieder des Handelszuges den Legionären dankbar für ihre Gegenwart. Mehr als einmal stießen sie nämlich auf ausgeplünderte und niedergebrannte Gehöfte, und am vorletzten Tag machte einer der Soldaten unweit einer solchen Ruine am Rand eines Wäldchens eine gräßliche Entdeckung.

Unter einem Gestrüpp lagen, nur notdürftig verscharrt, die Skelette von drei Erwachsenen und einem Kind; man hatte die Bedauernswerten, deren Schädeldecken allesamt eingeschlagen waren, bestialisch ermordet. Die Untat freilich mußte schon vor längerer Zeit geschehen sein; der *Decurio* der Begleittruppe schätzte, daß das Verbrechen mindestens ein halbes Jahr zurücklag und die Täter daher längst weitergezogen waren.

Branwyn empfand tiefes Mitleid mit den Opfern; ihre Betroffenheit war um so größer, als sie kurz vor der Weiterfahrt beobachtet hatte, wie Paulinus Lupus unter dem Vorwand, die Gebeine mit Erde bedecken zu wollen, heimlich einige der Knochen in ein Tuch gehüllt und zu sich gesteckt hatte. Schon gleich zu Beginn ihrer Bekanntschaft hatte die junge Frau sich abgestoßen gefühlt, wenn sie den Kaufherrn, um dessen Nacken das silberne Kruzifix hing, mit den vorgeblichen Reliquien hantieren sah; jetzt wußte sie zudem, daß er ein Betrüger war. Andererseits besaß Paulinus durchaus seine guten Seiten und hatte sich ihr gegenüber nie etwas zuschulden kommen lassen, weshalb Branwyn, die schließlich nach wie vor auf ihn angewiesen war, auch diesmal schwieg.

Am nächsten Nachmittag, als sie den Saum des Hügellands jenseits der Stromebene erreichten und in der Ferne erstmals das Filigran der Hochgebirgsketten zu erahnen war, faßte die junge Frau, die bis dahin noch immer bedrückt gewirkt hatte, frischen Mut. Denn Marcus sagte ihr: »Die Grajischen Alpen, welche dort vor uns liegen, sind die letzte Barriere, die uns von Italien trennt. Sofern weiterhin alles gut geht, werden wir Anfang September an ihrem Fuß anlangen und können die Überquerung rechtzeitig vor den ersten Wetterstürzen des Herbstes schaffen.«

»Und wie weit haben wir es dann noch bis Rom?« wollte Branwyn wissen.

»Da es jenseits des Gebirges sehr gut ausgebaute Straßen gibt, rechnen wir von der Stadt Augusta Taurinorum aus, die an den südöstlichen Ausläufern der Grajischen Alpen liegt, mit nur fünf, allerhöchstens sechs Wochen«, erwiderte der Fuhrmann. »Dies wiederum bedeutet, daß du Rom sehen wirst, ehe der Winter hereinbricht.«

In dieser Nacht lag die junge Frau lange wach und malte sich aus, was sie in der Tiberstadt erwarten würde. Sie dachte an die Visionen, die sie in Avalon erlebt hatte, und überlegte, wie sie die Aufgabe, die ihr übertragen worden war, am besten erfüllen könnte. Erst spät schlief sie ein; als sie bei Sonnenaufgang mit schweren Lidern erwachte, hatte sie das Gefühl, wirr und angstvoll geträumt zu haben, vermochte sich aber an nichts zu erinnern. Sie kletterte aus dem Wagen und wusch sich in einem nahe vorbeifließenden Bach; das prickelnd kalte Wasser verscheuchte ihre seltsame Beklemmung.

Wenig später verabschiedeten sich die Legionäre, um den Heimweg nach Divio anzutreten; kaum waren sie verschwunden, machte sich die Handelskarawane an den Aufstieg ins Hügelland. Nachdem die ersten steilen Steigungen überwunden waren, kamen sie überraschend gut durch die Hochtäler voran.

Freilich war die Gegend während der folgenden beiden Wochen, in deren Verlauf die Gebirgskette langsam näher rückte, erneut einsam; lediglich einmal, in der neunten Nacht, konnten sie im Schutz einer kleinen bäuerlichen Ansiedlung lagern. Marcus tröstete Branwyn jedoch damit, daß sie nun bald den See von Geneva und die gleichnamige Stadt erreichen würden, und Anfang September war es soweit.

Wieder hatte der Kaufmannszug einen Paß hinter sich gebracht; als der Planwagen um die letzte Wegkehre bog, erblickte die junge Frau ein Landschaftsbild von großer Schönheit. Hohe Bergketten umrahmten das Gewässer, das in weiches Spätsommerlicht gebadet war und sich halbmondförmig bis zum Horizont erstreckte. An manchen Stellen glaubte Branwyn Fischerdörfer auszumachen; am südlichen Ende des Sees entsprang ein Fluß, und dort standen im Schutz eines ovalen Palisadenwalles Hunderte von Häusern.

Lange schaute die junge Frau auf Geneva hinunter, endlich wandte sie sich an den Fuhrmann: »Ich dachte, wir würden zu einer Römerstadt gelangen, aber diese Siedlung wirkt eher keltisch auf mich.«

»Du hast recht«, bestätigte Marcus. »Geneva ist eine Gründung der Helvetier und wird bis heute fast ausschließlich von Angehörigen dieses Volkes, das mit den Galliern verwandt ist, bewohnt. Auch weiter nördlich und östlich im Gebirge leben noch helvetische Stämme, und vor vier Jahrhunderten setzten sie den Legionen Cäsars, als diese hierher vordrangen, schwer zu. Doch diese Zeiten sind längst vorbei; seit vielen Menschenaltern beschränken sich die Helvetier darauf, friedlichen Handel zu treiben, und so wurde Geneva zu einem wichtigen Umschlagplatz für den Warenaustausch zwischen Gallien und Italien.«

Schon am selben Nachmittag konnte Branwyn sich davon überzeugen, daß der Fuhrmann nicht übertrieben hatte. Auf dem zentralen Platz der Stadt sowie in den Gassen mit ihren zahlreichen Verkaufsständen herrschte geschäftiges Treiben;

die verschiedenartigsten handwerklichen und landwirtschaftlichen Erzeugnisse wurden feilgeboten. Unter letzteren fielen der jungen Frau besonders die wagenradgroßen, in gewachstes Leinen eingenähten Käselaibe auf, die außerordentlich lange haltbar und zudem sehr schmackhaft waren, wie Marcus erklärte.

Im Lauf der Woche, die Paulinus Lupus für den Aufenthalt in Geneva eingeplant hatte, fand Branwyn mehrmals Gelegenheit, diese Spezialität zu kosten; ansonsten erkundete sie die Stadt und ihr Umland auf kleinen Wanderungen. An einem dieser Tage, als sie ein Dorf am Seeufer besuchte, lernte sie einen freundlichen älteren Fischer kennen, der sie einlud, ihn auf einer Fahrt in seinem Einbaum zu begleiten. Langsam glitt das archaische Boot hinaus zu den Fanggründen, wo der Alte ein Schleppnetz auswarf; während der Einbaum anschließend mit der sachten Strömung trieb, empfand die junge Frau tiefen, zeitlosen Frieden.

Am übernächsten Morgen hingegen, an dem die Karawane Geneva wieder verließ, litt Branwyn unter innerer Unruhe. Weil sie keine rationale Erklärung dafür fand, redete sie sich ein, daß ihre Beklemmung mit den grauen Wolken zusammenhängen müsse, welche die Bergflanken östlich des Sees verhüllten und aus denen immer wieder kurze Regenschauer niedergingen. Auch ihre Reisegefährten und selbst die Mulis und Esel wirkten bedrückt; während die Menschen sich so gut wie möglich gegen die Unbilden der Witterung zu schützen versuchten, trotteten die Lasttiere, von denen einige jetzt statt der Branntweinvorräte Waren aus der helvetischen Stadt trugen, schicksalsergeben und mit gesenkten Köpfen bergan.

Am schlimmsten wurde es gegen Mittag, als der Handelszug, während der Pfad zu allem Überfluß auch noch an einem Abgrund entlangführte, in dichten Hochnebel geriet. Branwyn sprang vom Wagen, lief zu den Pferden vor und ergriff das Zaumzeug des rechts angeschirrten Rosses, das auf der Seite der Schlucht ging. Auf diese Weise brachten sie und Marcus das verängstigte Gespann über das gefährliche Wegstück hinweg, aber es dauerte noch bis zur Mitte des Nachmittags, ehe die Wolkendecke allmählich aufriß und die Sicht zuletzt wieder klar wurde.

Während der folgenden Tage mußten ähnliche Schwierigkeiten gemeistert werden; nur langsam kamen Mensch und Tier auf der sich nach Südosten schlängelnden Paßstraße voran. Gelegentlich schälte sich in der Ferne ein himmelstürmendes Gipfelmassiv aus dem Dunst: der Weiße Berg, wie der Fuhrmann ihn nannte. Die von Schnee und Eis bedeckten Felszinnen stellten die höchste Erhebung zwischen Geneva und Augusta Taurinorum dar, und manchmal befiel Branwyn die irrationale Befürchtung, sie könnten diese gewaltige Barriere niemals überwinden. Doch nach acht anstrengenden Marschtagen passierten sie das Massiv entlang seiner südlichen Abhänge; jenseits dann führte der Saumweg in weiten Serpentinen talwärts.

Als sie am Abend ihr Nachtlager aufschlugen, ließ Paulinus Lupus einen Weinschlauch herumgehen und beteuerte, der Rest der Strecke durch die Grajischen Alpen sei nunmehr ein Kinderspiel. Bis Ende September oder allerspätestens in den ersten Oktobertagen werde man die norditalienische Tiefebene erreichen und zuvor in den Bergdörfern noch ausgezeichnete Geschäfte tätigen.

Was den Handel anging, bestätigte sich die Wahrheit seiner Worte bereits am nächsten Nachmittag, an dem die Karawane zu einer der genannten Ansiedlungen gelangte. Der Kaufherr schlug dort einen größeren Posten Branntwein sowie mehrere seiner vorgeblichen Reliquien los, bekam einen schweren Beutel mit Silber dafür und zechte anschließend mit den wohlhabendsten Bauern bis tief in die Nacht. Das Grölen war selbst noch im Planwagen zu vernehmen, wo Branwyn vergeblich Schlaf zu finden versuchte; dann, als die Müdigkeit sie trotz des Lärms übermannte, wurde sie von bedrohlichen Träumen gequält.

»Irgendwie habe ich das Gefühl, als würde uns heute etwas

Schlimmes zustoßen«, vertraute sich Branwyn nach dem Aufbruch am folgenden Morgen, an dem es einmal mehr nieselte, dem neben ihr auf dem Bock sitzenden Fuhrmann an.

Marcus wechselte die Zügel von der rechten in die linke Hand, legte ihr den Arm um die Schultern und erwiderte: »Du weißt, wie leicht einen solche Stimmungen in den Bergen überfallen. Gerade wenn das Wetter so trist ist wie heute, kommt es uns vor, als seien wir ringsum von Gefahren umgeben. Aber du wirst sehen, das ändert sich im selben Moment, da der Regen aufhört und die Sonne wieder scheint.«

Die tröstenden Worte taten der jungen Frau gut. Sie sagte sich, daß der Fuhrmann wohl recht hatte, und als der Himmel am späten Vormittag aufklarte, schwand auch die Erinnerung an ihre Angstträume.

Zur Mittagsrast hielt der Handelszug an einem Wildbach, der eine Viertelmeile weiter unten über eine Reihe flacher Felsstufen schäumte. Zusammen mit Marcus versorgte Branwyn die Pferde, dann nahmen sie selbst einen Imbiß ein. Kurz darauf trotteten die Rösser inmitten der langen Reihe der Saumtiere weiter; die Karawane erreichte die Katarakte, passierte sie auf dem seitlich davon verlaufenden Pfad ohne Zwischenfall und bewegte sich nun auf eine dahinterliegende Schlucht zu. Die junge Frau sah die berittene Vorhut um Paulinus Lupus auf seinem Rappen im Eingang der Klamm verschwinden – im selben Moment schrie sie entsetzt auf.

* * *

Die Franken hatten hinter Steinblöcken und im Gestrüpp links und rechts des Weges gelauert; jetzt griff die Horde mit wildem, blutgierigem Gebrüll an.

Ein Trupp sperrte die Kluft, in der sich der Kaufherr und seine Leibwächter befanden; die Hauptmacht der Germanen fiel über die schwerbepackten Lasttiere und die Treiber her. Speere und Wurfbeile sausten durch die Luft, Schwerter wurden geschwungen, Dolchklingen blitzten. Branwyn wurde

Zeugin, wie unweit von ihr ein Eselstreiber die Fäuste um einen aus seiner Brust ragenden Lanzenschaft krampfte und in die Knie sank. Im gleichen Augenblick hörte sie die Peitsche des Fuhrmannes knallen und wurde, als die losgaloppierenden Rösser den Planwagen mit sich fortrissen, fast vom Bock geschleudert. Während sie sich festklammerte, begriff sie, daß Marcus versuchte, das Gefährt zu wenden, um in Richtung auf die Katarakte zu entkommen. Schon hatte sie den Eindruck, es könnte ihm gelingen – als sie plötzlich ein scharfes, widerwärtiges Zischen vernahm.

Der Pfeil bohrte sich in den Hals des Fuhrmannes; schlagartig wurde sein Blick glasig, mit dem nächsten Lidschlag stürzte er vom Wagen.

Mit knapper Not gelang es der jungen Frau, die wegschnellenden Zügel zu packen. Verzweifelt bemühte sie sich, die durchgehenden Pferde zu bändigen und gleichzeitig den fränkischen Kriegern auszuweichen, die ihr den Weg versperren wollten. Haarscharf schoß der Planwagen an einem der Germanen vorbei; der große bärtige Mann schlug mit seiner Streitaxt zu, und die Schneide fetzte einen Splitter aus dem Seitenbrett des Bocks.

Dann gewahrte Branwyn unvermittelt bekannte Gesichter. Die Reiter der Nachhut des Handelszuges sprengten an ihr vorüber, um in den Kampf einzugreifen. Die junge Frau wandte kurz den Kopf; sie sah, wie der Franke, der sie mit dem Beil attackiert hatte, fiel – unmittelbar darauf ertönte ein hartes Krachen.

Das rechte Vorderrad des Gefährts, das gegen einen Felsbrocken geprallt war, brach; über die zerberstende Achse hinweg bohrte sich der Wagenkasten in die Erde. Branwyn wirbelte durch die Luft und landete im groben Geröll nahe des Bachbetts. Als sie aufschlug, durchzuckte ein stechender Schmerz ihren Oberkörper und raubte ihr die Besinnung.

Irgendwann kam sie wieder zu sich. Die Pein in ihrem Leib war dumpfer, pochender Taubheit gewichen; vor ihren Augen waberten rötliche Schleier. Nach einer Weile wurde ihr Blick klarer, und sie erkannte, daß das Gefecht so gut wie beendet war. Offensichtlich hatten die Reiter der Nachhut zusammen mit den Leibwächtern des Kaufherrn, denen der Ausbruch aus der Schlucht gelungen war, den fränkischen Überfall erfolgreich abgewehrt. Soeben flohen die letzten Germanen über den Wildbach, um sich vor den Berittenen, die ihnen nur zögerlich nachsetzten, in Sicherheit zu bringen.

Branwyn machte Anstalten, sich aufzurichten. Sie schaffte es, die Beine anzuziehen, aber als sie sich mit dem rechten Arm abzustützen versuchte, raste abermals eine Schmerzwelle durch ihren Brustkorb und die Schulter. Keuchend wartete sie ab, bis das qualvolle Stechen erneut dem tauben Pochen wich, dann untersuchte sie vorsichtig ihre verletzte Körperseite. Sie stellte fest, daß ihr Kleid unter der Achsel blutdurchtränkt war und sich von dort über das Schlüsselbein bis zum unnatürlich emporstehenden Schultergelenk eine Geschwulst gebildet hatte. Gleich darauf wurde ihr klar, was das bedeutete: Sie hatte sich nicht nur die Schulter ausgerenkt, sondern sich vermutlich mehrere Rippen und dazu das Schlüsselbein gebrochen.

Der Schock ließ sie hilflos aufschluchzen; fast gleichzeitig erinnerte sie sich daran, wie Marcus sterbend vom Planwagen gestürzt war. Um ihr Elend nicht laut herauszuschreien, vergrub sie das Gesicht in der Armbeuge – und so fand sie einer der Maultiertreiber, der jetzt herbeihinkte. Der Mann kniete bei ihr nieder und redete unbeholfen auf sie ein; wenig später vernahm sie Hufschlag und sah Paulinus Lupus, der von einigen seiner Reiter begleitet war, herankommen.

Knapp vor ihr zügelte er den Rappen, sprang aus dem Sattel, musterte sie mit zusammengekniffenen Brauen und äußerte: »Du scheinst ernsthaft verletzt zu sein!«

Stöhnend bemühte sich Branwyn, ihm zu erklären, was ihr zugestoßen war; mittendrin unterbrach er sie mit harter Stimme: »Schon gut, ich verstehe. – Und dir ist hoffentlich bewußt, daß du in deinem Zustand die Strapazen des Weitermarsches unmöglich ertragen könntest.«

Die junge Frau starrte ihn erschrocken an, dann fragte sie gepreßt: »Heißt das, du willst mich zusammen mit den übrigen Verwundeten zu dem Dorf zurückbringen, wo wir vergangene Nacht lagerten?«

Der Handelsherr schüttelte den Kopf. »Ich kann nicht die ganze Karawane umkehren lassen, denn dies würde mich zuviel Zeit kosten. Ebenso ist es mir unmöglich, ein paar Treiber abzustellen, damit sie dich zu der Ansiedlung transportieren, weil ich ohnehin schon drei Männer im Kampf verloren habe und jeden einzelnen Überlebenden bei den Saumtieren mit den wertvollen Waren benötige.«

»Es gibt doch außer mir bestimmt noch andere Verletzte, um die du dich kümmern mußt!« stieß Branwyn hervor.

»Diejenigen, die nicht gleich beim ersten Angriff gefallen sind, haben nur oberflächliche Fleischwunden und Schrammen davongetragen«, entgegnete Paulinus. »Sie werden die Zähne zusammenbeißen und wie zuvor ihre Pflicht tun.« Er zögerte kurz, dann setzte er hinzu: »Du hingegen bist weder fähig, längere Strecken zu gehen, noch könntest du eines der Pferde reiten, welche den zertrümmerten Planwagen zogen. Und das bedeutet, wir werden dich wohl oder übel hier zurücklassen müssen.«

»Allein in der Wildnis?!« brach es aus der jungen Frau heraus. »Das kannst du nicht verantworten! Außerdem gabst du dem Tribun Julianus das Versprechen, mir Schutz zu gewähren!«

»Ich erfüllte ihm den Wunsch, den er brieflich äußerte, soweit es in meinen Kräften stand«, lautete die Antwort. »Aber jetzt, in dieser besonderen Situation …«

»Sind deine Handelsgüter und dein Profit dir wichtiger als ein Menschenleben!« fiel ihm Branwyn außer sich ins Wort.

Abrupt wandte Paulinus Lupus sich ab; als er sich auf den Rücken seines Rappen schwang, klirrte das große silberne Kruzifix, das er um den Hals trug, hart gegen den bronzenen Beschlag des Sattelhorns.

Das metallische Geräusch ließ die junge Frau zusammenzucken; in dem scharfen Ton schien sich die ganze Herzlosigkeit des Kaufherrn und Reliquienhändlers auszudrücken, der sein Christentum mit Hilfe des Kreuzes so auffällig zur Schau stellte – in Wahrheit jedoch die Lehre Jesu verleugnete.

Branwyn vermochte den Anblick dieses Mannes nicht länger zu ertragen und schloß angewidert die Augen. Dann, nachdem Paulinus und seine Reiter sich entfernt hatten, war ihr der hinkende Maultiertreiber, der als erster zu ihr gekommen war, behilflich, aufzustehen. Er brachte sie weg von der Geröllhalde und geleitete sie zu einer Birke, an deren Stamm sie sich lehnen konnte.

Von dort aus beobachtete sie, wie man die Leichen der gefallenen Franken in den Wildbach warf, wie Marcus zusammen mit den beiden anderen Toten des Handelszuges verscharrt wurde und die Karawane sich anschließend wieder formierte, um weiterzuziehen. Als das letzte Saumtier in der Schlucht verschwunden war, tastete die junge Frau nach dem Bündel, das ihr Helfer, der unmittelbar vor dem Aufbruch noch einmal zurückgekehrt war, zusammen mit ihrem Gepäck neben dem Baumstamm niedergelegt hatte. Sie fand einen Laib Brot und eine Lederflasche mit Wein in dem Tuch und durfte sich sagen, daß zumindest einer der Männer Barmherzigkeit bewiesen hatte.

Doch dieser Gedanke vermittelte ihr kaum Trost, denn bald würde die Nacht über die Bergwildnis hereinbrechen – und mit der Dunkelheit würden die Raubtiere kommen.

Samira

Während der Nacht hatte Haimo, der Jäger, weit in der Ferne das Heulen der Wölfe vernommen, und weil ihm der Schutz der auf den Almen weidenden Schaf- und Ziegenherden anvertraut war, hatte er sich sofort nach Tagesanbruch aufgemacht, um womöglich das eine oder andere der gefährlichen Raubtiere zu erlegen.

Am späten Vormittag entdeckte er am Ufer des Wildbaches, dem er nach Osten folgte, die ersten Wolfsspuren; sie zeigten sich nahe der Hufabdrücke und Wagengeleise des Handelszuges, der vorgestern ins Dorf gekommen war. Als er die Geläufe untersuchte, erkannte er, daß das Rudel hier das Gewässer gekreuzt hatte und sodann flußab gezogen war. Den schußbereiten Bogen in der Hand, blieb der etwa vierzigjährige Waidmann auf der Fährte, die von zwei älteren und vier halbwüchsigen Tieren stammte. Gegen Mittag gelangte er zu der Stelle, wo das Gewässer über eine Reihe flacher Felsstufen schäumte; jenseits der Katarakte fächerten sich die Raubtierspuren auf.

Der Jäger wußte, was das bedeutete: Die Wölfe hatten sich getrennt, um die Beute, die sie reißen wollten, gleichzeitig von verschiedenen Seiten anzugreifen – und eben als Haimo das dachte, erspähte er bei einem Gestrüpp tiefer unten am Rand des Talbodens einen leblos daliegenden menschlichen Körper.

Im ersten Moment war er versucht, einfach loszurennen, doch er wäre kein erfahrener Waidmann gewesen, wenn er der unwillkürlichen Regung nachgegeben hätte. Statt dessen schlich er vorsichtig zu dem Gebüsch; jederzeit bereit, einen Pfeil abzuschnellen. Er passierte eine einzeln stehende Birke, auf deren weißer Rinde sich in Hüfthöhe rostbraune Flecken zeigten. Einige Dutzend Schritte dahinter, als er nahe genug an den verkrümmten Leib herangekommen war, begriff er, daß zumindest für ihn keine Gefahr mehr bestand, denn die hier wirr durcheinanderlaufenden Wolfsfährten zogen sich weiter zur Schlucht am anderen Ende der Talsenke.

Gleich darauf kniete Haimo neben der jungen Frau mit dem langen rotblonden Haar. Der Anblick ihres zerrissenen, blutverkrusteten Gewandes und der Schrammen auf ihrem anziehenden, aber totenbleichen Antlitz erschütterte ihn. Ihre Linke umklammerte noch immer eine abgebrochene Lanze, mit der sie sich offenbar verzweifelt gegen die Raubtiere gewehrt hatte.

Doch nun lag sie starr auf der Erde bei einer erloschenen Feuerstelle, halb im Schatten des Buschwerks und eines seitlich davon aufragenden Felsens.

Eine Tragödie mußte sich hier abgespielt haben; ein Unglück, das freilich nicht mit den Wölfen allein zu tun haben konnte. Der zertrümmerte Planwagen drüben bei der Geröllhalde sowie etliche über den Wiesenplan verstreute Waffen bewiesen, daß der Kaufmannszug, ehe die Raubtiere ihre Beute gewittert hatten, von irgendwelchen Wegelagerern überfallen worden war; anschließend hatte man die wahrscheinlich bereits verwundete Frau hilflos zurückgelassen.

Mitleidig strich Haimo der Fremden eine Haarsträhne aus der Stirn und erinnerte sich daran, wie sie zwei Tage zuvor in der Ansiedlung aufgetaucht war: das einzige weibliche Wesen unter Dutzenden rauhborstiger Männer. Sie hatte ihn beeindruckt, weil sie so anders wirkte als die Treiberknechte und Reiter des Handelsherrn; sie hatte eine besondere Ausstrahlung besessen, die selbst jetzt, im Tod, noch spürbar war. Um so schrecklicher erschien dem Jäger das Schicksal, dem sie zum Opfer gefallen war – und nun blieb ihm nichts anderes mehr, als sie zu begraben.

Haimos Blick fiel auf die Birke, an der er vorhin vorbeigekommen war. Nach kurzem Überlegen entschloß er sich, sie dort beizusetzen; irgendwie schien der Baum mit der hellen Rinde ihr zu entsprechen. Noch einmal berührte er ihr rotgoldenes Haar, dann machte er sich daran, ihre Hand von dem zerbrochenen Lanzenschaft zu lösen. Weil ihre Finger sich förmlich um das Holz gekrampft hatten, griff der Jäger nach einem ersten behutsamen Versuch fester zu – im selben Moment erwachte Branwyn aus ihrer tiefen Ohnmacht.

Verschwommen nahm sie die Pelzkappe und den Vollbart des Waidmannes wahr; in ihrer schockartigen Verwirrung glaubte sie, die Bestien seien zurückgekehrt, und schrie gellend auf. Sie wehrte sich gegen Haimo; erst nach einer Weile wurde ihr bewußt, daß sie es mit einem Menschen zu tun hatte, der jetzt, nachdem er seine eigene Verblüffung überwunden hatte, besänftigend auf sie einredete. Mehrmals schluckte sie krampfhaft, endlich war sie fähig, die Frage hervorzustoßen: »Die Wölfe, sind sie weg?!«

»Weit weg!« versicherte der Jäger. »Du brauchst keine Angst mehr zu haben!«

Die Anspannung der jungen Frau löste sich in einem Tränenstrom, dann brach es aus ihr heraus: »Mit meinen Knochenbrüchen wäre ich eine Last für ihn gewesen ... Deshalb ließ Paulinus Lupus mich eiskalt im Stich ... So gut wie hilflos saß ich dort drüben unter der Birke ... Und die Nacht rückte immer näher ... Die Dunkelheit, aus der die Raubtiere kommen würden ...«

Erneut erstickte ein Schluchzen ihre Stimme; Haimo wartete geduldig, bis sie sich einigermaßen beruhigt hatte, ehe er feststellte: »Doch du hast es geschafft, dich gegen sie zu verteidigen!«

»Bei dem Baum wäre es unmöglich gewesen ...« stammelte Branwyn. »Erklimmen konnte ich ihn wegen meiner Verletzungen nicht, und auf der Erde hätten sie mich von allen Seiten angreifen können ... Deshalb mußte ich hierher, in den Schutz des Felsens und des Gestrüpps ... Und es mußte mir gelingen, rechtzeitig ein Feuer zu entfachen ... Also schleppte ich mich zu dem zertrümmerten Wagen, wo es abgesplitterte Bretter gab ... Ich brachte herüber, was ich tragen konnte, und fand auch die Lanze ... Und ich hatte mein Messer, mit dem ich trockenes Holz aus dem Gebüsch schnitt und Späne schabte ... Aber ich konnte nur den linken Arm gebrauchen, so daß es sehr lange dauerte ... Noch schwieriger war es, Funken aus dem Flintstein zu schlagen, der sich in meinem Gepäck befand ... Ich verzweifelte fast, ehe ich den ersten Holzspan zum Glimmen brachte ... Doch zuletzt, es war inzwischen schon ganz dunkel, glückte es mir ...«

»Du warst unglaublich tapfer!« äußerte der Jäger zutiefst beeindruckt. »Nur wenige Männer wären dazu fähig gewesen – und du bist eine Frau ...«

»Ja, das bin ich!« bekräftigte Branwyn, dann sprach sie flüssiger weiter: »Als die Flammen im Winkel zwischen dem Felsen und dem dichten Buschwerk loderten, fühlte ich mich ein wenig sicherer. Tatsächlich dauerte es lange, bis die Wölfe sich heranwagten. Ich weiß nicht mehr genau, wann es geschah, denn manchmal war ich vor Schmerzen wie betäubt. Aber irgendwann zwischen Mitternacht und Morgengrauen griffen die Raubtiere an. Ich kämpfte mit Feuerbränden und der zerbrochenen Lanze gegen sie, bis die Bestien mit dem ersten Tageslicht verschwanden. Danach zwang ich mich, wach zu bleiben, solange ich es vermochte – ansonsten weiß ich nur noch, daß mir plötzlich schwarz vor Augen wurde ...«

»Kein Wunder, nach allem, was du durchstehen mußtest«, murmelte Haimo. Er reichte ihr seine Gürtelflasche; nachdem sie durstig getrunken hatte, fügte er hinzu: »Doch jetzt hast du das Schlimmste hinter dir, und wenn wir erst im Dorf sind, wird sich alles Weitere finden. Es fragt sich nur, wie wir dich am besten dorthin bringen? Glaubst du denn, du kannst den Weg aus eigener Kraft bewältigen, wenn ich dich stütze, oder soll ich vielleicht besser aus ein paar Stangen und einem Stück von der Plane des zertrümmerten Wagens eine Schleifbahre bauen?«

»Es ist nicht nötig, daß du dir solche Mühe mit mir machst«, antwortete die junge Frau tapfer. »Schließlich ist nur mein Oberkörper verletzt, nicht aber meine Beine.«

Wenig später gingen sie los. Der Jäger trug Branwyns Gepäck und war ihr an den schwierigen Stellen des Pfades behilflich, so gut er konnte. Ihre Schmerzen freilich vermochte er nicht zu lindern: die scharfen Stiche im Brustkorb und in der Schulter, die sie unentwegt peinigten. Häufig legten sie kurze Rastpausen ein, damit die junge Frau sich ein wenig erholen konnte, ehe sie das nächste Wegstück in Angriff nahmen. Auf diese Weise verstrich allmählich der Nachmittag; als die Sonne sank, waren sie immer noch weit von der Ansiedlung entfernt.

Erst tief in der Nacht kamen sie dort an. Branwyn taumelte mittlerweile vor Erschöpfung und bemerkte kaum noch, wie

Haimo sie zu seinem Haus am Dorfrand geleitete, das er allein bewohnte. Drinnen bettete er sie auf sein eigenes Lager; im selben Augenblick, da ihr zerschundener Körper den Strohsack berührte, war sie auch schon eingeschlafen.

* * *

Als Branwyn am Spätvormittag erwachte, fühlte sie sich so krank wie nie zuvor in ihrem Leben. Ihr Kopf dröhnte; das dumpfe Pochen, das von ihren Wunden ausging, schien sich durch ihren ganzen Leib fortzusetzen. Hinzu kam das Glühen auf ihrer Haut, das ihr abwechselnd Schweißausbrüche und heftiges Frösteln verursachte – und nach einer Weile begriff sie, was das bedeutete.

Der Jäger, welcher gleich darauf in Begleitung einer hochbetagten Dorfbewohnerin an die Bettstatt trat, sprach das Schreckliche aus: »Das Wundfieber hat dich gepackt! Ich sah es dir schon vorhin an, deshalb habe ich Hulda zu dir gebracht.«

Die junge Frau musterte die gebrechliche Greisin, dann fragte sie mit schwacher Stimme: »Bist du die Heilerin oder die Wehmutter der Ansiedlung?«

»Walbirg erfüllte diese Aufgaben«, krächzte die Alte. »Aber sie verstarb im vergangenen Winter. Seitdem holt man mich zu den Kranken. Doch ich weiß längst nicht so viel wie Walbirg. Denn sie war eine erprobte Heilkundige, während ich ihr nur manchmal zur Hand ging.«

Branwyn kämpfte gegen einen weiteren Anfall von Schüttelfrost; nachdem er vorüber war, erkundigte sie sich: »Hast du irgendwann einmal eine verrenkte Schulter eingerichtet beziehungsweise einen Knochenbruch versorgt?«

»Mit Brüchen besitze ich keine Erfahrung«, erwiderte die Greisin betreten. »Was hingegen dein Schultergelenk angeht, so sah ich einmal, wie es gemacht wird. Bloß fürchte ich, daß ich nicht mehr ausreichend Kraft dafür in meinen Händen habe.«

»Wenn es so ist, brauchen wir deine Hilfe!« wandte Branwyn

sich an Haimo. »Hulda und ich werden dir jetzt erklären, wie du vorzugehen hast …«

Mit bleichem Gesicht lauschte der Jäger den Worten der beiden Frauen. Zuletzt kniete er neben dem Lager nieder, öffnete vorsichtig das Kleid der Verletzten und setzte den Griff an, der ihm beschrieben worden war. Branwyn stieß einen lauten Schrei aus, im nächsten Moment wurde sie ohnmächtig.

»Ich darf gar nicht daran denken, wie ich mich gefühlt hätte, wenn sie das gestern draußen in der Wildnis von mir verlangt hätte«, bekannte Haimo gegenüber der Alten, nachdem er sich wieder gefaßt hatte. »Aber wahrscheinlich wußte sie, daß sie dann den weiten Weg hierher nicht mehr geschafft hätte.«

»Jetzt jedenfalls spürt sie eine Zeitlang nichts mehr«, flüsterte Hulda. »Und wenn sie sich ein wenig erholt hat, wird sie uns hoffentlich sagen können, wie wir ihre gebrochenen Knochen versorgen und das schreckliche Fieber bekämpfen sollen.«

Der Jäger nickte; wenig später ging er hinaus, um den Dorfbewohnern vom Zustand der Kranken zu berichten. Die Greisin blieb in dem einfach eingerichteten Haus des unverheirateten Mannes. Still saß sie neben der Lagerstatt und betrachtete die junge Frau, die aus ihrer Bewußtlosigkeit neuerlich in einen tiefen Erschöpfungsschlaf geglitten war.

Erst am frühen Nachmittag kam Branwyn wieder zu sich und klagte über quälenden Durst. Haimo, der mittlerweile zurückgekehrt war und einen Krug Branntwein mitgebracht hatte, flößte ihr einen Becher des starken, jedoch mit Wasser verdünnten Getränks ein. Nachdem die Kranke die Flüssigkeit geschluckt hatte, sah es zunächst so aus, als würde sie abermals einschlafen, doch dann heftete sie ihre Augen plötzlich auf Hulda und forderte: »Du mußt dich nun um meine übrigen Verletzungen kümmern!«

Danach gab sie ihre Anweisungen, und die Greisin bemühte sich, alles genau so zu machen, wie Branwyn es von ihr verlangte. Sie reinigte die äußerlichen Wunden der jungen Frau und legte ihr sodann unter Mithilfe des Jägers einen Preßverband um den oberen Bereich des Brustkorbs mit den gebrochenen Rippen. Auf die gleiche Weise versorgte sie das blessierte Schlüsselbein und die rechte Schulter, so daß die Knochenbruchstellen sich nicht mehr gegeneinander verschieben konnten und das Schuktergelenk Halt bekam. Als es endlich geschafft war, sank Branwyn schweißgebadet auf den Strohsack zurück und blieb, während die beiden anderen sie mitleidig musterten, eine ganze Weile stumm liegen.

Dann aber überwand sie ihre Schwäche und fragte Hulda: »Hast du getrocknete Lindenblüten, aus denen du einen Sud gegen das Wundfieber herstellen könntest?«

Nach kurzem Nachdenken entgegnete die Greisin: »Walbirg bewahrte solche Heilpflanzen in ihrem Haus auf. Ich werde gehen und nachsehen, ob noch welche davon da sind.«

Damit schlurfte sie hinaus; der Jäger nutzte die Wartezeit, um einen zweiten Becher mit Branntwein und Wasser für die Kranke zu mischen. Als die Alte wiederkam, trug sie tatsächlich einen kleinen Leinenbeutel in der Hand, der freilich fast leer zu sein schien, und äußerte betreten: »Das ist alles, was ich gefunden habe. Es wird leider für höchstens drei Aufgüsse reichen.«

Branwyns Enttäuschung war so groß, daß ihr die Tränen in die Augen schossen. Wie zuvor schon wünschte sie sich inständig, es wäre etwas von ihren eigenen Heilkräutern aus Avalon übrig, doch sie hatte alles bei der Versorgung der Verwundeten in Samarobriva verbraucht.

Haimo, der sichtlich mit ihr litt, legte ihr die Hand auf die gesunde Schulter und versuchte sie zu trösten: »Vielleicht besitzt irgendeine der Bäuerinnen Lindenblüten. Ich werde nachher im Dorf herumgehen und mich erkundigen. Aber zunächst will ich Feuer machen und den Kessel aufsetzen, damit Hulda den Sud für dich zubereiten kann.«

Wenig später war der Arzneitee fertig. So heiß wie möglich trank Branwyn ihn; anschließend bat sie den Jäger und die Greisin, alles, was an Decken und Fellen verfügbar war, über sie zu breiten. Unmittelbar darauf brach der Kranken neuerlich der Schweiß aus. Ihre Glieder wurden matt, Wellen von Müdigkeit durchfluteten ihren Körper. Ehe sie in betäubten Schlaf sank, hoffte sie, die Kraft des Aufgusses würde ausreichen, um es mit dem in ihrem Blut wühlenden Wundfieber aufzunehmen.

Wirklich sah es gegen Abend so aus, als hätte sich Branwyns Zustand ein wenig gebessert. Hulda verabreichte ihr wiederum etwas von dem Sud, und die junge Frau verbrachte eine relativ ruhige Nacht. Am Morgen vermochte sie einen Napf Suppe zu sich zu nehmen, die der Jäger für sie zubereitet hatte; außerdem war es Haimo in der Tat gelungen, eine weitere Handvoll getrockneter Lindenblüten aufzutreiben. Der kleine Vorrat reichte aus, um die Kranke an diesem und dem folgenden Tag zu versorgen. Langsam, aber stetig sank das Fieber – dann allerdings, nachdem die pflanzliche Arznei bis auf den letzten Krümel verbraucht war, erfolgte der Rückfall um so heftiger.

In ihrer schweren Krise, die um Mitternacht einsetzte, delirierte Branwyn; sie keuchte, schlug um sich und wurde ganz offensichtlich von grauenhaften Wahnvorstellungen gequält. Bis zur Morgendämmerung wand sie sich auf ihrem Lager und schien gegen unsichtbare Feinde zu kämpfen; kaum fiel das erste fahle Licht durch die Fenster, erstarrte sie und blieb in tiefer Bewußtlosigkeit liegen.

Der Jäger und Hulda waren völlig ratlos; ebenso erging es denjenigen Dorfbewohnern, die untertags ins Haus kamen, um einen scheuen Blick auf die Fremde zu werfen. Manche äußerten den Verdacht, die junge Frau könnte von Dämonen besessen sein; andere empfanden grenzenloses Mitleid, aber niemand konnte der Fiebernden, deren Körper jetzt förmlich glühte, auf irgendeine Weise helfen. Die kalten Umschläge der Greisin brachten keinerlei Linderung; genausowenig fruchteten die Gebete und Beschwörungen, die einer der Getauften der Ansiedlung an ihrem Lager sprach.

Als es erneut Abend wurde, lag Branwyn noch immer besinnungslos und wie im Starrkrampf da; auch mit dem neuen Sonnenaufgang änderte sich nichts daran – und allgemein rechnete man im Dorf jetzt mit ihrem baldigen Sterben.

* * *

Wellen, die wie undurchdringliche Schwärze und strahlendes Leuchten gleichermaßen waren, trugen die junge Frau dorthin, wo das Reich von *Annwn* begann. Lähmende Kälte und wirbelnde Glut schlugen ihr entgegen, Tod und Leben kämpften gegeneinander; dann, während beide Elemente sich verflochten und in ihrer Gemeinsamkeit zu kühlender Wärme wurden, wußte Branwyn, daß sie im Begriff war, die Schwelle zu überschreiten, wo der Same der Wiedergeburt in die Auflösung eines verbrauchten Daseins gesät wurde. Müde wollte sie sich ergeben und sich hineinsaugen lassen in den Kreislauf der Ewigkeit; im nächsten Moment glaubte sie Pflanzenduft zu riechen: die zeitlose Aura eines jahrhundertealten, fremdartigen Baumes – und sah sich vor dem Heiligen Dorn auf der *Ynys Avallach* stehen.

Die Erinnerung an die andersweltliche Botschaft, die sie dort empfangen hatte, bewirkte, daß etwas in ihrem Innersten sich aufbäumte. Ihre Seele flehte die Göttin und zugleich den Geist des Juden mit dem barmherzigen Antlitz an, ihr beizustehen, damit sie dem Tod, gegen den sie sich nun wieder wehrte, zu entgehen und die ihr übertragene Aufgabe zu erfüllen vermochte. Sie meinte eine lautlos hallende Antwort zu vernehmen; ebenso aber standen nun Kräfte gegen sie auf, welche die Worte der weiblich-männlichen Stimme auszulöschen versuchten. Einige gejagte Herzschläge lang war ihr, als würde sie die Gestalten zweier ringender Drachen erkennen: eines roten und eines weißen. Ohne zu zögern, warf sie sich mit ihrem ganzen Sein selbst in den Kampf – und entschied ihn.

Die Konturen des Weißen Drachen verwichen; Wärme, die jetzt unendlich behütend war, umhüllte ihren bebenden Leib. Aus dem sanften rötlichen Strahlen heraus erfuhr sie die

Berührung Ceridwens; die Hand der Göttin streichelte ihre Wange und schenkte ihr tiefen Frieden.

Sachte sank sie zurück ins Diesseits, öffnete die Lider und stellte erstaunt fest, daß sie in ein menschliches Gesicht blickte: das einer sehr schönen Frau, die ihr völlig fremd und trotzdem auf seltsame Weise vertraut war.

* * *

»Wer bist du?« Branwyns Mund war so ausgetrocknet und ihre Lippen so spröde, daß sie Mühe hatte, die Silben zu formen.

»Man nennt mich Samira«, lautete die Antwort. »Und ich bin wie du eine Vertraute der Großen Göttin.«

»Woher weißt du ...?« kam es von der Kranken.

»Ich spürte es sofort, als ich dich sah«, entgegnete die ungefähr dreißigjährige Frau mit dem ebenmäßigen Antlitz, dem langen schwarzen Haar und den hellen graugrünen Augen, über deren Schläfen jeweils eine kleine, dreifach sich hebende und senkende Wellenlinie eintätowiert war. »Außerdem riefst du diejenige, der wir beide dienen und die in meiner Sprache als Hekate bezeichnet wird, vorhin mit ihrem keltischen Namen an.«

»Ich begegnete Ceridwen dort, wo die Welten sich berühren ...« flüsterte Branwyn. »Mit einem Fuß befand ich mich bereits in *Annwn* ... Aber dann führte die Göttin mich zurück ...«

»Du standest an der Schwelle des Todes«, nickte Samira. »Auch jetzt bist du noch sehr schwach und darfst dich auf keinen Fall anstrengen. Laß uns also morgen weitersprechen; vorerst brauchst du möglichst viel Schlaf, um dich zu erholen. Deshalb werde ich dir abermals von dem Trank geben, den ich für dich bereitete, nachdem man mich zu dir brachte ...«

Damit erhob sie sich, ging zur Herdstelle und kam mit einem dampfenden Becher wieder. Durstig leerte die Kranke das Gefäß bis auf den letzten Tropfen, gleich darauf entspannten sich ihre Glieder und ihr Geist auf beinahe wundersame Weise. Angenehme Müdigkeit hüllte sie ein. Ehe sie entschlummerte, nahm sie noch wahr, wie die heilkundige Frau ihr zärtlich eine verschwitzte Locke aus der Stirn strich.

Am nächsten Tag – dem sechsten, seit Haimo sie in der Wildnis gefunden hatte – war Branwyn beinahe fieberfrei, und auch ihre Rippen, das Schlüsselbein und die Schulter schmerzten an diesem Morgen längst nicht mehr so stark wie zuvor. Als Samira und Hulda sie wuschen, stellte sie fest, daß die Verbände gewechselt worden waren und nach Arnika sowie anderen Wundkräutern dufteten; dankbar fühlte sie sich dadurch an die Fürsorge erinnert, die den Verletzten in der Heilstätte von Avalon zuteil geworden war.

Nachdem sie versorgt war und die Alte das Haus wieder verlassen hatte, um sich nun um den Jäger zu kümmern, der vorübergehend bei ihr eingezogen war, fand Branwyn Gelegenheit, die geheimnisvolle Fremde näher kennenzulernen.

»Du hast mir das Leben gerettet, und ich stehe tief in deiner Schuld«, eröffnete sie das Gespräch. »Wie soll ich dir das jemals vergelten?«

»Das mußt du nicht, denn ich weiß, du hättest im umgekehrten Fall dasselbe für mich getan«, antwortete Samira lächelnd.

Wortlos ergriff Branwyn ihre Hand, dann fragte sie: »Aber wie kam es eigentlich, daß du so plötzlich hier auftauchtest? Du stammst doch nicht aus dieser Ansiedlung, oder?«

»Ich bin sicher, das war eine Fügung der Göttin«, erwiderte Samira mit ernster Stimme. »Eigentlich wollte ich das Gebirge nämlich schon viel früher überqueren, um nach Italien heimzukehren. Doch mein Besuch bei Verwandten nördlich von Geneva dehnte sich länger aus, als ich ursprünglich geplant hatte, weshalb ich erst jetzt in diese Gegend kam. Gestern vormittag langte ich hier im Dorf an, erfuhr von deinem bedauernswerten Schicksal und konnte dank der Vorsehung der Gottheit gerade noch rechtzeitig eingreifen.«

»Ceridwen half!« stimmte Branwyn zu. »Aber nicht weniger

zählt deine ärztliche Leistung! Du hattest die nötigen Heilmittel bei dir, die du außerdem meisterlich angewandt haben mußt, denn sonst hätte ich mich niemals so schnell erholt.« Sie besann sich, dann setzte sie hinzu: »In Britannien, von wo ich stamme, kann derartiges Wissen einzig in den Druidenschulen erworben werden, und ich vermute daher, du hast in deinem Heimatland eine ähnlich hervorragende Ausbildung genossen?«

»Auch in Italien wird die alte Weisheit bewahrt«, entgegnete Samira. »Allerdings nicht in Hainen wie bei euch, vielmehr in Grotten ...«

»In Höhlen?« unterbrach Branwyn erstaunt.

»Du hast richtig gehört«, nickte die geheimnisvolle Frau. »Dort wo der Erdmutterschoß uns natürliche Heimstätten bietet, begegnen wir der Göttin Hekate und nehmen an, was sie uns schenken will. Wir bewahren damit eine jahrtausendealte Tradition, die ihren Anfang in Kleinasien hatte, wo die Große Mutter in den Grottenheiligtümern noch unter ihrem ursprünglichen Namen Kybele verehrt wurde. Doch wie immer wir sie bezeichnen, sie ist stets die dreigestaltige Eine, welche jedes Dasein entstehen und reifen läßt und es über seinen Tod in die Wiedergeburt umwandelt. Aus der Erkenntnis ihres Wesens aber erwächst uns Höhlenpriesterinnen, sofern wir uns mit allen unseren Kräften darum bemühen, hohes Wissen.«

»Erzähle mir mehr von euch«, bat Branwyn. »Ich nehme an, ihr seid über die Heilkunde hinaus auch in anderen Bereichen tätig, nicht wahr?«

»So ist es«, bestätigte Samira. »Wir Sibyllen, wie man uns nennt, waren früher vor allem als Prophetinnen bekannt. Die ersten von uns, die vor sehr langer Zeit über Griechenland nach Süditalien kamen, ließen sich in einer Grotte bei der Stadt Cumae nieder. Diese Orakelstätte wurde bald so berühmt, daß die Menschen in Scharen dorthin pilgerten; schließlich bewog der römische Senat die Seherinnen dazu, in eine geeignete Höhle am Tiber überzusiedeln. Dies geschah vor etwa fünfhundert Jahren; von da an waren die Sibyllen wichtige Beraterinnen der

Senatoren und versuchten, deren politisches Handeln zum Wohl des Volkes mit dem Willen der Göttin in Einklang zu bringen.«

Samira unterbrach sich und blickte eine Weile sinnend vor sich hin, ehe sie fortfuhr: »Nach dem Aufstieg Cäsars allerdings, als die Republik Rom zum Kaiserreich wurde und die Imperatoren den Rat der weisen Frauen zunehmend mißachteten, zogen die Vertrauten der Hekate sich allmählich wieder aus dem öffentlichen Leben zurück. Heutzutage hält sich keine Sibylle mehr in Rom auf, denn das christliche *Patriarchat* ist dazu übergegangen, uns zu verfolgen. Anderswo in Italien freilich, wohin die Macht der Kirche nicht reicht, bewohnen wir noch immer unsere Grotten und bemühen uns dort nach wie vor, im Geiste der Großen Göttin zu wirken. Wie früher dienen wir denen, die uns aufsuchen, als Prophetinnen; zudem üben wir die Heilkunst aus, trachten danach, Streitigkeiten zu schlichten, und sorgen allgemein dafür, daß die alte Weisheit gehütet und an geeignete Schülerinnen weitergegeben wird.«

Nachdem Samira geendet hatte, griff Branwyn erneut nach ihrer Hand und sagte leise: »In Britannien war ich mit Frauen befreundet, die dir sehr ähnlich waren. Fast habe ich das Gefühl, als wäre ich ihnen in dir wiederbegegnet ...«

»Auch ich empfand vom ersten Augenblick an große Zuneigung zu dir, und deshalb würde ich nun gerne mehr über dich erfahren«, entgegnete die Sibylle. »Was bewog dich dazu, deine Heimat zu verlassen, um ganz allein auf dich gestellt eine solch weite und gefährliche Reise zu unternehmen?«

»Es geschah, weil ich in Rom eine Aufgabe zu erfüllen habe«, erwiderte Branwyn. Dann berichtete sie Samira, was sie während der vergangenen Jahre erlebt hatte.

Gespannt lauschte die Sibylle ihren Worten, gelegentlich stellte sie eine Zwischenfrage; zuletzt, es war mittlerweile beinahe Mittag geworden, erklärte sie: »Nie hörte ich eine Geschichte, die mich mehr erschütterte. Wieder und wieder prüfte dich die Göttin, um dich für das zu stärken, was noch vor dir liegt: deine größte und schwerste Bewährungsprobe. Auch der Überfall auf den Kaufmannszug und dein Unfall hatten ohne Zweifel ihren tieferen Sinn, denn du lerntest durch das Verhalten jenes Paulinus Lupus die dunkle Seite des Christentums hautnah kennen und kannst dich nun besser gegen das wappnen, was dich am Tiber erwartet. Dort wirst du gegen viele Menschen zu kämpfen haben, welche Kreuze auf der Brust tragen und gleichzeitig die Lehre des Gekreuzigten verraten – aber ebenso wirst du anderen begegnen, die wahrhaft in der Nachfolge Jesu stehen und denen du vertrauen darfst. Zu einem späteren Zeitpunkt werde ich dir sagen, wo du diese aufrechten Christen finden kannst; zunächst freilich zählt vor allem eines: daß du so schnell wie möglich gesund wirst und wir das Hochgebirge noch vor Einbruch des Winters hinter uns bringen.«

»Heißt das, du willst bei mir bleiben, bis ich wieder reisefähig bin?« kam es von der Kranken.

Samira antwortete nicht mit Worten, sondern mit einer zärtlichen Umarmung, und so besiegelten die beiden Frauen den Beginn ihrer Freundschaft.

* * *

Im Verlauf der folgenden Wochen kümmerte die Sibylle sich aufopfernd um Branwyn. Deren Genesung schritt nun rasch voran; wenn Haimo oder die alte Hulda, die den Jäger weiterhin bei sich beherbergte, vorbeikamen, staunten sie jedesmal darüber. Trotzdem war noch längst nicht an eine Fortsetzung der Reise zu denken. Ein voller Monat verstrich, bis die Verletzte sich wieder schmerzfrei bewegen konnte, aber sie fühlte sich nach wie vor außerstande, mit ihrem Gepäck auf dem Rücken größere Strecken zu Fuß zurückzulegen. Andererseits rückte jetzt, Ende Oktober, der Wintereinbruch immer näher, und Branwyn begann sich bereits ernsthafte Sorgen zu machen – doch schließlich fand Samira eine Lösung.

Von einem Einödbauern, auf den Haimo sie hingewiesen hatte und der einen halben Tagesmarsch vom Dorf entfernt lebte, erstand sie zwei kräftige Esel sowie das nötige Sattelzeug und brachte die Tiere zur Ansiedlung. »Mit Hilfe dieser Vierbeiner werden wir es schaffen«, erläuterte sie ihrer Freundin; in der Tat zeigte sich bei einem probeweisen Ausritt am nächsten Morgen, daß Branwyn sich problemlos auf dem Rücken ihres Grautieres zu halten vermochte und die leichten Erschütterungen ihr keine Pein bereiteten. Daraufhin beschlossen die beiden Frauen, nur noch einen Tag zu bleiben, um Hulda, dem Jäger und den übrigen Dorfbewohnern, die ihnen Gutes getan hatten, ihren Dank abzustatten.

Am folgenden Vormittag dann gab ihnen Haimo zum Abschied ein Stück weit das Geleit. Erst als sie das Wildbachtal hinter sich hatten, wo fast eineinhalb Monate zuvor die Franken über den Kaufmannszug hergefallen waren, kehrte er um, und von da an waren die Sibylle und Branwyn auf sich allein gestellt. Da Samira den Weg jedoch schon mehrmals zurückgelegt hatte und die Esel sich als gutmütig und zuverlässig erwiesen, kamen sie auch weiterhin gut voran.

Während der beiden ersten Reisetage begegneten sie keinem Menschen und mußten jeweils rechtzeitig vor Sonnenuntergang einen geeigneten Lagerplatz suchen. In dem winzigen Zelt, das die Sibylle mit sich führte, kuschelten sie sich eng aneinander und überstanden so die Nächte, die schon empfindlich kühl waren. Am dritten Abend stießen sie wieder auf eine Ansiedlung, wo sie unter einem festen Dach schlafen konnten, und während der darauffolgenden Woche fanden sie noch zweimal Unterkunft in einem Bauernhaus.

Das letzte Bergbauerndorf, in dem sie übernachteten, lag bereits in den östlichen Ausläufern der Grajischen Alpen. Als sie dort ankamen, durften sie sich sagen, daß sie das Schlimmste hinter sich hatten. »Die Göttin hielt ihre Hand über uns«, erklärte Samira an diesem Abend, nachdem sie sich in ihrer Kammer zu Bett begeben hatten. »Und sie wird uns auch weiterhin beschützen, wenn wir nun zur Stadt Augusta Taurinorum hinabsteigen.«

»Wann werden wir sie erreichen?« wollte Branwyn wissen.

»In längstens drei Tagen«, antwortete Samira. »Von dort bis zu meiner Höhle nahe des Bolsena-Sees in Etrurien haben wir dann noch etwa einen Reisemonat vor uns. Das bedeutet, daß wir Mitte Dezember ankommen werden und du kurz nach der Wintersonnenwende in Rom sein kannst, sofern du es nicht vorziehst, zuvor eine Weile bei mir zu bleiben und dich von den Strapazen der Wanderung zu erholen.«

»Natürlich würde ich das gerne tun«, erwiderte Branwyn. »Aber andererseits drängt es mich, meine Mission in der Tiberstadt so bald wie möglich in Angriff zu nehmen.«

»Ich weiß ja«, entgegnete die Sibylle verständnisvoll. »Doch ehe du dich entscheiden mußt, sind uns auf jeden Fall noch mehrere gemeinsame Wochen vergönnt.«

Wenig später waren sie beide eingeschlafen; als sie am nächsten Morgen die Esel sattelten, bemerkten sie, daß die von Osten heranstreichende Luft beinahe so mild war wie im Frühling. »Der warme Wind zieht von der Poebene herauf«, erläuterte Samira, »und wir werden infolgedessen einen sehr angenehmen Weiterritt genießen dürfen.«

Das Wetter blieb gut, bis sie schließlich am dritten Nachmittag Augusta Taurinorum erblickten. Mit einem erstaunten Ausruf zügelte Branwyn ihr Tier; Lutetia ausgenommen, hatte sie noch nie zuvor eine dermaßen beeindruckende Stadt gesehen. Die wuchtigen grauen Mauern umschlossen in strengem Geviert ein riesiges Areal; es gab gewaltige Torbauten und trutzige Türme, und über das Häusermeer dahinter ragten die hohen Giebel zahlreicher Paläste und Tempel empor.

Die Sibylle wartete ab, bis ihre Gefährtin das imposante Bild in sich aufgenommen hatte, dann erzählte sie Branwyn von der Geschichte der norditalienischen Metropole: »In den alten Zeiten gehörte alles Land hier dem keltischen Volk der Tauriner. Sie waren es, welche die Stadt erbauten und sie Taurasia nannten. Das *Oppidum* war eines der wichtigsten Handelszentren des *Ager Gallicus*, wie die Römer die damals von den Kelten besiedelte Poebene nannten, und es blühte generationenlang. Vor ungefähr dreihundertfünfzig Jahren aber, nachdem Rom mächtig genug geworden war, drangen die Legionen unter Kaiser Oktavian in den Norden vor, stürmten Taurasia, brannten es nieder und errichteten auf den keltischen Fundamenten ihre Militär- und Verwaltungsstadt Augusta Taurinorum.«

»Der Weiße Drache, der in seiner Bösartigkeit wieder und wieder das friedliche Bemühen des Roten Drachen bekämpft«, flüsterte Branwyn, die eben noch so überwältigt vom Anblick der Metropole gewesen war. In ihrer Betroffenheit tastete sie nach der Hand ihrer Freundin; gleich darauf setzte sie mit festerer Stimme hinzu: »Doch irgendwann wird das vermeintlich Schwächere über die rohe Gewalt siegen, und dann wird das Antlitz der Welt sich verändern!«

»Um dafür einzutreten, hat die Göttin dich nach Italien gesandt«, bekräftigte Samira.

Schweigend ritten die beiden Frauen weiter, erreichten die Stadt und fanden Unterkunft in einer Herberge nahe des westlichen Haupttores. Branwyn blieb den Abend über in sich gekehrt und ging früh zu Bett; schon sehr zeitig am nächsten Morgen drängte sie wieder zum Aufbruch.

Zügig trotteten die Esel dahin; allmählich versank die Silhouette von Augusta Taurinorum im leichten Nebel, der heute über der Landschaft hing. Erst in der Mitte des Vormittags lichtete er sich, verdichtete sich aber am späteren Nachmittag wieder, und so blieb es mehr als eine Woche lang. Die Freundinnen zogen am äußersten Rand der Poebene nach Südosten, überquerten den Fluß Tanaro und erklommen die ersten Randhöhen der Ligurischen Berge. Weitere zwölf Tage folgten sie einem Saumpfad durch dieses Mittelgebirge, bis die Höhenzüge sich unweit der Stadt Carrara mit ihren Marmorbrüchen zum Meer absenkten.

Inzwischen war es Anfang Dezember geworden, aber noch immer blieb das Wetter mild. Nur gelegentlich, wenn der Wind Regenwolken über die See herantrieb, wurde das Reiten unangenehm. Ansonsten kamen die Frauen auf ihren Grautieren gut über die Küstenebene voran. Als sie auf die Mündung des Arno stießen, dauerte es nicht lange, bis sich ein Fischer fand, der sie in seinem Kahn übersetzte. Jenseits des breiten Stromes tauchten zu ihrer Linken die Hügel der Toskana auf; nachdem wiederum eine Woche vergangen war, gelangten sie ans Ufer des Ombrone und brachten diesen Fluß abermals mit Hilfe eines Fergen hinter sich.

Samira drückte dem Fährmann ein paar kleine Münzen in die Hand, dann deutete sie landeinwärts nach Südosten, wo sich nun schon sehr nahe die Bergketten Etruriens zeigten, und erklärte ihrer Gefährtin: »Dort drüben liegt unser Ziel. In drei Tagen werden wir das Amiata-Massiv passieren, dessen wuchtigen Gipfelgrat du bereits von hier aus erkennen kannst, und noch einmal zwei bequeme Tagesmärsche bringen uns sodann zu meiner Höhle unweit des Bolsena-Sees.«

»Ich werde sehr froh sein, wenn wir es geschafft haben«, antwortete Branwyn; dabei wurde ihr bewußt, wie abgespannt und müde sie sich fühlte.

»Und ich freue mich darauf, einen solch lieben Gast, wie du es bist, in meiner Grotte beherbergen zu dürfen und dich in ihre Geheimnisse einzuweihen«, entgegnete die Sibylle, ehe sie sich wieder auf den Rücken ihres Esels schwang.

Branwyn folgte ihrem Beispiel; nach einer Weile, weil der frische Reitwind ihre Sinne belebte, schien die Erschöpfung von ihr zu weichen. Doch in der Nacht, die sie, bereits ein Stück in den Hügeln, unter dem durchlöcherten Dach einer verlassenen Hirtenhütte verbrachten, schlief sie schlecht, träumte unruhig und schreckte zuletzt mit einem angstvollen Schrei hoch. Auch Samira erwachte; auf ihre besorgten Fragen erwiderte Branwyn, sie habe wohl unter einem Alptraum gelitten. Tröstend nahm ihre Gefährtin sie in die Arme; bald forderte die Müdigkeit der beiden Frauen neuerlich ihr Recht – und keine von ihnen ahnte, welches Unglück schon wenig später über sie hereinbrechen sollte.

* * *

Es geschah, als sie sich auf einem ungeschützten Hang direkt unter dem Gipfelmassiv des Amiata befanden.

Schon seit dem Morgen litt Branwyn unter Gliederschmerzen; zudem befiel sie in regelmäßigen Abständen ein äußerst unangenehmes Frösteln. Um Samira nicht zur Last zu fallen, hatte sie bei jedem derartigen Anfall die Zähne zusammengebissen und sich eingeredet, ihr Zustand müsse mit den tiefhängenden, schneeschwangeren Wolken zusammenhängen, die der eisige Wind seit gestern von Norden herantrieb. Auch jetzt wieder, als sie unter ihrem Umhang neuerlich unkontrolliert zu zittern begann, gab sie dem Wetter die Schuld – doch im nächsten Moment wurde sie von einem jähen Schwächeanfall übermannt. Urplötzlich tanzten feurige Funken vor ihren Augen, Übelkeit würgte sie, dann verlor sie den Halt im Sattel und stürzte halb besinnungslos zur Erde.

Erschrocken sprang Samira vom Rücken ihres Esels, hastete die paar Schritte zu ihrer Gefährtin und kniete bei ihr nieder. Branwyn spürte die kühlen Hände der Sibylle auf ihren Wangen und der Stirn; einen Lidschlag später vernahm sie undeutlich die Stimme der Freundin: »Die Göttin möge dir beistehen! Du hast hohes Fieber!«

Die Kranke wollte etwas erwidern, brachte in ihrer Kraftlosigkeit jedoch nur ein undeutliches Murmeln zustande.

»Streng dich nicht an!« hörte sie Samira sagen. »Bleib ganz ruhig liegen, ich bin gleich wieder bei dir!«

Als die Sibylle zurückkehrte, hielt sie eine kleine Glasphiole in der Hand. Sie zog den Stöpsel ab und brachte die Öffnung des Behälters nahe an Branwyns Nase. Der stechende Geruch ließ sie husten, gleich darauf aber vermochte sie sich aufzurichten und wieder klarer zu denken.

Samira führte sie zu ihrem Reittier, das mit hängendem Kopf wartete, und war ihr behilflich, in den Sattel zu kommen. Danach holte sie ihre Zeltplane herbei, hüllte die Kranke darin ein und fragte: »Fühlst du dich imstande, weiterzureiten?«

»Ich muß die Kraft aufbringen!« flüsterte Branwyn. »Denn

meine einzige Hoffnung besteht wahrscheinlich darin, deine Höhle zu erreichen, oder?«

»Es gilt, um jeden Preis bis dorthin durchhalten!« bekräftigte ihre Gefährtin. Leiser fügte sie hinzu: »Vorher werden wir nämlich auf keine menschliche Ansiedlung mehr stoßen ...«

»Dann laß uns keine Zeit verlieren!« versetzte die Fiebernde tapfer und trieb ihren Esel wieder an.

Zunächst schaffte es Branwyn, ihr Tier allein zu lenken. Doch in der Mitte des Nachmittags, als das Gelände schwieriger und gleichzeitig der Wind noch rauher wurde, begann sie erneut zu taumeln. Samira sah sich gezwungen, abzusteigen und neben der Kranken herzugehen, um sie zu stützen; zusätzlich mußte sie beide Esel führen. Während sie sich auf diese Weise vorankämpften, wurde die Sibylle von der Befürchtung gequält, daß sich aus der schweren Erkältung eine Lungenentzündung entwickeln könnte, wenn Branwyn nicht bald ins Warme kam. Aber als es Zeit wurde, ein Nachtlager zu errichten, konnte sie lediglich das dünne Zelt aufbauen und davor ein Feuer entfachen. Später, während heftige Böen an der Leinwand zerrten, wärmte sie die Fieberkranke mit ihrem eigenen Körper, fühlte die Qual ihrer immer wieder vom Schüttelfrost gebeutelten Freundin und wünschte sich inständig, sie besäße noch Medizinkräuter – doch sie hatte ihren Vorrat während der Behandlung Branwyns in dem Alpendorf restlos verbraucht.

Im frühen Morgenlicht setzten die Frauen ihren Weg fort. Während der ersten Stunden ertrug die Kranke die Anstrengung des Reitens, dann war sie abermals so erschöpft, daß sie jeden Moment den Halt im Sattel zu verlieren drohte. Mühsam hielt sie ihr Tier an und bat ihre Gefährtin, sie auf dem Eselsrücken festzubinden. Weil angesichts der beißenden Kälte höchste Eile geboten war, stimmte Samira zu; wenig später trabten sie weiter, und die Sibylle führte das zweite Reittier jetzt am langen Zügel hinter sich her. Jedes Mal, wenn sie sich umwandte, empfand sie tiefstes Mitleid mit Branwyn; dennoch durfte sie die Freundin nicht schonen, sondern mußte alles daransetzen, ihr eine weitere Nacht im Freien zu ersparen.

Tatsächlich kamen sie nun so rasch voran, daß Aussicht bestand, die Wohnhöhle noch vor Einbruch der Dunkelheit zu erreichen. Am Nachmittag, als die niedriger werdenden Bergketten gelegentlich den Blick nach Südosten freigaben, war am Horizont bereits die graublaue Fläche des Bolsena-Sees zu erkennen. Doch plötzlich trübte sich die Sicht, der ohnehin verhangene Himmel nahm eine bedrohliche schwarze Färbung an; gleich darauf brach ein verheerender Schneesturm los.

Verschreckt blieben die Esel stehen und drängten sich schutzsuchend aneinander. Samira mußte abspringen und die Tiere am Zaumzeug packen, um sie zum Weitergehen zu bewegen. Sie taten ein paar Dutzend Schritte; unvermittelt aber, weil ein Hagel von Eisnadeln sie traf, scheuten sie, galoppierten zu einer Felsgruppe, wo das Unwetter nicht ganz so schlimm wütete, und stellten sich mit den Kruppen gegen den Wind. Branwyn fürchtete, die Reitesel würden jetzt um keinen Preis der Welt mehr vorwärts zu bringen sein; dann sah sie, wie Samira einen Fetzen von ihrem Rocksaum riß, ihn in zwei Streifen teilte und den Tieren damit die Augen verband.

»Wenn sie das nicht zur Vernunft bringt, sind wir verloren!« rief die Sibylle ihrer Gefährtin zu, zerrte erneut an den Zügeln – und hatte Erfolg. Die nun orientierungslosen Esel gehorchten ihr instinktiv und liefen zurück auf den Pfad; damit jedoch begann der eigentliche Kampf gegen das Schneetreiben und den Frost erst: ein Kampf, der sich zu einer entsetzlichen Tortur auswachsen sollte.

Anfangs, während Samira die Reittiere an den Halftern hinter sich herzog, vermochte Branwyn ihre Umgebung noch einigermaßen wahrzunehmen. Aber bald tanzten erneut feurige Funken vor ihren Augen und schienen sich mit dem eisigen Wirbeln, das von allen Seiten auf sie eindrang, zu vermischen. Zunehmend hatte sie das Empfinden, als würde sie durch ein zutiefst feindliches Nichts hetzen, hinter dessen fahlweißer Gesichtslosigkeit der Tod lauerte: die lähmende Kälte, die immer tiefer in ihr Fleisch und ihr Gebein drang. Irgendwann, die Kranke hatte inzwischen jeglichen Zeitbegriff verloren, verwandelte sich das weiße Fegen in mattes Grau und scheinbar fast übergangslos in undurchdringliche Schwärze. Die Finsternis ließ Branwyn aufschrecken; nach einer Weile begriff sie, daß die keuchende Kreatur, an deren Mähne sie sich festkrallte, sie nun durch die Nacht trug.

Die Dunkelheit, der sich jetzt verschärfende Frost und dazu das Fieber lösten kaum noch erträgliche Ängste in ihr aus. Mehr als einmal war sie in ihrer Panik versucht, sich von dem Seil, das sie an den Sattel fesselte, zu befreien und blindlings loszurennen, bis der Sturz in eine Schlucht sie erlöste. Doch etwas, das letztlich stets stärker blieb, brachte sie dazu, weiter und weiter durchzuhalten – bis mit einemmal das Heulen des Schneesturmes nur noch gedämpft zu vernehmen war und der Esel stehenblieb.

Im nächsten Moment war Samira bei ihr, schloß sie in die Arme und rief ihr zu: »Der Göttin sei Dank! Sie hat uns gerettet!«

Unmittelbar nachdem sie die Worte vernommen hatte, verlor Branwyn das Bewußtsein. Sie bemerkte nicht mehr, wie die Sibylle sie zu einem Ruhelager im hinteren Teil ihrer Wohnhöhle brachte, ein Feuer entfachte und einen Kessel Wasser an den Schwenkarm über der Herdstelle hängte; ebensowenig bekam sie in ihrer abgrundtiefen Erschöpfung mit, wie Samira sie entkleidete, ihre Glieder massierte, sie in warme Decken hüllte und ihr sodann einen heißen, bitteren Trank einflößte.

Es dauerte bis zum folgenden Nachmittag, ehe die Kranke wieder ansprechbar war und die Freundin, die ihr das Leben gerettet hatte, ihr eröffnen konnte: »Dein Fieber ist gesunken, und ich glaube, damit ist auch die Gefahr einer Lungenentzündung gebannt. Bevor du dich allerdings völlig erholt hast, werden noch einige Wochen vergehen.«

»Heißt das, ich kann erst im Januar daran denken, nach Rom weiterzuwandern?« flüsterte Branwyn.

Samira griff wie tröstend nach ihrer Hand, erst dann antwortete sie: »Es hat seit gestern ununterbrochen weitergeschneit, und es ist kein Ende abzusehen. Wenn aber der Winter so schnell und hart hereinbricht, bleiben die Wege hier im Gebirge erfahrungsgemäß bis zum Frühjahr unpassierbar. Du solltest dich infolgedessen darauf einstellen, einige Monate in meiner Grotte zu verbringen …«

VIERTES BUCH

Rom
Die Kirche der Frauen

Frühjahr 357 bis September 363

Die Presbyterin

Der von Norden heranmäandrierende Strom teilte die Stadt, die sich auf sieben flachen Hügeln ausbreitete, in zwei Hälften: ein riesiges Areal jenseits des östlichen und ein kleineres, wie ein Anhängsel wirkendes Viertel in einer Biegung des westlichen Ufers. Sechs Brücken überspannten den Fluß und schienen gleich Pfeilen auf das Zentrum der Metropole zu weisen.

Dort stachen vor allem das gewaltige Rund des Colosseums, das eindrucksvolle Oval des Circus Maximus, das wuchtige Geviert der Trajan-Thermen sowie die breite Front der einstigen Tempelanlage des Claudius Divinus ins Auge. Rings um diese und eine ganze Reihe weiterer Monumente – darunter der Kaiserpalast, die starke Festung auf dem Capitolhügel und unweit davon der ausgedehnte Platz des Forum Romanum – erstreckte sich ein schier unübersehbares Häusermeer, das von einer dreizehn Meilen langen Mauer mit einer Vielzahl von Türmen und zwei Dutzend Torbastionen umgrenzt wurde. Entlang der breiten Straßen, die auf die Tore zuliefen, waren Tausende aufwendig gestalteter Grabstätten bis hin zu pompösen Mausoleen zu erkennen. Einen ganz besonderen Akzent setzten schließlich die zehn Aquädukte, über deren elegante Bögen Wasser aus den nahen Bergen in die Zisternen und öffentlichen Bäder der Stadt geleitet wurde.

Lange ließ Branwyn dieses Panorama auf sich wirken. Dank der Beschreibungen, die ihr Samira von Rom gegeben hatte, vermochte sie sich von ihrem Standpunkt am Rand eines Weinberges nahe des rechten Tiberufers recht gut zu orientieren. Der Anblick beeindruckte sie zutiefst; gleichzeitig fühlte sie sich aber angesichts der Hauptstadt des Weströmischen Reiches, in der nach Angaben der Sibylle eine Million Menschen lebten, eingeschüchtert. Dies war der Grund, warum Branwyn jetzt zögerte, das letzte Wegstück zurückzulegen. Sie wollte sich zunächst sammeln, ehe sie zum Strom hinabstieg, und der im Spätnachmittagslicht daliegende Wingert war dafür genau der richtige Ort.

Zwischen zwei knorrigen Rebstöcken ließ sie sich auf die von der kräftigen Frühlingssonne durchwärmte Erde nieder. Tief atmete sie den Pflanzenduft ein und lauschte auf das Summen der Hummeln, dann schloß sie die Augen und erinnerte sich an die vergangenen Wintermonate.

Nach dem Ende des tagelang anhaltenden Schneesturmes hatte es tatsächlich einige Wochen gedauert, bis sie wieder auf die Beine gekommen war. Dankbar dachte sie daran, mit welch liebevoller Zuwendung Samira sich die ganze Zeit um sie gekümmert hatte. Doch nicht nur deshalb war sie auch nach ihrer Genesung gerne in der Sibyllengrotte geblieben: in einer Umgebung, die manchmal den Eindruck in ihr erweckte, sie befände sich neuerlich an einem der heiligen Orte Avalons. Es war ihr vergönnt gewesen, gewisse andersweltliche Geheimnisse der Höhle kennenzulernen; sie hatte begriffen, auf welchen Erkenntnispfaden Frauen wie Samira seit Jahrtausenden wandelten, um jene Schleier zu durchdringen, die Vergangenheit, Gegenwart und Zukunft nur scheinbar voneinander trennten. Durch diesen faszinierenden Austausch war ihre Freundschaft weiter gewachsen: bis hin zu innigstem gegenseitigen Verständnis und einer Vertrautheit, wie Branwyn sie bisher einzig im Zusammensein mit Dafydd, ihrem toten Geliebten, und – vielleicht – während ihrer letzten Nacht mit Eolo, dem Barden, kennengelernt hatte.

Um so schwerer war ihr, als Mitte März der Schnee in den Bergen wegschmolz und die Wege wieder passierbar wurden, der Aufbruch gefallen. Samira, die wie sie fühlte, hatte es sich nicht nehmen lassen, Branwyn fast die ganze Strecke nach Süden zu begleiten. Abermals auf ihren Eseln waren sie am malerischen Gestade des Bolsena-Sees entlang und dann durch die Landschaft Latiums geritten; erst eine knappe Tagesreise vor Rom hatten sie sich an diesem Morgen getrennt. Noch einmal hatten die beiden Frauen sich in den Armen gelegen, und Branwyn verstand nur zu gut, warum Samira sich hier von ihr verabschieden wollte: Weil sie sich in dem kleinen Olivenhain, wo sie sich küßten, näher sein konnten als im Trubel der Tiberstadt.

Lange hatte Branwyn der Freundin, die auf ihrem Esel saß und den anderen mit sich führte, nachgeblickt; große Dankbarkeit für alles, was Samira für sie getan hatte, war in ihrem Herzen gewesen. Im weiteren Verlauf des Tages, während sie die letzte Wegstrecke bis Rom zurückgelegt hatte, waren ihr mehrmals die Tränen in die Augen geschossen. Auch jetzt wieder mußte sie sich zusammennehmen, um nicht aufzuschluchzen. Aber im nächsten Moment besann sie sich auf das Versprechen, das sie der Sibylle gegeben hatte: zu ihr zurückzukehren, wann immer sie ihren Rat, ihre Hilfe oder einfach ihre Nähe brauchte. Der Gedanke, Samira irgendwann wiederzusehen, tröstete sie und gab ihr Kraft. Sie atmete tief durch, dann stand sie auf und schickte sich an, den Weinberg zu verlassen und ins Tibertal hinunterzusteigen.

* * *

Entlang der mit Kopfsteinen gepflasterten *Via Aurelia*, der sie schon seit dem Abschied von Samira gefolgt war, erreichte Branwyn die nordwestliche Torbastion des Stadtteils *Trans Tiberim*: jenes Viertels, das in der Biegung des rechten Stromufers lag. Die dort stehenden Wächter, die Lanzen und Lederharnische trugen, musterten sie neugierig, belästigten sie jedoch nicht weiter. Nachdem sie den wuchtigen Torbau passiert hatte, erkundigte sie sich bei einem der Händler, die auf dem Marktplatz dahinter soeben ihre Verkaufsstände abräumten, um Feierabend zu machen, nach der Kirche *Sancta Maria*.

Der Mann wies ihr die Richtung nach Osten, auf das Flußknie zu; während sie weiterging, stellte sie fest, daß in diesem Stadtviertel Roms sehr viele Handwerker lebten. Es gab Steinmetze, Stellmacher, Schmiede, Bronzegießer, Schreiner, Holzschnitzer, Töpfer, Seiler, Küfer, Wachszieher und andere, die ihre Werkstätten in den Erdgeschossen ihrer Häuser betrieben. In anderen Gassen wieder standen mehrstöckige Mietskasernen, wo einfache Arbeiter und Tagelöhner mit ihren zumeist vielköpfigen Familien wohnten. Dann und wann sah Branwyn aber auch kleine landwirtschaftliche Anwesen oder Gärtnereien, die wie Inseln im Häusermeer lagen; ihre Besitzer bauten Feldfrüchte und Gemüse für ihre Mitbürger an, manche mästeten außerdem Schweine oder Federvieh.

Fast an jeder Straßenecke drang Lärm aus einer Taverne; über den Eingangstüren dieser Gebäude hingen bunt bemalte Holztafeln, auf denen Weinreben oder Pokale abgebildet waren. An den Fassaden verschiedener größerer Schankstuben prangten zudem Wandgemälde, die zum Besuch einluden; das eine oder andere zeigte eher derbe als geschmackvolle Motive.

Eines dieser auffälligen Häuser befand sich nicht allzuweit von dem rechteckigen Platz entfernt, an dessen Rand sich die Kirche *Sancta Maria* erhob. Branwyn erkannte sie an dem Kreuz, das den First des nicht sonderlich hohen Sakralbaus schmückte; ansonsten unterschied das christliche Gotteshaus sich lediglich durch jeweils zwei schlichte Marmorsäulen links und rechts des Portals von den sauber gehaltenen Wohngebäuden seiner Umgebung.

Branwyn wußte von Samira, daß eins davon einer gewissen Calpurnia gehörte. Die Sibylle, der die Verhältnisse in Rom nicht völlig fremd waren, hatte ihr geraten, einfach nach dieser Frau zu fragen, nachdem sie angekommen sei. Da auf dem Kirchplatz im Moment aber nur einige Kleinkinder lärmten und kein Erwachsener zu sehen war, betrat Branwyn in der Hoffnung, dort jemanden zu finden, den Sakralbau. Tatsächlich erblickte sie, nachdem ihre Augen sich an das Halbdunkel gewöhnt hatten, ein halbwüchsiges Mädchen, das in der Nähe des steinernen Altartisches kniete. Still wartete Branwyn, bis die Betende ihre Andacht beendet hatte und sich erhob, um die Kirche wieder zu verlassen. Dann, als das Mädchen an ihr vorbeikam, setzte sie an: »Könntest du mir bitte sagen, wo …«

»Ach, du interessierst dich bestimmt für die heilige Quelle, richtig?« fiel ihr die Halbwüchsige ins Wort.

»Es gibt hier einen Born?« wunderte sich Branwyn.

»Natürlich! Die berühmte Ölquelle, die alle ortsfremden Christen sehen wollen«, entgegnete das ungefähr fünfzehnjährige Mädchen, das einen aufgeweckten Eindruck machte. »Hast du *Sancta Maria* etwa nicht deswegen aufgesucht?«

»Eigentlich tat ich es aus einem anderen Grund«, erwiderte Branwyn. »Aber nachdem ich nun von dem Born erfahren habe, würde es mich schon reizen, einen Blick auf ihn werfen.«

»Wußte ich's doch«, lachte die Heranwachsende. »Und da ich noch ein bißchen Zeit habe, ehe ich heim zur Vesper muß, macht es mir nichts aus, die Fremdenführerin für dich zu spielen. – Komm mit! Die Quelle befindet sich dort vorne in der Mauernische schräg hinter dem Altar.«

Während sie dem hilfsbereiten Mädchen folgte, fand Branwyn Gelegenheit, den Raum genauer zu betrachten. In halber Höhe über den Bankreihen sah sie verschiedene Wandgemälde, welche zumeist Pflanzen und Tiere – darunter mehrmals den *Ichthys* – zeigten. Die Darstellungen erinnerten Branwyn an die Bildnisse in der Flechtwerkkirche von Avalon, doch gab es hier zusätzlich Kreuzmotive, und an einer Stelle war dieses Symbol mit einem sechszackigen Davidstern verflochten. Als Branwyn ihre Begleiterin darauf ansprach, erläuterte diese ihr, daß in *Trans Tiberim* auch jüdische Familien lebten, mit denen sich die hiesigen Christen gut verstünden, und das Zeichen solle Ausdruck dieser freundschaftlichen Verbundenheit sein.

Gleich darauf bog die Fünfzehnjährige um den Altartisch und blieb vor der genannten Einbuchtung in der Kirchenmauer stehen. Die Nische war mit einem sichtlich sehr alten Mosaik geschmückt, das eine orientalisch anmutende Frauengestalt in einem weiten blauen Umhang zeigte, und Branwyn vermutete: »Die Mutter Jesu, nach der eure Kirche benannt ist, nicht wahr?«

Das Mädchen nickte, dann deutete es auf eine quadratische, mit Steinplatten eingefaßte Vertiefung von ungefähr einer Elle Durchmesser im Boden. »Und hier hast du die Ölquelle, die das Gotteshaus von *Sancta Maria* berühmt gemacht hat.«

Als Branwyn sich niederbeugte, bemerkte sie einen strengen Geruch, der aus dem Schacht heraufdrang. Unwillkürlich rümpfte sie die Nase – und vernahm die Stimme der Fünfzehnjährigen: »Ja, so ergeht es jedem, der zum ersten Mal herkommt und nicht auf die Ausdünstung des Erdpechs gefaßt ist.«

»Pech?« kam es erstaunt von Branwyn. »Ich dachte, dort unten befände sich flüssiges Öl.«

»Früher einmal soll es wirklich aus der Tiefe gequollen sein«, erklärte die Halbwüchsige. »Doch schon seit vielen Menschenaltern ist es zu zähen Klumpen erstarrt, und wenn du ein wenig davon herauskratzt, hältst du eben Erdpech zwischen den Fingern. Du kannst es gerne einmal versuchen. Das Loch ist nicht tiefer, als dein Arm reicht …«

»Lieber nicht«, wehrte Branwyn ab und richtete sich wieder auf. »Aber ich würde gerne erfahren, warum dieser seltsame Born als heilig gilt?«

»Nun, zum einen besitzt das *Pix tumens* oder Gräberpech, wie man die schwarze Masse auch nennt, weil die Ägypter sie zur Einbalsamierung ihrer Toten verwenden, Heilkraft«, antwortete das Mädchen. »Es reinigt eiternde Wunden und dient dazu, Geschwüre zu öffnen. Der Hauptgrund jedoch, weshalb wir diesen Ort verehren, ist ein anderer. Hier nämlich kündigte sich die Geburt unseres Erlösers an.«

»Meinst du damit, es handelt sich um eine uralte Orakelstätte?« fragte Branwyn.

»Davon habe ich noch nie etwas gehört«, erwiderte die Fünfzehnjährige. »Doch du könntest vielleicht recht haben, denn es geht in der Tat um eine Prophezeiung ...«

Sie besann sich kurz, dann erzählte sie die Legende, die sich um die einstige Ölquelle rankte: »Es geschah im vierten Regierungsjahr des Kaisers Augustus. Damals war die Gegend des heutigen Stadtteils *Trans Tiberim* noch unbebaut; es gab hier nur Viehweiden und außerdem, genau an der Stelle, wo heute diese Kirche steht, eine Gruppe von Eichen. Eines Tages beschlossen einige römische Bürger, über den Fluß zu setzen und diese Bäume zu fällen, weil sie Bauholz benötigten. Sie schlugen also die Eichen um; als aber die letzte stürzte, öffnete sich die Erde, und aus ihr drang ein starker Strahl heißes Öl. Die Männer wunderten sich sehr darüber; noch größer wurde ihre Verblüffung, als plötzlich wie aus dem Nichts eine betagte Frau auftauchte, die sie noch nie zuvor gesehen hatten. Diese Alte schalt die römischen Bürger, weil sie Hand an die Bäume gelegt hatten; sodann weissagte sie, daß die Quelle zum Zeichen gewaltiger künftiger Umwälzungen aufgebrochen sei. In dreimal dreizehn Jahren nämlich erfülle sich die Zeit. In Judäa werde dann ein Kind geboren und zu einem großen Menschheitslehrer heranreifen. Dieser Mann müsse später schändlich am Kreuz sterben – doch gerade durch diesen Tod werde Rom und mit ihm die Welt sich verändern.«

Das Mädchen blickte Branwyn ernst an und fügte hinzu: »Genau neununddreißig Jahre danach kam Maria mit ihrem Sohn Jesus nieder, und nachdem sich auch der Rest der Prophezeiung erfüllt hatte und die ersten christlichen Gemeinden in Rom entstanden waren, begannen die Gläubigen zu dem noch immer sprudelnden Born zu pilgern. Während der folgenden Generationen setzten sich die Pilgerbesuche fort, und vor ungefähr einhundertfünfzig Jahren errichtete man die Kirche, in der wir stehen, über dem heiligen Platz. Kaum freilich war sie erbaut, versiegte die nunmehr in Stein gefaßte Quelle allmählich, aber ihre Heilkraft erhielt sich bis in unsere Tage.«

Gespannt hatte Branwyn den Worten der Halbwüchsigen

gelauscht, jetzt sagte sie nachdenklich: »Ein Hain, eine Heilquelle und eine damit verknüpfte Zukunftsschau – das alles erinnert mich an bestimmte heilige Orte in meiner Heimat Britannien.«

»Du kommst aus diesem fernen Land im äußersten Nordwesten des Imperiums?« fragte die Fünfzehnjährige überrascht.

»Ich bin eine Keltin vom Volk der dort lebenden Kimmerier«, bestätigte Branwyn.

»Und was führt dich nach Rom?« wollte das Mädchen nun wissen.

»Ich suche eine Frau namens Calpurnia«, erwiderte Branwyn. »Sie soll schon älter sein und in einem der Häuser hier bei der Kirche wohnen.«

»Du meinst doch nicht etwa die *Presbyterin*?« erkundigte sich die Halbwüchsige erstaunt.

Kaum hatte Branwyn bejaht, äußerte die Fünfzehnjährige aufgeräumt: »Wenn es sich so verhält, bist du bei mir genau richtig. Denn Calpurnia ist meine Großmutter, und du kannst gleich mit mir gehen, um sie kennenzulernen.«

Dankbar stimmte Branwyn zu; unmittelbar darauf verließen sie und das Mädchen die Kirche, überquerten den Platz davor und näherten sich einem der sauber getünchten Häuser auf der gegenüberliegenden Seite. Über dem Türsockel war eine Rotmarmorplatte mit dem Symbol des *Ichthys* eingelassen; drinnen gelangten die Halbwüchsige und ihre Begleiterin über einen Vorplatz und durch einen gefällig eingerichteten, ansonsten jedoch leeren Wohnraum in den von einem schmalen Laubengang umgebenen Atriumshof des Gebäudes.

Hier hatten sich die Bewohner – ein freundlich wirkendes Ehepaar mittleren Alters sowie eine zierliche, ungefähr fünfundsechzigjährige Frau mit schlichtem grauem Haar und warmherzigen braunen Augen, bei der es sich zweifellos um Calpurnia handelte – bereits zur Vesper versammelt. Als Branwyn und das Mädchen herankamen, drohte die noch rüstig wirkende *Presbyterin* ihrer Enkelin scherzhaft mit dem Finger und seufzte in gespielter Verzweiflung: »Einmal nur möchte ich es erleben, daß du pünktlich zum Abendessen auftauchst, Angela!«

»Ich weiß ja, es ist ein bißchen spät geworden«, entgegnete die Fünfzehnjährige. »Aber ich hatte diesen Nachmittag eben wieder mal jede Menge zu tun, dann betete ich noch in *Sancta Maria*, und dort traf ich auf diese Fremde, die aus Britannien kommt und sich nach dir erkundigte.«

»Du suchst mich?« wandte Calpurnia sich nunmehr an Branwyn. »Und du bist tatsächlich eine …?« Sie besann sich. »Doch wie auch immer, sei herzlich willkommen! Bitte nimm Platz, und teile das Mahl mit uns. Angela kennst du ja schon, und das sind ihre Eltern: meine Tochter Camilla und ihr Gatte Gaius, der hier in *Trans Tiberim* ein kleines Bauunternehmen betreibt.«

Ehe Branwyn sich setzte, stellte auch sie sich vor; danach ließ sie sich das Essen schmecken. Es gab frischgebackenes Fladenbrot, Käse, kaltes Rauchfleisch, eingemachte Früchte und dazu einen leichten Rotwein, der nach römischem Brauch mit Wasser verdünnt wurde. Während Branwyn aß und trank, berichtete sie in groben Zügen von den Geschehnissen, die sie dazu bewogen hatten, die lange und gefährliche Reise in die Tiberstadt auf sich zu nehmen, und schloß: »Eigentlich hatte ich gehofft, der *Presbyter* von Samarobriva, der in seinem Brief an das Priesterehepaar von Avalon die Bedrohung der jesuanischen Lehre durch das *Patriarchat* von Rom anprangerte, würde mir eine Empfehlung an diejenige der hiesigen christlichen Gemeinden mitgeben, mit der er in Verbindung stand. Doch dazu war er, wie ihr gehört habt, leider nicht mehr imstande. Deswegen suchte ich auf Anraten meiner Freundin Samira euch auf und kann euch jetzt nur bitten, mir zu vertrauen, obwohl ich nicht getauft, sondern Anhängerin Ceridwens und der anderen keltischen Götter bin.«

»Vielleicht sorgten deine Göttin und Christus gemeinsam

dafür, daß du den Weg zu diesem Haus fandest«, antwortete Calpurnia mit feinem Lächeln. »Denn ich bin es, die mit dem *Presbyter* von Samarobriva, von dessen tragischem Tod wir schon vergangenen Sommer erfuhren, in Briefwechsel stand. Und da ich die Sorgen des Verstorbenen hinsichtlich der Entwicklungen hier in Rom teile, bin ich sehr froh über deine Ankunft.«

»Dasselbe gilt für meine Gemahlin und mich!« pflichtete Gaius seiner Schwiegermutter bei.

»Wir freuen uns, in dir eine Mitstreiterin zu finden, der ähnlich wie uns an der unverfälschten Botschaft Jesu und am friedlichen Miteinander der verschiedenen Religionen liegt«, bekräftigte Camilla.

»Und vielleicht entschließt du dich ja irgendwann sogar dazu, dich taufen zu lassen«, fiel Angela überschwenglich ein. »Heute hast du ja bereits die Legende von *Sancta Maria* kennengelernt, und ich wäre gerne bereit, dich zu weiteren heiligen Stätten unseres Glaubens zu führen und dir von den Mirakeln zu erzählen, die sich dort …«

Weil sie den tadelnden Blick ihrer Großmutter bemerkte, brach die Halbwüchsige ab und murmelte mit entwaffnendem Augenaufschlag: »O je, jetzt habe ich wahrscheinlich wieder mal was total Falsches gesagt.«

»Immerhin hast du's sofort gemerkt«, schmunzelte Calpurnia. »Aber es ist eben so, und da beißt die Maus keinen Faden ab: Die Nachfolge Jesu, die wir anstreben, hat weder etwas mit Wunderglauben noch mit blindem Missionierungseifer zu tun. Es zählen einzig Nächstenliebe, Barmherzigkeit und Verständnis für die Wesensart unserer Mitmenschen, egal, ob Christen oder Heiden – und deshalb sollten wir nicht versuchen, unseren Gast auf irgendeine Weise zu beeinflussen.«

»Das hatte ich auch gar nicht vor«, wandte die Fünfzehnjährige sich an Branwyn. »Ich wollte dir eigentlich nur zu verstehen geben, daß ich dich nett finde …«

»Dann laß uns so schnell wie möglich Freundinnen werden«, erwiderte Branwyn in herzlichem Tonfall. »Und selbstverständlich würde ich mich sehr freuen, wenn du mir noch mehr von den Sehenswürdigkeiten Roms zeigen könntest.«

»Versprochen!« strahlte Angela. »Wir ziehen gleich morgen früh los, wenn du willst ...«

»Langsam!« bremste Camilla den Eifer ihrer Tochter. »Zunächst einmal muß Branwyn nach der anstrengenden Reise zur Ruhe kommen.«

»Richtig, es wird Zeit für mich, aufzubrechen und mich nach einer Unterkunft für die Nacht umzusehen«, stimmte die junge Frau zu. »Könnt ihr mir eine saubere und nicht allzu teure Herberge hier in der Nähe empfehlen?«

»Das ist nicht nötig, denn wir möchten dich einladen, in unserem Haus zu bleiben, solange du willst«, kam es von Calpurnia. »Wir haben Platz genug, warum also solltest du irgendwo anders wohnen und unnötig Mietzins bezahlen?«

Weil Branwyn zögerte, legte die *Presbyterin* ihr die Hand auf den Arm und gab zu bedenken: »Vor allem aber kannst du die Aufgabe, die du dir gestellt hast und die wir ebenso als die unsere ansehen, von hier aus am besten erfüllen.«

»Du hast recht«, nickte die junge Frau. »Deshalb bleibt mir wohl nichts anderes übrig, als euer selbstloses Angebot anzunehmen. Ich danke euch für die Gastfreundschaft und werde mich bemühen, euch sowenig wie möglich zur Last zu fallen.«

»Unsinn! Du machst uns keine Umstände, sondern eine Riesenfreude!« jubelte Angela. »So, und jetzt komm, damit ich dir das Zimmer zeigen kann, das wir immer für lieben Besuch bereithalten. Es liegt gleich neben meinem und wird dir bestimmt gefallen ...«

Wie Branwyn wenig später feststellte, hatte die Fünfzehnjährige nicht zuviel versprochen. Der Raum war mit seinen hellen Holzmöbeln sowie den phantasievoll gewebten und in warmen Naturfarben gehaltenen Wandteppichen so behaglich eingerichtet, daß sie sich darin sofort heimisch fühlte; hinzu kam der Blick in den Atriumshof, über dem mittlerweile der rötliche Schein des Sonnenunterganges lag.

Nachdem Angela heißes Wasser gebracht und es in eine kupferne Waschschüssel gefüllt hatte, ließ sie ihre neue Freundin für eine Weile allein. Branwyn erfrischte sich, kehrte danach in den Innenhof zurück und verbrachte den Rest des Abends in angeregtem Gespräch mit der *Presbyterin* und ihrer Familie. Erst als der Mond am Firmament aufstieg, wünschte sie den anderen eine gute Nacht und begab sich in ihr Zimmer; kaum hatte sie sich unter die Zudecke ihres breiten, bequemen Betts gekuschelt, war sie auch schon eingeschlafen.

* * *

Bis Mitternacht schlummerte sie ungestört, dann jedoch wurden ihre Träume unruhig. Schließlich weckten sie Geräusche, die – in regelmäßiger Folge an- und abschwellend – in den Raum drangen. Verwirrt setzte sie sich auf, horchte in die Dunkelheit hinaus und stellte fest, daß der Lärm offenbar von der Straßenseite des Hauses kam. Weil sie sich seine Ursache nicht erklären konnte, glitt sie aus dem Bett, lief auf nackten Sohlen zur vorderen Eingangstür des Gebäudes und spähte durch einen Fensterschlitz neben dem Portal auf den Kirchplatz.

Zunächst ließ sich draußen nichts erkennen; nur das seltsame Rollen und Rumpeln, das sie aufgestört hatte, war weiterhin zu vernehmen. Es schien von allen Seiten zu kommen, doch Branwyn vermochte nicht, seine Ursache auszumachen – bis dort, wo die von der Torbastion heranführende Straße auf den Platz mündete, plötzlich Fackelschein sichtbar wurde und der Lärm von neuem anschwoll. Gleich darauf sah die junge Frau einen schwerbeladenen Frachtwagen, der von zwei kräftigen Ochsen gezogen wurde; neben den Tieren ging ein Mann mit einem Feuerbrand und wies dem Kutscher auf dem Bock den Weg durch die Finsternis.

Als das über das Kopfsteinpflaster polternde Gefährt sich direkt vor dem Haus befand, begannen die Bodenfliesen unter Branwyns Füßen leise zu vibrieren. Es war ein unheimliches Gefühl; dennoch blieb die junge Frau an ihrem Auslug stehen und beobachtete, wie das Ochsenfuhrwerk den Kirchplatz überquerte und in einer Gasse verschwand, die in Richtung des Tiber führte. Bald danach tauchte ein weiterer von einem Fackelträger begleiteter Lastkarren auf, diesmal waren Maultiere vorgespannt. Ihnen folgten in mehr oder weniger regelmäßigen Abständen andere Fahrzeuge; allmählich hatte Branwyn den Eindruck, als würde Rom von einer gespenstischen Invasion heimgesucht.

Ihr Verstand sagte ihr jedoch, daß das alles seinen Sinn haben müsse. Sie dachte angestrengt darüber nach; eben als sie glaubte, die Lösung des Rätsels gefunden zu haben, zuckte sie zusammen. Urplötzlich hatte sie das Empfinden, nicht mehr allein in dem stockdunklen Zimmer hinter der Haustür zu sein, und hielt erschrocken den Atem an.

Mit dem nächsten Herzschlag hörte sie in ihrem Rücken ein Flüstern: »Täusche ich mich, oder ist hier drinnen jemand?«

Branwyn fuhr herum und setzte zu einer Antwort an, aber ihre Kehle war so trocken, daß sie erst nach einem krampfhaften Schlucken herausbrachte: »Bist du das, Calpurnia?«

»Ja«, klang es aus dem Hintergrund des Raumes. Im nächsten Moment war das Klicken von Stahl auf Feuerstein zu vernehmen, der beißende Geruch von glimmendem Zunder wurde spürbar, dann leuchtete eine Öllampe auf, und Branwyn erblickte die Gestalt der *Presbyterin*.

Erleichtert ging sie auf Calpurnia, die wie sie im Nachthemd war, zu und sagte leise: »Der Lärm weckte mich, und weil ich mir seine Ursache nicht erklären konnte, kam ich hierher.«

»Ich vermutete es gleich, als ich in meiner eigenen Schlaflosigkeit das Knacken der Dielen auf dem Flur vernahm und die Tür zum Vorraum hier knarren hörte«, entgegnete die Alte. Sie schneuzte den Docht der flackernden Lampe und fuhr fort: »Dummerweise vergaß ich nämlich, dich darauf hinzuweisen, daß die Nächte in Rom alles andere als ruhig sind.«

»Wir hatten wichtigere Dinge zu besprechen«, erwiderte Branwyn. »Aber nun wüßte ich wirklich gerne, was dort draußen eigentlich vorgeht. Warum fahren die vielen Frachtwagen nicht tagsüber, sondern zu dieser mitternächtlichen Stunde?«

»Laß uns in meinem Zimmer darüber reden«, bat Calpurnia. »Dort haben wir es entschieden gemütlicher als hier.«

Branwyn war einverstanden. Wenig später saß sie mit hochgezogenen Knien und einer Decke über den Schultern in einem der beiden Schaukelstühle, die in einem Erker neben dem Bett der *Presbyterin* standen, und Calpurnia, die es sich ihr gegenüber bequem gemacht hatte, erläuterte ihr: »Um die Millionenstadt Rom mit Lebensmitteln und sonstigen Waren zu versorgen, müssen notgedrungen die Nächte genutzt werden. Untertags nämlich würden die Fuhrwerke nicht durch die engen Straßen und Gassen kommen, in denen sich die Passanten drängen und zudem Tausende von Verkaufsständen aufgeschlagen sind. Deshalb ist es schon seit Jahrhunderten Gesetz, daß die Frachtwagen, welche ihre Lasten aus dem Umland der Metropole heranbringen, bis Mitternacht vor den Toren warten müssen und sich erst dann, wenn die Bevölkerung schläft, wieder in Bewegung setzen dürfen.«

»Und das geht so sieben Tage die Woche?!« Es war Branwyn anzuhören, wie wenig ihr diese Vorstellung behagte.

»Früher rollten die Fuhrwerke allnächtlich durch die Stadt«, antwortete Calpurnia. »Seit allerdings das Christentum mehr Einfluß gewonnen hat, ist man dazu übergegangen, zumindest den Sonntag zu schützen.«

»Trotzdem müssen die Menschen, besonders Kinder und Kranke, doch schrecklich unter dieser Lärmbelästigung leiden«, versetzte Branwyn.

»Du hast diesen Eindruck, weil du noch nicht daran gewöhnt bist«, entgegnete die *Presbyterin*. »Aber die eingesessenen Römer haben seit vielen Generationen gelernt, damit zu leben, und so mancher Bürger würde dir sagen, er könnte eher ohne das Geräusch der Frachtwagen nicht mehr schlafen.«

»Doch auf dich trifft das nicht zu, oder?« erkundigte sich

Branwyn mitleidig. »Ich meine, weil du vorhin deine Schlaflosigkeit erwähntest ...«

»Das hat andere Gründe«, erwiderte Calpurnia leise. »Mein Alter spielt da eine Rolle, dazu die Sorge um die Gemeinde, der ich vorstehe.« Sie seufzte. »Vor allem freilich ist es der Zustand der römischen Kirche, der mich oft nicht zur Ruhe kommen läßt. Du weißt, worum es geht, wir haben heute abend ja ausführlich darüber gesprochen. Papst Liberius und seine Anhänger richteten während der letzten Jahre einfach zuviel Schaden an!«

»Du erzähltest mir aber auch, daß Liberius vergangenen Herbst aus Rom verbannt wurde, nachdem selbst Kaiser Konstantius seine Unduldsamkeit gegenüber Andersdenkenden nicht länger hinnehmen wollte«, wandte Branwyn ein.

»Ja, das Oberhaupt des *Patriarchats* hält sich seither in Thrakien jenseits des Adriatischen Meeres auf«, bestätigte die *Presbyterin*. »Aber insgeheim zieht er die Fäden hier in der Stadt nach wie vor und wühlt, wo er kann, gegen diejenigen Getauften, welche für ein menschenfreundliches Christentum im Geiste Jesu und damit ganz selbstverständlich für Toleranz im Umgang mit den heidnisch gebliebenen Bevölkerungsteilen Italiens sowie der übrigen Länder des Imperiums eintreten.«

Eine Weile schwiegen die beiden Frauen, schließlich bekannte Branwyn: »Deine Worte machen mir Angst! Bereits in Avalon, als ich den Ruf empfing, war mir klar, daß meine Aufgabe keineswegs leicht werden würde. In Gallien dann bekam ich es in Gestalt des Paulinus Lupus mit einem Christen zu tun, der den Glauben einzig dazu benutzte, um schmutzige Geschäfte mit vermeintlichen Reliquien zu tätigen, und der mich schwerverletzt in der Wildnis zurückließ, statt Barmherzigkeit an mir zu üben. Hier in Rom nun ist es nach deinen Aussagen noch schlimmer. Papst Liberius, den offenbar selbst die Verbannung nicht zu läutern vermochte, und seine Theologen säen Haß, obwohl sie dazu verpflichtet wären, Nächstenliebe zu lehren – und da ich weiß, welche Macht das *Patriarchat* besitzt, frage ich mich, ob wir, die wir doch nur schwache Frauen sind, überhaupt eine Möglichkeit haben, etwas gegen diese Fehlentwicklung zu unternehmen?«

»Wir Frauen sind nicht schwach! Wir können vielmehr sehr viel Stärke aufbringen, sofern wir nur wollen!« äußerte Calpurnia in entschiedenem Tonfall. Sie besann sich kurz, ehe sie gedämpfter fortfuhr: »Aber die Zweifel, die dich quälen, sind mir wahrlich nicht fremd, und ich habe deine Ängste vermutlich noch vertieft, weil ich meine eigene Besorgnis erwähnte. Doch ich mußte ehrlich zu dir sein, denn würden wir uns der Realität nicht stellen, so hätten wir in der Tat keine Chance. Nur wenn wir die Dinge so sehen, wic sic sind, vermögen wir gegen sie anzukämpfen – auch wenn wir uns vielleicht zunächst davor fürchten.«

»Ich habe nicht vor, den Kopf in den Sand zu stecken oder meiner Furcht nachzugeben«, beteuerte Branwyn.

»Wäre es anders, hättest du es niemals gewagt, ganz allein von Britannien nach Rom zu reisen«, nickte die *Presbyterin*. »Ebenso beweist du Mut, indem du offen über deine Befürchtungen sprichst – und weil du dich mir anvertraut hast, würde ich dir jetzt gerne ein wenig von mir erzählen. Ich glaube nämlich, es könnte dir helfen ...«

Wie zuvor schon im Vorraum des Hauses schneuzte Calpurnia den Docht der Öllampe, dann fragte sie: »Wir alt bist du?«

»Fünfundzwanzig«, lautete die Antwort.

»Und ich war vierundzwanzig, als ich für das Priesteramt hier in der Gemeinde *Sancta Maria* kandidierte«, sagte Calpurnia versonnen. »Erst vier Jahre zuvor – anno dreihundertdreizehn der christlichen Zeitrechnung – war unser Glaube als offizielle Religion des römischen Staates anerkannt worden, und du kannst dir vorstellen, welche Freude darüber unter den Getauften herrschte. Auch ich war voller Euphorie – doch kaum wurde bekannt, daß eine junge Frau angetreten war, um die Seelsorgearbeit des verstorbenen Gemeindepriesters weiterzuführen, regte sich Widerstand, wie ich ihn niemals für möglich gehalten hätte.

Manche behaupteten, ich sei nicht reif genug für das Amt;

andere unterstellten mir, völlig zu Unrecht, lockeren Lebenswandel, bloß weil ich damals noch unverheiratet war. Die schlimmsten Vorwürfe aber – und sie kamen insbesondere von älteren Würdenträgern des *Patriarchats* und deren blindgläubigen Anhängern – liefen schlicht auf Frauenfeindlichkeit hinaus. Weil Jesus, so hieß es, beim Letzten Abendmahl ausschließlich Männer um sich gehabt habe, sollten Frauen grundsätzlich nicht das Meßopfer feiern dürfen. Diese Hetzer verschwiegen allerdings, daß es in der Kirche stets *Presbyterinnen* gegeben und Paulus sie sogar als diejenigen gewürdigt hatte, denen die Verbreitung des christlichen Glaubens am meisten zu danken sei.«

»Außerdem weiß ich von dem Priesterehepaar in Avalon, daß bei jenem Ritual in Jerusalem, von dem du soeben sprachst, sehr wohl die Frauen der Jünger sowie Mirjam von Magdala, die vertraute Gefährtin des Galiläers, anwesend waren«, warf Branwyn ein. »Nach jüdischem Brauch saßen sie lediglich in einem angrenzenden Raum zusammen, doch auch an ihrem Tisch sprach Jesus den Segen, wurde das Brot gebrochen und ging der Abendmahlskelch von Mund zu Mund.«

»Niemals wäre es dem Galiläer in den Sinn gekommen, irgendeinen Unterschied zwischen den Geschlechtern zu machen«, bekräftigte Calpurnia. »Ganz im Gegenteil lehrte er die Gleichheit aller Menschen vor Gott, und auch daraus ergibt sich zweifelsfrei das Anrecht von Frauen auf das Priesteramt. – Aber wie dir bekannt ist, können gewisse Männer manchmal außerordentlich verbohrt sein, weshalb ich es damals, vor nunmehr vierzig Jahren, sehr schwer hatte, mich gegen sie zu behaupten. Ich erinnere mich noch gut an die Ängste und Zweifel, die mich zu jener Zeit quälten, und mehrmals geriet ich sogar in Versuchung, aufzugeben …«

»Trotzdem hast du durchgehalten und dich nicht unterkriegen lassen!« unterbrach Branwyn.

»Ja, ich habe es geschafft«, erwiderte Calpurnia. »Es wurde möglich dank der Hilfe Gottes – und weil ich im Innersten, ungeachtet aller Anfechtungen, immer auf meine weibliche

Stärke baute. So wurde ich, wenn auch nur sehr knapp, gewählt; während der folgenden Jahre dann hatte ich weitere Anfeindungen durchzustehen. Doch im Lauf der Zeit kamen immer mehr Gemeindemitglieder zu der Überzeugung, es sei richtig gewesen, mich zum Altardienst zu berufen, und wenn heute in *Sancta Maria* abermals eine Priesterwahl anstehen würde, so hätte eine neue Kandidatin es mit Sicherheit bedeutend leichter als ich vor vier Jahrzehnten.«

Branwyn griff nach der Hand der betagten *Presbyterin*, drückte sie und bekundete leise: »Du hast den Weg für die Frauen bereitet, die nach dir kommen werden!«

»Eine ähnliche Aufgabe – weibliches Denken und Handeln wieder vermehrt in einer zunehmend von Männern beherrschten Welt zu verwurzeln – wurde dir übertragen!« antwortete Calpurnia. »Habe also keine Furcht, dein Los hier in Rom auf dich zu nehmen, denn du besitzt – ich spüre es – größere Kraft als ich und vermagst, sobald erst deine Stunde gekommen ist, ungleich Bedeutenderes zu leisten!«

Branwyn wollte widersprechen, aber die *Presbyterin* wehrte lächelnd ab, dann fügte sie noch hinzu: »Ehe es jedoch soweit ist, mußt du in das Leben unserer Gemeinde hineinwachsen und darüber hinaus Rom kennenlernen. Und du wirst sehen, wenn du erst Freundinnen und Freunde hier gefunden hast, wird dir auch die Stadt nicht mehr so unheimlich erscheinen wie vorhin, da du, von Unsicherheit befallen, in die Nacht hinausblicktest.«

Sancta Praxedis

Während der folgenden Monate, in denen sie dank der Zuwendung der *Presbyterin* und ihrer Familie im Atriumhaus heimisch wurde, stürmte eine Fülle neuer Eindrücke und Erfahrungen auf Branwyn ein. Oft hatte sie dabei das Gefühl, sich in zwei völlig verschiedenen Welten gleichzeitig zu bewegen.

Einerseits war da Calpurnias christliche Gemeinde im eher bescheidenen Viertel *Trans Tiberim*, deren Mitglieder – zumeist einfache Menschen, welche die Verbindung zum ländlichen Umland noch nicht völlig verloren hatten – sich bemühten, die Lehre Jesu so gut wie möglich in ihrem Alltag umzusetzen. Gelegentlich kollidierte der gute Wille dieser Handwerker, Arbeiter, Kleinbauern und ihrer Angehörigen mit dem ungleich anmaßenderen Geist, der in gewissen Stadtteilen jenseits des Stromes herrschte: mit dem Hochmut des imperialen Rom, wo einst die Gottkaiser Augustus, Tiberius, Nero, Vespasian, Domitian oder Hadrian auf dem Thron gesessen hatten. Zwar war die Tiberstadt seit dem Jahr 330, in dem Kaiser Konstantin seine Residenz nach Byzanz verlegt hatte, nicht länger Mittelpunkt des Römischen Reiches, aber noch immer gab es hier ungeheuren Reichtum, hemmungslose Prunksucht und dazu den keinesfalls aus den Evangelien abzuleitenden Machtanspruch, den seit knapp zwei Generationen das *Patriarchat* erhob.

Mehrmals wurde Branwyn in jenem Frühjahr und Sommer Zeugin, mit welcher Arroganz der hochrangige Klerus selbst jetzt, da Papst Liberius in der Verbannung weilte, auftrat. Sie sah Bischöfe, Erzpriester und Diakone, deren Tuniken mit Gold und Silber bestickt waren und die sich von Sklaven in Sänften durch die Straßen tragen ließen. Mit Peitschen bewaffnete Diener begleiteten die pompösen Tragstühle und scheuchten die Passanten beiseite; manche Bürger fielen vor den Mitgliedern des *Patriarchats* auf die Knie, andere wandten sich verächtlich ab oder spuckten sogar wütend aus. Großen Unmut empfand Branwyn auch, als sie eines Tages mitbekam, wie eine Horde niedrigerer Kleriker, die allesamt betrunken waren, in ein Bordell einfiel. Von einer empörten Anwohnerin erfuhr sie, daß die *Akoluthen* sich regelmäßig in dem Freudenhaus zu vergnügen pflegten und es darüber hinaus sogar schon zu Mißhandlungen der käuflichen Frauen gekommen sei.

Eines heißen Julinachmittags wiederum, an dem Branwyn in

der Nähe des Esquilinhügels nach einer Apotheke suchte, in der sie eine bestimmte Arznei für einen Kranken aus der Gemeinde von *Sancta Maria* zu finden hoffte, hatte sie ein zutiefst abstoßendes Erlebnis, das sie nie wieder vergessen sollte. Von Südosten her, wo der Sitz des *Patriarchats*, der Lateranpalast, lag, näherte sich eine Prozession. Langsam bewegte sich der Zug über die *Via Sacra*; zunächst fühlte sich Branwyn lediglich deswegen beklommen, weil sie einmal mehr mit der Eitelkeit gewisser Würdenträger der Papstkirche konfrontiert wurde. In ihren Augen war die hemmungslose Prachtentfaltung gotteslästerlich: die herausgeputzten Rösser, auf denen die Priester in ihren protzigen Roben ritten; die Scharen der Choräle singenden Chorknaben und Kapläne mit ihren qualmenden Weihrauchgefäßen, welche jeden einzelnen der hochrangigen Kleriker umringten; schließlich eine Reihe seltsamer Schreine, die von *Akoluthen* mitgetragen wurden und deren gleißende Oberflächen das Sonnenlicht widerspiegelten.

Erst als die Prozession direkt an ihr vorüberzog und die Leute am Straßenrand – so sie nicht rechtzeitig das Weite gesucht hatten – in die Knie sanken und laut zu beten begannen, begriff Branwyn, was es mit den ungewöhnlichen Behältnissen, die in ihrer Form an Sarkophage erinnerten, auf sich hatte. Denn jetzt konnte sie hinter die Glasscheiben an den Seitenflächen der ansonsten von Edelmetall und Juwelen strotzenden Schreine blicken – und die menschlichen Überreste wahrnehmen, die in den Reliquiensärgen lagen.

Manche der Leichname waren offensichtlich Jahrhunderte alt; die Zeit hatte sie zu beinahe völlig skelettierten Mumien einschrumpfen lassen. Andere Tote schienen erst vor wenigen Jahrzehnten einbalsamiert worden zu sein; ihre Leiber waren weitgehend erhalten und selbst ihre Gesichtszüge manchmal noch kenntlich, doch gerade das wirkte besonders widernatürlich. Damit nicht genug, hatte man die Leichen auf eine Weise ausstaffiert, welche dem blasphemischen Gepränge der sie begleitenden Priesterschaft entsprach. Hier saß eine

Bischofsmitra auf einem grinsenden Totenschädel und funkelten Edelsteine in leeren Augenhöhlen; dort waren vom Balsamierungsöl dunkel verfärbte und aufgedunsene Gliedmaßen in silberbestickten Brokat gehüllt; anderswo wieder verbrämten schwere Goldketten, Brustkruzifixe oder Amulette halb verwestes Fleisch.

Während die Schreine der Heiligen und Märtyrer nur wenige Schritte entfernt auf der *Via Sacra* vorbeigetragen wurden, mußte Branwyn sich Mühe geben, ihren Ekel und ihre Empörung nicht laut herauszuschreien. Es war ihr absolut unverständlich, inwiefern diese Zurschaustellung von Verstorbenen, die man in abartiger religiöser Verirrung um ihre Grabesruhe gebracht hatte, der Erkenntnis oder Verherrlichung des Göttlichen dienen sollte. Aber trotz ihres Abscheus harrte sie aus; eine Stimme tief in ihrem Inneren befahl ihr, es durchzustehen, um daraus Kraft für ihre eigene Aufgabe zu gewinnen. Als endlich der letzte Reliquiensarg außer Sicht kam, entfernte sie sich hastig. Doch den ganzen restlichen Weg zur Apotheke und dann, nachdem sie die Arznei erstanden hatte, zurück in den Stadtteil *Trans Tiberim* schien der grauenhafte Anblick sie zu verfolgen.

Sie fühlte sich erst besser, als sie die Brücke überquert hatte, die jenseits des Capitolhügels über eine inmitten des Stromes gelegene Insel zu jenem Viertel auf dem rechten Tiberufer führte, das ihr im Lauf der vergangenen Monate vertraut geworden war. Während sie durch die Straßen lief, rief der eine oder andere Bewohner ihr einen freundlichen Gruß zu; rasch erreichte sie den Platz vor der Kirche *Sancta Maria* und bog dahinter in eine Gasse ein, die vor der Gartenpforte eines baumbestandenen Grundstücks endete. Im Schutz der Pinien lag ein niedriges, aber weitläufiges Gebäude: das Hospital, dessen Gründung Calpurnias Verdienst war und das von ihrer Kirchengemeinde unterhalten wurde – und jetzt, da sie es vor sich sah, dachte Branwyn erleichtert, daß hier wahres Christentum lebte.

Sie fand die *Presbyterin* am Bett des schwer fiebernden und halb besinnungslosen Arbeiters, für den sie die Medizin besorgt hatte. Als sie Calpurnia die Phiole mit der Arznei zeigte, leuchteten deren Augen auf. Gleich darauf flößten die beiden Frauen dem Leidenden das Tonikum ein; die folgenden Stunden wichen sie nicht von seiner Seite und beobachteten ihn aufmerksam. Tatsächlich besserte sich der Zustand des Mannes gegen Abend; nun nahm sich eine Pflegerin des Patienten an, und Branwyn machte gemeinsam mit der *Presbyterin* einige Besuche bei verschiedenen Kranken in anderen Räumen.

Schließlich gingen sie zusammen nach Hause und saßen später noch eine Weile im Atrium zusammen. Dort erzählte Branwyn Calpurnia von dem abstoßenden Erlebnis, das sie am Nachmittag auf der *Via Sacra* gehabt hatte. Die *Presbyterin* stimmte mit ihr in der Ablehnung derartiger Heiligen- und Reliquienkulte überein, zuletzt äußerte sie: »Gerade weil es diese Verirrungen gibt, müssen wir um so mehr für Nächstenliebe und Humanität eintreten, denn der wahre Weg zum Göttlichen führt über die Menschenliebe.«

Damit aber sprach sie der Jüngeren, wie bei früheren Gelegenheiten schon, aus der Seele.

* * *

Menschenliebe – sie war die Richtlinie, welche das Dasein im Haus Calpurnias und in der von ihr geleiteten Kirchengemeinde *Sancta Maria* bestimmte. *Humanitas*, die im täglichen Leben unverkrampft umgesetzt wurde und ihren Niederschlag nicht nur in der Krankenpflege, sondern auch in verschiedenen anderen Bereichen fand.

In einem Gebäude, welches die Witwe eines Fischhändlers zur Verfügung gestellt hatte und das nur ein paar Gassen vom Hospital entfernt stand, gab es eine Schule, wo Kinder aus ärmeren Familien kostenlos unterrichtet wurden. Ihre Eröffnung, so hatte Calpurnia bei ihrem ersten Besuch mit Branwyn dort erzählt, war eine kleine Revolution in Rom gewesen. Denn bis dahin hatte die Wissensvermittlung einzig in den Händen teurer Privatlehrer gelegen, weshalb Bildung traditionell als Privileg der Wohlhabenden angesehen worden war. Zudem hatten diese Dozenten ausschließlich Knaben zum Unterricht angenommen, nicht jedoch Mädchen. Aber jetzt bekamen, ungeachtet ihres Geschlechts oder ihrer Herkunft, alle talentierten Jugendlichen eine Chance – und was speziell die Arbeiterfamilien anging, durften viele von ihnen nun hoffnungsvoller in die Zukunft blicken.

Auf der Insel von Avalon hatte Branwyn sowohl in der Heilstätte als auch in der Schule gearbeitet; ebenso hielt sie es seit ihrer Ankunft in der römischen Kirchengemeinde. Durch ihre ungezwungene, humorvolle Art gewann sie die Herzen der Schulkinder, dank ihrer medizinischen Kenntnisse erwarb sie sich das Vertrauen der Kranken – doch darüber hinaus war sie noch in einem weiteren Bereich tätig, nämlich in der Waisenfürsorge.

Anfangs war ihr dieses Aufgabengebiet fremd gewesen, weil sich das Problem in der ländlichen keltischen Gesellschaft, wo die wenigen Waisenkinder sofort bei Verwandten aufgenommen wurden, nicht gestellt hatte. Aber dann hatte Calpurnia ihr eindringlich die traurigen Verhältnisse im ungleich kälteren sozialen Umfeld der Millionenstadt Rom vor Augen geführt: die Verwahrlosung zahlreicher Jungen und Mädchen, die ihre Eltern verloren hatten und daraufhin, da jegliche staatliche Fürsorge fehlte, zu Straßenkindern geworden waren.

Branwyn hatte diese bedauernswerten Wesen in der Gosse oder bei ihren menschenunwürdigen Behausungen auf irgendwelchen Ruinengrundstücken gesehen, und die *Presbyterin* hatte ihr erklärt, wie sie ihr Dasein fristeten. Viele von ihnen, vor allem die kleineren, bettelten oder durchstöberten die Abfallhalden nach Essensresten; andere, die gewöhnlich ein paar Jahre älter waren, hatten sich zu Banden zusammengeschlossen und schlugen sich mit Diebstählen und teils noch schwereren kriminellen Delikten durch. Außerdem – und dies hatte

Branwyn am meisten schockiert – gab es Hunderte von Kindern und Halbwüchsigen beiderlei Geschlechts, die sich für ein paar Kupfermünzen prostituierten, um zu überleben, und sich auf diese Weise nicht nur zutiefst erniedrigten, sondern zudem der Gefahr ausgesetzt waren, sich eine Geschlechtskrankheit zuzuziehen oder zum Opfer eines Sexualmordes zu werden.

Um wenigstens einen Teil dieses unaussprechlichen Leids zu lindern, hatte Calpurnia ein Waisenhaus eingerichtet; ähnlich wie die Schule gehörte das Gebäude einem wohlhabenden Mitglied der Kirchengemeinde. Die Mädchen und Jungen, die man hier aufgenommen hatte, bewohnten jeweils zu zweit oder zu dritt einen der Räume. Zu bestimmten Stunden des Tages wurden die Kinder von denselben Lehrern unterrichtet, die auch an der öffentlichen Schule tätig waren. Ansonsten bemühte sich eine ganze Reihe von Gemeindemitgliedern – besonders solche, die Handwerksbetriebe in *Trans Tiberim* besaßen – darum, die Halbwüchsigen beruflich auszubilden, damit sie später auf eigenen Füßen stehen konnten. Aber auch dann, wenn sie nicht die Schulbank drückten beziehungsweise in einer Schreinerei, Stellmacherei, Schmiede, Schneiderei oder Gärtnerei arbeiteten, blieben die Insassen des Waisenhauses sich selten selbst überlassen. Freiwillige Helfer – zumeist kinderlose Ehepaare oder verwitwete Frauen und Männer – betreuten die Jugendlichen in ihrer Freizeit und versuchten ihnen die Zuwendung zu schenken, die sie früher nicht gekannt hatten.

Gerade diese Fürsorge erschien Branwyn besonders wichtig; deshalb fand sie sich mehrmals pro Woche bei den Waisen ein, um ihnen seelische Hilfestellung mit ungewöhnlichen Mitteln zu geben. Sie organisierte sportliche Wettkämpfe, bei denen ihre Schützlinge sich auf friedliche Art austoben konnten und zudem Gemeinschaftsverhalten lernten. Großen Erfolg hatte sie mit einem heiteren Theaterstück, das sie zusammen mit den Kindern schrieb, einstudierte und an einem Sonntagnachmittag im Garten des Hospitals aufführte, wodurch auch die nicht bettlägerigen Kranken in den Genuß der kleinen Komödie kamen.

Noch begeisterter waren die Waisen gegen Ende des Sommers, als Branwyn für sie eine Ausflugsfahrt auf dem Tiber organisierte. Die Flußfischer, die zu diesem Zweck ein halbes Dutzend Kähne zur Verfügung gestellt hatten, ruderten die ausgelassene Gesellschaft zunächst stromabwärts am *Porticus Aemilia* und der *Horrea Galbae*, einem Ensemble riesiger, kurz nach Christi Geburt errichteter Markthallen, vorbei und sodann ungefähr zwanzig Meilen weiter nach Südwesten bis zum römischen Meerhafen Ostia. Hier lagen hochseetüchtige Schiffe aus den verschiedensten Mittelmeerländern vor Anker; die Ladung einer ägyptischen Galeere, die Getreide für die Millionenstadt an Bord hatte, wurde bei der Ankunft der Ausflügler soeben gelöscht. Branwyn und die anderen sahen, wie die Schauerleute Sack um Sack von Bord schleppten und die wertvolle Fracht auf Schaluppen mit geringem Tiefgang umluden, welche das Getreide weiter flußaufwärts bringen sollten.

Die Bootsfahrt nach *Portus Augusti*, wie die Römer den Seehafen auch nannten, hatte etwa drei Stunden gedauert, so daß Gelegenheit blieb, ein Picknick auf einer flachen, der Strommündung vorgelagerten Insel zu veranstalten und anschließend im Meer zu schwimmen, ehe es Zeit wurde, den Heimweg anzutreten. Kurz vor Sonnenuntergang legten die Kähne wieder am Strand von *Trans Tiberim* an; die Fischer lobten die älteren Burschen, die sie beim Rudern gegen die Strömung kräftig unterstützt hatten, und noch lange danach schwärmten die Waisen von den Erlebnissen dieses Tages.

Branwyn fand Erfüllung dank der vielfältigen Aufgaben, denen sie sich in *Sancta Maria* widmete. Das gute Verhältnis zu ihren Hausgenossen kam hinzu; längst waren Angela und sie Freundinnen geworden, und auch mit den Eltern des aufgeweckten Mädchens verstand sie sich prächtig. Am engsten jedoch fühlte sie sich mit Calpurnia verbunden; dies hing wohl damit zusammen, daß die *Presbyterin* in ihrer Art anderen Frauen ähnelte, die Branwyn gekannt und geliebt hatte: Kigva und Arawn auf der *Ynys Vytrin*, welche einst Mutter- und

Großmutterstelle an ihr vertreten hatten, oder Bendigeida und Alba, die in Avalon wie ältere Schwestern zu ihr gewesen waren.

Angela hingegen erinnerte sie in ihrer überschäumenden und unkomplizierten Art oft an Dyara, die jüngste der Druidinnen im Apfelhain. Mit ihr war Branwyn häufig auf der *Ynys Avallach* unterwegs gewesen; jetzt wanderte sie, wann immer ihre Pflichten es zuließen, mit der Enkelin Calpurnias nicht weniger gern durch die Straßen Roms. Nach und nach zeigte Angela ihr die Sehenswürdigkeiten der Stadt: die Paläste, Tempel, christlichen Sakralbauten und öffentlichen Bäder, dazu die ausgedehnten Parkanlagen und schön gestalteten Plätze mit ihren schier zahllosen Brunnen. Zumeist wußte Angela heitere oder spannende Geschichten zu erzählen, die sich an diesen Orten abgespielt hatten – und auch an einem bewölkten, aber noch warmen Tag Mitte Oktober, an dem sie ein nach außen hin eher unscheinbares Gotteshaus aufsuchten, war dies so.

* * *

Die kleine Kirche *Sancta Praxedis* stand am Nordrand des Esquilinhügels; ein Stück entfernt und tiefer im Tal war die wuchtige, von einem Giebelkreuz überragte Fassade der Basilika *Sancta Maria Maiora* zu erkennen.

Angela und Branwyn hatten die Anhöhe auf einem steilen Steig erklommen. Jetzt, als sie auf dem Vorplatz von *Sancta Praxedis* standen, äußerte Angela ein wenig außer Atem: »Jedesmal, wenn ich glücklich hier oben angekommen bin … frage ich mich, warum dieser … puh … Pudens seinen Sommerpalast nicht an einer besser zugänglichen Stelle errichten konnte …«

»Pudens?« erkundigte sich Branwyn. »Wer war das?«

»Du wirst es gleich erfahren«, lautete die Antwort. »Doch zunächst laß uns zur Einstimmung einen Rundgang machen.«

Damit führte sie ihre Freundin am Kirchenportal vorbei auf das unbebaute Gelände, das sich rings um das Gotteshaus erstreckte. Das Areal war schütter mit Taxussträuchern und vereinzelten Pinien bewachsen; dazwischen lugten moosbedeckte Überreste von Mauerwerk aus der Erde, und an einer Stelle stand ein zersplitterter marmorner Säulenstumpf. An der Rückseite der Kirche schließlich fiel Branwyns Blick auf einen doppelten Gewölbebogen, dessen Oberteil zwar eingestürzt war, der aber noch immer beinahe Mannshöhe besaß, und nachdem sie an seinem Sockel zudem die Relikte einer Treppe entdeckt hatte, stellte sie erstaunt fest: »Hier scheint es ja tatsächlich einmal einen Palast gegeben zu haben.«

»Das sagte ich doch!« erwiderte Angela. »Die Trümmer, die du hier siehst, stammen vom Sommerpalast jenes Pudens – und jetzt will ich dich auch hinsichtlich seiner Person nicht länger auf die Folter spannen. Er lebte im ersten Jahrhundert nach Christi Geburt und bekleidete den Rang eines römischen Senators.«

»Er gehörte also zum Hochadel der Stadt?« vergewisserte sich Branwyn.

»Richtig«, nickte die Fünfzehnjährige. »Allerdings war er keiner von denen, die ihre Macht dazu benutzten, um das Volk zu knechten, Intrigen am Kaiserhof zu spinnen oder Kriege vom Zaun zu brechen. Vielmehr zählten er und seine Gemahlin Priscilla zu den allerersten Christen, die es in Rom gab. Es heißt von ihnen, sie hätten nicht nur eine ganze Reihe mildtätiger Werke getan, sondern außerdem sehr gute Kontakte zu gewissen Leuten in Judäa gepflegt ...«

»Etwa zu solchen, die Verbindung mit Jesus gehabt hatten?« unterbrach Branwyn hellhörig.

»So besagen es die Überlieferungen«, bestätigte Angela.

»Und um wen genau handelte es sich?« hakte Branwyn nach.

»Unter anderem sollen der Senator und seine Gattin mit Jussuf von Arimathea in Briefwechsel gestanden haben«, erklärte das Mädchen. »Du weißt schon – derselbe, der in Avalon den Dornbaum pflanzte, wie du mir einmal erzähltest, und der auch bei der Kreuzabnahme Jesu zugegen war.«

»Dieser Jerusalemer Adlige muß einer der außergewöhnlichsten Menschen seiner Zeit gewesen sein«, murmelte Branwyn.

»Das war er bestimmt«, pflichtete Angela ihr bei. »Aber nicht weniger bedeutend war ein anderer Jude aus dem Freundeskreis von Pudens und Priscilla – und dieser Mann weilte nur wenige Jahre nach der Kreuzigung sogar in Rom ...«

»Von wem redest du?« fiel ihr Branwyn neuerlich ins Wort.

»Komm mit, dann kannst du Auge in Auge Zwiesprache mit ihm halten«, entgegnete die Fünfzehnjährige mit geheimnisvollem Lächeln und geleitete ihre Gefährtin zurück zum Portal von *Sancta Praxedis*.

Sie betraten einen Raum, dessen Stimmung Branwyn sofort als angenehm empfand. Das Halbrund des nicht sonderlich hohen Tonnengewölbes mit seinen weichen Linien und harmonischen Proportionen vermittelte ihr ein Gefühl von Geborgenheit; behütende Kraft schien aus den Wänden zu strömen und ihr Inneres zu berühren. Dieser Eindruck verstärkte sich noch, während sie Angela langsam nach vorne folgte. Durch die getönte Scheibe eines Rundfensters in der Apsis fiel ein breiter rotgoldener Lichtstrahl auf den Altar; es war, als würde der ovale, archaisch anmutende Sakralstein aus sich selbst heraus leuchten – und ein Widerschein davon lag auf dem Mosaikbildnis an der Rückwand des Altarraumes.

Das Kunstwerk zeigte eine eindrucksvolle Männergestalt in Lebensgröße. In gelöster Haltung stand der Fischer, der in der einen Hand ein Netz hielt und die andere segnend erhoben hatte, da. Sein bärtiges, zerfurchtes Antlitz war das eines einfachen, hart arbeitenden Menschen; gleichzeitig aber drückten die großen, strahlenden Augen höheres Bewußtsein aus: unverbrüchliches Wissen um den alles irdische Dasein durchdringenden göttlichen Geist.

Lange und selbstvergessen betrachtete Branwyn das Bildwerk, endlich flüsterte sie: »Der Künstler, der dies schuf, war dem *Adonai* zweifellos sehr nahe und besaß zudem tiefes Verständnis für die Person, die er darstellte.«

»Ja, fast könnte man glauben, er sei Simon Kephas noch zu dessen Lebzeiten begegnet«, erwiderte Angela. Im nächsten Moment, weil sie Branwyns fragenden Blick bemerkte, setzte sie hinzu: »Simon Kephas – oder Petrus, wie sein römischer Name lautet.«

»Er war also jener Freund der Senatorenfamilie, von dem du vorhin sprachst?« kam es überrascht von Branwyn.

»So ist es«, antwortete das Mädchen. »Petrus hielt sich mehrere Jahre hier im Sommerpalast des Pudens auf. Er lehrte die Menschen, die zu ihm kamen, das Evangelium und betete zusammen mit ihnen in einem kleinen Gotteshaus. Das aber ließ der Senator, nachdem Petrus ihn darum ersucht hatte, genau an der Stelle errichten, wo wir jetzt stehen, nämlich in einem der Atriumshöfe des Palastes.«

Angela wies auf einen Steinquader seitlich des Mosaiks, auf dessen Oberfläche die verschliffenen Konturen eines Davidsterns auszumachen waren. »Hier hast du den Beweis für die Wahrheit meiner Worte. Großmutter zeigte mir das Zeichen, als sie zum erstenmal mit mir nach *Sancta Praxedis* kam, und erklärte mir, daß die älteste Kirche Roms aus einer jüdischen Andachtsstätte entstand.«

Branwyns Fingerspitzen tasteten zart über den sechszackigen Stern; einmal mehr wurde ihr dabei klar, wie unauflöslich das Christentum in seinem Ursprung mit dem Judentum verflochten war. Sie meinte, Simon Kephas vor sich zu sehen, wie er, die Gebetsriemen um Stirn und Arm geschlungen, seiner Gemeinde die uralte und zugleich so neue und hoffnungsvolle Lehre Jesu verkündete: jene Lehre, welche den mosaischen Erkenntnispfad friedlich mit anderen, nicht weniger wertvollen Wegen der Gottsuche verknüpfen wollte – und an diesem Ort, sie spürte es, war es geglückt, war die Brücke des Miteinander zwischen Juden und Römern geschlagen worden.

Als hätte Angela Branwyns Gedanken erraten, fuhr sie nun fort: »Es machte, so erzählte mir Calpurnia, damals keinen Unterschied, ob die Menschen, die zu Petrus kamen, Juden,

Römer oder Angehörige anderer Völker waren. Sie versammelten sich ohne Ansehen ihres Glaubens, ihres Standes oder ihrer Herkunft in dem Bethaus, weil sie etwas suchten, das ihnen alle Macht des Imperiums nicht geben konnte, und auch später, nachdem Petrus die Stadt wieder verlassen hatte, um in sein Heimatland zurückzukehren, blieb das so.«

»Du sagst, Simon Kephas sei heim nach Judäa gereist?« warf Branwyn ein. »Wurde er denn nicht hier in Rom hingerichtet, wie ich erst kürzlich wieder einen Priester aus dem Lateran behaupten hörte?«

Angela schüttelte empört den Kopf. »Das ist eine der Lügen, die das *Patriarchat* neuerdings verbreitet! Wie hätte man Petrus wohl den Prozeß machen und ihn kreuzigen sollen, da er doch unter dem Schutz des höchst einflußreichen Adligen Pudens stand? – Nein, es existieren Aufzeichnungen, aus denen zweifelsfrei hervorgeht, daß er, als er seine Aufgabe hier erfüllt hatte, völlig unbehelligt nach Jerusalem heimkehrte und sein Leben dort beschloß.«

»Trotzdem stellt man ihn als Märtyrer hin?!« empörte sich Branwyn – und einen Lidschlag später wurden ihr die Zusammenhänge klar. »Ich nehme an, das geschieht aus denselben Gründen, welche die Papstanhänger dazu veranlassen, ihre schauerlichen Reliquienprozessionen und dergleichen zu veranstalten. Man versucht, die Gläubigen durch blutrünstige Märtyrergeschichten und die Zurschaustellung von Toten einzuschüchtern und auf diese Weise Macht über sie zu gewinnen, anstatt ihnen die Botschaft der Nächstenliebe zu verkünden. Und dazu paßt auch jene ungeheuerliche Unterstellung, wonach der Jude Simon Kephas die römischen Päpste zu seinen Nachfolgern und Oberhäuptern der Kirche eingesetzt habe.«

»Petrus würde sich im Grab umdrehen, wenn er davon wüßte!« pflichtete Angela ihr bei. »Doch laß uns nun bitte wieder von erfreulicheren Dingen reden. Schließlich sollst du ja noch ein wenig mehr von *Sancta Praxedis* erfahren ...«

»Dann los«, forderte Branwyn ihre Freundin auf. »Insbesondere würde mich interessieren, wie aus dem Bethaus der christliche Kirchenbau entstand?«

»Tja, das verdanken wir zwei jungen, unternehmungslustigen Frauen«, erwiderte Angela augenzwinkernd. »Ihre Namen lauteten Pudentia und Praxedis, und es handelte sich um die Töchter des Senators Pudens und seiner Gemahlin Priscilla. Sie gehörten zu den eifrigsten Schülerinnen Petri; nach seiner Abreise führten vor allem sie sein Werk fort und lehrten weiterhin in der kleinen jüdischen Andachtsstätte, bis sie zuletzt die Frauen und Männer, welche sich regelmäßig unter ihrem Dach versammelten, nicht mehr zu fassen vermochte. Daraufhin baten Praxedis und Pudentia ihren Vater, das Gebäude erweitern zu lassen – und so wurde diese Kirche errichtet. Bei der Apsis hier um den Altar handelt es sich praktisch immer noch um das einstige Bethaus, und das Gewölbe bis zum Portal baute man an.«

»Müßte das Gotteshaus dann aber nicht *Sancta Praxedis et Pudentiana* heißen?« fragte Branwyn.

»Eigentlich schon, denn es ist beiden Schwestern gewidmet«, bestätigte Angela. »Da die Römer es jedoch meist schrecklich eilig haben, finden sie diesen Namen zu lang, und da wiederum Praxedis schneller auszusprechen ist als Pudentiana …«

»Ich verstehe«, schmunzelte Branwyn.

»Trotzdem ist es natürlich ungerecht gegenüber der armen Pudentia«, gab Angela zu. »Deshalb überlegt man auch, ob hier nicht eine zweite Kirche errichtet werden soll, die man dann eben *Sancta Pudentiana* nennen könnte.«

»Falls dieses Vorhaben eines Tages in die Tat umgesetzt wird, hoffe ich, daß das neue Gotteshaus einen ähnlich guten Geist atmet wie dieses alte«, sagte Branwyn versonnen und berührte abermals die verschliffenen Konturen des Davidsterns.

Danach betrachtete sie noch einmal das Mosaikbild, das den jüdischen Fischer und Gottsucher zeigte; zuletzt kniete sie an der Seite ihrer Freundin vor dem archaischen Altar nieder. Sie öffnete sich dem Wesen des ovalen Steins, der einst den guten

Willen von Menschen unterschiedlichster Herkunft in sich aufgenommen hatte, und ließ die in ihm bewahrte spirituelle Kraft in sich strömen, bis tiefes Glücksgefühl sie erfüllte.

Aus dieser Stimmung heraus umarmte sie das Mädchen, das ihr das Geschenk gemacht hatte, sie hierher zu führen. Hand in Hand verließen sie schließlich *Sancta Praxedis*; während sie den schmalen Pfad am Nordhang des Esquilin wieder hinabstiegen, nahm Branwyn sich vor, die nach außen hin so unscheinbare Kirche nun öfter aufzusuchen.

* * *

Tatsächlich weilte sie im Verlauf des Herbstes, der in diesem Jahr bis zur ersten Dezemberwoche mild und sonnig blieb, noch mehrere Male unter dem Dach des kleinen Sakralbaues. Die Meditationen dort schenkten ihr Stärke für die Aufgaben, die sie in der Gemeinde *Sancta Maria* zu bewältigen hatte.

Zusammen mit Calpurnia sorgte sie dafür, daß im Dachgeschoß des Waisenhauses drei zusätzliche Räume ausgebaut wurden. Rechtzeitig ehe in der zweiten Dezemberhälfte das Wetter feuchtkalt und stürmisch wurde, konnten damit weitere obdachlose Kinder untergebracht werden und lebten sich den Winter über allmählich in die Gemeinschaft ein. Im Januar und Februar gab es darüber hinaus mehr als gewöhnlich im Hospital zu tun. Besonders die Versorgung der Patienten, die mit Lungenentzündungen oder anderen schweren Erkältungskrankheiten eingeliefert wurden, verlangte sehr viel Aufopferung der Pflegerinnen, und Branwyn stand ihnen zur Seite, wann immer sie weder in der Schule noch bei den Waisen gebraucht wurde.

In den letzten Februartagen dann, als die Römer bereits glaubten, die kalte Jahreszeit sei überstanden, plötzlich aber noch einmal ein Kälteeinbruch erfolgte, zog sich Calpurnia eine schwere Bronchitis zu. Vor allem in den Nächten quälte sich die betagte Frau mit heftigen Hustenanfällen; abwechselnd saßen ihre Tochter Camilla, Branwyn und Angela an ihrem Bett und versuchten ihr zu helfen, indem sie ihr zwischen den Attacken Kräutersud einflößten und Brustwickel anlegten. Trotzdem dauerte es länger als eine Woche, bis die *Presbyterin* sich allmählich besser fühlte, und erst in der zweiten Märzhälfte war sie imstande, ihre vielfältigen seelsorgerischen und sozialen Pflichten wiederaufzunehmen.

Kaum freilich war Calpurnia genesen, mußte sie einen weiteren Schlag hinnehmen. Denn jetzt, im zeitigen Frühjahr 358, gelangte die Nachricht aus Konstantinopel in die Tiberstadt, daß Kaiser Konstantius die Verbannung des Papstes Liberius aufgehoben habe und das Oberhaupt des *Patriarchats* schon in Bälde nach Rom zurückkehren werde. Dies aber, so befürchtete die *Presbyterin*, würde das Leben für ihre und andere christliche Gemeinden, die sich um tätige Nächstenliebe und Toleranz bemühten, sehr viel schwerer machen.

Der Kirchenfürst

Junihitze brütete über der Stadt und heizte die ohnehin erregte Stimmung weiter auf. Die Rückkehr des Papstes aus der Verbannung in Thrakien konnte nur noch eine Frage von ein oder zwei Tagen sein. Schon Anfang Mai hatten Boten gemeldet, daß Liberius, nachdem er sich auf der griechischen Insel Korfu mit Kaiser Konstantius getroffen habe, nach Kalabrien übergesetzt sei. Wenig später waren Nachrichten angelangt, wonach das Oberhaupt des römischen *Patriarchats* in Rhegium an der Südspitze des italienischen Stiefels Station gemacht und sich nach einem harten Disput mit dem dort residierenden arianischen Bischof mit Kurs auf Neapolis eingeschifft habe. Auch in dieser Stadt war es, so die jüngsten Informationen, zu feindseligen Auseinandersetzungen mit Anhängern der arianischen Glaubensrichtung gekommen, ehe die Galeere des Liberius erneut Anker gelichtet hatte – und jetzt, Mitte Juni, stand die Ankunft des Papstes im Hafen von Ostia unmittelbar bevor.

* * *

»Liberius ist vom Machtwahn besessen; er trachtete seit jeher danach, sich zum Oberhaupt aller Christen in Italien aufzuschwingen. Und weil der Imperator ihm offenbar wieder freie Hand läßt, wird der Papst hier in Rom nicht weniger Haß und Zwietracht als in den anderen Städten säen«, sagte Calpurnia an diesem Morgen mit bedrückter Stimme zu Branwyn.

Die beiden Frauen befanden sich auf dem Weg zum Waisenhaus, nun hakte die *Presbyterin* sich wie haltsuchend bei ihrer Begleiterin unter und setzte hinzu: »Bereits vor zwei Jahren, unmittelbar bevor Liberius verbannt wurde, drohten aufgrund seiner Unduldsamkeit Mord und Totschlag. Nur durch das Eingreifen des Kaisers konnte damals eine Katastrophe verhindert werden. Doch jetzt, da Konstantius einlenkte, hat der Papst, wie sein Verhalten in Rhegium und Neapolis beweist, wieder Oberwasser bekommen, weshalb wir das Schlimmste befürchten müssen.«

»Du meinst wirklich, Liberius könnte gewaltsam gegen diejenigen Christen vorgehen, die in theologischen Dingen nicht mit ihm übereinstimmen?« fragte Branwyn erschrocken.

»Wahrscheinlich wagt er es nicht sofort«, antwortete Calpurnia. »Aber den Boden dafür hat er durch seine Auftritte im Süden Italiens zweifellos bereitet. Außerdem heißt es, an Bord der päpstlichen Galeere befänden sich keineswegs nur Kleriker, sondern zudem eine starke Einheit thrakischer Söldner – und solche Kriegsleute hätte ein Hirte, der seine Herde friedlich zu weiden gedenkt, ganz gewiß nicht nötig.«

»Das ist richtig«, stimmte Branwyn zu.

»Vermutlich wird Liberius die Römer und insbesondere die Arianer mit Hilfe dieser Truppe zunächst einzuschüchtern versuchen«, fuhr Calpurnia fort. »Falls er damit seine Ziele jedoch nicht erreicht, ist er, wie ich ihn einschätze, sehr wohl imstande, zu den brutalen Mitteln eines Despoten zu greifen.«

Branwyn brauchte eine Weile, um diese Eröffnung zu verarbeiten, endlich stieß sie hervor: »Darf der Papst sich denn überhaupt als einen Christen bezeichnen, wenn er die tolerante und menschenfreundliche Lehre Jesu dermaßen mit Füßen tritt?!«

»Möglicherweise ist er kein Christ, ganz bestimmt aber ein kämpferischer Theologe, hinter dem die geballte Macht des *Patriarchats* steht«, erwiderte die *Presbyterin* bitter. »Und speziell die arianischen Gläubigen, die in unserer Stadt und anderswo ebenfalls nach Tausenden zählen, sind ihm in seinem Drang zur Alleinherrschaft ein Dorn im Auge.«

Erneut legten sie schweigend ein paar Dutzend Schritte zurück, dann bat Branwyn: »Könntest du mir einmal genau erläutern, was es mit dem Arianismus auf sich hat? Zwar ist mir der Begriff nicht fremd, und ich lernte auch schon Arianer kennen, doch bisher fand ich es nicht besonders wichtig, mich näher mit dieser Form der christlichen Religion zu befassen.«

»Ja, so bist du«, kam es von Calpurnia, und nun lächelte sie wieder. »Die Menschen mit ihren Sorgen und Nöten, Hoffnungen und kleinen Freuden bedeuten dir ungleich mehr als die Theologie, und genau deshalb hast du inzwischen die Herzen unserer Gemeindemitglieder gewonnen ...«

Sie hielt inne, um einen auf seinem Eselskarren vorbeikommenden Milchhändler zu grüßen. Dann setzte sie das Gespräch fort: »Was aber nun den Arianismus angeht, so will ich dich gerne aufklären. Begründer dieser Lehre war der *Presbyter* Arius, der in der ägyptischen Stadt Alexandria lebte und dort vor etwa zwanzig Jahren verstarb. Zunächst tat Arius in seiner Eigenschaft als Gemeindepriester viel Gutes, erregte ansonsten jedoch wenig Aufsehen – bis er in einen schweren Konflikt mit Athanasius, dem alexandrinischen Patriarchen, geriet ...«

Branwyn wandte erstaunt den Kopf und fragte: »Wie viele Patriarchensitze existieren eigentlich im Römischen Imperium?«

»Insgesamt fünf«, entgegnete Calpurnia. »Rom, Alexandria, Konstantinopel, Antiochia sowie Jerusalem – und von jedem dieser Zentren aus wird seit dem Jahr dreihundertdreizehn ein gleichnamiges *Patriarchat* regiert.«

»Es gab also zuvor keine *Patriarchate*!« stellte Branwyn fest.

»Bis dahin herrschte Gleichberechtigung zwischen den christlichen Gemeinden und den vielen, frei von ihnen gewählten Bischöfen«, erwiderte Calpurnia. »Seither aber haben die fünf Patriarchen, die sich auch als Erzbischöfe und im Fall Roms sogar als Päpste titulieren, zunehmend politische und theologische Macht an sich gerissen.«

»Dies war wohl auch der Grund, warum es zum Streit zwischen dem *Presbyter* Arius und dem Patriarchen von Alexandria kam?« vermutete Branwyn.

»In der Tat«, bestätigte Calpurnia. »Athanasius nämlich verstieg sich im Widerspruch zu den Evangelien sowie zur ursprünglichen christlichen Lehre zu der theologischen Auffassung, wonach Jesus Christus gottgleich und damit ohne jede Einschränkung Gott sei ...«

»Der Galiläer war nicht das *Adonai*, sondern nur Funke des *Adonai*!« rief Branwyn aus. Jede Einzelheit ihrer Vision in Avalon, da sie genau diese Worte vernommen hatte, war ihr wieder gegenwärtig. »Durch seine übergroße Menschenliebe und seine zahllosen guten Taten näherte er sich dem Göttlichen an wie nur sehr wenige andere Sterbliche, aber er behauptete nie, Gott oder das Göttliche selbst zu sein!«

»Dasselbe hielt Arius dem Patriarchen von Alexandria entgegen«, nickte Calpurnia mit blitzenden Augen. »Der *Presbyter* sprach von der Gottnähe oder Gottähnlichkeit Jesu und befand sich damit im Einklang mit dem, was die Evangelisten sowie Paulus überlieferten – und was auch durch den Beinamen *Chrestos* oder Christus ausgedrückt wird, den erstmals Paulus gebrauchte und mit dem zur Zeit der Apostel ein sogenannter Gesalbter bezeichnet wurde: ein Mensch, der vom göttlichen Geist erfüllt war.«

Der lange Satz hatte Calpurnia angestrengt; sie mußte mehrmals tief Atem holen, ehe sie weiterzureden vermochte:

»Arius definierte das Wesen Jesu in Übereinstimmung mit denen, die den Galiläer persönlich gekannt hatten beziehungsweise noch aus der lebendigen Erinnerung an ihn schöpfen konnten. Athanasius hingegen versuchte ein Dogma zu verbreiten, das in völligem Widerspruch zu diesen ehrwürdigen Traditionen stand. Infolgedessen irrte das Oberhaupt des *Patriarchats* von Alexandria, und der einfache Priester war im Recht. Dennoch wurde er von Athanasius und dessen mächtigen Verbündeten, darunter auch solchen hier in Rom, mit wahrhaft unchristlichem Haß angegriffen. Zuletzt brachten sie es dahin, daß die arianische Lehre – obwohl sie theologisch exakt das ausdrückte, was in der gesamten Christenheit bis dahin unstrittig gewesen war – verdammt wurde. Dies geschah Anno dreihundertfünfundzwanzig auf dem Konzil von Nicaea in Bithynien weit im Osten des Reiches, wo die Anhänger des Athanasius mehr oder weniger unter sich waren. Dort erhob man dessen Verirrung dann auch noch zur offiziellen Kirchenlehre, und schon wenige Jahre später begann man die Arianer, die trotz des Bannspruches nicht von ihrer Überzeugung lassen wollten, mit Feuer und Schwert zu verfolgen.«

In ihrer Empörung blieb Branwyn stehen. »Patriarchen und Bischöfe traten die Wahrheit auf zynische Weise mit Füßen! Wie konnte das nur geschehen?!«

»Das fragst du, weil in deiner Seele kein Arg ist und du dich mit dem christlichen Glauben auf ehrliche Weise auseinandersetzt«, erwiderte Calpurnia und rang abermals nach Luft. »Doch diejenigen, welche den Arianismus als Irrlehre verfluchten, hatten andere Absichten. Sie bestellten das Feld für Despoten wie Liberius, denen es einzig um möglichst unbegrenzte Herrschaftsgewalt zu tun ist – und um dieses Ziel zu erreichen, eignet sich eben die Theologie des Athanasius ungleich besser als die alte Lehre, welche Arius verteidigte.«

»Jetzt begreife ich!« Abscheu malte sich auf Branwyns Antlitz. »Die Kirchenfürsten berufen sich ja bei jeder Gelegenheit lautstark darauf, daß sie ihre Ämter in der Nachfolge Jesu ausüben. Wenn sie nun aber seit dem Konzil von Nicaea behaupten können, Christus sei Gott und nicht nur Mensch gewesen, so fördert das ihre persönliche Macht ungemein. Denn in den Augen derer, die ihnen auf den Leim gehen, handeln sie damit direkt in göttlichem Auftrag und entziehen sich auf diese Weise jeglicher Kritik – selbst dann, wenn sie Verbrechen begehen!«

»Du hast die Verschwörung von Nicaea durchschaut!« bekräftigte Calpurnia. Erneut schob sie ihren Arm unter den ihrer Begleiterin und bewog sie so dazu, weiterzugehen. »Doch gottlob gibt es noch immer starken Widerstand gegen das athanasianische Dogma, und es gelang seinen Verfechtern bisher nicht, es überall im Imperium durchzusetzen. Trotz der Verfolgungen vermochten die Arianer sich zu behaupten; zahlreiche ihrer Gemeinden, hier in Rom und anderswo, blieben weitgehend intakt. Nunmehr freilich, da Liberius zurückkehrt, wächst die Gefahr wieder, und ich fürchte, auch wir in *Sancta Maria* werden uns aus den zu erwartenden Auseinandersetzungen kaum heraushalten können.«

»Obwohl die Kirchengemeinde, die du leitest, der arianischen Glaubensrichtung gar nicht angehört«, murmelte Branwyn.

»Das ist so, weil es mir in meinen Predigten immer genügte, zu tätiger Nächstenliebe und Barmherzigkeit aufzurufen, und die Theologie für mich stets zweitrangig war«, antwortete die *Presbyterin*. »Aber unbestritten hängen die Menschen, die mir anvertraut sind, traditionell der alten Lehre an. Allein aus diesem Grund stehen sie und ich den Glaubenssätzen des Arius ungleich näher als der Dogmatik des *Patriarchats*, und außerdem lehnen wir natürlich den autokratischen Machtanspruch des Liberius ab, der sich mit dem evangelischen Geist des Miteinander nicht im mindesten vereinbaren läßt.«

»Wenn ich es richtig sehe, dann werden sich auf römischem Boden in Zukunft zwei große theologische Lager bekämpfen, während wir in *Sancta Maria* sozusagen eine dritte Kraft bilden, die zwar ebenfalls arianisch ausgerichtet ist, jedoch abseits des Streits der Theologen ganz einfach die Werte der Menschlichkeit vertritt«, stellte Branwyn nachdenklich fest.

»Ja, und genau das ist unsere Stärke!« entgegnete Calpurnia mit fester Stimme. »Unsere Kraft erwächst schlicht aus der Nachfolge Jesu im täglichen Leben – und dies wird uns, so hoffe ich, die kommenden schwierigen Zeiten überstehen lassen.«

Gleich darauf erreichten die beiden Frauen das Waisenhaus, vor dem eine Gruppe kleinerer Kinder spielte. Als sie die *Presbyterin* und Branwyn gewahrten, rannten sie ihnen mit freudigem Geschrei entgegen. Branwyn fing einen dreijährigen Jungen in ihren Armen auf; während sie es tat, ertappte sie sich bei dem Wunsch, daß widrige Winde oder andere unvorhergesehene Umstände das Eintreffen der päpstlichen Galeere im Hafen von Ostia wenigstens noch um ein paar Tage verzögern würden.

* * *

Es vergingen allerdings kaum sechsunddreißig Stunden, dann meldeten mehrere von der *Porta Portuensis* und der *Porta Ostiensis* heransprengende Boten, die Umhänge in den päpstlichen Farben trugen, die Ankunft des Liberius im Seehafen der Stadt. Einer von ihnen zügelte sein schaumbespritztes Roß auf dem Platz vor der Kirche *Sancta Maria* und rief den aufgestörten Bürgern zu: »Morgen mittag wird der Papst über die *Via Portuensis* in Rom einziehen! Erzbischof Liberius erwartet von allen wahren Gläubigen, daß sie ihm und in seiner Person Gott die Ehre erweisen! Die kirchentreuen und nicht von der Seuche der arianischen Ketzerei befallenen römischen Christen, die bekanntlich das Privileg genießen, unter der besonderen Obhut des *Patriarchats* zu stehen, sollen sich daher so zahlreich wie möglich zu seinem Empfang versammeln!«

Danach galoppierte der Kurier zur Flußbrücke weiter, die über die *Insula Tiberina* zu jenem Stadtviertel führte, auf dessen höchster Erhebung das Capitol stand. In *Trans Tiberim* wiederum ging die Kunde von der nun unmittelbar bevorstehenden Rückkehr des Papstes von Mund zu Mund, und einige aufgeregte Handwerkerfrauen brachten sie schließlich auch zu Calpurnia und Branwyn, die sich wie am Tag zuvor im Waisenhaus aufhielten.

Als die *Presbyterin* vernahm, welche Formulierungen der Bote gebraucht hatte, erbleichte sie und äußerte: »Ganz ohne Zweifel sucht Liberius von der ersten Stunde an die Konfrontation. Er wird bei uns ähnlich rigoros wie bereits in Rhegium und Neapolis gegen die Arianer vorgehen und läßt sie aus diesem Grund schon jetzt von seinen Kurieren provozieren.«

»Wenn das seine Absicht ist, wäre es sehr klug von den arianischen Christen, sich möglichst bedeckt zu halten«, entgegnete Branwyn.

»Das würde die Vernunft raten«, pflichtete Calpurnia ihr bei. »Doch leider gibt es auf seiten der Arianer ebenfalls Scharfmacher, und falls diese Leute sich durchsetzen, droht die Gefahr eines Zusammenpralls!«

»Es wird Mord und Totschlag geben!« klagte eine der Frauen, welche die Nachricht ins Waisenhaus gebracht hatten.

»Nicht in *Trans Tiberim*! Das müssen wir unbedingt verhindern!« widersprach Calpurnia entschlossen.

»Aber wir sind doch am meisten gefährdet, denn Liberius will ausgerechnet durch unseren Stadtteil in Rom einziehen!« beharrte die Handwerkerfrau.

»Genau das ist wahrscheinlich Glück im Unglück«, versetzte die *Presbyterin*. »Hier nämlich leben nur wenige und zudem friedliche arianische Christen, auf deren guten Willen wir uns verlassen können. Freilich sollten wir mit ihnen sprechen ...«

»Und sofern aggressive Gruppen aus anderen Vierteln hierherkommen«, fiel Branwyn ein, »haben wir Gemeindemitglieder von *Sancta Maria* die Möglichkeit, uns zwischen sie und die Päpstlichen zu stellen. Wir müssen uns nur einig sein und den festen Willen aufbringen, keine Gewalt zu dulden.«

»Du meinst, wir könnten es tatsächlich schaffen?« Zaghafte Hoffnung schwang in der Stimme der eben noch so verängstigten Handwerkerfrau mit.

»Ja, das können wir!« versicherte Branwyn. »Wir brauchen nur dem Beispiel Christi zu folgen. Als die römischen Legionäre ihn in der Nacht vor seiner Kreuzigung auf dem Ölberg festnahmen, machte Petrus Anstalten, mit der blanken Waffe gegen sie zu fechten, doch Jesus hinderte ihn daran, indem er ihm sagte, daß derjenige, der zum Schwert greife, durch das Schwert umkommen werde. Und aus meiner britannischen Heimat weiß ich von Druiden, die verfeindete Heere auf dieselbe Art – allein durch die Kraft warnender und begütigender Worte – vom Kampf abhielten.«

Kaum hatte Branwyn geendet, umarmte Calpurnia sie und sagte mit feuchten Augen: »Du hast uns den Weg aufgezeigt, den wir gehen sollen, ich danke dir im Namen der ganzen Kirchengemeinde!«

Auch die Handwerkerfrauen waren jetzt wieder zuversichtlicher; eine von ihnen schlug vor: »Laßt uns sofort eine Versammlung in *Sancta Maria* einberufen, damit möglichst viele Leute erfahren, wie sie sich morgen verhalten sollen.«

»So werden wir es machen«, stimmte die *Presbyterin* zu; wenig später eilten sie alle zusammen weg, um die Gemeindemitglieder zu verständigen.

* * *

Die Junihitze war noch schlimmer geworden; jetzt, in der Mittagsstunde, schien das Pflaster der *Via Portuensis* im Sonnenglast zu glühen. Trotzdem hatten sich entlang der breiten Straße Tausende von Schaulustigen aus dem Umland der Stadt eingefunden, und innerhalb der Mauern von *Trans Tiberim* erwarteten weitere dichtgedrängte Menschenmassen die Ankunft des Papstes.

Endlich erschollen Fanfarenstöße; gleich darauf wurde am Ausgang einer Talsenke, die das Gelände ungefähr eine Meile vor dem Südwesttor des Stadtteiles *Trans Tiberim* durchschnitt, die Vorhut der päpstlichen Prozession sichtbar. Es handelte sich um mehrere Dutzend *Akoluthen*, die zusammen mit einem großen Teil des römischen Klerus am Vortag nach Ostia aufgebrochen waren, um Liberius heute auf der ganzen Strecke vom Seehafen her das Geleit geben zu können. Die vordersten Hilfspriester bliesen in regelmäßigen Abständen ihre Musikinstrumente; die übrigen hielten Palmwedel – das uralte jüdisch-christliche Friedenssymbol – in den Händen.

Unmittelbar hinter ihnen jedoch folgte ein Trupp Reiter: zwölf Angehörige der Palastwache des Lateran in Kettenhemden und Kammhelmen, die Lanzen, Langschwerter und Schilde trugen und deren Rösser mit eisernen Kampfmasken ausgerüstet waren. Diese Gepanzerten erweckten trotz ihrer geringen Zahl einen furchteinflößenden Eindruck; nicht minder abstoßend wirkten die drei ihnen folgenden offenen Pferdefuhrwerke, die jeweils einen voluminösen Reliquienschrein transportierten. Das grelle Sonnenlicht wurde in gleißenden Strahlen von den Juwelen und dem Edelmetall zurückgeworfen, womit die Mumien oder Skelette geschmückt waren; manchmal, wenn die Menschen am Straßenrand bei ihrem Herannahen in die Knie sanken, schien es von ferne, als hätte ein Blitz sie gefällt.

Vielfache Lichtreflexe sprühten auch von den Roben und Kopfbedeckungen der Erzpriester und sonstigen Angehörigen des höheren, in den Diensten des *Patriarchats* stehenden Klerus, welche den grauenerregenden Fahrzeugen hoch zu Roß folgten. Kapläne führten die mit Schabracken behängten Reittiere an den Zügeln; Chorknaben liefen nebenher und schwenkten, ebenso wie die *Akoluthen* der Vorhut, Palmzweige. Die jungen Mädchen aus Ostia wiederum, welche nunmehr in weißen Gewändern auftauchten, hatten Weidenkörbe bei sich, aus denen sie Blütenblätter auf das Straßenpflaster streuten. Denn nun nahte Papst Liberius selbst, und damit erreichte das Gepränge seinen Höhepunkt.

Das Oberhaupt des römischen *Patriarchats* thronte in einer pompösen Sänfte, die von zwölf dunkelhäutigen nubischen Sklaven geschleppt wurde. Diese Nordafrikaner waren nackt bis auf einen Lendenschurz; in scharfem Gegensatz dazu stand das Erscheinungsbild des Papstes: Liberius nämlich trug das Prunkgewand eines *Pontifex Maximus*. In der Spätzeit des Weströmischen Kaiserreiches hatten die Imperatoren selbst dieses Hohepriesteramt im Staatstempel des Jupiter innegehabt; nun, da der Regierungssitz nach Konstantinopel verlegt worden war, wollte der Papst durch seine von Gold und Silber strotzende Zeremonialkleidung offenbar dokumentieren, daß er die Nachfolge jener letzten am Tiber regierenden Kaiser angetreten hatte.

Da die Toga seine Gestalt fast völlig verhüllte und die hohe Mitra mit den reichverzierten Wangenbändern sein Gesicht weitgehend unkenntlich machte, ließ sich das Alter des Liberius schwer schätzen. Diejenigen unter den Schaulustigen, die ihn bereits früher gesehen hatten, wußten jedoch, daß der großgewachsene Mann mit den stechenden Augen und dem unnatürlich bleichen Teint kaum mehr als vierzig Jahre zählte. Starr und einem Popanz gleich saß der Papst unter dem purpurnen Baldachin, der ihn vor der Sonnenglut schützte. Sein Blick schien die Menschen am Straßenrand überhaupt nicht wahrzunehmen: die Bauern, Fischer und sonstigen einfachen Leute aus dem Umland der Metropole, die den Kirchenfürsten, während er an ihnen vorüberkam, mit gemischten Gefühlen betrachteten – und sofort danach mit einer bedrohlichen militärischen Machtdemonstration konfrontiert wurden.

Unmittelbar im Gefolge der päpstlichen Sänfte zogen die Söldner heran, die Liberius in Thrakien angeworben und auf seiner Galeere mit nach Italien gebracht hatte. Die etwa fünfzigköpfige Kriegerschar wurde von einem Häuptling auf einem feurigen, nervös tänzelnden Rapphengst angeführt. Der Reiter trug einen ledernen Kampfmantel, der auf der Brust mit Bronzeschuppen besetzt war; seinen mit demselben Metall beschlagenen Rundschild hatte er auf den Rücken geschnallt, und von der Spitze seines hohen, konisch geformten Helmes hing ein scharlachrot gefärbter Roßschweif herab. Bewaffnet war der thrakische Befehlshaber mit Krummschwert und Dolch, außerdem steckte in einem Sattelfutteral eine schwere Streitaxt. Seine in Sechserreihen marschierenden, mit Spangenhelmen, Kettenhemden sowie Arm- und Beinschienen gerüsteten Männer hingegen waren mit doppelt geschweiften Langbogen und prall gefüllten Pfeilköchern ausgerüstet; zusätzlich führten aber auch sie Kurzschwerter oder Kampfbeile mit sich.

Die Erde schien unter dem Marschtritt der Thraker mit ihren groben, teilweise von Narben verunstalteten Gesichtern zu erzittern. Verschüchtert wich die Landbevölkerung am Straßenrand zurück; die vereinzelten Zurufe, die eben noch dem Papst gegolten hatten, verstummten. Sobald die Kriegsleute vorbei waren, atmeten die Menschen auf; wenig später begannen sie ungläubig untereinander zu tuscheln. Die Nachhut des Zuges löste diese Reaktion bei ihnen aus; der Troß, der aus gut einem Dutzend Ochsenfuhrwerken bestand. Auf ihnen türmte sich die Habe des aus der Verbannung heimkehrenden Kirchenfürsten: Möbel, Kleidertruhen, tragbare Altäre; dazu Kisten, Fässer, umfangreiche Segeltuchballen und anderes mehr. Weitere berittene Palastwächter und zu Fuß gehende Knechte aus dem Haushalt des Liberius flankierten die Wagen mit ihrer wertvollen Fracht; mit Peitschen und Knütteln verscheuchten sie die Vorwitzigen, die den Gespannen zu nahe kamen.

Vor der südwestlichen Torbastion des Stadtteiles *Trans Tiberim* staute sich der Zug. Es dauerte geraume Zeit, bis die Prunksänfte des Papstes durch das Stadttor getragen werden konnte; drinnen wälzte sich die Prozession entlang einer fast schnurgeraden Straße in Richtung auf die *Insula Tiberina*. Dicht an dicht drängten sich die Bewohner des Viertels sowie zahlreiche römische Bürger, die über den Fluß gekommen waren, zu beiden Seiten des Weges und in den Einmündungen der angrenzenden Gassen. Doch falls Liberius Freudenkundgebungen anläßlich seines Einzugs in die Metropole erwartet hatte, so sah er sich getäuscht. Zumeist standen die Menschen schweigend da; kaum jemand jubelte, nur wenige winkten, und lediglich dort, wo sich Scharen erklärter Anhänger des *Patriar-*

chats zusammengefunden hatten, wurden laute Hochrufe ausgebracht.

Wenn dies geschah, wandte der Papst den Kopf und hob den Arm zum Segen; ansonsten nahm er die Ablehnung, die ihm so spürbar entgegenschlug, mit steinerner Miene hin. Dann jedoch – es geschah ungefähr auf der Höhe von *Sancta Maria*, wo die Straße sich gabelte und der Prozessionszug nach links zur Tiberbrücke abbog – zuckte der Kirchenfürst plötzlich zusammen und rief im nächsten Moment einen scharfen Befehl über die Schulter. Augenblicklich trieb der thrakische Häuptling seinen Rappen an, brachte ihn neben die Sänfte und beugte sich aus dem Sattel, um zu hören, was Liberius ihm zu sagen hatte. Der Papst stieß einige barsche Sätze hervor und deutete dabei nach vorne, wo der Zug jetzt erneut ins Stocken geriet.

Daraufhin riß der Thraker seine Streitaxt aus dem Futteral, schwang sie über dem Helm und gab damit seinen Kriegern das Zeichen, sich in Laufschritt zu setzen. Rasch schlossen sie zu ihrem Häuptling auf, und im Trab führte dieser sie dorthin, wo die Fuhrwerke mit den Reliquienschreinen zum Stehen gekommen waren und die Menschenmenge erregt hin und her wogte.

* * *

Calpurnia spürte einen jähen, schneidenden Schmerz in der Herzgegend, als sie die Bogenschützen mit dem barbarisch gerüsteten Reiter an der Spitze herannahen sah. Während sich ihre Hand über der Brust zusammenkrampfte, schoß ihr durch den Kopf, daß genau dies die Situation war, vor der sie sich alle gefürchtet hatten. Denn zweifellos galt der Vorstoß der Söldner den Dutzenden erregter Männer und Burschen, die vorhin unversehens über die Brücke gerannt waren, sich zwischen die zwölf gepanzerten Palastwächter und die Reliquienwagen gedrängt hatten und nun die Fahrer der Gespanne sowie die sie begleitenden Prozessionsteilnehmer herausforderten. Schimpfworte flogen hin und her; manche Arianer schleuderten Kotbrocken gegen die Schreine oder schwangen Knüppel, andere machten Anstalten, auf die berittenen Kleriker, *Akoluthen* und Chorknaben loszugehen, die sich hinter den Fuhrwerken befanden und ihrerseits nicht mit Drohungen und Beleidigungen sparten.

Jetzt, da die Thraker den Eingreifbefehl des Papstes ausführten, steigerte sich die aggressive Stimmung. Höchstens fünfzig Schritte trennten die Krieger noch von der Stelle, wo der Aufruhr tobte. Die *Presbyterin* wußte, es würde unweigerlich Blut fließen, wenn die Söldner und die Arianer direkt zusammenstießen; wieder durchzuckte der stechende Schmerz Calpurnias Brust. Sie taumelte, grelle Lichtfunken flirrten vor ihren Augen; den Zuruf der jungen Frau an ihrer Seite, die nach ihrem Arm griff, vernahm sie nur undeutlich. Dann, als der Anfall vorüberging, wurde sie gewahr, daß sich die Thraker nun zwischen die Pferdegespanne mit den Reliquienschreinen und die aufgebrachte Menschenmenge am Straßenrand schoben. Blitzschnell machten die Söldner Front gegen die Arianer: zogen Pfeile aus den Köchern, legten sie auf die Sehnen und spannten die Bogen.

Es war dieser bedrohliche Anblick, welcher der *Presbyterin* ihre Spannkraft zurückgab. Entschlossen richtete sie sich auf und stimmte in das Friedenslied ein, das plötzlich aus Hunderten von Kehlen erklang. Branwyn und Angela, die links und rechts von Calpurnia standen und sich bei ihr eingehakt hatten, sangen das Lied; ebenso Angelas Eltern Camilla und Gaius sowie Hunderte weiterer Mitglieder der Gemeinde *Sancta Maria*, die eine Menschenkette gebildet hatten und auf diese Weise die zum Kampf bereiten Thraker von den arianischen Agitatoren trennten.

Die Situation hatte etwas Unwirkliches an sich; eine Weile hing alles in der Schwebe – dann aber senkte der erste Arianer seinen Knüppel, und fast mit demselben Lidschlag entspannte jener thrakische Söldner, der eben noch auf ihn gezielt hatte, die Bogensehne. Gleich darauf folgten andere und schließlich alle diesem Beispiel; ein Aufatmen ging durch die Menge, und wiederum im nächsten Moment trieb der vorderste Fuhrmann sein Gespann an. Die Reliquienwagen rollten weiter und erreichten die Brückenauffahrt; die berittenen Priester, *Akoluthen* und Chorknaben folgten ihnen. Danach wurde die Sänfte des Papstes vorübergetragen; der Kirchenfürst wirkte nun verwirrt: beinahe so, als hätte er eine ihm unbegreifliche Niederlage erlitten.

Erst als der Troß vorbeizog, verstummte der Gesang; hinter den Gepäckwagen formierten sich die Thraker erneut zu Sechserreihen. Wenig später war die Prozession jenseits der Tiberbrücke verschwunden; diesseits, im Stadtteil der einfachen Leute, löste sich die Spannung in vielhundertstimmigem Jubel. Die Menschen begriffen, daß ihnen aufgrund ihres gewaltlosen Zusammenstehens etwas Großes gelungen war; etwas, das auf nie zuvor erlebte Art mit dem zu tun hatte, was den scheinbar Schwachen in den Evangelien verheißen worden war.

Calpurnia umarmte Branwyn; in ihren Augenwinkeln glitzerten Freudentränen, während sie zu der jüngeren Frau sagte: »Der gute Rat, den du uns gestern gabst, machte es möglich, ein furchtbares Unglück zu verhindern. Wir alle sind dir unendlich dankbar dafür!«

»Es war unsere gemeinsame Kraft, die den Frieden bewahrte«, entgegnete Branwyn bescheiden.

Kaum hatte sie sich wieder von der *Presbyterin* gelöst, sah sie sich einem Arianer gegenüber, der ihr wortlos die Hand drückte, ehe er zusammen mit einigen seiner Gefährten in einer Seitengasse verschwand. Branwyn aber wurde jetzt von Angehörigen der Kirchengemeinde umringt; Frauen wie Männer fanden anerkennende Worte für sie. Deshalb dauerte es eine Weile, bevor sie sich neuerlich Calpurnia zuwenden und ihr die Frage stellen konnte, die ihr schon vorhin auf der Zunge gelegen hatte: »Was geschah mit dir, als wir die Menschenkette bildeten? Ich hatte den Eindruck, du würdest taumeln, oder täuschte ich mich?«

»Es war nichts!« versicherte die *Presbyterin*. »Nur eine kleine, vorübergehende Schwäche, schließlich bin ich nicht mehr so jung wie du …«

»Doch nun ist alles wieder in Ordnung?« vergewisserte sich Branwyn.

»Ja, es war nur die Aufregung«, beteuerte Calpurnia, dann wechselte sie das Thema: »Hoffentlich erreicht die Papstprozession jetzt ohne weitere Zwischenfälle den Lateran!«

»Ich glaube, es wird nichts mehr passieren«, beruhigte Gaius seine Schwiegermutter. »Denn die Arianer, denen die protzige Zurschaustellung der päpstlichen Macht besonders widerwärtig war, hatten sich alle hier versammelt. Ich sprach soeben mit einem von ihnen, und er versicherte mir, daß es anderswo keine Störaktionen mehr geben werde.«

»Wenn es sich so verhält, hat Liberius nicht erreicht, worauf er es anlegte«, fiel Camilla ein. »Ganz ohne Zweifel suchte er ja die Konfrontation, indem er die Söldner vorschickte, statt sich selbst um Ausgleich zu bemühen, wie ein wahrer Priester es getan hätte. Und nun, da der blutige Zusammenstoß, den er wohl herbeiführen und anschließend für seine Zwecke ausschlachten wollte, vermieden werden konnte, ist er der Besiegte.«

»Laßt uns Gott dafür danken, daß die Vernunft sich stärker als der Haß erwies«, wandte die *Presbyterin* sich an die Umstehenden. Ihre Aufforderung wurde weitergegeben, und dann schlugen die Bürger von *Trans Tiberim*, die Branwyns Rat, eine Menschenkette zu bilden, befolgt hatten, den Weg zur Kirche *Sancta Maria* ein.

* * *

Die Prozession des Papstes hingegen zog – vorbei am Capitol, dem Colosseum und den Trajans-Thermen – zum Lateranpalast. Tatsächlich kam es nicht noch einmal zu einem ernsthaften Zwischenfall; lediglich mit dem ablehnenden Schweigen der Römer mußte sich Liberius auch nun wieder abfinden.

Zuletzt, als der Papst in einem der Innenhöfe seiner Residenz aus der Sänfte stieg, hatte er unvermittelt das Gefühl, erneut das Lied zu hören, das er in *Trans Tiberim* vernommen hatte. Verbittert preßte der Kirchenfürst die Lippen aufeinander und nahm sich vor, künftig ein besonderes Augenmerk auf die Kirchengemeinde dort zu haben.

Das Katakombengrab

Zwar war es während des Papsteinzuges in Rom gelungen, Blutvergießen zwischen den Anhängern der verfeindeten christlichen Glaubensrichtungen zu vermeiden, dennoch hielten die Auseinandersetzungen im Lauf dieses Sommers 358 an. Während Juli und August verstrichen, verschärften sich die Fronten; die Schuld daran trug vor allem Liberius, welcher die Arianer weiterhin provozierte. Er, der vor seinem Aufstieg an die Spitze des *Patriarchats* selbst der Lehre des *Presbyters* aus Alexandria angehangen hatte, ehe er, von Machtgier getrieben, ins Lager derer übergelaufen war, welche dogmatisch die Göttlichkeit Christi verkündeten, suchte die Konfrontation jetzt zumeist auf theologisch-juristischer Ebene. Seine Berater, die zum Teil vom Kaiserhof in Konstantinopel stammten, fanden immer neue Mittel und Wege, um die arianischen Christen in ihren Rechten zu beschneiden, und gegen Sommerende erzeugte eine dieser Infamien besonders böses Blut in der Tiberstadt.

Die nicht sehr große, aber schön ausgestattete Kirche *Sancta Magdalena* war ein Jahrzehnt vor dem Konzil von Nicaea, Anno 315, von Arianern erbaut worden. Sie stand am südöstlichen Abhang des Celiushügels und damit nicht sehr weit vom Lateranpalast entfernt; wahrscheinlich aus diesem Grund war das Gotteshaus dem Papst noch mehr als andere arianische Gebetsstätten ein Dorn im Auge. Gleich nach seiner Rückkehr hatte er von den etwa zweihundert, seiner Ansicht nach ketzerischen Mitgliedern der Gemeinde *Sancta Magdalena* verlangt, sie sollten der alten Lehre abschwören und sich dem *Patriarchat* unterwerfen. Die Arianer allerdings, eingedenk ihrer sehr viel ehrwürdigeren paulinischen Glaubenstradition, hatten sich geweigert; daraufhin war es im Wohnviertel um die genannte Kirche zu rapiden Veränderungen gekommen.

Es handelte sich um eine Gegend, wo kleine Gewerbetreibende und Handwerker, aber auch Bademeister, Masseure, Heizer und Putzfrauen lebten, die in den nahen Caracalla-Thermen beschäftigt waren. Zusätzlich gab es mehrere Mietskasernen, die früher meist von armen Familien bewohnt gewesen waren, welche aus dem Umland in die Stadt gekommen waren und hier Fuß zu fassen versucht hatten. Seit geraumer Zeit freilich standen viele dieser billigen, kaum noch menschenwürdigen Wohnungen leer; unter anderem deswegen, weil die Mitglieder der Kirchengemeinde von *Sancta Magdalena* sowie Christen aus anderen Stadtvierteln sich bemüht hatten, den ehemaligen Mietern wirtschaftlich und sozial auf die Beine zu helfen. Genau diesen Umstand aber nutzten Liberius und seine Helfershelfer nun für ihre Zwecke – indem sie nämlich dafür sorgten, daß die Mietshäuser neuerlich bis zur letzten Kammer belegt wurden.

Von allen Ecken und Enden Roms langten im Verlauf der heißen Monate Menschen der untersten gesellschaftlichen Schicht an: Arbeitslose, Invaliden, von ihren Ehegatten im Stich gelassene Frauen, abgetakelte Prostituierte, entlassene Strafgefangene und Alkoholkranke. Ohne Ansehen der Person fanden diese Bedauernswerten Unterkunft in den heruntergekommenen sechsstöckigen Gebäuden, deren Eigentümer seit kurzem das *Patriarchat* war. Zunächst herrschte bei der Bevölkerung die Meinung vor, der Papst wolle auf diese Weise tätige Nächstenliebe üben; dies insbesondere deshalb, weil die Neuankömmlinge keine Miete zu bezahlen hatten und außerdem Lebensmittel aus den Vorratsspeichern des Kirchenfürsten erhielten. Angesichts dessen versuchten sich die eingesessenen Bürger mit ihren neuen Nachbarn zu arrangieren, und dies galt auch in religiöser Hinsicht, als sich mehr und mehr Insassen der faktisch zu Armenhäusern gewordenen Mietskasernen um Aufnahme in die Gemeinschaft von *Sancta Magdalena* bewarben.

Obwohl der arianische Priester gewisse Bedenken hegte, blieb ihm letztlich gar nichts anderes übrig, als zuzustimmen, denn ein bereits Anno 313 erlassenes Gesetz sicherte jedem Christen zu, daß er sich in völliger Freiheit für die Mitgliedschaft in einer Kirchengemeinde seiner Wahl entscheiden könne. Infolgedessen war die Zahl der Gläubigen, die der *Presbyter* zu betreuen hatte, gegen Sommerende von bisher rund zweihundert auf fast fünfhundert angestiegen; diejenigen, welche die Kirche schon seit vielen Jahren besuchten, sahen sich plötzlich in der Minderzahl. Und genau das hatte Liberius, wie sich jetzt herausstellte, beabsichtigt – nun konnte er sein wahres Gesicht zeigen und *Sancta Magdalena* unter die Herrschaft des *Patriarchats* zwingen.

Kaum war die traditionell in der zweiten Septemberwoche stattfindende Jahresversammlung des Kirchensprengels eröffnet worden, stellte ein als trunksüchtig bekannter ehemaliger Legionär, der heute jedoch erstaunlich nüchtern wirkte, den Antrag, die Gemeinde solle der vom Konzil verdammten Lehre des Arius abschwören und sich statt dessen zum Dogma des Athanasius bekennen. Obwohl die Arianer, denen es jetzt wie Schuppen von den Augen fiel, heftig protestierten, vermochten sie sich gegen die Übermacht der erst kürzlich zugezogenen Gemeindemitglieder nicht durchzusetzen. Mit großer Mehrheit wurden sie überstimmt und mußten gleich darauf einen noch härteren Schlag hinnehmen, denn nun beantragte der offensichtlich vom *Patriarchat* genau instruierte Veteran die Absetzung des arianischen *Presbyters* und drang auch damit durch. Völlig verstört verließ der betagte Seelenhirte die Versammlung, so gut wie alle Gleichgesinnten folgten ihm; sie taten es in dem Bewußtsein, einer Intrige sondergleichen zum Opfer gefallen zu sein.

Schon wenige Tage später bestimmte der Papst einen von ihm ausgewählten Priester zum neuen Oberhaupt von *Sancta Magdalena*. Die von Arianern erbaute Kirche gelangte so in die Verfügungsgewalt des *Patriarchats*, und Gottesdienste, deren Liturgie im Einklang mit der alten Lehre stand, durften unter ihrem Dach ab sofort nicht mehr gefeiert werden. Liberius triumphierte; die Armen und Entwurzelten hingegen, deren Notlage er für seinen tückischen Anschlag ausgenutzt hatte, bezahlten nicht weniger bitter als die arianischen Christen. Die Arbeitslosen, Invaliden, von ihren Ehegatten im Stich gelassenen Frauen, abgetakelten Prostituierten, entlassenen Strafgefangenen und Alkoholkranken nämlich wurden wieder aus ihren Unterkünften vertrieben und erhielten auch sonst keinerlei Unterstützung mehr. Abermals verschwanden sie in den Kellerlöchern oder Bretterverschlägen irgendwo in der Millionenstadt, aus denen der Papst sie in seinem Zynismus hatte holen lassen, um sie jetzt, da er sie nicht länger benötigte, in die nackte Armut zurückzustoßen.

* * *

Überall in Rom empörten sich diejenigen Gläubigen, die ihr Leben nach den Geboten der Evangelien auszurichten versuchten, über die Skrupellosigkeit des Papstes, und anläßlich einer Predigt in der Kirche *Sancta Maria* in *Trans Tiberim* geißelte auch Calpurnia das Vorgehen des Liberius. Ein Wort Jesu gebrauchend, warf sie dem Papst vor, das Haus Gottes zu einer Räuberhöhle gemacht zu haben, und warnte vor schweren Rückschlägen für die christliche Religion, falls das Oberhaupt des *Patriarchats* weiterhin zu derart infamen Mitteln greife. Mit dem Ausspruch »Vergewaltigung Andersdenkender, Heimtücke und menschenverachtendes Handeln um des eigenen Vorteils willen stehen in eklatantem Widerspruch zur Lehre Christi!« schloß sie.

Nie zuvor hatte Branwyn die betagte *Presbyterin* so kämpferisch gesehen wie an diesem Septembertag; ihre eigene Abscheu vor den Machenschaften des Liberius war nicht weniger groß, und deshalb brach es auf dem gemeinsamen Rückweg mit Calpurnia zum Atriumhaus aus ihr heraus: »Ich wünschte, dieser sogenannte Vater aller römischen Getauften, dem es in Wahrheit allein um ständige Erweiterung seiner Macht zu tun ist, wäre zeitlebens an seinem thrakischen Verbannungsort geblieben!«

»Du sagst es!« stimmte die *Presbyterin* zu. »Der Papst ist auf verbrecherische Art machtbesessen! Er tritt alles, was Jesus verkündet hat, mit Füßen und rechtfertigt seinen Verrat an den Evangelien, wie man hört, mit dem ihm vorgeblich von Gott aufgegebenen Ziel, eine katholische Kirche schaffen zu müssen ...«

»Katholisch?« unterbrach Branwyn. »Was bedeutet das?«

»Der griechische Begriff *catholicos* umschreibt den umfassenden, alleinigen Herrschaftsanspruch der athanasianischen Theologie, die Liberius vertritt«, erklärte Calpurnia. »Er wurde wahrscheinlich erstmals beim Konzil von Nicaea verwendet, spielte aber bislang kaum eine Rolle, weil das Christentum aus verschiedenartigen Wurzeln entstand und dies den Gläubigen stets bewußt war. Manche schöpften einen Teil ihrer Glaubenskraft aus uralten jüdischen Erkenntnissen, andere orientierten sich in ihrer Interpretation gewisser Evangelienaussagen mehr an griechischer oder ägyptischer Philosophie; schließlich gab es solche, welche die christliche Lehre mit asiatischer beziehungsweise – im Westen Europas – keltischer Weisheit zu verbinden suchten. All dies wurde in den frühen Gemeinden durch das Ideal der Nächstenliebe verflochten, und niemand benötigte dazu irgendwelche Dogmen. Erst seit die Patriarchen und Bischöfe, die sich in Nicaea versammelten, die These des Athanasius von der Göttlichkeit Christi zur verbindlichen Glaubensgrundlage hochstilisierten, findet sich das Bestreben, bloß noch eine, eben die katholische Wahrheit oder besser Scheinwahrheit gelten zu lassen – und wohin dies führt, hat sich in *Sancta Magdalena* gezeigt.«

»Dort wurde eine Gemeinde zerstört, die ihre geistige Freiheit hochhielt und viel Gutes tat«, murmelte Branwyn. »Und nun steht der vom Papst eingesetzte Priester nur noch verängstigten Sklavenseelen vor, während die aufrechten Christen, deren Vorfahren die Kirche erbauten, sich von ihr abgewandt haben.«

»Du hättest es nicht treffender ausdrücken können!« bekräftigte Calpurnia. »Und diese verhängnisvolle Entwicklung wird sich zum Schaden Roms, Italiens und womöglich des ganzen Weströmischen Reiches fortsetzen, sofern es dem Autokraten Liberius gelingt, immer noch mehr Macht an sich zu reißen.«

»Schon als ich ihn zum erstenmal sah, kam es mir so vor, als sei dieser Papst eine Ausgeburt des Weißen Drachen«, äußerte Branwyn mit blitzenden Augen. Weil sie bemerkte, daß ihre Freundin nicht gleich verstand, setzte sie hinzu: »Ich erzählte dir doch einmal von dem Gespräch, das ich in einer der Nächte meiner Wanderung mit dem Barden Eolo Goch hatte. Damals erläuterte er mir die Bedeutung der Einlegearbeit auf seiner Handharfe, wo zwei gegeneinander kämpfende Drachen – ein roter und ein weißer – dargestellt waren, und machte mir klar, daß es sich dabei um ein druidisches Sinnbild der unablässigen Auseinandersetzung zwischen Gut und Böse handelt ...«

»Richtig, jetzt erinnere ich mich wieder«, nickte die *Presbyterin*. »Der Rote Drache steht für das positive Wollen der Menschen, die sich in Harmonie mit dem Göttlichen befinden, während der Weiße Drache Symbol für das Widergöttliche, Inhumane und Niedrige ist. So betrachtet, will mir das, was du über Liberius sagtest, gar nicht abwegig erscheinen, denn das Oberhaupt des *Patriarchats* ist in der Tat der bösartigste Machtmensch, mit dem ich im Laufe meines langen Lebens konfrontiert wurde ...«

Sie besann sich, dann fuhr sie fort: »Aber es gab, gerade hier in Rom, andere Despoten, die ähnlich wie der Papst glaubten, sie könnten sich jedes Verbrechen erlauben. Felsenfest schienen sie auf ihren Thronen zu sitzen, dennoch wurden sie zuletzt gestürzt – und dies heißt, daß auch der Kampf gegen Liberius nicht aussichtslos ist.«

»Ganz gewiß nicht!« beteuerte Branwyn. »Vorhin, in der Kirche, hast du es bewiesen. Deine mutige Predigt fand einhellige Zustimmung, und du hast die Gemeindemitglieder damit in ihrem Willen zum Widerstand bestärkt.«

»Ich wollte, ich könnte mehr tun«, erwiderte Calpurnia leise.

»Du leistest sehr viel!« widersprach Branwyn. »Mehr als die meisten Seelsorger, die ich in den eineinhalb Jahren seit meiner Ankunft hier in der Tiberstadt kennenlernte. Du hast das Hospital, die Schule und das Waisenhaus eingerichtet, setzt die Lehre Jesu dort Tag für Tag in die Tat um und beschämst so diejenigen, denen das Christentum lediglich als Deckmäntelchen für ihre verwerflichen Absichten dient.«

»Das mag sein«, gab die *Presbyterin* zu. »Trotzdem wird die Hauptlast des Kampfes auf den Schultern derer liegen, die nach mir kommen.« Sie griff nach der Hand ihrer Begleiterin. »Auf deinen Schultern, Branwyn, sofern du bereit bist, die Verantwortung auf dich zu nehmen ...«

Als die jüngere Frau schwieg, fragte Calpurnia beinahe drängend: »Du würdest dich doch nicht weigern, oder?«

Branwyn spürte, daß sie ihrer betagten Freundin nicht länger ausweichen durfte, und antwortete leise: »Du weißt, ich stehe ebenso wie du unverbrüchlich auf der Seite des Roten Drachen. Das bedeutet, du kannst dich auf mich verlassen, was immer auch geschieht ...«

»Dann ist es gut!« entgegnete Calpurnia und hakte sich bei ihrer Gefährtin unter. »Miteinander werden wir uns dem Weißen Drachen in den Weg stellen, du und ich!«

»Ja, das wollen wir tun!« bestätigte Branwyn erleichtert. »Wir beide – und ich möchte den sehen, der uns dabei aufhalten kann!«

* * *

Während der folgenden Wochen freilich sah es so aus, als sei nichts und niemand imstande, dem verderblichen Treiben des

Papstes Einhalt zu gebieten. Abgesichert durch die ihm vom Kaiser eingeräumte Machtstellung, scheute Liberius nicht vor weiteren Anschlägen gegen die Glaubensfreiheit zurück. So etwa im Oktober dieses Jahres 358, als er jene Gemeindemitglieder von *Sancta Magdalena*, die ungeachtet der handstreichartigen Übernahme ihres Kirchensprengels durch das *Patriarchat* nach wie vor zu den Andachten kamen, zu einer noch schlimmeren Selbstverleugnung zwingen ließ.

Zunächst hielt der neue, katholische Priester eine Sonntagspredigt, in der er jedem Gläubigen, der es wagen würde, sich dem Willen des Papstes zu widersetzen, den Verlust der göttlichen Gnade androhte. Mit Wortbildern und Redewendungen, die eines Schmierenkomödianten würdig gewesen wären, malte der von Liberius eingesetzte Pfarrherr den verstört lauschenden Frauen und Männern die ewigen Qualen aus, die sie nach ihrem Tod zu erwarten hätten, falls sie dem Papst, der als legitimer Nachfolger des in Rom gekreuzigten Apostels Petrus Stellvertreter Gottes auf Erden sei, den schuldigen Gehorsam verweigerten. Dann, nachdem er die Gemeindemitglieder auf diese Weise – und zudem durch einige sehr deutliche Anspielungen auf die weltliche Macht des *Patriarchats* – ausreichend eingeschüchtert hatte, forderte er sie in schroffem Tonfall auf, ihm unmittelbar nach Beendigung des Gottesdienstes zum vatikanischen Hügel zu folgen.

Nur wenige Gläubige fanden den Mut, sich diesem Ansinnen zu verschließen und schlicht nach Hause zu gehen; die meisten fügten sich in ihrer Verwirrung der Anordnung des Priesters. Ohne ihnen irgendeine weitere Erklärung zu geben, führte er sie quer durch die Stadt zur nördlichsten Tiberbrücke, die den Strom nahe eines pompösen, unter Kaiser Domitian errichteten Stadions überspannte. Am jenseitigen Ufer erhob sich das protzige Mausoleum Hadrians, ansonsten war der Vatikanhügel so gut wie unbebaut; jedoch gab es, über das felsige, schütter mit Zypressen bewachsene Gelände verstreut, eine Reihe von seltsamen schachtartigen Öffnungen in der Erde.

Vor einer dieser mit groben Steinen eingefaßten Vertiefungen warteten ein älterer Kleriker und zwei *Akoluthen*. Jeder der beiden Hilfspriester hatte ein Bündel Fackeln bei sich, und jetzt begannen die Leute von *Sancta Magdalena* auch zu ahnen, warum man sie hergebracht hatte: Offensichtlich sollten sie aus irgendeinem Grund in die Katakomben – die uralten römischen Begräbnishöhlen, wo der Legende nach zahlreiche Märtyrer ihre letzte Ruhestätte gefunden hatten – hinabsteigen.

Gleich darauf bestätigte der Gemeindepfarrer diese Vermutung. Er teilte den neuerlich verstörten Gläubigen mit, daß eines der Gräber geöffnet werden sollte. Die darin befindlichen Gebeine, die von einem Blutzeugen namens Sebastianus stammten, sollten geborgen und sodann zur Kirche auf dem Celiushügel gebracht werden. Abermals fügten sich die Frauen und Männer, nahmen Feuerbrände von den *Akoluthen* entgegen, entzündeten sie und drangen unter Führung des fremden Klerikers in die Tiefe vor.

Je weiter sie durch die engen, vielfach sich kreuzenden und teilweise halb verschütteten Gänge vorankamen, desto modriger wurde die Luft. Einmal schrie die Gemahlin eines Bäckers in Panik auf und konnte nur schwer wieder beruhigt werden. Sie war gegen eine der vielen mit Ziegelwerk vermauerten Nischen in der Stollenwand gestoßen; unversehens hatten sich die Steine gelöst, waren zu Boden gepoltert – und das flackernde Fackellicht hatte die Konturen eines in dem Mauerloch kauernden Skeletts aus der Dunkelheit geschält.

Ungefähr hundert Schritte weiter erreichten die bedauernswerten Opfer des päpstlichen Reliquienwahns die Grabstelle, in welcher die Überreste jenes ominösen Sebastianus lagen. Auch bei diesem Begräbnisplatz handelte es sich um eine von mehreren Dutzend Mauernischen in einer höhlenförmigen Erweiterung des Ganges; die Ziegel, die das Loch verschlossen hatten, waren bereits entfernt. Auf einem Steinpodest davor brannte eine Öllampe; außerdem stand auf dem Boden vor der Grabnische eine kleine, mit Kreuzen verzierte Bronzewanne.

Auf Befehl des Pfarrers von *Sancta Magdalena* knieten die Gläubigen im Halbkreis um das Behältnis nieder und stimmten einen Choral an. Während die Töne von den Kavernenwänden widerhallten, nahmen die beiden Priester einen bräunlichen Knochen nach dem anderen aus der Grabnische und legten die Gebeine in der bronzenen Wanne ab. Der Schädel kam zuletzt an die Reihe; kaum thronte er auf dem Knochenhaufen, begann die Bäckersgattin erneut unkontrolliert zu schluchzen und verstummte erst wieder, als der Choral endete und ihr Gemeindepfarrer sie scharf anfuhr.

Dann wechselte der Pfarrer einen Blick mit dem älteren Kleriker, worauf dieser den verdutzt lauschenden Frauen und Männern die Vita des Blutzeugen Sebastianus offenlegte. Dieser Glaubensheld, so der Priester, habe im vergangenen Jahrhundert gelebt und sei Offizier in der Garde des Kaisers Diokletian gewesen, der als einer der verruchtesten Christenhasser bezeichnet werden müsse. Abertausende von Getauften habe er hinschlachten lassen, und eines seiner Opfer sei der *Centurio* Sebastianus gewesen. Als dieser sich nämlich vor versammeltem Hofstaat zu seinem Glauben an die Göttlichkeit Christi bekannt habe, sei in dem Imperator das teuflische Tier erwacht, und er habe den Offizier mit sofortiger Wirkung zum Tod verurteilt. Sebastianus sei in den Palasthof geschleppt, an eine Säule gefesselt und von Bogenschützen mit Pfeilen gespickt worden. Anschließend habe man seinen Leichnam in die Gosse geworfen; in der darauffolgenden Nacht jedoch hätten christliche Glaubensbrüder ihn geborgen und ihn hier in den Katakomben bestattet.

Nachdem der Kleriker seine schauerliche Geschichte beendet hatte, wurde die Bronzewanne feierlich verschlossen und mit Weihwasser besprengt. Dann hoben die *Akoluthen* sie hoch und trugen sie, von den Priestern flankiert, den langen Weg zurück zum Ausgang der Katakomben. Die Gemeindemitglieder von *Sancta Magdalena* folgten nach; als sie wieder ins Freie gelangten, sogen sie erleichtert die frische Luft ein und hofften, die Heimsuchung sei nun überstanden. Doch der Pfarrer ihres Kirchensprengels gönnte ihnen lediglich eine kurze Rastpause, ehe er sie aufforderte, sich in Prozessionsordnung aufzustellen.

Die Männer voran, sodann die Kleriker mit dem bronzenen Behältnis und ganz hinten die Frauen, verließ der Zug den Vatikanhügel, überquerte die Tiberbrücke – und stieß jenseits des Stromes auf die Abordnung einer katholischen Gemeinde, die vom weiter nördlich liegenden Pinciushügel herangekommen war und sich jetzt der Reliquienprozession anschloß. Ähnlich verhielt es sich in den übrigen Stadtteilen bis hin zum Celius-Viertel; als die Gebeine des Sebastianus dort ankamen, war die sie begleitende Menschenmenge beinahe unüberschaubar geworden.

In der ehemals arianischen Kirche *Sancta Magdalena* legten die Priester – inzwischen gut ein Dutzend – die Knochen feierlich in einem Reliquienschrein nieder, der mittlerweile vom Lateranpalast herangeschafft und neben dem Altar aufgestellt worden war. Während der Zeremonie wölkte Weihrauch in dichten Schwaden durch das Kirchenschiff, und neuerlich wurden Choräle gesungen. Zum Abschluß versicherte der katholische Pfarrherr, der die Stelle des arianischen Seelsorgers usurpiert hatte, den Gläubigen, daß das Gotteshaus nunmehr ungleich größere Bedeutung als bisher gewonnen habe. Dank der geistlichen Obsorge des Papstes, welcher die Verherrlichung der Märtyrergebeine ermöglicht habe, könne die Fürbitte des Sebastianus am Thron Gottes jetzt für alle Angehörigen der Gemeinde wirksam werden. Voraussetzung dazu sei lediglich die Öffnung der Herzen gegenüber dem Blutzeugen sowie dem *Patriarchat*, welches die Macht besitze, derartige Gnadenmittel zu gewähren oder aber sie widerborstigen Schafen auch zu verweigern.

* * *

Keiner der Gläubigen ahnte, daß durch die Verehrung des Reliquienschreines der alte Name der Kirche am südöstlichen

Abhang des Celiushügels allmählich in Vergessenheit geraten würde. Schon eine Generation später sollte *Sancta Magdalena* in *Sanctus Sebastianus* umbenannt werden – auch wenn der vorgeblich so herausragende Glaubenszeuge es in den Augen Eingeweihter gar nicht verdiente, derart gefeiert zu werden.

Kurz nach der Überführung der Gebeine erzählte Calpurnia ihrer Freundin Branwyn nämlich die wahre Geschichte des Sebastianus. Das Gespräch fand im Kirchenraum von *Sancta Praxedis* statt; die beiden Frauen hatten auf Anregung Branwyns an diesem milden Herbstnachmittag einen Spaziergang dorthin unternommen. Jetzt standen sie vor dem Mosaik, das den Juden Simon Kephas zeigte, und der Anblick des Bildnisses veranlaßte die *Presbyterin* dazu, den Reliquienkult, der neuerdings in *Sancta Magdalena* getrieben wurde, anzuprangern.

»Menschen wie Petrus waren es, welche die Lehre Jesu in Liebe und Güte weitergaben«, erklärte Calpurnia. »Solche hingegen wie dieser Sebastianus haben kein Verdienst daran. Sie sind letztlich nur Popanze, deren Anbetung den verderblichen Absichten des *Patriarchats* entgegenkommt.«

»Starb denn Sebastianus nicht, weil er sich vor dem Kaiser zu seinem christlichen Glauben bekannte, so wie es die Papstanhänger behaupten?« fragte Branwyn.

»Nein!« erwiderte die *Presbyterin*. »Es stimmt zwar, daß er zur Regierungszeit Diokletians hingerichtet wurde, aber der Imperator hatte damit nichts zu tun. Und auch sonst verbreitet das *Patriarchat* vorsätzlich Lügen über die Umstände seines Todes, obwohl man natürlich im Lateran genau weiß, daß es sich bei Sebastianus um eine reichlich zwielichtige Gestalt handelte …«

»Etwa gar um einen Verbrecher?« unterbrach Branwyn.

»In gewisser Weise könnte man ihn so bezeichnen«, antwortete Calpurnia nach kurzem Nachdenken. »Doch am besten berichte ich dir der Reihe nach, was im vorigen Jahrhundert kurz nach Kaiser Diokletians Regierungsantritt tatsächlich geschah …«

Sie setzte sich auf eine Bank nahe des Petrus-Mosaiks, wartete ab, bis Branwyn neben ihr Platz genommen hatte, und begann: »Wie es in einem Dokument, in das ich Einsicht genommen habe, heißt, wurde der *Centurio* Sebastianus auf einem Landgut südlich von Rom geboren, sein Ende jedoch fand er im westlichen Grenzgebiet Persiens, wo römische Legionen in jenen Jahren im Kampf gegen die dort herrschenden Sasaniden standen. Sebastianus allerdings gehörte zunächst nicht der kämpfenden Truppe an, sondern tat als Ausbilder Dienst in einem sicheren Militärlager. Im *Vicus* dort lebten auch Christen, und um einer hübschen jungen Frau aus dieser Gemeinde zu imponieren, ließ der *Centurio* sich im Haus ihrer Familie taufen.«

»Gab es damals viele Anhänger der christlichen Lehre im kaiserlichen Heer?« wollte Branwyn wissen.

»Nur wenige«, entgegnete die *Presbyterin*. »Denn anders als heute hielten die meisten Getauften das Gebot ›Du sollst nicht töten!‹ sehr hoch und leisteten deshalb in der Regel keinen Militärdienst. Dies war ohne weiteres möglich, weil die Legionen nur aus Freiwilligen rekrutiert wurden. Falls aber ein Armeeangehöriger zum Christentum konvertierte, so verlangte der Staat von ihm, seinen Abschied zu nehmen; ein Gesetz stellte jedoch sicher, daß ihm daraus kein Strick gedreht werden konnte.«

»Sebastianus allerdings handelte nicht so, oder?« vermutete Branwyn.

»Du sagst es«, bestätigte Calpurnia. »Der *Centurio*, der auf seinen hohen Sold sowie seine Offiziersprivilegien nicht verzichten wollte, blieb im Dienst und wählte damit nach römischem Recht den illegalen Weg. Nach Kirchenrecht freilich machte er sich nicht schuldig, denn es erlaubte, auch wenn diese Regelung umstritten war, die Zugehörigkeit heimlicher Christen zur Armee. Die Theologen verlangten aber, daß ein getaufter Legionär die Waffen in dem Moment niederlegen müsse, in dem es zum Kampf komme …«

»Jetzt begreife ich!« murmelte Branwyn.

Calpurnia nickte ihr bedeutungsvoll zu, dann fuhr sie fort: »Genau in diese Situation geriet Sebastianus. Nachdem er ungefähr ein Jahr lang Rekrutenausbilder in jenem sicheren Armeelager gewesen war, kommandierte man ihn zur kämpfenden Truppe ab, wo er den Befehl über eine Hundertschaft von Fußsoldaten übernahm. An der Spitze dieser Einheit zog er aufs Schlachtfeld, und selbstverständlich vertrauten sowohl seine Vorgesetzten als auch seine Soldaten darauf, daß er seine militärische Pflicht tun würde. Kaum jedoch stieß seine *Centurie* mit den Persern zusammen, riß Sebastianus sein Roß herum, floh und ließ die Legionäre auf diese Weise schmählich im Stich. Wie es heißt, wurde die Hundertschaft, die im entscheidenden Augenblick ohne Führung und damit völlig desorientiert war, beinahe bis auf den letzten Mann vernichtet – und die Schuld daran trug ohne Zweifel der fahnenflüchtige Offizier.«

»Er und die sophistischen Theologen, die ihn in diese Lage gebracht hatten«, pflichtete Branwyn ihr bei.

»Im Gegensatz zu dem *Centurio* blieb ihnen jedoch das Standgericht erspart«, versetzte die *Presbyterin*. »Nach der Schlacht nämlich, die trotz seines Verrats siegreich für die Römer endete, wurde Sebastianus in einem Versteck aufgegriffen und vor ein Tribunal gestellt. Seinen Vorgesetzten blieb gar nichts anderes übrig, als ihn nach geltendem Militärrecht mit dem Tode zu bestrafen. Eine *Decurie* Bogenschützen vollstreckte das Urteil; danach wurde der Leichnam an Ort und Stelle verscharrt, und heute ist niemandem mehr bekannt, wo genau im persischen Grenzgebiet sich das Grab des hingerichteten Hundertschaftsführers befindet. Ganz gewiß aber ruhten seine Gebeine nicht in den Katakomben auf dem Vatikanhügel, wo sie vor einigen Tagen angeblich geborgen wurden.«

»Man hat infolgedessen das Skelett irgendeines Namenlosen nach *Sancta Magdalena* gebracht!« stieß Branwyn empört hervor. »Und die vorgeblichen Märtyrerknochen könnten ebensogut einem Schurken gehört haben!«

»Das ist dem *Patriarchat* gleichgültig«, antwortete Calpurnia mit bitterer Stimme. »Für Liberius zählt nur eines: durch die Verdummung der Gläubigen seine Macht zu vergrößern. Um dieses Ziel zu erreichen, scheut er vor keiner Lüge und keinem Betrug zurück, und ich fürchte, es werden in Zukunft noch viele auf derartige Machenschaften hereinfallen: all diejenigen, welche Obskurantismus und Mirakelsucht mit wahrem Christentum verwechseln.«

Die *Presbyterin* holte tief Atem. »Doch nun genug davon! Schließlich sind wir nicht in diese Kirche gekommen, damit wir uns über das *Patriarchat* ärgern, sondern um den guten Geist Petri und der Töchter der Senatorenfamilie zu spüren, die hier einst wirkten.«

»Du hast recht«, stimmte Branwyn zu; gleich darauf schloß sie die Augen und erinnerte sich einmal mehr an das, was Angela ihr während ihres ersten Besuches hier über den jüdischen Glaubensboten Simon Kephas sowie dessen Schülerinnen Praxedis und Pudentia erzählt hatte.

Lange saßen die beiden Frauen schweigend da und ließen die wohltätige Stille des Gotteshauses auf sich wirken. Erst am Spätnachmittag verließen sie die Kirche wieder, stiegen den Esquilinhügel hinab, passierten den gigantischen Rundbau des Colosseums und setzten ihren Weg über den Palatin in Richtung der über die *Insula Tiberina* führenden Strombrücke fort.

Ungefähr eine halbe Meile vor dem Flußübergang gelangten sie auf das Forum Romanum: den weiten Platz, wo in der Frühzeit der Stadt, ehe alle Macht in die Hände der Imperatoren gefallen war, die großen Volksversammlungen stattgefunden hatten. Später war das Forum zu einem der wichtigsten römischen Marktplätze geworden; auch heute herrschte reges Treiben, und Calpurnia nutzte die Gelegenheit, um an einem der Stände ein Netz mit frischem Obst zu kaufen. Danach schlenderten die *Presbyterin* und ihre Begleiterin zu einer Stelle weiter, an der sich zahlreiche Bürger drängten; offenbar gab es dort irgend etwas Interessantes zu sehen.

Neugier malte sich auf Branwyns Antlitz, doch dann, als sie nur noch ein Dutzend Schritte von dem Menschenauflauf entfernt waren, blieb sie plötzlich wie erstarrt stehen. Das Blut schien ihr in den Adern zu gefrieren – und schuld daran war der Anblick eines Mannes, dem sie nie wieder hatte begegnen wollen.

Die Taufe

Erschrocken griff Calpurnia nach dem Arm ihrer Freundin. »Um Gottes willen! Was ist los mit dir?!«

Branwyn bemühte sich, zu antworten, aber sie brachte keinen Ton zustande. Sie vermochte lediglich mit zitternder Hand auf den Mann zu deuten, der ein Stück weiter vorne auf einem flachen Steinpodest zwischen einigen Säulenstümpfen stand und mit großen Gesten auf die etwa hundert Menschen einsprach, die sich um ihn scharten. Direkt neben der improvisierten Tribüne war eine Art Marktkarren mit heruntergeklappter Lade abgestellt; mehrere kräftige Kerle, die offenbar zu dem Redner gehörten, schienen das Gefährt, in dem sich wohl wertvolle Waren befanden, zu bewachen. All dies machte keineswegs einen ungewöhnlichen Eindruck; es gab tagtäglich Dutzende derartiger Szenen auf dem Forum zu beobachten, und deshalb begriff die *Presbyterin* nicht, was in ihre Begleiterin gefahren war – bis diese nun doch ihre Sprache wiederfand.

Branwyn keuchte einen Namen heraus; kaum hatte sie ihn vernommen, erbleichte auch Calpurnia und vergewisserte sich: »Täuschst du dich bestimmt nicht?!«

»Nein!« beteuerte Branwyn. »Er ist es! Es ist der Mann, der mich vor zwei Jahren bei der Überquerung der Grajischen Alpen so skrupellos im Stich ließ!«

»Paulinus Lupus, welcher damals aus purem Eigennutz deinen Tod in Kauf genommen hätte!« Äußerste Empörung schwang in der Stimme der *Presbyterin* mit. »Komm! Wir fordern augenblicklich Rechenschaft von ihm!«

Ohne eine Antwort abzuwarten, zog sie Branwyn weiter. Wie benommen ging die jüngere Frau neben ihr her; gleich darauf schlugen zwei Sätze des Handelsherrn an ihr Ohr, die sie zusätzlich erschütterten.

»Wer unter euch also sein ewiges Seelenheil sichern will, sollte nicht zögern, einen Splitter vom Kreuze Christi zu erwerben!« rief Paulinus Lupus. »Nichts birgt größere Gnadenfülle in sich als ein Span von jenem Holz, an dem unser aller Erlöser starb!«

Jäh riß Branwyn sich von Calpurnia los, drängte sich zwischen die Schaulustigen und schleuderte dem Händler entgegen: »Einklang mit dem Göttlichen gewinnen wir durch Humanität und Nächstenliebe! Keinesfalls jedoch, indem wir uns der Abgötterei des Reliquienkults hingeben und uns denen ausliefern, die um ihrer Profitgier willen belügen und betrügen!«

Paulinus fuhr herum, machte die Frau in der Menge aus, die ihn herausgefordert hatte, und schrie wütend in ihre Richtung: »Schweig, du dummes Weib, ehe ich dich beim *Patriarchat* verklage! Denn aus dir spricht die verfluchte arianische Ketzerei, welche von Seiner Heiligkeit, Papst Liberius ...«

Er brach ab; erst jetzt hatte er Branwyn erkannt. Einen Moment stand er reglos und mit verzerrtem Gesicht da, dann ermannte er sich, schluckte krampfhaft und öffnete erneut den Mund.

Die junge Frau indessen kam ihm zuvor. »Du hast nicht das mindeste Recht, mich zu verklagen!« herrschte sie ihn an. »Vielmehr müßtest du vor Gericht gestellt werden, weil du dich mir gegenüber eines schweren Verbrechens schuldig machtest und soeben im Begriff stehst, ein weiteres an den Menschen hier zu begehen!«

In der Menge entstand Unruhe; Branwyn nutzte die Gelegenheit, um rasch die kurze Entfernung bis zu der Plattform zwischen den Säulen zurückzulegen und hinaufzusteigen. Als der Handelsherr unwillkürlich ein paar Schritte vor der gutaussehenden Frau mit dem rotblonden Haar zurückwich, trat tiefe, erwartungsvolle Stille auf dem Platz ein. Die Spannung wuchs, während Branwyn den Mann mit dem großen silbernen Kruzifix auf der Brust durch die Kraft ihres Blickes zu bannen schien; schließlich erklang aus der Menschenmenge die Aufforderung: »Sage uns, was du Paulinus Lupus vorwirfst!«

»Ja, ihr sollt es erfahren!« Flüchtig nahm Branwyn wahr, wie Calpurnia, die sich ebenfalls einen Weg durch die Schaulustigen gebahnt hatte, ihr ermunternd zunickte; nun deutete die junge Frau auf den Händler und fuhr fort: »Dieser Heuchler, der euch so salbungsvolle Worte von Seelenheil und göttlicher Gnade einbläst, ist in Wahrheit alles andere als ein Christ! Zwar mag er getauft sein und trägt, wie ihr seht, ein protziges Kreuz um den Hals – doch die Barmherzigkeit, wie Jesus sie von denen einforderte, die ihm nachfolgen wollten, trat dieser Mann mit Füßen! Oder wie würdet ihr es sonst bezeichnen, wenn jemand einen schwerverletzten Menschen, der seiner Obhut anvertraut wurde, hilflos in der Wildnis zurückläßt?!«

Ungläubiges Raunen wurde laut; mit einer Handbewegung brachte Branwyn die aufgestörte Menge wieder zum Schweigen. Dann berichtete sie in knappen, aber eindrucksvollen Sätzen, was sich im Herbst vor zwei Jahren in den Grajischen Alpen abgespielt hatte. Mit zunehmender Betroffenheit lauschten ihr die Umstehenden; als die junge Frau schilderte, mit welcher Herzlosigkeit Paulinus entschieden hatte, daß die Handelskarawane ohne sie weiterziehen würde, und wie sie sich in der darauffolgenden Nacht der Wölfe hatte erwehren müssen, schlug die allgemeine Stimmung in Empörung um. Fäuste hoben sich in Richtung des Händlers, drohende Rufe erklangen; gleich darauf jedoch kehrte erneut Stille ein, denn nun erzählte Branwyn von ihrer Rettung durch Haimo, den Jäger, und von Samira, die sich ihrer später angenommen und sie gesundgepflegt hatte.

»Ihnen verdanke ich, daß ich hier vor euch stehen kann«,

schloß die junge Frau. »Denn jene Menschen bewiesen Nächstenliebe, während dieser« – abermals wies ihr Finger anklagend auf Paulinus Lupus – »ohne Gewissensbisse meinen Tod in Kauf nahm, um nur ja keine Einbuße in seinem Handel zu erleiden. Unersättliche Gier nach Gold und Silber trieb ihn – und dieselbe verwerfliche Gewinnsucht bringt ihn nunmehr dazu, euch für teures Geld wertlose Holzsplitter andrehen zu wollen!«

Ein Kotklumpen wurde gegen den Reliquienhändler geschleudert und zerplatzte hart neben seiner Schulter an einem der Säulenstümpfe. Doch Paulinus ließ sich dadurch nicht einschüchtern, vielmehr ging er jetzt zum Gegenangriff über. »Glaubt diesem Weib kein Wort!« brüllte er. »Hört nicht auf die Lügen einer verworfenen Heidin, deren einzige Absicht es ist, die christliche Religion in den Schmutz zu ziehen! Bei den Wundmalen Christi schwöre ich, daß ihr Gefahr lauft, einer britannischen Götzenanbeterin auf den Leim zu gehen – und wie sollte eine solche Ungetaufte, in deren Seele das Licht des einzig wahren Glaubens nicht leuchtet, den Wert der heiligen Schätze hier auf meinem Wagen beurteilen können?!«

»Das ist richtig!« kam es von einem Mann aus der Menge, der wie Paulinus Lupus ein wertvolles Kruzifix auf der Brust trug; andere, die eben noch auf Branwyns Seite gestanden hatten, äußerten sich auf ähnliche Weise.

Die junge Frau freilich gab sich keineswegs geschlagen. »Ja, ich bin Keltin und verehre die alten Götter!« rief sie mit blitzenden Augen. »Mehr noch: In meiner Heimat *Cymru* war ich Hüterin einer Quelle der Dreifachen Göttin; später, auf der Insel von Avalon im Süden Britanniens, lebte ich im wichtigsten Druidenhain dieses Landes. Doch sowohl in *Cymru* als auch in Avalon zählten Christen, die ehrwürdige Traditionen bewahrten, zu meinen Freunden. Von ihnen und sodann in der Gemeinde *Sancta Maria* hier in Rom lernte ich sehr viel über das Wesen sowie die Geschichte der christlichen Religion ...«

»Dafür verbürge ich mich!« Calpurnias Zwischenruf klang

kämpferisch. »Ich bin die *Presbyterin* von *Sancta Maria*, und ich denke, einige unter euch werden mich kennen!«

»Und weil mir die Geschichte des Christentums nicht unbekannt ist, bin ich imstande, zu beweisen, daß Paulinus einen Betrug an euch verübt!« fuhr Branwyn fort. Nachdem erwartungsvolles Schweigen eingetreten war, setzte sie hinzu: »Ihr müßt mir dazu nur die Frage beantworten, wer das Kreuz Jesu zur Regierungszeit Kaiser Konstantins in Jerusalem wiederauffand?«

Zunächst starrten die Umstehenden verdutzt, schließlich ließ sich eine ältere Marktfrau vernehmen: »Es war die Mutter des Imperators.«

»Du sagst es«, bestätigte Branwyn. »Helena, die Kaisermutter, so wurde es damals überall in den Kirchen des *Patriarchats* verkündet, entdeckte die Balken in einer Höhle unweit der Stelle, wo man Jesus gekreuzigt hatte. Sie brachte die Überreste des Kreuzes in ihren Palast nach Konstantinopel und hütete sie dort wie ihren Augapfel – jetzt allerdings, einundzwanzig Jahre nach ihrem Tod, vermachte sie die Kreuzbalken auf wundersame Weise dem Marktschreier Paulinus ...«

Es dauerte einen Moment, bis die Bürger, die sich um die Steinplattform drängten, begriffen. Dann brachen die ersten in lautes Gelächter aus, ihre Nachbarn fielen ein; gleich darauf brandete dem Reliquienhändler allgemeines Hohn- und Wutgeschrei entgegen. Weil er seine Felle davonschwimmen sah, schickte er sich an, sang- und klanglos zu verschwinden. Ehe es ihm jedoch gelang, hielt ihn ein muskulöser Lastträger mit derbem Griff zurück. Anschließend brachte derselbe Mann die Menge durch laute Zurufe zur Ruhe und wollte von Branwyn wissen: »Kannst du uns vielleicht noch erklären, wie der Lump zu dem offenbar sehr alten Stück Zedernholz kam, das er hier auf seinem Verkaufskarren ausgestellt hat und von dem auch die Splitter in den Glasbehältern daneben stammen?«

»Zumindest habe ich einen Verdacht, denn ich weiß, welcher Natur die Gebeine vorgeblicher Märtyrer und Heiliger sind, mit denen Paulinus Lupus ebenfalls seine kriminellen Profite zu machen pflegt«, erwiderte die junge Frau.

Sodann berichtete sie, was sie während ihrer Reise mit der Karawane des Handelsherrn in der Flußebene östlich des gallischen Militärlagers Divio erlebt hatte. Sie erzählte, wie die nur notdürftig verscharrten Skelette dreier wahrscheinlich von Franken ermordeter Erwachsener und eines hingeschlachteten Kindes entdeckt worden waren – und wie Paulinus unter dem Vorwand, die Gebeine mit Erde bedecken zu wollen, heimlich einige der Knochen zu sich gesteckt hatte. »Auf ähnliche Weise«, fügte sie hinzu, »wird vermutlich das Zedernholz in seinen Besitz gelangt sein. Ich nehme an, das Balkenstück lag irgendwo im Schutt einer Ruine, bis der Betrüger es ausgrub und beschloß, sein gotteslästerliches Spiel damit zu treiben.«

Kaum hatte Branwyn geendet, kannten die Umstehenden kein Halten mehr. »Bastard!« – »Schurke!« – »Hundsfott!« erklang es von allen Seiten, während der Lastträger den Reliquienhändler mit Maulschellen bedachte. Zuletzt riß Paulinus Lupus sich los und rannte, wobei er weitere Schläge einstecken mußte, davon. Seine Knechte, welche den Karren bewacht hatten und unter denen sich keiner befand, den Branwyn von früher kannte, folgten ihm. Sie flüchteten gerade noch rechtzeitig, ehe ein Teil der aufgebrachten Menge den Wagen umstürzte, die gläsernen Behältnisse mit den falschen Kreuzsplittern zerschlug und das ominöse Balkenfragment in die Gosse warf.

Andere Frauen und Männer umringten Branwyn, schüttelten ihr die Hände, klopften ihr auf die Schulter und bedankten sich überschwenglich für ihr Eingreifen, durch das vielen ein empfindlicher finanzieller Verlust erspart worden war. Die Marktfrau, die über die Kreuzauffindung durch die Kaisermutter Helena Bescheid gewußt hatte, umarmte sie und beteuerte begeistert: »Gleichgültig, ob du nun getauft bist oder nicht – du hast eine ähnlich bemerkenswerte Tat vollbracht wie Jesus Christus im Tempel von Jerusalem! Denn er vertrieb dort die Geldwechsler und Wucherer, die das Haus Gottes beschmutzten, und du stelltest einen Scharlatan bloß, der ein ebensolcher Verräter am Geist des wahren Glaubens ist!«

»Da du solch lobenswerte Einsicht zeigst, wirst du künftig hoffentlich vorsichtiger sein, was gewisse Heiltümer angeht, die öffentlich zum Kauf angeboten werden«, wandte sich Calpurnia an die Marktfrau und verschaffte Branwyn dadurch Luft. Aber es dauerte angesichts weiterer Sympathiekundgebungen noch geraume Zeit, bevor die *Presbyterin* und ihre Freundin das Forum verlassen konnten. Einige besonders Anhängliche gaben ihnen sogar das Geleit bis zur Tiberbrücke; erst jenseits des Stromes fanden Calpurnia und Branwyn Gelegenheit, sich in Ruhe über den Zusammenstoß mit Paulinus Lupus auszutauschen.

»Du hast ihm einen schweren Schlag versetzt«, sagte die *Presbyterin*. »Zumindest in Rom wird er es nie wieder wagen können, sich zum Schaden der christlichen Lehre als Reliquienhändler zu betätigen, und dies ist einzig dein Verdienst!«

»Ich habe eher das Gefühl, eine höhere Macht sorgte dafür, daß ich zum zweitenmal mit Paulinus zusammentraf«, entgegnete Branwyn nachdenklich. »Fast will es mir so scheinen, als hätte das, was ich in den Alpen durch ihn erlitt, erst jetzt seinen tieferen Sinn bekommen und sich ein Kreis geschlossen ...«

»Gottes Wege sind oft verschlungen«, nickte Calpurnia nach kurzem Überlegen. »Aber selbst wenn dies alles durch göttlichen Willen herbeigeführt wurde, hast du dich heute auf jeden Fall mit großer Tapferkeit und Intelligenz gegen diesen skrupellosen Menschen durchgesetzt.«

»So schwierig war es auch wieder nicht, Paulinus Lupus zu entlarven«, erwiderte Branwyn. »Nachdem er sich in seiner Profitsucht sogar dazu verstieg, den Leuten Splitter vom Kreuz Jesu andrehen zu wollen, bot es sich ja förmlich an, die Geschichte mit der Mutter Kaiser Konstantins aufs Tapet zu bringen.«

»Obwohl auch Helena ein Vierteljahrtausend nach dem Tod

Jesu nicht unbedingt die echten Kreuzbalken aus jener Höhle in Jerusalem holte, wie wir beide wissen«, versetzte die *Presbyterin*.

»Heute war es sicher besser, den Menschen auf dem Forum derartige Überlegungen nicht auf die Nase zu binden«, gab Branwyn schmunzelnd zurück. »Vielmehr dachte ich, ein guter Zweck heiligt unter gewissen Umständen die Mittel.«

»Nun ja, unter ganz besonderen Umständen …« stimmte Calpurnia zu. Gleich darauf mußte sie lachen und steckte Branwyn damit an. In heiterer Stimmung bogen sie um eine Straßenecke, dann aber wurde das Gesicht der *Presbyterin* wieder ernst. »Du hast Paulinus besiegt«, erklärte sie, »doch die Auseinandersetzung hätte auch anders enden können. Ich fürchtete es beinahe, als der Heuchler, der selbst ganz gewiß nicht an Gott glaubt, dir vorwarf, eine Ungetaufte zu sein. Wenn es ihm gelungen wäre, die Leute dadurch gegen dich aufzuhetzen, hättest du keine Chance mehr gegen ihn gehabt.«

»Es ist allein meine Sache, zu welchen Göttern ich bete!« protestierte Branwyn. Mit dem nächsten Lidschlag besann sie sich. »Andererseits hast du natürlich recht. Ich merkte schließlich selbst, wie rasch die Stimmung umschlug, als der Reliquienhändler meine Herkunft und meine Weltanschauung aufdeckte. Und wenn ich ihm nicht sofort Paroli geboten hätte …«

»Du tatest das einzig Richtige, indem du dich offen zu deinem Heidentum bekanntest und außerdem klarstelltest, daß du eine Menge über das Christentum weißt«, bekräftigte Calpurnia. »Damit nahmst du Paulinus Lupus den Wind aus den Segeln. Grundsätzlich aber wirst du als Heidin, gerade in Rom, immer wieder angreifbar sein.«

»Ich werde die keltischen Götter niemals verleugnen«, erwiderte Branwyn mit fester Stimme. »Ebenso jedoch bedeuten mir die Lehren Jesu, die auch Teil des liebevollen Wesens Ceridwens sind, sehr viel. Und beides verbindet sich in mir, wenn ich an deiner Seite versuche, für die Menschen der Gemeinde *Sancta Maria* dazusein.«

»Du versuchst es nicht nur, sondern bist längst zu meiner wertvollsten Stütze in der Gemeindearbeit geworden!« entgegnete die *Presbyterin*. »Ich vermag mir gar nicht mehr vorzustellen, wie ich ohne deine Hilfe auskommen sollte.«

»Jetzt übertreibst du aber!« verwahrte sich Branwyn.

»Nein, es ist so!« beharrte Calpurnia. »Ich bin auf deine Unterstützung angewiesen, denn meine eigenen Kräfte lassen nach. Gerade weil ich dich aber so nötig brauche, habe ich manchmal Angst ...«

Branwyn begriff. »Du meinst, es könnte irgendwann Widerstand in *Trans Tiberim* gegen mich geben, weil ich ungetauft bin?«

»Die Menschen unseres Stadtviertels wissen, was sie an dir haben«, antwortete die *Presbyterin*. »Doch ich kann nicht ausschließen, daß das *Patriarchat* eines Tages darauf verfällt, dir diesbezüglich einen Strick zu drehen. Und falls das geschähe und es durch irgendwelche Intrigen gelänge, dir die weitere Tätigkeit in der Kirchengemeinde zu verbieten oder auch bloß zu erschweren, wäre das ein schrecklicher Schlag für *Sancta Maria* ...«

Branwyn preßte die Lippen zusammen; während die beiden Frauen schweigend weitergingen, war der Jüngeren anzusehen, wie sie mit sich rang. Dann, als sie den Platz erreichten, auf dem die genannte Kirche stand, atmete Branwyn tief durch und sagte leise: »Ich werde über die Frage der Taufe nachdenken.«

* * *

Im Verlauf der folgenden Wochen wirkte Branwyn häufig in sich gekehrt; sooft ihre Pflichten es erlaubten, suchte sie die Einsamkeit. Beinahe schien es, als wollte sie sich der Aufmerksamkeit, die ihr nach der Auseinandersetzung mit dem Reliquienhändler vielfach entgegengebracht wurde, bewußt entziehen.

Während ihr entschlossenes Auftreten gegenüber Paulinus Lupus nicht nur in *Sancta Maria*, sondern auch in zahlreichen anderen Kirchensprengeln für Gesprächsstoff sorgte, verbrachte sie lange Stunden in *Sancta Praxedis*: in dem bescheidenen Sakralbau, der zur Zeit des Simon Kephas jüdisches Bethaus und zudem ein Ort des Miteinander für Juden, Urchristen und Heiden gleichermaßen gewesen war. Mehrmals wanderte sie außerdem ins Hügelland westlich der Stadt; schon im vergangenen Jahr, als sie Heilkräuter für das Hospital gesucht hatte, war sie in der Nähe der *Aqua Traiana*, eines Aquädukts, das Wasser vom nahen Bracianussee nach Rom führte, auf ein uraltes Heiligtum der Dreifachen Göttin gestoßen. Sie wußte, daß Ceridwen unter dem Namen Ceres früher auch in Italien verehrt worden war und manche Menschen, gerade auf dem Land, ihr weiterhin anhingen. Die Blumenkränze oder anderen anrührenden Opfergaben, die stets an der von drei kleinen, nur hüfthohen Menhiren umrahmten Quelle zu finden waren, bewiesen es. Hier hielt Branwyn stille Zwiesprache mit der Göttin und bemühte sich, Klarheit über ihren künftigen Weg zu gewinnen.

Eines Abends Ende November dann klopfte sie an Calpurnias Zimmertür. Ein besonderer Ausdruck auf Branwyns Antlitz ließ die *Presbyterin* ahnen, warum ihre Freundin gekommen war; kaum saß die jüngere Frau, fragte Calpurnia: »Du hast dich entschieden, nicht wahr?«

»Ja, das habe ich«, entgegnete Branwyn. »Ich möchte mich gerne von dir taufen lassen!«

»Ich hoffte so sehr, du würdest dich dazu entschließen«, freute sich die *Presbyterin*. »Es ist wirklich das beste für dich und die Gemeinde, und ich kann dir gar nicht sagen, wie ...«

»Eine Bedingung muß ich aber stellen!« unterbrach Branwyn.

Erstaunt musterte Calpurnia sie; gleich darauf kräuselte ein feines Lächeln ihre Lippen, und sie erwiderte: »Ich glaube zu wissen, worum es dir geht. – Doch wir werden hinsichtlich deiner Liebe zu den alten Gottheiten eine Lösung finden ...«

Branwyn atmete auf. »Das ist tatsächlich der Punkt, über den ich mit dir sprechen muß. Schließlich sagte ich dir bereits an dem Tag, da ich den Streit mit Paulinus Lupus hatte, daß ich die keltischen Götter niemals verleugnen würde – und dies gilt auch für den Fall meiner Taufe!«

»Das ehrt dich ebenso wie dein mutiges Eintreten für wahres Christentum auf dem Forum«, antwortete die *Presbyterin*. »Du riefst dem Scharlatan damals zu, Einklang mit dem Göttlichen würde durch Humanität und Nächstenliebe gewonnen, nicht jedoch durch die Abgötterei des Reliquienkults. Dieses Wort macht seither in vielen Kirchensprengeln die Runde; ich weiß es, weil ich häufig genug darauf angesprochen werde. Dir aber möchte ich nun die Frage stellen, ob du an jenem Nachmittag eigentlich heidnisch oder christlich argumentiertest?«

Branwyn runzelte die Stirn. »Darüber dachte ich gar nicht nach ... Doch jetzt, da du mich dazu veranlaßt, es zu tun, würde ich sagen, es war sowohl das eine als auch das andere im Spiel.«

»Richtig!« bestätigte Calpurnia. »Wer für das Ideal der Nächstenliebe eintritt, handelt ohne Zweifel christlich; die Werte der Humanität hingegen wurden von heidnischen Philosophen oder den Priesterinnen der Großen Göttin schon lange vor der Geburt Jesu gelehrt. Du hast in deiner Aussage beides miteinander verbunden, und ich wüßte nicht, was daran schlecht sein sollte. Denn objektiv betrachtet, sind die nur scheinbar unterschiedlichen Wege gleich wertvoll; sie schließen einander nicht aus, sondern ergänzen sich vielmehr gegenseitig.«

»Darin pflichte ich dir aus vollem Herzen bei!« kam es erleichtert von Branwyn; sie hatte verstanden, welche Brücke die Freundin ihr zu bauen versuchte. »Und wir stehen mit unserer Einschätzung nicht allein; ähnlicher Meinung waren auch Vater Jacwb, mein erster christlicher Lehrer auf der *Ynys Vytrin*, sowie Saray und Danyell, das Priesterehepaar in Avalon ...«

Sie zögerte, ehe sie fortfuhr: »Allerdings ging es in Britannien niemals um das konkrete Problem, mit dem wir uns auseinanderzusetzen haben: das der Taufe. Deinen Worten entnehme ich nun freilich, daß du mir das Sakrament spenden willst, ohne von mir zu verlangen, den alten Göttern abzuschwören, und ich bin dir sehr dankbar dafür. Nur weiß ich nicht, ob du dich damit nicht eventuell selbst in Schwierigkeiten bringst ...«

»Falls mir irgend jemand aus der Gemeinde *Sancta Maria* deswegen Vorwürfe machen wollte, hätte ich nichts zu befürchten«, erwiderte die *Presbyterin*, und abermals spielte das feine Lächeln um ihren Mund. »Im Notfall könnte ich mich nämlich auf die Geschichte unserer Kirche berufen.«

»Inwiefern das denn?« erkundigte sich Branwyn erstaunt.

»Weil man *Sancta Maria* auf einem Platz erbaute, der ursprünglich ein heidnisches Heiligtum war«, erklärte Calpurnia.

Branwyn erinnerte sich an die Gründungslegende des Gotteshauses, die sie am Tag ihrer Ankunft in *Trans Tiberim* gehört hatte. »Als ich *Sancta Maria* erstmals betrat und dort Angela kennenlernte, erzählte mir deine Enkelin von einem Eichenhain, der einst an der Stelle der heutigen Kirche stand. Ich vermutete damals, es könnte sich um eine Orakelstätte gehandelt haben, denn eine geheimnisvolle Frau schalt die Männer, welche die Bäume gefällt und dadurch wohl die Ölquelle zum Sprudeln gebracht hatten, und gab sodann eine Prophezeiung über die Geburt Jesu ab. Aber Angela konnte mir nicht sagen, ob die Römer irgendwann früher in diesem Hain ein Orakel befragt hatten.«

»Das taten sie nicht«, entgegnete die *Presbyterin*. »Vielmehr suchten sie den Ort auf, um Isis ihre Verehrung zu erweisen.«

»Isis!« Branwyns Augen leuchteten auf. »Das ist der Name, den die Ägypter der Dreifachen Göttin gaben!«

»Doch sie besaß nicht nur am Nil Heiligtümer, sondern auch in Italien«, erläuterte Calpurnia. »Besonders zur Zeit der letzten Ptolemäerkönige Ägyptens war dies so, und die berühmteste unter ihnen, Kleopatra, weilte vor ungefähr vierhundert Jahren als Gast Cäsars in Rom. Sie ließ den Eichenhain um einen bereits mehrere Generationen bestehenden Isis-Altar pflanzen, wodurch der sakrale Platz vorübergehend noch größere Bedeutung gewann als zuvor. Später freilich geriet er bei den meisten Römern wieder in Vergessenheit, denn nun kam unter Augustus der Kult des Gottkaisertums auf, und deshalb konnte es geschehen, daß einige ignorante Männer die Bäume fällten. Die Frau wiederum, von der du vorhin sprachst, war vermutlich eine Isis-Priesterin, die noch in der Nähe des Haines lebte und offenbar über die Gabe der Prophetie verfügte. Wörtlich sagte sie die Geburt eines Kindes aus dem Schoß der Großen Mutter vorher, dessen Dasein von außergewöhnlicher Menschenliebe überstrahlt sein werde.«

»Durch seine grenzenlose Nächstenliebe war Jesus mit der Dreifachen Göttin, die stets das Gute will, innig verbunden«, flüsterte Branwyn.

»Das war auch jenen ersten Christen bewußt, die bald nach der Kreuzigung des Galiläers zu dem alten Isis-Heiligtum zu pilgern begannen«, fuhr die *Presbyterin* fort. »Zumindest einige von ihnen, die ägyptischer Abstammung waren, beteten dort sowohl zur Göttin als auch zu Maria, der leiblichen Mutter Jesu. Irgendwann schließlich verschmolzen beide zur Madonna, so daß man die Kirche, die vor etwa einhundertfünfzig Jahren errichtet wurde, *Sancta Maria* nannte.«

»Und was geschah mit dem Altar der Isis?« wollte Branwyn wissen.

»Er befindet sich noch immer an Ort und Stelle, denn er wurde zum Altarstein des christlichen Gotteshauses«, antwortete Calpurnia. »Weil es sich aber so verhält, habe ich keine Bedenken, dich zu taufen, obwohl du gleichzeitig den heidnischen Göttern die Treue halten willst. Gerade in unserer Gemeinde *Sancta Maria* können wir uns jederzeit auf die friedliche Verschmelzung des alten und des neuen Glaubens berufen; der eine Weg schließt den anderen nicht aus. Es zählt einzig die Menschenliebe, die von den Priesterinnen der Isis ebenso gelehrt wurde wie von den Frauen und Männern, welche als Apostel die geistige Nachfolge des Gekreuzigten antraten, und tief in meinem Herzen bin ich deshalb gewiß, Jesus hätte meine Entscheidung gebilligt.«

Branwyn erhob sich und umarmte die *Presbyterin*, dann fragte sie: »Ich nehme an, du wirst mir die Taufe am Osterfest des neuen Jahres spenden?«

»So ist es von jeher Brauch in unserer Gemeinde«, nickte Calpurnia.

* * *

Nach urchristlicher Tradition feierten die Gläubigen von *Sancta Maria* Ostern am selben Tag, an dem die Juden seit mehr als eineinhalb Jahrtausenden ihr Pessachfest begingen. Am Morgen nach dem ersten Frühlingsvollmond, in diesem Jahr 359 einem Mittwoch, versammelten sich die Gemeindemitglieder zum Gottesdienst in ihrer Kirche – und ignorierten damit einen Beschluß des Konzils von Nicaea, aufgrund dessen die Osterfeier vier Tage später, am ersten Sonntag nach der bewußten Vollmondnacht, hätte stattfinden müssen.

In ihrer Predigt legte Calpurnia die Gründe für das Festhalten an dem überlieferten Brauch dar: Der Konzilsbeschluß sei gefaßt worden, um einen Keil zwischen Juden und Christen zu treiben und die beiden Religionen voneinander abzugrenzen. Diese Zerstörung der Gemeinsamkeit aber widerspreche der Lehre Jesu, die das Miteinander und nicht das Gegeneinander wolle. Allein in diesem Geiste – wenn Frauen und Männer verschiedenen Glaubens und unterschiedlicher Herkunft sich im Bemühen um Frieden und Verständnis die Hände reichten – könne jenes neue Leben entstehen, von dem der Galiläer so oft gesprochen habe. Hier liege das Geheimnis der seelischen und nicht – wie fälschlicherweise bisweilen angenommen – körperlichen Auferstehung, die Jesus im Einklang mit dem Göttlichen und wegweisend für alle anderen Menschen guten Willens einst in Jerusalem vollzogen habe – und deshalb sollten christliches Ostern und jüdisches *Pessach* auch künftig auf denselben Tag fallen.

Branwyn, die zwischen den Kindern und Jugendlichen aus

dem Waisenhaus saß, spürte die tiefe Zustimmung, welche die Worte der *Presbyterin* bei den Gottesdienstbesuchern hervorriefen. Wenig später, nachdem ein Osterlied gesungen worden war, kündigte Calpurnia an, daß nunmehr einige neue Mitglieder durch die Taufe in die Kirchengemeinde aufgenommen werden sollten. Sie nannte die einzelnen Namen; als der von Branwyn fiel, lief ein freudiges Raunen durch die Reihen der Gläubigen. Anschließend bat die *Presbyterin* die Täuflinge in die Sakristei, wo sie ihre Kleider ablegten und frische weiße Gewänder anzogen, um sich sodann hinaus auf den Kirchplatz zu begeben.

Dort warteten bereits alle, die am Ostergottesdienst teilgenommen hatten. In feierlichem Zug geleiteten die Gemeindemitglieder die Taufkandidaten, zwischen denen Calpurnia ging, den kurzen Weg zum Tiberufer. Ein Stück oberhalb der Brücke, die über die *Insula Tiberina* zum Fuß des Capitolhügels führte, gab es einen Strandstreifen, der mit feinem, sonnenwarmem Sand bedeckt war. Hier bildeten die Gläubigen von *Sancta Maria* einen Halbkreis; die *Presbyterin* indessen führte die insgesamt sechs Täuflinge ein Stück in den hier gemächlich fließenden Strom hinein. Als ihnen das Wasser bis zu den Oberschenkeln reichte, blieben sie stehen, und jetzt vollzog Calpurnia das Sakrament nach biblischem Vorbild.

Zuerst taufte sie das älteste Mitglied der Gruppe: einen ungefähr sechzigjährigen verwitweten Mann, der im vergangenen Jahr zusammen mit der Familie seines Sohnes aus einem abgelegenen Dorf in den Albanerbergen nach Rom gekommen war und sich in *Trans Tiberim* niedergelassen hatte. Kurz darauf war er erkrankt und ins Hospital gebracht worden; dankbar für die Pflege, hatte er sich nach seiner Genesung entschlossen, den christlichen Glauben anzunehmen. Nun kniete er im Fluß nieder, damit die *Presbyterin* seinen Oberkörper dreimal kurz untertauchen konnte; nachdem das Ritual vollzogen war, segnete Calpurnia ihn und sprach erstmals seinen Taufnamen aus, den er von jetzt an zusätzlich führen sollte.

Auf dieselbe Weise taufte die *Presbyterin* zwei Frauen und sodann, obwohl dem Alter nach nun eigentlich Branwyn an der Reihe gewesen wäre, einen achtzehnjährigen Burschen sowie ein fünfzehnjähriges Mädchen. Schließlich wandte sie sich ihrer Freundin zu, schenkte ihr ein warmes Lächeln und fragte leise: »Bist du bereit, deine Treue zu den keltischen Göttern mit der Nachfolge Jesu zu verknüpfen?«

»Aus ganzem Herzen!« antwortete Branwyn.

Im nächsten Moment war das Rauschen und Saugen des Stromes um sie, aber gleichzeitig waren da die Hände Calpurnias, die sie dreimal hielten und behüteten.

Und dann, als sie zum drittenmal wieder auftauchte, vernahm sie die Worte der *Presbyterin*: »Gleich einem Geschenk Gottes bist du in die Gemeinde *Sancta Maria* gekommen, deshalb soll dein christlicher Beiname Theodora lauten, das griechische Wort für Gottesgeschenk.«

Die Getaufte, die sich hinsichtlich der Namenswahl nicht mit Calpurnia abgesprochen hatte, war zutiefst gerührt und fühlte sich beinahe beschämt. Das habe ich nicht verdient, dachte sie, während sie mit den anderen zurück zum Ufer watete.

Gleich darauf jedoch begriff sie, daß die dort wartenden Gemeindemitglieder anderer Meinung waren, denn es schlug ihr einhelliger Jubel entgegen. Wiederum einen Augenblick später war Angela bei ihr, umarmte sie überschwenglich und löste die innere Spannung ihrer Freundin, indem sie in ihrer unnachahmlichen Art verkündete: »Großmutter und du – ihr heckt ja tolle Sachen aus! Soll ich dich etwa von jetzt an Gottesgeschenk rufen, oder wie?«

»Untersteh dich!« lachte Branwyn, und als Angela, die Eltern des Mädchens, Calpurnia sowie weitere Umstehende einstimmten, fühlte sie sich in der Gemeinschaft dieser Menschen geborgen wie nie zuvor.

Sowohl für Branwyn, die zumeist weiterhin so genannt wurde, als auch für Calpurnia war das Tauferlebnis ein Höhepunkt ihrer Freundschaft gewesen – doch die *Presbyterin* hatte gesundheitlich dafür zu bezahlen. Aufgrund ihres fortgeschrittenen Alters war ihr das Stehen im Tiberwasser während der Zeremonie nicht gut bekommen. Einen Tag später begann sie zu husten, rasch entwickelte sich daraus eine schwere Bronchitis. Ähnlich wie bereits im Spätwinter 358 mußte die betagte Frau das Bett hüten; nachts, wenn die Hustenanfälle besonders arg wurden, litt sie zusätzlich unter stechenden Schmerzen in der Herzgegend.

Branwyn, die mittlerweile siebzehnjährige Angela und deren Mutter Camilla lösten sich bei der Pflege ab; für Branwyn bedeutete die Krankheit Calpurnias außerdem, daß sie eine Menge Mehrarbeit in der Kirchengemeinde zu leisten hatte. Ständig eilte sie zwischen Schule, Waisenheim, Hospital und Atriumhaus hin und her; fiel sie irgendwann erschöpft auf ihr Lager, blieben ihr im Regelfall nur wenige Stunden Schlaf, ehe ihre vielfältigen Pflichten sie von neuem forderten. Aber trotz der harten Belastung beklagte sie sich nicht; das Gefühl, gebraucht zu werden und für andere dasein zu können, schenkte ihr immer wieder neue Kraft. Die Gemeindemitglieder wiederum, die wie nie zuvor spürten, was sie an der Hausgenossin ihrer erkrankten *Presbyterin* hatten, dankten es ihr durch vermehrte Zuwendung – so zum Beispiel am zweiten Sonntag nach dem Osterfest, als es in *Sancta Maria* zu einer spontanen Sympathiekundgebung kam.

In der Woche zuvor war der Gottesdienst ausgefallen, weil Calpurnia nicht am Altar stehen konnte; die Gläubigen hatten sich mit einer einfachen Andacht zufriedengeben müssen. Auch heute wieder schien es, als würde es beim gemeinsamen Gebet bleiben. So jedenfalls dachte Branwyn, während sie, vom Hospital kommend, die schon volle Kirche betrat und in einer der hinteren Bänke Platz nahm. Kaum jedoch saß sie, ging ein Raunen durch die Gemeinde. Zahlreiche Blicke wandten sich ihr zu; gleich darauf erhob sich eine der Handwerkerfrauen, die im Sommer des vergangenen Jahres die Kunde vom bevorstehenden Papsteinzug zu Calpurnia und Branwyn gebracht hatten, und sagte mit lauter Stimme: »Ich schlage vor, daß unsere Schwester Theodora die Andacht leiten soll.«

Branwyn brauchte einen Moment, bis sie begriff; nur selten war sie seit der Taufe mit ihrem neuen Beinamen angesprochen worden. Dann freilich wehrte sie beinahe erschrocken ab: »Ich bin doch keine Priesterin!«

»Du bist die Freundin und Vertraute Calpurnias, und wir alle haben dich von Herzen gern!« erwiderte ein älterer Mann, der neben ihr saß. »Ich vermute, das genügt in den Augen Gottes.«

Viele andere stimmten ihm zu; am Ende blieb Branwyn nichts übrig, als sich dem Ansinnen der Gemeindemitglieder zu fügen und sich nach vorne an den Altar zu begeben. Dort kniete sie nieder und sprach, einer instinktiven Regung folgend, das erste Gebet, das sie einst auf der *Ynys Vytrin* von Vater Jacwb gelernt hatte: Jesu Seligpreisung der Armen, Schwachen und Unterdrückten, die nach dem Willen Gottes dereinst die Erde erben sollten. Und ganz wie der keltische Priester es oft getan hatte, wiederholte sie zuletzt noch einmal jenen Satz aus der Bergpredigt, der sie immer am tiefsten berührt hatte: »Selig die Barmherzigen, denn sie werden Barmherzigkeit finden!«

Die Gläubigen fielen ein; nachdem die einfachen und doch so weisen Worte verklungen waren, herrschte eine Weile nachdenkliche Stille in dem schlichten Gotteshaus. Branwyn ließ das andächtige Schweigen auf sich wirken und bemühte sich, ihr Empfinden mit dem der Menschen von *Trans Tiberim* in Einklang zu bringen. Dann erhob sie sich langsam, lächelte und sagte: »Wir alle spüren, welch tiefe Geborgenheit dieser Ausspruch des jüdischen Lehrers uns schenkt. Es ist das Behütetsein, das aus dem Miteinander erwächst, und was Jesus verkündete, deckt sich mit dem druidischen Wissen meiner fernen

Heimat. Danach steht niemand allein, sondern das Leben jedes einzelnen ist eng mit dem Dasein seiner Mitmenschen verflochten. Dies aber drückte neuerlich der Galiläer sehr treffend aus, als er davon sprach, daß wir unseren Nächsten ebenso wie uns selbst lieben sollen.«

Sie machte eine kurze Pause, ehe sie fortfuhr: »Nächstenliebe jedoch darf sich nicht auf das reine Gefühl beschränken, denn wir Menschen haben darüber hinaus konkrete Bedürfnisse. Deshalb muß wahre Barmherzigkeit neben geistiger und seelischer Fürsorge stets auch die Sorge um die körperliche Wohlfahrt unserer Mitmenschen beinhalten. Es ist inhuman und widerspricht dem Geist des christlichen Glaubens sowie dem göttlichen Willen, wenn jemand Hunger leidet oder kein Dach über dem Kopf hat. Genausowenig dürfen wir es dulden, daß Kranke, Alte und Schwache hilflos ihrem Schicksal überlassen werden oder Kinder verkümmern, weil sie ihre Eltern verloren haben.«

Erneut besann sie sich einen Augenblick, bevor sie weitersprach: »Ihr hier in der Gemeinde *Sancta Maria* habt dies schon vor Jahren begriffen und aus diesem Grund neben der Schule auch das Waisenhaus und das Hospital eingerichtet. Auf diese Weise habt ihr die Lehre der Bergpredigt in eurem täglichen Leben verwirklicht und euren Stadtteil damit zum Vorbild für manch anderes Viertel in Rom gemacht. Im Kirchensprengel von *Sancta Praxedis* zum Beispiel, so erfuhr ich kürzlich bei einem Besuch dort, soll noch heuer ebenfalls ein Gebäude für verwaiste Jugendliche eingerichtet werden. Sobald Calpurnia wieder gesund ist, wird sich eine Abordnung vom Esquilin bei uns einfinden, um sich beraten zu lassen, und ich denke, einen wertvolleren Lohn für das, was ihr hier geleistet habt, kann es nicht geben.«

Erfreut nahmen die Zuhörer diese Nachricht zur Kenntnis; unmittelbar darauf sahen die Gläubigen in den vordersten Bankreihen, wie ein schelmischer Ausdruck in Branwyns Augen trat, und einen Lidschlag später kam es von der jungen

Frau am Altar: »Trotzdem sollten wir uns keinesfalls auf unseren wohlverdienten Lorbeeren ausruhen, auch wenn dies, wie wir alle nur zu gut wissen, in der menschlichen Natur liegt. Wir geraten dadurch nämlich unter anderem in Gefahr, überheblich zu werden, wie ihr an mir erkennen könnt, die ich hier weise Reden halte, obwohl ich doch erst vor eineinhalb Wochen getauft wurde. Weil ich jedoch einsichtig bin, will ich jetzt schließen – ich bitte euch bloß noch, mir einen kleinen Wunsch zu erfüllen ...«

Die Gemeindemitglieder, die nie zuvor während einer Andacht solch launige Worte vernommen hatten, reagierten mit Heiterkeit auf Branwyns Ausführungen; nachdem das wohlwollende Lachen sich gelegt hatte, forderte die Gattin eines Gärtnereibesitzers sie schmunzelnd auf: »Sag schon, was du dir von uns wünschst!«

»Nun ja, ich würde mich über Vorschläge freuen, wie wir das Miteinander in *Sancta Maria* noch verbessern könnten«, erwiderte Branwyn. »Es müßten ja fürs erste keine großartigen Dinge sein, denn niemand verlangt von uns, daß wir uns beim Sammeln weiterer Lorbeeren überstrapazieren. – Aber das Hospital bräuchte dringend ein Dutzend neuer Bettlaken, und im Waisenhaus wachsen die Kinder gerade im Frühling immer sehr schnell aus ihren Gewändern heraus ...«

»Dann laß uns doch eine Kleidersammlung organisieren«, rief die Handwerkerfrau, welche Branwyn gebeten hatte, die Andacht zu leiten. »Ich bin gerne bereit, von Haus zu Haus zu gehen, und dir, Severina« – sie stieß ihre beleibte Banknachbarin an –, »würde ein wenig Bewegung auch nicht schaden.«

Die Angesprochene machte gute Miene zum bösen Spiel und erklärte, sich an der Sammelaktion beteiligen zu wollen; dasselbe galt für mehrere andere, so daß sich rasch eine ausreichend große Gruppe zusammenfand. Während diese Gemeindemitglieder sich in eine Ecke des Kirchenraumes zurückzogen, um die anstehenden Aufgaben untereinander zu verteilen, berieten an die zehn Frauen, die sich jetzt um Branwyn geschart hatten, wie das Problem mit den Bettlaken für das Hospital zu lösen sei. Man kam überein, die Tücher in Gemeinschaftsarbeit zu weben; wenn jede der Beteiligten täglich nur eine Stunde opferte, würde der Webstuhl, den eine Witwe zur Verfügung stellen wollte, von früh bis spät in Betrieb und die Arbeit schnell erledigt sein. Das Garn, das man benötigte, sollte durch eine Spende der Kirchengemeinde aufgebracht werden, und sobald die Laken fertig wären, würden alle zusammen sie nähen und säumen.

Angesichts dieser karitativen Begeisterung der Gläubigen endete die Sonntagsandacht wenig feierlich. Niemand jedoch störte sich daran; vielmehr verabschiedeten die Teilnehmer sich zuletzt mit dem Gefühl voneinander, einen ungewöhnlich bereichernden Vormittag erlebt zu haben. Auch Branwyn empfand so; sie durfte sich sagen, daß der von ihr improvisierte Gottesdienst, bei dessen Gestaltung sie sich ganz einfach von ihrem Herzen hatte leiten lassen, schöne Früchte getragen hatte. Sie freute sich über das, was sie für die Bedürftigen erreicht hatte; dann freilich, als sie unter der Kirchentür stand und ihr Blick auf das Atriumhaus gegenüber fiel, kehrte ihre Sorge um Calpurnia zurück.

* * *

Trotz der hingebungsvollen Pflege, die ihr zuteil wurde, dauerte es noch Wochen, ehe die betagte *Presbyterin* ihre schwere Bronchitis überwand. Erst Ende Mai trat allmählich eine Besserung ein; Mitte Juni schließlich hatte Calpurnia sich so weit erholt, daß sie daran denken konnte, ihre Pflichten in der Gemeinde *Sancta Maria* wiederaufzunehmen.

Die ganze Zeit über hatte die Verantwortung für den Kirchensprengel vor allem auf Branwyns Schultern gelegen. Oft war sie bis an die Grenzen ihrer Kraft gefordert worden, aber nie hatte sie sich beklagt und sich Tag und Nacht bemüht, sowohl für ihre leidende Freundin als auch für die Menschen in *Trans Tiberim* da zu sein. Auf diese Weise war die Kirchengemeinde mehr denn je zu einem Teil ihrer selbst geworden, und an einem der lauen Juniabende, als sie zusammen mit Calpurnia im Innenhof des Atriumhauses saß, sprach diese sie darauf an.

»Wir alle haben dir außerordentlich viel zu verdanken«, erklärte die *Presbyterin*. »Ohne dich hätte das Miteinander in *Sancta Maria* während der langen Zeit meiner Krankheit Schaden genommen. Doch weil du die Dinge in die Hand nahmst, steht die Gemeinde heute blühender da denn je – und du wurdest, wie ich von verschiedensten Seiten hörte, zum Angelpunkt des kirchlichen Lebens in *Trans Tiberim*.«

»Aber das war nie meine Absicht«, verwahrte sich Branwyn. »Ich wollte mich bestimmt nicht in den Vordergrund drängen ...«

»Das weiß ich«, unterbrach Calpurnia. »Dennoch verhält es sich so, wie ich sagte: Du bist wahrhaftig und noch mehr als früher zu Theodora, zum Geschenk Gottes, für unseren Kirchensprengel geworden.«

Branwyn senkte die Lider; das Lob aus dem Mund der alten Priesterin, die in ihrem langen Leben ungleich mehr als sie selbst geleistet hatte, machte sie verlegen.

Calpurnia spürte, was in ihrer Freundin vorging, und wechselte das Thema: »Jetzt, wo ich wieder gesund bin, solltest du dich einmal ein paar Tage erholen. Angela würde sich bestimmt über die eine oder andere Wanderung mit dir ins Grüne freuen; vielleicht vergißt sie dann auch ihren Liebeskummer ...«

»Sie hat es dir also gebeichtet?« erkundigte sich Branwyn lächelnd.

»Dafür sind Großmütter doch da«, entgegnete Calpurnia. »Vorgestern vertraute sie mir an, daß sie sich unsterblich in einen jungen Mann verliebt habe, der aber leider bereits in festen Händen sei.«

»Und mir gestand sie heute morgen, sie werde dem Kerl ganz bestimmt nicht länger nachtrauern, denn sie habe herausgefunden, daß er seine Freundin mit einer anderen aus dem Capitolviertel hintergehe«, schmunzelte Branwyn.

»Wenn es sich so verhält, ist ja alles in Ordnung!« entfuhr es Calpurnia.

»Eine dermaßen unmoralische Einstellung hätte ich von dir zuallerletzt erwartet!« tadelte Branwyn mit gespielter Empörung.

»Nein, du hast mich falsch verstanden!« verteidigte sich die *Presbyterin* – mit dem nächsten Lidschlag gewahrte sie das verräterische Zucken um die Lippen der Jüngeren, und im selben Moment brachen beide Frauen in Lachen aus.

Als sie danach ihr Gespräch fortsetzten, gab Branwyn zu: »Was den Vorschlag angeht, den du mir vorhin machtest, wäre ich in der Tat froh, wenn ich einmal ausspannen könnte, und natürlich wäre es schön, ein paar Ausflüge mit Angela zu unternehmen. Aber kommst du denn wirklich allein zurecht?«

»Mach dir keine Sorgen um mich«, entgegnete Calpurnia. »Ich bin wieder auf dem Damm, und ich verspreche dir auch, mich nicht zu übernehmen.«

»Na gut«, entschied Branwyn. »Bis zum kommenden Sonntag ist ohnehin nicht allzuviel zu tun, so daß mir vier freie Tage bleiben. Für den Feiertag jedoch hat sich die Abordnung von *Sancta Praxedis* angesagt, die unser Waisenhaus besichtigen möchte, und von da an stehe ich dir auf jeden Fall wieder zur Verfügung.«

»Darum wollte ich dich gerade bitten«, erwiderte die *Presbyterin*. »Und zwar nicht nur, weil du derzeit besser als ich auf dem laufenden bist, was das Heim angeht, sondern auch, weil ich dich der Delegation vom Esquilin gerne als meine wertvollste Mitarbeiterin vorstellen möchte ...«

Branwyn setzte zu einem Einwand an, aber eine Geste Calpurnias veranlaßte sie, zu schweigen. Verwirrt blickte sie auf die Freundin und sah den tiefen Ernst, der plötzlich in deren Augen stand; gleich darauf fügte die betagte *Presbyterin* langsam hinzu: »Als meine wertvollste Mitarbeiterin – und, möglicherweise, meine Nachfolgerin im Priesteramt von *Sancta Maria* ...«

»Nein!« Jetzt vermochte Branwyn sich beim besten Willen nicht mehr zurückzuhalten. »Bitte, Calpurnia, du solltest nicht ...!«

»Wir müssen darüber sprechen!« Die Worte kamen leise, aber entschieden. »Denn wir beide wissen, daß sich die Frage meiner Nachfolge schon sehr bald stellen könnte, und deshalb ist es erforderlich, rechtzeitig alles Nötige in die Wege zu leiten.«

»Du warst lange krank«, entgegnete Branwyn. »Das ist der Grund, warum du dir Gedanken über ... über deinen Tod machst. Doch du wirst dein Amt noch viele Jahre ausüben können! Kurz vor Ostern hast du gerade erst deinen siebenundsechzigsten Geburtstag gefeiert, und ich kenne zahlreiche Frauen, die ein oder sogar zwei Jahrzehnte älter als du sind!«

»Ich kannte andere, welche dieses Alter bei weitem nicht erreichten«, hielt Calpurnia dagegen. »Glaube mir, ich habe keineswegs die Absicht, dir einen Schrecken einzujagen, und ich würde gerne noch eine Weile leben. Aber den Tag und die Stunde weiß allein Gott, und ich möchte nicht vor sein Angesicht treten, ohne mein Haus hier auf Erden bestellt zu haben.«

Sie beugte sich vor und griff nach der Hand ihrer Freundin. »Das Haus, das ich meine, ist die Gemeinde von *Sancta Maria*. Ich darf die Menschen, die ihr angehören, nicht im Stich lassen. Sie werden auch nach meinem Tod eine gute Seelsorgerin nötig haben – oder bist du anderer Meinung?«

»Du hast recht«, gab Branwyn mit belegter Stimme zu.

»Ich wußte, daß du mich verstehen würdest!« Calpurnia lehnte sich wieder zurück und fuhr fort: »Seit mehr als zwei Jahren leben wir nun schon gemeinsam unter einem Dach. Gleich als du damals an jenem Frühlingsabend mit Angela ankamst, spürte ich deine besondere Ausstrahlung: deine Herzensgüte und innere Stärke. Du erzähltest von deinen Erlebnissen in Britannien; erklärtest, warum du ungeachtet aller Gefahren nach Rom gereist warst, und ich begriff: Eine höhere Macht hatte dich zu uns geführt. Spät in der Nacht sodann sprachen wir unter vier Augen miteinander. Du konntest nicht schlafen, weil draußen die Frachtwagen rollten, und empfandest Angst vor der Zukunft; deshalb vertraute ich dir an, mit welchen Schwierigkeiten ich kämpfen mußte, als ich mich, ungefähr in deinem Alter stehend, um das Priesteramt in *Sancta Maria* bewarb. Ebenso erfuhrst du, gegen welche Widerstände ich mich auch nach meiner Wahl zur *Presbyterin* noch durchzusetzen hatte – und vielleicht erinnerst du dich an das, was du anschließend zu mir sagtest?«

Branwyn überlegte, dann antwortete sie: »Meine Worte lauteten: Du hast den Weg für die Frauen bereitet, die nach dir kommen werden.«

Calpurnia nickte. »Und ich erwiderte, daß eine ähnliche Aufgabe – weibliches Denken und Handeln wieder vermehrt in einer zunehmend von Männern beherrschten Welt einzuwurzeln – dir übertragen worden sei. Weiter bat ich dich, keine Furcht zu haben, dein Los hier in Rom auf dich zu nehmen und deine große innere Kraft einzusetzen, um deine Bestimmung zu erfüllen ...«

Die *Presbyterin* wartete ab, ob Branwyn etwas entgegnen würde; als es nicht geschah, sprach sie weiter: »Deine Bestimmung aber, ich bin mir völlig sicher, ist meine Nachfolge. Denn niemand in unserer Gemeinde wäre dazu besser geeignet als du. Wieder und wieder hast du es während der vergangenen Jahre bewiesen, und in den langen Wochen meiner Krankheit hast du den Kirchensprengel praktisch geleitet. Die Menschen in *Trans Tiberim* wiederum nahmen dich, da du ihre Herzen ohnehin längst gewonnen hattest, ohne Vorbehalte an. Mehr noch: Sie sind begeistert von dir. Wie sonst hätte es geschehen können, daß sie dich Sonntag für Sonntag von neuem baten, am Altar zu stehen, und was ihren karitativen Eifer angeht, so weißt du selbst am besten, wieviel du erreicht hast. All dies zusammengenommen, beweist mir: Du bist die Frau, die mein Werk fortführen sollte! Dir ist es vor allen anderen gegeben, den weiblichen Geist, den ich in *Sancta Maria* begründete, zu bewahren und ihn gegen den Feind zu verteidigen, der nach seiner Vernichtung trachtet ...«

»Das *Patriarchat*!« stieß Branwyn hervor.

»Liberius!« bestätigte Calpurnia. »Er würde alles daransetzen, um – ähnlich wie in *Sancta Magdalena* – einen Mann seiner Wahl als Vorsteher unseres Kirchensprengels zu etablieren, wenn er eine Chance dazu sähe! Und auch dies ist einer der Gründe, warum ich über meine Nachfolge mit dir spreche. Ich möchte dem *Patriarchat* keine Gelegenheit geben, seine böse Macht auf *Trans Tiberim* auszuweiten. Das freilich läßt sich nur verhindern, wenn die Wahl einer neuen *Presbyterin* nach meinem Tod sehr schnell und möglichst einmütig erfolgt.«

Branwyn schien mit sich zu ringen, endlich stellte sie in gepreßtem Tonfall fest: »Das heißt, mir bleibt gar keine Alternative …«

»Doch!« widersprach Calpurnia. »Zwar wünsche ich mir von ganzem Herzen, dir die Priesterweihe spenden zu dürfen und dich der Gemeinde damit als diejenige zu empfehlen, die mein Lebenswerk fortsetzen soll. Aber die Entscheidung liegt letztlich allein bei dir, denn Priestertum verlangt freiwillige Hingabe. Nur unter dieser Voraussetzung dürfte ich dir die Hand auflegen, und aus diesem Grund sagte ich vorhin auch, du könntest möglicherweise – falls du es nämlich selbst ohne Einschränkung möchtest – dereinst meine Nachfolgerin werden.«

»Dereinst – das kann noch in weiter Ferne liegen«, kam es von Branwyn.

»Oder auch ein wenig näher …« Die *Presbyterin* lächelte versonnen. »Doch wie auch immer, du hast bestimmt ausreichend Bedenkzeit.«

Branwyn atmete auf. »Und gegenüber der Abordnung von *Sancta Praxedis* wirst du über deine Absichten schweigen!«

»Ich werde dich lediglich als meine wertvollste Mitarbeiterin vorstellen«, versicherte Calpurnia.

»Lieber wäre es mir, du würdest denen, die mich bisher nicht kennen, schlicht meinen Namen nennen«, seufzte Branwyn.

»Unmöglich!« versetzte die *Presbyterin* schmunzelnd. »In den Evangelien steht schließlich geschrieben, wir sollen unser Licht nicht unter den Scheffel stellen!«

Branwyn war versucht, mit dem christlichen Ideal der Bescheidenheit zu kontern, aber ehe sie dazu kam, äußerte Calpurnia: »So, und jetzt genug von diesen Dingen! Laß uns ins Haus gehen und sehen, wo Angela steckt. Vielleicht könnt ihr ja gleich heute abend noch einen Ausflug für morgen verabreden ...«

* * *

Während der folgenden vier Tage unternahmen Branwyn und die Enkelin Calpurnias mehrere ausgedehnte Wanderungen durch das Hügelland westlich von Rom. Die Aufenthalte in der Natur taten Branwyn gut; sie spürte, wie ihre Spannkraft nach den harten Anforderungen der letzten Monate zurückkehrte. Angela wiederum fand Gelegenheit, sich mit ihrer Freundin über gewisse junge Männer auszutauschen und auf diese Weise ihren Liebeskummer endgültig zu überwinden.

Einmal, am letzten Tag ihrer kurzen Ferien, brachte Branwyn das Gespräch auf ihr eigenes Problem und erzählte Angela – allerdings unter dem Siegel der Verschwiegenheit – vom Wunsch ihrer Großmutter, sie zur Priesterin zu weihen. Daraufhin fiel die Siebzehnjährige ihr jauchzend um den Hals; die begeisterte Zustimmung freute Branwyn, dennoch antwortete sie auf Angelas drängende Frage, ob sie sich denn bereits entschlossen habe, ausweichend.

Am Sonntagnachmittag dann, als die Abordnung von *Sancta Praxedis* eintraf und sie die Besucher zusammen mit Calpurnia durch das Waisenhaus führte, hielt Branwyn sich möglichst im Hintergrund. Das freilich hinderte die Mitglieder der Delegation nicht, sich immer wieder an sie zu wenden. Insbesondere Silvia, die *Presbyterin* der Esquilingemeinde, der sie als einer Vertrauten Calpurnias schon öfter im Atriumhaus begegnet war, schien heute mehr als sonst Anteil an ihr zu nehmen. Gegen Ende der Führung zog die etwa vierzigjährige Frau mit dem kurzgeschnittenen brünetten Haar sie in eine Ecke und lobte sie: »Ihr habt hier wirklich Großartiges geleistet! Man spürt, wie wohl die Kinder und Jugendlichen sich in diesem Heim fühlen, und dich scheinen sie alle ganz besonders zu lieben. Das freilich wundert mich nicht, denn du gehst mit den Waisen um, als wären sie dein eigenes Fleisch und Blut. Der Dreikäsehoch, den du vorhin für eine Weile Huckepack nahmst, nannte dich sogar Mama – und ich würde sagen, das bist du im Sinne der christlichen Nächstenliebe tatsächlich hier in der Gemeinde von *Sancta Maria*.«

»Wenn jemand unsere Mutter ist, dann Calpurnia«, wehrte Branwyn verlegen ab.

»Na gut, so gibt es in eurem Kirchensprengel eben zwei Mütter«, antwortete Silvia lächelnd. »Eine betagte und eine junge – und deshalb brauchen sich die Gläubigen in *Trans Tiberim* auch keine Sorgen um die Zukunft zu machen.«

Ehe Branwyn etwas erwidern konnte, fuhr die *Presbyterin* von *Sancta Praxedis* fort: »Ich wäre heilfroh, in meiner Gemeinde jemanden wie dich zu haben. Vor allem jetzt, wo wir die Einrichtung des Waisenheimes in Angriff nehmen wollen …«

»Ich könnte vielleicht einmal pro Woche zu dir kommen«, bot Branwyn spontan an. »Schließlich zieht es mich ja sowieso immer wieder in eure Kirche auf dem Esquilin. Wenn ich aber schon dort bin, wäre es kein Problem, bei dir vorbeizuschauen und dir ein wenig zur Hand zu gehen.«

»Das würdest du tatsächlich für uns tun?« freute sich Silvia.

»Jetzt, da Calpurnia wieder gesund ist, kann ich die Zeit erübrigen«, bekräftigte Branwyn – und wenig später, als die Priesterin die anderen über ihre Abmachung informierte, stand sie, ohne es zu wollen, abermals im Mittelpunkt.

* * *

Den ganzen Sommer über und anschließend noch die ersten Herbstwochen dieses Jahres 359 hindurch half Branwyn den Gläubigen von *Sancta Praxedis* mit Rat und Tat. Ihre vielfältigen Pflichten in *Sancta Maria* kamen hinzu, von frühmorgens bis spätabends war die junge Frau auf den Beinen. Trotz dieser ständigen Anspannung verlor sie nie den Mut und blieb stets freundlich im Umgang mit denen, die ihre Unterstützung benötigten. Ihre Menschenliebe schenkte ihr die Kraft; zudem durfte sie sich sagen, daß ihre Aufopferung nicht unwesentlich dazu beitrug, die Werte der Lehre Jesu gegen das verderbliche Machtstreben des *Patriarchats* zu verteidigen.

Sowohl im Geiste des Galiläers als auch im Einklang mit dem Willen der Göttin setzte Branwyn dem Ungeist des Weißen Drachen die humane Stärke des Roten Drachen entgegen – und es war ein Sieg der Menschlichkeit, als Mitte Oktober das Waisenheim auf dem Esquilin eröffnet werden konnte. Rund fünfzig Kinder und Jugendliche, die bisher nur bitterste Armut und Demütigung gekannt hatten, bezogen die Räume des liebevoll renovierten Hauses, das am Hang zwischen den Kirchen *Sancta Praxedis* und *Sancta Maria Maiora* lag. Drei festangestellte und von der Kirchengemeinde bezahlte Betreuerinnen würden sich von diesem Tag an um die Waisen kümmern; zudem hatten sich gut ein Dutzend Frauen und Männer bereit erklärt, in ihrer Freizeit unentgeltlich für die Mädchen und Jungen dazusein.

Ähnlich wie in *Sancta Maria* waren Lehrstellen oder Arbeitsplätze für die Halbwüchsigen zur Verfügung gestellt worden; was den Schulunterricht anging, so würde ein Teil der Kinder zunächst allmorgendlich nach *Trans Tiberim* kommen, während der Rest vorerst von Silvia und einigen Helfern unter die Fittiche genommen werden sollte. Vorerst – denn bei ihrer Einweihungsrede erklärte die Priesterin, daß für das folgende Jahr die Einrichtung einer eigenen vollwertigen Schule im Kirchensprengel *Sancta Praxedis* geplant sei. Die ersten Schritte seien bereits in die Wege geleitet; Schwester Theodora, der man ohnehin schon sehr viel verdanke, habe zusammen mit Calpurnia auch in dieser Beziehung wieder wertvolle Hilfe geleistet und versprochen, ihr Wissen und ihren Idealismus weiterhin einzubringen.

Als daraufhin begeisterter Beifall losbrach und einige Gläubige sie sogar lautstark hochleben ließen, errötete Branwyn verlegen. Calpurnia hingegen, die zusammen mit ihr zur Einweihungsfeier gekommen war, strahlte über das ganze Gesicht, umarmte ihre Freundin und flüsterte ihr zu: »Du hast dir das Lob wahrhaftig verdient und dir durch deine Arbeit in *Sancta Praxedis* zahlreiche Herzen gewonnen. Also sei nicht so bescheiden, sondern freue dich über die Zuwendung!«

»Du hast ja recht«, gestand die junge Frau ein; gleich darauf war Silvia bei ihr, schloß sie ebenfalls in die Arme, und nun erwiderte Branwyn die Liebkosung lachend. Der glückliche Ausdruck auf ihrem Antlitz blieb, während ihr anschließend viele andere Gemeindemitglieder von *Sancta Praxedis* die Hände schüttelten; das Leuchten in ihren Augen verstärkte sich, als einige der Waisen zu ihr kamen und ihr einen großen Blumenstrauß überreichten, den sie selbst gepfluckt hatten. Dann feierten Erwachsene, Kinder und Jugendliche bis zum Abend; erst nach Einbruch der Nacht machten sich Calpurnia, Branwyn sowie etliche andere Mitglieder von *Sancta Maria*, die an dem kleinen Fest teilgenommen hatten, auf den Rückweg nach *Trans Tiberim*.

Die betagte *Presbyterin* war ausgelassen wie ein junges Mädchen; daheim im Atriumhaus bestand sie darauf, noch ein Glas Wein mit ihrer Freundin zu trinken. Branwyn willigte gerne ein; sie war froh, daß Calpurnia nach ihrer schweren Erkrankung jetzt offenbar ihren früheren Lebensmut wiedergefunden hatte. Auch im Verlauf der folgenden Wochen änderte sich daran nichts; tatkräftig leitete die *Presbyterin* die Geschicke ihrer Gemeinde und schien sich, was ihr Amt anging, keine Gedanken mehr über eine Nachfolgeregelung zu machen – dann allerdings, Mitte November, erlitt sie völlig unerwartet einen Rückfall.

* * *

Es geschah am Ende des Sonntagsgottesdienstes in *Sancta Maria*. Calpurnia sprach eben den Schlußsegen, als ihr Gesicht sich plötzlich verzerrte und sie mit einer krampfhaften Bewegung an ihre Brust griff. Im nächsten Moment keuchte sie vor Schmerzen und taumelte; Camilla, Gaius und Angela, die ganz vorne gesessen hatten und ihr zu Hilfe eilten, konnten gerade noch verhindern, daß sie hilflos zusammenbrach.

Man bettete die *Presbyterin* auf eine Bank; ein Junge rannte zum Hospital, um Branwyn zu verständigen, die dort an diesem Vormittag die Schwerkranken versorgte. Als die erschrockene junge Frau in die Kirche stürzte und sich zu der halb Ohnmächtigen durchdrängte, bestätigten sich ihre schlimmsten Befürchtungen: Calpurnias bläulich angelaufenes Gesicht sowie ihr röchelnder Atem deuteten auf einen schweren Herzanfall hin.

Branwyn hatte eine Tasche mit Medikamenten bei sich; nun holte sie eine Phiole heraus, in der sich ein Absud aus den Blättern des Roten Fingerhutes befand, und flößte ihrer Freundin einen kleinen Schluck davon ein. Jäh bäumte sich Calpurnia unter einem Hustenanfall auf, aber sie behielt die Flüssigkeit bei sich, und nach einer Weile entspannte sich ihr verkrampfter Leib. Daraufhin verabreichte Branwyn ihr eine zweite Dosis des herzstärkenden Mittels und sorgte anschließend dafür, daß die *Presbyterin* nach Hause gebracht wurde.

Kaum lag sie auf ihrem Bett, schlief Calpurnia völlig erschöpft ein. Da ihre Angehörigen vorerst nichts mehr für sie zu tun vermochten, zogen sie sich zurück; Branwyn hingegen blieb bei ihrer Freundin sitzen und hoffte, sie würde bald wieder zu sich kommen. Wirklich dauerte es höchstens eine Stunde, bis Calpurnia die Augen aufschlug. Zuerst schien sie Mühe zu haben, sich des Vorgefallenen zu entsinnen; wenig später jedoch wurde ihr Blick auf seltsame Weise klar, und sie raunte in eindringlichem Tonfall: »Es ist gut, daß wir allein sind! Du und ich! Denn ich habe dir etwas Wichtiges zu sagen!«

Branwyn beugte sich vor; während sie es tat, erinnerte sie sich unvermittelt an das Gespräch, das sie an jenem lauen Juniabend im Hof des Atriumhauses mit der *Presbyterin* geführt hatte – mit dem nächsten Atemzug hörte sie Calpurnia flüstern: »Du hattest mehrere Monate, um dir zu überlegen, ob du die Priesterweihe von mir annehmen willst. Doch jetzt, fürchte ich, wirst du dich entscheiden müssen!«

In einer ersten Regung wollte Branwyn widersprechen, dann jedoch nickte sie und antwortete leise: »Ich weiß, es ist dein sehnlichster Wunsch, deswegen möchte ich ihn dir erfüllen.«

»Aus freiem Willen? Und weil du in deinem Innersten spürst, daß es richtig ist?« vergewisserte sich Calpurnia.

Als Branwyn bejahte, leuchteten die Augen der alten Frau in tiefer Dankbarkeit auf. »Ich hoffte so sehr darauf!« bekannte sie. »Und nun, wo du dich entschlossen hast, bitte ich dich: Laß uns keine Zeit mehr verlieren! Keinen Tag länger als nötig! – Zwar bin ich heute nicht imstande dazu, aber morgen werde ich kräftig genug sein ...«

Erneut wollte Branwyn einen Einwand machen, doch es war etwas im Blick Calpurnias, das sie abermals davon abhielt. »Es soll geschehen, wie du willst«, entgegnete sie.

»Gut!« lächelte die *Presbyterin*, danach erklärte sie ihrer Freundin, was zuvor noch zu veranlassen war.

Branwyn versprach, das Nötige in die Wege zu leiten, und setzte hinzu: »Du wirst mir das Sakrament spenden, aber das bedeutet nicht, daß du dich aufgeben darfst! Ganz im Gegenteil mußt du dich bemühen, so schnell wie möglich wieder gesund zu werden! Du wirst dich also sehr schonen und dich meinen Anordnungen fügen; ich meinerseits will alles zu deiner Pflege tun!«

»Ja, das wirst du«, entgegnete Calpurnia mit weicher Stimme; gleich darauf, als Branwyn zärtlich über ihre Stirn strich, fielen ihr die Lider zu, und sie schlief neuerlich ein.

* * *

Am folgenden Nachmittag – Branwyn hatte ihr alle sechs Stunden eine genau bemessene Dosis von dem Digitalis-Sud eingegeben – wirkte Calpurnia tatsächlich etwas erholt. Aufrecht saß sie im Bett, als ihre Tochter Camilla, ihr Schwiegersohn Gaius und Angela hereinkamen; zusammen mit ihnen betraten die *Presbyterin* Silvia und Branwyn den Raum.

Während die vier Zeugen sich am Fußende der Bettstatt aufstellten, kniete Branwyn zur Rechten Calpurnias nieder. Die

Kranke faltete die Hände und sprach in tiefer Versunkenheit ein stilles Gebet, anschließend wandte sie sich Branwyn zu und fragte: »Bist du bereit?«

»Ja, ich bin bereit!« antwortete die junge Frau.

Die *Presbyterin* von *Sancta Maria*, in deren Augen jetzt ein sehr weicher Ausdruck war, hob die Hand, legte sie auf Branwyns Haupt und sprach dabei die Worte: »Im Frühling taufte ich dich und gab dir den christlichen Beinamen Theodora. Nun, da das Jahr sich neigt, weihe ich dich im Namen Jesu zur Priesterin und rufe dich auf, seine Lehre der Nächstenliebe, die im Einklang mit dem Wesen des Göttlichen steht, an alle Menschen guten Willens weiterzugeben.«

»Mit meiner ganzen Kraft werde ich mich darum bemühen!« erwiderte Branwyn.

Nachdem sie das Gelöbnis geleistet hatte, kam Silvia heran und reichte Calpurnia ein Fläschchen mit *Chrisam*. Die grauhaarige *Presbyterin* öffnete es, benetzte einen Finger mit dem sakralen Öl und betupfte Stirn und Schläfen der jungen Frau. Danach sagte sie: »Sowohl meine Familie als auch die Priesterin von *Sancta Praxedis* können bezeugen, daß du die Weihe empfangen hast und damit in den Kreis der christlichen Priesterschaft aufgenommen bist!«

Spätestens da begriff Branwyn die ganze Tragweite des Geschehens; für einen Moment empfand sie Furcht. Doch dann küßte Calpurnia ihre Freundin; auch Silvia zog sie in ihre Arme, desgleichen taten Camilla, Gaius und Angela – und angesichts dieser herzlichen Zuwendung fühlte sich Branwyn aufgefangen und behütet.

Acacius

An jenem Novembernachmittag, da Branwyn im kleinen Kreis durch Handauflegung und Salbung zur christlichen Priesterin geweiht worden war, hatten alle Anwesenden gehofft, daß die betagte *Presbyterin* sich von ihrem Herzanfall erholen würde. Doch schon wenige Tage später erlitt sie trotz der aufopfernden Pflege, die ihr zuteil wurde, eine zweite Attacke. Im Verlauf der folgenden Wochen verschlechterte sich ihr Zustand rapide; weitere Anfälle kamen in immer kürzeren Abständen, und Branwyn mußte der Schwerkranken von Mal zu Mal höhere Dosen des Digitalis-Suds verabreichen, um sie wenigstens vorübergehend von ihren Schmerzen zu befreien. Ende Dezember dann fiel Calpurnia in Agonie und verstarb, ohne noch einmal zu sich gekommen zu sein, Mitte Januar des neuen Jahres 360.

Die Beisetzung fand unter außerordentlich großer Anteilnahme der Bevölkerung von *Trans Tiberim* statt; mehrere hundert Menschen drängten sich auf dem unweit der Kirche *Sancta Maria* gelegenen Friedhof. Vom Esquilin war Silvia zusammen mit einer Abordnung ihrer Gemeinde gekommen; gemeinsam mit Branwyn sprach die *Presbyterin* von *Sancta Praxedis* ein letztes Gebet für Calpurnia, ehe die Totengräber darangingen, das Grab zu schließen.

Der Tod ihrer vertrauten Freundin, die sie in ihrem Haus aufgenommen und ihr dort ein Heim geschenkt hatte, war ein furchtbarer Schlag für Branwyn. Während der knapp drei Jahre, die sie sich gekannt hatten, war Calpurnia beinahe wie eine Mutter für sie gewesen. Jetzt, da eine Schaufel Erde nach der anderen auf den Sarg der *Presbyterin* polterte, empfand die junge Frau den Verlust noch stärker als in jenem Moment, in dem sie der Verstorbenen behutsam die Augen zugedrückt hatte. Aber sie durfte ihrem Schmerz nicht nachgeben und ihren Tränen freien Lauf lassen; vielmehr mußte sie nun, da die Beerdigung vorüber war, eine weitere Pflicht erfüllen. Unmittelbar vor der Beisetzung nämlich hatte eine Delegation der Gemeindemitglieder von *Sancta Maria* sie gebeten, nach der Zeremonie eine Versammlung in der Kirche zu leiten. Bei dieser Zusammenkunft sollte besprochen werden, wie es nach dem Tod Calpurnias weitergehen würde, und weil Branwyn besser als die meisten anderen wußte, wie drängend diese Frage in der Tat war, hatte sie unmöglich ablehnen können.

Sie warf einen letzten Blick in das Grab, dann legte sie den Arm um die Schultern der schluchzenden Angela und führte sie fort. Gaius und Camilla folgten, an ihrer Seite ging Silvia; viele andere Frauen und Männer schlossen sich ihnen an, als sie den Weg zum Gotteshaus einschlugen.

Die Kirche vermochte die große Zahl der Gläubigen kaum zu fassen. Dutzende fanden zunächst keinen Sitzplatz, bis die Kinder und Jugendlichen aus dem Waisenhaus, die allesamt darauf bestanden hatten, an der Beerdigung teilzunehmen, zusätzliche Schemel und Stühle aus den umliegenden Häusern heranschleppten.

Nachdem Ruhe eingekehrt war, trat Branwyn vor den Altar. Sie richtete den Blick auf die Angehörigen der verstorbenen *Presbyterin* und Silvia, die in der ersten Reihe saßen; erst als sie das Einverständnis dieser vier Menschen spürte, hob sie den Kopf und sagte mit fester Stimme: »Wir haben uns zusammengefunden, um etwas zu beraten, das keinen Aufschub duldet. Durch den Tod Calpurnias verlor unsere Gemeinde ihre Vorsteherin, und wir stimmen wohl alle darin überein, daß wir das Amt so rasch wie möglich wieder besetzen müssen. Sonst nämlich könnte das *Patriarchat* darauf verfallen, uns einen seiner Kleriker als Priester von *Sancta Maria* aufzuzwingen. Was das aber heißen würde, haben wir am Beispiel des Kirchensprengels *Sancta Magdalena* gesehen …«

Sie wartete ab, bis sich die jäh entstandene Unruhe unter den Versammlungsteilnehmern gelegt hatte, und fuhr fort: »Ich stehe hier vor euch, weil eine Abordnung der Gemeinde mich darum ersucht hat. Diese Frauen und Männer machten mir vor der Beisetzung Calpurnias auch deutlich, es sei ihr Wunsch, daß ich für das Priesteramt kandidieren solle …«

»Ja, das sollst du!« – »Wir bitten dich darum!« – »Du sollst unsere neue *Presbyterin* sein!« kam es von mehreren Seiten.

Branwyn hob die Hand, sofort kehrte wieder Schweigen ein.

»Ich danke euch für euer Vertrauen. Und ich will keine Überraschung heucheln, denn ich wurde von Calpurnia selbst auf diese Stunde vorbereitet. Vergangenen November, einen Tag nachdem sie hier am Altar zusammengebrochen war, spendete sie mir die Priesterweihe. Sie tat es, weil sie sich wünschte, daß ich dereinst ihre Nachfolge antreten sollte; ich weiß ferner, daß Handauflegung und Salbung kein Geheimnis blieben. Da ich das Sakrament empfangen habe, darf ich mich um das Amt der *Presbyterin* von *Sancta Maria* bewerben – und ich möchte es tun, denn ich versprach Calpurnia, ihr Werk weiterzuführen …«

»Dann tue es!« – »Wir wollen dich zur Priesterin haben!« – »Es ist der Wille der Toten, die wir alle liebten!« klangen neuerlich die zustimmenden Rufe auf.

Abermals brachte Branwyn die Menschen im Kirchenschiff durch eine Geste zur Ruhe. »Ich sagte euch, daß ich mich zur Wahl stelle – doch ich möchte anderen römischen Geweihten gegenüber, die nach altem Brauch ebenfalls das Recht der Kandidatur besitzen, keinen unlauteren Vorteil haben. Außerdem ist heute keineswegs die gesamte Gemeinde von *Sancta Maria* versammelt. Viele Gläubige konnten nicht zur Beerdigung kommen und sind daher nicht über diese Zusammenkunft informiert. Deshalb schlage ich vor, am kommenden Sonntag, es sind ja nur noch drei Tage bis dahin, eine öffentliche Versammlung sämtlicher Familien von *Trans Tiberim* einzuberufen, bei der dann auch eventuellen weiteren Bewerbern eine Chance eingeräumt wird.«

»Deine Worte ehren dich! Aber es ist nicht nötig, so vorzugehen!« Bei dem Sprecher handelte es sich um das älteste Mitglied der Delegation, die Branwyn gebeten hatte, die Zusammenkunft zu leiten; nun setzte der grauhaarige Mann, der einen Steinmetzbetrieb besaß, hinzu: »Denn die Menschen in unserem Stadtteil wünschen einhellig dich als Kandidatin. Wir alle hier wissen es definitiv, weil gleich nach Calpurnias Tod jede Familie in *Trans Tiberim* befragt wurde. Diejenigen, die nicht auf dem Friedhof anwesend waren, denken genauso wie wir, die wir am Grab der toten *Presbyterin* standen, und wir wurden von unseren Nachbarn ermächtigt, in ihrem Namen abzustimmen. Aus diesem Grund sind wir durchaus berechtigt, die Wahl gleich hier und jetzt durchzuführen, und wir bitten dich, das zu akzeptieren!«

Ehe Branwyn etwas zu erwidern vermochte, stand Silvia auf und erklärte: »Was wiederum mögliche Bewerber aus anderen Stadtteilen angeht, so habe ich mit den wenigen, die dafür in Frage kämen, gesprochen und erfahren, daß keiner für das vakante Amt kandidieren will. Deshalb trete auch ich dafür ein, die Nachfolgerin Calpurnias sofort zu wählen, ehe das *Patriarchat* unter Umständen doch noch irgendwelche Schwierigkeiten macht.«

»Das ist richtig!« – »Wir wollen eine sofortige Entscheidung!« – »Laßt uns keine Zeit mehr verlieren!« scholl es durch das Kirchenschiff.

Die junge Frau am Altar schien einen Augenblick mit sich zu ringen, dann neigte sie das Haupt und deutete damit an, sich dem Willen der Gemeinde fügen zu wollen.

Gleich darauf war Silvia bei ihr und wandte sich an die Versammelten: »Wer dafür ist, daß unsere Schwester Theodora das Amt der *Presbyterin* von *Sancta Maria* übernimmt, möge sich von seinem Platz erheben!«

Im nächsten Moment lief es gleich einer Welle durch das Gotteshaus; ohne eine einzige Ausnahme kamen die Gläubigen der Aufforderung Silvias nach. Noch stärker als zuvor spürte Branwyn die rückhaltlose Zustimmung, die ihr entgegenschlug, und empfand ihrerseits das beglückende Verlangen, diesen Menschen mit ganzer Kraft zu dienen. Es war, als ströme etwas vom unsterblichen Wesen der Verstorbenen in ihre Seele; sie hatte das Gefühl, als berühre der Geist Calpurnias aus der Anderswelt heraus ihr Innerstes – und mit ausgebreiteten Armen nahm sie sowohl diese aus dem Jenseits kommende liebevolle Zuwendung als auch das Geschenk, das die Lebenden ihr durch ihr tiefes Vertrauen entgegenbrachten, in sich auf.

Wie entrückt verharrte sie; in der Kirche herrschte jetzt beinahe atemlose Stille, bis die junge Frau am Altar endlich mit leiser Stimme, die dennoch in den letzten Winkel des Raumes drang, sagte: »Ich versprach Calpurnia, ihr Lebenswerk weiterzuführen, und dieses Versprechen erneuere ich nunmehr vor euch. Nächstenliebe, die ohne Ansehen der Person oder des Glaubens allen ihren Mitmenschen galt, war stets die Richtschnur im Wirken Calpurnias. Auf diese Weise befand sie sich im Einklang mit der Lehre Jesu und tat unendlich viel Gutes. Wir werden uns immer an ihre Werke der Barmherzigkeit erinnern; diese Erinnerung aber ist das Erbe, das sie uns hinterließ. Wir wollen es heute aus ganzem Herzen annehmen, und das bedeutet: ebenso wie sie für all diejenigen dazusein, die unsere Hilfe brauchen. Laßt uns diesen Weg in freundschaftlichem Miteinander gehen; dies ist es, was ich mir in der Stunde meiner Priesterwahl wünsche.«

Nachdem Branwyn geendet hatte, zog Silvia die neue *Presbyterin* von *Sancta Maria* spontan an ihre Brust und küßte sie. Unmittelbar darauf waren Angela, Camilla und Gaius bei ihr, um sie auf dieselbe Art zu beglückwünschen; gleichzeitig drängten Dutzende weiterer Frauen, Männer und Kinder heran. Für jeden hatte Branwyn ein Lächeln und ein freundliches Wort; zuletzt verschaffte sie sich noch einmal Gehör und regte an, ein gemeinsames Liebesmahl zu feiern.

Man holte Holzplatten und Böcke aus der Sakristei und errichtete Tische zwischen den rasch umgestellten Sitzbänken. Während dies geschah, eilten einige wohlhabendere Gemeindemitglieder, die in der Nähe wohnten, zu ihren Häusern und kehrten mit Weinkrügen und Brotlaiben zurück. Andere brachten Trinkgefäße aus den umliegenden Gebäuden heran, und dann teilten sich alle Anwesenden nach altem christlichen Brauch Brot und Wein.

* * *

Da sie seit beinahe drei Jahren mit der Gemeindearbeit vertraut war, fiel es Branwyn nicht schwer, die ihr übertragenen Pflichten zu meistern. Ganz in dem Sinne, wie sie es versprochen hatte, nahm sie die Geschicke des Kirchensprengels in die Hand und blieb dabei bescheiden wie eh und je.

Obwohl sie jetzt aus dem Spendenaufkommen der Gläubigen von *Trans Tiberim* eine Aufwandsentschädigung erhielt, die es ihr erlaubt hätte, sich eine eigene Wohnung zu nehmen, verzichtete sie darauf und begnügte sich weiterhin mit ihrem Zimmer unter dem Dach des Atriumhauses, das Camilla und Gaius geerbt hatten. Allerdings hatte sie dem Ehepaar gleich im Januar angeboten, künftig Miete zu bezahlen; die beiden waren damit freilich nicht einverstanden gewesen und hatten darauf bestanden, daß Branwyn, in der sie längst ein Familienmitglied sahen, wie bisher auch unentgeltlich bei ihnen wohnen sollte. Daraufhin hatte Branwyn sich entschlossen, das eingesparte Geld dem Waisenheim zur Verfügung zu stellen; dort war immer Bedarf, und möglicherweise konnten die regelmäßigen Zuwendungen eines Tages als Grundstock für eine Erweiterung dienen.

Aber nicht nur in dieser Hinsicht dachte die junge *Presbyterin* von *Sancta Maria* an die Zukunft; auch anderweitig hatte sie Pläne, die über das bisher Erreichte hinausgingen. So überraschte sie die Gemeindemitglieder schon im März nach ihrer Wahl mit dem Vorschlag, einen Betreuungsdienst für alleinstehende alte Menschen einzurichten. Bis zum Mai war die Finanzierung dank etlicher Mäzene, die Branwyn zu diesem karitativen Engagement überredet hatte, gesichert. Von da an brachte täglich einmal eine Gruppe von Freiwilligen, darunter Jugendliche aus dem Waisenhaus, warmes Essen, das in der Küche des Hospitals mit zubereitet wurde, zu den gebrechlichen Bewohnern des Viertels. Zu Beginn des Sommers waren daraus bereits die ersten Freundschaften entstanden, so daß die Alten – doch nicht weniger jene, die sich um sie kümmerten – zusätzlich seelischen Gewinn hatten.

Es war eine besondere Freude für Branwyn, als ihr Silvia, mit der sie sich nach wie vor regelmäßig traf, eines Sonntags im Juni mitteilte: »Meine Gemeinde auf dem Esquilin hat sich ebenfalls dazu entschlossen, einen Altenpflegedienst nach dem Vorbild von *Trans Tiberim* zu organisieren. Außerdem denkt man, wie ich hörte, auch im Kirchensprengel der Arianer von *Sanctus Andreas* auf dem Quirinalhügel darüber nach, und ich vermute, das gute Beispiel, das ihr in *Sancta Maria* gegeben habt, wird auf Dauer noch in anderen Gemeinden Schule machen.«

In der Tat kamen im Lauf der folgenden Wochen sowohl der Priester von *Sanctus Andreas* als auch ein arianischer Kirchenvorsteher vom Viminalhügel zu Branwyn, um Rat für eigene Fürsorgemaßnahmen zugunsten der Alten einzuholen. Die junge *Presbyterin* gab ihren Besuchern wertvolle Hinweise und erfuhr ihrerseits, daß die Arianer in verstärkter Sozialarbeit das beste Mittel sahen, um dem Machtanspruch des *Patriarchats* friedlichen Widerstand entgegenzusetzen.

Dem konnte Branwyn nur zustimmen; um so verwirrter freilich fühlte sie sich, als sie an einem Sonntagabend Ende Juli mit einem Mann zusammentraf, der im päpstlichen Dienst stand – und sie dennoch vom ersten Augenblick an zutiefst faszinierte.

* * *

Branwyn kniete vor dem Altar der Kirche in *Trans Tiberim*; ihre Hände lagen flach auf dem uralten Steinblock, der einst der ägyptischen Isis und damit der Großen Göttin geweiht worden war. Die achtundzwanzigjährige *Presbyterin* spürte die unzerstörbare Ausstrahlung des Altarsteins und bemühte sich, in ihrem Inneren den Einklang zwischen dem Wesen der Gottheit und der liebevollen Botschaft Jesu, die ein Funke des göttlichen Geistes war, herzustellen. Nach einer Weile empfand sie, wie die Brücke vom Ewigen zum Menschlichen geschlagen wurde und beides sich verflocht. Beglückt gab sie sich dem Gefühl hin, in diesem wärmenden Netzwerk geborgen zu sein; in ihrer Entrückung wurde die Zeit bedeutungslos für sie – bis ein Geräusch sie in die Realität des Diesseits zurückholte.

Die junge Frau in dem hellen Leinenkleid, dessen einziger

Schmuck eine in blauen und roten Farben gemusterte Borte um den Halsausschnitt war, verharrte noch einige Atemzüge lang in ihrer knienden Haltung. Erst als sie das jähe Unbehagen wegen der Störung überwunden hatte, richtete sie sich auf und blickte zur Eingangstür des Gotteshauses.

Im selben Moment glaubte sie, eine Erscheinung zu erleben: eine Vision, die Nachhall ihrer Meditation war. Die Gestalt des großen, schlanken Mannes unter dem Portal war von einer rotgoldenen Aureole umgeben; in scharfem Kontrast dazu stand sein dunkles Gewand. Branwyn starrte ihn an; gleich darauf, als der Unbekannte sich bewegte, begriff sie, daß das Licht des Sonnenunterganges in seinem Rücken den schier andersweltlichen Eindruck hervorgerufen hatte.

Nun, da der hochgewachsene Mann sich ihr näherte, erkannte sie Einzelheiten. Der Fremde mochte Anfang dreißig sein; seine Kleidung war unaufdringlich, aber von makellosem Schnitt; lockiges schwarzes Haar umrahmte die hohe Stirn, und sein Gesicht wirkte markant. Zuletzt, als er bis auf wenige Schritte herangekommen war, fielen der jungen Frau seine anziehenden braunen Augen und der sensible Mund auf; lächelnd musterte er sie, dann vernahm sie seine Stimme: »Du mußt Theodora sein. Die *Presbyterin* dieser Kirche, von der man soviel Gutes hört.«

Sie kämpfte gegen die seltsame Verwirrung an, die seine Nähe in ihr hervorrief. »Auf diesen Namen wurde ich getauft«, murmelte sie. »Doch eigentlich heiße ich Branwyn ...«

»Dann werde ich dich so nennen«, erwiderte er. »Und bitte verzeih, daß ich mich nicht zuerst vorstellte.« Er reichte ihr die Hand. »Ich bin Acacius und freue mich von Herzen, dich kennenzulernen.«

Seine Worte und dazu die körperliche Berührung steigerten ihren inneren Aufruhr noch; hinzu kam der Drang, mehr über diesen Mann zu erfahren.

Langsam löste sie den Händedruck und fragte: »Du lebst nicht hier in diesem Stadtteil, oder?«

»Nein, ich komme vom Lateran«, antwortete er.

Branwyn zuckte zusammen, ihre Gedanken jagten sich. Er wiederum bemerkte sofort, was in ihr vorging, und erkundigte sich in fürsorglichem Tonfall: »Aber warum erschreckt dich das?«

Sie preßte die Lippen zusammen, dann gab sie sich einen Ruck und erwiderte: »Weil sich dort das *Patriarchat* befindet. Doch ich nehme nicht an, daß du …«

»Daß ich mit dem Patriarchen von Rom zu tun habe?« Die dunklen Augen schienen sie zu bannen. »Und wenn es so wäre?«

»Falls du im Auftrag des Papstes hier wärst, würde es mir sehr schwerfallen, dir zu vertrauen!« entgegnete Branwyn.

Acacius zögerte kurz, ehe er erklärte: »Auch auf die Gefahr hin, dich zu verprellen, will ich ehrlich sein. – Ich stehe tatsächlich in Liberius' Diensten.«

In einer ersten spontanen Regung wollte die junge Frau sich brüsk abwenden. Einen Lidschlag später jedoch sagte sie sich, daß er dies angesichts seiner Offenheit nicht verdiente, und stieß hervor: »Was hat ein Mann wie du mit dem Papst zu schaffen?«

»Ich arbeite als *Notarius* im Lateranpalast«, lautete die Antwort.

»Als Schreiber und Archivar!« Branwyns Tonfall drückte ihre Erleichterung aus. »Also bist du zumindest keiner jener unduldsamen Theologen des Liberius!«

»Das verhüte Gott!« Acacius zwinkerte ihr zu. »Und was meinen Besuch hier in *Sancta Maria* angeht, so wissen weder der Papst noch einer seiner Kleriker davon. Ich dachte mir, es wäre besser, ihnen den Grund meines kleinen Ausflugs nicht auf die Nase zu binden …«

Branwyn erinnerte sich an die Sätze, mit denen er sie begrüßt hatte. »Heißt das, du kamst meinetwegen? Obwohl dir bekannt ist, daß ich alles andere als eine Anhängerin des *Patriarchats* bin?«

»Gerade weil du in diesem Ruf stehst, lag mir daran, Kontakt mit dir aufzunehmen«, bekräftigte er.

Wieder nahm die intensive Ausstrahlung seiner braunen Augen sie gefangen: »Wenn es so ist, solltest du mir deine Beweggründe näher erläutern.«

»Das will ich gerne tun!« Er deutete auf die Mauernische hinter dem Altar, wo sich die versiegte Ölquelle befand. »Vielleicht dort, wo die Geburt Jesu von einer weisen Frau, die vermutlich eine Priesterin der Göttin Isis war, prophezeit wurde …«

»Du weißt davon?« wunderte sich Branwyn.

»Sofern man die Geschichte dieser Kirche kennt, ist es nicht schwer, den wahren Kern ihrer Gründungslegende herauszufinden«, erwiderte er mit feinem Lächeln. »Und weil ich persönlich diese Verknüpfung von Heidentum und christlichem Glauben durchaus billige, fände ich es schön, an jenem Platz, an dem einst die Isis-Priesterin weissagte, mit dir zu reden.«

»Dann komm!« Branwyn, die ihm jetzt, da er von der Göttin gesprochen hatte, vertraute, ging ihm die paar Schritte voran. In der Nische setzte sie sich auf die Einfassung des eingetrockneten Borns und bedeutete Acacius, ebenfalls Platz zu nehmen.

Nahe bei ihr ließ er sich nieder, vergewisserte sich durch einen prüfenden Blick in Richtung des Kirchenportals, daß sie nach wie vor allein waren, und begann: »Du sagtest mir vorhin, du seist alles andere als eine Anhängerin des *Patriarchats* – und wie du wahrscheinlich bereits ahnst, teile ich deine Einstellung. Auch ich halte die Amtsführung des Papstes für unchristlich. Seine Intoleranz und rigide Machtpolitik widersprechen der Lehre Jesu, und seine brutalen Versuche, das athanasianische Dogma von der Göttlichkeit Christi durchzusetzen, stehen im Gegensatz zu dem, was beinahe drei Jahrhunderte lang von der gesamten Christenheit geglaubt wurde …«

»Das alles hört sich an, als wärst du Arianer«, unterbrach Branwyn. »Ist es so? Gehörst du, obwohl du für das *Patriarchat* tätig bist, heimlich dieser Glaubensrichtung an?«

»Und du? Bist du eine Anhängerin des *Presbyters* Arius?« lautete die Gegenfrage.

Branwyn schüttelte den Kopf. »Für mich zählen nicht theologische Thesen, sondern allein die Werte der Menschlichkeit und Barmherzigkeit, so wie sie in den Evangelien zum Ausdruck kommen.«

»Ich denke genauso«, bekannte Acacius. »Wahres Christentum besteht darin, das Ideal der Nächstenliebe im täglichen Leben zu verwirklichen. Der Starke soll dem Schwachen zur Seite stehen, der Gesunde dem Kranken, der Wohlhabende dem Armen und der Wissende dem Unwissenden. Dies sind die Bausteine, aus denen das Haus Gottes auf Erden errichtet werden kann; so predigten es Jesus und seine Nachfolger, die Apostel, und aus solchen Wurzeln wuchs der Baum der Kirche auf. Jener Baum, unter dessen Ästen Platz für jeden Menschen guten Willens war und der ein Vierteljahrtausend lang gedieh – bis in unserem Jahrhundert Despoten wie Liberius darangingen, die Axt an seinen Stamm zu legen.«

»Das *Patriarchat* richtet in der Tat fürchterlichen Schaden an!« pflichtete Branwyn dem *Notarius* bei.

»Aber es war nicht immer so!« rief Acacius leidenschaftlich aus. Leiser, weil Branwyn eine warnende Geste gemacht hatte, fuhr er fort: »In früheren Zeiten standen Patriarchen an der Spitze der römischen Kirche, die sich nach Kräften bemühten, fürsorgliche Väter für die Gläubigen zu sein. Sie lebten in bescheidenen Häusern und besaßen weder Reichtum noch Macht; sie trachteten einzig danach, den Gemeinden, die sich ihrer Führung anvertraut hatten, zu dienen ...«

»Das klingt gut, trotzdem stört mich etwas daran«, warf Branwyn ein.

»Was?« fragte Acacius.

»Daß das Amt stets in den Händen von Männern lag«, antwortete die junge *Presbyterin*. »Ganz offensichtlich wurden doch, indem man die Kirchenführung als *Patriarchat* bezeichnete, die Frauen bewußt ausgeschlossen.«

»Im Prinzip hast du recht«, stimmte der *Notarius* ihr nach kurzem Überlegen zu. »Und vielleicht liegt darin sogar die Ursache, warum es zu der beklagenswerten Fehlentwicklung kam. Denn der verderbliche Drang zur Machtausübung scheint im männlichen Charakter stärker ausgeprägt zu sein als im weiblichen ...«

»Es gibt auch Frauen, die der Versuchung erliegen, andere zu unterdrücken«, schränkte Branwyn ein. »Doch grundsätzlich bin ich der Meinung, daß es falsch ist, stets nur Männer an die Spitze der Kirche zu stellen.«

»Du selbst bist das beste Beispiel dafür, was Priesterinnen zu leisten vermögen«, nickte Acacius. »Und weshalb sollte eine *Presbyterin*, die sich um ihre Gemeinde verdient gemacht hat, nicht Bischöfin oder gar Päpstin werden? Ich jedenfalls wäre dafür, die Türen weit zu öffnen – ehe das freilich möglich sein wird, muß ein Umschwung im *Patriarchat* stattfinden ...«

»Du hältst das für denkbar?« fiel ihm Branwyn ins Wort.

»Ja, das tue ich!« Einmal mehr schienen die dunklen Augen des *Notarius* sie zu bannen. »Und weil es keinen anderen Ausweg gibt, habe ich mir vorgenommen, dafür zu kämpfen! Ich und einige Freunde, die ebenfalls in den Diensten des *Patriarchats* stehen, sind bereit, alles zu tun, um ...«

Branwyn beugte sich erschrocken vor und flüsterte: »Du sprichst doch nicht etwa von einem Attentat?!«

»Nein, wir verabscheuen Gewalt«, beruhigte Acacius sie. »Doch es gibt andere Mittel, um zum Ziel zu kommen. Du kennst das weise Wort, wonach das weiche Wasser zuletzt den harten Stein aushöhlt. In unserem Fall bedeutet das, insgeheim den friedlichen Widerstand gegen Liberius zu organisieren, bis wir stark genug sind, ihn ohne Blutvergießen abzusetzen und an seiner Stelle einen würdigeren Papst oder womöglich auch eine Päpstin zu wählen.«

»Das wäre ein Segen für Abermillionen Menschen!« Es war Branwyn anzusehen, wie sehr die Vorstellung sie faszinierte;

gleich darauf jedoch murmelte sie: »Aber ihr seid nur wenige und könnt, wie du eben selbst sagtest, nur heimlich agieren ...«

»Trotzdem ist unser Vorhaben nicht aussichtslos!« beteuerte der *Notarius*. »Zwar zählt unsere Gruppe tatsächlich bloß eine Handvoll Eingeweihter, und wir müssen, zumindest derzeit, so vorsichtig sein, daß ich dir nicht einmal die Namen der anderen nennen dürfte – doch ungeachtet dessen verfügen wir schon heute über gewisse Möglichkeiten, die du nicht unterschätzen solltest.«

»Nämlich?« wollte Branwyn wissen.

»Wir können zum Beispiel die karitative Arbeit in ausgesuchten Kirchensprengeln, etwa deinem, durch Geldmittel aus dem Schatz des *Patriarchats* unterstützen«, erwiderte Acacius.

»Das ist nicht dein Ernst! Der Papst würde nie ...« Branwyn besann sich, dann fügte sie hinzu: »Du meinst, ihr seid imstande, hinter seinem Rücken Geld abzuzweigen?«

»Fändest du das verwerflich?« fragte der *Notarius*.

»Nicht unbedingt«, entgegnete Branwyn. »Denn der Reichtum des *Patriarchats* stammt größtenteils aus Kirchensteuern und sollte daher auch für kirchliche Zwecke verwendet werden.«

»So wie es ursprünglich gehalten wurde«, bestätigte Acacius. »Und nachdem wir uns in dieser Sache einig sind, bin ich ermächtigt, dir die Summe von dreihundert *Sesterzen* anzubieten, die du nach Gutdünken für die Bedürftigen in deiner Gemeinde verwenden kannst.«

»Das ... das willst du wirklich für *Sancta Maria* tun!« Branwyn strahlte über das ganze Gesicht. »Ich weiß gar nicht, wie ich dir danken soll!«

»Das mußt du nicht«, lächelte Acacius. »Aber vielleicht hast du schon eine Idee, wie du das Geld verwenden willst?«

»Und ob ich die habe!« antwortete Branwyn. »Deine ... Spende soll den Waisen zugute kommen. Noch zu Lebzeiten Calpurnias planten wir, das Heim zu erweitern, und mit deiner Hilfe kann der Anbau nun sofort in Angriff genommen werden!«

»Siehst du, genau darum geht es!« stellte Acacius fest. »Wenn du das Waisenhaus ausbaust, demonstrierst du wahres Christentum und sammelst dadurch glühende Kohlen auf das Haupt des Papstes, der gleich einem Fürsten im Lateranpalast residiert und sich keinen Deut um die Armen und Benachteiligten in Rom schert. Auf diese Weise wird seine Position geschwächt und die unserer Gruppe gestärkt …«

Er unterbrach sich. »Doch vielleicht hast du das Gefühl, ich vereinnahme dich, wenn ich dich als eine von uns bezeichne. Aber nach dem fruchtbaren Gespräch mit dir empfinde ich so …«

»Mir geht es ähnlich«, gestand Branwyn. »Ich bin sehr froh, dich kennengelernt zu haben … und hoffe, wir werden uns von nun an häufiger sehen.«

»Bereits in den nächsten Tagen«, versprach Acacius. »Schließlich muß ich dir ja so schnell wie möglich die dreihundert *Sesterzen* bringen.«

»Ach ja, richtig«, erwiderte die junge Frau, die soeben gar nicht mehr an das Geld gedacht hatte. »Wollen wir uns … wieder hier in der Kirche treffen?«

»Wäre es dir übermorgen recht?« erkundigte sich Acacius. »Zur selben Stunde wie heute?«

»Sehr gerne!« Branwyn reichte ihm die Hand.

Wieder löste die körperliche Berührung prickelnde Erregung in ihr aus, stärker noch als beim erstenmal. Für einen Moment wünschte sie sich, er würde sie in die Arme nehmen; gleichzeitig spürte sie, es könnte geschehen, falls sie ihm nur ein klein wenig entgegenkam.

Doch dann war der Augenblick, der es möglich gemacht hätte, vorüber. Beinahe betreten erhoben sie sich und legten die kurze Distanz bis zum Altar wortlos zurück. Dort verabschiedete sich der *Notarius*; Branwyn schaute ihm nach, bis das Portal hinter ihm zufiel, und tastete anschließend wie haltsuchend nach dem kühlen Altarstein.

Erst mit Einbruch der Nacht kehrte sie ins Atriumhaus heim. Sie war froh, niemanden anzutreffen, holte sich in der Küche ein Stück Brot, einen Bissen Käse und ein Glas Wein und trug das Tablett auf ihr Zimmer. Sie setzte sich ans Fenster, blickte lange in die Dunkelheit hinaus und vergaß den Imbiß. Endlich, als die Müdigkeit nach dem langen Tag übermächtig wurde, ging sie zu Bett – und irgendwann kam der Traum.

Erneut sah sie Acacius unter dem Kirchenportal stehen: groß, schlank und in eine Aureole rotgoldenen Lichts gebadet. Gleich darauf war sie bei ihm und fühlte, wie grenzenlose Wärme sie umhüllte: Geborgenheit und Zärtlichkeit, die sie auf diese Art seit Jahren vermißt hatte.

Die brennende Basilika

Als Acacius zwei Tage später die dreihundert *Sesterzen* nach *Sancta Maria* brachte, ahnte er nicht, daß Branwyn schon länger als eine Stunde auf ihn gewartet hatte. Aber er bemerkte ihre Verwirrung, die sie nur unzulänglich zu verbergen vermochte; sie wiederum spürte an ihm zunächst eine ähnliche innere Anspannung. Dann jedoch entkrampfte er die Situation, indem er sie nach Einzelheiten der geplanten Waisenhauserweiterung befragte. Ganz wie beim erstenmal ergab sich daraus ein angeregtes, freundschaftliches Gespräch; zuletzt kamen sie überein, sich am folgenden Wochenende neuerlich zu treffen.

An diesem Sonntagnachmittag wartete Acacius bei den Caracalla-Thermen auf Branwyn. Von dort war es nicht weit zu dem Tor in der südöstlichen Ummauerung Roms, wo die *Via Appia* mündete. Entlang der uralten Straße, die über Meilen hinweg von prunkvollen Mausoleen gesäumt war, wanderten die junge Frau und der *Notarius* ein Stück in Richtung der Albaner Berge. Ein feiner Dunstschleier breitete sich über den Gebirgszug in der Ferne: ein zarter pastellblauer Hauch, der die Grenzen zwischen Himmel und Erde aufzulösen schien.

Nachdem sie etwa zwei Stunden gegangen waren, schlug Acacius eine Rast unter der Krone einer mächtigen Steineiche vor, die einsam auf einem Hügel seitlich der *Via Appia* stand. Von hier aus war der Blick auf die Berge besonders eindrucksvoll; an den Stamm des jahrhundertealten Baumes gelehnt, lauschte Branwyn den Worten ihres Begleiters, der ihr von den Kaiservillen und Sommersitzen der Senatorenfamilien erzählte, die inmitten des Gebirges am Ufer des Albaner Sees lagen. Diese Latifundien waren Schauplätze wichtiger politischer Entscheidungen, aber oft auch romantischer Affären des Hochadels gewesen. Als Acacius davon – von Liebe und Leidenschaft – sprach, wußte Branwyn: Er wollte ihre Sehnsucht wecken, ihr Verlangen nach Zärtlichkeit und Hingabe – und sie genoß sein verstecktes Werben, das ihren heimlichen Wünschen entgegenkam.

Es war ihr längst klar, daß sie sich in diesen großen Mann mit dem markanten Antlitz und dem dunklen, gelockten Haar verliebt hatte; in den Rebellen und Kämpfer, welcher der Bösartigkeit des *Patriarchats* auf so intelligente Weise die Stirn bot – und gleichzeitig auf solch angenehme, zurückhaltende Art um sie warb. Gerade diese Rücksichtnahme rechnete sie ihm hoch an; ganz offensichtlich wollte er sie zu nichts drängen und ihr Zeit lassen: die Zeit, die sie brauchte, um sich ihm völlig öffnen zu können. Er schien zu spüren, daß da etwas in ihrem Leben war, das sie daran hinderte, ihren Gefühlen einfach freien Lauf zu lassen, und weil sie ihm helfen wollte, sie zu verstehen, lenkte sie die Unterhaltung nun auf die zurückliegenden Jahre.

Sie forderte ihn auf, ihr von seiner Jugend und seinem Werdegang zu erzählen, und vernahm eine Geschichte, die sie beeindruckte: Er entstammte einer Familie römischer *Equites*, hatte jedoch von seinem früh verstorbenen Vater außer diesem ritterlichen Adelstitel nichts geerbt und war deshalb gezwungen gewesen, sich so schnell wie möglich auf eigene Beine zu stellen. Das *Patriarchat*, noch unter dem Vorgänger des derzeitigen Papstes Liberius, hatte ihm die Chance dazu gegeben, und es war ihm gelungen, sich vom untergeordneten Schreiber zum

Notarius hochzuarbeiten. Während der beiden Jahre, die Liberius im thrakischen Exil verbracht hatte, war es Acacius' Aufgabe gewesen, die Archive des Lateran zu ordnen; insbesondere dies hatte ihm die Augen hinsichtlich der kriminellen Machenschaften des jetzigen Papstes endgültig geöffnet. Kurz nach der Rückkehr des Liberius aus der Verbannung im Sommer 358 war sodann der Geheimbund entstanden, von dem er Branwyn bei ihrem ersten Zusammentreffen berichtet hatte, und das kleine Haus zwischen Lateranpalast und Celiushügel, das er bewohnte, war seither zu einem der konspirativen Treffpunkte geworden.

Nachdem Acacius geendet und ihr vor allem durch die letzten Sätze einmal mehr sein tiefes Vertrauen bewiesen hatte, bat er Branwyn: »Aber nun würde ich gerne auch deine Lebensgeschichte erfahren. Ich weiß ja nur, daß du Britannierin bist und vor einigen Jahren nach Rom kamst, doch du hast bisher nie über die Gründe gesprochen, die dich dazu bewogen.«

»Heute will ich es tun«, antwortete die junge Frau. Dann schilderte sie ihm ihre Kindheit und Jugend auf der *Ynys Vytrin* im Nordwesten *Cymrus*; sie erzählte, wie sie sich später in Dafydd verliebt und die Hochzeit mit ihm geplant hatte und wie ihr Glück durch den Piratenüberfall zerstört worden war. Sie berichtete von dem harten Winter, den sie nach ihrer Flucht im Bergmassiv des *Eryri Gwyn* durchgestanden hatte, und wie schließlich im Frühling 355 Eolo Goch, der Barde, aufgetaucht war und sie dazu überredet hatte, mit ihm nach Süden zu wandern. Sie verschwieg Acacius nicht, daß Eolo sich in sie verliebt hatte, und schloß: »Aber ich war damals, in Avalon, nicht fähig, seine Zuneigung aus ganzem Herzen zu erwidern, denn der Schock über den Verlust meines Verlobten saß noch viel zu tief. Also trennten wir uns, und der Barde reiste weiter nach Tintagel. Ich hingegen hatte wenig später eine Vision, die mich nach Rom rief. So machte ich mich auf den Weg und kam nach weiteren Fährnissen in Gallien und in den Grajischen Alpen, wo ich durch die Schuld des Kaufherrn Paulinus Lupus um ein Haar mein Leben verloren hätte, nach Italien.«

»Von dem Verbrechen des Reliquienhändlers an dir hörte ich bereits vorletzten Herbst, als du die Auseinandersetzung auf dem Forum Romanum mit ihm hattest und damit für Gesprächsstoff in der ganzen Stadt sorgtest!« Es war dem *Notarius* anzusehen, wie sehr die Erinnerung ihn aufwühlte. »Doch du zahltest es ihm heim, und ich hoffe, eines Tages wird Paulinus außerdem seine Strafe von Gott bekommen!«

»Auf jeden Fall wissen die Menschen in Rom jetzt über ihn Bescheid und werden ihm gewiß nicht noch einmal auf den Leim gehen«, versetzte Branwyn.

Acacius nickte, dann fragte er: »Du erwähntest soeben, du hättest Britannien aufgrund einer Vision verlassen?«

»Ja, ich empfing in Avalon einen anderweltlichen Ruf«, bestätigte die junge Frau. Sie erzählte ihm von den näheren Umständen und sagte zuletzt: »Ich bin überzeugt davon, daß ich nach *Trans Tiberim* geführt wurde, und seit ich in der Gemeinde *Sancta Maria* wohne, habe ich alles andere hintangestellt, um die Aufgabe, die mir übertragen wurde, zu erfüllen.«

Acacius griff nach ihrer Hand. »Das heißt ... du hast über Jahre hinweg auf die Liebe eines Mannes verzichtet?«

Branwyn verflocht ihre Finger mit seinen und erwiderte leise: »Es dauerte sehr lange, bis ich den Verlust Dafydds überwunden hatte. Und noch vor wenigen Wochen hätte ich mir nicht vorstellen können, je wieder mit einem anderen glücklich zu sein ...«

»Aber heute ... könntest du es?« Acacius' Augen forschten in ihren; sie fühlte, wieviel für ihn von ihrer Antwort abhing.

»Vielleicht ...« flüsterte sie. »Doch wir haben uns erst vor sieben Tagen kennengelernt ...«

»Und du brauchst Zeit ...« Seine Stimme klang weich und zärtlich. »Das kann ich sehr gut verstehen ...«

»Danke!« Sie beugte sich vor, küßte ihn sanft und spürte, wie seine freie Hand ihren Nacken liebkoste. Ein süßer Schauer lief ihr Rückgrat entlang; einen Moment war sie versucht, sich fallenzulassen, aber dann entzog sie sich ihm behutsam.

Er nahm es hin, legte seinen Arm um ihre Schultern und schenkte ihr so Geborgenheit. Sie genoß seine innige Nähe; eine Weile saßen sie schweigend da, und sie empfand, wie das Vertrautsein zwischen ihnen wuchs. Wohltuende Ruhe durchströmte sie; mit geschlossenen Augen lauschte sie auf seinen Atem, ihre Brust hob und senkte sich im selben Rhythmus wie seine. Schließlich, als sie ihr Gespräch wiederaufnahmen, geschah es in völlig entspannter, fast träumerischer Atmosphäre; unbeschwert redeten sie miteinander, bis sie gewahr wurden, daß die Sonne nun schon tief über dem Horizont stand.

Mit dem letzten Tageslicht kehrten sie nach Rom zurück. Bei den Caracalla-Thermen verabschiedeten sie sich mit einer Umarmung; zuvor hatten sie für das nächste Wochenende erneut einen Ausflug vereinbart. Dann, während Branwyn am Celiushügel entlang in Richtung Tiber weiterging, wurde ihr bewußt: Sie vermißte Acacius bereits jetzt und würde jeden Tag bis zum Wiedersehen mit ihm zählen.

* * *

Selbstverständlich blieb den Bewohnern des Atriumhauses die Veränderung in Branwyns Wesen nicht verborgen. Insbesondere Angela und Camilla spürten, daß ein Mann im Spiel sein mußte, und mehrmals unternahm Angela im Verlauf der Augustwochen einen Vorstoß, um Näheres zu erfahren. Doch stets wich die Freundin, die sich nun regelmäßig, aber nach wie vor heimlich mit Acacius traf, ihr aus. Branwyn wollte nicht über ihr Geheimnis sprechen; dies um so mehr, als sie mit sich selbst trotz ihrer manchmal fast unwiderstehlichen Sehnsucht nach dem *Notarius* noch längst nicht im reinen war.

Ihr Hinundhergerissensein gebar Träume aus, in denen Acacius' Antlitz sich unvermittelt in das Dafydds, ihres ermordeten Verlobten, verwandelte. Jäh konnte sich vor das eine, lächelnde Gesicht das andere, totenstarre schieben, und die junge Frau schreckte dann verstört im Bett auf. Mit der Zeit freilich – und je mehr Branwyns Vertrauen in die aufrichtige

Zuneigung des *Notarius* wuchs – kamen derartige Nachtmahre seltener. Statt dessen mußte die junge *Presbyterin* von *Sancta Maria* jetzt häufig an Eolo denken: den Barden, dessen Liebe sie nicht zu erwidern vermocht und mit dem sie dennoch zum Abschied geschlafen hatte. Nun konnte es geschehen, daß sie Schuldgefühle, die sie sich nicht wirklich erklären konnte, deswegen empfand. Ähnlich erging es ihr, wenn bei irgendeiner Gelegenheit die Rede auf Calpurnia kam, deren Tod gerade erst ein halbes Jahr zurücklag; es erschien ihr dann beinahe wie ein Frevel, sich nach dem Glück in den Armen eines Mannes zu sehnen, während der Grabhügel der verstorbenen Priesterin noch frisch war.

Den ganzen August hindurch hielt Branwyns seelische Verwirrung an; erst Anfang September, als die Sommerhitze sich legte, fand sie allmählich zu innerer Ruhe. Sie wurde sich darüber klar, daß sie ein Anrecht auf Liebe und Erfüllung ihres Verlangens besaß. Sie war eine blühende Frau von achtundzwanzig Jahren; vor allem aber – das wußte sie nun mit absoluter Sicherheit – liebte sie Acacius.

Im Verlauf der ersten Septemberhälfte fühlte der attraktive Römer mit dem markanten Antlitz und dem schwarzen Haar, wie ihr Verhalten sich veränderte. Zwar zögerte sie den letzten Schritt hinaus, doch in ihrer spielerischen Verweigerung lag jetzt zunehmend Lockung. Instinktiv hielt sie ihn und sich noch zurück, damit die Erfüllung später um so größer sein sollte; bis zur Mitte des Monats ging dies so – dann wurde der Traum, den sie in der Nacht nach ihrer ersten Begegnung gehabt hatte, wahr.

Auch diesmal hatten sie sich an einem Sonntagnachmittag getroffen; weiches Spätsommerlicht verzauberte das Hügelland westlich der Stadt. Branwyn und Acacius folgten dem Verlauf der *Aqua Traiana*, doch nicht der Bracianussee, dessen Wasser über den Aquädukt nach Rom geleitet wurde, war ihr Ziel. Vielmehr wollte die junge Frau ihrem Gefährten das uralte Heiligtum der Dreifachen Göttin hier draußen zeigen, das sie vor

Jahren entdeckt und seitdem immer wieder einmal aufgesucht hatte.

Wie verwunschen wirkte die von den drei hüfthohen Menhiren umrahmte Quelle; kein Mensch war zu sehen, aber bei einer der Steinsetzungen lag ein frisches Blumengebinde. Als sie Acacius' fragenden Blick bemerkte, erklärte Branwyn ihm leise: »Der Menhir, zu dem die Opfergabe gebracht wurde, symbolisiert jenen Aspekt der Göttin Ceres, der Liebesglück und weibliche Erfüllung schenkt. Du erkennst es an seiner rötlichen Farbe, während die beiden anderen Steine dunkel beziehungsweise hell sind. Und die Frau, welche den Strauß dort niederlegte, dankte der Göttin auf diese Weise für etwas sehr Schönes …«

»Ich wollte, ich hätte ebenfalls Blumen mitgebracht«, flüsterte Acacius und zog Branwyn dabei sanft an sich.

»Warum?« raunte sie.

»Weil ich so unendlich dankbar dafür bin, daß es dich gibt und du bei mir bist …« Seine Lippen berührten zart die ihren; einen Lidschlag später stöhnte sie auf und erwiderte seinen Kuß mit einer Leidenschaft, die ihn augenblicklich mitriß.

Ihr gegenseitiges Begehren wurde zum Rausch; irgendwann hob er sie hoch und trug sie zu einer Stelle seitlich des Borns, wo die Erde von einem dichten, federnden Moosteppich bedeckt war. Sie sanken zu Boden, verloren sich neuerlich aneinander; dann kam der Moment, da Branwyn ihn tief in sich spürte. Seine Lust steigerte die ihre fast ins Unermeßliche; zuletzt, als er sich in sie verströmte und sie ihm unmittelbar darauf in die reine Ekstase folgte, löste sich das, was sie jahrelang zurückgedrängt hatte, in einem wilden, befreiten Schrei. Es war, als sei ihr die ganze Fülle des Lebens wiedergeschenkt worden; sie empfand absolutes Glück, wie sie es seit jenem letzten Sommer mit Dafydd auf der *Ynys Vytrin* nicht mehr gekannt hatte.

Stammelnd und schluchzend gestand sie es Acacius: dem Mann, mit dem sie nun eins geworden war – und er antwortete ihr auf die einzige Art, die ihrem jetzt schrankenlosen Zutrauen entsprach. Erneut begann er sie zu liebkosen; abermals weckte er ihre Begierde, indem er sie küßte, streichelte und ihr zwischendurch zärtliche Worte zuflüsterte. Neuerlich genoß sie die süßen, erregenden Schauer, die über ihre nackte Haut rieselten und ihr Innerstes aufwühlten. Dann plötzlich bäumte ihr Schoß sich auf; seine Lippen und seine Zunge bereiteten ihr dort unbeschreibliche Lust, und kurz vor dem Gipfel vereinigte er sich zum zweitenmal mit ihr.

Danach lag sie ermattet und geborgen in seinen Armen; sein Atem war in ihrem Haar, und seine leise Stimme mischte sich mit dem Nachklang ihrer Befriedigung. Er versprach ihr, sie für immer festzuhalten; sie sei die Frau, nach der er sich stets gesehnt habe, und er wolle nie wieder von ihr lassen. Branwyn schmiegte sich noch enger an ihn; was Acacius ihr sagte, wärmte sie seelisch. Schließlich wurden ihr in diesem grenzenlosen Behütetsein die Lider schwer, und sie schlief an seiner Brust ein.

Erst in der Abenddämmerung verließen sie den Platz, wo die Quelle sprudelte und die drei Menhire sich erhoben, und kehrten Hand in Hand zur Stadt zurück. Als sie in *Trans Tiberim* ankamen, stand bereits der Mond am Himmel; noch einmal küßten sie sich im Schatten von *Sancta Maria*, dann schlug der *Notarius* den Weg zur Strombrücke ein, und Branwyn huschte quer über den Platz zum Atriumhaus.

* * *

Während der folgenden Wochen trafen sie sich häufiger denn je, blieben dabei jedoch vorsichtig. Der jungen *Presbyterin* war bewußt, daß es gefährlich gewesen wäre, ihre Liebe zu Acacius in der Öffentlichkeit zu zeigen oder sich mit ihm in ihrem Zuhause beziehungsweise unter seinem Dach zu verabreden. Dies hätte zu Mißverständnissen und womöglich sogar Unmut in ihrer Gemeinde führen können; andererseits mußte auch der *Notarius* darauf achten, durch sein Verhalten kein Aufsehen beim *Patriarchat* zu erregen.

Immerhin hatte Branwyn kurz nach jenem Sonntag am Quellheiligtum Angela, Camilla und Gaius in ihr Geheimnis eingeweiht und ihnen erklärt, daß der Mann, an den sie ihr Herz verloren hatte, zwar nach außen hin in den Diensten des Papstes stand, in Wahrheit jedoch gegen Liberius arbeitete. Wie nicht anders zu erwarten, war Angela in verschwörerische Begeisterung ausgebrochen; Camilla und Gaius hingegen hatten Branwyn dringend geraten, mit niemandem sonst über ihre keineswegs unproblematische Beziehung zu sprechen.

Dieser Zwang zur Heimlichkeit war der einzige Mißton, der Branwyns Glück trübte; es schmerzte sie manchmal, Acacius stets nur an abgelegenen Orten oder außerhalb Roms sehen zu können. Ende September freilich fand der *Notarius* einen Ausweg, indem er ein Hinterzimmer in einem Haus zwischen Capitol- und Palatinhügel anmietete. Das Gebäude, das am Ende einer ruhigen Gasse lag, gehörte einem halbtauben Witwer, den sie so gut wie nie zu Gesicht bekamen; die beiden Fenster ihres Refugiums gingen auf einen verwilderten Garten hinaus. Sie durften sich dort sicher fühlen und verbrachten gelegentlich sogar eine ganze Nacht zusammen in dem behaglich eingerichteten Raum, den Branwyn von *Trans Tiberim* aus rasch erreichen konnte.

Auch an einem regnerischen Abend in der zweiten Oktoberhälfte hatten sie sich wieder in ihrem heimlichen Liebesnest getroffen. Draußen wühlte der Herbstwind in den Ästen der Bäume und rüttelte manchmal an den Fensterläden; um so gemütlicher war es in dem Zimmer mit den etwas antiquierten Möbeln und dem Kohlebecken neben dem Ruhelager, das angenehme Wärme verbreitete. Einmal mehr verloren sie sich aneinander; nachdem ihre Leidenschaft gestillt war, tranken sie von dem Wein, den Acacius mitgebracht hatte, und unterhielten sich leise.

Zunächst drehte sich das Gespräch um eher alltägliche Dinge, bis der *Notarius* plötzlich einen Namen erwähnte, der Branwyn aufhorchen ließ. »Heute«, sagte er, »gelangte die

Nachricht ins *Patriarchat*, daß der Oberbefehlshaber der römischen Legionen in Gallien, Flavius Claudius Julianus, den seine Truppen kürzlich zum Augustus ausriefen, von Kaiser Konstantius in diesem Rang, der ihn zum zweitmächtigsten Mann des Reiches macht, bestätigt wurde ...«

»Julianus?« unterbrach Branwyn. »In der gallischen Stadt Samarobriva, die damals gerade einen Angriff durch fränkische Raubscharen überstanden hatte, lernte ich im Frühling vor vier Jahren einen Militärtribun kennen, der so hieß!«

»Ja, du erzähltest mir einmal davon«, nickte Acacius. »Und ich bin sicher, es handelt sich um ein und denselben Mann. Zu jener Zeit, da du mit ihm zu tun hattest, war er Militärtribun der Nordprovinzen Galliens. Später stieg er noch weiter auf, was allerdings nicht verwundert, da er ein Neffe des Kaisers ist.«

»Darüber ließ er in Samarobriva keinen Ton verlauten«, kam es erstaunt von Branwyn. »Er teilte mir nur mit, daß er in Konstantinopel erzogen worden sei und dort neben der Militärakademie auch eine Philosophenschule besucht habe. Außerdem«, sie lächelte in der Erinnerung daran, »besaß er durchaus poetisches Talent und trug mir sogar eines seiner Gedichte vor.«

»Dann scheinst du ihn ja recht gut gekannt zu haben!« In gespielter Eifersucht drohte Acacius ihr mit dem Finger.

»Nicht so, wie du denkst!« beteuerte sie und nahm die Gelegenheit wahr, ihn zu küssen. Nachdem sie sich wieder von ihm gelöst hatte, fuhr sie fort: »Aber ich gebe zu, er beeindruckte mich. Julian hatte etwas Besonderes an sich; etwas sehr Menschliches, wie man es bei einem Feldherrn eigentlich am allerwenigsten erwarten würde.«

»Das ist wohl der Grund, warum seine Soldaten so geschlossen hinter ihm stehen«, erwiderte Acacius. »Und falls er nach Konstantius den Thron besteigt, was zu erwarten ist, nachdem der Kaiser ihn bereits als Augustus akzeptiert hat, würde das Imperium in ihm einen guten und gerechten Herrscher bekommen. Mehr noch: Unter Umständen könnte Flavius Claudius Julianus schon bald gekrönt werden, denn wie aus Konstantinopel verlautet, ist Konstantius leidend und wird vermutlich nicht mehr sehr lange leben.«

Branwyn blickte eine Weile sinnend in die Glut des Kohlebeckens, dann murmelte sie: »In Samarobriva tauschte ich mich mit Julian auch über die Zustände der Kirche hier in Rom aus. Ich hatte dabei den Eindruck, er sei keineswegs ein Freund des Liberius. Er sprach dessen Intoleranz und Machtgier sehr offen an, und das sollte uns doch für die Zukunft hoffen lassen.«

Acacius stimmte ihr zu; gleich darauf verwöhnte er sie von neuem mit seinen Zärtlichkeiten, erst gegen Mitternacht schlief Branwyn glücklich in seinen Armen ein.

Bei Sonnenaufgang machte sie sich auf den Rückweg nach *Trans Tiberim*, wo die Nachrichten über Flavius Claudius Julianus während der nächsten Tage ebenfalls für Gesprächsstoff sorgten. Anfang November dann wurde ein Erlaß des neunundzwanzigjährigen Kaiserneffen in der Stadt verbreitet: ein Aufruf, den er in seiner Eigenschaft als Augustus und Thronanwärter unterzeichnet hatte und in dem er dringend religiöse Duldsamkeit und vor allem Toleranz des *Patriarchats* gegenüber Arianern, Juden und Heiden anmahnte.

Bei denen, die seit Liberius' Rückkehr aus der Verbannung unter den Intrigen und Willkürmaßnahmen des Papstes gelitten hatten, löste das Edikt Erleichterung aus. Das *Patriarchat* hingegen bewies schon wenig später, daß es bei der Durchsetzung seiner Herrschaftsansprüche selbst vor Brandstiftung und Massenmord nicht zurückschreckte.

* * *

Die Basilika *Sancta Maria Maiora* war kurz nach dem Jahr 313, in dem Kaiser Konstantin das Christentum zur Staatsreligion erhoben hatte, erbaut worden. Von allem Anfang an hatten sich dort Arianer zu ihren Gottesdiensten versammelt; die Kirche nördlich des Esquilinhügels galt als eines der wichtigsten

Zentren dieser Glaubensrichtung in Rom. Deshalb war die große Gemeinde dem *Patriarchat* schon lange ein Dorn im Auge; mehrmals hatte Liberius versucht, sie ähnlich wie im Fall von *Sancta Magdalena* zu unterwandern und zu katholisieren. Alle diese Intrigen waren jedoch am entschlossenen Widerstand der arianischen Christen und insbesondere des betagten, aber kämpferischen *Presbyters* von *Sancta Maria Maiora* gescheitert – und nun, nachdem Julian sein Toleranzedikt erlassen hatte, schien es so, als hätten die Drangsale ein Ende und könnten die Arianer ihren Glauben wieder unbehindert leben.

In der Basilika nahe des Esquilin wurde das diesjährige Weihnachtsfest aus diesem Grunde mit besonderer Inbrunst gefeiert. Weitere Dankgottesdienste fanden an den folgenden Januarsonntagen statt: sehr gut besuchte ökumenische Andachten, zu denen – um den positiven Anstoß, den Julian gegeben hatte, in die Tat umzusetzen – ausdrücklich auch Andersgläubige, darunter Vertreter einer benachbarten jüdischen Gemeinde, eingeladen wurden.

Dem *Patriarchat* blieb dies natürlich nicht verborgen; während die Arianer von *Sancta Maria Maiora* zusammen mit Juden und sogar einzelnen Heiden beteten und am Ende der Gottesdienste Brot und Wein miteinander teilten, predigte Liberius in der Lateranbasilika immer haßerfüllter gegen die seiner Meinung nach ketzerischen Umtriebe des toleranten arianischen *Presbyters* und seiner Anhänger. Ins selbe Horn stießen die dem Papst unterstellten Erzpriester sowie die Pfarrherren verschiedener katholischer Kirchensprengel – und schließlich, am ersten Februarsonntag des neuen Jahres 361, gipfelte diese Hetze in einem Pogrom.

An diesem Morgen hatten sich abermals Angehörige verschiedener Glaubensrichtungen in der Kirche *Sancta Maria Maiora* zusammengefunden. Rund dreihundert Menschen drängten sich unter dem Dach des Gotteshauses; am Altar standen heute neben dem Gemeindepriester zwei Konzelebranten: eine arianische *Presbyterin*, die aus der kleinen Stadt Capena nördlich von Rom stammte und zu Gast in der Metropole weilte, und ein junger Rabbiner. Abwechselnd erklangen christliche und jüdische Anrufungen des einen biblischen Gottes; die Frauen, Männer und Jugendlichen, die in den Bänken saßen, spürten, wie aus dieser sakralen Gemeinsamkeit Friede erwuchs.

Plötzlich jedoch schreckten die Gläubigen auf, denn vom Vorplatz der Basilika drang unvermittelt wüstes Geschrei herein. Als ein Teil der Gottesdienstbesucher zum Portal hastete, sahen sie, daß sich draußen eine vielhundertköpfige Menschenmenge zusammengerottet hatte, die Beleidigungen brüllte. *Akoluthen*, die an ihren Gewändern als Angehörige des *Patriarchats* kenntlich waren, hatten den Pöbel offenbar hergeführt und stachelten ihn jetzt, da sich die Arianer unter der Kirchentür zeigten, noch weiter an. Im nächsten Moment flogen Steine und Kotbrocken gegen das Portal, die Angegriffenen flohen zurück ins Innere des Gotteshauses – wiederum einen Augenblick später kam der weißhaarige *Presbyter* von *Sancta Maria Maiora* ins Freie, breitete die Arme aus und rief der Horde entgegen: »Haltet ein, ihr Irregeleiteten! Denn Jesus lehrte nicht Haß, sondern Liebe!«

»Du hast kein Recht, dich auf Christus zu berufen, du Ketzer!« schrie einer der *Akoluthen*.

»Ein arianischer Hundsfott bist du, der die Göttlichkeit Christi leugnet!« geiferte ein anderer.

»Außerdem machst du gemeinsame Sache mit den verfluchten Juden, welche die Schuld am Kreuzestod des Gottessohnes tragen!« grölte ein dritter – und schleuderte einen Pflasterstein in Richtung des Gemeindepriesters.

Der betagte *Presbyter* versuchte auszuweichen, schaffte es jedoch nicht mehr. Das Wurfgeschoß traf ihn an der Schulter und ließ ihn gegen die Kirchenmauer taumeln – und bei diesem Anblick verlor der vom päpstlichen Klerus aufgehetzte Pöbel die letzten Hemmungen.

Die Menge setzte zum Sturm auf die Basilika an; mit knapper Not gelang es einigen beherzten Arianern, ihren Priester in das Gotteshaus zu ziehen und das Portal zu schließen. Kaum war drinnen der Sperrbalken vorgelegt, donnerten heftige Schläge gegen das Holz, und im Rundfenster über der Kirchentür zersplitterte das Bleiglas. Immerhin hielt das schwere Portal stand, auch wenn es in seinen Angeln bebte. Die arianischen Christen und diejenigen, die mit ihnen gefangen waren, fanden Zeit, die Tür mit Bänken zu verrammeln; nachdem dies geschehen war, wichen die meisten angsterfüllt so weit wie möglich in Richtung des Altarraums zurück, knieten nieder und begannen zu beten.

Auf dem Vorplatz der Basilika wiederum tobte der Pöbel jetzt ärger denn je. Von allen Seiten wurden Steine auf das Gotteshaus geschleudert; etliche Burschen drangen in eine Stellmacherei ein, die sich in einer Seitengasse befand, besorgten sich dort eine Wagendeichsel und benutzten sie als Rammbock, um das Portal auf diese Weise einzurennen. Nach einer Weile freilich zerbrach die Deichsel, und auch die Axthiebe, die anschließend die Türbalken erschütterten, richteten wenig aus.

Dann jedoch rumpelte auf einmal ein Ochsenkarren auf den Platz, der mit langen Holzscheiten und Reisigbündeln beladen war. Einer der *Akoluthen* dirigierte das Gefährt dorthin, wo die zerbrochene Wagendeichsel lag; als die außer Rand und Band geratene Menge begriff, erscholl frenetisches Freudengeheul. Im Nu war der Karren entladen; viele Dutzend Hände griffen zu, um direkt vor dem Kirchenportal einen Scheiterhaufen zu errichten. Zuletzt war es neuerlich einer der *Akoluthen*, der eine Fackel in den Holzstoß stieß; das zundertrockene Reisig flammte auf, wenig später leckte die meterhohe Lohe gierig an der Fassade des Gotteshauses empor und schlug durch das zerbrochene Rundfenster ins Kircheninnere.

Funken regneten auf die Eingesperrten; eine schwangere Frau geriet in Panik, unmittelbar darauf gellte massenhaftes Angstgeschrei durch den hohen Raum. Die wenigen Besonnenen, welche die Verstörten zur Ruhe bringen wollten, fanden in dem Tumult kein Gehör. Eine Gruppe junger Männer versuchte, über rasch hochgestellte Sitzbänke die Wand hinter dem Altar zu erklimmen, wo sich ebenfalls eine Fensteröffnung befand. Doch ehe der erste Bursche sich am Sims dort oben festzukrallen vermochte, krachten die Bänke zusammen; der Achtzehnjährige stürzte aus beträchtlicher Höhe herunter, riß einige seiner Freunde mit und blieb mit gebrochenem Genick auf den Bodenfliesen liegen. Seine Mutter, die ganz in der Nähe gestanden hatte, erlitt einen Weinkrampf – gleich darauf barst direkt über ihr das Deckengewölbe der Basilika; urplötzlich polterten Mörtelbrocken, zertrümmerte Sparren und Dachziegel herab.

Draußen auf dem Platz hatte der ohnehin schon vielhundertköpfige Pöbel Verstärkung bekommen: eine große Schar verwegen aussehender und schwerbewaffneter Männer, die sich nicht zufällig in der Nähe von *Sancta Maria Maiora* aufgehalten haben konnten. Unmittelbar nachdem der *Akoluth* die Fackel in den Scheiterhaufen gestoßen hatte, waren sie aus einem nur wenige hundert Schritt entfernten Gebäude, das sich im Eigentum des *Patriarchats* befand, herbeigeeilt. Sie hatten lange Leitern mit sich geschleppt und damit das Flachdach der Kirche erklommen; nun bissen sich die Kampfbeile und Schwerter dieser thrakischen Söldner durch die Abdeckung des Gotteshauses. Innerhalb kürzester Zeit hatten sie eine Reihe von Löchern geschlagen, die ihnen das Durchkommen auf breiter Front ermöglichten. Jetzt schlangen die Kriegsknechte Seile um das freigelegte Gebälk, und während Bogenschützen Pfeil um Pfeil ins Kircheninnere sandten, ließ sich der Rest – an die vierzig Mann – entlang der Taue hinabgleiten.

Ein Schwerthieb traf den Schädel der Frau, die soeben ihren Sohn verloren hatte; blutüberströmt brach sie zusammen. Der Söldner, welcher die Wehrlose ermordet hatte, sprang über den Leichnam hinweg und hieb einen Burschen nieder, der sich mit bloßen Händen gegen die scharfe Klinge zu verteidigen versuchte. Ringsum metzelten andere Thraker; je mehr von ihnen in die Basilika eindrangen, desto schrecklicher wurde das

Massaker, das sie anrichteten. Dutzendfach hallten die Todesschreie von den Steinmauern wider; an manchen Stellen türmten sich die noch zuckenden oder bereits reglosen Leiber der Arianer zu Haufen – dann, als von draußen das mittlerweile von den Flammen zerstörte Portal aufgesprengt wurde und weitere Bewaffnete hereinstürmten, erreichte das Grauen seinen Höhepunkt. Im Verein mit den päpstlichen Söldnern trieb der entmenschte Pöbel die bislang noch verschonten Gläubigen im Altarraum des Gotteshauses in die Enge; dort wurden die verzweifelt um Erbarmen flehenden Männer, Frauen und Jugendlichen gnadenlos niedergemacht, bis sie zuletzt alle in ihrem Blut lagen.

Erst nachdem sie ihren Exzeß auf diese Weise zum Äußersten getrieben hatten, zogen die Mörder sich aus der arianischen Kirche zurück und verschwanden hohnlachend in Richtung des Lateran. Wie ausgestorben lag der Platz vor der geschändeten Basilika *Sancta Maria Maiora* nun da; es dauerte längere Zeit, ehe sich die ersten geschockten Anlieger, die sich zuvor in ihren Häusern verbarrikadiert hatten, heranwagten. Zitternd und mit bleichen Gesichtern betraten sie das Gotteshaus; wenig später kam einer dieser Bürger wieder ins Freie und rief anderen Bewohnern des Viertels, die sich jetzt näherten, entsetzt zu: »Lauft! Holt Hilfe, wo immer ihr sie finden könnt!«

* * *

In Windeseile verbreitete sich die Nachricht von dem Massenmord in der Stadt und gelangte auch nach *Trans Tiberim*. Branwyn sprach in ihrer Kirche soeben den Schlußsegen der Sonntagsandacht, als der Bote hereinstürzte und die furchtbare Kunde brachte.

Sofort wies die junge Priesterin die Gläubigen an, alles greifbare Verbandszeug aus den umliegenden Häusern zu holen und ihr nach *Sancta Maria Maiora* zu folgen. Bei ihrem Eintreffen sahen sie, daß andere Helfer bereits dabei waren, die niedergemetzelten Menschen aus der Basilika herauszubringen. Silvia, die *Presbyterin* von *Sancta Praxedis*, die mit einer Schar ihrer Gemeindemitglieder vom Esquilin herübergekommen war, leitete die Bergung, an der sich nun auch Branwyn und die Christen vom rechten Tiberufer beteiligten.

Nachdem sämtliche Opfer des Massakers auf dem Kirchenvorplatz niedergelegt worden waren, stellte sich heraus, welch ungeheure Schuld die Mordgesellen des *Patriarchats* auf sich geladen hatten. Es waren 162 Tote – darunter der Priester der arianischen Gemeinde, die *Presbyterin* aus Capena und der Rabbiner – zu beklagen; ungefähr noch einmal so viele Teilnehmer des ökumenischen Gottesdienstes hatten schwere, zumeist lebensgefährliche Verletzungen davongetragen.

Branwyn, Silvia und die vielen übrigen Helfer bemühten sich nach Kräften, die Verwundeten zu versorgen. Sie stillten Blutungen, legten Verbände an, schienten gebrochene Glieder – und konnten trotzdem nicht verhindern, daß zahlreiche weitere Menschen starben. Stundenlang kämpften sie gegen den Tod; irgendwann, nachdem das Gröbste getan war und Branwyn sich taumelnd aufrichtete, blickte sie in die Augen einer älteren Frau und hörte sie mit bebender, aber entschlossener Stimme sagen: »Wir alle, denen an wahrem Christentum liegt, müssen etwas gegen das *Patriarchat* unternehmen! Wir dürfen nicht dulden, daß Papst Liberius noch einmal ein derartiges Verbrechen anzettelt!«

Die Intrige

Wochenlang gab es in Rom kaum ein anderes Gesprächsthema als das Massaker in *Sancta Maria Maiora*, und sehr viele Bürger waren – ähnlich wie die betagte Frau, die sich auf dem Platz vor der geschändeten Basilika an Branwyn gewandt hatte – der Meinung, daß den kriminellen Umtrieben des *Patriarchats* unbedingt ein Riegel vorgeschoben werden müsse. Allerdings wußte niemand so recht zu sagen, wie dies angesichts der militärischen

Macht und der schlagkräftigen Organisation, über die der skrupellose Papst verfügte, konkret geschehen sollte. Infolgedessen wurden letztlich lediglich Protestbriefe an Kaiser Konstantius in Konstantinopel und dessen designierten Nachfolger Flavius Claudius Julianus gesandt. Doch der Imperator war, wie die vom Bosporus kommenden Nachrichten besagten, hinfälliger denn je, und Julian stand in Gallien nach wie vor in hartem Abwehrkampf gegen die Franken, weshalb auch von ihm kein nachdrückliches persönliches Eingreifen erwartet werden konnte.

Aus diesen Gründen blieben die Dinge vorerst in der Schwebe; Liberius, der die politische Situation offensichtlich von allem Anfang an eiskalt in sein mörderisches Kalkül einbezogen hatte, residierte weiterhin unangefochten im Lateranpalast. Mehr noch: Ende Februar holte er zum nächsten brutalen Schlag aus und versetzte dem ohnehin schon ins Mark getroffenen arianischen Kirchensprengel von *Sancta Maria Maiora* den Todesstoß.

Wieder geschah es an einem Sonntag; diejenigen Gemeindemitglieder, welche sich am Tag des Gemetzels nicht in der Basilika aufgehalten und daher überlebt hatten, waren zu einer Trauerandacht für ihre hingeschlachteten Verwandten und Bekannten in der verwüsteten Kirche zusammengekommen. Ungefähr hundert Frauen und Männer knieten auf dem nackten Boden und beteten für die Seelen der Ermordeten – als plötzlich abermals eine starke Schar Bewaffneter in das Gotteshaus eindrang. Es handelte sich ausnahmslos um päpstliche Söldner, die bereits an dem Massaker beteiligt gewesen waren. Die Thraker eskortierten zwei Kleriker des *Patriarchats*; einer davon stand im Rang eines Erzpriesters, und während die vor Todesangst zitternden Gläubigen von den Kriegsknechten in Schach gehalten wurden, begaben sich die beiden katholischen Geistlichen zum Altar.

Von dort aus verlangte der Erzpriester, daß die Kirchengemeinde auf der Stelle einen neuen *Presbyter* zu ihrem Oberhaupt wählen müsse. Einen geeigneten Seelsorger – er wies auf seinen Begleiter – habe er gleich vom Lateran mitgebracht, und wenn den Anwesenden ihr Leben lieb sei, sollten sie nicht zögern, für ihn zu stimmen.

Den Gläubigen blieb nichts anderes übrig, als sich der Gewalt zu beugen. Der Willkürakt wurde durch eine Urkunde, welche der Erzpriester bereits vorbereitet hatte, besiegelt und der neue Gemeindevorsteher sofort in sein okkupiertes Amt eingeführt. Damit war der Kirchensprengel von *Sancta Maria Maiora*, dessen Angehörige sich seit Generationen zur Lehre des Arius bekannt hatten, sowohl juristisch als auch faktisch unter die Zwangsherrschaft des *Patriarchats* geraten; künftig würde katholische Dogmatik an die Stelle der früheren Glaubensfreiheit treten.

Angesichts dieses neuerlichen zynischen Anschlags gegen den Geist der Evangelien erreichte die Empörung unter den aufrechten Christen der Stadt ihren Siedepunkt. Dort, wo die Gemeinden ihre Unabhängigkeit bislang noch bewahrt hatten, wurde erregter denn je diskutiert. Allmählich kristallisierte sich die Meinung heraus, daß entschlossene Selbsthilfe jetzt das einzig praktikable Mittel gegen die verbrecherischen Aktivitäten des Patriarchen von Rom sei. Schließlich, mittlerweile war es Mitte März geworden, vereinbarten die Repräsentanten verschiedener nichtkatholischer Kirchensprengel, sich am folgenden Sonntag in *Sancta Praxedis* zu treffen, um den gemeinsamen Widerstand gegen Liberius zu organisieren.

* * *

Selbstverständlich war auch Branwyn zu dieser Zusammenkunft geladen. Silvia, die *Presbyterin* der genannten Gemeinde, hatte ihr einige Tage vorher zudem angedeutet, gerade ihre Anwesenheit werde von vielen, mit denen sie gesprochen habe, als besonders wichtig angesehen.

Branwyn bezog dies in ihrer Bescheidenheit weniger auf die eigene Person, sondern in erster Linie auf die soziale Bedeutung ihres Kirchensprengels. Dank der finanziellen Hilfe, die ihr Acacius im vergangenen Sommer heimlich hatte zukommen lassen, war der Anbau des Waisenhauses inzwischen abgeschlossen. Erst vor kurzem hatte sie zusätzlich zehn obdachlose Kinder aufnehmen können, und sie wußte, daß das *Patriarchat* durch derartige Maßnahmen bloßgestellt wurde. Vielleicht, so überlegte sie nach dem Gespräch mit Silvia, würde es ihrem Geliebten möglich sein, weitere Mittel lockerzumachen, um den gemeinsamen Gegner dadurch in den Augen der Römer zu beschämen; nicht nur in *Trans Tiberim* bestand ja dringender Bedarf an Einrichtungen für die Schwachen und Bedürftigen.

Am Vorabend des Sonntags, für den die Versammlung in *Sancta Praxedis* anberaumt war, machte sie gegenüber Acacius einen entsprechenden Vorstoß. Einmal mehr hatte sich das Paar in seinem Liebesnest zwischen Capitol- und Palatinhügel getroffen; als Branwyn ihr Anliegen vorbrachte, hörte Acacius aufmerksam zu, dann antwortete er: »Grundsätzlich bin ich gerne bereit, zu helfen, das weißt du. Allerdings wird es einige Zeit dauern, ehe meine Freunde und ich erneut unbemerkt Geld aus dem Vermögen des *Patriarchats* abzweigen können. Ich werde mich aber auf jeden Fall bemühen, dir eine größere Summe zu verschaffen; ein paar Monate wirst du dich allerdings gedulden müssen.«

»Du bist ein Schatz!« Branwyn bedankte sich mit einem Kuß und fuhr fort: »Daß du das Geld sofort aus dem Ärmel schütteln könntest, erwartete ich sowieso nicht. Außerdem muß ohnehin erst beschlossen werden, wie es verwendet werden soll. Doch da ich nun deine Zusage habe, kann das vielleicht gleich morgen bei unserer Zusammenkunft geschehen ...«

»Wovon redest du?« unterbrach der *Notarius* sie erstaunt.

»Ach richtig, ich erzählte dir noch gar nicht davon«, erwiderte Branwyn und berichtete ihrem Geliebten von dem Treffen, das am nächsten Tag in *Sancta Praxedis* stattfinden sollte.

Nachdem sie geendet hatte, stand Acacius wortlos auf, ging zum Fenster und starrte in die Nacht hinaus.

Branwyn wartete einen Moment ab, dann begab sie sich zu ihm, schmiegte sich an seinen Rücken und flüsterte: »Ich verstehe deine Enttäuschung darüber, daß wir uns morgen nicht sehen können. Auch ich bedauere es – aber ich darf der Zusammenkunft unter gar keinen Umständen fernbleiben.«

»Es geht nicht darum, ob ich enttäuscht bin oder nicht!« schnappte Acacius. »Vielmehr hege ich schwere Bedenken, ob das, was du tust, richtig ist?!«

»Was sollte daran falsch sein?!« konterte Branwyn und löste sich von ihm. »Es ist doch wirklich dringend nötig, dem Papst organisierten Widerstand entgegenzusetzen!«

»Das mag sein.« Acacius wandte sich endlich zu ihr um. »Aber ich habe den Eindruck, du begreifst nicht, in welche Gefahr du dich begibst, wenn du an der Versammlung teilnimmst!«

»Du sorgst dich um mich? Deshalb warst du eben so schroff?« Ein weicher Unterton schwang in Branwyns Stimme mit, gleich darauf jedoch fügte sie entschlossen hinzu: »Trotzdem muß ich morgen nach *Sancta Praxedis* gehen! Ich riskiere dabei nicht mehr als die anderen, und ich will sie nicht im Stich lassen ...«

»Ja, ich habe Angst um dich!« fiel ihr Acacius ins Wort. »Der Gedanke, daß dir etwas zustoßen könnte, ist mir unerträglich!«

»Aber was sollte denn passieren?« versuchte Branwyn ihn zu beruhigen. »Nur ein paar Dutzend Eingeweihte wissen von dem Treffen. Wir alle haben Stillschweigen vereinbart, und genaugenommen hätte ich noch nicht einmal mit dir darüber reden dürfen. Wie also sollte ein Unberufener davon erfahren haben?«

»Das *Patriarchat* hat seine Spitzel überall!« beharrte Acacius. »Und falls Liberius Wind von der Zusammenkunft bekommen hat, könnte er so brutal vorgehen wie in *Sancta Maria Maiora* ...«

Branwyn zuckte zusammen; Acacius zog sie an sich und sagte in drängendem Tonfall: »Siehst du, das hast du nicht bedacht! Obwohl du weißt, wozu der Papst fähig ist! Deshalb bitte ich dich: Sorge dafür, daß die Versammlung abgesagt wird! Am besten tust du es gleich auf der Stelle! Die Gefahr ist zu groß!«

Für einen Moment war Branwyn versucht nachzugeben. Wieder glaubte sie die vielen Toten und Schwerverletzten auf dem Platz vor der Basilika nördlich des Esquilin vor sich zu sehen. Doch dann schüttelte sie den Kopf und erklärte: »Ich kann nicht tun, was du von mir verlangst! Denn es würde die kampflose Kapitulation vor dem *Patriarchat* bedeuten!«

Seine dunklen Augen waren ihr ganz nahe. Sie sah die Enttäuschung in ihnen; Enttäuschung und etwas wie mühsam unterdrückten Zorn, der sie erschreckte. Unvermittelt hatte sie das Gefühl, als hielte ein Fremder sie in seinen Armen. In einer instinktiven, fast panischen Regung suchte sie seinen Mund; mit dem nächsten Lidschlag, weil er ihren Kuß leidenschaftlich erwiderte, verwich das beklemmende Empfinden. Wie befreit gab sie sich dem Rausch hin, den seine Begierde in ihr auslöste; sein wildes Begehren, das sie mitriß, bis sie ihm stammelnd zu verstehen gab, daß sie auf der Stelle genommen werden wollte. So wie damals im Quellhain, wo sie zum erstenmal eins geworden waren, hob er sie hoch und trug sie zum Bett; gleich darauf zählte nur noch ihre Lust, die sie alles andere vergessen ließ.

Spät in der Nacht schliefen sie erschöpft ein; am folgenden Morgen versuchte Acacius nicht noch einmal, sie von ihrem Vorhaben abzubringen. Allerdings bat er Branwyn, sehr vorsichtig zu sein und auch die übrigen Teilnehmer der Zusammenkunft auf das Risiko aufmerksam zu machen, das sie eingingen. Er selbst, so versprach er, werde sich den ganzen Tag im *Patriarchat* aufhalten und sie sofort warnen, falls es irgendwelche Anzeichen dafür gebe, daß Liberius einen Anschlag plane.

Branwyn war ihm dankbar dafür; zärtlich verabschiedete sie sich von Acacius und begab sich nach *Trans Tiberim*. Wie jeden Sonntag feierte sie den Gottesdienst mit den Menschen ihrer Gemeinde und nahm danach das Mittagessen im Atriumhaus ein. Anschließend machte sie sich auf den Weg zum Esquilin und kam am frühen Nachmittag in *Sancta Praxedis* an.

* * *

Ein Teil der Geladenen hatte sich bereits im Gotteshaus versammelt; die meisten von ihnen kannte Branwyn persönlich, die anderen stellte Silvia ihr vor. Etwas überrascht bemerkte die junge *Presbyterin* von *Sancta Maria*, welch großes Interesse ihrer Person entgegengebracht wurde, und das blieb so, während nun nach und nach auch die restlichen Teilnehmer eintrafen. All die Priesterinnen, Priester und sonstigen Abgesandten der verschiedenen Kirchensprengel richteten freundliche Worte an sie, ehe sie ihre Plätze einnahmen; zuletzt, nachdem sich die etwa vierzig Personen auf den im Kreis angeordneten Bänken niedergelassen hatten, eröffnete Silvia das Treffen.

»Wir haben uns hier, wo in Gegenwart Petri einst Juden, Christen und Heiden gemeinsam beteten, zusammengefunden, um dieses urchristliche Vermächtnis des friedlichen Miteinander zu verteidigen«, begann sie. »Wer den Geist der Toleranz und damit die Lehre Jesu bedroht, brauche ich euch nicht zu erklären; nur soviel: Unsere Schwester Theodora, die ihr hier neben mir sitzen seht, überbrachte mir vorhin, als sie nach *Sancta Praxedis* kam, eine Warnung, wonach das *Patriarchat* Spione auf uns angesetzt und Wind von unserer Versammlung bekommen haben könnte. Falls es sich tatsächlich so verhält, hätte sich Liberius einmal mehr als ein Mensch entlarvt, der zu despotischen Mitteln greift. Uns allerdings träfe eine derartige Bespitzelung wenig, denn was wir heute, wie ich hoffe, beschließen, soll ohnehin schon morgen in ganz Rom öffentlich gemacht werden ...«

»Aber was ist, wenn der Patriarch darauf verfällt, seine thrakischen Mordbrenner auf uns zu hetzen?!« rief ein älterer arianischer *Presbyter*.

»Es würde ihnen nicht gelingen, ungesehen hierher vorzudringen«, erwiderte Silvia. »Sicherheitshalber veranlaßte ich, daß alle Straßen, die in das hiesige Viertel führen, von zuverlässigen Mitgliedern meiner Gemeinde beobachtet werden, und man würde uns bei Gefahr bestimmt rechtzeitig verständigen.«

Silvia wartete ab, bis wieder Ruhe unter den aufgestörten Versammlungsteilnehmern eingekehrt war, dann kam sie auf das zurück, was sie eingangs gesagt hatte: »Wir alle bemühen uns in unseren Kirchensprengeln, die Werte, die Jesus lehrte, hochzuhalten und sie im täglichen Leben zu verwirklichen. Ein besonderes Vorbild ist uns darin die Gemeinde *Sancta Maria* mit ihrer Schule, dem Hospital, dem ambulanten Dienst zur Versorgung der Alten und dem Waisenhaus, das dank der Tatkraft Theodoras erst kürzlich zehn weitere elternlose Kinder aufnehmen konnte. Doch auch anderswo in der Stadt sind gerade in letzter Zeit derartige Einrichtungen entstanden, und zusätzliche befinden sich in Planung. Diese sozialen Stätten ermöglichen es, das Nächstenliebegebot Jesu in die Tat umzusetzen; jeder Bedürftige, egal ob Christ, Jude oder Heide, findet dort Aufnahme, denn vor Gott, so predigte Jesus, sind alle Menschen gleich.«

Bislang hatte die *Presbyterin* von *Sancta Praxedis* eher verhalten gesprochen, jetzt wurde ihre Stimme lauter: »Liberius hingegen setzt alles daran, dieses von Gott gewollte Miteinander zu zerstören! Es begann bereits bei seiner Rückkehr aus dem Exil vor knapp drei Jahren, als er gleich einem Kriegsherrn in Rom einzog und es so augenscheinlich darauf anlegte, seinen Machtanspruch zu demonstrieren, daß es aufgrund dieser Provokation um ein Haar zum Blutvergießen gekommen wäre. Kaum hatte er von neuem den Lateranpalast bezogen, vernichtete er die arianische Gemeinde von *Sancta Magdalena* und setzte ähnliche Anschläge gegen andere Kirchensprengel ins Werk, die sich dem *Patriarchat* nicht unterwerfen wollten. Um das Volk zu verdummen und es dadurch um so leichter gängeln zu können, förderte er abscheulichen und mit der christlichen

Lehre nicht zu vereinbarenden Aberglauben in Form der Reliquienanbetung. Erst vor einigen Wochen schließlich krönte er alle diese Verbrechen durch das Massaker in *Sancta Maria Maiora*, und es kann überhaupt kein Zweifel bestehen, daß er längst seine nächste und vielleicht noch schrecklichere Untat plant. Denn Liberius will in dieser Stadt und damit im gesamten Weströmischen Reich die Alleinherrschaft des Katholizismus – und das würde bedeuten: absolute Macht für ihn und seine Nachfolger!«

»Nie darf das geschehen!« – »So etwas wäre das Ende des wahren christlichen Glaubens!« – »Nachfolge Jesu ohne Toleranz ist undenkbar!« – »In den Kirchengemeinden muß Platz für alle Menschen guten Willens sein!« – »Christus war Jude, pflegte Freundschaft zu Heiden und grenzte niemanden aus!« – »Wer nach weltlicher Herrschaft und Unterdrückung Andersdenkender trachtet, verrät alles, wofür der Gekreuzigte stand!« – »Als Petrus in Rom weilte, gründete er kein *Patriarchat*!« – »Erst seit Beginn unseres Jahrhunderts versuchen sich gewisse Machtlüsterne über die frei gewählten *Presbyter* und Bischöfe unseres Landes, die nach alter Tradition bescheiden leben, aufzuwerfen!« – »Liberius aber ist der schlimmste von allen, die je im Lateran saßen: ein Mörder, Brandstifter und Verräter am Geist der Evangelien!«

Von allen Seiten kamen die empörten Ausrufe; erst als Silvia die Hand hob, legte sich der Aufruhr wieder, und die *Presbyterin* von *Sancta Praxedis* fand Gelegenheit, in ihrer Rede fortzufahren: »Ich sehe, wir sind uns einig darin, daß den kriminellen und glaubensfeindlichen Umtrieben des *Patriarchats* ein Riegel vorgeschoben werden muß! Um dies zu erreichen, haben wir uns heute hier versammelt, und in Abstimmung mit verschiedenen Priesterinnen und Priestern anderer Gemeinden, die alle unter uns sind, möchte ich euch nun einen Vorschlag machen, auf welche Weise wir wirksamen Widerstand leisten können …«

Erstaunt blickte Branwyn auf. Silvia, mit der sie sonst so

vertraut war, hatte ihr gegenüber nichts von diesen besonderen Vorgesprächen erwähnt. Gleich darauf, als sie die nächsten Sätze der zu ihrer Rechten sitzenden *Presbyterin* vernahm, wunderte sie sich noch mehr, denn was Silvia jetzt sagte, besaß höchste Brisanz: »Laßt uns die usurpierte Macht des Patriarchen von Rom beschneiden, indem wir ein eigenes geistliches Bollwerk gegen ihn aufrichten! Dies ist uns nach überliefertem Kirchenrecht möglich – nämlich dann, wenn verschiedene Gemeinden übereinkommen, sich zu einem Bund zusammenzuschließen und gemeinsam eine Bischöfin oder einen Bischof zu wählen!«

Während diejenigen, die eingeweiht gewesen waren, nickten, malte sich auf den Gesichtern der anderen zunächst Verblüffung; gleich darauf fand die Anregung der *Presbyterin* von *Sancta Praxedis* begeisterten Beifall.

Branwyn beugte sich zu Silvia und flüsterte ihr zu: »Sofern wir das in die Tat umsetzen könnten, hätten wir tatsächlich eine sehr scharfe Waffe gegen Liberius in der Hand! – Nur«, sie zögerte kurz, »warum hast du mir gegenüber bisher geschwiegen?«

»Nicht, um dich zurückzusetzen«, raunte Silvia. »Sondern ...«

Die *Presbyterin* von *Sancta Praxedis* wurde unterbrochen, weil sich im selben Augenblick eine Gemeindevertreterin vom Viminalhügel Gehör verschaffte und sich an sie wandte. »Falls es nach mir ginge«, verkündete die etwa fünfzigjährige, auf gutmütige Art resolut wirkende Frau, »so wäre ich dafür, nicht lange zu fackeln und die Bischofswahl gleich an Ort und Stelle durchzuführen. Ich vermute aber, daß sich dies leider nicht so einfach übers Knie brechen läßt und wir statt dessen gewisse Richtlinien beachten müssen. Da jedoch ich und bestimmt auch andere einfachere Geister hier wenig von den kirchenrechtlichen Bestimmungen wissen, die du erwähntest, möchte ich dich bitten, uns die Sache genauer zu erläutern.«

»Es ist gut, daß du nachfragst, Cloelia«, antwortete Silvia lächelnd. »Denn vorhin, als ich vom überlieferten Kirchenrecht sprach, drückte ich mich wohl mißverständlich aus. Ich meinte nämlich nicht irgendwelche juristischen Vorschriften, wie sie in den Kanzleien des *Patriarchats* ausgebrütet werden; vielmehr können wir uns auf eine seit dem ersten Jahrhundert bezeugte urchristliche Tradition berufen …«

»Und damit auf die ehrwürdigsten Wurzeln unseres Glaubens!« warf der arianische *Presbyter* ein, der zu Beginn der Versammlung vor einem möglichen Anschlag der päpstlichen Söldner gewarnt hatte.

»So ist es!« bestätigte Silvia, dann deutete sie auf das Mosaik an der Wand des Altarraumes, das die eindrucksvolle Gestalt Petri zeigte, und erklärte: »Christentum, wie es diejenigen lehrten, die Jesus noch persönlich gekannt hatten, bedeutete absolute Freiheit der Gläubigen. Die Getauften jeder Gemeinde besaßen das Recht, sich ihre Priester ganz nach eigenem Gutdünken und ohne jede Einmischung von außen zu wählen – und so wird es ja bis heute in jenen Kirchensprengeln gehalten, über die das *Patriarchat* bislang noch keine Macht gewonnen hat. Was jedoch in den vergangenen Zeiten für die Wahl der *Presbyter* galt, traf ebenso auf die Einsetzung von Bischöfen zu; auch sie wurden früher stets durch direkte Akklamation der Gläubigen ernannt. Dies geschah, wenn verschiedene Gemeinden übereingekommen waren, sich zu einem größeren Miteinander zusammenzuschließen; dann bestimmten deren Mitglieder eine Priesterin oder einen Priester aus ihrer Mitte dazu, sie als Bischöfin beziehungsweise Bischof zu führen …«

»Wenn ich dich richtig verstehe, heißt das, daß es in einer Stadt wie Rom unter Umständen mehrere Bischöfe gleichzeitig geben konnte, oder?« unterbrach Cloelia.

»Dies war tatsächlich häufig der Fall«, nickte Silvia. »In den alten Dokumenten, die in den seit Anbeginn bestehenden Kirchensprengeln aufbewahrt werden, ist das eindeutig überliefert. Es gab Zeiten, da in Rom drei oder vier Bistümer friedlich nebeneinander existierten, und dies blieb so bis zum Ende des vergangenen Jahrhunderts …«

»Dann aber begann der unheilvolle Aufstieg des *Patriarchats*!« Der grimmige Zwischenruf kam aus dem Mund des bewußten arianischen *Presbyters*. »Eine Gruppe verräterischer Theologen, denen ungleich mehr an ihrer persönlichen Macht als an der Verkündigung der Evangelien lag, suchte den Pakt mit dem Kaisertum und schaffte es unter Konstantin, daß das Christentum zur Staatsreligion proklamiert wurde. Anno dreihundertdreizehn erließ der Imperator die entsprechenden Edikte, und ab jenem verhängnisvollen Jahr arbeiteten diejenigen, die jetzt im Lateranpalast residierten, mit immer skrupelloseren Mitteln auf ihre Alleinherrschaft hin!«

»Weder Liberius noch seine Vorgänger, die zumeist Angehörige sehr reicher Adelsfamilien waren, stellten sich einer freien Wahl durch die Gläubigen«, nahm wiederum Silvia das Wort. »Seit man die Institution des *Patriarchats* vor ungefähr fünfzig Jahren etablierte, wurde das Patriarchenamt also stets von Männern besetzt, denen im Grunde genommen jegliche Legitimation fehlte, als römische Kirchenoberhäupter zu fungieren. Einzig mit Hilfe der Machtmittel, über die sie verfügten, warfen sie sich zu vorgeblichen Nachfolgern Petri auf und behaupteten, es sei ihnen von Gott aufgegeben worden, Gewalt über sämtliche Gemeinden des Weströmischen Reiches auszuüben. Damit ihnen dies freilich gelingen konnte, mußte mit den früheren Traditionen gebrochen werden – deshalb kam in unserem Jahrhundert der urchristliche Brauch der Bischofswahlen durch das Volk ab. Das Recht, ihre *Presbyter* und Bischöfe durch freie Willensentscheidung zu bestimmen, besitzen die römischen Kirchensprengel jedoch nach wie vor. Denn es wurde ihnen von jenen übertragen, welche die ersten christlichen Gemeinden gründeten, und zudem hat selbst Kaiser Konstantin es in keinem seiner Erlasse bestritten.«

Silvia machte eine Pause, damit Cloelia und die anderen Delegierten, denen diese Dinge weniger vertraut waren, das Gehörte verarbeiten konnten, dann schloß sie: »Weil es sich aber so verhält, sind wir – oder besser: die Mitglieder unserer

Gemeinden – jederzeit berechtigt, so zu verfahren, wie ich es vorgeschlagen habe. Wie Cloelia vorhin allerdings ganz richtig vermutete, müssen bei der Wahl einer Bischöfin oder eines Bischofs bestimmte Regularien beachtet werden, so daß meiner Schätzung nach ungefähr drei Monate verstreichen werden, bis die Entscheidung zwischen den verschiedenen Kandidaten fallen kann.«

»Sage uns, wie wir im einzelnen vorgehen müssen!« forderte ein grauhaariger Abgesandter des arianischen Kirchensprengels *Sanctus Andreas* auf dem Quirinalhügel.

»Das will ich gerne tun«, antwortete Silvia; gleich darauf lauschten die Anwesenden erneut gespannt ihren Ausführungen: »Der erste Schritt ist praktisch schon gemacht, denn wir alle hier, die wir die nicht vom *Patriarchat* abhängigen Pfarreien Roms vertreten, sind uns ganz offensichtlich darin einig, ein gemeinsames Oberhaupt zu bestimmen. Da die Bischofswahl aber nach urchristlichem Vorbild erfolgen soll, ist es nun unsere Pflicht, die Zustimmung unserer Gemeindemitglieder einzuholen. Ich schlage vor, zu diesem Zweck gleich morgen Zusammenkünfte in den verschiedenen Gotteshäusern einzuberufen; auf diese Weise wird unser Vorhaben rasch überall in der Stadt bekannt werden, und die Menschen, die sich angesichts der Despotie des *Patriarchats* jetzt noch hilflos fühlen, werden neuen Mut fassen ...«

»Sehr gut!« warf Branwyn ein; Silvia schenkte ihr einen warmherzigen Blick, dann fuhr sie fort: »Der nächste Schritt besteht darin, daß sich die einzelnen Kirchensprengel darüber klarwerden, ob sie eigene Kandidaten für das Bischofsamt aufstellen oder zusammen mit Nachbargemeinden gemeinsame Bewerber unterstützen wollen. Weil dazu natürlich gründliche Überlegung nötig ist, sollte den Gläubigen mindestens ein Monat Zeit gelassen werden. Da wir heute den dritten Sonntag im März haben, schlage ich vor, als Frist für die Benennung der Kandidaten den letzten Aprilsonntag festzusetzen; anschließend müssen die Bewerber selbstverständlich Gelegenheit haben, sich überall in der Stadt bei öffentlichen Versammlungen vorzustellen und sich außerdem in den Haushalten bekannt zu machen. Sofern wir dafür noch einmal zwei Monate ansetzen, haben wir Ende Juni. Infolgedessen sollten wir die Bischofswahl am letzten Sonntag dieses Monats durchführen – und zwar, um ein unübersehbares Zeichen zu setzen, auf dem Forum Romanum, wo sich die römischen Bürger von jeher zusammenfanden, um für das Allgemeinwohl besonders wichtige Entscheidungen zu treffen.«

»Das ist genial! Besser könnten wir unseren Anspruch, dem *Patriarchat* eine eigenständige, von der Willkür des Liberius unabhängige Kirche entgegenzustellen, gar nicht dokumentieren!« rief die *Presbyterin* einer Gemeinde im Palatinviertel. Andere äußerten sich ähnlich begeistert, und wenig später wurde die von Silvia angeratene Vorgehensweise per einstimmiger Akklamation auch offiziell gebilligt.

Eigentlich hätte die *Presbyterin* von *Sancta Praxedis* nun die Zusammenkunft beenden können. Statt dessen jedoch gab Silvia, nachdem ihre Augen kurz auf Branwyn geruht hatten, eine Erklärung ab, die noch einmal für beträchtliches Aufsehen sorgte. »In Absprache mit meinen Ratgebern im hiesigen Kirchensprengel«, verkündete sie, »habe ich mich entschlossen, nicht für das Bischofsamt zu kandidieren. Weiter werden wir morgen den Gläubigen unserer Pfarrgemeinde empfehlen, auch niemanden sonst für *Sancta Praxedis* zu nominieren. Vielmehr wollen wir unsere Schwester Theodora von *Sancta Maria* unterstützen, und ich möchte euch jetzt unsere Entscheidung begründen ...«

Das ist der Grund, warum Silvia mich vor dem Treffen nicht umfassend in ihre Pläne einweihte! schoß es Branwyn durch den Kopf; im nächsten Moment hörte sie die *Presbyterin* sagen: »Wir befürworten Theodoras Kandidatur, weil sie während der wenigen Jahre ihres Wirkens in *Sancta Maria* zum Vorbild für viele andere wurde. Immer wieder gehen von ihrer Gemeinde fruchtbare Impulse aus, die auch anderswo großen Segen bringen; nie wies Theodora jemanden ab, der Rat oder Hilfe brauchte. Nicht nur in *Trans Tiberim*, sondern weit über dieses Stadtviertel hinaus ist sie wegen ihrer humanen, ausgleichenden und humorvollen Art beliebt. Gleichzeitig besitzt sie aber die Kraft, sich dem Bösen entschlossen entgegenzustellen, wie sie beispielsweise vor zweieinhalb Jahren bewies, als sie den betrügerischen Reliquienhändler Paulinus Lupus öffentlich entlarvte …«

Beifall ertönte; als wieder Ruhe eingekehrt war, fuhr Silvia fort: »Mit ähnlichem Mut, dessen bin ich gewiß, würde eine Bischöfin Theodora dem *Patriarchat* Widerstand leisten. Sie würde es mit dem ihr eigenen Charisma und ihrer ungewöhnlichen inneren Stärke tun, die sie sich durch die Überwindung äußerst harter Schicksalsschläge erwarb, ehe sie nach Rom kam. Wer, wie ich, die Lebensgeschichte Theodoras kennt, weiß, daß die meisten Menschen an den schweren Prüfungen, die sie zu ertragen hatte, zerbrochen wären. Sie jedoch reifte daran weit über ihr Alter hinaus und wurde wahrhaft zu einem Geschenk Gottes für unsere Stadt. Die göttliche Macht selbst, davon bin ich felsenfest überzeugt, hat sie nach Rom geführt – und es geschah, weil Theodora hier eine ganz besondere Aufgabe erfüllen soll!«

Der letzte Satz schien seltsam eindringlich im Kirchenschiff nachzuhallen; Branwyn brachte es – ebenso wie die übrigen Anwesenden – zunächst nicht fertig, etwas auf die Worte der *Presbyterin* von *Sancta Praxedis* zu erwidern. Einige Herzschläge lang herrschte tiefe Stille; erst als sich die Spannung löste und einige Versammlungsteilnehmer sich ganz offensichtlich anschickten, Silvia in ihrem Anliegen zu unterstützen, stieß Branwyn hervor: »Aber ich bin doch die Jüngste und Unerfahrenste unter euch! Außerdem füllt meine Arbeit in *Sancta Maria* mich aus, und ich strebe nichts weiter an, als den Menschen dort zu dienen!«

»Deine Bescheidenheit spricht zusätzlich für dich«, äußerte Silvia mit feinem Lächeln. »Und was deine Jugend sowie deine angebliche Unerfahrenheit angeht, so …«

»Du wärst eine viel geeignetere Kandidatin!« unterbrach Branwyn sie. »Schließlich kam der Anstoß zur Bischofswahl von dir, und du hast uns eben auch erläutert, wie wir vorgehen müssen. Daher wäre es zweifellos besser, wenn du dich um das Amt bewerben würdest und wir von *Sancta Maria* dich unterstützten.«

»Ich glaube nicht, daß dies im Sinne deiner Gemeindemitglieder wäre!« versetzte Silvia.

»Warum denn nicht?!« entfuhr es Branwyn. Einen Lidschlag später begriff sie, was Silvia gemeint hatte, und fügte hinzu: »Du meinst, weil ...«

»Ja, ich bin völlig sicher, die Gläubigen von *Sancta Maria* werden niemanden sonst als dich wählen wollen!« bestätigte Silvia.

»Und sie werden beileibe nicht die einzigen sein!« rief Cloelia. »Dafür lege ich meine Hand ins Feuer!«

Branwyn öffnete den Mund zu einer Entgegnung, doch Silvia kam ihr zuvor. »Niemand verlangt, daß du meinem Vorschlag sofort zustimmst«, sagte sie. »Selbstverständlich hast du Bedenkzeit, und ich bitte dich nur, dir alles in Ruhe zu überlegen ...«

Wie benommen nickte Branwyn; im nächsten Moment lagen die beiden Frauen sich in den Armen, und mit dieser zutiefst menschlichen Geste endete die Zusammenkunft in *Sancta Praxedis*.

* * *

Am Abend des folgenden Tages, bei der kurzfristig einberufenen Versammlung in der Kirche *Sancta Maria*, kam es genauso, wie Silvia vorhergesagt hatte. Kaum hatte Branwyn ihre Gemeinde über die bevorstehende Bischofswahl informiert, wurde sie von allen Seiten bestürmt, sich als Kandidatin zur Verfügung zu stellen. Darüber hinaus hatten einige der Gläubigen offenbar bereits vom Vorschlag Silvias erfahren, und Angela gab der allgemeinen Stimmung Ausdruck, als sie in ihrer unverblümten Art forderte: »Du mußt es einfach akzeptieren, wenn wir und dazu die Leute von *Sancta Praxedis* dich unbedingt zur Bischöfin haben wollen! Eine geeignetere Bewerberin als dich gibt es nicht, und wenn du ehrlich bist, mußt du das selbst eingestehen!«

»Außerdem bist du es Calpurnia schuldig, die dich taufte, dir die Priesterweihe spendete und stets davon überzeugt war, daß du zu noch Höherem berufen bist!« stieß Camilla, die Tochter der verstorbenen *Presbyterin*, ins selbe Horn, und sofort stimmten ihr zahlreiche weitere Gemeindemitglieder zu.

Ähnlich wie in *Sancta Praxedis* brachte Branwyn eine Reihe von Einwänden vor; zuletzt freilich blieb ihr nichts anderes übrig, als den Gläubigen zu versprechen, eine Kandidatur ernsthaft in Erwägung zu ziehen. »Verlangt aber um Gottes willen nicht schon morgen eine Entscheidung von mir!« bat sie. »Ich habe ja auch erst gestern von allem erfahren und muß zunächst mit mir selbst ins reine kommen. Laßt mir also ein paar Wochen Zeit; schließlich läuft die Frist zur Nominierung der Bewerber bis Ende April, und bis dahin hoffe ich Klarheit gewonnen zu haben.«

Damit mußten die Angehörigen ihrer Gemeinde sich zufriedengeben; nach einem gemeinsamen Gebet schloß Branwyn die Versammlung und ging mit Angela, Camilla und Gaius nach Hause. Dort flackerte die Diskussion von neuem auf; es wurde Mitternacht, ehe Branwyn sich endlich zurückziehen konnte. Erschöpft, aber ohne Schlaf zu finden, lag sie im Bett; ihre Gedanken rasten, und erst gegen Morgen forderte die Natur ihr Recht. Zeitig, weil sie Unterricht in der Schule halten mußte, war sie wieder auf den Beinen – und von diesem Tag an hatte sie keine ruhige Minute mehr.

Obwohl diejenigen, die bei den Zusammenkünften in *Sancta Praxedis* und *Sancta Maria* dabeigewesen waren, ihr Bedenkzeit eingeräumt hatten, kamen von früh bis spät Besucher ins Atriumhaus oder in die anderen Gebäude, in denen sie sich gerade aufhielt, und bemühten sich, Branwyn zur Kandidatur zu überreden. Teils handelte es sich dabei um Frauen und Männer aus *Trans Tiberim*; viele stammten jedoch aus anderen Stadtteilen, selbst solchen, die am entgegengesetzten Ende Roms lagen. Immer wieder spürte die junge *Presbyterin*, welch großes, oft rückhaltloses Vertrauen ihr entgegengebracht wurde. Manchmal erschrak sie beinahe darüber und hatte dann das beklemmende Empfinden, daß diejenigen, die sie zur Bischöfin haben wollten, zuviel oder gar Unmögliches von ihr erwarteten. Besonders in solchen Momenten wurde ihr bewußt, welch ungeheure Verpflichtung sie auf sich nehmen würde, falls sie kandidierte und gewählt wurde – und wenn sie sich dann das Ausmaß dieser Verantwortung ausmalte, litt sie unter Ängsten und Selbstzweifeln.

Sie war eine der jüngsten Priesterinnen der Millionenstadt; sie zählte gerade erst neunundzwanzig Jahre und fühlte sich mit den vielfältigen Pflichten, die sie in *Sancta Maria* wahrzunehmen hatte, häufig genug bis an die Grenzen ihrer Leistungsfähigkeit ausgelastet. Deshalb vermochte sie sich nur schwer vorzustellen, die ungleich größere Bürde zu tragen, die das Bischofsamt ihr auferlegen würde. Branwyn fürchtete, die Abertausend Gläubigen, denen ihre Sorge gelten müßte, zu enttäuschen; wie, so fragte sie sich, sollte sie dann noch auf die Sorgen und Nöte jedes einzelnen eingehen können?

Außerdem – und dieses Problem schien ihr oftmals am schwerwiegendsten – war da ihre Liebe zu Acacius. Bisher schon hatten sie bedeutend weniger Zeit als andere Paare für sich gehabt; nun, in diesen Aprilwochen, da es im Atriumhaus wie in einem Taubenschlag zuging, konnten sie sich höchstens einmal für eine gestohlene Stunde treffen. Sobald Branwyn an den behaglichen Raum im Rückgebäude des Hauses zwischen Capitol- und Palatinhügel dachte, fühlte sie einen Stich im Herzen; seit jener Zusammenkunft in *Sancta Praxedis* war es ihr nicht mehr vergönnt gewesen, eine gemeinsame Nacht mit Acacius zu verbringen. Noch hatte er sich deswegen nicht beklagt, aber wenn sie jetzt bei ihm war, glaubte sie seine wachsende Verstimmung zu spüren. Zudem hatte er ihr gleich in den ersten Tagen ihres Hinundhergerissenseins zu verstehen gegeben, daß ihm die Vorstellung, sie könnte tatsächlich ins Bischofsamt aufsteigen, keineswegs behagte, und als sie versucht hatte, mit ihm darüber zu diskutieren, war er ihr beinahe schroff ausgewichen.

Manchmal befürchtete Branwyn, ihre Beziehung könnte die Belastung auf Dauer nicht aushalten und zerbrechen. Jedesmal, wenn derartige Überlegungen sie quälten, war sie drauf und dran, zu Silvia zu laufen und der Freundin ihren Entschluß, nicht zur Wahl anzutreten, mitzuteilen. Doch gleich darauf sagte sie sich wieder, daß Acacius sie liebte und deshalb letztlich zu ihr halten würde, falls sie sich zur Kandidatur durchrang. Und bei anderen Gelegenheiten, wenn sie einmal mehr Zweifel wegen ihres Alters befielen, führte sie sich Menschen vor Augen, die ebenso jung waren wie sie und dennoch große Verantwortung trugen: Julian zum Beispiel, den Feldherrn und designierten Nachfolger des Kaisers Konstantius, der gerade erst dreißig Jahre zählte und bereits mit fünfundzwanzig, als sie ihn in Gallien kennengelernt hatte, Tribun der dortigen Nordprovinzen gewesen war.

Solche Gedanken gaben Branwyn neuen Mut; vorübergehend war sie dann sicher, der Herausforderung sehr wohl gewachsen zu sein: der hohen Aufgabe, die darin bestand, der Bösartigkeit des Weißen Drachen die gute Kraft des Roten Drachen entgegenzusetzen. Schon in Avalon war sie ja darauf vorbereitet worden, diesen Kampf dereinst im Einklang mit dem Göttlichen aufzunehmen, und jetzt schien die Stunde gekommen, da die Vision, die sie damals, in der *Samhain*nacht vor sechs Jahren, erlebt hatte, sich erfüllen sollte. Insbesondere diese Erwägungen schenkten Branwyn Kraft und halfen ihr, die Anwandlungen von Unsicherheit und Angst zu überwinden.

Im Verlauf der zweiten Aprilhälfte wurde ihr die Vorstellung, an die Spitze der Gegner des *Patriarchats* zu treten, allmählich vertrauter; dies um so mehr, als die Zuwendung, die sie bekam, sich von Tag zu Tag verstärkte. Ein zusätzlicher Grund, warum die junge *Presbyterin* von *Sancta Maria* immer mehr dahin tendierte, sich nicht länger zu verweigern, lag aber auch in den Aktivitäten des Lateran. Liberius und der päpstliche Klerus, die selbstverständlich längst Wind von der bevorstehenden Bischofswahl bekommen hatten, begannen jetzt auf ihre Art Widerstand zu leisten, und dies geschah oft auf infame Weise.

Von den Kanzeln der katholischen Kirchen erklangen Hetzpredigten; man drohte den Arianern und sonstigen vorgeblichen Ketzern, deren Handeln nach den Worten der Agitatoren von angeblich verbrecherischen Elementen wie Juden und Heiden gesteuert wurde, Höllenfeuer und ewige Verdammnis an. Häufiger als sonst marschierten schwerbewaffnete Einheiten thrakischer Söldner durch die Straßen Roms; gelegentlich tauchten Pöbelhaufen auf, die unversehens Steine gegen arianische oder andere nicht dem *Patriarchat* unterstehende Gotteshäuser schleuderten. Doch im Gegensatz zu früher waren die Anwohner nunmehr auf der Hut und stellten sich den Randalierern entschlossen entgegen, so daß größere Ausschreitungen verhindert werden konnten. Die nichtkatholischen Gläubigen handelten so, weil sie angesichts des in *Sancta Praxedis* gefaßten Beschlusses Hoffnung geschöpft hatten: Hoffnung, die zum großen Teil auf der *Presbyterin* von *Sancta Maria* ruhte.

Das Wissen darum bewog Branwyn schließlich dazu, der Entscheidung nicht länger auszuweichen. Drei Tage vor dem letzten Aprilsonntag nahm sie sich vor, ihre Kandidatur bekanntzugeben; ehe dies freilich geschehen konnte, mußte sie sich unbedingt mit Acacius aussprechen. Da die Zeit drängte und sie erst am Montag der folgenden Woche wieder verabredet waren, entschloß sie sich, ihn in seinem Haus zwischen Lateranpalast und Celiushügel aufzusuchen. Um ihren Geliebten nicht in Gefahr zu bringen, war sie bisher noch nie dort gewesen; jetzt freilich blieb ihr nichts anderes übrig, als das Wagnis auf sich zu nehmen.

Branwyn wartete die Abenddämmerung ab, dann warf sie sich einen Kapuzenmantel über und verließ das Atriumhaus.

Als sie das Celius-Viertel westlich des Lateran erreichte, war es fast völlig dunkel. Sie überquerte den Hügel und erkundigte sich am jenseitigen Abhang bei einer älteren Frau nach der Gasse, deren Namen ihr Acacius einmal genannt hatte. Dort stieß sie auf einen soeben aus einer Taverne torkelnden Betrunkenen, der ihr lallend erklärte, daß sich das Wohnhaus des *Notarius* ganz am Ende des Sträßchens befände. Branwyn verharrte sicherheitshalber, bis der Mann außer Sicht war und die Gasse wieder menschenleer dalag; dann huschte sie weiter und gelangte wenig später zu dem einstöckigen Gebäude, das etwas zurückgesetzt in einem Ziergarten stand.

Erleichtert bemerkte sie den Lichtschein hinter zweien der Fenster im Erdgeschoß, daneben konnte sie die Eingangstür des Hauses ausmachen. Leise öffnete sie das Gartentor und legte ungefähr ein Dutzend Schritte auf einem Sandweg zurück; als Branwyn in einigem Abstand an den Fenstern vorüberkam, glaubte sie, hinter den Vorhängen die Gestalt ihres Geliebten zu erkennen. Einer spontanen Regung folgend, nahm sie sich vor, ihn zu überraschen; vielleicht würde ihr unverhofftes Auftauchen, über das er sich doch eigentlich freuen mußte, das folgende Gespräch erleichtern.

Also probierte sie vorsichtig die Türklinke; geräuschlos gab der Riegel nach, und die junge Frau schob sich in den Flur. Zur Linken sah sie einen Lichtstreifen auf die Bodenfliesen fallen; dort mußte das Zimmer sein, in dem Acacius sich aufhielt. Nachdem sie sich ein Stück weiter vorgetastet hatte, bemerkte sie, daß die Tür nur angelehnt war; schon streckte sie die Hand aus, um sie ganz aufzustoßen – plötzlich aber hatte sie das Gefühl, als würde ein eisiger Hauch ihr Rückgrat entlangrieseln.

* * *

Im Inneren des Raumes, der mit erlesenen Möbeln aus dunklem Ebenholz eingerichtet und in den Schein eines von der Decke hängenden persischen Glaskandelabers getaucht war, drehte der *Notarius* ruckartig den Kopf und starrte mit zusammengekniffenen Brauen in Richtung der Eingangstür. Für einen Moment sah es so aus, als wollte er sich von seinem Stuhl erheben, doch dann griff er lediglich nach seinem Weinpokal, trank einen Schluck und wandte sich wieder dem Besucher zu, der ihm gegenübersaß.

Bei diesem Mann handelte sich um einen ungefähr fünfzigjährigen Kleriker in der Robe eines Erzpriesters. Sein Antlitz war hager, seine Gesichtszüge scharf geschnitten; jetzt machte er eine ungeduldige Geste, und Acacius fuhr in seinem soeben unterbrochenen Satz fort.

»Wie gesagt … die *Presbyterin* von *Sancta Maria* bildet sich ein, daß ich sie liebe und eine gemeinsame Zukunft mit ihr anstrebe«, äußerte er mit zynischem Grinsen. »Weil ich ihr außerdem damals, als ich auf sie angesetzt wurde, ein paar hundert *Sesterzen* zukommen ließ, ist sie felsenfest davon überzeugt, in mir einen Verbündeten gegen den Papst gefunden zu haben. Auch deshalb vertraut sie mir blind, damit habe ich sie in der Hand und kann sie im Interesse des *Patriarchats* beeinflussen …«

»Ja, das ist mir alles hinlänglich bekannt«, fiel ihm der Erzpriester ins Wort. »Doch wie willst du hinsichtlich der Bischofswahl konkret vorgehen?«

»Noch zögert sie und weiß nicht recht, ob sie sich überhaupt zur Kandidatur entschließen soll«, erwiderte Acacius. »Falls sie sich aber dafür entscheidet, werde ich sie genau in diesem Moment in eine ausweglose Situation bringen …«

»Nämlich?« schnappte der andere.

Das gemeine Feixen des *Notarius* verstärkte sich noch. »Indem ich ihr einen Heiratsantrag mache. Ich werde sie bitten, meine Frau zu werden – ihr allerdings gleichzeitig sehr deutlich zu verstehen geben, daß ich um unseres Eheglücks willen von ihr den Verzicht auf die Kandidatur erwarte. Das wird sie unweigerlich in einen fürchterlichen Zwiespalt stürzen, aus dem sie zumindest kurzfristig keinen Ausweg findet. Sie wird hin und her gerissen sein und weiterhin schwanken, ob sie ihre Bewerbung für das Amt aufrecht erhalten soll oder nicht. In dieser Situation dann brauchen wir nur noch zu verbreiten, eine Liebesaffäre mit einem Beamten des *Patriarchats* – was ja sogar der Wahrheit entspricht – sei der Grund für ihr Zögern. Dadurch wird sie in den Augen der vielen tausend Anhänger, die sie derzeit noch hat, absolut unglaubwürdig werden, und niemand wird sie mehr als Bischöfin haben wollen!«

»Genial!« rief der Erzpriester aus. »Allerdings läufst du Gefahr, daß sie dir die Augen auskratzt, falls sie dir irgendwann auf die Schliche kommt. Doch ich nehme an, du willst die Affäre mit ihr beenden, sobald du deine Aufgabe erfüllt hast?«

»Ich kann es kaum erwarten, ihr den Laufpaß zu geben«, entgegnete Acacius in höhnischem Tonfall. »Zwar ist sie leidlich hübsch und, sofern keine feurigere Liebhaberin zur Verfügung steht, zur Not auch im Bett zu gebrauchen, aber ansonsten langweilte ich mich die ganze Zeit über tödlich mit ihr. Hätte das *Patriarchat* mir nicht den Auftrag gegeben, mich an sie heranzumachen, um die Aktivitäten unserer Feinde auszuspionieren und ihnen zu schaden, so wäre es mir ganz bestimmt nicht eingefallen, einen Blick an sie zu verschwenden. Deshalb werde ich heilfroh sein, wenn ich diese fade Britannierin endlich vom Hals habe …«

* * *

Branwyn, die durch den Türspalt jedes einzelne Wort des Gesprächs mitbekommen hatte, biß sich auf die Lippen, um ihre grenzenlose Enttäuschung nicht laut herauszuschreien. Innerhalb weniger Augenblicke war eine Welt für sie zusammengebrochen; der Mann, den sie so sehr geliebt hatte, war in Wahrheit ein skrupelloser und zutiefst abgefeimter Betrüger!

Die junge Frau zitterte am ganzen Leib; für einen Moment verspürte sie den beinahe unwiderstehlichen Drang, in den Raum zu stürzen und Acacius ihre Verachtung entgegenzuschleudern. Doch dann beherrschte sie sich und taumelte durch den finsteren Flur zurück in den Garten und hinaus auf die Gasse. Weg! Nur weg von hier! hämmerte es in ihrem Kopf, und sie rannte los; rannte, bis sie den Celiushügel überquert hatte und die ersten Häuser des Palatinviertels vor ihr auftauchten. Erst dort blieb sie stehen, rang nach Luft und sank erschöpft auf einen Säulenstumpf am Straßenrand.

Lange, sehr lange saß sie auf dem zerbrochenen Pilaster und weinte lautlos; die wenigen vorbeikommenden Passanten musterten sie mitleidig oder abfällig, aber niemand sprach sie an. Branwyn blieb allein in ihrem Schmerz; mehrmals stand sie im Begriff, sich aufzuraffen und weiterzulaufen: heim ins Atriumhaus oder hinüber nach *Sancta Praxedis*. Doch letztlich tat sie es nicht; sie scheute davor zurück, sich Angela, Camilla oder Silvia anzuvertrauen. In ihrer Verwirrung fürchtete sie, die Freundinnen mit in den Abgrund zu reißen, in dem sie sich von einer Minute auf die andere selbst wiedergefunden hatte; in ihrer Trostlosigkeit redete sie sich ein, die anderen nicht mit ihrer Pein belasten zu dürfen.

Irgendwann schließlich erinnerte sie sich an eine Nacht, in der sie unter ähnlicher Verzweiflung gelitten hatte wie in dieser: an die endlose Nacht in den Grajischen Alpen, als sie sich – nachdem sie von Paulinus Lupus auf so brutale Weise im Stich gelassen worden war – schwerverletzt gegen das Wolfsrudel verteidigt hatte. Besinnungslos war sie im Morgengrauen zusammengebrochen, aber dann war auf einmal Haimo, der Jäger, bei ihr gewesen und hatte sie ins Dorf gebracht. Dort war sie in Agonie gefallen, doch zuletzt hatte sie das Antlitz einer Frau erblickt; das gütige, liebevolle Gesicht Samiras. Und jetzt glaubte sie die Sibylle wieder vor sich zu sehen: ihr langes schwarzes Haar, die hellen graugrünen Augen und die kleinen, dreifach sich hebenden und senkenden Wellenlinien, die über ihren Schläfen eintätowiert waren.

Branwyn flüsterte den Namen der Freundin, die ihr zweimal das Leben gerettet hatte: zuerst in den Grajischen Alpen und wenige Monate darauf, als sie in den verschneiten Bergen Etruriens erneut schwer erkrankt war, abermals. In ihrer Höhle nahe des Bolsena-Sees hatte die Sibylle sie aufopfernd gepflegt und hatte ihr später in jenem Winter, nach ihrer Genesung, so unendlich viel Zärtlichkeit geschenkt; Zärtlichkeit und Verständnis, wie sie einzig zwischen Frauen möglich waren. Dies hatte ihr geholfen, den Abscheu vor den Männern zu überwinden: den Haß auf Paulinus Lupus, der keinen Augenblick gezögert hatte, sie in der Wildnis auszusetzen – und nun, da Samira ihr plötzlich wieder ganz nahe zu sein schien, drängte alles sie dazu, jenes zutiefst weibliche Verständnis und jene tröstende Zärtlichkeit von neuem zu finden.

Branwyn erhob sich; während sie die Richtung zum Tiber einschlug, raunte sie im Selbstgespräch: »Beim Abschied vor vier Jahren habe ich es Samira versprochen ... Ich habe ihr versprochen, eines Tages zu ihr zurückzukehren, und jetzt ist die Zeit gekommen ... Ich muß es nur schaffen, ungesehen in mein Zimmer im Atriumhaus zu gelangen, ein paar Sachen zusammenzupacken, eine Nachricht für Angela, Camilla und Gaius zu hinterlassen und wieder zu verschwinden ... Dann kann ich noch in dieser Nacht weit nach Nordwesten wandern ...«

Die Bischofswahl

Die Maisonne sandte einen goldenen Lichtstrahl durch den Felskamin in der Höhlendecke. Der schräg einfallende Schein beleuchtete den Menhir, der sich genau in der Mitte der Grotte erhob und vor dem die Sibylle meditierte. Die Einsiedlerin schien in tiefe Trance versunken, doch nun hob sie unvermittelt den Kopf und blickte zum Höhleneingang. Als sie dort die schmale Gestalt im Kapuzenmantel erkannte, stieß Samira einen überraschten Laut aus, sprang auf und eilte Branwyn entgegen; im nächsten Moment lagen die beiden Frauen sich in den Armen.

Branwyn, die eine anstrengende zweiwöchige Wanderung hinter sich hatte, war abgemagert und wirkte erschöpft. Jetzt, da Samira sich wieder von ihr löste und sie forschend betrachtete, erkannte sie zusätzlich die Spuren des tiefen Leids im Antlitz der Jüngeren, die ihr im Winter vor vier Jahren so nahe gekommen war. Instinktiv begriff die Mittdreißigerin; schweigend führte sie die Vertraute, die zu ihr heimgefunden hatte, zum Menhir und zog sie auf die niedrige Steinbank, wo sie zuvor meditiert hatte. Erst dann sagte sie leise: »Du weißt, daß dieser Platz vom Frieden der Göttin erfüllt ist, du hier geborgen bist und mir alles anvertrauen kannst …«

Tränen schossen Branwyn in die Augen; sie barg das Gesicht an Samiras Brust und hatte dabei das Empfinden, als würde die lange Zeit, die sie getrennt gewesen waren, zu einem Nichts zusammenschrumpfen. Es war ihr, als hätte sie das behutsame Streicheln der Älteren erst gestern gespürt; langsam entspannte sie sich, und nach einer Weile vermochte sie über die unsägliche Erniedrigung zu sprechen, die sie in jener schrecklichen Nacht zur Flucht aus Rom getrieben hatte.

Samira hörte ihr zu, gelegentlich stellte sie eine mitfühlende Zwischenfrage; nachdem Branwyn sich ihren Schmerz von der Seele geredet hatte, brach sie abermals in Schluchzen aus. Doch nun war das Weinen wie eine Befreiung. Alles, was sich in ihr angestaut hatte, schien mit den Tränen weggeschwemmt zu werden – schließlich fühlte Branwyn nur noch betäubende und zugleich erlösende Müdigkeit.

»Komm!« vernahm sie Samiras Flüstern; gleich darauf geleitete die Freundin sie zu ihrer Liegestatt im hinteren Teil der Höhle. Branwyn sank auf das weiche, leicht nach Kräutern duftende Ruhelager; Samira breitete eine Decke über sie, hielt ihre Hand und blieb bei ihr sitzen, bis sie eingeschlafen war.

Als Branwyn nach einigen Stunden wieder erwachte, erfüllte geheimnisvolles, rötlich durchflackertes Halbdunkel die Sibyllengrotte. An den Höhlenwänden und auf der Oberfläche des Menhirs spielte der Widerschein des Feuers; aus dem Kupferkessel, der am hölzernen Schwenkarm über der Herdstelle hing, drang der appetitanregende Geruch von schmurgelndem Gemüse und Hammelfleisch.

Branwyn spürte, wie ihr das Wasser im Mund zusammenlief.

Sie schlüpfte unter der Decke hervor und machte Anstalten aufzustehen. Doch im selben Moment war Samira, die neben der Feuerstelle gesessen hatte, bei ihr, strich ihr liebevoll über das Haar und forderte sie auf: »Bleib im Bett, und laß dich verwöhnen.«

Dankbar lehnte Branwyn sich zurück; sie beobachtete, wie die Sibylle den Kochkessel vom Haken nahm und zwei irdene Näpfe mit dem Eintopf füllte. Dann trug Samira ein Tischchen und einen Schemel zum Ruhelager, holte die Schüsseln, setzte sich, reichte ihrer Freundin einen mit hübschen Mustern verzierten Holzlöffel und fragte lächelnd: »Erkennst du ihn wieder?«

»Du hast den Löffel damals, als ich wochenlang krank lag, für mich geschnitzt«, antwortete Branwyn mit weicher Stimme.

Danach, während die beiden Frauen aßen, erzählte Samira, wie es ihr ergangen war, seit sie sich im Frühling vor vier Jahren getrennt hatten. In der Abgeschiedenheit der Bergwelt war ihr Dasein zumeist in ruhigem Gleichmaß verlaufen. Wenn allerdings Ratsuchende zu ihr gekommen waren, hatte sie sich mittels der Erdkräfte, die über den Menhir auf sie einwirkten, in Trance versetzt, um sodann durch ihre hellseherische Fähigkeit helfen zu können. Darüber hinaus war sie, wann immer man sie brauchte, für die Erkrankten der umliegenden, oft tageweit entfernten Dörfer und Einödgehöfte dagewesen und hatte diese Leidenden mit Kräutermedikamenten, aber auch mit Hilfe der ihr von der Göttin übertragenen geistigen Heilkraft behandelt und ihnen so neuen Lebensmut geschenkt.

Branwyn, die ihre Freundin immer wieder versonnen betrachtete, spürte, daß Samira in der langen Zeit, die sie sich nicht gesehen hatten, weiter gereift war. Noch stärker als früher strahlten innere Gelöstheit und seelische Wärme von ihr aus; ohne Zweifel befand sie sich in tiefem Einklang mit Diesseits- und Anderswelt gleichermaßen. Das äußerte sich in ihren Worten, Gesten und ebenso ihrem Erscheinungsbild; etwas wie feine, wissende Zärtlichkeit malte sich auf ihrem ebenmäßigen, vom schwarzen Haar umrahmten Antlitz, und aus ihren hellen Augen leuchteten verständnisvolle Menschlichkeit und Güte.

Erneut fühlte Branwyn sich im Zusammensein mit der um einige Jahre älteren Freundin unendlich geborgen. Sie lauschte auf ihre Worte und genoß dabei das schmackhafte Essen; nachdem beide gesättigt waren, räumte Samira die leeren Schüsseln ab und kam mit einem Tonkrug sowie zwei Bechern zum Ruhelager zurück.

Der Rotwein schmeckte nach Sommerglut und sonnenwarmer Erde. Er bewirkte, daß die Unterhaltung allmählich vertrauter wurde: so vertraut wie in jenem Winter, da sie sich, einige Zeit nach Branwyns Genesung, über ihre Freundschaft hinaus körperlich gefunden hatten. Irgendwann dann – und es geschah ganz natürlich, ganz selbstverständlich – schlüpfte Samira zu ihrer Freundin unter die Decke. Von neuem erforschten und entzückten sie sich gegenseitig, entdeckten einander auch auf diese Weise wieder und liebten sich zuletzt mit jener innigen Zärtlichkeit, mit jenem instinktiven Wissen um die geheimsten Wünsche der anderen, wie es nur Frauen in ihrer intimen Zuneigung gegeben ist.

* * *

Am nächsten Morgen erwachte Branwyn wohlig entspannt. In heiterer Stimmung frühstückten die Freundinnen und kamen überein, gleich danach einen langen Spaziergang zu unternehmen. Als sie wenig später vor die Höhle traten und über die zu dieser Stunde in pastellweiches Licht gebadete Gebirgslandschaft schauten, hatte Branwyn das Empfinden, als läge ihr schreckliches Erlebnis mit Acacius bereits Monate und nicht erst zwei Wochen zurück. Tief atmete sie die milde, nach Blumen und Wildkräutern duftende Luft ein, drehte sich wie befreit im Kreis und folgte Samira dann zu einem Pfad, der höher in die Berge führte.

Sie stiegen bis zu einem Sattel empor, von dem aus sich ihnen ein faszinierender Blick auf den jetzt tief unten liegenden Bolsena-See öffnete. Gleich einem azurblauen Juwel schimmerte das fast kreisrunde Gewässer inmitten sattgrüner Weinberge und Weideflächen; an einer Stelle furchten filigrane, kaum sichtbare Muster die Oberfläche: eine Flottille von Fischerbooten, die zu ihren Fanggründen segelten. Lange verweilten die beiden Frauen an diesem einzigartigen Aussichtspunkt, ehe sie über einen anderen Weg, der am Ufer eines Gießbaches entlangführte, zur Grotte heimkehrten. Als sie dort ankamen, lag die einschläfernde Stille des Mittags über der Landschaft; Samira und Branwyn bereiteten sich ein leichtes Mahl zu und verbrachten den Nachmittag auf einer flachen Felsplatte vor der Höhle, wo sie sich herrlich sonnen konnten.

Auf ähnliche Art verstrichen die folgenden Tage. Erlebnisreiche Wanderungen durch die bezaubernd schöne Natur, erholsame Ruhe und dazu die vertrauensvolle Zweisamkeit mit Samira ließen Branwyn wieder zu sich selbst finden. Wohlweislich vermied sie es in dieser Zeit, allzu intensiv über die Probleme nachzudenken, die – falls sie nach Rom zurückkehrte – dort auf sie einstürmen würden. Samira wiederum, die aufgrund ihres Gesprächs am ersten Nachmittag über die Situation in der Tiberstadt Bescheid wußte, machte keinerlei Anstalten, Branwyn zu einer Entscheidung zu drängen. Geduldig wartete sie ab, bis die Freundin aus freien Stücken darüber reden wollte; nach einer Woche schließlich geschah es.

Das Wetter war kurz vor der Abenddämmerung umgeschlagen; jetzt, nach Einbruch der Nacht, prasselte der Regen gegen den hölzernen Windschutz, mit dem Samira den Grotteneingang verschlossen hatte. Die beiden Frauen saßen an der Feuerstelle; unruhig flackerten die Flammen in der Zugluft und ließen zuckende Schatten über die Felswände tanzen. Eine ganze Weile verfolgte Branwyn das Spiel von Finsternis und rötlichem Licht wie gebannt; es war ihr, als kämpften andersweltliche Mächte gegeneinander. Dann wandte sie sich plötzlich Samira zu und stieß hervor: »Soll ich mich ... trotz allem ... der Bischofswahl in Rom stellen?!«

Lange musterte die Sibylle das Antlitz der Freundin, endlich antwortete sie: »Ich glaube, das ist nicht die eigentliche Frage.«

»Warum?« kam es von Branwyn.

»Weil du sehr viel Mut und Kraft besitzt!« erwiderte Samira. »Deshalb wirst du letztlich nicht vor der Aufgabe zurückweichen, welche die Göttin dir übertrug!«

Der Widerstreit von Licht und Finsternis an den Höhlenwänden schien sich zu verstärken. Im selben Moment hatte Branwyn den Eindruck, sich wieder in Avalon zu befinden: in der heiligen Grotte im Inneren des *Twr*, wo sie in jener *Samhain*nacht vor fünf Jahren ihre Vision erlebt hatte – und jetzt war ihr, als vernähme sie abermals die Worte Ceridwens:

Du bist Jeschu begegnet, der einst auf der Ynys Avallach weilte und später in Judäa gekreuzigt wurde; ihm bist du begegnet und dazu Jacwb, dem ermordeten Priester, der auf der Ynys Vytrin dein Freund war. Beide haben zu dir gesprochen; du hast dich in deinem Herzen von ihnen bewegen lassen, ihre Bitte nicht zurückzuweisen. Den Weg erkanntest du, den ich dir von allem Anfang an wies; dir wurde er vorbestimmt, weil niemand sonst fähig wäre, ihn mit solcher Hingabe wie du zu gehen. Denn obwohl du unsägliches Leid durchgestanden hast, hieltest du dennoch unverbrüchlich an deiner Menschenliebe fest; dies macht dich zu meiner Auserwählten; dies und darüber hinaus dein Wissen um die Bedeutung des Kampfes, den der Rote Drache gegen den Weißen Drachen führt. In jenen Kampf sollst du nunmehr eingreifen; mein Wunsch verbindet sich darin mit dem des Gekreuzigten …

»Ja!« brach es aus Branwyn heraus. »Ich habe gekämpft, und ich will weiter für den Sieg des Guten eintreten!« Sie zögerte kurz und fügte mit leiserer Stimme hinzu: »Aber du weißt, was mir angetan wurde! Und ich wäre nicht imstande, so etwas noch einmal zu ertragen. Davor fürchte ich mich …«

»Das ist nur allzu verständlich«, entgegnete Samira. »Du warst verliebt in den *Notarius*, vertrautest ihm und wurdest auf übelste Weise hintergangen! Nun hast du Angst, es könnten weitere infame Intrigen gegen dich ins Werk gesetzt werden: Anschläge, an denen du vielleicht zerbrichst …«

»Die Göttin, deren Mund stets lautere, wenn auch manchmal verschleierte Wahrheit spricht, deutete etwas Derartiges an«, flüsterte Branwyn. »Ceridwen forderte mich in Avalon zwar zum Kampf gegen den Weißen Drachen auf, warnte mich jedoch andererseits vor den damit verbundenen Gefahren!«

»Was exakt enthüllte die Göttin dir?« wollte Samira wissen.

Branwyn schloß die Augen, konzentrierte sich und wiederholte sodann langsam die rätselhaften Sätze, die ihren Geist damals ebenfalls erfüllt hatten: »*Fürchte dich nicht vor dem, was dich in Rom erwartet! Fürchte dich nicht, auch wenn dein Schicksal einem zweischneidigen Schwert gleicht. Im Licht schimmert die eine Seite der Klinge, Schatten verdunkeln die andere; sofern du nach der Waffe greifst, mußt du beides annehmen! Wenn du dich also zum Kampf entschließt, wirst du Helligkeit in die Welt tragen und aufgrund dessen sehr hoch steigen; gleichzeitig aber wird Finsternis dich bedrängen und dich auf dem Gipfelpunkt deines Pfades in großes Leid stürzen, so daß scheinbar alles niederbricht, was du aufbautest. Dies ist das Los, das deiner harrt …*«

Nachdem Branwyn geendet hatte, herrschte für eine Weile Stille in der Sibyllengrotte; schließlich erklärte Samira: »Diese Offenbarung bezieht sich zweifellos auf die anstehende Bischofswahl. Falls du kandidierst, verheißt die Göttin dir den Sieg, prophezeit dir aber zugleich eine Niederlage. Diese allerdings wird – und hier liegt ein Geheimnis verborgen – nur scheinbar erfolgen; damit bleibt der Kern der Aussage in der Tat im dunkeln …«

»Genau das ängstigt und verwirrt mich!« versetzte Branwyn. »Ich möchte den Willen Ceridwens erfüllen, doch …«

»Doch du würdest gerne einen etwas deutlicheren Blick hinter die Schleier tun, nicht wahr?« fiel Samira ein.

»Mir selbst ist es nicht möglich …« murmelte Branwyn.

»Gut, ich will es versuchen!« Die Sibylle erhob sich, ging

zum Menhir in der Höhlenmitte und ließ sich auf der niedrigen Steinbank davor nieder.

Branwyn beobachtete die Freundin von der Feuerstelle aus; sie sah, wie Samira ihre Meditationshaltung einnahm, und spürte, wie die Sibylle sich in Einklang mit den Erdkräften brachte, die an dem besonderen Platz wirksam waren.

Zeit verstrich; die Atmosphäre in der Grotte, wo einzig noch das Knistern des Feuers und das gedämpfte Prasseln des Regens zu hören waren, schien sich auf seltsame Weise verändert zu haben. Erst als der Sturm draußen plötzlich heftiger wurde, um ein paar Herzschläge später ebenso unvermittelt wieder abzuflauen, erwachte Samira aus ihrer Trance.

Im nächsten Moment war Branwyn bei ihr, griff nach ihrer Hand und erkundigte sich erregt: »Was hast du hinter den Nebeln erschaut?!«

Die Sibylle bewegte lautlos die Lippen; offenbar hatte sie Mühe, die richtigen Worte zu finden, schließlich sagte sie stockend: »Widerstreitendes erblickte ich ... Ganz wie die Göttin es dir aufzeigte ... Deinen Sieg über das *Patriarchat* sah ich ... Rom wird leuchten, weil dein Wirken der Stadt Segen spendet ... Doch dann, aus der Finsternis des Lateran heraus, der tückische Anschlag ... Derjenige, der noch in diesem Jahr erhöht werden wird und dein Verbündeter ist, vermag es nicht zu verhindern ... Sein Antlitz wird in tödlichem Schock erbleichen, während Kriegsgewitter fern im Osten toben ... Wenn der Erhöhte stürzt, trifft auch dich der Haß der Priester ... Danach Schwärze und Kälte im dunklen Gewölbe ...«

Mit zitternder Stimme unterbrach Branwyn: »Schwärze und Kälte – dies wird das Ende sein?!«

Die Sibylle zog sie an ihre Brust, hielt sie fest, streichelte zart ihr Haar. »So erschaute ich es jenseits der Schleier – aber ebenso erspürte ich Licht, das die Finsternis durchdrang. Und es war mir, als wüßte ich: Du wirst trotz allem nicht verlassen sein ...«

»Niemand ist verlassen, der Ceridwen die Treue bewahrt«, flüsterte Branwyn. »Denn sie ist es, welche die Fäden unseres

Schicksals in Händen hält, sie von der Diesseits- zur Anderswelt knüpft ... und damit den Tod überwindet ...«

Samira machte Anstalten zu widersprechen, doch Branwyn hinderte sie durch eine Geste. Behutsam löste sie sich aus den Armen der Freundin, ging zurück zum Feuer, setzte sich an ihren alten Platz und starrte in die tanzenden Flammen. Die Sibylle tat es ihr gleich, neuerlich herrschte für längere Zeit Stille in der Grotte.

Zuletzt hob Branwyn den Kopf, suchte den Blick Samiras und sagte, wobei ein kleines, zwischen Wehmut und Erleichterung changierendes Lächeln um ihre Lippen spielte: »Ich danke dir! Du hast mir sehr geholfen, indem du mir ohne Umschweife offenbartest, was du in deiner Vision sahst. Denn dadurch hat die Bedrohung, die auf mich lauert, ihren Stachel verloren. Irgendwie ist sie greifbarer geworden als zuvor, und ich empfinde deshalb keine unüberwindliche Furcht mehr. Weil das aber so ist, fühle ich nun auch die Kraft in mir, den Weg zu beschreiten, den Ceridwen mir vorzeichnete.«

Etwas Undefinierbares stand in den Augen der Sibylle, als sie entgegnete: »Selbst wenn der Wille der Göttin uns unfaßbar erscheint, sollen wir ihn erfüllen. Nur so überwinden wir die Dunkelheit und mündet der Pfad unseres Daseins am Ende ins Licht.«

Branwyn nickte. »Ich werde also nach Rom zurückkehren und mich um das Bischofsamt bewerben. – Doch wenigstens ein paar Tage möchte ich noch mit dir verbringen, ehe wir Abschied nehmen müssen.«

»Wir wollen uns die Zeit, die uns bleibt, so schön wie möglich machen«, antwortete Samira.

Wenig später bemerkten die beiden Frauen, daß der Regensturm sich gelegt hatte; als sie sich zum Höhleneingang begaben und den Windschutz beiseite zogen, sahen sie, wie hinter den abziehenden Wolken der Mond hervortrat.

* * *

Anfang Juni traf die *Presbyterin* von *Sancta Maria* wieder in der Tiberstadt ein. Angela, Camilla und Gaius, die trotz der schriftlichen Nachricht, die Branwyn ihnen hinterlassen hatte, sehr um sie besorgt gewesen waren, begrüßten sie mit großer Erleichterung und erfuhren nun Näheres über die Hintergründe der Flucht ihrer Hausgenossin in die Berge Etruriens. Auch Silvia, die Priesterin von *Sancta Praxedis*, die man noch am gleichen Abend verständigte und die sofort ins Atriumhaus kam, wurde eingeweiht.

Den Gemeindemitgliedern hingegen, die sie am Tag nach ihrer Rückkehr zu einer Versammlung in die Kirche lud, erzählte Branwyn nur, daß sie sich in die Gebirgseinsamkeit zurückgezogen habe, um hinsichtlich der Bischofswahl mit sich selbst ins reine zu kommen. Jetzt sei sie bereit, für das Amt zu kandidieren, sofern die Gläubigen dies nach wie vor wünschten. Kaum hatte sie ihre Absicht bekanntgegeben, schlug ihr – nicht anders als früher – begeisterte Zustimmung entgegen. Niemand machte ihr Vorwürfe wegen ihres unangekündigten Verschwindens; statt dessen waren viele der Meinung, daß ihre *Presbyterin* darin ähnlich weise gehandelt habe wie andere Seelenhirten vor ihr, die vor schwierigen Entscheidungen die Abgeschiedenheit der Natur gesucht hätten, um Zwiesprache mit Gott zu halten.

Ebenso reagierten die Angehörigen des Kirchensprengels von *Sancta Praxedis*, die sich bereits im März auf Anraten Silvias dazu entschlossen hatten, eine etwaige Kandidatur Branwyns zu unterstützen. Dank dieses doppelten Rückhalts ließ sich auch das Problem der um mehr als einen Monat verspäteten Bekanntgabe von Branwyns Bewerbung um das Bischofsamt lösen. Eigentlich hätte sie ja entsprechend der Regularien schon am letzten Aprilsonntag nominiert werden müssen, aber nun – bei einer kurzfristigen anberaumten Zusammenkunft von Vertretern aller nicht dem *Patriarchat* unterstehenden römischen Gemeinden – entschieden die Delegierten einstimmig, daß in diesem besonderen Fall eine Ausnahme gemacht werden sollte.

Dies fiel ihnen um so leichter, als sich bislang ohnehin nur ein einziger weiterer Kandidat gefunden hatte. Es handelte sich um einen älteren Priester namens Marcellus, der einer arianischen Gemeinde auf dem Pincius-Hügel vorstand und Anhänger unter verschiedenen anderen Gruppierungen dieser Glaubensrichtung besaß. Bei der genannten Versammlung lernte Branwyn ihn näher kennen und gewann von ihm den Eindruck eines aufrechten, gutmütigen Menschen, dem es genauso wie ihr um die Verteidigung der humanen Lehre Jesu und nicht um persönliche Macht ging.

Da dieser Konsens zwischen ihnen bestand, kamen die beiden Bewerber überein, während der zweieinhalb Wochen, die jetzt noch bis zur Entscheidung blieben, keinen Wahlkampf gegeneinander zu führen, sondern – ganz im christlichen Geiste – miteinander bei einer Reihe von Veranstaltungen in den verschiedenen Kirchensprengeln der Stadt aufzutreten. Sowohl Marcellus als auch Branwyn wollten dort jeweils eingehend erläutern, wie sie sich ihre bischöfliche Arbeit vorstellten und welche Schwerpunkte sie setzen würden; auf diese Weise sollten die Gläubigen die Chance bekommen, beide Kandidaten gründlich prüfen und beurteilen zu können.

Im Verlauf des Juni entwickelte sich zwischen Branwyn und Marcellus eine beinahe freundschaftliche Beziehung; fast Abend für Abend waren sie zusammen unterwegs, und die positiven Denkanstöße, die sie den Gemeinden gaben, wurden anschließend eifrig diskutiert. So gesehen, zeitigte die anstehende Bischofswahl bereits in ihrem Vorfeld sehr fruchtbare Auswirkungen – andererseits freilich reizte genau dieser geistige Aufbruch das *Patriarchat* zu neuen Attacken auf die nichtkatholischen Gläubigen. Haßerfüllt hetzte der in den Diensten des Liberius stehende Klerus gegen die vorgebliche Ketzerei der Arianer; nicht weniger schlimm waren die auf Branwyn gemünzten frauenfeindlichen Angriffe.

So erfuhr sie beispielsweise von einer Predigt in der Kirche *Sancta Maria Maiora*, wo der vom Papst mit Gewalt eingesetzte katholische Pfarrer sich zu folgenden Ausführungen verstiegen hatte:

Die betrügerische *Presbyterin* von *Sancta Maria* sei aus der hyperboräischen Finsternis Britanniens, eines Landes voll von Satansanbetern, nach Rom gekommen und hänge heimlich noch immer dem Teufelskult an. Nur zur Tarnung habe sie den christlichen Namen Theodora – Geschenk Gottes – angenommen; in Wahrheit aber sei sie ein Auswurf des Bösen, ein belialisches Geschöpf und abgründiges Gefäß der Sünde, das schon allein aufgrund seiner weiblichen und damit unvollkommenen Natur eine fürchterliche Gefahr für den wahren Glauben darstelle. Gott habe nämlich einzig den Mann als vollkommenes Wesen geschaffen, während das Weib lediglich aus dessen Rippe erzeugt worden sei und deshalb stets in Gefahr stehe, in den Pfuhl der Verderbnis abzustürzen und andere dorthin mitzureißen. Als Exempel dafür brauche man sich nur die biblische Geschichte von Adam und Eva vor Augen zu führen; mit Hilfe ihrer tückischen Schlangenkünste habe Eva den ihr verfallenen Adam zum Frevel gegen Gott verführt, so daß das ganze Menschengeschlecht aus der Herrlichkeit des Paradieses verstoßen worden sei und seither unter Schweiß und Tränen im irdischen Jammertal vegetieren müsse. Nichts als Unglück sei infolgedessen zu erwarten, wenn jene falsche Priesterin aus *Trans Tiberim* jetzt noch zusätzliche Macht gewinne; das Übel werde sich dadurch unweigerlich vergrößern. Denn ganz ohne Zweifel werde Rom, so es dieser verstockten Heidin tatsächlich gelinge, sich etwas anzumaßen, was ihr nach göttlichem Gesetz nie und nimmer zustehe, schrecklich unter solcher Aufsässigkeit des Weiblichen zu leiden haben!

Als ihr diese Hetztirade zugetragen wurde, hatte Branwyn unwillkürlich das Gefühl, als würde Acacius, den sie seit ihrer Rückkehr nicht mehr gesehen hatte, hinter den unsäglichen Anwürfen stecken. Dies sowie die Gemeinheit und Frauenverachtung des *Patriarchats* schmerzten sie, doch sie ließ sich dadurch nicht beirren. Vielmehr trat sie bei den Gemeindebesuchen an der Seite ihres Mitbewerbers Marcellus desto entschlossener für die Gleichberechtigung der Frauen in der Kirche ein – und erfuhr darin nicht nur von weiblichen, sondern auch von männlichen Gläubigen Zustimmung.

Dann schließlich kam der Tag, an dem die Entscheidung zwischen ihr und dem arianischen Priester fallen sollte, und am späten Morgen dieses letzten Junisonntags versammelten sich Tausende von Christen, denen ihre erwartungsvolle Spannung anzusehen war, auf dem Forum Romanum.

* * *

Helles Sonnenlicht überflutete den weiten Platz; über den Giebeln der umstehenden Gebäude schwirrten Schwärme aufgeregter Tauben, die sonst zwischen den Marktständen nach Nahrung zu suchen pflegten. Heute aber war kein Raum für sie auf dem ausgedehnten Areal; überall drängten sich die Menschen, die aus sämtlichen nichtkatholischen Kirchensprengeln der Stadt gekommen waren. Lediglich in der Mitte des Forums, unweit der Stelle, wo Branwyn einst den betrügerischen Reliquienhändler Paulinus Lupus entlarvt hatte, gab es eine kleine freie Fläche. Zwischen einigen einzeln stehenden Marmorsäulen war dort ein Podium errichtet worden: die Tribüne, auf der die *Presbyterin* von *Sancta Maria* und Marcellus, der arianische Priester aus dem Pincius-Viertel, sich nun gleich zur Wahl stellen würden.

So gut wie alle ihre Gemeindemitglieder hatten Branwyn das Geleit hierher gegeben; unmittelbar bevor sie Anstalten machte, das Podium zu besteigen, umarmte Angela sie und flüsterte ihr zu: »Ich wünschte so sehr, Calpurnia hätte diese Stunde noch erleben können! Sie wäre bestimmt mächtig stolz auf dich gewesen!«

Für einen Moment glaubte Branwyn, das gütige Antlitz der Verstorbenen vor sich zu sehen; gleich darauf hatte sie die Plattform erklommen. Marcellus, der bereits oben stand, lächelte sie an und drückte ihr die Hand; zahlreiche umstehende

Gläubige brachen angesichts dieser Geste in Beifall aus – und verstummten wieder, als jetzt auch Silvia auf die Tribüne kam.

Die *Presbyterin* von *Sancta Praxedis* erklärte, daß beide Kandidaten zunächst noch einmal eine kurze Rede halten sollten; danach werde man zur Abstimmung schreiten. Kaum hatte sie dies bekanntgegeben, verkündete Marcellus, er wolle seiner Mitbewerberin Theodora, die er während der vergangenen Wochen sehr schätzengelernt habe, den Vortritt lassen. Branwyn dankte ihm, dann richtete sie den Blick auf die Menge und begann mit klarer, weithin vernehmbarer Stimme zu sprechen.

Die junge Priesterin, die sich für den besonderen Anlaß nicht herausgeputzt hatte, aber gerade in ihrem einfachen Leinenkleid mit den weißen, roten und blauen Borten entzückend aussah, betonte eingangs das traditionelle Anrecht der Frauen, auf allen Ebenen des kirchlichen Lebens aktiv tätig zu sein und entsprechende Funktionen auszuüben. »Jesus«, rief sie aus, »forderte alle Menschen guten Willens auf, seine Lehre weiterzugeben. Er scharte sowohl Jüngerinnen als auch Jünger um sich und teilte das letzte Pessachmahl mit weiblichen und männlichen Gefährten. Im gleichen Geist des Miteinander handelte Petrus, als er in Rom weilte und im Haus des Pudens lebte. Er scheute keineswegs davor zurück, Pudentia und Praxedis, die Töchter des Senators, zu seinen Schülerinnen zu machen; diese Frauen waren es auch, welche später das Bethaus Petri zur ältesten christlichen Kirche der Stadt erweiterten. Paulus wiederum erwähnte in seinen Briefen ganz selbstverständlich *Presbyterinnen*, und in der Frühzeit des Glaubens hätte die Kirche ohne diese Frauen vermutlich gar nicht überdauern können!«

Branwyn wartete ab, bis sich der spontane Beifall ihrer Zuhörer gelegt hatte, und fuhr fort: »Wenn Liberius und seine Anhänger daher behaupten, nur Männer seien zur Ausübung geistlicher Ämter berechtigt, so stellen sie sich in Widerspruch zu allem, was Jesus, Petrus oder Paulus wollten! Und sofern sie, wie leider geschehen, außerdem die Unverfrorenheit besitzen, Frauen als von Natur aus minderwertig, unvollkommen und sündig zu verleumden, dann verstoßen sie auf eklatante Art gegen den Geist der Nächstenliebe, ohne den es kein Christentum geben kann! Jene Hetzer, die um ihres eigenen Vorteils und ihres Machthungers willen das Wort Jesu, wonach vor dem Göttlichen alle Menschen gleich sind, in sein Gegenteil verkehren wollen, sind Erzfeinde des Glaubens und damit der Kirche! Und falls wir ihnen nicht Einhalt gebieten … falls wir das nicht schaffen … werden die Folgen …«

Gerade noch hatte die *Presbyterin* von *Sancta Maria* flüssig und kraftvoll gesprochen, nun plötzlich schien sie den Faden verloren zu haben. Betroffen wurden die Umstehenden Zeugen, wie sie verwirrt ins Leere starrte; als sie im nächsten Moment taumelte und Marcellus rasch zugriff, um sie zu stützen, kam überall auf dem Forum Unruhe auf. Ein paar Herzschläge später aber straffte sich Branwyns Körper wieder, in ihren weit geöffneten Augen lag ein seltsames Leuchten – dann scholl ihre Stimme in völlig verändertem, zutiefst eindringlichem Tonfall, der etwas Prophetisches an sich hatte, über den weiten Platz hin.

»Falls das *Patriarchat*, das einzig Männerherrschaft und despotische Macht will, triumphiert, sehe ich die Kirche in einen entsetzlichen Abgrund stürzen!« erklang es aus ihrem Mund. »Jahrhunderte und Jahrtausende der Finsternis werden über Rom, Italien, das Abendland und die ganze Erde hereinbrechen; Greueltaten werden begangen werden, wie die Menschheit sie nie zuvor in ihrer Geschichte erlebte! Ich sehe den Lateranpalast und bald die ganze Stadt zum Sitz des Widergöttlichen werden und erkenne eine lange, lange Reihe von Päpsten, welche sich ungeheuerlicher Verbrechen schuldig machen! Unter dem Zeichen des Kreuzes werden sie rauben, vergewaltigen und morden; ganze Völkerschaften werden ausgerottet, weil sie sich nicht unter das Joch einer Kirche beugen wollen, welche zur schlimmsten Feindin der Lehre des Gekreuzigten geworden ist! Ich sehe eine Vielzahl von Ländern vom Blut überschwemmt und erschaue blasphemische Heere, die, das Kreuzzeichen auf ihren Waffen, in alle Weltgegenden ausschwärmen, um dort gleich rasenden Bestien zu wüten! Im Westen und Osten, im Norden und Süden schlachten sie die Völker hin; selbst Jerusalem, wo Jesus predigte und zur Hinrichtung geführt wurde, verschonen sie nicht! Ich sehe die Bekreuzten über die Mauern stürmen und erblicke Gassen, die zu blutroten Bächen geworden sind; Säuglinge erschaue ich, welche im Angesicht ihrer sterbenden Mütter gegen die Steine geschmettert werden! In der Grabeskirche bahnen sich die Rösser der Papstkrieger ihren Weg durch Leichenberge, und nachdem dies bald nach dem Ende des ersten Jahrtausends geschehen ist, folgt ein weiteres Millennium des tiefsten Grauens und der furchtbarsten Intoleranz, bis die gesamte Menschheit zu Beginn des dritten Jahrtausends, da die letzten drei Päpste auf dem angemaßten Thron sitzen, ihrer eigenen Vernichtung ins Auge blickt!«

Nachdem Branwyn geendet hatte, lastete betroffene Stille über dem Forum Romanum. Die meisten Gläubigen starrten erschrocken, manche waren unwillkürlich auf die Knie gesunken, andere bewegten die Lippen wie in lautlosem Gebet. Dann, eben als die Spannung unerträglich zu werden drohte, rief ein weißhaariger Mann, der etwa zwanzig Meter von der Tribüne entfernt stand: »Gott selbst machte Theodora zu seinem Werkzeug, um uns durch ihre prophetischen Worte vor dem Bösen, das seinen Sitz im Lateranpalast hat, zu warnen!«

Der Satz wurde weitergegeben; überall auf dem weiten Platz wiederholten ihn die Versammelten – plötzlich schien Branwyn, die noch immer wie in Trance dagestanden hatte, wieder zu sich zu kommen. Sie hob den Arm und gebot dadurch Schweigen; gleich darauf war ihre Stimme abermals zu vernehmen:

»Ich weiß nicht, ob göttliche Kraft mich in die Zukunft schauen ließ, oder ob mir das, was ich sagte, von eigener tiefer Sorge um den Fortbestand des wahren Christentums eingegeben wurde und meine Befürchtungen sich von daher in visionären Bildern äußerten. Eines jedoch ist mir klar: Wenn der Weg der Kirche in die Finsternis führt, dann wird es geschehen, weil sie – wie heute schon das *Patriarchat* – eine unverbrüchliche und unveräußerliche Wahrheit leugnet! Denn ebenso wie neues Leben einzig aus dem Miteinander von Frau und Mann geboren werden kann, wird auch das Christentum nur dann blühen, wenn Männliches und Weibliches sich liebevoll ergänzen! Gelingt es hingegen solch krankhaft denkenden Männern wie Liberius, uns Frauen an den Rand zu drängen und zu unterdrücken, wird die christliche Religion langsam und qualvoll sterben! Jahrtausendelang wird die Kirche in Agonie liegen, und der von ihr ausgehende Pesthauch wird die Erde bis hin zu ihren fernsten Grenzen vergiften!«

Erneut herrschte nach Branwyns Worten für eine Weile schier atemlose Stille auf dem Forum; dann aber ertönten zustimmende Rufe: »Theodora hat recht!« – »Jesus umgab sich mit Jüngerinnen und Jüngern gleichermaßen!« – »Christentum ohne Gleichberechtigung der Geschlechter ist undenkbar!« – »Liberius, der den Wert des Weiblichen nicht erkennt und rigide Männerherrschaft will, bringt den Glauben in größte Gefahr!« – »Laßt uns im Geiste Jesu sowie seiner Apostel Petrus und Paulus deshalb hier und jetzt ein unübersehbares Zeichen setzen!«

Der letzte Satz kam von jenem weißhaarigen Alten, der Branwyn zuvor ein Werkzeug Gottes genannt hatte; nun stand der Greis auf einmal ganz nahe bei der Tribüne und tauschte einen Blick mit Marcellus. Der arianische Priester schien kaum merklich zu nicken, im nächsten Moment trat er neben die junge *Presbyterin* von *Sancta Maria* und wiederholte: »Ja, laßt uns ein Zeichen setzen!«

Er schenkte Branwyn ein warmes Lächeln, wandte sich wieder an die Menschenmenge und fügte hinzu: »Ich bin überzeugt davon, daß soeben eine höhere Macht durch den Mund Theodoras sprach! Und zwar zum einen deswegen, weil unsere Schwester etwas erschaute, was sich gewöhnlichen Menschen niemals entschleiern würde; zum anderen, weil in ihrer Aussage über das Miteinander von Frauen und Männern lauterste Wahrheit, verbunden mit sehr weiser Einsicht, liegt! Um so größer ist die Sünde, die das *Patriarchat* in seinem verderblichen Drang zur despotischen Männerherrschaft innerhalb der Kirche begeht! Die verheerenden Auswirkungen dieser Abkehr vom Göttlichen sind in unserer Stadt – ich nenne bloß das Blutbad in *Sancta Maria Maiora* – bereits allzu deutlich geworden! Deshalb muß dem Machtwahn des Papstes jetzt unbedingt die friedfertige und ausgleichende Kraft des Weiblichen entgegengestellt werden; allein so können die Schalen der Waage mit Gottes Hilfe wieder ins Gleichgewicht gebracht werden!«

Marcellus unterbrach sich kurz, um die Hand auf Branwyns Schulter zu legen, sodann schloß er: »Wenn wir nun aber zur Rettung unseres Glaubens auf diesen Weg bauen wollen, ist es nur logisch, das Bischofsamt entsprechend zu besetzen. Aus diesem Grund möchte ich hiermit von meiner Kandidatur zurücktreten und die unter euch, die für mich stimmen wollten, bitten, Theodora zu wählen!«

Nachdem die Menge ihre Verblüffung überwunden hatte, löste die selbstlose Aufforderung des arianischen *Presbyters* einen Begeisterungssturm aus. Die Gläubigen spürten, daß in der spontanen Entscheidung des Marcellus etwas von jener schrankenlosen Großherzigkeit lag, wie Jesus sie vorgelebt hatte. Auch Branwyn empfand so; sie erkannte die tiefe Nächstenliebe in den gütigen Augen des um dreißig Jahre älteren Mannes und wußte, sie durfte sein Angebot nicht zurückweisen. Also gab sie ihrer eigenen Regung nach, umarmte Marcellus und zeigte ihm sowie den Menschen auf dem Forum dadurch an, daß sie sein Geschenk annehmen wollte.

Gleich darauf war Silvia bei ihnen, drückte beiden die Hände und stellte der Versammlung dann die entscheidende Frage: »Ist es euer Wille, Theodora, die *Presbyterin* von *Sancta Maria*, als Bischöfin an die Spitze der vom *Patriarchat* unabhängigen römischen Kirchengemeinden zu stellen?«

Sofort wurde tausendfache Zustimmung laut; von allen Seiten erschollen die bejahenden Rufe und wollten nicht enden – vielmehr verstärkte sich der Jubel noch, als Branwyn jetzt nach dem Hirtenstab griff, den Silvia und Marcellus ihr gemeinsam reichten.

Erst als die junge Bischöfin den geschnitzten Stab mit dem gebogenen Ende hob, kehrte wieder Stille ein: Stille, in die hinein Branwyns Worte erklangen: »Seht diesen Hirtenstab, und nehmt ihn als Zeichen dafür, daß ich von nun an in Liebe für euch alle dasein will!«

Das Mosaik

Rasch stellte sich heraus, daß Branwyn am Tag ihrer Erhöhung zur Bischöfin aller nichtkatholischen Gemeinden Roms kein leeres Versprechen abgegeben hatte. Kaum war sie im Amt, stieß sie eine ganze Reihe von sozialen Maßnahmen an, welche einerseits den Schwachen und Benachteiligten der Tiberstadt zugute kamen, andererseits das Zusammengehörigkeitsgefühl der von ihr geführten Kirchensprengel stärkten. Branwyn konnte dabei auf den Erfahrungen, die sie in *Sancta Maria* und teils auch in *Sancta Praxedis* gemacht hatte, aufbauen; was sich dort bereits bewährt hatte, sollte nun auf ähnliche Weise möglichst überall in der Stadt Früchte tragen.

Während der Sommer- und Herbstmonate dieses Jahres 361 wurden Waisenheime auf dem Viminal- und dem Quirinalhügel eingerichtet; anderswo bemühten sich Gruppen engagierter Christen, die Voraussetzungen für allgemein zugängliche Schulen zu schaffen. Hierbei machte sich vor allem Marcellus verdient; der arianische Priester aus dem Pincius-Viertel war zu einem überaus wertvollen Mitarbeiter Branwyns geworden, und zwischen beiden hatte sich eine herzliche Freundschaft entwickelt. Sie vertiefte sich noch, als in Marcellus' Gemeinde schon im September ein in Gemeinschaftsarbeit renoviertes

Haus als Schulgebäude für zunächst fünfzig Kinder eingeweiht werden konnte; ähnlich schöne Erfolge waren im Verlauf des Frühherbstes in anderen Kirchensprengeln zu verbuchen. Auf dem Aventin wurde eine Krankenstation eröffnet, die später zu einem vollwertigen Hospital ausgebaut werden sollte; ebensolche bereits weit fortgeschrittene Bestrebungen gab es im Celius-Viertel, und in einem halben Dutzend römischer Stadtteile existierten mittlerweile ambulante Altenpflegedienste.

Alle diese Initiativen, die letztlich sämtlichen Bürgern ohne Ansehen der Person nützten, brachten den Papstgegnern, an deren Spitze die junge Bischöfin stand, viele Sympathien ein; das *Patriarchat* hingegen geriet von Monat zu Monat mehr ins Abseits. Schon die Bischofswahl an sich – die noch dazu mit der Erhebung einer Frau zur *Episcopa* geendet hatte – war ein schwerer Schlag für Liberius und seine Gefolgschaft gewesen. Nun kamen die vielen sozialen Maßnahmen hinzu und entlarvten den Klerus im Lateranpalast, der stets nur eigennützige Machtpolitik betrieben hatte, aufs beschämendste. Das Ergebnis war, daß immer mehr Römer – selbst solche, die bislang eher indifferent eingestellt gewesen waren – in Opposition zum *Patriarchat* gingen. Die nichtkatholischen Gemeinden bekamen dadurch starken Zulauf; selbst mit Hilfe seiner Söldnertruppe hätte Liberius jetzt nichts mehr gegen die zahllosen Anhänger Branwyns unternehmen können – und ebensowenig war er fähig, einen Festakt ganz besonderer Art zu verhindern, der auf Einladung Silvias am ersten Oktobersonntag in der Kirche *Sancta Praxedis* stattfand.

* * *

Branwyn, die nach wie vor im Atriumhaus lebte, machte sich an diesem Nachmittag mit etwas gemischten Gefühlen auf den Weg. In ihrer Bescheidenheit war ihr der Gedanke an das, was heute geschehen sollte, beinahe unangenehm. Sie hatte jedoch eingesehen, daß sie die Delegationen aus den verschiedensten Stadtvierteln, die vor allem ihretwegen kommen würden, nicht vor der Kopf stoßen durfte.

Während sie zusammen mit Angela, Camilla und Gaius sowie einer feierlich gestimmten Abordnung ihrer eigenen Kirchengemeinde durch die Gassen von *Trans Tiberim* und dann über das Forum Romanum weiter Richtung Esquilinhügel ging, spürte sie auf Schritt und Tritt, wie sehr die Menschen ihr zugetan waren. Ununterbrochen wurde sie gegrüßt, Kinder unterbrachen ihr Spiel und winkten ihr zu; auf einem kleinen Platz kurz vor dem Ziel, wo sich eine ausgelassene Hochzeitsgesellschaft versammelt hatte, brachen die Musikanten plötzlich ab und schmetterten im nächsten Moment Branwyn zu Ehren einen Tusch.

Als die junge Bischöfin und ihre Begleiter schließlich das Gotteshaus am Nordhang des Esquilin erreichten, wartete dort bereits eine vielhundertköpfige Menschenmenge. Die festlich gekleideten Frauen und Männer klatschten und bildeten sodann ein Spalier, durch das Branwyn wohl oder übel schreiten mußte – freilich tat sie es erst, nachdem sie Silvia und Marcellus an ihre Seite gezogen hatte. Die beiden führten sie zu einem der Ehrensitze im Chorraum der Kirche, die übrigen Priesterinnen und Priester gesellten sich zu ihnen; gleichzeitig füllte sich das Kirchenschiff bis auf den letzten Platz.

Langsam kehrte Ruhe ein; dann, auf ein Zeichen Silvias hin, stimmten die Gläubigen einen Choral an. Der getragene Gesang erzeugte eine feierliche Atmosphäre; als die letzten Töne verklungen waren, erhob sich die *Presbyterin* von *Sancta Praxedis* und wandte sich mit folgenden Worten an Branwyn:

»Wir alle kennen deine uneigennützige Wesensart, die nichts für sich selbst, aber unendlich viel für die Wohlfahrt der anderen will. Um so mehr achten wir dich und lieben dich gerade wegen deines bescheidenen Charakters – doch in dieser Stunde darfst du es uns nicht verwehren, dir das zu erweisen, was du dir wie niemand sonst verdient hast: Ehre im Angesicht Gottes und der Menschen! In dieser Absicht haben wir uns hier zusammengefunden, wo schon vor drei Jahrhunderten Priesterinnen wirkten, die dir sehr ähnlich waren: Pudentia und

Praxedis, die Freundinnen des Apostels Petrus. Erfüllt von tiefer Nächstenliebe, führten sie fort, was der Jünger Jesu begründet hatte, und im gleichen Geiste hast auch du stets gehandelt: zuerst als *Presbyterin* und nunmehr als unsere *Episcopa*. Obwohl seit deiner Wahl erst wenige Monate vergangen sind, hast du in dieser kurzen Zeit außerordentlich viel Gutes getan und damit jenen Christen, die auf humanes Miteinander statt auf inhumane Machtgier setzen, neue Hoffnung geschenkt. Und zum Dank dafür – jedoch auch als Wegzeichen für künftige Generationen – sind wir, die Vertreter aller nichtkatholischen Kirchensprengel Roms, übereingekommen, dich auf besondere Art zu ehren …«

Silvia gab einem vollbärtigen Mann namens Terentius, der die ganze Zeit über still neben dem Petrus-Mosaik an der Rückwand des Altarraumes gestanden hatte, ein Zeichen. Der Bärtige nickte und zog an einer Kordel; eine Tuchbahn, die ein Stück des Mauerwerks verborgen hatte, glitt zu Boden und gab den Blick auf ein Bildnis seitlich der Petrus-Darstellung frei.

Kaum fiel das Licht auf die Mosaiksteine des Porträts, wurden im Kirchenschiff begeisterte Ausrufe laut. Denn dem Künstler, der das Mosaik geschaffen und soeben enthüllt hatte, war zweifellos ein Meisterwerk gelungen. Er hatte sich für ein Brustbild der jungen Bischöfin entschieden, so daß ihr Gesicht um so besser zur Geltung kommen konnte: ihr reizvoll geformtes ovales Antlitz mit den edlen Zügen und den großen Augen, aus denen warmherzige Intelligenz strahlte. Eine dreifache Borte in den weißen, roten und dunkelblauen Farben der Göttin, wie Branwyn sie in leichter Abwandlung der älteren Weiß-Rot-Schwarz-Kombination häufig trug, schmückte den Ausschnitt ihres Kleides. Der helle Schleier, der ihre Stirn bedeckte, weich auf die Schultern fiel und Symbol ihres Priesteramtes war, kontrastierte harmonisch damit – und ebenso mit dem abermals dunkelblauen Porträthintergrund. Dieser war in Form eines *Nimbus* – einer Art Aura – ausgeführt und besaß statt der bei Heiligendarstellungen üblichen runden Form eine rechteckige Gestalt, was in der kirchlichen Symbolik bedeutete, daß das Kunstwerk eine noch lebende Person zeigte.

Ein Schriftzug schließlich erklärte, wem das Bildnis gewidmet war, und nun, während sie die Hand auf Branwyns Schulter legte, sprach Silvia die in das Mosaik integrierten Worte aus: »*Episcopa Theodora* – so werden es von heute an alle lesen, welche dieses Gotteshaus betreten und das von unserem Freund Terentius so trefflich gestaltete Kunstwerk betrachten. Wenn die Menschen dann nachfragen, werden sie von den guten Werken der Bischöfin Theodora hören und auch erfahren, warum das Mosaik gerade in *Sancta Praxedis* angebracht wurde. Hier fand ja heuer im Frühjahr die Zusammenkunft statt, bei der beschlossen wurde, das alte Recht der freien Bischofswahl zu erneuern, damit der Geist, welcher die erste Kirche Roms begründete, wiedererweckt werde: der gute Geist von Petrus, Pudentia und Praxedis, die innerhalb dieser Mauern einst Juden, Christen und Heiden friedlich zusammenführten. Wir alle wünschen uns, daß das römische Christentum insgesamt sich auf diese Werte sowie das damit untrennbar verbundene Ideal der Nächstenliebe rückbesinnen möge, und da wir darin keine bessere Führerin als dich, Branwyn, haben könnten, war es das Anliegen sämtlicher Gemeinden unserer Diözese, dein Porträt hier anbringen zu lassen.«

Nachdem die *Presbyterin* geendet hatte, ertönte aus dem Kirchenschiff langanhaltender Beifall, der sich erst legte, als Branwyn langsam aufstand. Doch wenn die Gläubigen erwartet hatten, auch sie würde jetzt eine feierliche Rede halten, so täuschten sie sich. Vielmehr umarmte die junge Bischöfin ihre Freundin Silvia, anschließend äußerte sie mit schelmischem Gesichtsausdruck: »Ich danke euch von Herzen für die wunderschöne Überraschung, die ihr mir bereitet habt – auch wenn ich eine derartige Ehrung ganz bestimmt nicht verdiene, wie diejenigen unter euch, die mich etwas näher kennen, nur zu gut wissen. Aber vielleicht bessere ich mich ja angesichts meines eigenen Idealbildes, das ihr mir so handgreiflich vor Augen geführt habt, noch – und einen ersten Schritt in diese Richtung will ich auf der Stelle tun ...«

Damit ging Branwyn zu Terentius, der nach wie vor bescheiden neben dem Mosaik wartete, schloß auch ihn in die Arme und sagte danach, wieder an die Gemeinde gewandt: »Dieser Mann hat es ungleich mehr als ich verdient, heute im Mittelpunkt zu stehen! Denn er schuf das Kunstwerk, das ihr vorhin wegen seiner Qualität zu Recht mit begeistertem Beifall bedacht habt, und ich«, sie blickte neuerlich den Künstler an, »kann mich vor solch großem Können nur verneigen!«

»Falls ich tatsächlich über mich selbst hinausgewachsen sein sollte, dann einzig deswegen, weil es mir vergönnt war, eine der bezauberndsten Frauen Roms porträtieren zu dürfen«, erwiderte Terentius lächelnd.

Branwyn drohte ihm schmunzelnd mit dem Finger und löste dadurch bei den Gläubigen lautstarke Heiterkeit aus.

Gleich darauf drängten die Menschen nach vorne in den Chorraum, und die eben noch feierliche Stimmung schlug in zwanglose Ausgelassenheit um. Alle Anwesenden wollten das Bildnis jetzt aus der Nähe bewundern, sich mit ihren Nachbarn darüber austauschen und natürlich ein paar Sätze mit ihrer Bischöfin und dem Künstler wechseln. Wenig später wurden die Bänke im Kirchenschiff umgestellt und dazwischen Tische aufgebaut; die Gemeindemitglieder von *Sancta Praxedis* trugen Kuchenplatten und Weinkrüge aus der Sakristei herein, und eine kleine Musikantengruppe begann volkstümliche Weisen zu spielen.

So endete der Festakt in einem familiären Beisammensein: einem zwanglosen Liebesmahl nach urchristlicher Tradition, das bis in die Nachtstunden andauerte. Branwyn genoß das Gefühl, inmitten so vieler Freunde geborgen zu sein; die tiefe Zuneigung, die sie spürte, bewies ihr – mehr noch als das Mosaik, das ihr zu Ehren enthüllt worden war –, daß sie sich mit ihrer Art, die Gemeinden zu leiten, auf dem richtigen Weg befand.

* * *

Im Verlauf der folgenden Wochen war die junge Bischöfin nach Kräften bestrebt, ihre karitativen Vorhaben weiter voranzutreiben; so manches, was noch vor einem Jahr unmöglich durchzusetzen gewesen wäre, schien ihr jetzt förmlich in den Schoß zu fallen. Ende Dezember dann gelangte eine Nachricht nach Rom, die sie zusätzlich anspornte: In Konstantinopel war Flavius Claudius Julianus, der Neffe des kurz zuvor verstorbenen Imperators Konstantius, zum neuen Kaiser gekrönt worden.

Gleich nachdem Branwyn davon erfahren hatte, suchte sie Silvia auf und erklärte der Freundin gegenüber: »Nun werden wir in unseren Bemühungen vermutlich Unterstützung von höchster Stelle bekommen! Schließlich hat sich Julian bereits in einem seiner ersten Edikte als Augustus gegen das Machtstreben des *Patriarchats* gestellt, religiöse Toleranz angemahnt und sich damit sehr deutlich in unserem Sinne ausgesprochen!«

Die *Presbyterin* von *Sancta Praxedis* pflichtete ihr bei; tatsächlich traf das, was die beiden Frauen sich erhofft hatten, bereits im Februar des neuen Jahres 362 ein. In der Tiberstadt erschienen Sendboten des Imperators, der zu diesem Zeitpunkt ebenso wie Branwyn in seinem dreißigsten Lebensjahr stand, und verkündeten auf allen öffentlichen Plätzen eine Reihe von Gesetzen, die Julian erlassen hatte. Die kaiserlichen Edikte sorgten für großes Aufsehen, was beileibe kein Wunder war, denn sie wiesen Liberius und den von ihm propagierten katholischen Alleinherrschaftsanspruch in scharfer Form in die Schranken.

So hieß es unter anderem, daß die christliche Religion nicht mit Gewalt verbreitet werden dürfe, sondern jeder Mensch das uneingeschränkte Recht auf geistige Freiheit besitze. Das gelte sowohl für Christen der verschiedenen Glaubensrichtungen als auch für Juden und Heiden; der Staat werde daher entschieden gegen jedermann vorgehen, der dieses Prinzip mißachte und Andersdenkende diskriminiere oder verfolge. Um die Toleranz, wie sie vor der Erhebung des Christentums zur Staatsreligion bestanden habe, wiederherzustellen, werde angeordnet, die nach dem Jahr 313 geschlossenen heidnischen Tempel und jüdischen Bethäuser von neuem zu öffnen und sie für die Bevölkerung zugänglich zu machen. Wo derartige Gebetsstätten während der vergangenen Jahrzehnte verwüstet worden seien, müsse Schadenersatz geleistet werden; wo das *Patriarchat* solche Gebäude beziehungsweise arianische Kirchen gewaltsam für sich vereinnahmt habe, müßten diese an die ursprünglichen Eigentümer zurückgegeben werden. Was schließlich das christliche Priesteramt auf allen Ebenen angehe, so seien die Gemeinden und Diözesen gehalten, die volle Gleichberechtigung zwischen Männern und Frauen zu gewährleisten, so wie es dem Nächstenliebegebot Jesu und den unmißverständlichen Aussagen des Apostels Paulus entspreche.

Von den Gläubigen jener Kirchensprengel, denen Branwyn vorstand, wurden die Erlasse Julians mit großer Genugtuung aufgenommen. Für Liberius und dessen Anhängerschaft hingegen, die schon durch die aufsehenerregende Wahl Branwyns zur Bischöfin ins Hintertreffen geraten waren, stellten die Edikte einen weiteren schweren Rückschlag dar. Freilich befürchteten viele Bürger, daß das *Patriarchat*, sobald man im Lateranpalast zur Besinnung gekommen sei, unter Ausschöpfung aller juristischen Winkelzüge Widerstand leisten und beispielsweise die Rückgabe der ehemals arianischen Gotteshäuser *Sancta Magdalena*, wohin seinerzeit die obskuren Reliquien des vorgeblichen Märtyrers Sebastianus gebracht worden waren, und *Sancta Maria Maiora*, wo das grauenhafte Blutbad stattgefunden hatte, so lange wie möglich hinauszögern werde.

Auch Branwyn hegte diesen Verdacht – und fand schon am Tag nach der Proklamation der Dekrete Gelegenheit, mit einem der kaiserlichen Sendboten darüber zu sprechen. Der Kurier aus Konstantinopel suchte sie im Atriumhaus auf und erklärte, er sei gekommen, um sie, da Liberius sich vermutlich nicht kampflos beugen werde, als Verbündete bei der Durchsetzung der Edikte zu gewinnen. Die junge Bischöfin versprach, alles in ihren Kräften Stehende zu tun; zuletzt beteuerte sie noch einmal: »Weil es dem Imperator um Toleranz und Humanität geht, unterstütze ich ihn von Herzen gerne, und ich bitte dich, ihm das mitzuteilen, wenn du an seinen Hof zurückgekehrt bist.«

»Der Kaiser wird sich sehr darüber freuen!« versicherte der Bote. »Dies um so mehr, als er offenbar auch persönlichen Anteil an dir nimmt und mir ein Schreiben an dich mitgegeben hat ...«

»Du hast einen Brief Julians für mich?« stieß Branwyn überrascht hervor.

Lächelnd nickte der Kurier, zog eine gesiegelte Pergamentrolle aus seiner Umhängetasche und überreichte Branwyn das Schreiben. Wenig später dann, nachdem der Sendbote sich wieder verabschiedet hatte, las sie:

»Flavius Claudius Julianus, Imperator,

an die Episcopa Theodora mit freundschaftlichen Grüßen!

Vieles hat sich ereignet, seit wir vor beinahe sechs Jahren in der gallischen Stadt Samarobriva zusammentrafen. Du stelltest dich mir damals unter deinem keltischen Namen vor und befandest dich auf der Reise nach Rom, ich schlug mich als Militärtribun mit fränkischen Raubscharen herum. Nur wenige gemeinsame Stunden waren uns in jenen Tagen vergönnt, dennoch bliebst du mir bis heute in Erinnerung. Vielleicht vermochte ich dich nicht zu vergessen, weil du an einem der Abende in Samarobriva meine (in Wahrheit wohl doch eher bescheidene) Dichtkunst lobtest; möglicherweise bewahrte ich dein Bild aber auch wegen deiner Schönheit sowie der Warmherzigkeit und Intelligenz, die aus jedem deiner Sätze sprachen, in meinem Gedächtnis.

Auf jeden Fall empfand ich große Freude, als ich vergangenen Herbst von deiner Erhöhung zur Episcopa aller nichtkatholischen römischen Kirchengemeinden erfuhr. Eigentlich wollte ich dir sofort dazu gratulieren, aber wie du weißt, überstürzten sich zum selben Zeitpunkt die Ereignisse in Konstantinopel. Der Tod meines

Onkels Konstantius, die Leichenfeiern, meine Krönung und die Übernahme der Staatsgeschäfte zwangen mich dazu, alles andere hintanzustellen. Nun jedoch finde ich endlich die Muße, dir zu schreiben und dich zu deinem Aufstieg zu beglückwünschen, den du, wie meine Gewährsleute mir ebenfalls berichteten, ganz gewiß nicht aus Eigennutz anstrebtest. Vielmehr tratest du dein hohes Amt in dem Verlangen an, die Ideale der Menschenliebe und Toleranz gegen ihre Widersacher zu verteidigen – und für dasselbe Ziel, das verspreche ich dir, werde auch ich in meiner Eigenschaft als Imperator streiten.

In den Edikten, die zusammen mit diesem Brief nach Rom gelangen, wirst du meinen unverbrüchlichen Willen erkennen, denjenigen Einhalt zu gebieten, die sich in ihrer skrupellosen Machtgier beinahe schon den Göttern gleich wähnen. Ich gehe gegen sie vor, weil sie schlimmste geistige Verirrung und damit schweres Leid über Rom und Italien bringen, und es ist mir nur zu gut bewußt, welchen Schaden sie bereits anrichteten. Unsere Aufgabe ist es nun, die Wunden, die sie schlugen, zu heilen; darin, dessen bin ich gewiß, sind wir beide uns völlig einig.

Als wir uns auf dem Schlachtfeld von Samarobriva begegneten, warst du gerade dabei, einen schwerverletzten Legionär zu verarzten, und dank deiner Fürsorge blieb er, ganz wie auch ein verwundeter Franke, um den du dich unmittelbar zuvor gekümmert hattest, am Leben. Genauso, das ist meine Bitte an dich, mögest du jetzt als Episcopa das Leid lindern, welches aufgrund der Machenschaften des Patriarchats zu beklagen ist; ich wiederum will dir dabei jede Hilfe zukommen lassen, die mir möglich ist.

Abschließend möchte ich der Hoffnung Ausdruck geben, dich bald wiederzusehen, damit wir so ungezwungen wie früher miteinander plaudern können. Voraussichtlich – sofern meine Pflichten mich nicht von neuem an die ständig bedrohten Reichsgrenzen rufen – werde ich im kommenden Herbst in Rom weilen, und du mußt mir dann unbedingt einen Besuch abstatten.

Lebe wohl und erfülle die Aufgabe, die dir vom Schicksal anvertraut wurde! – Julian.«

Branwyn las den Brief mehrmals, danach saß sie lange sinnend da und erinnerte sich an den Abschied von dem damaligen Militärtribun in Samarobriva. An jenem Morgen, da Julian an der Spitze seines Heeres abgezogen war, hatte sie sich gewünscht, ihm irgendwann wieder zu begegnen, und nun würde es noch vor Ablauf dieses Jahres aller Wahrscheinlichkeit nach tatsächlich so kommen.

Und wenn es erst soweit ist, werde ich ihn dazu bringen, einige der sozialen Einrichtungen in unseren Gemeinden zu besuchen, überlegte sie. Zwar hätte keiner der früheren Kaiser sich dazu bereit gefunden, aber Julian wird es tun, und er wird erkennen, daß gerade die Waisenhäuser, Hospitäler, Schulen und Ambulanzen für die Alten die beste Waffe gegen das *Patriarchat* darstellen. Dies wiederum wird ihn dazu bewegen, uns massive staatliche Unterstützung zu gewähren, wodurch wir das karitative Netz immer dichter knüpfen und es vielleicht noch weit über die Stadtgrenzen hinaus ausdehnen können …

* * *

Schon wenige Tage später berief Branwyn eine Versammlung aller Priester und Gemeindevertreter ihrer Diözese ein und informierte sie über die Grundzüge des kaiserlichen Schreibens sowie über die Chancen, die sich daraus eröffneten. Die soziale Arbeit in den verschiedenen Kirchensprengeln erhielt auf diese Weise zusätzlichen Auftrieb; während der Frühjahrs- und Sommermonate dieses Jahres 362 gediehen verschiedene Projekte, welche die junge Bischöfin in Angriff genommen hatte, bedeutend schneller als ursprünglich gedacht.

Dies wurde zum einen durch die ideelle Hilfestellung Julians möglich; zum anderen aufgrund kräftiger finanzieller Zuwendungen, die bereits jetzt aus der Staatskasse zu fließen begannen. Darüber hinaus – weil der neue Imperator auch jüdische Gemeinden und heidnische Gruppierungen förderte, so sie nur bestrebt waren, ihren Beitrag für das allgemeine Wohl zu leisten – kam es in verschiedenen Fällen zu fruchtbarer überkonfessioneller Zusammenarbeit. Christen halfen bei der Renovierung von Tempeln oder Bethäusern, die unter katholischem Vandalismus gelitten hatten; Heiden und Juden beteiligten sich im Gegenzug an christlichen Vorhaben.

Dank dieses humanen Miteinander veränderte sich die Atmosphäre in Rom. Die Zeiten, in denen es Liberius gelungen war, die Bevölkerung durch infame Intrigen, die Zurschaustellung militärischer Macht oder brutale Übergriffe bis hin zum Massenmord einzuschüchtern, schienen endgültig vorüber zu sein. Vielmehr wurde jetzt sogar diskutiert, ob es nicht irgendwann möglich sein werde, das *Patriarchat* für seine Verbrechen – insbesondere das Massaker in *Sancta Maria Maiora* – juristisch zur Verantwortung zu ziehen. Auch Branwyn war der Meinung, daß dies, damit den Opfern wenigstens postum Gerechtigkeit widerfahre, geschehen müsse. Sie hoffte, der Kaiser würde im Herbst, wenn er nach Rom käme, entsprechende Schritte in die Wege leiten – doch dann, Anfang Oktober, erreichte sie ein zweiter Brief Julians, der ihre diesbezüglichen Erwartungen zunichte machte.

»*Ich hatte mich sehr auf ein Wiedersehen mit dir gefreut; aus persönlichen Gründen und weil ich außerdem neuerlich viel Positives über deine segensreiche Tätigkeit hörte*«, schrieb der Kaiser. »*Um so mehr bedauere ich es, die geplante Italienreise erst zu einem späteren Zeitpunkt antreten zu können. Meine Pflichten als Imperator lassen mir aber leider keine andere Wahl …*« Anschließend teilte Julian ihr mit, es seien beunruhigende Meldungen nach Konstantinopel gelangt, wonach die persischen Sasaniden einen Angriff auf die Ostgrenze des Reiches planten. Deshalb sehe er sich gezwungen, seinerseits ein Heer aufzustellen, mit dem er im kommenden Frühjahr gegen den Feind vorrücken wolle. Der Kriegszug werde ihn voraussichtlich bis zu den Strömen Euphrat und Tigris führen und wohl den größten Teil des nächsten Jahres in Anspruch nehmen, weshalb ein Staatsbesuch in Rom frühestens Anno 364 möglich sein werde.

Branwyn benötigte einige Tage, um ihre Enttäuschung zu überwinden; zudem belastete sie der Gedanke an die Gefahren, denen der Kaiser, auf dem so viele Hoffnungen ruhten, ausgesetzt sein würde. Doch letztlich ließ sie sich dadurch nicht in ihrer Arbeit beirren, vielmehr verstärkte sie ihre Bemühungen um die Wohlfahrt der Stadtbevölkerung ab diesem Herbst des Jahres 362 noch.

Schon lange waren ihr die Zustände in den vielen römischen Mietskasernen, wo oft mehrere Dutzend armer Familien unter kaum noch menschenwürdigen Bedingungen hausten, ein Dorn im Auge gewesen. Jetzt, da sie sowohl den breiten Rückhalt durch die von ihr geführten Kirchensprengel besaß als auch auf Unterstützung durch die staatliche Verwaltung zählen durfte, konnte sie zumindest erste Schritte unternehmen, um Abhilfe zu schaffen.

In einigen Vierteln direkt am linken Tiberufer, wo die Verhältnisse besonders schlimm waren, wurde mit Sanierungsmaßnahmen begonnen. Die junge Bischöfin und ihre Mitarbeiter fanden für einen Teil der Bewohner preiswerte Unterkünfte in weniger dicht besiedelten Stadtteilen; für diejenigen, die blieben, stand damit mehr Wohnraum zur Verfügung. Weiter bekamen die Mieter kostenlos Material für Instandsetzungsarbeiten gestellt; sie mußten sich im Gegenzug lediglich dazu verpflichten, nicht nur ihre eigenen Wohnungen, sondern in Gemeinschaftsarbeit auch die Gebäudefassaden zu renovieren. Bald wurde deutlich, wieviel auf diese Weise ohne großen Aufwand zu erreichen war, und im folgenden Frühjahr 363 waren die ehemals so schrecklich heruntergekommenen Mietskasernen kaum wiederzuerkennen.

Die von ihr so erfolgreich durchgeführte Aktion trug Branwyn zusätzliche Anerkennung ein. Bei einer Zusammenkunft von Kirchenvertretern und kaiserlichen Beamten im Mai des genannten Jahres wurde beschlossen, die Sanierungsmaßnahmen auf eine Reihe weiterer Wohnblocks auszudehnen. Bis Ende Juni waren die nötigen organisatorischen Vorbereitungen getroffen; optimistischer denn je durfte die *Episcopa* in die Zukunft blicken – doch dann traf sie und all die anderen, die sich unter der Regierung Julians einen langanhaltenden humanen Aufschwung erhofft hatten, ein verheerender Schlag.

Der Kerker

Die fürchterliche Nachricht, die Mitte August von einem auf der *Via Portuensis* heranjagenden Kurierreiter gebracht wurde, erschütterte ganz Rom. Wo immer der vom Meerhafen Ostia kommende Bote sein schäumendes Roß kurz zügelte und den Menschen auf den Plätzen der Stadt die schreckliche Kunde zurief, malte sich zuerst Ungläubigkeit und gleich darauf abgrundtiefes Entsetzen auf ihren Gesichtern. Manche stammelten betroffen den Namen des Kaisers: des jungen, gerade erst zweiunddreißigjährigen Imperators, der nach den abgehackten Worten des Reiters nicht mehr unter den Lebenden weilte. Wenig später dann, als der Bote auf dem Forum Romanum anlangte und dort auf Regierungsbeamte traf, die ihn trotz ihrer Verstörung genauer befragten, erfuhr auch die Bevölkerung Einzelheiten.

Julian, der im Frühjahr dieses Jahres 363 von Kleinasien aus zum Feldzug gegen die persischen Sasaniden aufgebrochen war, hatte bereits Anfang Mai den Euphrat überschritten, um anschließend, ohne auf ernsthaften Widerstand zu stoßen, quer durch Mesopotamien in Richtung auf den Tigris vorzudringen. Nahe der Stadt Ktesiphon hatte er auch diesen Strom überquert und die Sasaniden durch sein Auftauchen vor den Mauern der genannten Stadt derart eingeschüchtert, daß sie sich zu Friedensverhandlungen bereitfanden. Nach deren Abschluß Mitte Juni hatte der römische Kaiser den Rückmarsch angetreten; am 26. Tag desselben Monats war es, auf halbem Weg zum Euphrat, zu einem Attentat auf den Imperator gekommen.

Ahnungslos und ohne Helm war Julian inmitten seiner Leibgarde geritten, als sich ein *Centurio* unter dem Vorwand, eine wichtige Meldung von der Nachhut zu bringen, näherte. Auf einen Wink des Kaisers hin hatte der Offizier sein Pferd an Julians Seite getrieben – und im nächsten Moment sein Schwert gezogen. Mit einer tödlichen Schädelwunde war der Imperator aus dem Sattel gestürzt; der Meuchelmörder wiederum hatte unmittelbar nach dem hinterhältigen Anschlag versucht, sich selbst zu entleiben, was freilich verhindert werden konnte.

Beim Verhör des Attentäters waren die Hintergründe des ungeheuerlichen Verbrechens ans Licht gekommen. Zunächst hatte der *Centurio* sich eifernd als katholischer Christ und Anhänger des römischen *Patriarchats* zu erkennen gegeben und sodann seinen Haß auf den Kaiser herausgebrüllt. Julian sei ein *Apostat*, ein vom einzig wahren Glauben abgefallener Verräter, und zudem ein Götzenanbeter gewesen! Kaum auf den Thron gelangt, habe er überall im Reich die verfluchte heidnische Abgötterei befördert und sich darüber hinaus mit der Brut der jüdischen Gottesmörder gemein gemacht! Tausendfach habe der vom Bösen besessene Imperator deshalb den Tod verdient; die rächende Hand Christi selbst habe ihn zur Strafe für seine Untaten niedergestreckt, und nunmehr werde die verdammte Seele des Flavius Claudius Julianus auf ewig in der Hölle schmoren!

Bebend vor Zorn hatten sich die Stabsoffiziere und Leibwächter diese Tirade des *Centurio* angehört; unmittelbar darauf war der Attentäter hingerichtet worden. Anschließend, während das Heer sich auf die Totenfeier für den ermordeten Kaiser vorbereitete, waren Eilboten davongesprengt, um die furchtbare Kunde nach Konstantinopel zu bringen, von wo aus Stafettenreiter und Schnellsegler sie im gesamten Reich verbreiteten.

* * *

Branwyn hielt sich gerade im Waisenhaus der Gemeinde von *Sancta Praxedis* auf, als die entsetzliche Nachricht sie erreichte. Im ersten Schock brach sie in heftiges Weinen aus; all die Hoffnungen, die sie und die vielen tausend Menschen ihrer Diözese in Julian gesetzt hatten, waren mit einem Schlag zunichte geworden. Der Schmerz der jungen Bischöfin über den sinnlosen Tod des Kaisers, der im gleichen Alter wie sie gestanden hatte, ging tief; hinzu kam sehr schnell die beängstigende Vermutung, daß der fanatisierte Meuchelmörder keineswegs aus eigenem Antrieb, sondern im Auftrag sehr mächtiger Hintermänner gehandelt hatte. Im Verlauf der beiden folgenden Wochen wurde dieser Verdacht immer mehr zur Gewißheit, denn es trafen weitere Meldungen ein, die deutlich machten, wer die Nutznießer des hinterhältigen Anschlages waren.

Zunächst erfuhr die römische Bevölkerung von der Wahl eines neuen Kaisers, die offensichtlich mehr oder weniger aufgrund eines Militärputsches erfolgt war. Kaum nämlich hatte Julian, dessen Leichnam in Mesopotamien notdürftig einbalsamiert und dann über den Euphrat zur kleinasiatischen Stadt Tarsos gebracht worden war, dort sein Grab gefunden, hatten die Truppen einen Tribun namens Jovianus zum Imperator ausgerufen. Dieser hohe Offizier, der von Julian nur ungern und allein aus politischen Rücksichten im Stab geduldet worden war, hatte das Gros der einfachen Legionäre durch Versprechungen, sie nach der Rückkehr an den Bosporus reich mit Gold zu belohnen, auf seine Seite gebracht. Auf diese Weise war der Anhang des Toten – die Leibwache sowie das seiner Sache nach wie vor treu ergebene Offizierskorps – entmachtet worden, und an die Spitze des Imperiums war, wie zum Hohn für den Ermordeten, ein Mann getreten, der es offen mit den Zielen des *Patriarchats* hielt.

Wes Geistes Kind Jovianus war, hatte sich schon unmittelbar nach seiner Krönung gezeigt, als der neue Imperator eine öffentliche Verhöhnung seines Vorgängers duldete. Am Grab Julians war mit großem Gepränge Ephraim, der katholische Bischof von Tarsos, erschienen und hatte den Toten mit folgenden haßerfüllten Versen verspottet:

»Ich kam, meine Brüder, und nahte
mich dem Kadaver des Unreinen.
Ich stand über seiner Leiche
und verhöhnte sein Heidentum.
Heil dem, der ihn vernichtete
und alle Söhne der Lüge
in Trauer versetzte.
Denn bei seinem Anblick
frohlockten die Bestien,
die Wölfe traten auf seine Seite,
und die Schakale heulten vor Freude.«

Unter den Augen des Jovianus hatte der kleinasiatische Kirchenfürst den Ermordeten, dem die Werte der Humanität und Toleranz so wichtig gewesen waren, mit Schmutz beworfen; ähnlich schändliche Vorkommnisse wurden aus anderen Städten des Imperiums bekannt. In den Theatern Antiochias an der syrischen Mittelmeerküste, wo ein mit Liberius verbündeter Patriarch herrschte, führte man, um das Attentat auf Julian zu feiern, Komödien teils obszönen Inhalts auf und organisierte Freudentänze in den Kirchen. Im ägyptischen Alexandria wurden öffentliche Bücherverbrennungen veranstaltet; die Reden- und Gedichtesammlungen, die zu Lebzeiten des sowohl philosophisch als auch poetisch geschulten Kaisers erschienen waren, wurden auf den Scheiterhaufen zum Raub der Flammen. Anderswo stürzten aufgepeitschte Pöbelhaufen Statuen Julians von ihren Podesten oder besudelten Wandgemälde, die ihn darstellten, und stets war es der katholische Klerus, welcher seine blindgläubigen Anhänger zu solch barbarischen Exzessen aufhetzte.

Ende August schließlich, als Liberius sicher sein konnte, daß der neue Imperator Jovianus fest genug im Sattel saß, ließ auch das römische *Patriarchat* seine Maske fallen. Zuerst in der

Lateranbasilika und unmittelbar darauf in den übrigen katholischen Kirchen der Stadt verstiegen sich die Prediger dazu, dem toten Kaiser alle nur denkbaren Laster zu unterstellen.

Die Priester beschimpften Julian als Schwarzmagier, Zauberer und Teufelsanbeter; sie behaupteten, seine Paläste seien über viele Jahre hinweg Schauplätze gräßlicher Orgien gewesen: verworfener Baalsrituale, bei denen Knaben geschlachtet und blutjunge Mädchen geschändet worden seien. Wegen dieser und zahlloser anderer gotteslästerlicher Greueltaten, die ein Christenmund noch nicht einmal auszusprechen wage, müsse das Andenken an den zur Hölle gefahrenen *Apostaten* mit Stumpf und Stiel ausgerottet werden! Die kämpferischen Christen in Tarsos, Antiochia, Alexandria und vielen anderen Hochburgen des einzig wahren Glaubens seien den Römern darin bereits auf verdienstvolle Weise vorangegangen, und diejenigen in der Tiberstadt, denen an ihrem Seelenheil liege, sollten sich daran ein Beispiel nehmen!

Als Folge solcher Volksverhetzung kam es auch in Rom zu Ausschreitungen, allerdings hielten sie sich in Grenzen; die Randalierer beschränkten sich auf vereinzelte Sachbeschädigungen. Wenn, zumindest vorerst, nicht mehr passierte, so lag dies vor allen Dingen am außerordentlich guten Ruf, den die nichtkatholischen Gemeinden genossen. Es war den meisten Bürgern sehr wohl bewußt, wieviel Gutes die von der jungen Bischöfin Theodora geführten Kirchensprengel in der Vergangenheit getan hatten und welch brutale Störungen des öffentlichen Friedens andererseits Liberius anzulasten waren. Zahlreiche Menschen kamen in diesen Tagen zu Branwyn und versprachen ihr, in den jetzt zu erwartenden schwierigen Zeiten zu ihr zu halten; sie solle sich durch die Aggressionen des *Patriarchats* nicht einschüchtern lassen und weiterhin ihren für Christen, Juden und Heiden gleichermaßen segensreichen Weg gehen.

Branwyn war dankbar für diese Zuwendung; das Vertrauen der Gläubigen in ihre Kraft half ihr, den Schock über den furchtbaren Rückschlag, den ihre Sache erlitten hatte, zu überwinden. Kaum hatte sie von den ersten Ausschreitungen des vom päpstlichen Klerus aufgestachelten Pöbels erfahren, sagte sie sich, daß sie Liberius nun um so entschlossener Widerstand leisten müsse. Sie verfaßte einen Hirtenbrief, vervielfältigte ihn mit Hilfe einiger Schreibkundiger aus ihrer Gemeinde und verteilte die Kopien noch in derselben Nacht persönlich an sämtliche *Presbyterinnen* und *Presbyter* der von ihr geleiteten Diözese.

Am folgenden Sonntagmorgen wurde die Proklamation in allen nichtkatholischen Gotteshäusern der Tiberstadt verlesen; der Inhalt des Briefes war kurz, aber prägnant: Mit sehr deutlichen Worten hatte die Bischöfin an die menschenfreundliche Politik Julians erinnert und die karitativen Projekte aufgelistet, die dank seiner Hilfe realisiert worden waren. Abschließend hatte Branwyn die rhetorische Frage gestellt, ob ein Kaiser, dem so eindeutig an der Wohlfahrt seiner Untertanen gelegen habe, nicht gerade aus diesem Grund jenen ein Dorn im Auge gewesen sein müsse, die stets nur nach Ausweitung ihrer eigenen Macht getrachtet hätten und den heimtückisch von einem katholischen Offizier Ermordeten nun auf so infame Weise verteufelten?!

Der Hirtenbrief fand breiteste Zustimmung und fachte die öffentliche Diskussion über die Hintergründe des Attentats auf den Imperator an. Immer erregter debattierte man an jenem Sonntag auf den Plätzen und in den Tavernen Roms darüber, welche Rolle wohl das *Patriarchat* bei dem feigen Anschlag gespielt haben könnte; nicht selten wurden Stimmen laut, die in Liberius den tückischen Drahtzieher vermuteten.

Ganz augenscheinlich hatte Branwyn das *Patriarchat* durch ihre mutige Aktion erheblich in Bedrängnis gebracht, und am Abend dieses denkwürdigen Sonntags, als sie mit Angela, Camilla, Gaius, Silvia sowie einigen anderen engen Vertrauten im Atriumhaus zusammensaß, kündigte sie an, weitere Schritte gegen die Volksverhetzer im Lateranpalast unternehmen zu wollen. »Es deutet doch tatsächlich alles auf ein Komplott zwischen Liberius und dem neuen Kaiser hin!« rief sie erregt aus. »Wenn es sich aber so verhält, ist es unsere Pflicht, dieses Verbrechen aufzudecken und die Bevölkerung darüber zu informieren!«

Mit blitzenden Augen stimmte Angela ihr zu: »Es gibt nach wie vor hohe Beamte in der Stadt, die Julian treu ergeben waren. Womöglich hegen sie denselben Verdacht wie wir, deshalb solltest du unbedingt Kontakt mit ihnen aufnehmen! Vielleicht rennst du sogar offene Türen ein, wenn du sie in deiner Eigenschaft als *Episcopa* dazu aufforderst, Ermittlungen durchzuführen!«

»Genau in diese Richtung denke ich«, nickte Branwyn und wandte sich an die anderen am Tisch: »Was meint ihr dazu?«

»Es wäre immerhin einen Versuch wert«, entgegnete Marcellus, der arianische *Presbyter* aus dem Pincius-Viertel.

»Aber es ist gefährlich!« widersprach Camilla. »Denn die Macht halten jetzt diejenigen in Händen, die durch einen solchen Vorstoß angegriffen würden!«

»Das ist auch meine Meinung«, äußerte Silvia. »Zwar möchte ich gewiß nicht dafür plädieren, kampflos vor unseren Gegnern zurückzuweichen, doch wir sollten besser vorsichtig taktieren! Das gilt besonders für dich, Branwyn! Vor allem du gehst ein großes Risiko ein, wenn du dich allzusehr exponierst – und wozu das *Patriarchat* fähig ist, weißt du selbst am besten!«

»Ja, das weiß ich …« murmelte Branwyn. Die Erinnerung an den grausamen Schmerz, den Acacius ihr zugefügt hatte, war jäh wieder da; zugleich glaubte sie erneut Samiras visionäre Worte zu vernehmen, die zwei Jahre zuvor in der Sibyllengrotte gefallen waren: *Wenn der Erhöhte stürzt, trifft auch dich der Haß der Priester … Danach Schwärze und Kälte im dunklen Gewölbe …*

Für einen Moment herrschte Schweigen, dann überwand die junge Bischöfin ihre Beklemmung und fuhr fort: »Gerade weil ich die Bösartigkeit des Liberius und seiner Anhänger kenne, fühle ich mich verpflichtet, alles zu tun, um sie zu entlarven!« Sie zögerte kurz. »Andererseits wäre es natürlich dumm, mich leichtfertig in Gefahr zu begeben – zumal der Hirtenbrief im Augenblick ohnehin seine Wirkung entfaltet. Wahrscheinlich ist es daher am klügsten, ein paar Tage abzuwarten, damit ich mir meine nächsten Schritte in Ruhe überlegen kann.«

Die anderen bestärkten sie in diesem Entschluß, danach saß man noch länger zusammen. Als es für die Gäste Zeit wurde aufzubrechen, begleitete Branwyn sie, einer instinktiven Regung folgend, hinaus auf den Kirchplatz und verabschiedete sich erst dort von ihnen. Mit einem wehen Gefühl blickte sie Silvia, Marcellus und den anderen nach, bis die Nacht sie verschluckt hatte. Als sie sich schließlich umdrehte, um ins Haus zurückzugehen, hatte sie plötzlich das Empfinden, sehr verlassen zu sein.

* * *

Die nächsten beiden Tage blieb die junge Bischöfin in *Trans Tiberim* und widmete sich ihrer Gemeindearbeit; dann, am Nachmittag des zweiten September, riefen ihre Pflichten sie zum Aventinhügel. Wie jeden ersten Mittwoch des Monats besuchte sie das dortige Hospital, setzte sich an das eine oder andere Krankenbett und bemühte sich, den Leidenden Mut zu machen. Nach der Vesper, die sie mit den gerade dienstfreien Pflegerinnen einnahm, ließ sie sich den Wirtschaftsplan für die folgenden Wochen vorlegen. Als die Vorsteherin des Hospitals sie auf einen drohenden Engpaß bei der Medikamentenversorgung aufmerksam machte, versprach Branwyn, vorerst mit Arzneimitteln aus dem Krankenhaus in *Trans Tiberim* auszuhelfen. Anschließend diskutierte sie mit der älteren Frau die Möglichkeiten, künftig derartige Finanzierungsschwierigkeiten zu vermeiden, und es wurde beinahe Mitternacht, ehe eine Lösung gefunden war.

Müde und abgespannt trat Branwyn den Heimweg an. Die Straßen waren zu dieser späten Stunde wie ausgestorben; der böige Wind trieb regenschwangere Wolken vom Meer heran, dann und wann fegte ein kurzer Schauer nieder. Branwyn sehnte sich nach ihrem behaglichen Zimmer im Atriumhaus; als sie die hochaufragende Umfassungsmauer an der Nordwestflanke des Circus Maximus passierte, sagte sie sich, daß sie die halbe Wegstrecke bereits geschafft habe. Höchstens eine dreiviertel Meile noch, dachte sie – unmittelbar nachdem ihr diese Überlegung durch den Kopf gegangen war, schien ihr Herzschlag auszusetzen.

Urplötzlich ertönte ein scharfer Pfiff, im nächsten Moment sah sie sich von mehreren Männern umringt. Die vermummten Kerle mußten ihr im Schutz der Dunkelheit unbemerkt gefolgt sein; jetzt sprang der vorderste sie an und packte ihre Arme. Fast gleichzeitig preßte ihr ein anderer, der von hinten kam, die Hand auf den Mund und erstickte so den Hilferuf, den sie noch auszustoßen versuchte. Wiederum einen Augenblick später – sie lag jetzt auf dem Straßenpflaster – spürte sie, wie ihr ein Knebel zwischen die Zähne gepreßt wurde. Während sie verzweifelt nach Luft rang, fesselten sie die Wegelagerer, hüllten sie in eine rauhe Decke und trugen sie im Laufschritt weg.

Irgendwann vernahm Branwyn, die mit aller Kraft gegen ihre Panik ankämpfte, einen unterdrückten Ruf. Sofort danach machte sie das Knarren von Torflügeln aus – in einem Hofraum dahinter hievte man sie offenbar auf ein Gefährt. Pferdehufe stampften, abrupt rollte der Wagen los; die Fahrt dauerte lange und führte zweifellos weit über das Stadtviertel hinaus, wo die Entführung passiert war. Endlich kam das Fahrzeug, wohl in einem zweiten Innenhof, zum Stehen; erneut wurde Branwyn unsanft hochgehoben und abermals eine Strecke geschleppt. Nach einigen Dutzend Schritten war es ihr, als würde die Luft schlagartig kälter. Die Männer schienen sie jetzt lange, enge Gänge entlangzutragen und dabei immer tiefer in die Erde einzudringen.

Zuletzt klirrte ein Eisenriegel, Türangeln kreischten; die Gefangene spürte, wie sie durch eine schmale Pforte gebracht wurde. Drinnen stieß man sie zu Boden, sie landete auf einem

Strohhaufen; gleich darauf zerrte einer der Kerle die um ihren Körper gewickelte Decke weg. Mit weit aufgerissenen Augen starrte Branwyn in flackerndes Fackellicht; mit dem nächsten Lidschlag begriff sie, an welch schaurigem Ort sie sich befand: in einem höhlenartigen Kerker.

Kaum war ihr dies bewußt geworden, erkannte sie auch, wer die Männer mit den Feuerbränden waren, die sie entführt hatten. Es handelte sich um thrakische Söldner; ihre brutalen, teilweise von Narben verunstalteten Gesichter, die Kettenhemden sowie die in ihren Gürteln steckenden Nahkampfwaffen ließen keinen Zweifel daran, daß sie zu den Kriegsknechten des Papstes gehörten.

Nun nahm einer der Thraker ihr die Fesseln ab; kaum waren die Stricke entfernt, griffen zwei andere Söldner zu. Sie schlossen Metallschellen um die Handgelenke Branwyns und ketteten sie an die Kerkerwand. Hilflos kauerte sie danach auf der Strohschütte; jetzt löste der älteste der Kriegsknechte, vermutlich der Anführer, ihren Knebel und herrschte sie in höhnischem Tonfall an: »Wenn du schreien willst, nur zu! Niemand wird dich hier unten hören, selbst wenn du dir die Lunge aus dem Leib plärrst!«

»Wo bin ich?!« stieß Branwyn hervor.

»In den Verliesen des Lateran, du gottverdammte Ketzerin!« lautete die Antwort. »Und du kannst Gift darauf nehmen, daß du diesen Kerker nicht mehr lebend verlassen wirst!«

Damit wandte der Thraker sich ab und ging zu der niedrigen Pforte. Die übrigen folgten ihm; bevor der letzte Mann nach draußen verschwand, steckte er seine Pechkerze in einen Eisenring neben der Türöffnung. Knarrend schloß sich die Balkenpforte, mit hartem Geräusch rastete der Riegel ein. Dann, eine Weile nachdem die Schrittgeräusche der Söldner verklungen waren, vernahm Branwyn plötzlich einen anderen, leiseren Laut – und sah im Fackelschein eine Ratte huschen.

* * *

Stunden verstrichen; wenn die Nager, von denen sich bald weitere aus ihren Verstecken gewagt hatten, ihr zu nahe kamen, trat Branwyn mit den Füßen nach ihnen. Hatten sich die Pelztiere vorübergehend zurückgezogen, irrte der Blick der Angeketteten verzweifelt über die Wände der Kerkerhöhle. Manchmal, wenn ihre Panik neuerlich übermächtig zu werden drohte, schien das nackte, von zackigen Rissen durchzogene Gestein lautlos näher zu rücken. Jedes Mal saugten sich Branwyns Augen dann an einer bestimmten Stelle fest: einer handbreiten Felsspalte in der Wand zu ihrer Rechten, durch die ein feuchtkalter Hauch in das Verlies wehte. Selbst als der Stumpf der niedergebrannten Pechkerze sich aus dem Metallring löste, zu Boden fiel und erlosch, blieb der Gefangenen jener irrationale Halt, der von dem Luftzug ausging; zumindest diese Verbindung zur Welt außerhalb ihres Kerkers war ihr geblieben.

Ansonsten aber gab es jetzt nur noch undurchdringliche Dunkelheit um Branwyn; furchteinflößende Finsternis und schier endlos sich dehnende Zeit. Die Lider der Angeketteten wurden immer schwerer, dann und wann übermannte sie die Erschöpfung, und sie sank trotz ihrer Angst kurz in Schlaf. Doch stets schreckte sie schon nach wenigen Minuten wieder hoch; die Ratten waren schuld: die großen, langschwänzigen Nager, die von Mal zu Mal aufdringlicher wurden.

Nach einer Ewigkeit schließlich glaubte Branwyn Laute von draußen zu vernehmen. Sie richtete sich auf und lauschte angespannt in Richtung der Kerkerpforte. Tatsächlich wurden die Geräusche deutlicher, etwas polterte gegen die Türbalken; im nächsten Moment ächzten die Angeln, und einen Herzschlag später fiel Fackellicht ins Verlies. Gebückt kam ein muskulöser Mann in ärmellosem Lederkoller herein, der einen Tonkrug und einen Brotkanten bei sich trug. Ohne die Gefangene eines Wortes zu würdigen, stellte er beides in ihrer Reichweite ab, warf einen argwöhnischen Blick auf die Kettenschlösser und verschwand wieder.

Nachdem sie ihren Schock über das unvermutete Auftauchen des Büttels überwunden hatte, tastete Branwyn mühsam nach dem Wassergefäß und trank in langen Zügen. Danach zwang sie sich, das Brot, das angeschimmelt schmeckte, zu verzehren. Dabei wurde ihr bewußt, daß man offenbar nicht plante, sie einfach verhungern zu lassen. Das *Patriarchat*, das ihre Entführung wahrscheinlich ins Werk gesetzt hatte, um die nichtkatholischen Gemeinden Roms ihres Hauptes zu berauben, mußte noch irgend etwas mit ihr vorhaben, ehe man sie endgültig beseitigte. Im Verlauf der vielen Stunden, die sie abermals in der Dunkelheit ausharrte, zermarterte sie sich den Kopf darüber, was ihre Feinde bezwecken könnten. Freilich fand sie keine befriedigende Antwort, und dies änderte sich auch später nicht: während all der Tage, in denen das Erscheinen des schweigenden Gefangenenwärters ihre einzige Abwechslung blieb.

Zuletzt indessen – Branwyn schätzte die Zeit, die seit dem Überfall auf sie vergangen war, auf ungefähr eine Woche – löste sich das Rätsel. Wie üblich hatte der Büttel ihr den Brotkanten zugeworfen und den leeren Wasserkrug gegen einen vollen ausgetauscht, um die Angekettete sodann einmal mehr in der undurchdringlichen Finsternis zurückzulassen. Diesmal jedoch verstrichen keine endlosen Stunden, ehe draußen vor der Kerkertür neuerlich Schritte zu hören waren; es geschah vielmehr in dem Moment, da Branwyn das letzte Stück Brot hinunterwürgte. Kaum drangen die Geräusche an ihr Ohr, prickelte angstvolle Erregung durch ihre Adern; ihr Instinkt sagte ihr, daß sich jemand näherte, der ungleich gefährlicher war als der Gefangenenwärter.

Gleich darauf bestätigte sich ihre Vorahnung auf die denkbar schlimmste Weise. Denn in der Öffnung der Kerkerpforte tauchte die Gestalt eines Mannes auf, den sie, weil er sie auf so ungemein skrupellose Weise hintergangen hatte, zutiefst verabscheute – und unwillkürlich keuchte Branwyn seinen Namen: »Acacius!«

»Du hast mich also nicht vergessen, mein Täubchen …« Mit

niederträchtigem Grinsen trat der *Notarius* näher, beleuchtete sie mit der Pechkerze, die er in der Hand trug, und weidete sich sichtlich an ihrer Erniedrigung.

Branwyn biß die Zähne zusammen; einige Sekunden lang ertrug sie die Demütigung, dann stieß sie wütend hervor: »Was willst du von mir?«

»Nun, es macht mir ganz einfach außerordentliche Freude, dich zu betrachten«, erwiderte er feixend. »Dich, die du bis vor kurzem noch die ach so beliebte Bischöfin Theodora gewesen bist ...«

»Und weil die Menschen hinter mir und nicht hinter dem *Patriarchat* stehen, habt ihr mich entführt!« unterbrach sie ihn empört. »Weil ihr zu einer anständigen Auseinandersetzung mit uns nicht fähig wart, mußtet ihr zu diesem infamen Mittel greifen! Im Dunkel der Nacht haben eure Söldner mir aufgelauert; ebenso feige wie dieser katholische *Centurio*, der den Kaiser ermordete, fielen sie über mich her! O ja, ihr wart sehr erfolgreich mit euren verbrecherischen Anschlägen – doch ihr solltet euch nicht täuschen! Zwar ist es euch gelungen, in der Person des Jovianus eine eurer Kreaturen auf den Thron des Imperiums zu setzen, aber die Bürger hier in Rom werden sich mit meinem Verschwinden nicht einfach abfinden!«

»Das ist ein Trugschluß!« versetzte Acacius hämisch. »Du überschätzt dich gewaltig, wenn du glaubst, in der Stadt herrsche deinetwegen helle Aufregung. Sicher, es gab, vor allem in *Trans Tiberim*, einige Unruhe, nachdem du von deinem Besuch auf dem Aventin nicht zurückgekehrt warst. Aber das legte sich schnell; wir mußten dazu lediglich ein Gerücht ausstreuen, das sodann in Windeseile die Runde machte ...«

»Neuerlich eine eurer Lügen?!« fiel ihm Branwyn ins Wort.

»Nenn es, wie du willst!« entgegnete er. »Tatsache ist, daß die meisten deiner ehemaligen Anhänger inzwischen glauben, du hättest aufgrund einer unglücklichen Affäre mit einem Mann das Weite gesucht.« Wieder grinste er niederträchtig. »Schließlich hast du, falls du dich erinnerst, Rom vor zwei Jahren schon einmal Hals über Kopf verlassen. Damals freilich gelang es dir, deinen Schäfchen über die wahren Hintergründe Sand in die Augen zu streuen, doch jetzt nahmen sie die Nachrichten über deine geheimnisvollen Liebschaften – die echte und die erfundene – um so begieriger auf …«

Branwyn biß sich auf die Lippen, um ihren Ekel vor diesem Scheusal, an dessen Liebe sie einmal geglaubt hatte, nicht laut herauszuschreien; nach einigen heftigen Atemzügen stammelte sie: »Aber meine Freunde … Silvia, Marcellus, Angela … sie können unmöglich auf diese Intrige hereingefallen sein!«

»Sie zählen nicht!« kam es wegwerfend von Acacius. »Wichtig ist allein die Volksmeinung, und ich versichere dir: Sie wendet sich mehr und mehr gegen dich! Immer häufiger wird jetzt der Vorwurf erhoben, du hättest die Gemeinden, die dich zur *Episcopa* wählten, schnöde im Stich gelassen – und dies noch dazu während der derzeitigen politischen Wirren! Zu jemandem aber, der in einer solchen Situation spurlos untertaucht, hat man keinerlei Vertrauen mehr!«

Mit einem fanatischen Glühen in den Augen sprach er weiter: »Dies wiederum bedeutet: Das kurze Intermezzo, da es in Rom noch einmal eine Bischöfin gab, ist vorbei! Nach deinem skandalumwitterten Abgang wird es nie wieder eine Frau wagen können, sich um ein hohes Kirchenamt zu bewerben – und was für das *Episcopat* gilt, trifft in gleicher Weise auf die niedrigeren Priesterfunktionen zu! Man wird schon bald Mittel und Wege finden, um auch die *Presbyterinnen* aus ihren angemaßten Ämtern zu entfernen, denn nach dem Willen Gottes ist es ausschließlich das Vorrecht männlicher Priester, die Getauften im einzig wahren Glauben, nämlich dem katholischen, zu unterweisen!«

»Du redest vom göttlichen Willen – und meinst damit nichts anderes als die Machtgier des *Patriarchats*!« fuhr Branwyn den *Notarius* an. »Euch geht es nur um eure bösartigen Ziele: um euren verderblichen Machthunger, welcher den christlichen Glauben zerstören wird!«

»Nein!« Seine Faust hämmerte gegen das Gestein neben ihrem Kopf; ein Felsstück löste sich und polterte herab. »Wir werden die Kirche zu nie dagewesenem Triumph führen! Der Tag wird kommen, an dem das Kreuz über die ganze Welt herrscht, und die Feinde der katholischen Religion werden dann von Gottes Erdboden getilgt sein!«

Er griff nach Branwyns Schulter, hielt sie fest und zischelte ihr ins Gesicht: »Ich weiß, du möchtest das verhindern! Doch du hängst ohnmächtig hier in deinen Ketten! Nie wieder wirst du das Licht der Sonne sehen; nie wieder wird es dir möglich sein, diejenigen, die in ihrer Einfalt nicht erkennen können, wo ihr Heil liegt, gegen das *Patriarchat* aufzuhetzen!«

»Ich werde aus diesem Kerker fliehen!« schleuderte ihm Branwyn, außer sich, entgegen. »Ich werde es schaffen, irgendwie! Und dann werden die Menschen die Wahrheit über euch erfahren, die ihr verworfene Ausgeburten des Weißen Drachen seid!«

Ein lautloses Lachen verzerrte die Züge des *Notarius*. »Fliehen?! Wie wolltest du das anstellen, du Närrin?! Aber selbst wenn es dir gelänge, würde es dir nichts nützen! Denn sobald du dich noch einmal in der Öffentlichkeit zeigtest, könnte das *Patriarchat*, das jetzt, wo Jovianus über das Imperium herrscht, so gut wie uneingeschränkte Macht in Rom und Italien besitzt, dich vor aller Augen verhaften lassen! Und dann würden wir dir den Prozeß machen: dich als Ketzerin und Götzenanbeterin anklagen, um dich danach als entlarvte Feindin Christi auf dem Scheiterhaufen zu verbrennen! Ich selbst wäre der Hauptbelastungszeuge gegen dich! Ich könnte aussagen, wie du mich mit Hilfe deiner Hexenkünste an einem dem Teufel geweihten heidnischen Ort verführtest! An jener Quelle mit den satanischen Steinsetzungen nahe der *Aqua Traiana*, wo du, die wenige Monate später zur Bischöfin gewählte Hure, dich mir erstmals hingabst …«

Urplötzlich wurde Branwyn von wildem Schluchzen geschüttelt. Teilnahmslos betrachtete der *Notarius* die abgemagerte Frau, deren Körper sich im Weinkrampf krümmte. Endlich faßte Branwyn sich so weit wieder, daß sie zu flüstern vermochte: »Ihr habt mir alle Wege verbaut ... Habt alles zerstört, was ich zusammen mit den anderen schuf ... Was habt ihr nun, da ihr mich zerbrochen habt, denn noch mit mir vor ... du und dein Herr Liberius?!«

Acacius ließ sich Zeit mit seiner Antwort. Mit unverhohlenem Sadismus genoß er ihre Furcht, ehe er, jedes Wort auskostend, erwiderte: »Du wirst in diesem Verlies sterben!«

»Wollt ihr mich etwa für den Rest meines Lebens hier in Ketten gefangenhalten?!« stöhnte Branwyn.

»Für den Rest deines armseligen Daseins – richtig!« entgegnete der *Notarius*. »Doch tröste dich! Es wird nicht mehr sehr lange währen, bis der Henker zu dir kommt! Gar nicht mehr lange! Vielleicht schon diese Nacht! Vielleicht morgen oder in einer Woche! Vielleicht erst in einem Monat!«

Branwyn begriff. Es genügte dem *Patriarchat* nicht, sie zu ermorden; sie sollte zudem, ehe sie starb, durch grausame seelische Folter an den Rand des Wahnsinns getrieben werden.

»Warum?!« ächzte sie. »Warum haßt ihr mich so sehr?!«

»Kannst du es dir nicht vorstellen?« fauchte Acacius sie an. »Wirklich nicht?!«

»Ist es ... weil ich eine Frau bin?« Branwyns erstickte Stimme war kaum zu vernehmen. »Weil ich als *Presbyterin* und *Episcopa* den weiblichen Weg ging, statt ...«

»Genau deshalb!« schnitt er ihr das Wort ab. »Du, ein minderwertiges Weibsstück, hast es gewagt, dem *Patriarchat* in die Quere zu kommen! Durch dein Gesäusel von Humanität, Nächstenliebe und Barmherzigkeit verführtest du den Pöbel und fügtest uns enormen Schaden zu! All dein Streben galt dem Abschaum; den Schwachen und Wertlosen, die nichts als Verachtung verdienen!« Sein Tonfall wurde schrill, Speichel sprühte von seinen Lippen. »Dadurch hast du – ein dummes und verderbtes Wesen, dessen Urmutter Eva von Gott lediglich aus der Rippe Adams, des Mannes, geschnitten wurde – die Macht des

Patriarchats bedroht! Von dir – einer Nachfahrin jener anderen, die mit der Schlange im Bunde war – ging die Gefahr aus, daß Frauen widernatürlichen und sündhaften Einfluß auf die Kirche bekämen! Das ist der Grund, warum du erbarmungslos ausgetilgt werden mußt!«

Branwyn wandte den Kopf ab und schloß die Augen. Es war ihr unmöglich, den Anblick des *Notarius*, der zum Opfer abgründiger Zwangsvorstellungen geworden war, länger zu ertragen. Jetzt hörte sie, wie er scharf die Luft einsog; für einen Moment fürchtete die Angekettete, ihr Feind würde über sie herfallen. Aber dann entfernten sich seine Schritte, mit hartem Geräusch fiel die Kerkerpforte zu; neuerlich umgab undurchdringliche Finsternis die Gefangene, und bald huschten die Ratten aus ihren Verstecken.

* * *

Alles was ich aufbaute, wird zerstört werden! Der Weiße Drache wird triumphieren und das wahre Christentum vernichten! Unsägliches Unheil wird über die Menschheit hereinbrechen, weil ich versagte! Weil ich nicht imstande war, die Aufgabe, die mir in Avalon übertragen wurde, zu erfüllen!

Endlos räderten diese Gedanken durch Branwyns Gehirn. Tagelang quälte sie sich mit Vorwürfen; gab sich in ihrer Verzweiflung Schuld, wo keine Schuld war. Nur wenn ihr Denken aussetzte, wenn sie in Erschöpfungsschlaf fiel, fand sie, sofern nicht Alpträume sie peinigten, vorübergehende Erlösung. Doch stets schreckte sie schon nach kurzer Zeit wieder hoch; das quälende Rädern kehrte zurück – und dazu die panischen Anfälle von Todesangst, unter denen sie außerdem litt.

Jeder ungewohnte Laut ließ sie zusammenzucken; ständig mußte sie fürchten, daß die Kerkertür sich öffnete und der Henker hereinkam. Jedesmal, wenn sie draußen die Schritte des Büttels vernahm, der jetzt, anders als früher, in unregelmäßigen Abständen auftauchte, begann ihr Herz zu jagen und brach ihr kalter Schweiß aus. War der schweigende Gefangenenwärter dann wieder verschwunden, brauchte sie lange, ehe sie mit zitternden Händen nach dem Brotkanten und dem Wasserkrug zu tasten vermochte.

Irgendwann, sie hatte inzwischen jegliches Zeitmaß verloren, wurde ihr Denken und mit ihm ihr Fühlen dumpfer. Wie betäubt hing sie nun stundenlang in ihren Ketten; manchmal während solcher halb agonischer Phasen weckte der durch den Felsspalt hereinwehende Luftzug etwas wie dunkle, irrationale Hoffnung in ihr. Strich der feuchtkalte Hauch über ihre Haut, so vermeinte sie in ihrem Dämmerzustand eine Berührung des Daseins jenseits ihres Verlieses zu spüren. Eine Verbindung zur Außenwelt schien sich aufzubauen: eine flüchtige, unendlich zerbrechliche Brücke – doch immer nur so lange, bis das Empfinden, nicht völlig verlassen zu sein, in Branwyns Bewußtsein drang. Kaum schoß ihr dies durch den Kopf, zersplitterte die Illusion; einmal mehr schweißgebadet, mußte die Gefangene sich sagen, daß keinerlei Aussicht auf Rettung bestand. Und der Schock über diese Erkenntnis löste dann womöglich eine weitere Reaktion aus; in solchen Augenblicken konnten Bilder auf sie einstürmen: Erinnerungen an die *Ynys Vytrin*, an die britannischen Landschaften, durch die sie mit dem Barden gezogen war, oder an Avalon.

Noch einmal durchlebte sie den Piratenüberfall auf die Gläserne Insel, ihre Flucht von dort, den Herbst und Winter in *Eryri Gwyn*. Sie sah Eolo Goch die Klamm zu ihrer Höhle herunterkommen und hörte ihn sein Frühlingslied singen. Seite an Seite wanderten sie nach Süden: monatelang, bis aus den flutenden Nebeln die *Ynys Avallach* auftauchte. Die Gesichter von Bendigeida, Dyara, Alba und den übrigen Druidinnen wurden ihr gegenwärtig, unter dem Dach der Flechtwerkkirche begegnete sie Saray und Danyell. In vollkommener Schönheit stand der *Twr* vor pastellblauem Morgenhimmel; im Schein der sinkenden Sonne umarmte sie Eolo und genoß im Sternenlicht die Zärtlichkeit des Mannes, den sie hätte lieben können, wenn nicht der Schmerz um Dafydd, ihren ermordeten Verlobten, gewesen wäre. Sie blickte dem Barden nach, wie er im *Curragh* über den See von Avalon entschwand; im folgenden Jahr stand sie selbst an der Reling eines Schiffes: des Seglers, der Kurs auf die gallischen Gestade nahm. Langsam versank die Küste Britanniens im Meer – stets war dies das letzte Bild, das sie wahrnahm; immer durchzuckte sie dann jäher Schmerz, und sie kam verstört zu sich.

In der Finsternis ihres Kerkers fand sie sich wieder; jedesmal, wenn es geschah, glaubte sie zu zerbrechen. Eben noch war sie, zumindest im Geiste, frei gewesen; um so unerträglicher war jetzt die Erkenntnis, ihren sadistischen Feinden hilflos ausgeliefert zu sein. Oft war sie in solchen Momenten versucht, sich innerlich aufzugeben, sich seelisch ins Nichts und ins Ausgelöschtwerden fallen zu lassen. Aber stets widerstand sie der Versuchung; sie wollte nicht feige und würdelos sterben, wollte statt dessen kämpfen bis zuletzt. Und so hielt sie durch, Tag um Tag – bis der Augenblick da war, in dem sie von draußen die Schritte des Scharfrichters vernahm.

Schleichend klangen die Schrittgeräusche, ganz anders als die schweren, tappenden Tritte des Büttels. Zitternd preßte Branwyn sich an die Felswand und starrte durch das Dunkel dorthin, wo das Fackellicht in das Verlies fallen mußte. Nun ertönte das Scharren von Metall gegen Stein; im nächsten Moment wiederholte sich der harte, klingende Laut, der Türriegel kreischte – gleich darauf wurde die Pforte aufgestoßen, und im Schein einer Pechkerze sah Branwyn den vermummten, mit einem Beil bewaffneten Henker.

EPILOG

Die Barke

Lautlos trieben die von rötlichen Schlieren durchzogenen Nebelschwaden; in ihrem Fluten schienen die Grenzen von Diesseits- und Anderswelt ineinander überzugehen. Schwerelosigkeit umhüllte die langsam dahingleitende Barke; mühelos schnitt der Bug des dunklen Schiffes durch ein Meer, das unsichtbar unter dem Kiel strömte. Absolute Freiheit erfüllte die Seele der Frau, die am Bug des Seglers stand: reglos, das Antlitz von einer Aureole rotgoldenen Haares umrahmt.

Zeit, deren Natur nichts Irdisches an sich hatte, verstrich; irgendwann schälte sich aus den schwebenden Nebeln die Ahnung einer harmonisch geschwungenen Kontur. Wiederum wenig später bewegten sich die Lippen Branwyns, und sie flüsterte: »Das Ziel … Ich habe es tatsächlich erreicht …«

Tief atmete sie die reine Luft ein – die frische, salzige Brise, die wie ein Geschenk war – und erinnerte sich dabei an den feuchten Modergeruch ihres Kerkers. Sofort war die Todesangst wieder gegenwärtig: die Panik, die sie beim Anblick der vermummten, mit dem Beil bewaffneten Gestalt erfaßt hatte. Sie erstarrte; gleich darauf hatte sie das Gefühl, alles noch einmal zu erleben.

* * *

Sie wollte schreien, doch die Hand, die sich auf ihren Mund preßte, verhinderte, daß ein Laut aus ihrer Kehle drang. Mit dem nächsten Lidschlag hörte sie die drängende Stimme: »Sei still! Ich beschwöre dich im Namen der Göttin!«

Kaum hatte sie die Worte vernommen, erkannte sie im Schatten der vermeintlichen Henkerskapuze ein Gesicht, das ihr vertraut war; gleichzeitig löste die Freundin ihren Griff.

»Du?!« raunte Branwyn fassungslos. »Wie bist du ...?«

»Nicht jetzt!« unterbrach Samira sie. »Zuerst zu deinen Ketten, dann müssen wir schleunigst hier weg!«

Die Sibylle sprengte die Schlösser an den Handschellen durch einige vorsichtige Beilhiebe auf. Danach zog sie ein Wollgewand unter ihrem Umhang hervor; Branwyn vertauschte es hastig mit ihrem völlig verschmutzten Kleid und folgte Samira nach draußen. Die Frauen huschten etwa zwanzig Meter durch einen engen, mehrmals abknickenden und stetig ansteigenden Gang, bis sie zu einer offenen Halbhöhle kamen. Unterdrücktes Stöhnen drang aus der von mehreren Öllampen erleuchteten Kaverne; Branwyn sah den Büttel gefesselt und geknebelt am Boden liegen. Samira mußte ihn irgendwie überwältigt haben; nun kontrollierte sie rasch die Stricke, die seine Gliedmaßen zusammenschnürten, und zog die Freundin anschließend weiter.

Wiederum nach ungefähr dreißig Schritten gelangten sie zu einer Stelle, wo ein breiter Gesteinsriß quer durch die Stollensohle verlief. Ein Steg überbrückte die Kluft – doch statt ihn zu betreten, kauerte die Sibylle sich nieder und flüsterte Branwyn zu: »Keine Angst! Es wird dir nicht schwerfallen, den Weg zu ertasten ...«

Im nächsten Moment schob Samira das Beil in ihren Gürtel, nahm die Fackel zwischen die Zähne und ließ sich in die Felsspalte gleiten; nachdem sie darin verschwunden war, tat Branwyn es ihr nach. Ihre Füße fanden Halt auf einem eineinhalb Meter tiefer verlaufenden Absatz im Gestein; von da an gab es in regelmäßigen Abständen Trittlöcher, so daß die beiden Frauen ohne Schwierigkeiten nach unten klettern konnten. Zuletzt – der Einstieg mußte nun turmhoch über ihnen liegen – erreichten sie eine Tropfsteinhöhle. Im Licht von Samiras Feuerbrand schimmerten Stalagtiten und Stalagmiten; zudem spiegelte der Flammenschein sich in einem unterirdischen Teich.

Instinktiv begriff Branwyn, an welch besonderem Ort sie sich befanden; sie suchte den Blick der Sibylle und las die Bestätigung in ihren Augen. Gleich darauf führte Samira sie um das Gewässer herum: zu einem Einschnitt in der Felswand, der sich hinter einer mächtigen sinterüberkrusteten Steinsäule verbarg. Der natürliche Tunnel, der dort mündete, war eng, aber bequem zu begehen; allerdings schien er eine kleine Ewigkeit kein Ende zu nehmen. Doch schließlich drang ein nach Pflanzen duftender Luftzug heran, und als die Frauen einen fast ganz mit Steinquadern verbauten Ausstieg überwunden hatten, sah Branwyn, zwischen Zypressenkronen und Mauerresten hindurch, den Vollmond am sternenübersäten Firmament stehen.

Sie verspürte grenzenlose Erleichterung; mit allen Sinnen genoß sie das Gefühl der Freiheit, dann fragte sie leise: »Wo sind wir?«

»Auf einem Ruinengrundstück außerhalb der Stadtmauer nahe der Via Tusculana«, entgegnete Samira, wobei sie ihre Fackel löschte. »Und es bleiben uns noch etwa fünf Stunden, ehe der Morgen graut.«

Branwyn umarmte ihre Freundin; während sie an der Brust Samiras lag, vernahm sie von einem teilweise eingestürzten Gewölbe her ein Schnauben. Sie zuckte zusammen, aber die Sibylle beruhigte sie: »Keine Angst! Es sind nur die Maultiere, die ich dort drüben zurückließ. Mit ihrer Hilfe werden wir bei Sonnenaufgang schon viele Meilen von Rom entfernt sein.«

Wenig später saßen die beiden Frauen in den Sätteln; nach ungefähr hundert Metern tauchte vor den Mulis die gepflasterte Straße auf, und in schnellem Trab ritten Samira und Branwyn davon. Sie folgten zunächst der Via Tusculana, bogen jedoch bald nach Süden ab, kreuzten die in einiger Entfernung parallel laufende Via Appia und jagten bis zur Dämmerung querfeldein. Im einsamen Hügelland zwischen den kleinen Städten Lanuvium und Ardea fanden sie, kurz bevor die Sonne über die Bergketten im Osten kletterte, einen verlassenen Schafstall und verbargen sich unter seinem Dach.

Im Verlauf des scharfen Ritts hatten die Frauen kaum Gelegenheit gefunden, miteinander zu sprechen; jetzt erst erfuhr Branwyn, wie es Samira gelungen war, sie zu retten.

»Es geschah in der Nacht vom zweiten auf den dritten September, also vor knapp zwei Wochen«, begann die Sibylle. »Ich

schlief unruhig, plötzlich schreckte ich hoch; im selben Augenblick stürmte die Vision auf mich ein. Die Göttin sandte mir die Bilder; ich erblickte dich in einer Gasse des nächtlichen Rom, erkannte die Silhouette des Circus Maximus und wurde Zeugin des Überfalls auf dich. Ich wußte mit unverbrüchlicher Sicherheit, daß es Kreaturen des Patriarchats waren, die dich verschleppten: in einen Innenhof des Lateranpalastes und von dort in die Stollen unter seinen Fundamenten. Ich sah, wie man dich ankettete, und empfand deine Verzweiflung ebenso intensiv, als wäre es meine eigene – aber dann zeigte Hekate mir den Ausweg auf …«

»Die Tropfsteinhöhle!« stieß Branwyn hervor.

»Richtig!« bestätigte Samira. »Die Grotte, durch die wir entkamen, war einst Teil eines ausgedehnten unterirdischen Heiligtums der römischen Sibyllen. Jahrhundertelang wurden in ihr ehrwürdige Rituale begangen, bis das Christentum seinen Siegeszug antrat und sich die Priesterinnen der Göttin, weil das Patriarchat sie zunehmend verfolgte, aus der Tiberstadt zurückzogen. Bereits einige Zeit zuvor war der Lateranpalast als Sitz einer Adelsfamilie über dem verborgenen Höhlen- und Gangsystem erbaut worden; diejenigen, die ihn errichteten, wußten nichts von den uralten Geheimnissen. Sie und ihre Erben nutzten lediglich einige leicht von oben zugängliche Kavernen als Keller; später, als der Palast ins Eigentum des Patriarchats überging, blieb dies so – bis Liberius oder vielleicht schon der eine oder andere seiner Vorgänger darauf verfielen, diese Kellerhöhlen in Kerker umzuwandeln. Aber ebensowenig wie diejenigen, die den Lateranpalast vor ihnen bewohnt hatten, ahnten sie, daß sich tiefer in der Erde nach wie vor die eigentlichen Sakralgrotten sowie die sie verbindenden Klüfte und Gänge befanden. Die Sibyllen hingegen, die nun an einsamen Plätzen außerhalb Roms lebten, hüteten dieses Wissen, gaben es von einer Generation zur nächsten weiter – und so handelte auch die Hekate-Priesterin, die meine Lehrerin war.«

»Doch du hattest die Örtlichkeiten nie mit eigenen Augen gesehen?« erkundigte sich Branwyn.

»Ich erblickte sie am Ende meiner Vision«, erwiderte Samira.

»Daher wußte ich, daß die Göttin mich leiten würde, und brach noch in derselben Nacht auf.«

Branwyn griff nach der Hand ihrer Freundin; eine Weile schwiegen die beiden Frauen, dann fuhr die Sibylle fort: »Am folgenden Tag besorgte ich mir in einem Dorf am Bolsena-See die beiden Maultiere, traf gestern vormittag in Rom ein und suchte sofort das Atriumhaus in Trans Tiberim auf. Dort war man untröstlich wegen deines Verschwindens. Camilla, Gaius und Angela schworen, du seist einem Anschlag des Patriarchats zum Opfer gefallen, hatten aber keinerlei Beweise dafür. Ich weihte sie ein und versprach ihnen, dich umgehend zu befreien. Alle drei und dazu die Presbyterin Silvia, die ich ebenfalls ins Vertrauen zog, wollten sich mir unbedingt anschließen, als ich die Stadt nach Einbruch der Dunkelheit wieder verließ. Doch um ihrer und meiner Sicherheit willen – denn vermutlich beschattet man sie – mußte ich ihnen das abschlagen ...«

»Sie haben gewiß Todesängste ausgestanden und quälen sich bestimmt noch immer entsetzlich!« unterbrach Branwyn.

»Sobald wir es gefahrlos tun können, werden wir ihnen eine Nachricht senden«, beruhigte Samira sie. »Vorerst freilich ist es am besten für sie, nicht allzuviel zu wissen. Denn wenn unsere Feinde deine Flucht erst bemerkt haben, werden sie diejenigen, die dir am nächsten stehen, um so argwöhnischer belauern und sie womöglich auch verhören.«

»Ich verstehe«, nickte Branwyn. »Du hast ohne Zweifel richtig gehandelt ...«

Sie schien angestrengt nachzusinnen, dann fragte sie plötzlich in gepreßtem Tonfall: »Und du hältst es für ausgeschlossen, daß ich nach Rom zurückkehre, um den Kampf gegen das Patriarchat noch einmal aufzunehmen?«

Die Sibylle erschrak. »Das wäre dein sicherer Tod! Liberius, der mit dem neuen Kaiser paktiert, übt jetzt die Herrschaft in der Stadt aus; er würde nicht zögern, dich hinrichten zu lassen!«

Branwyn erinnerte sich an die haßerfüllten Worte des Notarius; unmißverständlich hatte Acacius ihr einen Ketzerprozeß angedroht, falls ihr die Flucht aus dem Kerker gelingen und sie es wagen sollte, sich an die römische Öffentlichkeit zu wenden.

»Wenn es sich so verhält, bin ich mit meiner Mission gescheitert!« sagte sie mit erstickter Stimme. »Seit ich vor sechseinhalb Jahren in die Tiberstadt kam, versuchte ich mit allen Kräften, den Auftrag, den ich in Avalon erhielt, zu erfüllen. Mit meinem ganzen Sein bemühte ich mich, dem Roten Drachen zum Sieg über den Weißen Drachen zu verhelfen – aber nun, am Ende, bleibt mir nichts als meine Niederlage ...«

»Nein!« widersprach Samira. »Du hast keineswegs versagt! Denn sechseinhalb Jahre lang führtest du die Menschen in Rom auf den Pfad des Miteinander! Du schenktest ihnen Liebe, Fürsorge und Barmherzigkeit und brachtest sie dadurch sowohl mit dem Willen der Göttin als auch der Lehre Jesu – dem wahren Geist des Christentums – in Einklang! Diesen Weg gingst du unbeirrt, und genau dieser Weg war dein Ziel! Du hattest dieses Ziel durch deine guten Taten längst erreicht, und weil du das geschafft hast, blieb dem Patriarchat zuletzt nichts anderes übrig, als rohe Gewalt gegen dich anzuwenden – und damit sein eigenes Versagen einzugestehen!«

Die Sibylle ließ ihrer Freundin Zeit, das Gehörte zu verarbeiten, dann fuhr sie fort: »Bereits in Avalon wies die Göttin dich auf das Los hin, das dich erwarten würde. Folgende Sätze vernahmst du damals aus ihrem Mund: Fürchte dich nicht, auch wenn dein Schicksal einem zweischneidigen Schwert gleicht. Im Licht schimmert die eine Seite der Klinge, Schatten verdunkeln die andere; sofern du nach der Waffe greifst, mußt du beides annehmen! Wenn du dich also zum Kampf entschließt, wirst du Helligkeit in die Welt tragen und aufgrund dessen sehr hoch steigen; gleichzeitig aber wird Finsternis dich bedrängen und dich auf dem Gipfelpunkt deines Pfades in großes Leid stürzen, so daß scheinbar alles niederbricht, was du aufbautest ...«

»So daß scheinbar alles niederbricht ...« wiederholte Branwyn leise. »Scheinbar nur, nicht tatsächlich ...«

»Nicht wirklich!« bekräftigte Samira; als sie weitersprach,

leuchtete visionäre Gewißheit aus ihren Augen. »Denn das, was du bewirktest, wird in den Herzen der Menschen, die dich kannten und ein Vorbild in dir sahen, lebendig bleiben! Auch wenn jetzt das Patriarchat triumphiert, wird die Episcopa Theodora auf immer unvergessen sein! Je schrecklicheres Unheil die Tyrannei skrupelloser und machtbesessener Männer anrichtet, desto sehnsüchtiger werden die Gläubigen an jene Frau denken, die einst zur römischen Bischöfin gewählt wurde! Während der vielen dunklen Jahrhunderte, welche nun über Rom, Italien und das Abendland hereinbrechen, wird die Erinnerung an dich bewahrt bleiben! Im verborgenen wird sie gehütet werden, und zum Zeichen dafür wird dein Mosaikbildnis in Sancta Praxedis bis in die fernste Zukunft überdauern! Dies wird so sein, weil die Göttin selbst es vor Zerstörung schützt – und weil dieses Bildwerk, das von der Schönheit einer weiblichen Kirche kündet, dereinst zum Auslöser für den Sturz des Papsttums werden soll!«

Nachdem die Sibylle geendet hatte, herrschte unter dem Dach des Schafstalles erneut für eine Weile Stille. Endlich atmete Branwyn wie befreit auf und flüsterte: »So wird es geschehen! Auch ich sehe es nun sehr deutlich vor mir. Am Ende siegt der Rote Drache, und alles was durch die Bösartigkeit des Weißen Drachen unterdrückt wurde, erlebt seine Wiedergeburt …«

Sie lächelte Samira zu. »Jetzt, da ich dies weiß, bin ich dir um so dankbarer für das, was du für mich getan hast! – Doch ich habe dich vorhin in deiner Erzählung unterbrochen. Du sagtest, du hättest Silvia und den anderen klargemacht, daß du auf eigene Faust handeln müßtest, und sodann die Stadt gestern nach Einbruch der Dunkelheit wieder verlassen …«

»Ja, ich brachte die Maultiere zu dem Ruinengrundstück«, erklärte die Sibylle. »Bis kurz vor Mitternacht verbarg ich mich dort zusammen mit ihnen, schließlich drang ich durch den geheimen Schlupf in den Stollen ein. Hekate führte mich; ich erreichte die Heilige Grotte, kletterte durch den Felsspalt nach oben und stieß auf die Kaverne, wo der Büttel döste. Es gelang mir, ihn von hinten mit der flachen Beilklinge niederzuschlagen und ihn zu fesseln.

Gleich darauf hatte ich die verriegelte Pforte zu deinem Verlies gefunden – und der Rest ist dir bekannt.«

»Ich werde dir nie vergessen, daß du dein Leben für mich wagtest!« beteuerte Branwyn.

»Du hättest im umgekehrten Fall ebensowenig gezögert«, entgegnete Samira.

Branwyn nahm es hin, dann wollte sie wissen: »Und wohin willst du mich nun bringen? Du hast doch sicher schon einen Plan?«

»Wir reiten an der Stadt Ardea vorbei zur Küste und anschließend zum kleinen Hafen von Ancius, wo wir übermorgen ankommen werden«, erwiderte die Sibylle. »Aber ehe wir aufbrechen, wollen wir zunächst ein paar Stunden schlafen ...«

Auch Branwyn spürte plötzlich, wie müde sie war. Wenig später lagen die beiden Frauen eng aneinandergekuschelt unter den Decken, die zur Ausrüstung ihrer Reittiere gehörten, und erwachten erst gegen Mittag wieder.

Die Weiterreise verlief ohne Zwischenfälle; am dritten Tag nach ihrer Flucht aus Rom kamen sie in die Hafenstadt am Tyrrhenischen Meer. Dort machten sie ein Segelschiff ausfindig, das bereits am folgenden Morgen auslaufen sollte. Branwyn nutzte die ihr verbleibende Zeit, um Briefe an Angela, Camilla und Gaius sowie an Silvia zu schreiben; Samira hatte ihr versprochen, sie später mit zurück in die Tiberstadt zu nehmen.

Ihre letzte gemeinsame Nacht verbrachten die Freundinnen in der Kammer einer Herberge nahe der Kais; als der neue Tag graute und der Abschied unausweichlich wurde, hatten sie beide Mühe, nicht in Tränen auszubrechen. Noch einmal lagen sie sich in den Armen, dann kletterte Branwyn an Bord des Seglers, der sie außer Reichweite des Patriarchats bringen würde.

Als der Zweimaster ablegte und die Gestalt Samiras am Ufer immer kleiner wurde, vermochte Branwyn ihr Schluchzen nicht länger zu unterdrücken; oft dachte sie während der wochenlangen Reise an die Sibylle, die ihr eigenes Leben riskiert hatte, um das ihre zu retten. Zuletzt – das Handelsschiff hatte die Überfahrt knapp vor Einsetzen der Herbststürme geschafft – tauchte die Küste Galliens am Horizont auf, und am selben Abend warf der Segler Anker im Hafen von Massilia …

* * *

Branwyn schreckte aus ihrer langen Erinnerung auf. Weil ihre Versunkenheit sehr tief gewesen war, brauchte sie einen Moment, um sich darüber klarzuwerden, daß die Landung in der südostgallischen Hafenstadt beinahe zehn Monate zurücklag.

Mit dem nächsten Lidschlag wurde sie sich der Gegenwart des Kapitäns der Barke bewußt, der neben sie ans Bugspriet getreten war und sie dadurch in die Realität zurückgebracht hatte. Jetzt deutete der schnauzbärtige Seemann auf die Küstenlinie, die zuvor nur eine von schwebenden Nebeln verhüllte Silhouette gewesen war, mittlerweile aber deutlichere Konturen gewonnen hatte, und sagte in keltischer Sprache: »Dort drüben liegt die Mündung des *Glaslyn*, der aus den Bergen strömt und sich hier ins Meer ergießt. Ich werde mit den Bewohnern der Ansiedlung, die vorletztes Jahr an dieser Stelle gegründet wurde, Handel treiben – und dir wünsche ich, du mögest finden, was die Druidinnen von Avalon dir in Aussicht stellten!«

»Wenn es der Wille der Göttin ist, wird es geschehen«, erwiderte Branwyn bewegt.

Der Kapitän machte Anstalten, das Gespräch fortzusetzen, doch da erscholl vom Großmast her ein drängender Ruf. Offenbar hatten die an den Tauen zerrenden Matrosen Schwierigkeiten mit dem Hauptsegel, das vor der Landung in eine andere Position gebracht werden mußte. Der Schiffsführer eilte weg; Branwyn blieb am Vordersteven zurück – und bald wurden die Bilder der Vergangenheit erneut lebendig.

* * *

An einem Oktoberabend kam sie in Gallien an und erholte sich einige Tage in der großen Hafenstadt Massilia. Das Gold, welches

Samira ihr beim Abschied gegeben hatte, ermöglichte es ihr sodann, auf bequeme Art bis Lutetia weiterzureisen.

Schon Anno 356, kurz nach ihrem Abenteuer in Samarobriva, hatte sie sich in dieser nordgallischen Metropole mit ihrer teils keltischen, teils römischen Bevölkerung aufgehalten; nun verbrachte sie dort den Winter von 363 auf 364. Sie fand Unterkunft im reetgedeckten Rundhaus einer Fischerfamilie, das auf der kleineren der beiden dicht besiedelten Strominseln stand. Branwyn fühlte sich wohl bei ihren Gastgebern, trotzdem sehnte sie sich von Woche zu Woche stärker nach ihrer Heimat. Aber während der kalten Jahreszeit verkehrten keine Schiffe; erst nachdem die Frühjahrsstürme abgeflaut waren, gelang es ihr, einen Segler ausfindig zu machen, der eine Ladung kontinentaler Waren zur Halbinsel Kernow im Südwesten Britanniens bringen sollte.

Als Branwyn an einem sonnigen Maitag im Hafen von Tintagel, dem Fürstensitz an der Nordküste Kernows, an Land ging, verspürte sie bebende Erregung, die nicht allein mit ihrer glücklichen Ankunft zu tun hatte. Während sie den steilen Pfad zur hoch oben auf den Klippen liegenden Ringwallfestung hinaufstieg, glaubte sie, das Antlitz Eolos vor sich zu sehen: des Barden, mit dem zusammen sie vom Eryri Gwyn zur Ynys Avallach gewandert war und den sie nie hatte vergessen können. Nach ihrem zärtlichen Abschied in jener Mondnacht am Ufer des Sees von Avalon war Eolo Goch nach Tintagel weitergezogen; Branwyn wußte, daß er auf Dauer am Hof des hiesigen Fürsten hatte bleiben wollen. Jetzt konnte sie es kaum erwarten, ihn wiederzusehen – doch nachdem sie in der Festung nach ihm gefragt hatte, erlebte sie eine bittere Enttäuschung. Der Barde, so erfuhr sie, war bereits vor Jahren wieder verschwunden, und niemand vermochte ihr zu sagen, wo er sich nun aufhielt.

Daraufhin entschloß sich Branwyn, schon am folgenden Morgen zur Ynys Avallach aufzubrechen. Sie erreichte den See und das Eiland der Druidinnen Ende Mai; im selben Augenblick, da sie aus dem Curragh stieg, der sie zur Insel gebracht hatte, fühlte sie beglückt, wie die behütende Kraft der Dreifachen Göttin Ceridwen sie umfing.

Beschwingt lief sie zum Apfelhain; kaum befand sie sich unter den blühenden Bäumen, hörte sie einen Freudenschrei. Gleich darauf rannte Dyara auf sie zu, lachend lagen die Freundinnen sich in den Armen; wenig später konnte Branwyn auch Bendigeida und die übrigen Frauen begrüßen. Einzig Alba, die im vorletzten Herbst verstorben war, fehlte; noch am Tag ihrer Ankunft suchte Branwyn das Grab der Ärztin auf und legte als letzten Gruß einen Blumenstrauß nieder. Am Abend dann richteten die Druidinnen zur Feier von Branwyns Rückkehr ein Fest aus und luden dazu auch Saray und Danyell ein: das Priesterehepaar, welches der christlichen Gemeinde des Eilands vorstand.

Der Aufenthalt in Avalon, wo sie dasselbe Gästehaus wie vor neun Jahren bewohnte, tat Branwyn unendlich gut. Sie führte lange Gespräche mit Bendigeida oder Dyara, verbrachte viele Stunden bei Saray und Danyell und tauschte sich mit diesen Menschen, denen sie ganz wie früher uneingeschränkt vertrauen durfte, über ihre Erlebnisse in Rom aus. Branwyn erzählte, wie sie getauft und zur Presbyterin geweiht worden war, berichtete über ihren Aufstieg zur Episcopa und sprach ebenso über die Verbrechen des Patriarchats, dessen Bösartigkeit sie zuletzt um ein Haar das Leben gekostet hätte. Sowohl die Druidinnen als auch das Priesterehepaar urteilten, nachdem sie alles erfahren hatten, ähnlich wie Samira: Branwyn hatte ein unaustilgbares Zeichen gesetzt; die Erinnerung an ihren Kampf für das Gute würde bleiben, und noch in ferner Zukunft würde ihr Wirken den wahren Christen Hoffnung schenken.

Bei anderen Gelegenheiten, wenn Branwyn auf dem Twr meditierte oder dem Rieseln der Heilquelle in der Nähe des Apfelgartens lauschte, glaubte sie die Stimme der Göttin zu vernehmen, die ihr dasselbe sagte; so fand sie endgültig zu innerem Frieden. Eines Nachmittags schließlich, als sie zusammen mit Bendigeida einen Spaziergang unternahm, brachte sie die Rede auf Eolo Goch, dessen Namen sie bislang höchstens beiläufig erwähnt hatte, und erkundigte sich, ob in Avalon irgend etwas über seinen Verbleib bekannt sei?

Die Pendruid musterte die jüngere Frau an ihrer Seite mit ernstem Gesichtsausdruck, dann antwortete sie: »Ich ahnte, daß du mich irgendwann nach dem Barden fragen würdest, und will dir mitteilen, was ich weiß ...«

Während sie weitergingen, lauschte Branwyn den Worten Bendigeidas mit gespannter Aufmerksamkeit. In der darauffolgenden Nacht lag sie stundenlang wach; erst im Morgengrauen schlief sie ein, und am nächsten Tag wirkte sie auf seltsame Weise in sich gekehrt.

Das Jahr stand nunmehr in seiner Mitte; gemeinsam mit den Druidinnen beging Branwyn eine knappe Woche nach ihrem Gespräch mit Bendigeida das Sonnwendfest. Auf dem Twr loderte unter dem Sternenhimmel das hohe Feuer zu Ehren des lebenspendenden Gestirns und fand seinen Widerschein an verschiedenen Stellen drüben auf dem Festland. Als dort, auf einer eben noch dunklen Hügelkuppe, zwei Sonnenräder entzündet wurden, zu Tal rollten, sich dabei langsam annäherten und einander zuletzt wie im Traum berührten, fühlte Branwyn ein wehes Ziehen in der Brust; unvermittelt mußte sie an Eolo denken, und im nächsten Moment wurden ihre Augen feucht.

An die eineinhalb Monate blieb sie nach der Mittsommernacht noch in Avalon. Die Freundschaft zu Bendigeida, Dyara und den anderen hielt sie zurück, aber Anfang August spürte sie, daß der Zeitpunkt des Abschieds gekommen war. Branwyn verbrachte einen letzten Abend im Kreis der Druidinnen und des Priesterehepaares; früh am folgenden Morgen ruderte einer der Männer aus dem Inseldorf sie über den See.

Drei Tage wanderte sie nach Westen, bis sie zur breiten Mündung des Severn-Fjords gelangte und dort auf die Hafenstadt stieß, welche die Druidinnen ihr zur Weiterreise empfohlen hatten. Der Rat war gut gewesen, denn an einem der Kais lag eine Barke, die soeben beladen wurde, um ihre Handelswaren in den Norden Cymrus zu bringen. Der schnauzbärtige Kapitän erklärte sich gerne einverstanden, Branwyn als Fahrgast mitzunehmen; während der Fahrt nach Gwynedd, die nicht ganz zwei Wochen in Anspruch nahm, lernte sie ihn als einen grundanständigen, warmherzigen Menschen kennen und vertraute ihm deshalb einiges über die Beweggründe ihrer Reise an …

* * *

Jetzt – Branwyn löste sich abermals aus ihren Erinnerungen – war das Ziel dieser Reise beinahe erreicht. Dort drüben, mittlerweile nur noch wenige hundert Meter entfernt, lag das erst vor einigen Jahren erbaute Dorf, über das der Kapitän vorhin gesprochen hatte.

Schon waren Einzelheiten auszumachen; Branwyn sah mehrere Dutzend Rundhäuser, die sich am linken Ufer des in die See mündenden Flusses gruppierten. Jenseits der Ansiedlung stand dichter, sattgrüner Wald – derselbe Forst, den es auch damals schon gegeben hatte, als Branwyn nach ihrer Flucht im *Curragh* von der *Ynys Vytrin* genau hier an Land gegangen war. Über der Uferböschung des aus dem Gebirge herabströmenden Gewässers hatte sie ihr Lager aufgeschlagen und gehofft, irgendwo in dieser abgelegenen Gegend Hilfe zu finden. Doch sie hatte keine Menschenseele angetroffen, und so war sie weitergewandert: empor zum Massiv des *Eryri Gwyn*, wo ihr schließlich der Purpurreiher den Weg zu der verlassenen Wohnhöhle gewiesen hatte.

Im selben Moment, da sie daran dachte, hörte sie eine Reihe von Kommandorufen des Kapitäns. Die Segel wurden gerefft, die Fahrt der Barke verlangsamte sich; wenig später glitt das Schiff in die Flußmündung und warf Anker.

Für die Bewohner des Dorfes am *Glaslyn* war die Ankunft der Fremden, die seltene Handelswaren mit sich führten, ein höchst aufregendes Ereignis. Überschwenglich begrüßten sie die Besucher aus dem Süden Britanniens, dann wurden die Gäste zum Versammlungshaus geleitet und dort bewirtet. Der Kapitän und Branwyn erhielten Ehrenplätze neben dem Dorfältesten; als dieser feststellte, daß die rotblonde Frau an seiner Seite im Gegensatz zu den Seeleuten die Mundart von

Gwynedd perfekt beherrschte, nahm er um so regeren Anteil an ihr. Branwyn teilte ihm einige Einzelheiten aus ihrem Leben mit; zuletzt, nachdem sie eine bestimmte Bitte geäußert hatte, versprach er, ihr zu helfen.

Anschließend erfuhr sie, wie es zur Gründung der Niederlassung im Frühling vor zwei Jahren gekommen war. Den Anstoß dazu hatte die fürstliche Familie der Tudurs gegeben, die von ihrer Hügelfestung Aberffraw aus die große Insel *Môn Mam Cymru* weiter im Norden regierte. Dank ihrer tatkräftigen Unterstützung war es gelungen, das Dorf hier am *Glaslyn* zu errichten und Felder urbar zu machen. Dadurch hatten die Neusiedler, die allesamt von *Môn Mam Cymru* stammten, aber dort kein eigenes Land besessen hatten, ihr Los verbessern können; inzwischen sicherten Ackerbau und Fischfang ihnen einen Wohlstand, wie sie ihn nie zuvor genossen hatten.

Während der Dorfälteste über die Tudurs sprach, mußte Branwyn einmal mehr an Eolo Goch denken. Am ersten Abend, den sie zusammen in der Höhle am *Eryri Gwyn* verbrachten, hatte der Barde ihr von seiner Ausbildung in Aberffraw erzählt und sich ebenfalls sehr lobend über das Fürstengeschlecht der Tudurs geäußert, in dessen Auftrag er damals nach Tintagel unterwegs gewesen war. Nun, als der grauhaarige Mann zu ihrer Rechten seinen Bericht beendete, führte Branwyn versonnen ihren Becher mit *Metheglyn* an den Mund. Gleich darauf, weil der Kapitän einen launigen Trinkspruch auf die hübscheste Frau ausbrachte, die er je an Bord gehabt hatte, wurde sie abgelenkt, überwand die melancholische Stimmung, von der sie unvermittelt befallen worden war, und beteiligte sich wieder an der allgemeinen Unterhaltung.

Das Fest dauerte bis spät in die Nacht; todmüde folgte Branwyn schließlich ihren Gastgebern, einem freundlichen jüngeren Ehepaar, zu deren Rundhaus. Sie schlief, bis die Sonne hoch am Himmel stand; den nächsten Tag verbrachte sie damit, die Vorbereitungen für den letzten Abschnitt ihrer Reise zu treffen.

Am folgenden Morgen trug sie ihr Gepäck zu dem *Curragh*,

den der Dorfälteste ihr auf ihre Bitte hin zur Verfügung gestellt hatte; sie lud auch ein paar Lebensmittel sowie eine Zeltplane ein, die sie in der Ansiedlung gekauft hatte. Dann, nachdem sie sich von den Seeleuten und den Dorfbewohnern verabschiedet hatte, steuerte sie das lederbespannte Boot aufs Meer hinaus.

* * *

Die Barke hatte die Mündung des *Glaslyn* von Süden her angelaufen, nun ruderte Branwyn in ihrem *Curragh* nach Westen: immer in einiger Entfernung an der Küste der Lleyn-Halbinsel entlang, die sich Dutzende Meilen weit in Richtung Irland erstreckte. Die See war ruhig, und ein leichter Rückenwind unterstützte das Vorwärtskommen; Möwen kreisten über dem *Curragh*, ab und zu segelten Kormorane heran. Branwyn genoß die Fahrt und den Blick auf die abwechslungsreiche Küstenlandschaft mit ihren mächtigen grauschwarzen Felsbastionen, zwischen denen sich gelegentlich helle Sandstrände öffneten. Als sie kurz vor der Abenddämmerung in einer dieser Buchten an Land ging und ihr Lager aufschlug, schätzte Branwyn, daß sie bereits gut die Hälfte ihres Weges geschafft hatte.

Während der ersten Nachtstunden schlummerte sie ungestört im Schutz ihres kleinen Zelts, dann jedoch weckte sie das Prasseln eines heranfegenden und wieder ersterbenden Regenschauers. Die Niederschläge setzten sich in unregelmäßigen Abständen bis zum Morgen fort; nachdem sie den *Curragh* erneut zu Wasser gebracht hatte, fürchtete Branwyn, der Tag würde ausgesprochen ungemütlich werden. Aber nach ungefähr einer Stunde klarte der Himmel leicht auf, jetzt hing nur noch dünner Hochnebel über dem Meer. Der Wind allerdings hatte gedreht und traf das zerbrechliche Boot nun seitlich; den ganzen Vormittag über mußte Branwyn darauf achten, nicht zu nahe an den Strand mit seinen stellenweise knapp unter der Wasseroberfläche verborgenen Riffs und oftmals tückischen Strudeln herangetrieben zu werden.

In der zweiten Tageshälfte endlich erstarb die Brise, die Nebelschwaden freilich verdichteten sich daraufhin wieder. Manchmal verschwand die Uferlinie völlig im Dunst, und hätte Branwyn sich nicht schon so nahe an ihrem Ziel befunden, wäre sie Gefahr gelaufen, die Orientierung zu verlieren. Doch das Vorgebirge, das schemenhaft zu ihrer Rechten lag, war ihr – selbst nach all den Jahren noch – zutiefst vertraut. Sie hatte das Gefühl, dort drüben jeden Felssporn und jede Kluft zu erkennen; nach einer weiteren Stunde, als der äußerste Ausläufer des Kaps genau querab lag, spürte sie, wie der *Curragh* in einer heftigen Kreuzsee zu schlingern begann.

Sie benötigte ihre ganze Kraft und Geschicklichkeit, um die schwierige Stelle zu überwinden und das Boot in ruhigeres Fahrwasser weiter draußen zu bringen. Hier änderte sie den Kurs, ruderte jetzt scheinbar aufs offene Meer hinaus – dann aber tauchte eine mächtige, das Firmament verschattende Silhouette vor ihr auf: die Steilküste der *Ynys Vytrin*.

Branwyn landete unweit jener Stelle, von der aus ihr ein volles Jahrzehnt zuvor – in der Nacht nach dem Piratenüberfall – die Flucht von der Gläsernen Insel gelungen war. Nun, da sie den *Curragh* auf den schmalen Geröllstreifen oberhalb der Flutlinie zog, schien die Zeit zu einem Nichts zu schrumpfen. Eine Weile stand sie wie betäubt da. Als sei alles erst gestern geschehen, stürmte die grausame Erinnerung auf sie ein: die Erinnerung an den schrecklichen Tod Dafydds und all der anderen Menschen, die ihr soviel bedeutet hatten.

Sie fühlte, wie Tränen in ihre Augen schossen, und ließ ihnen freien Lauf. Das Weinen erleichterte sie; schließlich fand sie die Kraft, am Strand entlang weiterzugehen: bis dorthin, wo ein kaum kenntlicher Pfad zwischen die Klippen führte. Sie kletterte zu der Grotte hinauf, in der sie Dafydd, dessen Eltern Mirjam und Dylann, die betagte Druidin Arawn, ihre mütterliche Freundin Kigva sowie Jacwb, den christlichen Priester, beigesetzt hatte. Die Steine, mit denen sie damals den Zugang zur Grabhöhle verbaut hatte, waren unangetastet; Branwyn berührte einen davon, sank langsam auf die Knie und verlor sich im Gedenken an die Toten.

Lange verharrte sie so – plötzlich hörte sie ein Geräusch und fuhr herum. Angespannt spähte sie in den ziehenden Nebel; einige heftige Herzschläge später schälte sich eine verschwommene Gestalt aus den treibenden Schwaden.

Branwyn erblickte einen großgewachsenen Mann; als er näher kam, erkannte sie, daß er etwa vierzig Jahre zählte. Sein gutgeschnittenes Antlitz mit den blaßblauen Augen und dem buschigen Schnurrbart wirkte intelligent; das dichte brandrote Haar war am Hinterkopf zu einem Zopf gebunden.

Jetzt blieb er abrupt stehen; auf seinem Gesicht malte sich ungläubiges Staunen. Dann sah Branwyn, wie sein Mund sich öffnete und seine Lippen lautlos ihren Namen formten; gleichzeitig rief sie seinen: »Eolo!«

Im selben Moment liefen sie aufeinander zu, der Barde fing sie in seinen Armen auf; während sie an seiner Brust lag, schluchzte und stammelte sie vor Glück. Es dauerte lange, ehe sie sich beruhigte; endlich löste sie sich ein wenig von ihm, um von neuem den innigen Blickkontakt zu suchen. Sie empfand seine grenzenlose Zuneigung und verlor sich darin; irgendwann vernahm sie seine geflüsterten Worte: »Du bist ganz durchnäßt! Laß mich dich von hier wegbringen ...«

Unwillkürlich schaute Branwyn zur Grabgrotte. Auch Eolo wandte den Kopf; er wußte, was dieser Platz, den sie ihm auf ihrer gemeinsamen Wanderung einmal beschrieben hatte, für sie bedeutete. Dann spürte er, wie ihre Finger sich mit seinen verflochten, und hörte ihre Antwort: »Ja, wir wollen gehen!«

Der Barde nahm sein Plaid ab, legte es um ihre Schultern und geleitete sie durch die Kliffs zurück zum Strand. Dort schlugen sie die Richtung zur Hafenbucht ein, wo ein Jahrzehnt zuvor die Schiffe der Piraten geankert hatten, und gelangten auf den Pfad, der sich von der kleinen, felsenumsäumten Förde zum Inselplateau emporschlängelte.

Unterwegs gestand Eolo ihr: »Ich konnte dich nie vergessen; erst nach unserer Trennung wurde mir die ganze Tiefe meiner Liebe zu dir bewußt! Die Zeit, die ich in Tintagel verbrachte, war schrecklich. Ich sehnte mich so sehr nach dir; zuletzt konnte ich nicht anders, als nach Avalon zurückzukehren. In der Hoffnung, du hättest den Schmerz über den Verlust Dafydds mittlerweile überwunden, wollte ich dich bitten, meine Frau zu werden. Auf der *Ynys Avallach* jedoch traf ich dich nicht mehr an; daraufhin war ich drauf und dran, dir nach Rom zu folgen. Aber die Druidinnen beschworen mich im Namen der Göttin, in Britannien zu bleiben, und ich fügte mich, um dir bei der Erfüllung deiner hohen Aufgabe nicht im Wege zu stehen. Ratlos, was ich jetzt mit meinem Leben anfangen sollte, harrte ich noch einige Monate in Avalon aus. Eines Tages dann suchte mich Bendigeida auf und riet mir, nach *Môn Mam Cymru* heimzureisen. Es sei der Wille Ceridwens, daß ich dort ebenfalls eine wichtige Pflicht erfüllen solle; später könne es – vielleicht – zu einem Wiedersehen mit dir kommen. Ich befolgte den Rat der *Pendruid*; tatsächlich benötigten die Tudurs mich und mein Schwert dringend im Kampf gegen die Piraten, die von der *Ynys Vytrin* und der Lleyn-Halbinsel aus inzwischen ganz *Gwynedd* in Angst und Schrecken versetzten. Im Krieg gegen sie war ich einer der Anführer; im Herbst vor drei Jahren errangen wir den Sieg, und seither lebe ich auf diesem Eiland: der Gläsernen Insel, die einst auch deine Heimat war …«

»Bendigeida, die sehr tief in die Seelen der Menschen blickt, sagte mir, ich würde dich hier finden«, flüsterte Branwyn. »Und nun, ich kann es noch immer kaum fassen, ist es wahrhaftig geschehen …«

»Du … suchtest nach mir?« Der Barde war stehengeblieben und forschte in ihrem Antlitz.

Branwyn schenkte ihm ein zärtliches Lächeln, dann bekannte sie leise: »Etwas von dir war stets bei mir, seit wir uns in der Nacht unseres Abschieds so nahe wie nie kamen … Es blieb bewahrt, all die Jahre hindurch, und als das Schiff mich heim nach Britannien trug, fühlte ich es stärker denn je ... So, als sei etwas in meinem Innersten zur Reife gelangt ...«

Sie tastete nach seiner Hand, langsam gingen sie weiter. Während sie das letzte Wegstück zurücklegten, erzählte Branwyn ihm, wie sie vergeblich gehofft hatte, ihn in Tintagel zu treffen; wie sie dann aber auf der *Ynys Avallach* von seinem mutmaßlichen Aufenthaltsort erfahren hatte und schon bald darauf erneut aufgebrochen war, um auf die *Ynys Vytrin* zu kommen.

Wenig später, beide schwiegen jetzt wieder versonnen, erreichten sie den Rand der Talmulde auf halber Höhe der Insel, wo einst das Dorf gestanden hatte. Abermals hielten sie inne; Branwyn spähte zu einer Stelle, wo sich der Nebel soeben zu lichten schien. Doch ehe sie Einzelheiten auszumachen vermochte, wandte Eolo sich ihr zu, nahm ihr Gesicht in beide Hände und stellte ihr die überflüssigste Frage der Welt: »Willst du nun bei mir bleiben ... für den Rest unseres Lebens?«

Mit einem sehr langen Kuß gab sie ihm die Antwort; nachdem sie wieder klar denken konnte, wußte sie unverbrüchlich: Sie würden ein erfülltes Leben miteinander haben! Er war nicht älter als vierzig, sie gerade erst zweiunddreißig; selbst Kinder könnte die Göttin ihnen schenken ...

Eben als sie dies dachte, hörte sie ihn flüstern: »Komm!«

Eng umschlungen taten sie ein paar Schritte; mit einemmal rissen die Nebelschwaden auf, und Sonnenlicht überflutete den Talboden. Branwyn sah die Ansiedlung vor sich, welche der Mann, den sie liebte, wiederaufgebaut hatte: er und die Familien, die zusammen mit ihm von *Môn Mam Cymru* gekommen waren. Das Inseldorf wirkte ebenso friedlich wie jenes andere, in dem sie aufgewachsen war – aber noch, obwohl ihr Herz weit wurde, wollte Branwyn es nicht betreten.

Vielmehr raunte sie Eolo zu: »Laß uns zuerst zur Heiligen Quelle gehen, um Ceridwen für alles zu danken – und dann sollst du mich heim in unser Rundhaus bringen ...«

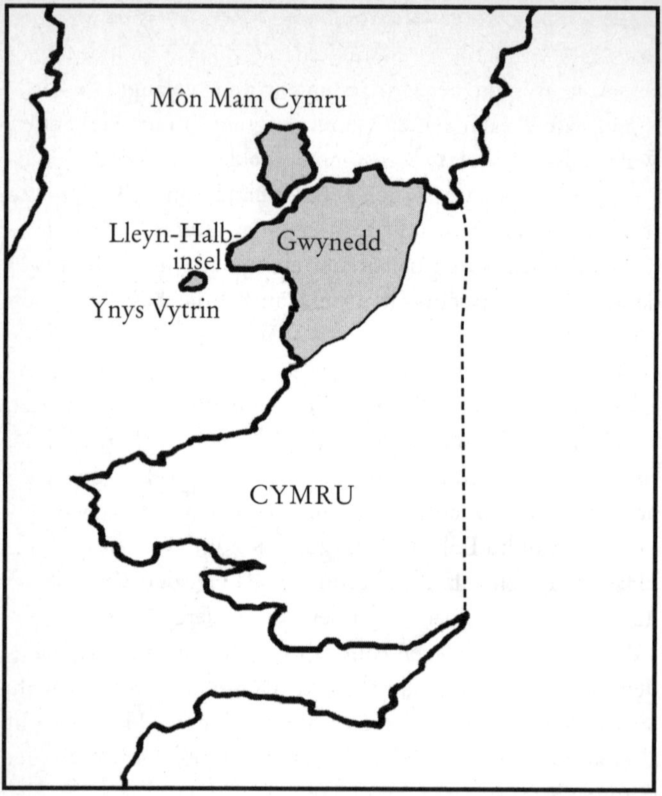

Orte (und ihre heutigen Bezeichnungen):
Britannien/Irland
Baile átha Cliath – Dublin
Môn Mam Cymru – Anglesey
Eryri Gwyn – Snowdown-Massiv
Ynys Vytrin – Bardsey
Avalon – Glastonbury
Glevum – Gloucester
Aquae Sulis – Bath
Londinium – London
Cymru – Wales
Gwynedd – Nordwest-Wales
Erinn – Irland

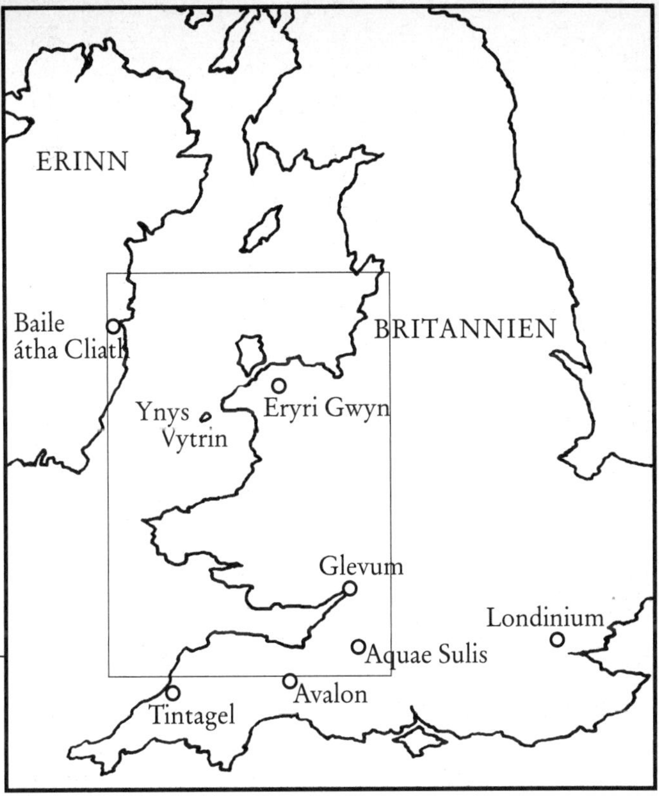

Kontinent (nicht auf der Karte)
Samarobriva – Amiens
Lutetia – Paris
Durocortorum – Reims
Divio – Dijon
Geneva – Genf
Augusta Taurinorum Turin
Massilia – Marseille

Nachwort

Die Hauptfigur dieses Romans ist nicht erfunden. Vielmehr wirkte in der frühchristlichen Epoche tatsächlich eine Bischöfin Theodora in Rom – und der Beweis dafür hat sich bis in die Gegenwart erhalten. Es handelt sich um ein Mosaik in der römischen Basilika Santa Prassede (lat.: Sancta Praxedis), das in seinem Ursprung mutmaßlich auf das 4. Jahrhundert zurückgeht. Das Bildnis zeigt Kopf und Oberkörper einer anziehenden jüngeren Frau und ist mit dem Schriftzug »Episcopa Theodora« (Bischöfin Theodora) versehen.

Es gab also im Frühchristentum nicht nur die bei Paulus erwähnten Presbyterinnen (Priesterinnen), sondern auch (zumindest) diese eine Bischöfin, deren Konterfei wie durch ein Wunder unzerstört blieb. Und dieses Bilddokument straft die Behauptung der Papstkirche Lügen, wonach nur Männer ein Anrecht auf Priester- oder Bischofsweihe hätten. Die frühen Christen, denen die unverfälschte Lehre Jesu noch ungleich näher war, wußten es offensichtlich besser – und handelten entsprechend.

Im Roman wurde das Aussehen des Mosaiks gemäß der historischen Vorlage beschrieben; allerdings unterscheidet sich diese Schilderung in einem Punkt von den heutigen Verhältnissen. Das Bildnis befindet sich nicht mehr allein an der Wand des Kirchengewölbes; vielmehr ist es nun Teil eines Bilderfrieses. Neben der Episcopa Theodora sind zusätzlich die Madonna sowie die beiden Heiligen Pudentia und Praxedis verewigt: ebenfalls Frauen, die in der frühkirchlichen Epoche eine wichtige Rolle spielten und vermutlich Priesterinnen waren.

Die Kirche Sancta Praxedis stand einst allein – so wie im Buch beschrieben – am Nordrand des Esquilin. Heute stellt Santa Prassede eine gewisse Einheit mit der jüngeren Kirche Santa Pudentiana dar, die zur Handlungszeit des Romans noch nicht existierte. Sancta Pudentiana (lat.) wurde erst von Papst Siricius (gest. 399) erbaut und das ältere Gotteshaus Sancta Praxedis wurde damals wohl in das neue Gebäude mit einbezogen. Aus diesen sakralen Keimzellen entstand durch weitere Umbauten in Mittelalter und Neuzeit der Kirchenkomplex, wie man ihn in unseren Tagen erblickt; um so erstaunlicher ist die Tatsache, daß das Mosaik der Episcopa Theodora sich erhalten hat.

Was die keltische Herkunft Theodoras angeht, so gibt es auch dafür ein sehr deutliches Indiz auf dem Mosaik. Die Bischöfin, die ansonsten schlicht gekleidet ist, trägt am Halsausschnitt ihres Kleides die weißen, roten und dunkelblauen Farben der Dreifachen Göttin, einer der wichtigsten keltischen Gottheiten – und dies kann kein Zufall sein, denn die sakrale Bedeutung dieser Farbkombination (die, wie im Buch gelegentlich dargestellt, alternativ auch weiß, rot und schwarz sein konnte) war in der Spätantike noch allgemein bekannt. Der Roman folgt hier also einer durchaus wahrscheinlichen Realität; der Name Branwyn freilich ist erfunden.

* * *

Was weitere – auf den ersten Blick vielleicht verblüffende – Aussagen des Buches betrifft, sollen an dieser Stelle noch einige erläuternde Hinweise gegeben werden.

So erhärtet die moderne religionsgeschichtliche Forschung immer stärker die Vermutung, daß Mirjam von Magdala (Maria Magdalena) die Ehefrau Jesu war: besser gesagt, des Rabbi Jeschu, der nach jüdischem Gesetz sogar verheiratet sein mußte, um das Amt eines Rabbiners ausüben zu können. Ebenso scharte Jesus sowohl Jünger als auch Jüngerinnen um sich; auch darin sind sich unvoreingenommene Religionswissenschaftler mittlerweile einig. Unbestritten ist inzwischen die

Alleinschuld der Römer an der Kreuzigung Jesu; es handelte sich um ein militärisches Standgerichtsverfahren, an dem kein Jude Anteil hatte. Die Vermutung, wonach Jesus jedoch höchstwahrscheinlich nur scheintot war, habe ich in meinem Sachbuch »Scheintod auf Golgatha« zu untermauern versucht; für die spätere Wanderung des Galiläers nach Indien (Kaschmir) gibt es ernst zu nehmende Indizien.

Mehrfach wird im Roman das kimmerische (walisische) Adelsgeschlecht der Tudurs erwähnt. Seine Abstammung von der Insel Môn Mam Cymru (Anglesey) ist historisch; etwa ein Jahrhundert nach dem Auftreten der Episcopa Theodora ging Uther Tudur, genannt Pendragon, aus dieser Familie hervor: der Vater König Arthurs. Im Spätmittelalter gelangte das Geschlecht unter dem anglisierten Namen Tudor auf den englischen Königsthron. Nachgewiesen ist der Rote Drache als Wappentier der Tudurs, erst die Tudorkönige ersetzten ihn durch das englische Staatswappen.

Bei der Beschreibung der Insel Avalon (heute Glastonbury) folgte ich archäologischen Befunden und anderen modernen historischen Erkenntnissen, so daß sich im Buch ein durchaus realistisches Bild dieses äußerst bedeutenden Zentrums des weiblichen Druidentums in Britannien ergibt. Dasselbe gilt hinsichtlich des medizinischen Könnens der Druiden; Schädeltrepanationen durch keltische Ärzte sind vielfach nachgewiesen, und aufgrund sehr deutlicher Hinweise in spätantiken Quellen hätte auch die im Roman geschilderte Bauchoperation durchaus im Rahmen des Möglichen gelegen. Ferner verwendeten die Kelten Brotschimmel als Penicillingabe; das Wissen darum hat sich in ehemals keltischen Regionen Europas bis heute erhalten. Was schließlich die Schrift der Kelten anbelangt, so kannten sie neben dem griechischen und lateinischen Alphabet auch die eigenständige keltische Ogham-Schrift sowie das sogenannte Baumalphabet, dessen Buchstaben mit den Bezeichnungen für Bäume (A = Ahorn, B = Birke) identisch waren.

Bei der Verknüpfung der Geschichte des Märtyrers Sebastian mit der fiktiven Kirche Sancta Magdalena auf dem Celiushügel habe ich von der künstlerischen Freiheit Gebrauch gemacht. Das Aufkommen des öffentlichen Reliquienkults zur Handlungszeit des Romans sowie die historischen Hintergründe der Sebastianuslegende sind jedoch authentisch.

Der Massenmord in der Basilika Santa Maria Maggiore (Sancta Maria Maiora), der dem Patriarchat angelastet werden muß, ist historisch gesichert; im Gegensatz zur Romanhandlung ereignete er sich aber erst im Jahr 366.

Geschichtliche Tatsache ist ebenso die Ermordung Kaiser Julians am 26. Juni 363 durch einen christlichen Römer. Julian war dem Patriarchat wegen seiner Toleranzedikte, mit deren Hilfe er Glaubensfreiheit und Gleichberechtigung der verschiedenen christlichen sowie der heidnischen und jüdischen Weltanschauungen durchzusetzen versuchte, ein Dorn im Auge – und wird bis zum gegenwärtigen Tag von der katholischen Kirche abfällig als Julian Apostata (Julian, der Abtrünnige) bezeichnet. Das zynische Spottgedicht des Bischofs Ephraim (der später von der katholischen Kirche heiliggesprochen wurde) ist in spätantiken Quellen überliefert; im Roman wird es gekürzt zitiert.

Manfred Böckl

Inhalt

Viertes Buch

Rom – Die Kirche der Frauen

Epilog

Manfred Böckl

Agnes Bernauer

Hexe, Hure, Herzogin

Roman

278 Seiten
Band 1290
ISBN 3-7466-1290-X

Eine große Liebe – eine große Tragödie. Die historisch verbürgte Geschichte beginnt im Augsburg des Jahres 1428. Im Badehaus ihres Vaters muß Agnes den Männern zu Diensten sein. Sie verliebt sich in einen seltsamen Gast. Was Agnes anfangs nicht weiß: Der Mann ist Albrecht von Wittelsbach, der Thronfolger des Herzogtums Bayern. Mutig bekennt sich das ungleiche Paar zu seiner Liebe und besiegelt damit Agnes' Schicksal in einer von Standesdünkeln geprägten Welt: Albrechts Vater schmiedet ein grausames Komplott, um die Erbfolge des Reiches nicht zu gefährden.

AtV
Aufbau Taschenbuch Verlag

Manfred Böckl

Jennerwein

Roman

173 Seiten
Band 1291
ISBN 3-7466-1291-8

Bayern 1848: Inmitten politischer Unruhen bringt ein junges Mädchen, geächtet von der Dorfgemeinschaft, einen unehelichen Sohn zur Welt: Georg Jennerwein. Fasziniert von der Jagd, die nur den Reichen gestattet ist, beginnt Jennerwein als Vierzehnjähriger in den bayerischen Wäldern zu wildern und das Fleisch an die hungernde Bevölkerung zu verteilen.

Ein spannender Roman über das zur Legende gewordene Leben des »deutschen Robin Hood«.

AtV

Aufbau Taschenbuch Verlag

Manfred Böckl
Mühlhiasl
Die Weissagungen des Sehers vom Rabenstein

Roman

267 Seiten
Band 1292
ISBN 3-7466-1292-6

Der Mühlhiasl von Apoig ist vor allem in Bayern bis heute für seine Prophezeiungen bekannt: Bereits im ausgehenden 18. Jahrhundert sagte er den Ausbruch der beiden Weltkriege auf den Tag genau voraus und warnte eindringlich vor einem dritten und letzten weltweiten Krieg. Außerdem kündigte er das Aufkommen von Autos, Flugzeugen, Eisenbahnen und Dampfschiffen an und prophezeite den Untergang der Feudalherrschaft ebenso wie den der Kirche …

In seinem Roman erzählt Manfred Böckl das spannende Leben des »Sehers vom Rabenstein«. In einem Anhang sind seine Prophezeiungen abgedruckt.

AtV
Aufbau Taschenbuch Verlag

Helene Luise Köppel

Die Ketzerin
vom Montségur

Roman

Originalausgabe

440 Seiten
Band 1869
ISBN 3-7466-1869-X

Ein Kreuzritterheer zieht im 13. Jahrhundert im Namen des Papstes seine blutige Spur durch Südfrankreich. In dieser grausamen Zeit begegnen sich die Katharerin Esclarmonde und der Tempelritter Bertrand. Ihre Liebe steht unter einem schlechten Stern, denn beide sind durch ein Keuschheitsgelübde gebunden. Als Bertrand Jahre später unter Einsatz seines Lebens den legendären Heiligen Gral in Sicherheit bringen soll, trifft er Esclarmonde auf der Festung Montségur wieder, und sie erleben eine Liebe, die über jeden Zweifel erhaben ist.

Ein farbenprächtiger historischer Roman um den Mythos der Katharer und den Heiligen Gral.

AtV
Aufbau Taschenbuch Verlag

Titus Müller

Der Kalligraph des Bischofs

Historischer Roman

Originalausgabe

ca. 448 Seiten
Band 1856
ISBN 3-7466-1856-8

Ein großer historischer Roman über den Zauber des Schreibens, die Zweifel des Glaubens und die Verlockungen der Liebe.

Es war eine schwere Kunst, das Schreiben, aber war es nicht auch ein Wunder? Die Urkunden im Schrank und in den Regalen, die über das Leben von Menschen entschieden, über Besitz und Abgaben, über Namen und Strafen, über Feste und Dienste. Die Schrift war wie eine riesige Scheune, ein Speicher, der den vergeßlichen Menschen half, ihre Erinnerung stark zu machen. Sie bewahrte Wichtiges vor der Vergänglichkeit, die Schrift schuf Beständigkeit, einen Halt, wie ihn der Sattel auf dem Rücken eines wilden Pferdes bot. Und er, Germunt, stand am Grenzstein dieses neuen Reiches, bereit, es zu durchwandern und seine Künste so gut zu erlernen, daß er die Feder wie die Zügel hielt und sicher führte.